Lydia Conradi

PALAST DER *Safranblüten*

Roman

PIPER

Mehr über unsere Autoren und Bücher:
www.piper.de

Wenn Ihnen dieser Roman gefallen hat, schreiben Sie uns unter Nennung des Titels »Palast der Safranblüten« an empfehlungen@piper.de, und wir empfehlen Ihnen gerne vergleichbare Bücher.

Von Lydia Conradi liegen im Piper Verlag vor:
Das Haus der Granatäpfel
Tausend Nächte und ein Tag
Palast der Safranblüten

MIX
Papier aus verantwortungsvollen Quellen
FSC® C083411
FSC
www.fsc.org

ISBN 978-3-492-06167-4

Dieses Werk wurde vermittelt durch die AVA international GmbH Autoren- und Verlagsagentur
www.ava-international.de
Redaktion: Christine Neumann
Satz: Kösel Media GmbH, Krugzell
Gesetzt aus der Aldus
Druck und Bindung: CPI Books GmbH, Leck
Printed in the EU

Für Ravinder

»Was immer wir auch sehen oder scheinen, ist nur ein Traum in einem Traum.«

Edgar Alan Poe

Erster Teil

»Wer sich selbst kennt, dem ist niemand fremd.«

Rabindranath Tagore

7

Miss Dinah Sedgewick
Autumn Hall
Shimla, Punjab, Indien

Lady Hester Linfield
Linfield Castle
Kent, England
Autumn Hall, den 7. April 1827

Liebste Hester!

Bitte nimm nicht an, ich hätte Dir nicht schreiben, Deine lieben Briefe nicht beantworten wollen. Ich habe es dieses endlose halbe Jahr lang immer wieder gewollt. Sooft ich mich aber an mein reizendes, aus Sheesham – indischem Rosenholz – gefertigtes Pult setze, lenkt mich der Blick aus meinem Fenster ab. Er führt mich den hinteren Gartenweg hinunter, der anders ist als jeder Gartenweg in Europa. Eigentlich dürfte er keinen so harmlosen Namen wie Gartenweg tragen, denn er hat nichts Harmloses an sich. Keine in der Sonne schimmernden oder regennass glänzenden Kieselsteine, keine freundlichen Frühlingsblumen wie Himmelsschlüsselchen oder Hasenglöckchen am Rand, keinen

Foxterrier, der einem Heimkehrenden fröhlich entgegenspringt. Der Duft des blühenden Safrans hat uns begrüßt, als wir im Herbst nach langer Reise ankamen, und ist jetzt verflogen, als hätten wir davon nur geträumt. Das Mosaik des Säulengangs hat uns der beste aller Menschen geschenkt, um uns das Bild der flüchtigen Schönheit zu bewahren, aber die Blüten aus Steinen sind nur schön und duften nicht.

Götter schlafen auf einem Bett aus Safran Nacht um Nacht. Für Sterbliche hingegen bleibt die Süße nur einen Herzschlag lang, und wer den verpasst, bekommt ihn nicht zurück.

Stattdessen hängen die Zweige von altersgebeugten, dunklen Bäumen – Pinien, Zedern, Zypressen und Wacholder – auf den Weg hinunter und werfen Schatten, in denen nichts Liebliches gedeiht. Was in den Schatten herumspringt, sind weder Hasen noch possierliche Eichhörnchen, sondern graupelzige Affen, Makaken, mit zu Fratzen verzerrten Menschengesichtern, vor deren Anblick einem das Blut gefriert.

Tatsächlich endet der Weg – und damit der Grund und Boden, den Vater für seine Verdienste erhalten hat – an der Kante des Felsens. Vom Gras überwachsen ist dort das seltsame steinerne Symbol in den Boden gehauen, vor dem ich mich am ersten Tag so erschrocken habe, dass ich um ein Haar hinunter ins Nichts gestürzt wäre.

»Wie praktisch«, befand die gute Rhoda, ehe sie uns verließ, »da brauchen Sie nach hinten hinaus keine Gartenmauer.« Ich aber habe ihrem Tonfall angemerkt, dass sie log und an dem Weg zur Felskante nichts Praktisches fand. Ja, Du hast richtig gelesen. Rhoda, die offenste, ehrlichste Haut von ganz Südengland, das wandelnde Herz auf der Zunge, hatte sich aufs Verschweigen und Lügen verlegt, und am Ende hat sie uns verlassen. Uns, ihre Mädchen, von denen sie doch immer behauptet hat, sie ließe lieber sich selbst als diese zwei mutterlosen Waisen im Stich.

Wie das?, fragst Du. Genau das habe ich mich auch gefragt, weil ich es nicht wahrhaben wollte. Aber unsere brave, handfeste, durch nichts zu erschütternde Rhoda ist hier oben, weit mehr als tausend Meilen über dem, was wir Menschenwelt nennen, von der Melancholie befallen worden. Und ob Du es glaubst oder nicht: Die Melancholie, die einen in dieser Gegend befällt, führt, wenn sie nicht mit entschiedenen Mitteln bekämpft wird, zum Tod.

Also hat unsere noch immer ein wenig handfeste Rhoda zu diesen entschiedenen Mitteln gegriffen: Als vor zwei Wochen ein Kamerad von Vater, auch er einer von General Ochterlonys glorreichen Offizieren, uns besuchte (der erste englische Besuch seit dem Schnee, der über Wochen kein Heraufkommen möglich machte) und ankündigte, er sei auf dem Weg nach England, um zu heiraten, bot sie ihm kurzerhand ihre Dienste an. Er zahlt ihr weniger als Vater, und da weder Kinder noch junge Damen vorhanden sind, die Verwendung für eine Gesellschafterin hätten, wird sie Hausarbeit verrichten müssen, für die sie sich bei uns zu fein war.

Nichts davon focht sie jedoch an, solange sie nur von hier fortkam, wieder hinunter in die wirkliche Welt und zurück nach England. Das hier oben, Hester, ist nämlich beileibe nicht wirklich. Wärst Du bei uns, so würdest Du nicht lachen, sondern es am eigenen Leib zu spüren bekommen: Die Nebel hier sind wie die kalten Finger von Toten. Hima laya heißt Wohnort des Schnees, nicht Wohnort von Menschen, und kein Ort könnte so nah an Wolken und Sternen liegen und dennoch nichts anderes als irdisch und wirklich sein.

Der Mensch kann nicht Herr sein in einer Handbreit Raum zwischen Himmel und Erde, in den ewigen Schatten, der ewigen Düsternis. Jedenfalls nicht der europäische

Mensch mit seinem vernünftigen, aufgeklärten Sinn. Dies hier ist das Zwischenreich. Jener gottverlassene Ort, der sich nun Shimla nennt und Haus um Haus wächst, steht erst seit General Ochterlonys Sieg unter britischem Schutz und gehörte früher den seltsamen Geschöpfen aus Gorkha, die eher Geistern als Menschen gleichen. Auf der Hauptstraße fand sich nicht mehr als ein Fakir, der Wasser austeilte, und der Ort hieß Shyamala. Das ist der Name, den die Gorkha-Wesen ihrer eisblauen Göttin der Zerstörung geben.

Manche sagen, die aus Gorkha werden uns für ihre Vertreibung bestrafen. Ihre Geister können Shimla nicht verlassen, und so streifen sie weiter hier herum und verhindern, dass die Seele eines Weißen auf der geraubten Erde heimisch wird. Andere sagen, es ist Hanuman, der Gott der Affen, der uns vertreiben wird, weil wir auf seinen Safranhängen siedeln. Das ist Unsinn, sagst Du? Es ist Unsinn im Tal, wo uns die Gesetze von Leben und Tod vertraut sind, doch in den Bergen, unter dem Dach der Welt, gelten andere.

In klaren Nächten sieht man hier oben ein Sternbild, das aus blassesten Gestirnen zusammengefügt ist. Haar der Berenike heißt es, und der Mensch, der sich in mein Herz gebrannt hat, hat es mir gezeigt und gesagt: »Es ist wie dein Haar, schöne Tara, Geliebte des Mondgottes Chandra. Blasses Gold.«

Er hat mir auch gesagt, dass das steinerne Symbol, das mich so tief erschreckt hat, die Verkörperung der Liebe zwischen Mann und Frau ist, denn diese Liebe ist nicht zahm wie ein Hündchen in einem englischen Salon, sondern gewaltig wie der Mond und manchmal zerstörerisch wie seine Kräfte.

Den Weg zurück zum Haus bin ich gerannt, und als ich in den Spiegel blickte, packte mich eiskalt die Angst, weil mein Haar aussah, wie er es beschrieben hatte – wie fahle, ferne, *blassgoldene Sterne. Es kann doch aber ein Mensch nur zum Sternbild werden, wenn er nicht mehr lebt, und so wie das Haar der Berenice am schwarzen Himmel schlaff herunterhängt, so hängt es doch bei einer Menschenfrau erst im Sarg.*

Meine liebste Hester, meine Freundin aus den schönen Tagen, begreifst Du jetzt, warum ich Dir nicht früher geschrieben habe? Die Dinah, die Du kanntest, jenes vergnügte, geschwätzige Geschöpf, gibt es nicht mehr. Jene Dinah ist fort, ich weiß nicht, wo sie hin ist, vielleicht im Schatten der Bäume den Weg hinuntergelaufen und im Zwielicht über die Kante gestürzt. Die, die jetzt hier sitzt, am Pult aus indischer Rose, die wäre Dir fremd, und Du würdest zu Deinem Peter sagen: »Das kann doch die gute alte Dinah Sedgewick nicht sein, die immer so übermütig war und so voller Hoffnungen in ihre Zukunft sah.«

Du hast recht, Hester. Sie kann es nicht sein, und sie ist es nicht. Die, die hier sitzt, ist eine Fremde, die nicht weiß, ob sie alt oder jung ist, die in der schweren, sich nie erwärmenden Luft zittert, und an der Hitze ihrer Sehnsucht verbrennt. Die, die hier sitzt, will nichts als nach Hause, in ihr mildes, maßvolles England, und weiß doch, dass sie diesen verfluchten Ort, der kein Maß kennt, nie wieder verlassen kann. Die, die hier sitzt, ist von der Melancholie befallen, von der schwarzen Krankheit des Gemüts, und sie ist allein, ohne eine Seele. Der einzige Mensch, dem sie nahe sein könnte, ist unerreichbar.

»Aber halt«, höre ich Dich protestieren. »Wie kannst denn ausgerechnet du, Dinah, sagen, du wärst allein, wo du doch deine Schwester hast, deine Prudence und euer wunderbares Band? Ach, Du Ahnungslose!«

Das ist es, was mich zerreißt, was ich nicht ertrage: Das Band ist zerschnitten. Prudence und Dinah, Pru und Di, die

Unzertrennlichen, gibt es nicht mehr. Autumn Hall heißt das Haus, in dem unsere Verzweiflung wohnt. Der Vater nannte es so, weil er im Herbst hier heraufkam, durch einen kühlen Zedernwald voller Hyänen und Bären zog und sein Herz an diese Berge verlor, als er den Safran zum ersten Mal blühen sah. In Wahrheit aber heißt das Haus Autumn Hall, weil hier für immer Herbst ist, die Zeit des Sterbens, in der alles zerfällt wie welkes Laub, auch die Liebe zwischen Schwestern, die so strahlend wie der Safran in Blüte stand.

Lass mich über den Grund nichts schreiben. Lass mich jetzt gar nichts mehr schreiben, auch wenn ich weiß, dass Du etwas über »ihn« lesen willst, über den einen, nach dem sich mein Inneres kranksehnt, dass Du Dich fragst, wer es war, der mir das Haar der Berenike am Himmel gezeigt hat und der mich schöne Tara, Geliebte des Mondgottes Chandra, nennt.

Ich bin so müde, Hester. Und ich will den Brief heute noch dem Menschen mitgeben, der mit seiner Tonga hinunter nach Kalka fährt. Dass ein Brief es von hier oben bis nach England schaffen soll, ist ohnehin unvorstellbar. Ich schreibe ihn zweimal und hebe eine Fassung auf, damit es mir nicht morgen schon vorkommt, als hätte es ihn nie gegeben. Ich denke so viel an Dich, Hester, ich frage mich, ob Du wohl schon mit Deinem Peter verheiratet bist, ob es Dir gut geht, ob ich Dir noch fehle, wie Du mir fehlst. Ich sende Dir Grüße und umarme Dich.

Deine nicht sehr glückliche und doch dem einzig möglichen Glück verfallene Freundin Dinah

2

Kent, Frühling 1910

Was ihre Schwester Della Freiheit nannte und an den unsäglichsten Orten suchte, fand Perdita Lascelles auf dem Rücken ihres im Norden Italiens gezogenen Vollbluts. Das Tier war ein Rappe, auf seiner Stirn eine weiße Raute. Es hieß *Ey de Net*, was in der Sprache eines dieser eigenartigen Bergvölker, die dort drüben in schluchtartigen Tälern hausten, *Auge der Nacht* bedeuten sollte.

Der Gedanke an jene Gebirgswelt, deren Gipfel sich so hoch reckten, dass sie in den Wolken verschwanden, jagte Perdita Schauder über den Rücken. Höchstens der Gedanke, sich einmal auf Skier zu stellen, hätte sie gereizt. Sie war nicht weit gereist, war glücklich dort, wo sie lebte, in den grünen Ebenen Kents, durch die sich nach Herzenslust galoppieren ließ. Ey de Net war das schnellste Pferd in ihres Vaters Stall. Er war als stürmisches zweijähriges Fohlen nach *Lascelles Manor* gekommen, heute vor genau dreizehn Jahren. Ihr Vater hatte ihn Perdita zum zehnten Geburtstag geschenkt, weil sie die Leidenschaft für schnelles, geradezu halsbrecherisches Reiten teilten.

Dann aber hatte Perditas Vater sich zwar nicht den Hals,

aber sämtliche Knochen der Beine weit weg von der grünen Freiheit *Lascelles Manors* gebrochen, im Süden Afrikas, in der Schlacht von Paardeberg, an einem Tag, der als *blutiger Sonntag* in die Geschichte des britischen Weltreiches eingehen sollte. Gerald Lascelles hatte überlebt, aber er kam als zerstörter Mann zurück, würde seine Beine nicht mehr bewegen und nie wieder reiten können.

Umso mehr hatte er seine älteste Tochter angehalten, das Glück auf dem Pferderücken zu genießen. Die jüngere auch, aber Della hatte zu seinem Leidwesen andere Passionen. Perdita hingegen war kaum je so sehr eins mit sich wie auf Ey de Nets Rücken. In jeden Galoppsprung legte der kraftvolle Rappe sich mit ganzem Gewicht tief hinein, sodass er dicht über den Boden hinwegzujagen schien. Einen Herzschlag lang wünschte sich Perdita, sie hätte im Herrensitz reiten und sich auf seinen Nacken niederbeugen dürfen, die wehende Mähne im Gesicht und zu einer Einheit aus Mensch, Pferd und Erde verschmolzen.

Freiheit aber war wie ein Tonikum. In der richtigen Dosis wirkte sie als Wohltat, doch im Übermaß erwies sie sich als Gift. Das war es, was Della nicht einsehen wollte. Perdita blieb aufrecht in ihrem Dreihornsattel sitzen, der ihr ein sicheres Reiten in hoher Geschwindigkeit erlaubte, und ließ Ey de Net auf der letzten Meile vor dem Abreiteplatz noch einmal alles geben, was er hatte. Dann zügelte sie ihn, zwar sanft, aber äußerst bestimmt. Der Hengst, den selbst Algernon Drury, ihr Bereiter, als starrköpfig und schwer kontrollierbar einstufte, reagierte sofort, fiel in weichen Trab und gleich darauf in Schritt. Pferde liebten es, klare Regeln und ein festes Gefüge zu spüren, innerhalb dessen sie sich orientieren konnten. Sie waren darin den meisten Menschen ähnlich, fand Perdita.

Ohne sich vorzubeugen, klopfte sie ihrem Pferd den

schweißnassen Hals. »Danke, mein schwarzer Freund. Schöner kann ein Geburtstag nicht beginnen, und du bist und bleibst mein Bester.« Sie lachte. »Nun gut, mein Bester neben Caleb, einverstanden?« Noch einmal lachte sie auf, nicht amüsiert, sondern aus purer Freude. Für gewöhnlich hielt sie sich mit solchen Gefühlsausbrüchen zurück. Es ging schließlich niemanden an, was sie im Innersten bewegte, aber heute konnte sie nicht an sich halten. Das Leben war herrlich. Sie hatte Geburtstag, wurde dreiundzwanzig Jahre alt, und zur Feier des Tages würden ihr Vater und Calebs Vater die höchst willkommene Verlobung des einzigen Sohnes und der erstgeborenen Tochter bekannt geben.

Caleb Custance und Perdita waren Nachbarskinder, entstammten beide Familien der *Gentry* und liebten einander, solange sie denken konnten. Hatten die übrigen Jungen der Gegend mit Schwert und Spielzeuggewehr die Niederschlagung des *Sepoy*-Aufstandes oder die Siege in den Burenkriegen nachgespielt, so war Caleb schon als ernster, sanfter Junge von zehn Perditas Bräutigam gewesen. Er hatte ihr Blumenkränze aufgesetzt, die er eigenhändig geflochten hatte, und einen Kinderring an den Finger gesteckt. Jetzt – als stattlicher Mann von vierundzwanzig – würde er es mit dem Segen ihrer Eltern und der Kirche von England noch einmal tun.

Nick, der jüngste der Stallburschen, eilte herbei und griff in Ey de Nets Zügel. »Guten Ritt gehabt, *my lady*?«

»Sehr gut, Nick. Danke.«

Perdita nahm die zur Hilfe angebotene Hand nicht an, befreite ihr Bein unter dem *leaping head* des Sattels und ließ sich von Ey de Nets Rücken gleiten. Den Leuten, die in ihres Vaters Haushalt angestellt waren, begegnete sie mit Höflichkeit und Respekt, achtete jedoch darauf, Abstand zu wahren, keine verfänglichen Momente zuzulassen und gezogene

Grenzen nicht zu überschreiten. Aus diesem Grund überließ sie ihr Pferd dem Burschen, der ging, um es trocken zu führen, so viel Freude es ihr auch bereitet hätte, diese kurze, intime Zeit noch mit Ey de Net zu verbringen. Es war Nicks Pflicht, nicht die ihre. So gehörte es sich, und so war es gut, für die Dienstboten nicht weniger als für sie.

»Ein Mensch, der weiß, wo sein Platz ist, ist ein zufriedener Mensch«, hatte ihr Vater sie gelehrt, bis es ihr in Fleisch und Blut übergegangen war.

Sie spürte es selbst. Ihr Platz war immer hier auf *Lascelles Manor*, ihre Stellung die einer Tochter des Hauses, und damit, dass sie den Nachbarssohn, den Erben eines Titels, zum Mann nahm, tat sie, was dieser Stellung entsprach. Dass alles seine Richtigkeit hatte, erfüllte sie mit einer Freude, die in den sonnigen Vorfrühlingstag prächtig passte. Sie würde niemanden enttäuschen und sich selbst nicht vor unlösbare Aufgaben stellen, sie würde wissen, wo ihr Platz war, und zufrieden sein.

Auch Nick, der mit Ey de Net gemächlich über den Abreiteplatz seine Runden drehte, schien mit sich und der Welt zufrieden. Sein Vorgesetzter, Algernon Drury, der als Bereiter und Stallmeister fungierte und die Pferde so perfekt in Form hielt, wie Perditas Vater es wünschte, war ein anderes Kaliber. Er nahm sich Freiheiten heraus, sprach mit den Familienmitgliedern wie mit Bekannten, die er in Faversham im Pub treffen mochte, widersetzte sich Anordnungen und besuchte politische Versammlungen. Er war ein bisschen wie Della – besessen vom Hunger nach Freiheit, ohne zu bedenken, dass diese tödlich sein konnte.

Tödlich war sie für den Jagdhund gewesen, der ihnen davongelaufen war. In den freien Wäldern, deren Ruf er gefolgt war, hatte er sich in einer Fuchsfalle verfangen und ein elendes Ende gefunden. Menschen, die sich wie Algernon

Drury herumtrieben, wo sie nicht hingehörten, drohte Ähnliches: Wo man sich nicht auskannte, war man auch nicht in der Lage, Warnzeichen zu deuten.

Auch jetzt sah Perdita Algernon Drury sich davonschleichen wie einen, der nichts Gutes im Sinn hatte. Er war ein kaum mittelgroßer, drahtiger Mann, der grundsätzlich mürrisch, ja, griesgrämig wirkte. Seine Unzufriedenheit rührte daher, dass er den Platz, an den er gestellt war, nicht mit guter Miene hinnahm, dass er zwischen zwei Welten schwankte und in keiner von beiden Halt fand.

Della hatte rein äußerlich mit Drury wenig gemein. Sie war das hübscheste Mädchen rund um Faversham und das liebenswerteste noch dazu. Kein Mensch hätte sie jemals für griesgrämig gehalten, schon gar nicht jetzt, wo sie in ihrem weißen Musselinkleid vor Lebenslust strahlend auf dem Sattelbalken saß und mit den Beinen baumelte. Aber sie hatte ähnliche Anlagen wie Drury – Unrast, Ruhelosigkeit, Sehnsucht und Wünsche nach Dingen, die sie nicht bekommen konnte. Sie musste auf der Hut sein. Für einen Irrwisch, eine Träumerin wie sie war das Leben voller Fallstricke.

»Guten Morgen, Geburtstagskind!«, rief Della vergnügt, während Perdita auf sie zukam.

»Das macht man nicht«, sagte Perdita.

»He, das ist nicht die richtige Antwort!« Della hängte das Buch, in dem sie gelesen hatte, aufgeschlagen über den Balken und warf ihr Haar, das ihr offen bis in die Taille reichte, über ihren Rücken. Sie hätte nicht unfrisiert hier aufkreuzen dürfen, und sie hatte sich sichtlich auch nicht ordentlich schnüren lassen. Ein kleiner Liederjan war sie, der strenger erzogen gehört hätte. Aber einen Sack Flöhe zu hüten oder eine Koppel voll wilder Pferde zu bändigen schien Perdita machbarer, als streng zu ihrer kleinen Schwester zu sein.

»Ich habe *guten Morgen, Geburtstagskind* zu dir gesagt, und du musst mir mit *Guten Morgen, Geburtstagskind* antworten«, forderte die Schwester.

So hatten sie es gemacht, seit Della ihre ersten Worte sprechen konnte. Perdita, fünf Jahre älter, hatte es ihr beigebracht, hatte verzweifelt versucht, so zu tun, als wäre an dem Geburtstag, den sie teilten, etwas zum Freuen, obwohl er zugleich der Todestag ihrer Mutter war. Die zarte Hetty Lascelles war bei der Geburt ihrer zweiten Tochter verblutet. Der Vater – durch und durch ein Mann der Armee – war für die Aufzucht kleiner Kinder nicht geeignet, und so blieben die beiden Mädchen der Obhut eines Kindermädchens überlassen, das für alles Notwendige sorgte, nicht aber für Wärme und Fröhlichkeit.

Sie hatten nur einander gehabt, und aneinander hatten sie sich festgehalten. Am Morgen ihres Geburtstags war Perdita hinaus in den Garten gelaufen und hatte einen Strauß blauer Hasenglöckchen für ihre kleine Schwester gepflückt.

»Guten Morgen, Geburtstagskind.«

»Dir auch Guten Morgen, Geburtstagskind.«

Unter ihrer Bettdecke hatte Della ein zerknittertes Blatt aus ihrem Zeichenblock hervorgezaubert, auf dem kunterbuntes Gekritzel prangte. »Guck, Perdi, die Mama. Hab ich gemalt. Für dich, weil du die doch so vermisst.«

Perdita war acht gewesen und hatte sich unmäßig über die Krakelei der Dreijährigen gefreut. »Du bist die Liebste«, hatte sie gestammelt, »meine Allerallerliebste, und dich würde ich noch viel, viel mehr vermissen als die Mama, so sehr, dass ich's nicht aushalten könnte.«

Hinterher hatte sie sich geschämt. Schließlich musste sie für Dellas moralische Erziehung sorgen, sie lehren, was richtig und falsch war, denn sonst war ja niemand da. »Die Toten darfst du nicht malen«, hatte sie ihr später erklärt.

»Die Toten sind ja in Gottes Hand, und da lassen wir sie ruhen und stören sie nicht. Verstehst du das, Del-Del?« So hatte die Kleine sich selbst getauft. Perdita benutzte den Namen nur selten. Sie wollte Della zum ordentlichen Sprechen anhalten und ermuntern, ein großes Mädchen zu werden, aber dieses Mal war das Kinderwort ihr herausgerutscht.

Im Grunde ist es dabei geblieben, dachte sie mit einer Spur von Resignation. Ihr Vater – ein Offizier mit Leib und Seele, der mit über fünfzig Jahren noch einmal für sein Land in den Krieg gezogen war – hatte stets mehr mit ihr, seiner Ältesten anfangen können, als mit der verspielten, mädchenhaften Della. Er war froh gewesen, wenn er die Fürsorge für sie Perdita überlassen konnte, und die hatte sich nach Kräften bemüht. Wenn sie ihre Schwester jetzt allerdings betrachtete, zweifelte sie daran, dass diese jemals ein großes Mädchen werden würde. Sie war achtzehn, alt genug, sich zu verloben und zu verheiraten, doch sie baumelte wie ein kleines Kind mit den Beinen, dass ihre Röcke aufflogen.

»Das macht man nicht«, wiederholte Perdita und wies auf Dellas entblößte Strümpfe. »Geburtstag hin oder her.«

»Aber ich bin glücklich«, erwiderte Della.

»Das ist kein Grund, sich schlecht zu benehmen.«

»Bist du auch glücklich, Perdi?«

Jeder andere nannte Perdita bei ihrem vollen Namen oder kürzte ihn zu Dita ab. Einzig Della rief sie noch immer wie damals, als sie mit dem alten, von der Urgroßmutter ererbten Puppenhaus gespielt hatten. Perdita gab keine Antwort. Ja, sie war auch glücklich, wie hätte ein Mädchen in ihrer Lage nicht glücklich sein sollen, aber um derlei Dinge machte man nicht so viel Wind und Worte.

»Und hast du auch Angst?«, fuhr Della schon fort. »Davor, dass es irgendwo finstere, rachsüchtige Götter gibt, die darauf lauern, uns für unser Glück zu bestrafen?«

»Warum sollte ich vor solchem Unsinn Angst haben?«, gab Perdita zurück. »Was Vater Matthew zu deinen finsteren Göttern zu sagen hat, kannst du ihn am Palmsonntag in der Messe fragen. In der Kirche könntest du dich ohnehin öfter blicken lassen.«

»Weil sonst Gott nicht mehr an mich glaubt?«

»Nein, weil dir das deine Verdrehtheit austreiben würde.« Wider Willen musste sie lachen. Was liest du da überhaupt?« Vor ein paar Wochen hatte sie Della mit Bram Stokers »*Dracula*« erwischt, das wahrlich nicht als geeignete Lektüre für eine junge Dame gelten konnte.

Sie griff nach dem Buch, das ihre Schwester auf dem Balken abgelegt hatte. Wilkie Collins. *Der Monddiamant*. Die Zeichnung auf dem Einband zeigte eine derart abscheuliche Gestalt mit grüner Haut und starrem Blick aus riesigen Augen, dass Perdita das Buch zurück auf den Balken warf. Ihre Schwester hatte denselben Hang zum Melodramatischen, Schauerlichen wie die Dienstmädchen und hatte dem Verbot zum Trotz vermutlich wieder einmal mit einer von ihnen Bücher getauscht.

»Es ist so spannend.« Schwärmerisch verdrehte Della die Augen. »Stell dir vor, aus einem indischen Tempel wird ein Diamant gestohlen, der einem dieser unheimlichen Götter gehört. Chandra, dem Gott des Mondes. Aber der Gott nimmt Rache, er lässt sich nicht ungestraft von einem dahergelaufenen Menschenwesen bestehlen …«

»Schluss jetzt«, fiel ihr Perdita ins Wort. »Wir stehlen keine Diamanten, und wir sind keine Heiden, sondern glauben an den einen Gott der Kirche von England. Der bestraft uns nicht für Glück, sondern für Sünde und Müßiggang. Also lies keine Schundromane, komm von diesem Balken herunter, und treib dich nicht herum, wo die Stallburschen verkehren. Wenn du dein Leben mit Anstand führst und den

Platz, an den du gestellt bist, ausfüllst, ist Glück deine Belohnung dafür.«

»Du bist so vernünftig, Perdi, ich kann nicht glauben, wie vernünftig du bist. Bekommst du nie Lust, mit jemandem zu tauschen und einmal unvernünftig zu sein? Ich nämlich hätte furchtbare Lust, mit dir zu tauschen – nur für einen Tag wäre ich dann die furchtbar vernünftige Perdita Lascelles.«

»Und jetzt bist du die furchtbar unerträgliche Della Lascelles, die mit ihren achtzehn Jahren noch ohne Nachtisch zu Bett geschickt werden muss, wenn sie sich nicht sofort umzieht. Die Custances werden bald hier sein. Ich möchte nicht, dass du mich vor ihnen blamierst.«

»Ach, Perdi!« Della rutschte von der Stange, und mit einem Ratschen riss der Stoff ihres Kleides. Ohne sich darum zu scheren, warf sie Perdita die Arme um den Hals. »Dein Caleb würde dich doch nicht weniger lieben, nur weil du eine ungezogene Schwester hast, für die du gar nichts kannst.«

»Natürlich würde er mich nicht weniger lieben.« Perdita versuchte, sich zu befreien, aber Della war schlimmer als jede Klette. »Darum geht es doch gar nicht. Menschen, die sich nicht benehmen können, bringen andere in Schwierigkeiten. Und wenn man einen Menschen liebt, dann will man nicht, dass er in Schwierigkeiten gerät.«

»Aber wenn man diesen Menschen so richtig liebt«, sagte Della, »ich meine, so wie du und Caleb euch liebt – würde man dann nicht alle Schwierigkeiten auf sich nehmen wollen?«

Sie ließ Perdita los und begann sich im Kreis um sich selbst zu drehen, dass die Trompetenlilie ihres Rockes um sie flog. Es war ungehörig und doch eins der Bilder, von dem man sofort wusste, dass man sich später darauf besinnen würde. Dass man, wenn man es sich ins Gedächtnis rief, wieder wissen würde, wie sonnig und unbeschwert dieser erste Frühlingstag gewesen war.

»Ach Perdi, die Liebe ist so wunderbar. Sie macht alles viel größer und schöner, und wenn wir lieben, werden wir auf einmal ganz wichtig.«

»Woher willst du denn das wissen? Und weshalb sollten ausgerechnet wir ganz wichtig sein?«

»Nun, natürlich nicht für die gesamte Welt«, erwiderte Della. »Aber für den einen, der uns liebt, doch wohl.«

»Jetzt geh und zieh dich um«, ermahnte sie Perdita. Insgeheim aber musste sie sich eingestehen, dass ihre Schwester recht zutreffend ausgedrückt hatte, was sie selbst empfand: Sie war nur irgendein Mädchen, das weltvergessen auf dem Land lebte, flüchtig dem König vorgestellt und gleich wieder vergessen. Sie hatte nicht einmal eine Mutter, für die sie etwas Besonderes war, doch für Caleb war sie das wichtigste Geschöpf auf der Welt.

»Du wirst das auch noch erleben«, sagte sie in versöhnlicherem Ton zu Della. »Jetzt bist du achtzehn, im richtigen Alter, und zu der Soiree, die Vater für meine Verlobung gibt, wird Alec Ritchie eingeladen.«

Perdita lauschte auf eine Reaktion, doch es kam keine. Stattdessen sah Della dem Hausmädchen Clarice zu, das mit einem Korb auf der Hüfte aus der Tür des Dienstbotentrakts kam, um harzig duftende Kienzapfen als Anmachholz für den Kamin im Herrenzimmer ihres Vaters zu holen. Der Vater trug Clarice alle erdenklichen Dienste auf, scheuchte sie herum und bestand sogar darauf, von ihr im Rollstuhl gefahren zu werden, obwohl dafür die Pflegerin da war. Ihm zufolge bewegte niemand den Stuhl so sanft wie Clarice.

Die hatte einen schönen Gang, stellte Perdita fest, dazu etwas seltsam Unnahbares, das es ihr manchmal schwer machte, mit der Bediensteten umzugehen.

»Nun sag schon, was du von Alec Ritchie als deinem Tischherrn bei meiner Soiree hältst.«

»Alec«, murmelte Della, ohne den Blick von Clarice zu wenden. »Alec ist nett.«

»Na bitte. Das wollte ich meinen«, sagte Perdita. Die Ritchies waren eine gute Familie, sie gehörten in die Struktur der Gegend wie die Custances und die Lascelles. Alec, der seit Längerem ein Auge auf Della geworfen hatte, war nur ein zweitgeborener Sohn, doch bei der Mitgift, die Gerald Lascelles stellen würde, spielte das keine Rolle. »Wer weiß, vielleicht feiern wir eine Doppelhochzeit.«

»Ach nein, Perdi!« Della drehte sich nach ihr um. »Du hast so lange darauf gewartet, deinen Caleb heiraten zu können, weil du mich nicht allein lassen wolltest. Ihr heiratet jetzt. Auch wenn es grässlich sein wird, ohne dich hier zu leben. Ganz und gar grässlich.«

Perdita hatte angenommen, ihre Schwester wisse nicht, warum sie ihre Hochzeit aufgeschoben hatte. Sie hatte sich nicht durchringen können, Della, die noch so kindlich war, allein mit ihrem Vater zurückzulassen, hatte jedoch nicht gewollt, dass Della sich deswegen schuldig fühlte. Die Jüngere aber hatte sie durchschaut. Flüchtig legte Perdita ihr die Hand an die Wange. »Du hast recht. Ein wenig ist es mir mit der Hochzeit jetzt eilig, weil ich mit Caleb als Mann und Frau leben will. Und außerdem bekäme ich bei einer Doppelhochzeit ja nicht dich als Brautjungfer.«

»Natürlich werde ich deine Brautjungfer!«, rief Della. »Darauf freue ich mich, seit wir im Obstgarten Hochzeit gespielt haben. Aber vermissen werde ich dich – sehr sogar.«

»Ich dich auch, mein Kaninchen«, sagte Perdita. »Aber allzu lange wirst du ja selbst nicht mehr hierbleiben. So wie ich Alec einschätze, würde er Vater lieber heute als morgen um deine Hand bitten.«

Della hatte sich wieder dem Dienstmädchen zugewandt, das sich niederbeugte, um Kleinholz aufzusammeln. »Hast du dir schon einmal überlegt, wie es sein würde, wenn du Clarice wärst?«, fragte sie unvermittelt. »Stell dir vor, du wärst Clarice und würdest trotzdem Caleb lieben – und er dich. Was solltet ihr dann machen? Davonlaufen? Caleb könnte seine Eltern nicht mehr sehen, er und Clarice hätten kein Geld und wären von allen, die sie lieb haben, fort. Wäre das nicht traurig? Aber tun müssten sie es ja doch. Wenn man liebt, dann tut man so etwas, nicht wahr?«

»Ich habe keine Ahnung, warum du dir dermaßen sinnloses Zeug ausdenkst«, sagte Perdita. »Wenn du so weitermachst, werden deine Geschenke weggeräumt, und nur ich bekomme welche. Willst du das?«

»Nein.« Della liebte Geschenke und vergaß ihre dummen Fantasien. »Können wir sie gleich jetzt bekommen? Oder müssen wir auf Caleb und seine Eltern warten?«

»Du kannst dich sofort darauf stürzen«, erwiderte Perdita. »Vorausgesetzt, du trägst ein dem Anlass angemessenes Teekleid und hast dir von Annie diesen Vorhang von Haar richten lassen.«

»Gefällt dir mein Haar nicht? Findest du es nicht schön?«

Perdita sah Dellas Haar an, ohne etwas zu sagen. Es war wellig, sehr voll und wie Weißgold. Fast silbern. Dass es jemanden gab, der es nicht schön fand, war unvorstellbar.

3

Lascelles Manor, 20. März 1910

Liebes Tagebuch!

Wie albern sich das las und wie kindisch. Della betrachtete die runden Buchstaben auf dem dicken, weißen Papier. Die Tinte glänzte noch. Sie war fliederblau. Wenigstens das gefiel ihr und hatte etwas von der jungen Frau, die sie gern sein wollte – ein wenig geheimnisvoll, ein wenig anders und ein ganz klein wenig verrucht. Sie hätte gern eine lange Zigarettenspitze gehabt, um daraus zu rauchen, aber vermutlich wäre dann ihre komplette Familie in Ohnmacht gesunken. Außerdem wusste Della überhaupt nicht, ob ihr Zigarettenrauch schmeckte und ob sie es wirklich wollte.

Das war eines ihrer Probleme: Sie wollte alle paar Minuten etwas anderes.

Jetzt jedenfalls wollte sie in das neue, in burgunderroten Samt gebundene Tagebuch schreiben, das sie zum Geburtstag bekommen hatte. Wollte alles festhalten, weil es dadurch noch mehr Bedeutung erlangte. Weil sie es später würde nachlesen können und dann den größeren Sinn begreifen, der hinter den Ereignissen lag. Vielleicht würde sie es ihren Kindern zeigen können und ihnen erklären: »So ist es mit der Liebe – wer weiß schon, was für ein Feuerwerk daraus werden wird, wenn sie als zarter Funke beginnt.«

Aber dazu musste sie erst einmal anfangen. Und eine Zeile durchzustreichen, würde die Schönheit des Buches ruinieren. Also ließ sie *liebes Tagebuch* stehen und setzte den Federhalter von Neuem auf.

Liebes Tagebuch!

Heute will ich Dir zum ersten Mal schreiben, weil ich glücklich, traurig und durcheinander bin und weil nichts davon verloren gehen soll. Schließlich kann ich ja noch nicht wissen, was einmal wichtig wird oder nicht. Die Leute in dem Buch vom Monddiamanten, das mir Clarice aus der Bücherei mitgebracht hat, schreiben auch Tagebuch. Und Briefe. Aus ihrem Tagebuch und den Briefen entsteht am Ende die ganze Geschichte. Briefe würde ich auch gern schreiben, aber ich weiß nicht, an wen. An Perdi? Die würde das albern finden, wo wir uns doch jeden Tag sehen. Und wenn wir uns bald nicht mehr oft sehen, wird sie sagen: »Ich wohne doch nebenan. Da wäre ein Brief verschwendete Zeit.«

Ich hätte gern eine Freundin. Natürlich könnte keine Freundin mir so lieb wie Perdi sein, aber man könnte der Freundin doch ganz anderes anvertrauen. Clarice zum Beispiel. Die schreibt ständig an alle möglichen Leute, um ihren schriftlichen Ausdruck zu üben, und ich würde ihr auch gern schreiben. Sie versteht so viel mehr vom Leben als ich. Aber weil Clarice unser Hausmädchen ist, steht eben fest, dass sie nicht meine Freundin sein darf. Manchmal möchte ich jemanden fragen: Warum ist das so? Aber wen?

Nicht zuletzt könnte ich wohl auch noch »ihm« *schreiben, und die Vorstellung erscheint mir schrecklich aufregend. Ihm. Meinem Liebsten. So darf ich jetzt ja wohl sagen, wo wir uns geküsst haben und noch so viel mehr, für das es keine Worte gibt. Um ehrlich zu sein, ich glaube nicht, dass Perdi mit ihrem Caleb auch nur halb so viel getan hat wie wir. Wir beide, Perdi und ich, wir haben ja von klein auf unsere Rollen zugeteilt bekommen, und die erfüllen wir: Perdi, die Brave, und ich, der Tunichtgut, der sich mit seiner Unbedachtheit eines Tages noch ins Unglück stürzen wird. Meine Rolle passt mir im Großen und Ganzen wohl recht gut, und die meiste Zeit über habe ich sie ganz gern angenommen, aber manchmal kommt sie mir dennoch vor wie ein Kleid, das da und dort zwickt, weil man herausgewachsen ist. In solchen Momenten frage ich mich: Wenn wir nur immer weiter unsere Rollen spielen und tun, was man von uns erwartet, versäumen wir nicht, was wir sonst noch sind oder sein könnten?*

Perdi zum Beispiel. Würde sie nicht gern mit ihrem Caleb, den sie so sehr lieb hat, einmal ein Abenteuer erleben, etwas Verbotenes tun, statt seit Jahr und Tag wie ein hübsches, kleines Paar Zinnsoldaten vor den hochwohlgeborenen Eltern strammzustehen? Heute stand sie wiederum stramm, und sie tat mir leid. Während die wilde Della ihre Geschenke (die ganz sicher Perdi besorgt hatte, denn sie waren wie für mich gemacht) ungestüm aus dem Papier riss und sich ausgelassen über einen Malkasten, Bücher, ein zweiteiliges Kleid aus meerblauer Seide und dieses Tagebuch freute, wickelte Perdita züchtig ein farbloses Stück für die Aussteuer nach dem andern aus, sagte »Danke« und stapelte alles ordentlich auf. For heaven's sake *(so flucht »*er*«, mein Liebster, wann immer etwas ihn aufregt), sie ist doch erst dreiundzwanzig, nur fünf Jahre älter als ich, nicht jenseits von Gut und Böse wie Tante Mathilda, die die zwei Geburtstagskinder anschließend in den Teesalon abkommandierte, wo bereits serviert worden war. Lady Maude zupfte sich mit der Silberzange ein hauchdünnes Lachs-Sandwich von der*

Etagere und hielt in der freien Hand ein Gläschen Sherry, den zuckersüßen Bristol Cream, der schmeckt wie Honigmilch, die man halskranken Kindern gibt.

Lord Roderick, der, ohne zu krümeln, Scones in sich hineinstopfen kann, erhob sich. Wenn er sich erhebt, bekommen die, die sich hinter ihm aufhalten, keine Sonne mehr ab. Aber hinter ihm hielt sich ja niemand auf. Wir sind so wenige auf solchen Feiern »im engsten Kreis«, wir passen alle ordentlich um den kleinen, in Messing gefassten Glastisch: Vater mit der Pflegerin, die nun einmal dabei sein muss, obwohl er lieber Clarice hätte, Tante Mathilda, Onkel Herbert Fitzwater, Cousin Bertram und seine Frau Susan, deren Bauch mit dem Kind fast aus dem Contilkorsett platzt. Mehr Verwandte haben wir nicht, bis auf Vaters Cousin, der weitab von der Zivilisation in irgendeinem indischen Gebirge haust. Mr. Taylor, der Butler, und Diener Cuthbert, der natürlich dabeistand, um bei Bedarf Tee oder in Maßen Alkohol nachzuschenken, zählten nicht, denn die gehören ja nicht zur Familie. Gerade Mr. Taylor benimmt sich auch so, mehr wie ein Möbelstück als wie ein Mensch. Steht reglos wie Großpapa Williams Standuhr, bei der alle erschrecken, wenn sie zur vollen Stunde gongt.

Dazu kamen Caleb, der genauso zackig aufstand wie sein Vater, aber hoffentlich nie genauso in die Breite gehen wird, und die Eltern: Der ehrenwehrte Sir Roderick, Earl of Tedworth und seine Countess, die noch ehrenwertere Lady Maude. Dass diese zwei über uns Lascelles anfangs gehörig die Nase gerümpft haben, ist Perdi ohne Zweifel bekannt. Aufrichtig ausgedrückt, sind ja die Lascelles nichts weiter als zu Geld gekommene Kleinadlige. »Aber nicht ohne Anstand«, beharrt die arme Perdi bei diesem Thema grundsätzlich. »Anstand ist das Wichtigste, so hat Vater es gehalten, und so werden wir es halten, dann brauchen wir uns vor nie-

mandem zu schämen. Und seit Lord Roderick und Lady Maude erkannt haben, dass es bei uns an Anstand nicht fehlt, kommen sie gern zum Bridge, und als Frau für ihren einzigen Sohn bin ich ihnen von Herzen willkommen.«

Vielleicht eher, seit sie erkannt haben, dass es bei uns an Geld nicht fehlt und dass sich ohne den warmen Regen aus Gerald Lascelles' Portfolio ihr marodes Schloss mit der maroden Wirtschaft drumherum nicht mehr lange wird halten lassen. Aber nicht doch. Das sind so niederträchtige Gedanken, die passen nicht zu meiner Rolle. Ich bin zwar das schwarze Schaf, das ständig Unfug anstellt, aber das ist mein Übermut, keine Bosheit, im Kern bin ich harmlos und darf so etwas Hässliches nicht denken.

Das tue ich ja auch eigentlich nicht. Und den dicken Lord Roderick samt seiner Bohnenstange Maude finde ich nicht einmal unleidlich. Er kann recht amüsant sein, und wie man Scones verputzt, ohne sich von oben bis unten mit Krümeln zu verzieren, muss er mir irgendwann einmal beibringen. Ich frage mich nur und kann damit nicht aufhören: Was wäre, wenn nicht? Was wäre, wenn unser Vater kein Geld hätte? Wenn er nicht kerzengerade in seinem Stuhl einherrollte, als hätte er das Schwert des Empire verschluckt, und eine Fahne mit der Aufschrift »Anstand« *vor sich hertrüge? Wenn es auf seiner weißen Weste einen Flecken gäbe, den fleißige Wäscherinnen mit allem Reiben nicht herausbekämen?*

Und wenn Perdi selbst, die so wohlerzogene, fügsame Perdi, einmal etwas täte, was nicht dem Anstand entspricht? Wenn sie sich statt eines halben Gläschens Champagners ein richtiges Glas einschenken ließe und nach dem ersten ein zweites und dann noch eins und noch eins? Wenn sie aus heiterem Himmel die Etageren mit den Sandwich-Fingerchen und Petit Fours vom Tisch fegen würde und den illust-

ren Herrschaften erklären: »Wisst ihr was? Ihr alle hängt mir zum Hals heraus. Ich will mit meinem Caleb allein sein, weit weg von euch und vom Hüfthalter bis auf die Füße nackt.«

Erschrecken sich Tagebücher, weil ihre Besitzerinnen mit fliederblauer Tinte Unaussprechliches in sie hineinschreiben? Sicher nicht. Wozu wären sie sonst da? Sie würden nicht mehr taugen, als Freundinnen, die sich die Ohren zuhalten. Solche Freundinnen könnte man – so man sie hätte – dorthin schicken, wo der Pfeffer wächst.

Weshalb eigentlich Pfeffer, und wo wächst der? Safran, das habe ich aus dem Buch von Clarice gelernt, wächst in Indien und blüht höchstens drei Wochen lang. Ich mag Safran gern, das butterige Goldgelb, das unsere Dottie in den Früchtekuchen knetet, und der Duft, der halb bitter und süß ist, zart und doch alles erfüllend wie die Liebe. Eine Freundin, die sich vor meinen sündigen Gedanken die Ohren zuhält, würde ich nie dorthin schicken, wo man solche Kostbarkeiten pflücken kann. Die wäre beim Pfeffer besser aufgehoben. Aber eine Schwester?

Meine Schwester Perdi?

Eine so liebe Schwester wie Perdi schickt keiner dahin, wo irgendwelche Gewürze wachsen. Die schickt er nicht einmal auf den Besitz des Nachbarn, wo sie unter der gestrengen Aufsicht von Lord Pflaumenpudding und Lady Bohnenstange mit ihrem Caleb in Anstand ihr Leben führen wird.

Und deshalb, liebes Tagebuch, habe ich heute, an Deinem ersten Tag, so viel von den Dingen geschrieben, die mich traurig machen, und nichts von denen, die mich aufgeregt und glücklich machen, so viel von meiner Schwester und fast nichts von meinem Liebsten. Ich kann mir eben einfach nicht vorstellen, dass sie bald nicht mehr hier ist, meine Perdi, die immer bei mir war, und dass sie Mrs. Caleb

Custance sein wird, wenn sie uns fortan besuchen kommt. Alle Gäste reisen ab, und ich bleibe allein mit dem Vater, der mich nicht versteht. Perdi versteht mich auch nicht, ich verstehe mich ja an den meisten Tagen selbst nicht, aber Perdi hatte mich an all diesen Tagen lieb. Und ich sie.

Vielleicht wäre ich ja nicht ganz so traurig, wenn ich mir sicher wäre, dass sie und ihr Caleb glücklich sind und dass sie sich um ihr Glück mehr sorgen als um Anstand und Lord Pflaumenpudding nebst Lady Bohnenstange.

Was meinen Liebsten betrifft, so sollte ich wohl nicht ins Buch, sondern an ihn selbst schreiben, wie vorhin schon einmal bedacht. Aber ich weiß nicht einmal, ob er einen Brief gern lesen würde, ja, ob er überhaupt gern liest.

Ich selbst lese immerzu. Geschichten von anderen Leben in anderen Ländern und zu anderen Zeiten, weil ich nur das eine habe, und das kommt mir so furchtbar wenig vor.

Statt zu schreiben, könnte ich mein eines Leben in die Hand nehmen und mit ihm davonlaufen, wie ich es Perdi und Caleb gewünscht habe. Aber könnte ich das wirklich? Fortgehen, um des Abenteuers willen, und meine Perdi nicht mehr sehen?

Der ärmste Liebste würde an einer verborgenen Gabelung des Weges vergeblich auf mich warten, denn ich bekäme nicht einmal einen Fuß über die Schwelle.

4

»Ich liebe dich, Dita. Es macht mich zum stolzesten Mann der Gegend, dass du eingewilligt hast, meine Frau zu werden.«

»Ich liebe dich auch, Caleb. Ich habe schon eingewilligt, deine Frau zu werden, als du mich zum ersten Mal gefragt hast. Da war ich acht.«

»Und ich zehn.«

Sie lachten beide. Der Tag war hell und schön, als müssten von jetzt an alle ihre Tage hell und schön sein.

Sie waren zusammen geritten, Perdita auf Ey de Net und Caleb auf einem fuchsroten Wallach, den er jüngst aus Irland erworben hatte und versuchte, auf Ey de Nets Schnelligkeit hin zu trainieren. Vergebliche Liebesmüh. Es war nicht leicht für Caleb. Von seinen Eltern wurde er knapp gehalten und hatte kaum Geld zur Verfügung, um es für Leidenschaften wie den Reitsport auszugeben.

Liebend gern hätte Perdita ihren Vater gebeten, ihm aus den Mitteln der Mitgift vorab einen Betrag zukommen zu lassen, aber sie wusste, sie hätte Caleb damit gekränkt. Seine Familie hatte Stück um Stück ihr Vermögen verloren, weil sie sich weigerte, an der Art, in der sie seit Generationen ihren Besitz bewirtschaftete, etwas zu ändern. Das Wissen darum verletzte ihn ebenso tief, wie es ihren Vater verletzte, als Offizier seinem Land die Gesundheit geopfert zu haben und dennoch keinen großen Titel zu führen.

Mit der Hochzeit wird all das anders, dachte Perdita. Einen Unterschied zwischen ihnen würde es nicht länger geben, weder in geldlichen noch in gesellschaftlichen Fragen. Was immer sie einbrachte, würde sie in Calebs Hände geben, und er gab ihr und den Kindern, die sie haben würden, seinen Namen und seinen Schutz. Flüchtig legte sie ihren Kopf dorthin, wo in der Halsgrube Calebs Puls schlug. Sie waren Kindheitsfreunde, sie durften sich ein wenig mehr Vertraulichkeit herausnehmen als gewöhnliche Verlobte. »Ossian ist heute ausgezeichnet gelaufen«, sagte sie. »Es ist erstaunlich, was du in der kurzen Zeit aus ihm herausgeholt hast.«

»Meinst du wirklich?« Wenn er verlegen war, seine Unsicherheit zeigte, liebte sie ihn mehr denn je. »Ich denke schon, es steckt einiges in ihm, und ich gebe mir alle Mühe, ihn zu fördern. Aber seine Möglichkeiten sind begrenzt, sein Vollblut-Anteil ist einfach nicht groß genug.«

»Was hieltest du davon, Drury mit ihm trainieren zu lassen?« Perdita reckte sich und hielt Ausschau, sah die beiden Stallburschen, die sich aufmachten, ihnen die Pferde abzunehmen, konnte den Bereiter aber nirgends entdecken. Er hatte etwas von einer Kreuzotter, kam und ging, wie es ihm gefiel, verschwand im Gras, um dann unvermittelt daraus hervorzuschießen. Della machte sich wenig aus Reiten und hatte demzufolge kaum mit ihm zu tun, und dennoch missfiel Perdita der Gedanke, dass sie allein und auf ihn angewiesen sein würde, wann immer es um Lucy, ihr Pferd, ging. An manchen Tagen fragte sie sich, ob sie ihren Vater nicht hätte bitten sollen, jemanden anderes einzustellen, der angemessener mit einem so jungen Mädchen umging.

Andererseits hielt der Vater zu Recht große Stücke auf

Drurys Talent im Umgang mit Pferden. »Der Kerl macht mir aus einem lahmen Schimmel einen Derby-Sieger«, behauptete Gerald Lascelles, der regelmäßig Dreijährige nach Epsom schickte. Seit er selbst nicht mehr reiten konnte, war der Rennsport ihm Zerstreuung und Trost, und Algernon Drury war der Mann, der ihm die verlorenen Fähigkeiten ersetzte. Aus diesem Grund hatte Perdita Caleb vorgeschlagen, Drury mit seinem Fuchswallach einen Versuch wagen zu lassen. Caleb war ein guter Reiter, aber er war durch und durch zivilisiert, während Drury über einen beinahe animalischen Instinkt verfügte, auf den Pferde reagierten.

Calebs Züge verhärteten sich. »Traust du mir nicht zu, mit meinem eigenen Pferd fertig zu werden?«, fragte er scharf. »Hast du nicht eben noch gesagt, ich hätte einiges aus dem Iren herausgeholt? War das nur leere Schmeichelei?«

Ehe Perdita auch nur ein Wort herausbekam, fuhr er schon fort: »Ich weiß, dein Vater hat dich mit materiellen Gütern überschüttet wie ein indisches Prinzesschen – aber ich dachte doch, gerade du wüsstest andere Werte zu schätzen. Dass du das teurere Pferd besitzt, macht dich übrigens nicht zur besseren Reiterin.«

»Das ist doch absurd, Caleb. Dass ich die bessere Reiterin bin, würde ich nie behaupten.« *Nicht einmal wenn ich es wäre*, durchfuhr es sie. »Ich lasse selbst Ey de Net von Drury bewegen, wenn ich nicht genug Zeit habe, und da es ihm gut zu tun scheint, habe ich es dir auch vorgeschlagen. Das ist alles. Kein Grund, mir Finsteres zu unterstellen.«

»Und weshalb solltest du für dein Pferd nicht genug Zeit haben?«, fragte Caleb. »Es ist schließlich nicht so, dass du den lieben langen Tag irgendetwas anderes zu tun hättest.«

Das war rundheraus unfair. Perdita hatte mehr oder weniger die Aufsicht über den Haushalt auf Lascelles Manor geführt, seit sie zwölf Jahre alt gewesen war, und Mrs. Severs, die Haushälterin, hatte mehr als einmal verlautbart, dass sich mit Perdita arbeiten ließ wie mit einer erwachsenen Dame. Vor allem aber hatte sich Perdita um Della gekümmert, hatte versucht, ihr die Mutter zu ersetzen und das moralische Vorbild zu sein, das junge Mädchen so dringend benötigten.

»Da wir einmal dabei sind.« Caleb war sichtlich noch nicht fertig, obwohl Perdita noch immer nicht klar war, was diesen Sturm aus heiterem Himmel ausgelöst hatte. »Als meine Frau erwarte ich von dir ein deutlich anderes Benehmen. Wie ein Stallbursche herumzugaloppieren gehört sich nicht für die künftige Countess of Tedworth.«

»Aber deine Mutter liebt das Jagdreiten doch auch!«, rief Perdita. Eine Angst ergriff sie, die sie nicht kannte. Was war mit Caleb los, warum ging er so schroff mit ihr um? Sie liebte ihn, es wäre ihr nicht schwergefallen, für ihn auf vieles zu verzichten, aber ihr geliebtes Reiten schien so sehr Teil ihres Wesens, dass in ihr die Frage aufschoss: *Wenn ich nicht mehr reite – was ist dann noch übrig von mir?*

Natürlich war die Frage müßig. Ihre Liebe zu Caleb war übrig, ihr Wunsch, ihm eine gute Frau zu sein. Und die Liebe zu Della und ihrem Vater, das Bestreben, den Mann glücklich zu sehen, der vom Schicksal so hart geschlagen worden war und doch nie aufgehört hatte zu kämpfen, um seine Töchter zu anständigen Menschen zu erziehen. Und Della sollte einen guten Mann bekommen. Mit einem künftigen Earl zum Schwager erhöhten sich ihre Chancen. Das alles war wichtiger als ihr Vergnügen, war viele Opfer wert.

»Meine Mutter nimmt an Jagden teil, das ist richtig«, sagte Caleb. »Aber sie käme nicht auf die Idee, sich in aller Herrgottsfrühe ein Pferd satteln zu lassen, um ohne Sinn und Zweck durch die Wälder zu sprengen. Mein Vater hätte ihr so etwas auch nie gestattet. Hätte er riskieren sollen, dass die Frau, die er zur Mutter seiner Kinder gewählt hatte, sich bei solchem Leichtsinn den Hals bricht?«

Lady Maude hatte nur ein einziges lebensfähiges Kind geboren, was sie und ihr Mann fast ebenso bedauerten, wie es Gerald Lascelles schmerzte, keinen Sohn zu haben.

Perdita wusste nicht, was sie antworten sollte. Was er sagte, war einleuchtend, und sie verspürte nicht den Wunsch, ihrem künftigen Mann zu widersprechen. Aber Ey de Net nachzusehen, der jetzt von Nick übernommen wurde und an Ossians Seite mit schwingendem Schweif davonschritt, tat dennoch weh.

»Du hast recht«, sagte sie endlich.

»Das meine ich aber auch.« Er lächelte wieder, beugte sich nieder und küsste sie federzart auf die Stirn. »Ich liebe dich, Perdita. Ich will das Beste für dich.«

»Das weiß ich.«

»Gut. Vergiss es nie.«

Abends, nach dem Dinner, saß sie mit ihrem Vater im Teesalon, den er auch als Rauchzimmer nutzte, wenn kein Besuch da war, weil er auf diese Weise zumindest Perdita beim Rauchen zur Gesellschaft hatte. Diese kurzen, gemeinsam verbrachten Abende bedeuteten Perdita viel. Sie gaben ihr das Gefühl, ihre Sache ordentlich zu machen und ihrem Vater eine gute Tochter zu sein, auch wenn sie ihm keinen Sohn ersetzen konnte. Wenn sie und Caleb erst verheiratet waren, wünschte sie sich zwischen ihnen ebensolche Abende. Sie würde dafür Sticken lernen. Im Sticken war sie nie gut gewesen, aber die Frau, die dabei saß und stickte, während der Mann sich nach einem langen Tag beim Rauchen entspannte, gehörte zur Harmonie des Bildes.

Ihr Vater liebte Zigarren. Zigaretten, die es in ständig neuen Sorten gab, rührte er nicht an.

»Ich bin stolz auf dich«, sagte er, nachdem Cuthbert ihm die gewünschte Zigarre gebracht und er selbst sie sich mit einem kleinen Ritual angeschnitten und in Brand gesteckt hatte. »Ich wünschte, ich hätte Grund, auf deine Schwester genauso stolz zu sein.«

»Aber den hast du doch!«, rief Perdita. »Della ist noch so jung und ja, sie ist ein Wildfang und schwierig zu zügeln, aber das ist jedes gut gezogene Fohlen auch, und mit geduldiger, beharrlicher Arbeit haben wir noch immer ein ordentliches Pferd aus ihm gemacht.«

Sie stockte. Ihre Schwester mit einem Pferd zu vergleichen, gehörte sich nicht. Dennoch konnte sie sich nicht hindern, bisweilen an einen Jährling zu denken, wenn sie Della erlebte: lange Beine, zerzauste Mähne, Tage voller Luftsprünge und nächtelang Lärm in der Box. Es dauerte Jahre, einen solchen Geist voller Widerspenstigkeit an den Zügel zu gewöhnen, ihm Gehorsam und Unterordnung beizubringen, doch mit jedem Schritt voran spürte man die wachsende Zufriedenheit des Pferdes. Es wurde seiner Bestimmung zugeführt, der Aufgabe, die ihm im Leben zufiel, und diese zu erfüllen, schenkte Glück, das war beim Menschen nicht anders als beim Tier.

Ihr Vater blies Rauch aus. Perdita verspürte einen Hustenreiz, und dennoch liebte sie den Geruch, der in seiner samtenen Hausjacke und ein wenig auch in den Chintz-Polstern von Sesseln und Sofas hing. Wo immer er ihr begegnete, würde er sie an ihren Vater erinnern, an die Wärme, an das nach dem Harz von Kiefernholz duftende Feuer und das sanfte Licht jener Abende, die sie zu zweit im Teesalon verbracht und über all die Dinge geredet hatten, die für den Haushalt, das Anwesen, die Familie erledigt werden mussten.

»Du kommst nach deiner Mutter«, sprach ihr Vater gedankenverloren vor sich hin. »Eine Frau, die wusste, wo sie hingehörte, und die Forderungen von Anstand und Pflicht höher stellte als die flatterhafte Stimme des Herzens. Ich habe sie dafür respektiert und bewundert, und meine Liebe zu ihr ist dadurch nur gewachsen.«

In Bruchstücken wusste Perdita, wovon er sprach. Vaters Schwester, Tante Mathilda, hatte etwas erwähnt, und unter gemeinsamen Bekannten wurden hier und da Gerüchte laut: Die junge Lady Hetty Bouvier hatte sich innig in einen jungen Offiziersanwärter aus dem Regiment des Mannes verliebt, mit dem sie sich nach dem Willen ihrer Familie verloben sollte. Der junge Mann war mittellos, dennoch entschlossen, beim Vater seiner Liebsten vorzusprechen und ihn um eine Chance für seine Liebe zu bitten. Er hatte vor, sich zur British Indian Army zu melden, um seine Karriere zu beschleunigen und seiner Frau innerhalb der britischen Gesellschaft in Indien ein angemessenes Leben zu bieten.

Hetty aber hatte sich zu dem harten Schritt durchgerungen und ihrer Mesalliance entsagt. Sie hatte Gerald Lascelles geheiratet, den Mann, den ihre Familie für sie ausgewählt hatte, und ihre Ehe war glücklich geworden, wenn auch ein unbarmherziges Schicksal sie allzu früh beendet hatte.

»Du bist durch und durch ihre Tochter«, fuhr ihr Vater fort und zog von Neuem an seiner Zigarre.

Perdita war fest entschlossen, sich ihre Mutter zum Vorbild zu nehmen und eine so gute Gattin zu werden wie sie. *Aber ich brauche nicht dasselbe Opfer zu bringen,* dachte sie. Sie hatte Glück – der Mann, den ihr Vater für sie bestimmt hatte, war zugleich der, den sie von ganzem Herzen liebte.

»Della aber – die verstehe, wer will«, sprach ihr Vater weiter. »Da fehlt jetzt die Mutter. Hetty hätte vielleicht gewusst, was in dem Mädchen vorgeht, aber für mich als Mann ist mein eigenes Kind ein Buch mit sieben Siegeln.«

»Ich habe mich immer bemüht, an Della Mutterstelle zu vertreten«, erwiderte Perdita ein wenig verletzt.

»Ja, das hast du, und hast wahrlich dein Bestes gegeben, das könnte kein Mensch bestreiten. Aber was dein Springteufel von Schwester jetzt gerade treibt, was ihr wieder wichtiger war als zum Abendessen mit ihrer Familie zu erscheinen, das weißt du auch nicht, und woher sollst du das auch wissen?«

»Das habe ich dir doch gesagt!«, rief Perdita. »Sie hat sich heute Vormittag beim Spaziergang verkühlt und hatte keinen Appetit. Ich fand es daher sogar vernünftig, dass sie noch ein wenig in ihr Tagebuch schreiben und dann früh zu Bett gehen wollte, um sich auszukurieren.«

Asche von des Vaters Zigarre fiel auf die Glasplatte des Tisches, weil Cuthbert den Aschenbecher – Silber mit dem eingravierten Bild eines Lieblingspferdes – außerhalb seiner Reichweite abgestellt hatte. Der Vater beugte sich vor, unterdrückte einen Schmerzenslaut, als er den Arm so weit wie möglich streckte, um den Behälter zu erreichen. Den Rollstuhl konnte er allein nicht vorwärtsbewegen, und die Pflegerin wollte er in der Privatheit jener Abende nicht um sich haben. Er wollte sie überhaupt höchst selten um sich haben. Seinen Kammerdiener wollte er außerhalb der vier Wände seines Schlafgemachs auch nicht viel häufiger um sich haben, und Clarice, die er leichter duldete, weil sie durch ihre niedrige Stellung nicht recht zählte, hatte in einem Salon nach dem Dinner nichts zu suchen.

Gut zehn Jahre war es her, dass er mit seiner Kavallerieeinheit gegen eine Wagenburg der Buren angestürmt war und mit der Hälfte seiner Männer auch die Beweglichkeit seiner Beine verloren hatte. Sie hätte damit vertraut sein müssen, doch an den Anblick ihres vor Kraft strotzenden Vaters, der hilflos in einem Rollstuhl saß, würde sie sich nie gewöhnen. Er spürte seine Beine noch, aber die Knochen waren vom Leib seines über ihn hinweggerollten Pferdes derart zermalmt worden, dass ärztliche Kunst versagte.

Der Blick ihres Vaters traf sie. Unvermittelt musste Perdita an Della denken. Sie war in vielem ein Ebenbild ihrer Mutter, nur noch hübscher, zarter, fast feenhaft fein, doch die blauen Augen hatte sie vom Vater. Sie waren klar, ließen durch etliche Schichten blicken, und blieben letztlich doch unergründlich, weil sich hinter jeder Schicht eine weitere Tiefe auftat. Sie waren schön, man wollte sich an ihrem Blick festsaugen, doch zugleich lag etwas Kaltes darin.

»Ich bin froh, dass du Custances Sohn heiratest«, sagte ihr Vater. »Dass es dem alten Wolf an Geschäftssinn mangelt – na ja, aber er kann schützend die Hand über dich halten.«

»Bist du der Ansicht, das habe ich nötig? Habe ich mich als so dumm erwiesen?«

Wieder fühlte Perdita einen Stich, eine nicht allzu schwere, aber doch deutlich spürbare Verletzung. Natürlich hatten Frauen den Schutz von Männern nötig, daran hatte sie nicht vor zu rütteln, und zweifellos würde ihr künftiger Schwiegervater in einem Notfall die Hand über jedes Mitglied seiner Familie halten. Sie fand jedoch, dass sie sich in den Jahren, in denen sie häufiger als üblich auf sich allein gestellt gewesen war, nicht übel bewährt hatte. Sie war in zahlreichen Dingen bewandert, die sonst Männern vorbehalten blieben, verstand sich auf den Pferdekauf, auf die finanziellen Aspekte der Haushaltsführung, sogar auf manche bauliche Besonderheit des Hauses. In Ermangelung anderer Gesprächspartner hatte ihr Vater seine Kriegserfahrungen ebenso mit ihr geteilt wie Gedanken zur Bewirtschaftung der Güter. Dass er sie jetzt wie ein geradezu lebensunfähiges Mädchen behandelte, traf ihren Stolz.

»Du bist nicht dumm«, sagte ihr Vater, ohne den Blick von

ihr abzuwenden. »Im Gegenteil. Du bist ein patentes Mädchen, eines, das seinen Mann stehen kann und das mir hier an etlichen Ecken und Enden fehlen wird. Wärst du als Sohn zur Welt gekommen, könnte ich mein Lebenswerk in befugte Hände und an mein eigenes Fleisch und Blut übergeben. So fällt alles an diesen Sohn meiner Schwester, den ich – unter uns gesagt – für einen Luftikus halte.«

Das war Cousin Bertram gegenüber nicht gerecht, doch von ihrem Vater in diesem Punkt Fairness zu erwarten, wäre zu viel verlangt gewesen. Über die Enttäuschung, keinen Sohn zu haben, kam ein Mann wie er nie völlig hinweg.

»Nein, du bist wahrlich nicht dumm, meine Gute, dein Mann bekommt eine tüchtige Gefährtin. Aber vertrauensselig bist du, gutgläubig, genau wie deine Mutter es gewesen ist. Wenn jemand, den du gern hast, dir etwas erzählt, dann kaufst du es ihm Wort für Wort ab, und auf die Idee, er könnte ein Rosstäuscher sein, kommst du nicht, denn du hast ihn ja gern. Du hast ja alle und jeden gern.«

»Jeden nicht«, setzte Perdita sich zur Wehr. Algernon Drury kam ihr in den Sinn, den sie ganz und gar nicht gernhatte. »Außerdem frage ich mich, worauf du hinauswillst. Was hat das mit Della zu tun? Dass sie impulsiv ist und über die Konsequenzen ihres Handelns nicht nachdenkt, macht ja keine Lügnerin aus ihr. Im Gegenteil. Manchmal wünschte ich, sie würde ihr Herz nicht so weit vorn auf der Zunge tragen.«

»Perdita«, sagte ihr Vater und straffte den Rücken, wie es Menschen taten, um sich zu erheben. Nur konnte er sich ja nicht mehr erheben. »Ich will, dass du die Griffe von diesem verdammten Stuhl nimmst, mich in den Aufzug stellst und zum Schlafzimmer deiner Schwester schaffst.«

Die Schlafzimmer in den oberen Stockwerken suchte er für gewöhnlich nicht auf. Ein Aufzug war installiert worden, doch seine eigenen Räume hatte Gerald Lascelles in den Südflügel des Erdgeschosses verlegt, um seine Abhängigkeit vom Gesinde gering zu halten und niemandem zur Last zu fallen. Er war ein stolzer Mann, jetzt noch ebenso wie in seinen glorreichen Tagen als Major der Kavallerie.

Perditas Blick flog zum Fenster. Die Nacht war mondlos und schwarz, warf das Licht des Feuers spiegelnd zurück. »Zu Dellas Zimmer? Jetzt? Sie wird schon schlafen.«

»Das eben meine ich«, sagte ihr Vater. »Sie hat dir erzählt, sie geht schlafen, also steht für dich fest, dass sie es tut. Aber so funktioniert die Welt nicht, Dita. Die Welt kann so widerlich sein, dass es einem davor graut, in den Spiegel zu schauen und festzustellen, dass man selbst zum Geschlecht der Menschen gehört. Schieb mich in den Aufzug. Ich habe mir die Sache lange angesehen und versucht, mir einzureden, dass ich mich täusche, aber einmal ist Schluss mit der Augenwischerei. Wir beide werden deiner Schwester jetzt einen Besuch abstatten und nur noch glauben, was wir leibhaftig vor uns sehen.«

Perdita stand auf. Ihre Bewegungen kamen ihr seltsam mechanisch vor. Als wolle etwas sie warnen, ihr raten, zu bleiben, wo sie war. Der Rollstuhl, der sonst leicht über das von den Teppichen ausgesparte Parkett glitt, ließ sich kaum schieben, die Räder sperrten sich wie blockiert.

»Dita?« Ihr Vater drehte sich erst nach ihr um, als sie im ersten Stockwerk den nach vorn hin offenen Aufzug verließen. Perdita schob seinen Stuhl über den Korridor, der zu den Schlafzimmern führte, ihrem eigenen wie dem von Della. Ein freundliches, luftiges Boudoir, das beiden Schwestern zur Verfügung stand, lag dazwischen. Es war das Zimmer ihrer Mutter gewesen. Hetty Lascelles hatte sich hier gern aufgehalten. Mit ihrem zarten, mädchenhaften Geschmack hatte sie es gestaltet – in Rosenholz, Seide, Elfenbein und dezenter Vergoldung, duftigen Rosa- und Creme-Tönen, blumigen Mustern, frühlingshaft hellem Grün.

Della und Perdita nutzten es wenig. Perdita überfiel darin ein Schmerz, an den sie sich nicht verlieren mochte, und Della betrat den Raum nur, wenn es sich nicht vermeiden ließ. »Mir läuft's da eiskalt über den Rücken. Das Licht in den Wandarmen flackert, und bei jedem Geräusch fährt man herum und erwartet, hinter sich jemanden zu sehen.«

Perdita schalt sie dafür. An Geister glaubten ungebildete Massen, die den Kirchenbesuch vernachlässigten und es nicht besser wussten. Die hörten in jedem Pfeifen des Windes im Kaminschacht aus Gräbern auffahrende Tote, sahen in jedem Flimmern des Gaslichts unheimliche Gestalten, weiß gewandete Frauen, bestrebt, Vergeltung für jahrhundertealtes Unrecht zu fordern. Von solchem Humbug durfte sich eine wohlerzogene junge Dame nicht verführen lassen. Della verbrachte zu viel Zeit mit dem Gesinde, stand ständig mit Clarice in Geplauder vertieft und hielt das Mädchen von der Arbeit ab. Eine, die mit Freude lernte, war sie nie gewesen, schon gar nicht in den Naturwissenschaften, die Perdita fasziniert hatten, weil der Kenntnisstand der Menschheit darin ständig voranschritt.

Noch immer konnte sie sich einen verstohlenen Blick auf die wissenschaftlichen Meldungen der Zeitung nicht verkneifen, auch wenn sie als Frau solches Wissen nicht benötigen würde.

Hätte ihre Schwester sich mit physikalischen Gesetzen auseinandergesetzt, so hätte sie sich erklären können, dass solche angeblich übernatürlichen Phänomene nichts Geisterhaftes an sich hatten. Aber still zu sitzen und zu studieren waren nun einmal Dellas Sache nicht. Sie brauchte Beschäftigung. Dringend. Sie brauchte einen Mann.

»Dita.« Noch immer hielt ihr Vater das Gesicht ihr zugewandt. Im Halbdunkel des Korridors, in dem lediglich ein durch einen Schirm gedämpftes Wandlicht brannte, war sein Ausdruck nicht zu lesen. »Ich muss dich bitten, dein Herz zu wappnen und auf das Schlimmste vorzubereiten.«

Auf das Schlimmste? Flüchtig durchfuhr sie der Gedanke, Della könne gestorben sein wie Tante Mathildas Tochter, die sich im Alter von vierzehn Jahren mit einer leichten Verkühlung zu Bett begeben hatte und am Morgen leblos auf blutig gehusteten Kissen gefunden worden war. Dann atmete sie auf. Woher hätte ihr Vater, der den ganzen Abend in ihrer Gesellschaft verbracht hatte, davon wissen sollen?

An der Tür zu Dellas Zimmer beugte ihr Vater sich im Rollstuhl vor. Perdita erwartete, dass er Dellas Namen rufen und versuchen würde, an die Tür zu klopfen, doch stattdessen hangelte er nach der Klinke. Seine Hand rutschte ab.

»Warte«, sagte Perdita und wollte nach der Klinke greifen. »Della, wir sind es, Vater und Perdi«, rief sie. »Wir wollten uns nur vergewissern, dass es dir gut geht.«

»Mit wem sprichst du?« Ihr Vater stieß ihre Hand beiseite. »Mit dieser Tür brauchst du dich nicht zu bemühen. Sie ist verschlossen. Fällt dir vielleicht ein Grund ein, warum eine junge Dame in ihrem Heim ihre Tür verschließen sollte?«

»Unsinn, Della verschließt ihre Tür niemals. Ginge es nach ihr, dürfte die halbe Welt in ihr Zimmer stürmen.« Perdita packte die Klinke, drückte sie nieder und spürte den Widerstand. Ihr Vater hatte recht. Die Tür war verschlossen, Della musste von innen den Riegel vorgeschoben haben.

»Sie wird wirklich müde gewesen sein«, stammelte sie und hörte selbst, wie lahm das klang. »Vermutlich wollte sie sichergehen, dass niemand sie stört.«

»Damit könntest du einen bösen Nagel auf den Kopf treffen.« Ihr Vater kniff die Augen zu Schlitzen zusammen.

»Aber diesmal hat deine Schwester die Rechnung ohne den Wirt gemacht. Mich hat sie die längste Zeit zum Narren gehalten.« Aus der Tasche seiner Hausjacke förderte er ein Schlüsselbund zutage, wie es die Haushälterin am Bund ihrer Schürze trug. Es würde ihm nichts nützen. Wenn von innen der Riegel vorlag, waren das uralte, vermutlich verrostete Schloss und sein Schlüssel nutzlos.

Merkwürdig benommen sah Perdita eine Weile lang zu, wie er sich bemühte, jedoch immer wieder abrutschte. Endlich nahm sie ihm den Schlüssel aus der Hand und schob ihn selbst ins Schloss. Ihn herumzudrehen kam ihr sinnlos vor, doch weil ihm daran lag, ließ sie sich darauf ein. Metall knirschte gegen Metall. Als das Schloss mit der nächsten Drehung nachgab, entfuhr ihr vor Verblüffung ein Laut.

Kein Riegel lag vor. Die Tür schwang nach innen auf und gab den Blick auf den im Dunkeln liegenden Raum und die grauen Schemen seiner Möbel frei. Die weiße Tagesdecke, die das mittig stehende Himmelbett bedeckte, war wie eine frisch gefallene Schneeschicht. Unberührt.

Das Zimmer war menschenleer.

5

Noch Lascelles Manor, 7. Mai 1910

Der König ist tot, und ich muss fort.

Niemand hört mich an, niemand will mit mir reden, als würde man für ein Wort, das man mit mir wechselt, dazu verdammt, in der Hölle zu brennen. Ich werde in mein Zimmer gesperrt wie eine Gefangene. Clarice ist als Wache eingeteilt, ausgerechnet Clarice, von der ich angenommen hatte, sie wäre eine Freundin oder doch wenigstens eine Art Komplizin.

»Ich kann doch auch nichts ändern«, hat sie von sich gegeben, ganze sechs Worte durch eine verschlossene Tür. Dann schwieg sie wieder, und sooft ihre Gefangene nach ihr rief, tat sie, als wäre sie über Nacht ertaubt.

Taub ist sie nicht, so viel steht immerhin fest. Ich habe geschrien, ich würde ihr entwischen, wenn sie mir mein Frühstück bringt, sie könne mich schlecht verhungern lassen, und ich würde sie beiseitestoßen und davonlaufen. Sie hat es gehört, denn als es Zeit zum Frühstück war, brachte sie sich Cuthbert mit, der mich festhalten sollte, während sie mir ein Tablett auf den Nachttisch stellte. Ich habe den beiden den Gefallen nicht getan, Cuthbert Arbeit zu machen, so gern ich das weich gekochte Ei aus seinem Becher geholt und nach einem von ihnen geworfen hätte. Sie kamen mir so feige vor. Clarice, die in der Arbeitszeit der halben Welt Briefe schreibt, und Cuthbert, der im Schutz des Dienstbotentraktes aufrührerische Reden schwingt. Auf einmal können beide kein Wässerchen trüben, sondern rümpfen die Nasen über solche wie mich, die gegen heiligste Gesetze verstoßen und mehr Verachtung verdienen als Küchenschaben.

Und wofür? Was habe ich getan? Habe ich einen Aufstand angezettelt, bin ich eine von diesen Suffragetten, von denen Vater und Perdita sprechen wie von Dämonen, die an der Wurzel der Weltordnung nagen? Gott im Himmel, nein. Um sich mit politischen Affären auszukennen, müsste Della Lascelles ja die Zeitung lesen, und dafür ist sie nicht nur zu faul, sondern obendrein zu dumm. Ich habe niemandem etwas weggenommen und keinem ein Haar gekrümmt. Mein Verbrechen war, mich in einer dieser schönen Frühlingsnächte, in der man ohnehin nicht hätte schlafen können, mit meinem Liebsten zu treffen, am kleinen Weiher, hinter den Koppeln.

Was wir dort wollten? Nichts Böses.

Wir hatten uns tagelang nicht sehen können, weil die Custances im Haus ein und aus gingen, als gehöre es neuerdings ihnen. Als wir doch einmal einen verschwiegenen Moment erwischten, fragte er mich, ob ich den Mut hätte, zu ihm zu kommen, wenn die anderen schliefen. Ich habe mir so gewünscht, in seinen Armen zu liegen, und an Mut hat es mir nie gefehlt. Er hielt mir die Hand hin, und ich schlug ein. Perdi erzählte ich, ich fühle mich nicht wohl, sei am Vormittag zu lange in der noch kühlen Luft spazieren gegangen und käme nicht zum Dinner. Als sie mir glaubte, bekam ich Gewissensbisse, doch zugleich musste ich mir das Lachen verkneifen. So ist meine Perdi – wann hätte sie je erlebt, dass ich zu lange durch gottverlassene Landschaften spaziere, und an welchem Tag der Woche war die Luft bitte kühl? Mild war sie, nicht einmal eine Greisin hätte sich dabei verkühlen können, geschweige denn das fidele junge Ding, das sie als ihre Schwester kennt. Aber so hat es Perdi eben gelernt, und so klar und schlicht und sauber gestaltet sich ihre Welt: Ein guter Mensch lügt nicht, und wer rund um Faversham lebt und zu den Lascelles zum Tee, zum Bridge und zur Jagd kommt, ist ein guter Mensch, also gilt jedes Wort, das er sagt, für bare Münze. Ich sollte schreiben: So war meine Perdi, nicht: So ist sie, denn sie ist so nicht länger. Ihren Glauben an das Gute im Menschen habe ich zerstört, und meine Perdi will sie nicht mehr sein.

Heute kam sie kurz, um mit der Verfemten zu sprechen, und öffnete dafür sogar die Tür. »Ich bin gekommen, um dir mitzuteilen, dass der König gestorben ist«, sagte sie und stand so tapfer und gegen Tränen kämpfend im Türspalt, als wäre der arme alte König ihr Freund gewesen und sie untröstlich über seinen Tod. Mir tat er auch leid. Er hat so lange darauf gewartet, aus dem Riesenschatten seiner Mutter zu treten, auf eigenen Füßen zu gehen und zu erleben, wie es ist, wenn man das größte Weltreich der Geschichte regiert. Und als die unsterbliche Mutter schließlich doch gestorben war, hatte er kein Jahrzehnt mehr zu leben.

Armer König. Arme Della. Gewiss ist es eine weitere Todsünde, sich mit dem Herrscher eines Reiches, in dem die Sonne nie untergeht, auf eine Stufe zu stellen, aber vielleicht ist zwischen dem, was ich wollte, und dem, was er wollte, ja doch kein so gewaltiger Unterschied: Auf eigenen Füßen gehen, wie es uns in den Sinn kommt, und dabei herausfinden, wer wir eigentlich sind. Wollen das Könige nicht? Will das nur die anmaßende Della Lascelles?

»Die Übrigen sind der Ansicht, du hättest nicht verdient,

dass ich mit dir spreche«, hat Perdi gesagt. Die »Übrigen«, das waren Tante Mathilda und ihr Anhang, samt der schwangeren Susan. »Aber ich fand, du hättest noch immer ein Recht darauf, zu erfahren, dass dein König gestorben ist. Damit habe ich meine Pflicht erledigt. Gute Nacht.«

Ich sprang auf, wollte mich ihr in die Arme werfen, wie ich mich ihr immer in die Arme geworfen habe, wenn etwas mir Angst machte, der Dämon unter dem Bett, der Nachtmahr, der durch meine Träume spukte. Sie aber hatte die Tür schon zugeschlagen. Ich hämmerte mit den Fäusten dagegen. »Perdi, hör' mich doch an, ich tue alles, was Vater will, aber ihr dürft mich nicht wegschicken!«

Sie gab keine Antwort, und ich schrie immer weiter: »Hilf mir doch, Perdi, hilf mir.« Ich weinte und hämmerte gegen die Tür, bis ich keine Kraft mehr hatte. Wie ein Kleid, das man abstreift, sackte ich auf dem Boden zusammen. »Lasst mich doch bei euch bleiben, Perdi. Schickt mich nicht weg.«

Ein entsetzlicher Verdacht kam mir und bestätigte sich, sobald die Tür aufgeschoben wurde. Nicht Perdi trat ein, sondern Clarice mit dem Tablett. Sie ging durch das Zimmer, die Tür blieb unbewacht, und ich hätte davonlaufen können, doch auch dazu fehlte mir die Kraft. Meine Perdi, meine liebste Schwester, die mich vor allem Übel behütet hat, hatte mich um Hilfe schreien lassen und war einfach gegangen.

Und wofür? Was habe ich ihr getan?

Ja, sie hat sich erschrocken, als sie in jener Unglücksnacht mit Vater zum Weiher kam, der Rollstuhl rumpelte über Stock und Stein, und Perdi schrie auf. Ich fuhr in Algernons Armen herum, und im Licht der Laterne, die Perdi hochhielt, erkannte ich ihr Gesicht. Es sah aus, als fände sie sich einem Geist gegenüber, die Haut weiß, der Mund geöffnet und erstarrt. Algernon ließ die Arme sinken, und auf einmal fühlte ich mich nackt in der Kälte der Nacht. Ich sah mich nicht nach ihm um, hörte nur das Trommeln seiner Schritte, die sich in Windeseile entfernten.

Wo ist er jetzt, was ist mit ihm geschehen? Dass ich das nicht weiß, ist weit weniger seltsam, als dass ich nicht versucht habe, danach zu fragen. Ich hoffe, er ist mit heiler Haut davongekommen, mehr interessiert mich nicht. Dieser Teil meines Lebens ist vorbei.

Algernon hatte also die Flucht ergriffen, und mich führten sie als Gefangene zum Haus. Wir kamen kaum vorwärts. Perdi schob mit einer Hand den Rollstuhl und hielt mit der anderen meinen Arm umfasst. »Lass mich doch los«, *hätte ich sagen wollen,* »glaubst du, ich laufe dir davon?« *Ich wollte ihr erklären, dass alles nicht so entsetzlich war, wie sie annahm, wollte die Dinge ins Lot bringen, wollte, dass sie mir mit einem Augenrollen verzieh. Aber das hat sie nicht getan. Sie hat mich einsperren lassen, und als ich um Hilfe schrie, ist sie gegangen und hat eine Dienerin geschickt.*

Clarice. Die mag nicht meine Freundin sein, aber immerhin besitzt sie ein mitfühlendes Herz. Sie stellte das Tablett auf den Nachttisch und drehte sich nach dem Häufchen Elend um. »Ich habe etwas Geld gespart, my lady«, flüsterte sie. »Wenn es Ihnen hilft, kann ich es Ihnen geben.«

Ich schreckte aus meiner Trance. »Du willst mir dein Geld geben, Clarice? Aber das brauchst du doch, um dir dein neues Leben aufzubauen, du hast doch so darum gekämpft.«

»In Ihrer Lage brauchen Sie das neue Leben wohl dringender als ich«, flüsterte sie. »Viel Geld ist es nicht. Aber Sie würden wohl bis nach Schottland kommen und sich eine Weile lang dort über Wasser halten können.«

Nach Gretna Green? Mit Algernon? Fast hätte ich aufgelacht, obwohl nichts daran komisch war. Im Gegenteil. Es war rührend, dass sie mir ihr Erspartes opfern wollte. Aber ich wollte und will nicht davonlaufen, denn dann könnte ich nie mehr zurück. Was sie mir antun wollen, ist grausam. Sie wollen mich über das Meer schicken, Tausende von Meilen weit, zu einem Onkel Joseph, den ich nie gesehen habe, und in ein Land, in dem wilde Götter ihren Kindern die Köpfe abschlagen und ihnen Elefantenköpfe als Ersatz aufsetzen. Ein Land, in dem Witwen mit ihren Männern auf Scheiterhaufen geworfen werden, in dem Soldaten britische Kinder metzeln und britische Frauen an Sumpffieber sterben.

Als ich das Buch las, das Clarice mir gegeben hat, habe ich mir gewünscht, dieses unheimliche Land einmal zu Gesicht zu bekommen, ein Abenteuer zu erleben, dass mir vor Erregung der Atem stockt. Jetzt wünschte ich mir, ich hätte nie auch nur davon gehört, sondern wäre ein gehorsames Mädchen gewesen, bei dem niemand es für nötig hielte, es in eine Schiffskabine zu sperren und über den Ozean zu verschleppen.

Wenn sich aber nicht einmal Perdi meiner erbarmt, werde ich mich fügen müssen, denn nur wenn ich nach Indien gehe und beweise, dass ich keine Gefahr mehr für die guten Sitten bin, besteht die Chance, dass man mir eines Tages vergibt und mich zurückholt. »Du bist so nett«, habe ich zu Clarice gesagt. »Aber ich kann das nicht annehmen. Was immer meine Familie über mich entscheidet, ich muss mich fügen.«

Sie hat mich ein letztes Mal angesehen und genickt, dann ist sie gegangen, und ich war wieder allein. Hätte ich noch einmal um Hilfe geschrien, so hätte mich niemand gehört, und in meinem Traum schrie ich die ganze Nacht.

6

Dellas Schreie gellten durch Perditas Nacht. Nicht fern und verzerrt, wie sie in einen Traum gepasst hätten, sondern nah und schrill und so klar, als stünde ihre Schwester mitten im Raum und schrie ohne Unterlass:

Hilf mir doch, Perdi, hilf mir, hilf mir, hilf mir.

Den lauten Schreien folgte ein viel leiseres Echo:

Hilf mir doch, Henry, hilf mir, hilf mir, hilf mir.

Es war jenes Echo, das Perdita aus dem Schlaf riss und mit rasendem Herzschlag wach liegen ließ. Sie schlief sonst traumlos und tief. *Schlaf der Gerechten,* nannte es ihr Vater, *wer sich nichts vorzuwerfen hat, der fällt abends sanft in den Schlummer.*

In dieser Nacht aber war nichts an ihrem Schlummer sanft, und ihr Erwachen war der pure Schrecken. Sie presste sich die Hände aufs Herz, glaubte, dessen Trommelschlag hallte von den Wänden. Wer war Henry? Jemand, den sie gekannt und vergessen hatte? Der Raum verengte sich, die Wände drängten auf sie zu, ließen das Echo des Trommelwirbels auf sie niederprasseln.

Hilf mir doch, Perdi.

Hilf mir doch, Henry.

Henry, Henry, Henry. Ich sterbe hier ohne dich.

Es war ihr Geburtstag gewesen. Der Tag, der ihr allein gehörte. Sie hätte »*kleine Prinzessin*« genannt und mit Aufmerksamkeiten überhäuft werden müssen, aber niemand hatte sie beachtet. Kein Gast war eingetroffen, keine Etagere voll Gebäck und Süßigkeiten war aus der Küche heraufgetragen worden, und kein Geschenk hatte bereitgestanden. Statt an ihrem Tag zu ihrem Recht zu kommen, war sie grob angewiesen worden, in ihrem Zimmer zu bleiben.

Die Anweisung hatte sie jedoch nicht befolgt. Das brave Kind, als das sie sich in Erinnerung hatte, war sie an jenem Tag nicht gewesen. Sie war die Treppe hinaufgelaufen und hatte auf dem Gang vor den Schlafzimmern gestanden, im zweiten Stockwerk, wo die Räume jetzt verschlossen, die Möbel mit weißen Tüchern abgedeckt waren. Die Schreie waren durch die verschlossene Tür gedrungen wie Dellas Schreie, aber anders als jene waren sie schwächer geworden, mit jedem Atemzug leiser. Aus dem Nichts war Nanny Brighton aufgetaucht, ihr Kindermädchen, und hatte Perdita am Ohr gepackt. »Und was treiben Sie hier, Lady Perdita? Ein böses Mädchen sind Sie. Ein ganz ungezogenes Mädchen.«

Das Ohr tat ihr weh. Keinem Angehörigen der Dienerschaft wäre es je gestattet gewesen, der Tochter des Hauses Schmerz zuzufügen. Und Nanny Brighton war nie zuvor auf eine solche Idee gekommen. Sie hatte Perdita den Gang entlang und die Treppe hinuntergezerrt. Erst in der Kinderstube hatte sie sie freigegeben. Perdita hatte geweint und sich dafür geschämt.

»Nun hören Sie mal auf zu heulen, so schlimm war's ja wohl nicht, und Sie haben sich's selber zuzuschreiben.« Noch immer klang Nanny Brightons Stimme ungewohnt streng. »Sie haben da oben jetzt nichts zu suchen, verstanden? Der Arzt ist bei Ihrer Mutter, da darf kein naseweises kleines Fräulein stören. Aber wenn der kleine Bruder erst einmal auf der Welt ist, bekommen Sie Ihren Tee, und zur Feier seiner Ankunft gibt es Schokoladenkuchen.«

Zur Feier *seiner* Ankunft?

Das war es. Perditas Erinnerung kehrte zurück. Sie sollte einen Bruder bekommen, einen Erben für den Besitz. Ihr Tag gehörte nicht mehr ihr und sie würde nicht länger das kostbare einzige Kind ihrer Eltern sein. Eifersucht war es, die sie zum Zimmer ihrer Mutter getrieben hatte, der Wunsch, die Geburt des Rivalen kraft ihrer Gedanken zu verhindern.

Henry, hilf mir.

Der kleine Bruder musste also Henry heißen, und die Mutter – ihre wunderschöne, angebetete Mutter – rief nach ihm, nicht nach Perdita, mit der sie gestern noch im Garten gespielt und sie ihre *süße Zuckerperle* genannt hatte. Heute, als Erwachsene, die selbst vor der Gründung einer Familie stand, wusste Perdita, dass es so nicht gewesen war, dass der Name Henry einem anderen gehörte, über den man auf Lascelles Manor nicht sprach. Damals aber hatte sie nur an den Bruder gedacht, und als Nanny Brighton sie wie einen Botenjungen am Ohr gezogen hatte, hatte sie sich mit einer Kraft, die sie bis heute erschreckte, gewünscht, dass er starb.

Stattdessen war die Mutter gestorben, und der Bruder war eine Schwester gewesen, um die niemand sich scherte. Niemand, nur Perdita. Ihre Schwester hatte nie zu einem Henry um Hilfe geschrien, sondern vom ersten Tag an zu ihr.

Hilf mir, Perdi.

Mit einem Ruck riss sich Perdita aus der Starre und setzte sich auf. Ihr Herz jagte noch immer, doch sie zwang sich, die Lampe auf dem Nachttisch einzuschalten. Der kleine Lichtkegel, der sich in der Finsternis auffaltete, würde sie beruhigen. Licht beruhigte immer, nicht weil in der Dunkelheit Gespenster lauerten, sondern weil der Verstand aus dem

Gleichgewicht geriet, wenn ein Sinnesorgan außer Gefecht gesetzt war. *Denk klar,* befahl sie sich. Sie durfte das nicht zulassen. Ja, ihre Schwester musste bestraft werden, aber die verhängte Strafe war zu hart. Perdita konnte nicht erlauben, dass die vor Verzweiflung schreiende Della auf ein Schiff verschleppt und nach Indien verfrachtet wurde, wo sie keinen Menschen kannte und von keinem Menschen Schutz erwarten konnte.

Gewiss, sie würde unter dem Dach eines Verwandten leben, aber das wenige, das Perdita von jenem Joseph Micheldever wusste, gab keinen Anlass zu Vertrauen. Tante Mathilda hatte ihn einmal einen Menschenfeind geschimpft, der froh sein konnte, dass er als *Himmelsgeborener* auf einem sicheren Posten saß, denn andernfalls würde seine Übellaunigkeit ihm jede Laufbahn verderben. »Ob beim Militär oder im diplomatischen Dienst – mein Cousin Joseph bringt es fertig, sich mit jedem zu überwerfen. Wie es Gilbert Minto mit ihm aushält, muss mir erst einmal jemand verraten.«

Gilbert Earl of Minto war Vizekönig von Indien, und *Himmelsgeborene* wurden die Beamten des *Indian Civil Service* genannt, die für die Verwaltung des riesigen Landes zuständig waren. Onkel Joseph hatte sich als blutjunger Mann um eine jener umkämpften Stellungen beworben, Tante Mathilda zufolge, »weil der Miesmacher es hier bei uns, in *merry old England,* nicht ausgehalten hat.«

In der Obhut eines solchen Griesgrams würde Della verkümmern. Die Stadt, in der Joseph Micheldever seinen Posten versah, lag zudem an keiner Küste, wo Menschen kamen und gingen und man zur Not auf ein Schiff nach England hätte flüchten können. Sie lag in einer Art Unerreichbarkeit, gebaut in von Wolken umfangenen Bergen, die die Vorhut des höchsten Gebirges der Welt bildeten. Die meisten der Gipfel waren nie von einem Menschen erklommen worden. Selbst wenn es dort oben einen Sitz des Vizekönigs, eine anglikanische Kirche und so etwas wie eine britische Gemeinschaft geben sollte – es war ein fremdes, gefahrvolles, von Zivilisation kaum erschlossenes Land, in dem Della ihresgleichen vergeblich suchen würde. Und bereits hier in Kent, umgeben von Menschen ihres Standes, hatte sie über Langeweile geklagt, weil sie nicht genug Gesellschaft hatte.

Hatte sie sich deshalb mit Algernon Drury eingelassen? Perdita schüttelte sich vor Widerwillen. Sie wollte darüber nicht nachdenken – aber Della in England behalten wollte sie. Sie würde vermutlich nicht heiraten können. Den Skandal zu vertuschen war nicht möglich. Dienstboten redeten, das taten sie immer, und keine Macht konnte sie daran hindern. Wie Tante Mathildas Erkundigungen ergaben, war das schockierende Verhältnis ein offenes Geheimnis. Natürlich hätten die Lascelles die Behauptungen als boshaftes Gerede abstreiten können. Ein Bewerber um Dellas Hand wäre jedoch zu dem Schluss gekommen, wo Rauch wäre, müsse auch Feuer sein, und hätte sich zurückgezogen.

Ein Bewerber wie Alec Ritchie, der aus einer angesehenen Familie stammte, erst recht. Hätte er eine Frau in sein Haus genommen, die Dienstboten und Ladeninhaber als *beschädigte Ware* verhöhnten, hätte er sein Gesicht im Ort nicht mehr zeigen können. Kein Mann, der etwas auf sich hielt, wollte ein Mädchen, das sich nicht für ihn aufhob, ganz zu schweigen von einem, das sich gut genug für einen besseren Stallburschen war. Della würde also unverheiratet bleiben. Als alte Jungfer auf Lascelles Manor zu leben, wo eines Tages Cousin Bertrams Frau Susan als Hausherrin die Zügel in die Hand nehmen würde – war das nicht Strafe genug?

Perdita streifte sich ihren Morgenrock über und knotete den Gürtel um die Taille fest. Sie trat auf den Korridor und tappte durchs Dunkel an dem selten benutzten Boudoir vorbei zum Zimmer ihrer Schwester. Dort klopfte sie an. Es war so seltsam, sich einem Menschen noch verbunden zu fühlen, obwohl einem bei dem Gedanken, ihn zu berühren, schauderte.

Und warum schauderte ihr? Bis auf Caleb war ihr Della das Liebste auf der Welt gewesen, ihr weißes Kaninchen, ihre Märchenerzählerin, das Geschöpf, das wie kein anderes ihr Herz weich machte. War ihr Vergehen wirklich so unsäglich, dass es Liebe in Abscheu wandeln konnte?

Ihre Mutter fiel ihr ein. Auch sie hatte einen Mann geliebt, der nicht standesgemäß war, und doch empfand Perdita für ihre Handlungsweise nichts als Hochachtung. Jener Mann war ein schneidiger Offizier in des Königs Armee gewesen, kein zwielichtiger Pferdeknecht, dessen Abkunft niemand allzu genau überprüfen wollte. Zudem hatte sich die Mutter zu nichts hinreißen lassen, während Della … Perditas Gedankenfluss stockte. Wenn sie auch nur die vagste Vorstellung von dem, was Della sich mit Algernon Drury herausgenommen hatte, in sich aufkommen ließ, würde sie ihr Vorhaben nicht in die Tat umsetzen können.

Sie klopfte noch einmal. »Della? Hier ist Perdita.«

»Perdi!« Ein schlurfendes Geräusch kam näher, als rutsche Della über den Boden. »Du kommst doch noch einmal zu mir?«

Perdita öffnete die Tür mit dem Schlüssel, den Della entwendet hatte. Gleich dahinter stand ihre Schwester, trug nichts als ein Nachthemd und fiel ihr in den Arm. Perdita sprang zurück. Della taumelte und fing sich am Türpfosten.

»Fass mich nicht an«, flüsterte Perdita. »Zeig wenigstens so viel Respekt.«

»So sehr verachtest du mich? Dass es dich vor mir ekelt?«

Perdita sah zu Boden, um dem Blick, der den ihren suchte,

auszuweichen. Blindlings schob sie Della ins Zimmer und schloss die Tür. »Ich bin gekommen, um dir etwas zu sagen.«

»Was denn? Dass der König tot ist?«

»Dass ich mit Vater reden werde. Damit er dich hierbleiben lässt.«

Della gab keine Antwort. In der dunklen Stille ging ihrer beider Atem.

»Das tust du für mich?«, kam es endlich. »Perdi, ich weiß, du siehst in mir das Übel auf Beinen, aber ich habe doch kein Verbrechen begangen. Ich wollte etwas vom Leben spüren, etwas von dem, was in den Büchern steht. Wenn ich gewusst hätte, dass ich dich damit kränke, hätte ich es nie getan.«

»Dieses Gerede führt zu nichts.« Perdita hob den Kopf. Durch den Stoff der Vorhänge quoll Licht des erwachenden Morgens.

»Ich will aber, dass es zu etwas führt«, rief Della. »Ich will, dass du mir verzeihst, dass du mir glaubst, wie lieb ich dich habe. Dass wir wieder die zwei Schwestern sind, die unter denselben Sternen zur Welt gekommen sind.«

»All dieses Gewese um Konstellationen von Himmelskörpern ist Humbug, den die Wissenschaft leicht widerlegen kann«, erwiderte Perdita. »Wer so etwas beschwört, versucht, sich vor der Verantwortung für das eigene Schicksal zu drücken. Wir sind, was wir tun – ich, was ich tue, und du, was du getan hast. Dass wir am selben Tag geboren sind, bedeutet nichts.«

Sie hielt inne, klammerte sich an dem Satz fest: *Wir sind, was wir tun.* Er kam ihr vor wie ein Geländer, das sie davor bewahrte, in den Abgrund, in den ihre Schwester sich gestürzt hatte, mitgezogen zu werden.

»Du bist, was du tust«, sprach Della vor sich hin. »Und ich bin, was ich getan habe. Eine Art Buch, aus dem ich keine Zeile streichen, keine Seite ausreißen darf, ja?«

»Wie auch immer.« Perdita zog den Gürtel um ihren Morgenrock fester. »Ich wünsche in Zukunft nicht mehr Verkehr mit dir als irgend nötig. Aber ich will nicht, dass du nach Indien musst, und ich werde Vater erklären, dass ich bereit bin, hier für dich Sorge zu tragen.«

»Du weißt nicht, wie dankbar ich dir bin.« Della streckte die Hand nach ihr aus, ließ sie im letzten Moment aber sinken. »Ich werde dir keinen Aufwand machen, das verspreche ich dir. Und ich werde es dir eines Tages vergelten. Hier und heute bin ich nur das verkommene Subjekt, aber niemand kann wissen, ob es nicht eines Tages an mir ist, dich vor Schlimmem zu bewahren, so, wie du heute mich bewahrst.«

»Ein Mensch, der Vernunft und Anstand walten lässt, bewahrt sich selbst«, erwiderte Perdita und spürte, wie ihr Zorn in Traurigkeit umschlug. Von allem, was sie versucht hatte, ihrer Schwester mit auf den Weg zu geben, hatte nichts verfangen.

»Hätte ich doch nur für einen einzigen Tag mit dir getauscht«, murmelte Della. »Vielleicht hätte ich ja gelernt, wie ein Mensch das fertigbringt mit dem Anstand und der Vernunft, wenn das Leben ihm keine Ruhe lässt.«

»Man beherrscht sich«, sagte Perdita. »Man lässt sich nicht die Zügel schießen. Man besiegt sich selbst.«

»Du bist ja auch die bessere Reiterin von uns beiden«, sagte Della mit einem traurigen kleinen Lachen. »Meine Lucy geht mir so regelmäßig durch wie ich mir selbst.«

Perdita wollte nicht länger hier sein, wollte hinauslaufen, sich auf Ey de Nets Rücken schwingen und von all der Verwirrung davongaloppieren. »Zieh dich ordentlich an«, sagte sie. »Ich sende dir später Annie, damit sie dir das Haar macht, und nach dem Lunch werde ich mit Vater sprechen. Wie lange er deinen Zimmerarrest erhalten will, kann ich dir nicht sagen. Verhalte dich still und fügsam, lass das Geschrei, und finde dich mit deiner Lage ab. Dann wirst du über kurz oder lang deine Bewegungsfreiheit zurückerhalten.«

»Meine Bewegungsfreiheit«, sprach Della vor sich hin. Dann unterbrach sie sich. »Perdi, sieh mich noch einmal an. Ich will dir nur danken dürfen, sonst nichts.«

Ohne es zu wollen hob Perdita den Kopf, und Dellas Blick traf den ihren. Wasserblau, klar und doch nicht zu durchdringen. Silberblondes Haar umfing ihre schmale Gestalt wie ein Schleier. Della öffnete den Mund, um etwas zu sagen, aber ehe sie ein Wort geformt hatte, drehte Perdita sich um und eilte aus dem Raum. Hinter sich verschloss sie die Tür wie den Käfig eines Tieres in der Menagerie.

Der Ritt durch den verhangenen Morgen erfrischte sie nicht wie gewohnt, und das Gespräch mit ihrem Vater musste bis kurz vor der Teezeit warten. Nach dem Lunch hatte er sich von Clarice auf sein Zimmer bringen lassen, um sich hinzulegen. Perdita hatte nie erlebt, dass er sich tagsüber ins Bett legte, er war selbst im Rollstuhl noch ein Bündel geballter Energie. Seit seine jüngere Tochter ihm jedoch ihren Schuss vor den Bug versetzt hatte, schien er wie ausgewechselt. Lustlos, abgeschlagen, ein Schatten seiner selbst. Von der Rinderzunge, seinem Leibgericht, das Perdita hatte servieren lassen, hatte er kaum zwei Bissen angerührt.

Als sie die Räder des Rollstuhls auf dem Gang hörte und erschloss, dass Clarice den Vater in sein Arbeitszimmer schob, begab sie sich dorthin, klopfte an und fand das Hausmädchen noch im Raum. Offenbar hatte sie dem Vater einen französischen Cognac einschenken wollen, wie er ihn vor dem Tee gern trank. »Seit wir die *Entente Cordiale* unterzeichnet haben, kann es ja kaum mehr als Vaterlandsverrat gelten, wenn man eine französische Spirituose einer einheimischen vorzieht«, hatte er dazu bemerkt.

»Vielen Dank, Clarice«, sagte Perdita. »Du kannst gehen. Um den Aperitif für meinen Vater kümmere ich mich.«

Clarice wandte sich dem Vater zu. Auf dessen Nicken hin knickste sie vor Perdita und ging.

»Ich hoffe, ich störe nicht«, begann Perdita. »Das, was ich mit dir zu besprechen habe, duldet leider keinen Aufschub, sonst wäre ich nicht einfach hereingeplatzt.«

»Reden wir nicht drumherum«, erwiderte ihr Vater, reckte sich im Stuhl und nahm das Glas entgegen. »Worum geht es? Wenn es schlechte Nachrichten sind, trinke ich besser schnell. Viele davon verträgt mein Magen nicht mehr.«

»Es geht nicht um schlechte Nachrichten«, sagte Perdita. »Sondern um Della.«

Der Vater trank. »Das *ist* eine schlechte Nachricht.«

»Ich will nicht, dass sie nach Indien muss. Was sie getan hat, ist unverzeihlich, aber als die Ältere bleibe ich für sie verantwortlich. Indien ist ein gefährliches Land, es soll dort immer wieder zu Aufständen kommen, und das Klima ist dem europäischen Menschen nicht zuträglich. Della ist zart. Trotz allem würde ja keiner von uns wünschen, dass ihr etwas zustößt.«

»Und wenn sie hierbleibt?« Er leerte sein Glas und hielt es ihr erneut zum Füllen hin. »Muss ich dann einen abgehalfterten Regimentskameraden einstellen, der meine Tochter Tag und Nacht bewacht, damit sie mir nicht mit dem nächsten Stallburschen durchgeht? Oder ist das zu gefährlich, weil das holde Töchterlein sich in Ermangelung anderer Gelegenheiten an meinem Kameraden schadlos hält?«

Perdita fuhr zusammen und presste sich die Hände auf die Ohren. Sie konnte sich nicht erinnern, dass je ein Mensch so mit ihr gesprochen hatte.

»Es tut mir leid«, sagte er, als Perdita ihre Ohren wieder freigab und mit unsicheren Fingern nach der Karaffe griff.

»Du hast es wahrlich nicht verdient, in diesen Sumpf mit hinabgezogen zu werden, doch leider kann ich es dir nicht ersparen. Dein Wunsch ehrt dich, ist aber unerfüllbar. Skandale, meine Gute, sind wie Regenwolken, Lügen und Schäden am Bau – wo sich einer findet, zieht er etliche nach sich. Wer mich kennt, weiß, dass ich es hasse, die Waffen zu strecken, aber der Aufsicht über deine Schwester fühle ich mich nicht gewachsen. Hinzu kommt, dass ich mich mit solchen Menschen nicht umgeben mag. Es würde mir widerstreben, Bekannte von tadellosem Leumund zu mir einzuladen. Schließlich bestünde immer die Gefahr, dass sie Della begegnen müssten, und dazu kann man niemanden zwingen.«

»Nein«, murmelte Perdita, die dem nichts entgegenzusetzen wusste. »Natürlich nicht.«

»Menschen, die nicht wissen, was sich gehört, beschmutzen nicht nur sich selbst«, fuhr ihr Vater fort. »Sie beschmutzen ihre Familie, ihr Haus, die Kreise, in denen sie verkehren. Ein Weg aus dem Dilemma bestünde darin, sie unter Wert zu verheiraten – irgendeinen drittgeborenen Sohn ohne Namen mit einem ordentlichen Besitz ausstatten, damit er einem das gefallene Mädchen abnimmt. Ein solcher Bräutigam wäre ein Segen, aber woher soll ein Mann in meiner Lage den nehmen? Meinem Haushalt steht keine Frau vor, meine wohlgeratene Tochter geht aus dem Haus und meine Beine sind zwei Haufen Splitter. Soll ich da vielleicht zu geselligen Anlässen einladen, um das Objekt meiner Entehrung an den Mann zu bringen?«

»Meine Verlobungsfeier«, begann Perdita, »ich hatte gehofft, sie würde ein solcher Anlass sein. Wenn Alec Ritchie an Della gelegen ist, wird er vielleicht mit sich reden lassen.«

Ihr Vater winkte ab. »Die Ritchies streichst du besser aus deiner Rechnung. Die würden eher umfallen, als mit einem Stecken zu gehen, an dem Dreck klebt. Und was ist mit deinem Herrn Bräutigam? Meinst du, der will auf seiner Verlobungsfeier den Schandfleck, über den die Gegend sich die Mäuler zerreißt, an seinem Tisch sitzen haben?«

Er würde es für mich in Kauf nehmen, dachte Perdita. *Weil er begreifen wird, wie elend ich mich fühle.*

»Mit meinem Herrn Schwager habe ich auch gesprochen«, fuhr ihr Vater fort. »Ich habe dezent angefragt, ob die Möglichkeit bestünde, das Unglückskind eine Zeit lang in den Haushalt von Onkel und Tante aufzunehmen. London ist immerhin Weltstadt und wird Spektakuläreres gesehen haben als ein törichtes Landei, das sich in der Sattelkammer niederlegt. Aber mein Herr Schwager ist mir sogleich über den Mund gefahren. *»Ich habe auch einen Ruf zu verlieren«*, hat er gesagt. *»Du kannst froh sein, dass du durch deinen Cousin eine Notlösung an der Hand hast und unsere Familie nicht zu noch mehr Schaden kommt.«* Geholfen hat er mir einzig mit der Buchung der Schiffspassage. Mit *Anchor & Clan* von Liverpool nach Bombay reist man inzwischen komfortabler als mit *P&O* ab London, meinte er.«

»Aber Della ist fast noch ein Kind«, rief Perdita, die nicht wahrhaben wollte, dass das alles so schnell ging und die Passage schon gebucht war. »Sie ist dem Leben in der Fremde nicht gewachsen.« Dann brach sie ab. Es hatte keinen Sinn. Ihr Vater würde ihr vorhalten, dass Della sich nicht wie ein Kind betragen hatte, und sie konnte es ihm nicht verdenken. Sie würde mit Caleb sprechen müssen, ihn bitten, Della einen Platz in ihrem Haushalt einzuräumen. Wenn sie Glück hatten, würde sich im Bekanntenkreis der Custances ein Mann für sie finden, wenn nicht – was wahrscheinlicher war – hätten sie sich lebenslang um sie zu kümmern.

So rasch zerbrach Sorglosigkeit. Aber Verwandte, die sich als schwarze Schafe erwiesen, gab es in vielen Familien, und sie und Caleb würden damit fertigwerden. Flüchtig glaubte

Perdita, noch einmal die Schreie zu hören, laute von Della und verebbende von ihrer Mutter. Wenn sie Della vor der Verschleppung nach Indien bewahrte, hätte sie sich zumindest der Mutter gegenüber nichts vorzuwerfen. Sie würde den Vater bitten, die Passage zu tauschen und ihr noch ein paar Tage Zeit zu geben. Morgen früh würde sie sich dann hinüber nach Tedworth Hall fahren lassen, um sich mit Caleb zu beraten.

»Ach übrigens«, hob ihr Vater noch einmal an. »Die Verlobungsfeier ist auf unbestimmte Zeit verschoben. Nicht von meiner Seite aus, versteht sich. Deine künftigen Schwiegereltern hielten diese Maßnahme für nötig, und dein Bräutigam hat per Billett seinen Besuch angekündigt, um dich in Kenntnis zu setzen.«

»Lord Roderick verschiebt die Verlobung? Aber es ist doch alles vorbereitet, ich habe mit Mrs. Severs die Speisefolge besprochen, ich habe mein Kleid bestellt.«

»Ich denke, darüber solltest du mit deinem Bräutigam reden«, sagte ihr Vater. »Der trifft gerade ein. Jedenfalls nehme ich an, das Knirschen im Kies stammt von den Rädern des Custance'schen Landaulets. Schick mir Clarice, die soll mich hinüber ins kleine Speisezimmer fahren. Und seid so gut, kommt nicht zu spät zum Tee. Nicht, dass ich derzeit viel Lust auf meine Mahlzeiten verspüren würde, aber sie einzuhalten, vermittelt zumindest einen Hauch von Hoffnung, es wären noch nicht sämtliche Pfeiler, die meine Welt getragen haben, eingestürzt.«

Wie viel Wahrheit darin steckt, dachte Perdita, während sie die Treppe hinuntereilte. Etwas Tröstliches lag darin, dass die Dienstboten weiterhin viermal am Tag Tische deckten und Speisen auftrugen, die sie nach beendeter Mahlzeit wieder abräumten, dass die Familienmitglieder ordentlich gekleidet zum Essen erschienen, und dass abends frisch aufgeschlagene Betten in gut gelüfteten Zimmern bereitstanden, als könnte der Skandal ihrer kleinen Welt nichts anhaben.

Sie lief hinaus in den sich kaum merklich rötenden Abend und sah Caleb aus der kleinen, vierrädrigen Kutsche steigen. Immer mehr Landeigner schafften sich jetzt Automobile an, und auch Perditas Vater hatte Blut geleckt. Roderick Custance hingegen hätte sich wohl auch dann zu keinem Kauf bewegen lassen, wenn seine finanzielle Lage es gestattet hätte. Für ihn war Fortschritt Teufelswerk, eine Ratte, die am Bestand der Weltordnung nagte. Perdita hingegen war von Technik fasziniert – und dennoch bewunderte sie ihn. Männer wie er hielten über das Althergebrachte die Hände, schützten das Leben der Gentry, das seit Generationen seinen Gang ging und auf das man sich verlassen konnte.

Etwas zu erhalten bedeutete, auf anderes zu verzichten, und wenn sie und Caleb nie in einem Auto fahren würden, so sollte es ihr recht sein. Im Laufen blickte sie über die Ebene, Wiesen und Felder, die sich in sanften Wellen bis an den Waldrand erstreckten, und gewann daraus Trost. Ihr England war so sanft, so harmonisch und undramatisch, und wenn ein Sturm ihre beschauliche Existenz erschütterte, gab es erprobte Regeln, um sie wieder ins Lot zu bringen.

»Caleb.« Ein wenig stürmischer, als es sich ziemte, lief sie ihrem Bräutigam entgegen.

Er hob die Hände, um ihr Einhalt zu gebieten, wies mit dem Kopf auf seinen Kutscher, der scheinbar teilnahmslos auf dem Bock saß. »Nicht doch, Dita. Hier kann jeder uns sehen.«

»Ich weiß. Verzeih. Danke, dass du gekommen bist, Caleb. Seit all das Furchtbare geschehen ist, hast du mir mehr gefehlt als je zuvor.«

»Mein armes Kleines. Es dreht mir das Herz um, mir vorzustellen, was du durchmachst. Man muss ja froh sein, selbst keine Geschwister zu haben, wenn man damit zu rechnen hat, dass sie einem so etwas antun.«

Etwas Ähnliches hatte Onkel Herbert gesagt: »Letzten Endes werde ich noch erleichtert darüber sein, dass meine Tochter fromm und christlich bestattet in ihrem Grab liegt und mir aus dem Sarg heraus keine Schande machen kann.«

Natürlich verstand Perdita, wie es gemeint war, und doch hatten diese Bemerkungen etwas Grausames, fast, als wäre Onkel Herbert die tote Tochter lieber als die lebende und als hätte er auch Della am liebsten aus der Welt.

Sie stockte. War es so? Wünschten alle sich ihre Schwester aus der Welt?

Das durfte nicht sein. »Caleb, ich muss dich um etwas bitten, obwohl ich noch nicht deine Frau bin. Meine Schwester – sie kann hier nicht bleiben.«

»Ich weiß.« Trotz der Dienstboten, die sie sehen mochten, berührte Caleb sie liebevoll am Arm. »Deshalb kommt sie ja nach Shimla. Und ehe sie nicht dort ist oder zumindest so weit weg von Kent, dass eine Rückkehr ausgeschlossen ist, können wir nicht offiziell Verlobung feiern.«

»Solange sie nicht weg von Kent ist? Aber Caleb, das eben ist doch nicht möglich. Ich kann meine Schwester nicht in ein fremdes, unzivilisiertes Land schicken, in dem reihenweise Europäer zu Tode kommen. Mein Vater wird ihrer nicht Herr, und er hat ja dann auch keine Frau mehr im Haus, die auf sie achtgeben könnte. Mein Onkel duldet sie nicht, somit gibt es nur einen Weg: Ich muss sie nach unserer Hochzeit zu mir nehmen.«

»Zu dir?« Caleb ließ ihren Arm los. »Willst du damit sagen, du möchtest dieses Geschöpf nach Tedworth Hall, in das Heim meiner Familie einschleppen? Das kann nicht dein Ernst sein, Dita. Allein der Gedanke ist völlig unmöglich.«

Dieses Geschöpf konnte er doch Della nicht nennen. Sie

waren miteinander aufgewachsen, waren Nachbarskinder, hatten gemeinsam auf den weiten Wiesen gespielt.

Er räusperte sich. »Wenn du solche Ideen hegst, muss ich dir leider sagen, dass die Dinge weit ernster stehen, als du sie offenbar einschätzt. Mein Vater ist außer sich. Meine Mutter nicht minder. Im ersten Augenblick wollten sie mir die Heirat mit dir untersagen, und nur der Plan mit Shimla und mein Beharren hat sie noch einmal zum Einlenken bewegt. Wir müssen die Hochzeit lediglich eine Zeit lang aufschieben, bis Gras über die Sache gewachsen ist. Sollte dein Vater jedoch den Entschluss gefasst haben, Della nun doch nicht nach Shimla zu schicken, bleibt mir nichts anderes übrig, als unsere Verlobung zu lösen.«

Der Schrecken traf Perdita so heftig, dass sie die Hände ausstreckte, um sich an etwas festzuhalten. Sie griff ins Leere und wunderte sich, weil sie nicht fiel. Ihr Caleb, ihr Liebster, ihr Freund und Vertrauter, drohte ihr, sie zu verlassen? Er, von dem sie von klein auf gewusst hatte, dass er sie ebenso liebte wie sie ihn, erklärte, dass er bereit war, ohne sie zu leben? Und wofür? Was hatte sie ihm getan?

»Du willst dich von mir trennen?«, rang sie sich ab und beschwor sich: *Du weinst nicht. Du bist deines Vaters Tochter. Du wirst niemandem erlauben, dir wehzutun.*

»Ich will nicht, Dita, ich will alles andere als das. Aber wenn deine Schwester hierbleibt, werde ich dazu gezwungen sein, denn dem Ruf meiner Familie darf ich keinen Schaden zufügen. Gerade du musst das doch verstehen.«

Ja, das müsste ich, dachte Perdita und verstand nicht, warum sie es nicht tat.

»Dass deine Schwester das gewusst hat, ist dir klar, oder nicht? Dass sie genau dies bezweckt hat?«

»Was hat Della bezweckt?«

»Uns auseinanderzubringen. Sie selbst ist ja nicht der Typ

Mädchen, auf den ein Mann von Stand sich einlässt, und auf uns war sie eifersüchtig, solange ich denken kann.«

»Das ist nicht wahr«, rief Perdita. »Della hat sich immer für mich gefreut, sie hat uns Glück gewünscht und konnte es kaum erwarten, meine Brautjungfer zu sein.«

»Ich liebe dich dafür, meine arme Blume«, sagte Caleb. »Dafür, dass du so unschuldig und vertrauensselig bist und den Menschen nichts Böses unterstellst. Ich würde dich in dieser seligen Unwissenheit lieber lassen, aber deine Schwester hat dafür gesorgt, dass das unmöglich ist. Glaube nur nicht, dieses Subjekt von einem Stallmeister wäre ihr einziges Ziel gewesen. Sie wollte durchaus höher hinaus, und mir hat sie mehr als einmal Avancen gemacht.«

Es war nicht möglich. Er musste sich irren. »*Caleb ist reizend, aber ist er nicht ein bisschen wie ein Bruder für uns?*«, hatte Della sie einmal gefragt. »*Mir würde wohl langweilig werden, wenn ich meinen Liebsten schon so lange kennen würde, dass es gar nichts mehr an ihm zu entdecken gibt, aber du wirst schon wissen, was du tust.*«

»Sie sieht einen Bruder in dir«, sagte Perdita heiser. »Einen Schwager. Sie würde nie …«

»Wem traust du nach allem zu, ein Lügner zu sein?«, unterbrach er sie. »Deiner Schwester oder mir?«

Keinem von euch, wollte sie rufen und begriff doch im selben Atemzug, dass das nicht möglich war. Ihr wurde klar, dass es kein Ausweichen geben würde, dass sie sich für einen von beiden entscheiden musste. Bestünde sie auf ihrem Plan, Della in England zu behalten, so würde sie Caleb verlieren. Gäbe sie hingegen Calebs Wunsch nach, so schickte sie Della ihrem Versprechen zum Trotz übers Meer.

Und wenn er recht hatte? Wenn Della all dies eingefädelt hatte, um sie und Caleb auseinanderzubringen? Immerhin würde Perdita den Titel einer Countess tragen und bei Hof verkehren, sie würde als Flitterwöchnerin an die Riviera reisen und etwas von der Welt sehen, wie es sich Della in ihrer Abenteuerlust wünschte. Caleb log nicht. Della aber hatte ihre Familie schamlos belogen, hatte mit harmlosem Augenaufschlag erzählt, sie lege sich mit einer Verkühlung ins Bett, während am dunklen Weiher ihr Liebhaber wartete.

Und es geht trotzdem nicht, begehrte eine Stimme in ihr auf. *Della ist es, die um deine Hilfe geschrien hat, nicht Caleb. Sie braucht deinen Schutz. Er nicht.*

»Ich sehe dir an, wie du mit dir ringst«, sagte Caleb. »Und es tut mir in der Seele weh. Ihr Mädchen habt keine Mutter, und du bist dein Leben lang für deine Schwester eingestanden. Du glaubst, dazu auch jetzt verpflichtet zu sein und Della nicht im Stich lassen zu dürfen. Aber wer behauptet denn, dass du das tust? Meinst du nicht, dein Vater schickt sie dorthin, weil es das Beste für sie ist?«

»Wie kann es das Beste für sie sein, in ein wildfremdes, viel zu heißes Land geschickt zu werden, in dem Eingeborene die Häuser von Briten überfallen und Krankheiten wüten, die man hier nicht einmal kennt?«

»Du redest vom Indien des Südens und des Tieflandes«, sagte Caleb. »Nicht von Shimla.«

»Shimla ist eine indische Stadt, oder nicht?«, versetzte Perdita auf einmal wütend über seinen Ton. War er schon immer so gönnerhaft gewesen, und hatte sie das früher nicht bemerkt? »Noch dazu weitab von jedem Verkehrsweg nach England, nur über eine wenig vertrauenswürdige Eisenbahnstrecke zu erreichen, die erst vor ein paar Jahren erbaut worden ist.«

»Die Eisenbahnstrecke haben britische Ingenieure verlegt«, sagte Caleb. »Damit der Vizekönig, die Regierung und das Gefolge nicht länger in jedem Frühjahr in Tongas dort hinauf und im Herbst wieder hinunterziehen müssen.

Shimla ist die Sommerhauptstadt von Britisch-Indien, weil das Klima dort oben gut auszuhalten ist und weil die Familien der Kolonialbeamten sich heimisch fühlen. Die gesamte Innenstadt ist mit entsprechenden Einrichtungen ausgestattet, von der Kirche bis zum Theater fehlt nichts. Ringsum unterhalten Regierungsmitglieder prächtige Anwesen, und das Leben dürfte kaum weniger britisch verlaufen als hier. Mit einem einzigen, aber entscheidenden Unterschied …«

»Und mit welchem?«

»Die Gesellschaft in diesem abgelegenen Weltteil ist weniger streng. Fern der Heimat kann ein Mann, der eine Frau sucht, nicht ganz so wählerisch sein, und auch seine Familie mag ein Auge zudrücken, wenn der Skandal sich halbwegs vertuschen lässt. Gerade deshalb werden gefallene Mädchen ja dorthin geschickt. Nicht weil man sich ihrer entledigen will, sondern weil sie in Shimla durchaus noch Aussichten haben, eine akzeptable Partie zu machen. Trauben von Offizieren und Beamten aus tadellosen Familien reisen auf der Suche nach einer geeigneten Frau in die Stadt.«

Perdita konnte nicht antworten, weil das Gehörte in ihr arbeitete. Klang das, was Caleb beschrieb, nicht zumutbar, war es womöglich gar das Beste, was Della geschehen konnte? Sie kam ins Haus von Verwandten, und selbst wenn Onkel Joseph ein Griesgram war, so hatte er doch Kinder, die die Cousine in ihre Kreise einführen würden. Was hatte sie dagegen hier zu erwarten? Sie würde nirgends eingeladen werden und müsste ein verborgenes Leben unter einem Dach fristen, unter dem sie nicht erwünscht war.

»Und was ist mit den Einheimischen?«, fragte sie schließlich. »Gibt es nicht überall neue Unruheherde? Heißt es nicht, seit der Vizekönig Minto irgendeine Verwaltungseinheit unterteilt hat, gleiche das Land einem Vulkan, der auf den Ausbruch wartet?«

»Übertreibungen der Presse, wie üblich«, erwiderte Caleb. »Der liberalen Presse vor allem – seit wir uns von denen regieren lassen müssen, dürfen die ja in ihre Schmierblätter schreiben, was sie wollen.«

Dass ihr Vater genauso wenig wie Calebs Vater von liberalen Zeitungen hielt und sie deshalb an keine hätten herankommen können, ging Perdita durch den Kopf, doch sie äußerte es nicht. Caleb sprach ohnehin schon weiter: »Bengalen, die geteilte Provinz, von der du ja wohl sprichst, liegt zudem meilenweit von Shimla entfernt. Dort oben gibt es keine Aufstände. Die Inder, die da leben, sind froh, dass wir sie damals vor den Gurkhas beschützt haben.«

»Ich weiß nicht einmal, was Gurkhas sind«, sagte Perdita mehr zu sich selbst als zu ihm.

»Irgendwelche Wilde, die hinter der Grenze des Kolonialreichs hausen, in Höhen, an die ein zivilisierter Mensch nicht einmal denken möchte. Aber keine Sorge. Deiner Schwester werden sie nicht gefährlich, sie sind schon seit bald hundert Jahren besiegt und aus dem Gebiet vertrieben. Friedlicher als in Shimla lebt es sich vermutlich nirgendwo in Indien, und unter dem Dach eines Himmelsgeborenen aus dem politischen Department dürfte die Dame sich nicht bestraft, sondern eher preisgekrönt fühlen.«

Also drohte Della von nichts und niemandem Gefahr. Sie würde sich einleben, würde auf ihre gesellige Art rasch Anschluss finden und am Ende die Stadt in den indischen Bergen womöglich ihrer wenig aufregenden Heimat vorziehen.

Aber sie wollte doch nicht fort!

Sie hatte Perdita angefleht, ihr zu helfen, Perdita hatte ihr ein Versprechen gegeben, und das schien schwerer zu wiegen als jeder Einwand der Vernunft.

»Dita, ich liebe dich.« Zart berührte Caleb ihre Wange, strich eine Strähne ihres Haars, die sich gelöst hatte, in den

Knoten zurück. In der kleinen Geste ließ er sie sein ganzes Gefühl spüren und brachte die Wärme zurück, um derentwillen sie als Kind zu ihm geflüchtet war. »Du bist immer die Frau gewesen, die ich als Herrin meines Hauses, als Mutter meiner Kinder vor mir gesehen habe, und ich kann mir eine andere auf diesem Platz nicht vorstellen.«

Und ich kann mir mich selbst auf keinem anderen Platz vorstellen, schrie es in ihr auf. *Habe ich kein Recht, einmal zu meinen Gunsten zu entscheiden, auch jetzt nicht, wo Della wissentlich mein Glück gefährdet hat?* Über die Wiesen strich ein Wind, zerteilte das hochgewachsene Gras.

Leise stöhnte Caleb auf. »Versteh mich doch. Ich bin der einzige Sohn meiner Eltern. Meine Mutter ist keine, die darum Aufhebens macht, aber kannst du dir vorstellen, durch welche Hölle sie gegangen ist, als keines ihrer weiteren Kinder am Leben blieb? Ihr ganzer Stolz, ihre Freude bin ich. Wenn ich ihr Schande mache, bin ich nicht sicher, dass sie das überlebt.«

Lady Maude war eine fragile Frau. War es aber denkbar, dass sie ums Leben kam, weil ihr Sohn die Schwester eines gefallenen Mädchens heiraten würde, eine junge Dame von tadellosem Ruf?

Calebs Blick, der eindringlich war wie an dem Tag, an dem er um sie angehalten hatte, versicherte ihr, dass er nicht übertrieb. Die Verzweiflung in seiner Stimme tat ein Übriges: »Wenn du darauf bestehst, deine Schwester hier zu behalten, bin nicht ich es, der dich verlässt, sondern du verlässt mich. Willst du das, Dita? Mich verlassen? Nach diesem Leben, in dem wir immer verbunden waren, nach allen Plänen und nach der Liebe, die zwischen uns ist?«

7

Shimla. Königin der Berge.

Pinewood Place, 8. August 1910

Etwas ist geschehen.

So viel ist geschehen.

Ehe ich das eine festhalte, das alles andere in den Schatten stellt, muss ich wohl vorausschicken, wie ich an den Punkt gelangt bin, an dem ich jetzt stehe, einen Punkt, der mir noch immer ganz und gar unfassbar scheint.

Menschen, die über das Meer reisen, tun dies mit nervtötender Langsamkeit. Obwohl diese Dampfschiffe als geradezu rasant gelten, erwacht man vierzehn Morgen lang zum gleichen Anblick, als hätte man sich um kein Zoll vorwärtsbewegt. Gerüchte hingegen, die durch die Luft reisen, tun dies windschnell und geraten überall hin. Auf diesem Schiff, der Star of Calcutta, schien jeder bis hin zum letzten Küchenjungen zu wissen, wer ich war und weswegen ich von meiner Familie wie eine Fischgräte, an der man ersticken könnte, ausgespien worden war.

Das Schiff war uralt. Schon dem Namen merkte man es an, denn der Stern von Kalkutta ist längst im Sinken begriffen. Die Briten fühlen sich dort nicht mehr wohl, es gibt zu viele Aufstände, und die Hauptstadt wird demnächst nach

Delhi verlegt. Wie Du siehst, mein Tagebuch, ist die dumme Della neuerdings gebildet, verschlingt nicht länger Romane, die dem Anstand schaden, sondern vertieft sich in große Politik.

Glaubt mir das einer? Das arme Tagebuch wird es glauben müssen, denn Papier hat ja keine Wahl. Die Wahrheit ist, dass man auf dem Schiff diesen Dingen kaum entgehen konnte, denn britische Damen, die nach Indien reisen, reden über nichts als »die Zustände«, *und dabei schlagen sie sich die Handrücken vor die Stirn und stöhnen geradezu verboten lustvoll. Da mit mir niemand sprach, stand ich oft tagelang an der Reling des Promenadendecks und beobachtete die Schwärme von fliegenden Fischen, die wie hauchfeine, versilberte Degen durch die Luft blitzten. Dass ich die Klagelieder dabei zu hören bekam, ließ sich nicht vermeiden.*

Auch von der Ablösung des Earl of Minto – Tante Mathilda zufolge der einzige Freund des freundlosen Onkel Joseph – erfuhr ich. Dem sollte ein Baron Hardinge als Vizekönig gefolgt sein, den die stöhnenden Damen nicht schätzten, da er als Inderfreund galt und die Zügel nicht fest in der Hand halten würde. Dem Pack müsse man mit dem Knotenstrick kommen, oder sie tanzten einem auf der Nase herum. Schon dem ärmsten Minto hätten sie eine Reform aufgezwungen, nach der er Braungesichter in seinen Stab aufnehmen musste, den schwächlichen Hardinge aber würden sie vollends zum Hanswurst machen. Die Litanei wurde tagein, tagaus wiederholt. Nach einer Woche konnte ich sie aus dem Kopf hersagen wie kein Gedicht, das ich je hätte lernen sollen.

Ich bin nie gereist. In unseren Kreisen ist so etwas Flitterwöchnern, Lungenkranken und gelangweilten Witwen vorbehalten. Ich habe mir das Reisen als ein großes Abenteuer vorgestellt, bei dem man in Gräben stürzt und von ansehn-

lichen Recken gerettet wird, fortwährend etwas Unerhörtes, nie Dagewesenes zu sehen bekommt und sich von Speisen ernährt, deren Inhalt man nicht erkennen und deren Namen man nicht aussprechen kann. In Wahrheit ist Reisen öde und ermüdend. Eine Laienspielgruppe führte eine erbärmliche Damenversion von Lyttons Lady of Lyons *auf. Die Kapelle einer nach Indien überführten Infanterieeinheit spielte holperige Tanzweisen, und das Essen war solide britisch, nur fader gewürzt und ohne frische Zutaten. Im Grunde schmeckte alles nach ein und demselben – Salz vom Meer.*

So wie mein Leben, dachte ich. Gehaltlos und versalzen.

Der letzte Hafen, den wir vor Bombay anliefen, war Aden, und ich hatte mir zurechtgeträumt, wie ich dort von Bord gehen und auf die eine oder andere Weise mein Leben wieder in Ordnung bringen würde. Die Sehnsucht nach dem Land war nach diesen endlosen, ineinander zerfließenden Tagen so groß, dass ich gar keine genaue Vorstellung brauchte, sondern mir weismachte, allein fester Boden unter den Füßen würde mir die Rettung bringen. Dann aber bekam ich das nahende Aden zu Gesicht, die nackten Felsen, deren Schroffheit keine Baumgruppe, kein Streifen Grün milderte, und die Lust, von Bord zu gehen, verging mir. Ich bin immer vorwitzig gewesen, gesegnet mit einer guten Prise Leichtsinn, doch ich glaube, so verzagt wie beim Anblick dieser öden, grauen Stadt habe ich mich nie zuvor gefühlt. So oder so wäre es nicht möglich gewesen, ohne Genehmigung das Schiff zu verlassen, denn wir fuhren gar nicht tief genug in das Becken hinein, sondern nahmen nur über Beiboote Proviant an Bord.

Della schob das Tagebuch von sich und starrte an die in verblichenen senfgelben Ranken gemusterte Wand. Wem versuchte sie etwas vorzumachen? Sich selbst? Sie wollte nicht Tagebuch schreiben, nicht die Einzelheiten ihrer Reise festhalten, wie sie es sich vorgenommen hatte. Die Ankunft in Bombay, wo ihr noch auf dem Schiff von den Schwaden faulig-süßer Gerüche übel geworden war, die wochenlange Fahrt in wechselnden Zügen, durch ein Land, das kein Ende zu nehmen schien, das Geschrei der Teeverkäufer auf den Gängen, das Kreischen in Holzkäfige gepferchter Vögel und dann auf einmal das Ende: Berge, die sich so plötzlich auffalteten, als beginne dahinter eine neue Welt, und Schweigen nach unentwegtem Lärm. Hier war es ihr doch noch begegnet, das Unerhörte, nie Dagewesene, und es hatte sie mit Furcht und Verzauberung zugleich erfüllt.

Ja, sie war entschlossen, all das festzuhalten: die stille Stadt Kalka und die Auffahrt in einem Zug, der wie ein Spielzeug aussah – mit kleinen Puppenbänken und grün bemalten Blechsignalen. Jeden Blick in die atemberaubende Tiefe, die Schluchten und Abgründe würde sie beschreiben, derweil der Spielzeugzug Runde um Runde den steilen Berg erklomm, und nicht zuletzt den unheimlichen Menschen – einen Inder, der sie in Bombay in Empfang genommen und die Reise über so gut wie stumm begleitet hatte.

Früher, in ihrem verlorenen Leben, hätte sie sich gefragt, was bei einem Menschen im Argen liegen mochte, dass er in der Lage war, so viele Stunden mit einem Gefährten zu verbringen, ohne ihm mehr als einsilbig Antwort zu geben. Zwar hatte sie inzwischen erfahren, mit wie viel Verachtung ein Artgenosse einen anderen bedachte, wenn dieser vom Pfad der Tugend abkam, aber der Mann, den Onkel Joseph ihr geschickt hatte, war doch kein Weißer! Auf eine europäische Dame so tief herabzublicken, dass er sie schweigend schnitt, war von einem indischen Bediensteten nicht denkbar. Stattdessen hatte Della angenommen, er sei nur jenes verkümmerten Englischs mächtig, wie es Kofferträger und

Eselstreiber über die Bahnhöfe brüllten. Er schien jedoch jede ihrer Fragen problemlos zu verstehen, und soweit sich das aus seinen knappen Antworten herauslesen ließ, war sein Englisch exzellent.

Er war ganz einfach maulfaul, beschloss sie. Stoffel gab es in England, warum sollte es anderswo keine geben? Seit ihrer Ankunft in Shimla war sie dem Menschen, der zu Onkel Josephs Haushalt überhaupt nicht gehörte, mehrmals über den Weg gelaufen, und ein wenig begann er aufzutauen. Einmal erkundigte er sich sogar nach ihrem Befinden. »Vertragen Sie das Essen?«, fragte er.

»Ja, warum?«

»Sie sind blass. Wenn es Ihnen bekommt, lassen Sie sich *Hari Mirch* zum Hauptgang geben. Grüne Chilis. Gut gegen Mangelerkrankungen.«

Ich habe keine Mangelerkrankung, hatte sie ihm entgegenwerfen wollen. *Ich bin nur einsam, ich brauche Menschen, die mit mir reden, das ist mein Mangel.* Er aber war schon weitergegangen, gekleidet in sein langes weißes Gewand, das die dunkle Färbung seiner Haut betonte. Sein Name – Tusha Visha oder etwas ähnlich Unaussprechliches – war ihr entfallen, ehe sie alles wie geplant hatte aufschreiben können: ihre Ankunft in Shimla, schwindlig und kurzatmig von der Höhe. Ihre Einführung in Onkel Josephs Haus. Die Verachtung des Onkels und die unentwegten Tadel der Tante, die Überheblichkeit der Cousine und als einziger Lichtblick die Freundlichkeit des Cousins. Die ersten Tage. Die Einsamkeit. Den Wunsch zu fliehen.

All das war so wichtig gewesen, so lebensentscheidend, doch heute Nacht, in ihrem senfgelben, altertümlichen Zimmer, kam es ihr nahezu bedeutungslos vor. Sie konnte ein andermal davon berichten. Das, was sie jetzt hätte niederschreiben wollen, was in Fluten von Worten, zu schnell für die Finger, aus ihr herausdrängte, taugte nicht für die antwortlosen Seiten des Tagebuchs, wo es nie ein Mensch lesen würde. Es gehörte in einen Brief. Einen Brief an Perdi.

Bisher hatte sie sich verboten, an einen solchen Brief auch nur zu denken. Schließlich hatte Perdi ihr ein Versprechen gegeben und es ohne ein Wort der Erklärung gebrochen. Stillschweigend hatte sie Dellas Verbannung zugestimmt und nicht einmal die Größe besessen, nach Faversham auf den Bahnhof zu kommen, wo ihre Schwester in den Zug nach Liverpool gesetzt worden war. *Wenn ich dir so wenig wert bin,* hatte Della gedacht, *dann wirst du von mir nie erfahren, was du mir wert gewesen bist.*

Jetzt aber, im flackernden Licht der Petroleumlampe, erschien ihr das lächerlich. Sie liebte Perdi. Sie wollte, dass Perdi es war, die als Erste von der weltbewegenden Veränderung erfuhr, die sich im Leben ihrer verstoßenen Schwester zugetragen hatte.

Eine Veränderung, die alles Trennende überwinden und sie wieder zueinanderführen musste, weil sie so wunderbar und versöhnlich war. Kaum zu glauben, dass sie Shimla bei ihrer Ankunft gehasst hatte, dass sie sicher gewesen war, sich in der Fremde, in der selbst das Atmen schwerfiel, niemals einzuleben. Es gab keinen Sommer hier. Schwarze Baumkronen verschlangen das Licht, und jeden zaghaften Sonnenstrahl verschleierten Nebel. Man fröstelte immer, und in den Nächten wehte ein Wind, dass die Fensterscheiben in den Rahmen klapperten, als wollte ein Sturmgott in seinem Zorn das ganze Haus niederwerfen.

Wie sollte sie in solcher Kältestarre die Sehnsucht nach lauen englischen Juliabenden ertragen, hatte sie sich anfangs gefragt. Jetzt fehlte nicht viel, und sie hätte darüber gelacht. Was lag am Wetter? An Licht und Schatten? Shimla war schön, sie war unvergleichlich, und Della würde sie künftig bei dem majestätischen Namen nennen, den ihre Eroberer ihr verliehen hatten: *Königin der Berge*.

Sie zog die Briefmappe heran, legte sich einen frischen Bogen zurecht und strich ihre frühere Adresse aus, um die neue hinzuschreiben:

Lady Della Henrietta Lascelles
Shimla, Königin der Berge,
Pinewood Place, den 10. August 1910

Liebste Perdi!

Ja, das bist Du noch immer für mich, meine liebste Perdi, das bist Du immer gewesen, und einerlei, was zwischen uns war, Du bist es, der ich heute Nacht schreiben muss. Du bist es, die als Erste erfahren soll, was ihrer kleinen Schwester, die sie aufgezogen hat, geschehen ist.

Perdi, ich habe jemanden kennengelernt. Nein, schlag nicht die Hand vor die Stirn wie die Damen auf dem Dampfschiff, schlage auch nicht den Blick zum Himmel wie Genevieve, Onkel Josephs rotgelockte Diva von Tochter, und denke vor allem nicht: Ach nein, nicht schon wieder. Oder gar: Meiner Schwester fehlt es nicht nur an Geschmack und Anstand, sondern zu allem Unglück ist sie auch noch flatterhaft.

So ist es nicht, Perdi. Es ist alles andere als das.

Von der Sache mit Algernon weiß ich jetzt, dass es keine Liebe war. Es war nur mein Wunsch, die Liebe zu erleben, zu spüren, wovon die Schriftsteller (und zwar die, die ihr mir verbieten wolltet) schreiben. Ach, wie ahnungslos war ich. Und wie ahnungslos sind selbst die Schriftsteller.

Was Liebe ist, weiß ich jetzt, und es ist ein Gefühl, das nicht nur stürmisch und leidenschaftlich, sondern gewaltig, allumfassend und dabei von großer Ruhe und Gewissheit ist – wie die Berge um Shimla.

So ist auch er. Der geliebte Mann. Ruhig, nicht durch

einen flüchtigen Eindruck zu ergründen, umgeben von einer Mauer, die sein zu oft verletztes Herz schützt, doch voller Kraft. Er ist schön, Perdi. In seinen Augen ruhen das Dunkel und die Traurigkeit dieser Landschaft und ihre uralte Geschichte, die keiner von uns erzählen kann. Hast Du je über einen Mann gedacht, dass er schön ist, und hat es Dir im Herzen wehgetan?

Und ehe Du Dich mit Sorgen quälst – er ist vollkommen standesgemäß. Ein hochdekorierter Offizier der British Indian Army und Alleinerbe aus einer der ersten Familien Suffolks. Neben seinem Stammsitz an der Küste bei Aldeburgh besitzt er hier ein Anwesen und mehrere Stadthäuser. Mit Lord Hardinge, dem neuen Vizekönig, verkehrt er wie mit seinem vertrauten Freund – anders als unser armer Cousin Marcus übrigens, der bei Hardinge beständig abblitzt. Im Palast des Vizekönigs sind wir einander auch vorgestellt worden. Es war auf einem Kostümball, mit dem Hardinge hier seinen Einstand – den ersten der üblichen Freitagsbälle – gab. Ketten kleiner Lichter funkelten in den nächtlich duftenden Blütensträuchern, auf dem Vorplatz herrschte Kommen und Gehen in rauschenden Kleidern, und die Süße der Musik quoll aus geöffneten Türen und Fenstern. Ich erschien von Tante Gladys notdürftig als Diana, Göttin der Jagd, ausstaffiert, er kam unkostümiert, und wie es in Romanen steht, war nach dem ersten Tanz schon jede Entscheidung gefallen. Die meine für ihn so sehr wie seine für mich.

Kamadeva, der von Flammen verzehrte Liebesgott der Hindus, fuhr als glühende Asche auf uns nieder und ließ uns in Liebe entbrennen, wie er einst selbst entbrannt war.

Und falls Du Dich noch immer mit Sorgen quälst, meine ärmste Perdi: Nein, an meinem Skandal stört er sich nicht. Jener Skandal ist mit mir um die halbe Welt gereist, doch *von Kalka angefangen und mit jedem Fuß Höhe, den wir zurücklegten, verlor er an Kraft. Hier oben, in unserem verborgenen Reich in Form der achtblättrigen Lotusblüte, um die sich der schützende Ring der Berge schließt, ist er blass. Nur missgünstige Menschen wie Tante Gladys weisen noch mit dem Finger auf ihn. Der geliebte Mann käme im Leben nicht auf den Gedanken, sich an etwas so Lachhaftem zu stören. Er weiß aus eigener Erfahrung, wie hart Einsamkeit einen Menschen ankommt und wie gehässige Gerüchte aus einer Mücke einen Elefanten machen. Vor Jahren ging ihm ein Verlöbnis in die Brüche und bescherte ihm viel Herzeleid. Das Gewisper und die Hetze um Dinge, an denen er keine Schuld trägt, werden wohl nie ganz verstummen.*

Ich aber liebe ihn darum nicht weniger, so, wie er mich für meinen Fehltritt nicht weniger liebt. Erlaube mir bitte, von der verflossenen Braut und von den Umständen vorerst zu schweigen. Sie tun nichts zur Sache. Ich bin ins Haus seiner Familie eingeladen, das ist es, was zählt. Um uns beiden weiteres Gerede zu ersparen, wird er sich anschließend wohl recht zügig an Onkel Joseph – in Vertretung für Vater – wenden und unsere Verlobung betreiben.

Ich bin so glücklich, Perdi. Ich möchte durch den ständigen Regen, der eingesetzt hat und warm wie ein Streicheln ist, laufen und immerfort singen.

Wenn es so weit ist, musst Du hier sein. Du musst mein Shimla kennenlernen, mein wie Rom auf sieben Hügeln erbautes Shimla, das meine Heimat sein wird, und den Mann, der schon heute meine Heimat ist. Ich werde Vater auch schreiben, denn Onkel Joseph wird sich ja mit ihm beraten wollen, und zudem muss er Deine Passage buchen, sobald er den Brief erhält. Briefe reisen langsam aus unserem Shambhala, das von Burma im Osten bis Afghanistan im Westen ein Fünftel der Menschheit regiert, und Men-

schen noch langsamer. Für Vater wird der Weg zu beschwerlich sein, aber Dich will ich hier haben, und Deinen Caleb auch. Es soll kein Krieg mehr zwischen uns sein, Perdi. Das Schicksal hat alles gefügt, wie es uns bestimmt war und wie es schöner nicht sein könnte, und auch wenn wir unser Leben an entgegengesetzten Enden der Welt verbringen werden, wollen wir doch als Schwestern verbunden sein, wie wir es immer waren.

Ich trage Dir nichts nach, Perdi. Trage bitte Du mir auch nichts nach. Ich freue mich für Dich und an Deinem Glück mit Caleb. Freue Du Dich für mich und an meinem Glück mit Fergus.

Deine kleine unmögliche Schwester, die Dich lieb hat.

Del-Del

8

Die Post wurde vor dem Frühstück ins Haus gebracht und neben den Tellern der Familienmitglieder ausgelegt. Die Familienmitglieder, das waren nun nur noch der Vater und Perdita. Della war fort, und die Übrigen wieder in London, gerade noch rechtzeitig vor Susans Niederkunft. »Leider nur ein Mädchen«, hatte Tante Mathilda telegrafisch mitgeteilt. »Offenbar ist unsere Familie mit wenig Glück gesegnet.«

Dann aber kam der Morgen, an dem die beiden mit Stempeln übersäten Briefumschläge neben den Frühstückstellern lagen. »Von deiner Schwester«, knurrte ihr Vater und schlitzte den Brief mit seinem silbernen Öffner auf wie mit einem Dolch. »Etwas Gutes dürfen wir da wohl kaum erwarten.«

Seiner Miene war anzusehen, dass er den Bogen mit Dellas Briefkopf am liebsten überhaupt nicht angesehen hätte. Perdita zögerte ebenfalls. Wenn es Della elend erging, wenn sie klagte, gar krank war – wie sollte sie selbst künftig mit sich leben? Sie hatte ihr Versprechen gebrochen und es Della nicht einmal persönlich mitgeteilt. Dafür verachtete sie sich. Sie hatte sich für klar und gerade und ganz gewiss nie für feige gehalten.

Und doch konnte sie nicht verhindern, dass ein Teil von

ihr Freude empfand: Della hatte ihr geschrieben. Seit ihrer Abreise hatte Perdita nächtens kaum Schlaf gefunden, weil die Angst sie quälte, sie werde nie wieder ein Wort von ihrer Schwester hören.

Die Miene des Vaters hellte sich mit jeder Zeile, die er las, auf. »Sieh an, sieh an«, murmelte er. »Fortescue. Captain im Tibet-Feldzug, Stammsitz in Yorkshire. Kennt Mathilda nicht jemanden, der Fortescue heißt?«

»Lord Edward und Lady Aurora«, half ihm Perdita auf die Sprünge. »Lord Fortescue gehörte zu Albert Balfours Beraterstab, ehe die Liberalen an die Regierung kamen. Calebs Eltern sind ebenfalls mit ihnen bekannt.«

»Ausgezeichnet«, befand ihr Vater. »Es werden Erkundigungen eingezogen werden müssen, und wie es aussieht, erwartet uns diesmal keine böse Überraschung.«

Perdita griff nach ihrem eigenen Brieföffner, der zierlicher war als der des Vaters. Auf einmal konnte sie es nicht erwarten zu lesen, was Della ihr geschrieben hatte. Sie zog den Bogen heraus und überflog ihn wieder und wieder. Hätte vor Glück laut auflachen wollen: Della schrieb ihr nicht nur, sie hatte ihr verziehen. Und was mehr war: Perdita hatte ihr gar nicht das Schlimmste angetan, was eine Schwester der anderen antun konnte. Im Gegenteil. Caleb, ihr geliebter kluger Caleb, hatte recht behalten, und das ferne Indien hatte sich für Della als Segen erwiesen.

Ein kurzes Lachen entfuhr ihr tatsächlich: Diese gesammelten Übertreibungen, die überbordende Dramatik der Gefühle und zwischendurch das Augenzwinkern, das alles war so sehr ihre Schwester, dass Perdita glaubte, ihre Stimme zu hören. Auch die Geheimniskrämerei um die Identität des Mannes, die sie dann in der letzten Zeile effektvoll mit nichts als dem Taufnamen auflöste, war typisch Della. Ihrem Vater schien sie jedoch gebührlich mitgeteilt zu haben, um wen es sich bei dem Bewerber handelte, und offenbar war an seiner Herkunft und Stellung nichts auszusetzen.

Perdita fühlte sich leicht und frei wie sonst nur nach einem langen Ritt. Am liebsten hätte sie Dellas Brief auf der Stelle beantwortet, nein, noch lieber wäre sie aufs Amt nach Faversham gefahren und hätte telegrafiert: »*Ich komme, kleine Del-Del. Natürlich komme ich und ich umarme dich.*«

Was das alles bedeutete, begann ihr jetzt erst zu dämmern: Sie und Caleb würden schnellstmöglich heiraten müssen, denn ledig konnten sie nicht gemeinsam reisen. Die geplante Hochzeitsreise an die Riviera würde nicht stattfinden, was Perdita nichts ausmachte. Jetzt, im Sommer, fuhr dorthin sowieso kein Mensch, weil es viel zu heiß war. Ironischerweise würden sie sich stattdessen auf den Weg nach Indien machen, wo es noch heißer war. Caleb zufolge traf das auf Shimlas Klima jedoch gar nicht zu. War das die Wirklichkeit? Sie, die Bodenständige würde Indien bereisen?

»Wie ich sehe, hat sie dich ebenfalls in Kenntnis gesetzt.« Auf das Gesicht ihres Vaters, das den ganzen Sommer über zerquält gewirkt hatte, trat etwas wie ein Lächeln. »Offenbar wendet sich diese schlimme Sache doch noch zum Guten. Um ganz ehrlich zu sein, hatte ich ja gehofft, es werde sich mit Josephs Sohn etwas ergeben, aber da hat mein Cousin wohl seine Prinzipien. Wer hätte gedacht, dass sich so schnell etwas anderes auftut?«

Cuthbert trat hinter Perdita und wollte ihr Eier und Schinken auflegen, aber sie lehnte ab. »Ich glaube, ich kann vor Aufregung gar nichts essen«, sagte sie zu ihrem Vater. »Es ist ja so vieles zu regeln. Ich muss mit Caleb sprechen, wir müssen alle wegen des Termins zusammenkommen. Und du musst den Micheldevers telegrafieren, dass du mit der Heirat einverstanden bist, dass aber keine Feier anberaumt werden darf, ehe Caleb und ich als Ehepaar anreisen können.«

»Langsam, langsam.« Ihr Vater vollführte eine dämpfende Bewegung mit der Hand. »Ehe du einen Stein anstößt, der eine Lawine ins Rollen bringt, warte ab, was meine Erkundigungen ergeben. Am Ende ist dieser Fergus Fortescue mit Lord Edward überhaupt nicht verwandt und auch bei seinem Regiment nicht bekannt, sondern ein infamer Heiratsschwindler.«

»Das kann ich nicht glauben!«, rief Perdita. »Della schreibt doch, er ist ein Freund des Vizekönigs.«

»Sehr richtig«, erwiderte ihr Vater. »Della schreibt das. Und was heißt das schon? Erstens lügt deine Schwester bekanntlich wie gedruckt, und zweitens hat ihr womöglich auch Algernon Drury eingeredet, er hätte das halbe britische Königshaus zu Freunden. Warten wir's ab. Sobald ich mit dem Frühstück fertig bin, lasse ich mich mit Herbert in London verbinden, und danach rufe ich Lieutnant Colonel Chetwode von der Oxfordshire Light Infantry an, dessen zweites Bataillon in Indien war.«

Die Telefonleitung war neu und ihres Vaters Stolz. Er kurbelte daran wie ein kleiner Junge an einer gerade geschenkten Spieldose. Echte Bedenken, bei Dellas Verehrer könne es sich um einen Heiratsschwindler handeln, schien er jedoch nicht zu haben: Er widmete sich seinem Frühstück mit einem Appetit, wie er ihn seit jener Unglücksnacht im Mai nicht an den Tag gelegt hatte.

Drei Tage dauerte es, ehe sämtliche Auskünfte eingetroffen waren. Perdita hatte ihren Brief an Della begonnen, ihn jedoch wieder beiseitegeschoben, weil sie ihr ja noch kein Abreise-, geschweige denn ein Ankunftsdatum mitteilen konnte. Ihre Glückwünsche würde die Jüngere dann eben mit Verspätung erhalten, doch zum Ausgleich käme die Zusage ihres Besuchs. Nach ihrem Morgenausritt tat sie etwas, das sie noch gestern für unmöglich gehalten hätte: Sie stieg hinauf zum Boudoir ihrer Mutter und trat vor das Puppenhaus, das in einem Winkel des Zimmers aufbewahrt wurde. Es hatte ihrer Urgroßmutter gehört. Als kleine Mädchen hatten Della und Perdita oft stundenlang damit gespielt.

Della hatte sich Geschichten ausgedacht und Perdita angewiesen, wie sie mit der Puppenfamilie nachzuspielen seien. Manche Geschichten waren über Wochen fortgeführt worden und hatten mit Liebe, Hass, Freundschaft, Missgunst und Tod das gesamte Spektrum des menschlichen Lebens enthalten. Dellas besondere Liebe hatte allerdings keiner von Urgroßmutter Bouviers Puppen gehört, sondern einem knapp fingerlangen Harlekin, den irgendein Gast ihr samt einer Pralinenschachtel mitgebracht hatte. Ihr Harlekin war der Held sämtlicher Geschichten, und in was für Zwickmühlen er sich durch seinen Übermut auch brachte, dank seines Mutes und seiner Gewitztheit wand er sich immer wieder heraus.

Zu Lebzeiten der Urgroßmutter waren solche Puppenhäuser heranwachsenden Mädchen geschenkt worden, damit sie spielerisch lernten, wie ein Haushalt zu führen war. Dellas Tollereien mit dem Harlekin, für den sie den Namen Titipo erdacht hatte, waren von derart sinnvollem Spiel weit entfernt. Sobald Perdita selbst dem träumerischen Märchenalter entwachsen war, hatte sie begonnen, sich um Della zu sorgen. Wie sollte ihre Schwester eine gute Hausherrin werden, wenn sie nichts tat, als sich Geschichten über Harlekine auszudenken, wie in ihrer Verspieltheit einen Mann finden, der ihr ein angemessenes Leben bot?

Sie hatte die Dienstboten angewiesen, das Puppenhaus aus der Kinderstube fort und auf den Dachboden zu schaffen. Della hatte geweint und gefleht, sie wolle wenigstens ihren Titipo bei sich behalten, und Perdita, die elf Jahre alt gewesen war, hatte sich gefühlt, als werde sie in zwei Hälften zerrissen. An der einen Hälfte zerrte die Verzweiflung ihrer Schwester, drängte sie, nachzugeben und ihr den Harlekin in die kleine, bettelnde Hand zurückzulegen. An der anderen aber zerrte die Pflicht, Della zu einer jungen Dame zu erziehen, die imstande sein würde, ihren Platz auszufüllen.

Letzten Endes war ihr der Zufall zu Hilfe gekommen. Das alte Spielzeug erwies sich als zu morsch und instabil, um es über den Wäscheaufzug unters Dach zu hieven, und da es Urgroßmutter Bouvier gehört hatte und von Hetty Bouvier ins Haus gebracht worden war, wäre es einem Frevel gleichgekommen, es zum Abfall zu geben.

Mrs. Severs hatte schließlich vorgeschlagen, es im Boudoir der Verstorbenen unterzubringen, bis es womöglich wieder ein kleines Mädchen im Haus gab, für das eine Reparatur erwogen werden konnte. Mit Gewissensbissen hatte Perdita Della diese Lösung als Kompromiss verkauft: »Der Harlekin tut dir nicht gut, das musst du einsehen. Aber wenn es dich tröstet, bringen die Leute ihn nicht aufs Dach, sondern stellen das Haus in Mutters Boudoir. Du musst allerdings versprechen, dass du nicht versuchst, dich in das Zimmer zu stehlen und den Harlekin an dich zu bringen. Wirst du das tun?«

Della, die sieben gewesen war, hatte geschnieft, sich die Tränen abgewischt und genickt. »Ich versprech's. Wenn nur Titipo nicht auf den Dachboden zu den bösen Geistern muss.«

Davon, ihr einmal mehr zu erklären, dass es böse Geister nicht gab, hatte sich Perdita an diesem Tag überfordert gefühlt. Della aber hatte ihr Versprechen gehalten. Sie hatte geradezu schüchtern den Wunsch geäußert, den Harlekin selbst in eine der Stuben zu setzen, wo er fortan sein Leben fristen sollte, und ihn danach nicht mehr erwähnt. Als das

Boudoir später für die Schwestern geöffnet worden war, hatte sie sich noch seltener darin aufgehalten als Perdita und das Tuch über dem Puppenhaus nie gelüftet.

Jetzt stand Perdita selbst davor und musste ein Zögern überwinden, um die Verhüllung anzuheben. Was darunter zum Vorschein kam, war eine Welt, die es nicht mehr gab. Zwei Welten. Die ihrer Urgroßmutter, die zur Welt gekommen war, als George IV. den Thron bestiegen und Warren de la Rue die erste Glühbirne erfunden hatte, und die ihrer eigenen Kindheit, in der Victoria Königin gewesen war und niemand ein Telefon oder Automobil besessen hatte. Sie hatte weder so viel Staub erwartet noch solche Dunkelheit. In ihrer Erinnerung war das Puppenhaus farbig und voller Leben gewesen, jetzt aber wirkte es düster und tot.

Ihr Plan bestand darin, Titipo, den winzigen Harlekin, der Della so viel bedeutet hatte, aus seiner Stube mit Kamin und Ohrensessel zu holen und in eine Hochzeitskarte zu leimen, die sie selbst gestalten wollte. Sie war völlig talentlos darin. Der Hauslehrer, der sie in den meisten Fächern unterrichtet hatte, hatte sie ein »*kühles Kind der Wissenschaft*« genannt. Dieses Mal aber wollte sie ihrer Unfähigkeit zum Trotz eine Karte erstellen, die einzigartig war – wie ihre gemeinsame Zeit als Schwestern.

Unter den Harlekin hatte sie schreiben wollen: »*Dein Held der Vergangenheit wünscht Dir das Beste mit Deinem Helden der Zukunft.*« Dazu wollte sie ein verschlissenes Seidenband kleben, das von Dellas erstem Nachtgewand stammte, und das Bild, das die Kleine ihr einst zum Geburtstag überreicht hatte: »*Guck, Perdi, die Mama. Hab ich gemalt. Für dich, weil du die doch so vermisst.*«

Als sie aber die düsteren Zimmer des Puppenhauses nach dem Harlekin absuchte, fand sie statt der bunten Figur einen grauen, mit Staub vollgesogenen Klumpen. Sie nahm ihn hoch, und der Klumpen zerbröckelte unter ihren Fingern. Hastig warf sie das Tuch über das Haus und flüchtete aus dem Raum.

Es gab keinen Grund, sich derart hysterisch zu betragen. Vermutlich war ihre Schlaflosigkeit schuld und die Sehnsucht, die sie nach Caleb empfand. Bis Onkel Joseph Dellas Eintreffen in Shimla telegrafierte, hatten sie einander nicht sehen dürfen, und seither überwachten Lord Roderick und Lady Maude ihre Begegnungen. Von klein auf waren sie es gewohnt gewesen, das, was sie bewegte, einander anzuvertrauen, jetzt aber verbrachten sie kaum einen Augenblick ohne Aufsicht miteinander.

Wie gut, dass diese Zeit der Prüfungen bald ein Ende haben würde und sie sich als Mann und Frau so nah sein durften, wie es ihnen gefiel. Nach dem Dinner schickte ihr Vater die Dienstboten weg und bat Perdita in den Teesalon, um ihr vom Ergebnis der Erkundigungen zu berichten. Auf seinem Gesicht lag kein froher Ausdruck, und seine Stimme klang grabesschwer. Hatte sich sein halb scherzhaft geäußerter Verdacht etwa doch bestätigt, war die unglückselige Della einem Heiratsschwindler aufgesessen?

»Das vorweg«, sagte ihr Vater, noch ehe er sich an die aufwendige Prozedur um den Anschnitt der Zigarre machte. »Mit der Herkunft jenes Herrn steht alles zum Besten. Edward Fortescue, mit dem die Fitzwaters befreundet sind, ist sein leiblicher Onkel, der zweitgeborene Bruder des Vaters. Beim Heer hat sich sein Neffe bereits in jungen Jahren ausgezeichnet, Lieutnant Colonel Chetwode war des Lobes über ihn voll. Zum Ende des Tibet-Feldzugs gab es zwar einen Zwischenfall, der ihn teuer zu stehen hätte kommen können, aber aufgrund seiner Verdienste hat ihn Major Younghusband mit einem Klaps aufs Handgelenk davonkommen lassen.«

»Dann ist also alles in Ordnung?«, rief Perdita. »Dellas Verlobung kann auf den Weg gebracht werden?« Weshalb wirkte der Vater nicht froh, er hätte doch außer sich vor Erleichterung sein müssen. Ein Unterton schwang in seiner Stimme, den Perdita weder kannte noch deuten konnte.

»Ja, ja«, kam es endlich von ihm. »Herbert und ich haben uns heute noch einmal beraten, und ich werde Joseph mein Einverständnis melden, sobald sein Telegramm eintrifft. Es ist eine gute Partie, eine weit bessere, als für Della erhofft werden durfte. Und das nicht nur, weil der Fortescue-Besitz zu den großen Vermögen des Landes gehört.«

»Dann haben wir doch Grund zum Feiern«, sagte Perdita. Ihr Vater trank seinen Cognac, und sie selbst hätte gern Champagner gehabt. Alkohol in größeren Mengen gehörte sich für eine Frau so wenig wie das Rauchen, aber gegen ein Gläschen zu festlichem Anlass war nichts einzuwenden. Perdita wollte sich leicht fühlen, die Sorgen hinter sich lassen und wieder freudig in ihre Zukunft blicken.

»Ja, Grund zum Feiern gäbe es wohl«, murmelte ihr Vater. »Ich sollte mich nicht so schwertun, aber sie ist ja doch die Tochter meiner Hetty und mir von ihr anvertraut. Gleich nach ihrer Geburt habe ich mich das gefragt: Weshalb lädt Gott mir das auf die Schultern, nimmt mir die Frau und lässt mir ein schreiendes Bündel, mit dem ich nichts anzufangen weiß? Wie soll ein Mann, der den Krieg gewohnt ist, mit zwei Mädchen fertigwerden, ohne dass sie zu Schaden kommen?«

Seine Sorge rührte Perdita. Sie hatte ihn so nie erlebt. »Della kommt ja nicht zu Schaden«, suchte sie ihn zu beruhigen. »Sie heiratet den Mann, den sie sich gewählt hat, Onkel Herbert sagt, er ist eine gute Partie, und wer weiß, vielleicht kommen sie ja sogar nach England zurück.«

»Das ist kaum zu erwarten«, erwiderte ihr Vater dumpf.

»Warum nicht?«

»Fergus Fortescue ist in Indien geboren worden«, antwortete er. »Zwar hat sein Vater ihn wie üblich zur Ausbildung nach England geschickt, aber wie es scheint, hat er sich hier nicht eingefügt. Ja, was Della geschrieben hat, entsprach in diesem Fall der Wahrheit: Die Hardinges sind mit den Fortescues befreundet, Charles Hardinge ist sogar Fergus Fortescues Taufpate. Als er sechzehn war, hat der gute Charles ihn mit auf eine Reise nach Indien genommen, der Bursche ist ihm ausgebüxt und war sechs Wochen lang nicht aufzutreiben. Die Prügel, die er dafür bezogen hat, dürften es in sich gehabt haben, denn sie sind Lord Edward, der ebenfalls in Shimla weilte, im Gedächtnis geblieben.«

Ein Tunichtgut, durchfuhr es Perdita. Ihr waren solche Menschen nicht angenehmer als ihrem Vater, aber zu Della würde er nicht schlecht passen, und das Militär mochte ihn nachgerade Disziplin gelehrt haben.

»Statt mit dem Stock, der ihm als Sohn gebührt hätte, hat der junge Herr Delinquent es mit der Knotenpeitsche für die Dienstboten bekommen«, fuhr ihr Vater fort.

»Sein Vater schlägt seine Dienstboten mit der Peitsche?«, unterbrach ihn Perdita. Züchtigung von Gesinde gehörte genau wie Sklaverei finsteren, vergangenen Zeiten an, und selbst damals hatte kein englischer Haushaltsvorstand mehr als Hand oder Rute dafür benutzt.

»Sein Vater schlägt mit gar nichts mehr«, erwiderte Gerald Lascelles bündig. »Der ist nämlich tot, und darin liegt das Problem. Was deine Frage betrifft: Indien ist nicht England, und ein indischer Bediensteter ist kein Cuthbert, mit dem du wie mit einem zivilisierten Wesen reden kannst. Wenn du bei dem nicht klarstellst, wer der Herr im Haus ist, magst du dich mit aufgeschlitztem Bauch vor deiner aufgebrochenen Geldkassette wiederfinden.«

Perdita schüttelte die Bilder ab, die seine Worte heraufbeschworen. »Wie ist es mit Fergus Fortescue weitergegangen?«

»Der hat sich auch durch die Prügel nicht bewegen lassen, nach England zurückzukehren, sondern riss bei nächster Gelegenheit wieder aus und meldete sich zum Militär. Weil er dort gut aufgehoben war, ließ sein Vater ihn gewähren, und keine vier Jahre später war er tot. Der Vater, nicht der Sohn. Robert Fortescue ist bedauerlicherweise auf eine Weise zu Tode gekommen, über die mehr Legenden als Fakten kreisen. Bis heute verstummen wohl die Stimmen nicht, die behaupten, das Früchtchen sei auf Heimaturlaub gekommen und hätte sich für die Schläge mit dem Knotenstrick gerächt.«

»Das kann doch im Ernst niemand annehmen!«, platzte Perdita heraus. Natürlich war es empörend, einen jungen Mann von Stand mit der Peitsche zu schlagen. Es verletzte seine Würde und konnte ihn nicht gefügig, sondern eher noch aufsässiger machen. Ebenso undenkbar aber war, dass der gedemütigte Sohn vier Jahre lang in seinem Herzen Rachsucht nährte und dann seinen Vater ums Leben brachte. Wer auf solche Idee kam, las wie Della zu viele melodramatische Romane.

»Du solltest allmählich wissen, dass die meisten Leute annehmen, was sie annehmen wollen«, erwiderte ihr Vater. »Für alles andere sind sie zu bequem. In jedem Fall hielt es Edward Fortescue nicht für ratsam, seinen Neffen zurück nach England zu beordern. In Indien ist man Bizarres gewohnt, und so manches, was in unserer maßvollen mitteleuropäischen Welt unerhört wäre, wird dort stillschweigend geduldet. Also blieb der junge Fortescue in Shimla und wird da wohl bis an sein Lebensende bleiben.«

»Nun gut«, sagte Perdita. »Damit müssen wir uns dann eben abfinden und einander umso häufiger besuchen.«

Ihr Vater warf ihr einen Blick zu, unter dem sich etwas in

ihr zusammenzog. »Auf solche Schauergeschichten gebe ich nichts«, fügte sie eilig hinzu. »Wenn das alles ist, was es an Fergus Fortescue auszusetzen gibt …«

»Es ist nicht alles«, schnitt ihr Vater ihr das Wort ab. »Ich gebe selbst nichts darauf und auch nichts auf Geschwätz über ein Dienstmädchen, das angeblich aus seinem Haus verschwunden ist. Als würden Dienstmädchen nicht ständig verschwinden wie Penny-Münzen, sobald man sie herumliegen lässt. Es ist etwas anderes, das mir nicht schmecken will: Dieses Verlöbnis mit Della ist nicht das erste, das der Mann eingeht.«

»Ja, davon hat Della geschrieben, aber …«

»Seine Braut war Genevieve Micheldever«, unterbrach ihr Vater sie erneut. »Josephs Tochter. Meinem Informanten zufolge ist es vier Jahre her, das Mädchen war achtzehn oder neunzehn, kaum älter als Della jetzt. Das Datum für die Hochzeit stand bereits fest, als der feine Herr es für angebracht hielt, seine Braut sitzen zu lassen. Ein Skandal, selbst in Shimla. Seither hat sich Fortescue in Gesellschaft nicht blicken lassen, was klug war, denn eine ganze Reihe von Damen hätten ihm gern ihre Schirmstöcke über den Schädel gezogen. Erst jetzt, mit dem Regierungsantritt seines Paten Hardinge, ist er offenbar wiederaufgetaucht.«

Und prompt Della in die Arme gelaufen, dachte Perdita. Was für ein unsägliches Pech. An der Sache mit dem Vater konnte nichts dran sein, doch wenn dieser Mann ein treuloser Schürzenjäger war, musste sie ihre Schwester vor ihm schützen. Wie aber sollte sie das anstellen? Sie selbst hatte doch Della Tausende von Meilen weit weggeschickt, an einen Ort, wo sie keinen Menschen zu ihrem Beistand hatte.

Aber wie könnte ein Mann denn Della verlassen?, wurde eine andere Stimme in ihr laut. Sie sah ihre Schwester vor sich, das blassgoldene Haar, die blauen Augen und das Lächeln, das Butter schmolz, und vermochte sich den Mann, der nicht von ihr gefangen war, nicht vorzustellen. Dellas Schönheit hatte etwas, das nicht von dieser Welt schien, ihr Liebreiz war unwiderstehlich, und diese Geschichte mit Cousine Genevieve mochte eine Jugendsünde gewesen sein wie das Weglaufen aus der Obhut des Paten.

»Cousin Josephs Tochter hockt jetzt als alte Jungfer daheim«, sprach ihr Vater weiter. »Kandidaten, die infrage kämen, halten Abstand, denn wer tut sich schon gern an einem Teller gütlich, den ein anderer nicht leer gegessen hat? Zudem kommt das arme Geschöpf über die Tat dieses Filous nicht hinweg. Die Lage, in die meine Tochter sich manövriert hat, lässt mir nicht die Wahl, seinen Antrag abzuweisen, das sieht Herbert nicht anders als ich. Sie wird die Suppe, die sie sich eingebrockt hat, eben auslöffeln müssen, aber wie schon gesagt, sie ist Hettys Tochter. So albern es klingt, mir ist zumute, als hätte ich meine Frau enttäuscht.«

Perdita empfand nicht wesentlich anders, wollte sich jedoch nicht die Hoffnung nehmen lassen, dass Della diesmal so schlecht nicht gewählt hatte. Immerhin verschaffte die Heirat ihr einen Platz im Leben, wie sie ihn leichtfertig verscherzt hatte. Und ein zweites Mal würde dieser Fortescue gewiss nicht wagen, eine junge Dame aus guter Familie sitzen zu lassen. Er wäre geächtet – das musste selbst im Hochgebirge von Britisch-Indien gelten. Sie beschloss, sich auf die erfreulichen Aspekte der Entwicklung zu konzentrieren und so bald wie möglich mit Caleb zu sprechen. Ihre Hochzeit drängte jetzt. Nur daran wollte sie denken.

So wenig wie über ein Automobil verfügte Lord Roderick über eine Telefonleitung. Perdita schickte Nathan mit einem Billett, das sie selbstverständlich an Caleb ebenso wie an seine Eltern richtete. Im Angesicht der geänderten Lage bat sie um eine Unterredung und rechnete damit, nach einigen Tagen eine Antwort zu erhalten, in der Lord Roderick einen Termin im Beisein ihres Vaters vorschlug. Stattdessen erschien noch am selben Abend Caleb selbst zu Pferd.

Der fuchsrote Ossian stand schlecht an den Zügeln, gebärdete sich, als wäre er zu lange nicht bewegt worden. Caleb sprang aus dem Sattel, und Perdita, die ihn vom Fenster aus hatte kommen sehen, lief hinunter, um ihn zu begrüßen.

Gemessen diesmal, obwohl sie gern ihren Kopf dorthin gelegt hätte, wo ihm am Hals der Puls schlug. Sie wusste, wie wenig angenehm ihm Liebesbekundungen in Sichtweite anderer Menschen waren, und fand ja selbst, sie schickten sich nicht. Dennoch vermisste sie die Vertrautheit, in der sie als Kinder miteinander umgegangen waren, und flüchtig fragte sie sich, wohin sie verschwunden war.

»Caleb hab Dank, dass du so schnell gekommen bist.«

»Du hast mir ja keine Wahl gelassen.« Er übergab den Fuchs einem Stallknecht und trat vor sie hin.

Unvermittelt fielen ihr Zeilen aus Dellas Brief ein: »*Er ist schön, Perdi. Hast Du je über einen Mann gedacht, dass er schön ist, und hat es Dir im Herzen wehgetan?*« Sie blickte zu Caleb auf. Ohne Frage war der schlaksige Junge zu einem gut aussehenden Mann herangewachsen, der Eindruck machen und den Pflichten seiner Stellung gewachsen sein würde. Aber schön? Schön waren ihr sommerlich grünes Kent mit seinen sanften Hügeln, ihr Pferd Ey de Net, wenn es am Zügel den Hals wölbte, und ihre Schwester Della, deren Schönheit in der Tat ein wenig im Herzen wehtat, wenn man sich zu so etwas hinreißen ließ.

Es war der Gedanke an ihre Vergänglichkeit, erkannte sie. Irdische Schönheit war ja nichts, das Bestand hatte. Der Charme des Sommers würde verfliegen, der prächtige Rapphengst alt und klapprig werden und ihre zauberhafte Schwester verblühen und irgendwann in einem Grab vermodern. Was war mit ihr los? Warum kam sie, seit ihr der alte Harlekin in der Hand zu Staub zerfallen war, von den morbiden Gedanken nicht weg? Sie betrachtete noch einmal Calebs gefällig geschnittenes Gesicht mit dem rötlichen Schnurrbart, dem gesunden, leicht sommersprossigen Teint und den grünlichen Augen und sagte sich: *Ja, warum nicht? Wenn man so will und derlei für Männer nicht unpassend findet, ist Caleb schön. Weshalb aber sollte mir das im Herzen wehtun, wo ich doch seine Frau werde und wir einander unser ganzes Leben lang haben werden?*

Er rieb sich über die Wange. »Habe ich mich unterwegs beschmutzt, oder warum starrst du mich so an?«

»Ich sehe dich an, weil ich es gern tue«, erwiderte Perdita und wunderte sich erneut, warum das, was zwischen ihnen kinderleicht gewesen war, auf einmal so viel Überwindung kostete.

»Dita, ich habe wenig Zeit«, sagte er. »Ich würde gern auf eine Viertelstunde ins Haus kommen und in Gegenwart deines Vaters mit dir sprechen.«

»Natürlich. So lange du willst.«

Er sagte nichts mehr, gab ihr nur einen Blick und folgte ihr ins Haus.

Ihr Vater schien von dem unangemeldeten Besuch nicht überrascht, sondern bat sie beide in den Teesalon. Er ließ Clarice Zigarren und Zigaretten der Marke bringen, die Caleb bevorzugte, und bot ihm von seinem Cognac an. Es hätte behaglich sein können. Aber das war es nicht.

»Ich habe mich auf Perditas Billett hin sofort auf den Weg gemacht«, eröffnete Caleb das Gespräch an ihren Vater gewandt, als befände sie sich nicht im Raum. »Nicht nur ich selbst, auch meine Eltern sind höchst besorgt.«

»Fergus Fortescues wegen?«, fragte Perdita. »Die Auskünfte waren tadellos bis auf ein paar Gerüchte, auf die ein vernünftiger Mensch nichts geben sollte.«

»Um Mr. Fortescue geht es nicht«, erwiderte Caleb. »Wir haben uns selbst erkundigt und sind zu dem Schluss gekommen, dass wir den Umständen entsprechend zufrieden sein müssen. Es geht um deine plötzliche Eile der Hochzeit wegen. Oder vielmehr um deinen Wunsch, deine Schwester in Shimla zu besuchen, der uns, um die Wahrheit zu sagen, befremdet hat.«

»Aber warum denn? Was ist befremdlich daran, dass eine Schwester sich wünscht, mit ihrem Mann zur Verlobung der anderen zu reisen?«

»Zunächst wird man diese Verlobung schnellstmöglich auf den Weg bringen müssen«, erwiderte Caleb. »Ich nehme an, Sie stimmen darin mit uns überein, Gerald?«

Ihr Vater nickte. »Auch wenn es mir widerstrebt, das so deutlich zu sagen: Je schneller die Sache in trockenen Tüchern ist, desto geringer die Möglichkeit, dass noch etwas schiefgeht. Ich stimme in allem mit Ihnen überein, Caleb. Ich habe mich bereits bemüht, meiner Tochter dasselbe zu vermitteln, jedoch leider ohne Erfolg. Perdita mag sich nicht damit abfinden, dass ein Besuch unmöglich ist.«

»Aber was soll daran unmöglich sein?« Perdita hatte es satt, dass über sie gesprochen wurde wie über ein törichtes Kind. »Wir werden eine Einladung erhalten und sie annehmen. Nur kann der Brautvater leider nicht reisen, weshalb ich auf die Begleitung meines Mannes angewiesen bin.«

»Du scheinst nicht zu begreifen, Perdita«, sagte Caleb. »Es ist eine erfreuliche Fügung, dass deine Schwester nun doch wird heiraten können, und das macht es uns leichter, die heikle Angelegenheit zu vertuschen. Aus der Welt ist sie damit aber nicht und das wird sie auch nie sein. So leid es mir tut, werde ich es dir ohne Schonung sagen müssen: Deine Schwester hat sich dazu herabgelassen, mit einem Dienstboten ein amouröses Verhältnis einzugehen. Wie du selbst weißt, ist derlei Betragen nicht entschuldbar. Meine Familie und ich hegen nicht den Wunsch, mit einer solchen Person gesellschaftlichen Verkehr zu pflegen.«

»Das heißt, ich darf Della nicht sehen, auch wenn sie verheiratet ist? Sie wird weiter geschnitten, die Gesellschaft wird ihr nicht verzeihen?« Zum ersten Mal kam Perdita in den Sinn, wie hart ihre Welt ein achtzehnjähriges Mädchen für eine einmalige Dummheit bestrafte.

»In Shimla lässt man sie allem Anschein nach ja am gesellschaftlichen Leben teilnehmen«, erwiderte Caleb. »Dass Fortescue mit Hardinge befreundet ist, dürfte helfen. Sie wird keinen Grund zur Klage haben, man wird sich ihr gegenüber zivilisiert verhalten. Aber verzeihen – nein, Dita, verzeihen kann man so etwas nicht. Darüber hätte deine Schwester sich im Klaren sein sollen, ehe sie auf derart empörende Weise gegen die Gesetze ihrer Klasse verstieß.«

Perdita schwieg. Sie wusste, was immer sie hätte anführen können, wäre von den beiden Männern als übersteigerte Empfindsamkeit einer Frau abgetan worden. Sie dachte an Della, und ihr Inneres fühlte sich wund an. Vielleicht begriff sie erst jetzt, dass ihre kleine Schwester nicht wiederkommen würde.

»Perdita.« Caleb legte seine Hand über ihre. »Ich weiß, wie hart es dich ankommt. Aber verstehst du auch mich?«

Sie nickte.

»Deinen Wunsch nach einer baldigen Hochzeit teile ich.« Seine Hand bedeckte noch immer die ihre. »Auch ich möchte dich lieber heute als morgen als meine Frau in mein Haus holen, und ich habe deswegen mit meinem Vater gesprochen. Er ist bereit, uns eine lange Verlobungszeit zu ersparen und ein Datum festzulegen. Zum Ausgleich müsstest du allerdings darauf verzichten, die Reise nach Indien noch einmal auf den Tisch zu bringen. Sollte deine Schwester zu einem späteren Zeitpunkt mit ihrem Mann auf Besuch kommen, wird es sicher Möglichkeiten geben, mit den beiden zusammenzutreffen. Und es verbietet dir auch kein Mensch, ihr zu schreiben, solange der Briefverkehr sich in vernünftigen Grenzen hält.«

Ihr Vater paffte an seiner Zigarre, und der vertraute Duft hüllte Perdita ein. Was für eine Wahl hatte sie? Dies hier war ihr Leben, Caleb war ihre Zukunft, und Della hatte sich selbst außerhalb der Grenzen dieser Welt gestellt. In der Fremde würde ihr Perdita nicht helfen können, und Della würde ja auch ihre Hilfe nicht brauchen. Sie würde ihren Mann haben, den sie schön fand und auf ihre blumige, übertriebene Weise liebte.

Caleb ließ ihre Hand los und drückte seine Zigarette aus. Ehe Perdita es sich versah, war er vom Sitz gerutscht und kniete vor ihr auf dem Parkett. »Lady Perdita Lascelles«, sagte er. »Ich stelle dir die Frage nicht zum ersten Mal, und dein Ja hat mich zum glücklichsten Mann der Grafschaft gemacht. Aber nach dem Drama, das um ein Haar unser Glück zerstört hätte, scheint es mir angebracht, sie zu wiederholen: Erweist du mir die Ehre und wirst meine Frau?«

9

Della Lascelles

Shimla, Schwarze Göttin der Berge

Fair Sisters, 10. September 1910

Schreib mir doch, Perdi, Du liebe Perdi, die immer auf mich aufgepasst hat, musst mir doch schreiben! Ein Brief von Dir, wenigstens die Antwort auf meinen ersten, müsste lange da sein. Kommt wirklich keiner, weil Du keinen geschickt hast?

Kannst Du mich so sehr hassen für etwas, das ich aus Leichtsinn getan und seitdem schon tausendmal bereut habe, dass Du mich in meinem Elend und in meiner Angst allein lässt und mir nicht eine Zeile schickst? Es würde mir so viel bedeuten, ein Wort von Dir zu haben. Selbst wenn ich nicht heil hier herauskomme, unsere Wiesen mit dem saftigen Gras und das schmiedeeiserne Tor vor der Auffahrt nie wiedersehe, fiele es mir leichter in dem Wissen, dass Du mir vergeben hast. Oder wenn Du mir nicht vergeben kannst – dass ich in Deinem Herzen noch einen Platz habe.

Ist das wirklich so viel verwerflicher, Perdi – sich aus Neugier und weil das Herz ungeduldig ist, mit dem falschen Mann einzulassen, als alle Liebe, die in achtzehn Jahren zwischen Geschwistern war, beiseitezuwischen als hätte es sie nie gegeben? So bist Du nicht. So kannst Du nicht sein. Meine Hoffnung hält sich an Dir fest, weil ich nicht glauben kann, dass ich jetzt, wo ich noch lebendig hier sitze und um mein Leben fürchte, für Dich schon gestorben bin.

Werden meine Briefe nicht zugestellt? Hindert einer meiner Feinde die ohnehin nicht verlässliche Post daran, sie über das Meer zu Dir zu senden? Wenn es so ist, Perdi, dann flehe ich Dich an: Solltest Du ein einziges meiner täglich abgesandten Schreiben erhalten, weil es dem Fangnetz meiner Feinde entgangen ist, so wisse, auch wenn der Inhalt Dir unverständlich scheint, dass ich in Not bin. Wäre ich nicht so tief in Not, ich würde Dich nicht damit behelligen.

Vielleicht wird mir ja auch Dein Antwortbrief nicht zugestellt. Ich habe jemanden beauftragt, mir Post aus Pinewood Place *hierher zu bringen, aber allmählich frage ich mich, ob ich nicht auch dabei dem Falschen vertraut habe.*

Aber irgendwem muss ich doch vertrauen! Bitte, Perdi, komm mit Caleb her, und wenn Ihr nicht selbst kommen könnt, schickt jemanden, den Ihr als verlässlich kennt. Ich brauche einen Menschen, der mir hilft, herauszufinden, was vor sich geht. Rate mir nicht, von hier fortzugehen, denn das ist unmöglich. Nicht nur weil ich keinen Farthing bei mir habe und nicht weit käme, sondern weil ich lieber hier sterben würde, als anderswo ohne Fergus zu leben.

Ich kann auch heute nicht lange schreiben. Ich sehe hinaus auf den Gartenweg, der sich im Zwielicht, in den dunkler werdenden Schatten verliert, und ich weiß, ich muss den Brief beenden und dem Menetekel übergeben, ehe es geht und erst nächsten Freitag wiederkommt. Und selbst dabei nagen an mir Zweifel: Kann ich denn dem Menetekel trauen? Eher wohl als Falguni oder Tushar, denen ich zuvor Briefe übergeben habe, aber Sicherheit gibt es nicht. Das Menetekel und Falguni lieben Fergus, doch das heißt nicht, dass sie auch mich lieben, und bei dem Menetekel frage ich mich ohnehin, ob es jemals etwas anderes tut, als freitags hereinzuschneien, sich hinter dem Tisch in der Schreibstube zu verschanzen und abends, vor seinem Aufbruch, drei Spielsteine auf einem kreuzförmigen Brett zu verschieben.

Abigail und Amelia schließlich kommen nicht infrage, denn die beiden sind noch hilfloser als ich dem Bösen ausgeliefert und verlassen nie das Haus.

Perdi, sollte dieser Brief der einzige sein, den Du erhältst, wirst Du nicht einmal wissen, wer all diese Leute sind. Dann zerbrich Dir darüber nicht den Kopf, sondern wisse nur dies:

Wenn Du nicht kommst, wird niemand nach mir suchen, niemand wird mir helfen. Außer Dir habe ich nur einem Menschen mitgeteilt, wohin ich gegangen bin, doch Onkel Joseph und Tante Gladys werden es sich denken können und froh sein, mich los zu sein. Was aus mir wird, ist ihnen gleichgültig, sie sorgen sich weder um meinen Ruf noch darum, dass auf dem Haus ein Fluch liegt, der weißen Mädchen Verderben bringt. Du glaubst nicht daran, und ich habe es auch nicht tun wollen. Hier aber werden diese Dinge so wenig bezweifelt wie der Untergang der Sonne am Abend und der Weg des Mondes in der Nacht. Hier herrschen andere Gesetze. Ich war töricht, nicht daran zu glauben und jede Warnung zu verlachen.

Ich habe mächtige Feinde, deren Intrigen nicht durchschaubar sind. Nicht allein unter den Lebenden, nicht nur unter Göttern und Dämonen, die sich in rasendem Zorn ihr Land zurückholen. Sondern obendrein unter jenen, die aus den Gefilden der Toten wiederkehren und ihren eigenen Kindern jede Hoffnung auf Glück zerstören. Du glaubst auch daran nicht. Aber Du bist nie in Shimla gewesen, wo der Tod eine Kraft besitzt, die kein Europäer sich vorstellen kann. Ich habe solche Angst, Perdi. Ich habe so schreckliche Angst.

Fergus trägt keine Schuld. Ich liebe ihn über jedes Maß, und wenn man ihn ließe, wäre er mir der wundervollste Mann, den eine Frau sich nur wünschen kann. Mein Fergus, der mit mir in seinem dunklen Ballsaal tanzte, zu Charles Harris' »After the Ball Was Over« *von seinem Phonographen:*

»After the ball is over
After the break of morn'
After the dancers leaving
After the stars are gone
Many a heart is aching
If you could read them all
Many the hopes that have vanished
After the ball«

So glücklich hat er mich in jenen Nächten gemacht. Daraus, dass er sich seine Welt dunkel wünscht, dass er in einem Haus lebt, in dem der Tod umhergeht, kann ihm niemand einen Vorwurf machen, und im Schutz seines Dunkels ist er die Zärtlichkeit selbst. Ich gehöre ihm wie eine Sati, die nach dem Sterben ihres Liebsten das Leben nicht länger ertragen kann, sondern mit seinem auch ihren Körper den Flammen übergibt. Wir hätten glücklich sein können, aber zu viele sind gegen uns. Ich dachte, wenn ich hierher fliehen würde, könnten niemand meinem Liebsten und mir mehr etwas anhaben. Wir aber haben Feinde, gegen deren Machtfülle wir nichts sind als Spielfiguren auf des Menetekels Chaupar-*Brett.*

Glaube mir, Perdi: Shimla selbst ist es, die mich hier nicht haben will, Shyamala Devi, die Schwarze, Unbegreifliche, die sich als Karussell tarnt, das sich dreht und heitere Melodien spielt wie im Park von Faversham. Darunter verborgen aber tut sich der Irrgarten auf, aus dem es für die hochmütigen Fremden, die glaubten, sie könnten sich diese Welt zu eigen machen, kein Entrinnen gibt.

Vor mein Fenster springen weißleibige Geister, die Gesichter wie Masken, und hämmern mit den Fäusten um Einlass. »Makaken«, sagt Falguni, »göttliche Plage, die wir müssen dulden.« Falguni, die mit den Toten vertrauter ist als mit den Lebenden, stritte jedoch niemals ab, dass Geister in die Leiber der Makaken schlüpfen können, dass sie alles können, was sie wollen, und dass wir völlig unwissend sind.

Noch ein paar Wochen, dann wird Lord Hardinges Tross sich rüsten, um für den Winter zurück nach Kalkutta zu ziehen. Hier wird auf Regen Schnee folgen, womöglich wird kein Zug mehr den Weg bewältigen können, und es soll einen Winter gegeben haben, in dem der Schnee fünf Monate lang blieb. Fünf Monate – was ist von mir wohl noch übrig, wenn es danach taut?

Ich habe Dich lieb, Perdi. Dass ich Dir wehgetan und Dich verloren habe, quält mich mehr als alles. Vielleicht ist das hier meine Strafe. Und vor dem Fenster, im Dunkel, wartet die Blüte des Safrans.

Deine dumme, unglückliche Schwester Della

P. S.: Ich wünschte, ich hätte mehr in mein Tagebuch geschrieben. Ich wollte doch alles festhalten, und hätte ich es getan, könnte ich wenigstens davon träumen, dass Du herkämst und es unter meiner Matratze fändest, dass Du Dir auf das Geschriebene Deinen Reim machen und begreifen könntest, was letztendlich geschehen ist. Aber auf das stumme Papier zu schreiben, von dem ich nie eine Antwort bekam, war meine Sache nicht, und mit den paar Seiten, die ich doch zustande gebracht habe, würdest wohl nicht einmal Du viel anfangen können.

10

Das Datum für die Hochzeit war auf den 28. Dezember festgelegt worden. Mrs. Severs hatte geradezu aufgeheult, an *Childermas,* dem Tag, an dem Herodes die unschuldigen Kindlein erschlagen hatte, dürfe nicht geheiratet werden, oder die Ehe werde in Tränen enden. Perdita aber hatte sich solches Geschwätz verbeten. Sie und Caleb waren moderne junge Leute, die wussten, dass ein jeder selbst seines Glückes Schmied war. Dafür hatte sie ein Opfer auf sich genommen, das wirksamer sein würde als finsterer Aberglaube.

Gut drei Monate Zeit blieben für die Vorbereitungen, und allmählich hätte sich auf Lascelles Manor eine Aufregung einstellen müssen, die alle Bewohner erfasste. Diese Aufregung schien sich jedoch auf den Dienstbotentrakt zu beschränken. Zwar beschäftigte sich auch Perdita täglich pflichtschuldigst damit, Listen zu erstellen, Anproben wahrzunehmen und Einladungen abzufassen, doch auf unerklärliche Weise kam es ihr vor, als bereite sie nicht ihre Hochzeit, sondern die einer entfernten Bekannten vor.

Diese Sache mit Della ist einfach noch zu frisch, sagte sie sich. Immerhin waren sie ihr Leben lang nie getrennt gewesen und mussten sich erst daran gewöhnen, ohne die andere zu sein. Zudem schlief sie auch weiterhin schlecht, und es belastete ihr Gewissen, dass sie Dellas Brief noch immer nicht beantwortet hatte.

Wie aber hätte sie das tun sollen? Der Schwester schreiben, dass sie nicht nur ihre Einladung ausschlug, sondern obendrein heiraten würde, ohne sie einzuladen? Sie hatte es mehrfach versucht, hatte sich bemüht, Della die Umstände in schonenden Worten begreiflich zu machen, hatte jedoch jedes Mal abbrechen müssen, weil es Worte, die schonend genug gewesen wären, ja nicht gab.

Sich zu ermahnen, nicht ständig an Della, sondern häufiger an Caleb und ihren großen Tag zu denken, fruchtete nichts. An diesem Wochenende waren sie beide jedoch nach London eingeladen, wo Tante Mathilda und Onkel Herbert zu ihren Ehren einen kleinen *Tea dance* geben würden, um sie für die entgangene Verlobungsfeier zu entschädigen. Sie würde mit Caleb vor dem Portal des Hauses stehen und die Glückwünsche der Gäste in Empfang nehmen, was ihr bewusst machen würde, dass ihre Hochzeit wirklich bevorstand. Und sie würde mit Caleb tanzen dürfen, so oft und so lange sie wollte. Was könnte besser geeignet sein, sie vergessen zu machen, worüber das Nachdenken ja doch nicht lohnte?

Sie würden von Faversham mit dem Zug fahren, ein Abteil, das Perdita mit den Custances teilen würde, war reserviert, und unterwegs würden ihnen Champagner und Kanapees serviert. Ihr Vater hatte das alles für sie vorbereitet, obgleich er selbst seines Gesundheitszustandes wegen ans Haus gefesselt war, und sich nicht darüber zu freuen, wäre undankbar gewesen. Am Abend vor der Abreise gelang es ihr sogar, ein wenig Aufregung zu verspüren.

Am Morgen allerdings fühlte sie sich wie gerädert und kam gegen ihre Gewohnheit zum Frühstück zu spät. Eine weitere Nacht mit wüsten Träumen forderte ihr Tribut. Sie war entschlossen, ihren Vater nichts merken zu lassen, ließ sich von der Zofe das Gesicht herrichten, und trug ihr neues blassblaues Reise-Ensemble. In der Auswahl ihrer Kleidung hatte sie nie viel Sicherheit besessen, sondern sich meist auf Dellas Rat verlassen. Blassblau war eine Farbe, die die Schwester häufig für sich selbst gewählt hatte, und der Schnitt war klassisch, also hoffte sie, damit nichts falsch zu machen. Das Hütchen erschien ihr ein wenig zu keck, zu gewagt für ihren unscheinbaren, kantigen Typ, doch sie gab ihrem Herzen einen Stoß und setzte es auf.

Ihr Vater lächelte, als sie das Morgenzimmer betrat. »Meine kleine Braut. Wie nett und adrett du aussiehst.«

»Es tut mir leid, dass ich mich verspätet habe.«

Anerkennend ließ er seinen Blick an ihr hinunterwandern. »Keine Ursache. Mit deinem Frühstück wirst du dich allerdings beeilen müssen. Nathan spannt bereits an.«

Sie erwiderte sein Lächeln und fühlte sich geliebt und beschenkt. »Etwas Weißbrot und Tee genügen mir. Ich wollte mir den Appetit ohnehin für die Fahrt aufheben.«

Als sie sich setzte, sah sie den Brief an ihrem Teller.

»Lies ihn, wenn du aus London zurückkommst«, sagte ihr Vater. »Was drinnen steht, wird schon keine Eile haben.«

Perdita wollte den Rat befolgen. Er war vernünftig – das Wochenende gehörte Caleb und ihrer Zukunft, und nichts sollte sie jetzt davon ablenken. Noch während sie jedoch überlegte, hatte sie den Brief bereits in ihre Tasche gesteckt. »Ich überfliege ihn in der Kutsche. Hab vielen Dank, Vater. Ich wünschte, du könntest uns begleiten.«

»Mach dir um mich keine Gedanken. Genieße alles, was dich jetzt erwartet.«

Draußen wartete die Kutsche, der leichte, elegante Einspänner, den ihr Vater eigens für die kurze Fahrt zum Bahnhof angeschafft hatte. Der Himmel war blassblau wie ihr

Kleid, getupft mit weißen Wolken, ein Spätsommertag von einer milden, gelassenen Schönheit. Sobald der Wagen anfuhr, riss Perdita den Brief auf.

Es war, als würde sie mit einem Kübel eisigem Wasser übergossen. Alles, was sie denken konnte, war: *Caleb darf nichts merken. Die Custances dürfen nichts merken. Ich muss etwas unternehmen, ohne dass jemand etwas merkt.*

Wie in Trance ließ sie sich am Bahnhof Faversham aus der Kutsche helfen, samt ihrem Gepäck in ihr Abteil verfrachten und von ihrem Verlobten und seiner Familie in Empfang nehmen. Die drei schienen tatsächlich nichts zu merken. Lord Roderick wirkte aufgeräumter als gewöhnlich, Lady Maude war wie üblich auf die eigenen Leiden konzentriert, und Caleb war fröhlich, geradezu zärtlich, auch wenn sie sich fragte, ob seine Komplimente immer so steif geklungen hatten.

»Du siehst hübsch aus, mein Liebes«, sagte er und küsste die Luft neben ihrer Wange. »Ich werde heute im Haus deiner Verwandten ein sehr stolzer Mann sein.«

Ein Bediensteter rollte den Wagen mit dem Champagnerkühler und den reichlich gefüllten Etageren ins Abteil, und fortan galt es, sich in den anderthalb Stunden, die der Zug bis zum Bahnhof St Pancras benötigen würde, die Delikatessen einzuverleiben. Damit war Lord Roderick vollauf beschäftigt. Dass Perdita kaum zugriff, fiel niemandem auf. Wohl aber bekam Caleb mit, dass sie sich ein zweites Glas Champagner einschenken ließ.

»Du solltest damit vorsichtig sein.« Er hob missbilligend eine Braue. »Du bist Alkohol nicht gewohnt, und ich hätte nicht gern, dass du eine Gewohnheit daraus machst.«

»Ich trinke ihn nur heute«, versicherte Perdita. »Weil ich glücklich bin und so vieles zu feiern habe.«

Zu ihrer Erleichterung nahm er den Köder auf, zwinkerte

ihr zu und verzog den Mund zu einem spitzbübischen Lächeln. »So so, du hast also etwas zu feiern, kleine Perdita. Und dessen bist du dir sicher? Hast du denn gar keine Angst, dass du einen furchtbar gestrengen Ehemann bekommst, der dich von früh bis spät für sich schuften lässt?«

»Ich bekomme den besten Ehemann«, antwortete Perdita wie ein Automat. »Wenn ich dafür schuften muss, tue ich es gern.«

»Sehr gut, Kleines.« Ein Lob von Lady Maude war eine Seltenheit. »So lautet die richtige Antwort.«

Was für ein Segen, dachte Perdita, *dass es so leicht zu erraten ist, wie die richtige Antwort lautet, selbst wenn man keinen klaren Gedanken fassen kann.* Ihre Gedanken waren trübe wie Nebelwolken und jagten einander fieberhaft im Kreis. Sie musste zu Della. Sie musste um jeden Preis einen Weg finden, um zu Della zu gelangen, und Caleb durfte nicht die Spur eines Verdachts schöpfen.

Sie besaß ihr eigenes Geld, einen Fond, den ihre Mutter für sie hatte einrichten lassen. Darüber zu verfügen, hatte sie nie versucht, weil nie die Notwendigkeit dazu bestanden hatte. Gewiss aber würde sich unter den Bekannten der Fitzwaters jemand finden lassen, den sie unverfänglich fragen konnte, in welchen Schritten man dabei vorging. Vielleicht konnte derjenige ihr sogar erklären, wie man eine Passage nach Indien buchte und wie man vom Hafen in Bombay aus nach Shimla weiterreiste. War so etwas Frauen überhaupt gestattet? Durften sie ohne männliche Begleitung in einem Reisebüro eine Buchung tätigen? Und selbst wenn all das glattging – was für eine Geschichte sollte sie ihrem Vater und Caleb auftischen, um zu erklären, warum und wohin sie auf Wochen verschwand?

Sie unterdrückte ein Seufzen. Mit Fantasie war sie nicht gesegnet. Diejenige, die sich Geschichten ausdachte und dabei zwischen Wahrheit und Erfindung nicht zu unterscheiden wusste, war immer Della gewesen.

Caleb stieß mit ihr an. »Auf uns, mein Himmelsschlüsselchen. So siehst du heute aus, und so liebe ich dich: wie eine zarte, unschuldsvolle Blume.«

Perdita rang sich ein Lächeln ab, zu mehr reichte es nicht. Wenigstens der Champagner tat ihr gut. Das Getränk machte die Konturen der Ereignisse weicher, gab ihr Hoffnung, dass sie in ein paar Wochen bei Della sein und sie dort wegholen würde, was immer auch vorgefallen war. Was hinterher geschehen sollte, würden sie sich überlegen müssen, wenn dafür Zeit war, erst einmal zählte nur Dellas Sicherheit.

Mit einem schrillen Pfeifen und kreischenden Bremsen fuhr der Zug in das Gewölbe des Bahnhofs ein. Der Lärm hetzte Perditas Gedanken in noch wildere Kreise und verwirrte sie vollends. Ihr Kopf schmerzte. Glücklicherweise hatte Onkel Herbert ihnen einen Bediensteten geschickt, der sie durch die Menschenknäuel steuerte und anschließend an den Lowndes Square in Belgravia fahren ließ.

Das Haus der Fitzwaters war ein weiß verputztes, von George Basevi im klassizistischen Stil entworfenes Stadthaus, umgeben von einem Rasen, der wie das Tuch eines Billardtischs schimmerte. Haus und Garten waren in den Farben Rosa, Weiß und Gold, mit Girlanden und Kerzen, Astern und späten Rosen geschmückt. Tante Mathilda hatte keinen Aufwand gescheut, sondern die Gesellschaftsräume aufs Glamouröseste hergerichtet. Caleb genoss es sichtlich, endlich seinem Stand entsprechend zu leben, statt in den beengten Verhältnissen, in denen seine Familie seit Jahren zurechtkommen musste. Perdita hingegen ging es elend, und am liebsten hätte sie sich bei ihrer Tante entschuldigt, weil sie die liebevolle Mühe kaum zu würdigen wusste.

Mit dem Umkleiden mussten sie sich beeilen, was ihr

zupasskam, denn so hatte niemand Zeit, auf ihren Zustand zu achten. Das Tanzkleid, in das Tante Mathildas Zofe ihr half, war blassblau wie das Reise-Ensemble.

Eine Stunde später stand sie neben ihrem Verlobten, der im Frack eine ansehnliche Figur machte, auf den Stufen vor der Haustür und ließ sich von einem Gast nach dem andern dezent in die Arme ziehen. Luftküsse flogen, und die schier endlose Folge von Glückwünschen rauschte an ihr vorbei. Der Großteil der Gäste war ihr bekannt, doch sie war nicht in der Lage, sich ihrer Namen zu erinnern. Eine Dame, die ein wuchtiges, viktorianisch anmutendes Trauerkleid mit aus der Mode gekommener Tournüre trug, stellte ihr Tante Mathilda als »meine liebe Freundin Lady Carmela Beresford« vor. »Ich fürchte, ihr seid euch noch nicht begegnet, aber ihr Schwager Charles, der Admiral, ist dir gewiss ein Begriff.«

»Sehr erfreut, Ihre Bekanntschaft zu machen, meine Liebe.« Die Dame in Trauer, deren Schwager Perdita im Augenblick so wenig ein Begriff war wie irgendwer anders, schüttelte ihr kräftig wie ein Mann die Hand. »Ich fiel ja aus allen Wolken, als die Einladung eintraf, hatte mir doch kürzlich irgendwer erzählt, Mathildas Nichte sei in unser Shimla gegangen, nicht nur zur Saison, sondern ganz und gar.«

Das betretene Schweigen, das folgte, schien Gewicht zu besitzen und sich auf die Schultern der Beteiligten zu senken. Caleb erbleichte. Tante Mathilda räusperte sich. Perdita spürte, wie ihr im Nacken der Schweiß ausbrach. Es kam ihr vor, als hätten selbst die Vögel aufgehört zu zwitschern und als liege auf einmal die Gewissheit in der Luft, dass schon Herbst, nicht mehr Sommer war.

»Ach ja, ach ja – Shimla.« Schwärmerisch breitete die Dame im Tournürenkleid die Arme aus. Von der Spannung, die sich ballte, schien sie nichts zu bemerken. »Ich habe vergessen, zu zählen, wie oft William und ich zur Saison dort waren, damals, als Charles noch Sekretär beim Vizekönig war. Wenn man ankam, war ja Shimla erst einmal ein Schock: dieses Durcheinander von Stil und Farbe. Sein Haus baut sich jeder da, wie es ihm passt, ob neu-gotisch wie die Lodge des Vizekönigs oder klassisch, nach Tudor-Art, in üppigstem Barock oder im Schweizer Chalet-Stil. Und zu allem diese schrille Buntheit, die den Indern gefällt – auf den ersten Blick eine Beleidigung für die Augen. Aber man gewöhnt sich daran. Woran man sich hingegen nie gewöhnt, ist Shimlas Zauber. Sie kommt einem nicht von dieser, sondern von einer anderen Welt vor, in der Träume wahr werden – in einem Moment ein Wunschtraum und ein Albtraum im nächsten.«

»Bei der fraglichen Nichte handelt es sich um Perditas Schwester«, fiel ihr Onkel Herbert so scharf ins Wort, dass die Umstehenden erschraken. »Unsere heutige Zusammenkunft gilt allerdings nicht ihr, sondern unserem Brautpaar, weshalb ich dich bitte, das Thema jetzt zu beenden, Carmela.« Resolut nahm er die Besucherin beim Arm und manövrierte sie ins Innere des Hauses.

Ich muss sie sprechen, hämmerte es in Perditas Kopf. *Sie war in Shimla, sie weiß, wie man dort hinkommt, ich muss sie irgendwo zu fassen bekommen, wo niemand uns sieht.*

Der Tag blieb mild und schön, sodass der Garten genutzt werden konnte, in dem ein weißes Zelt mit Buffet und Bar aufgebaut war. Eine Kapelle spielte auf, und vor allem die jüngeren Gäste tanzten. Caleb führte Perdita in einen One-Step, einem flotten Tanz, den er gut beherrschte. Er wirkte gelöst, die leichte Röte auf den Wangen stand ihm. »Wir werden es gut haben, Liebes. Ein gutes Leben. Wir sind füreinander gemacht, und unsere Familien sind es auch.«

So hatte er gesprochen und Gedichte für sie geschrieben, als aus ihrer Kinderliebe eine echte Liebe zwischen einem jungen Mann und einer jungen Frau geworden war. War er nicht ihr Freund gewesen, konnte sie ihm nicht vertrauen? Wenn sie ihm Dellas Brief zeigte – würde er ihr nicht helfen, ja, sie sogar begleiten wollen?

Etwas hielt sie zurück, und im nächsten Augenblick war es zu spät, weil der Tanz zu Ende war und ein anderes Paar sich ihnen näherte. Der Mann war älter als Caleb, seine Züge wirkten grober und verlebter. »Darf ich Sie um einen Tausch unserer Damen bitten?«, wandte er sich an ihren Bräutigam.

Caleb war anzusehen, dass ihm das Anliegen nicht schmeckte, doch die Höflichkeit gebot, ihm stattzugeben. Perdita wechselte zum neuen Partner, und ein etwas schleppender, langsamer Walzer begann.

»Ich kann mich nicht erinnern, dass wir einander vorgestellt worden wären«, sagte Perdita.

»Sind wir ja auch nicht.« Der Mann tanzte schlecht. »Ich habe mich verspätet, wofür ich um Vergebung bitte, aber ich nehme an, Sie haben die Bekanntschaft meiner Mutter gemacht. Carmela Beresford? Sie ist jedenfalls wieder einmal völlig aus dem Häuschen und schwärmt, sie habe mit der jungen Dame gesprochen, deren Schwester in Shimla weilt. Ich bin somit ihr Sohn. Albert Beresford. Wenn der Name Ihnen nichts sagt, ist mir zumindest mein schlechter Ruf nicht vorausgeeilt.«

Er trat ihr auf den Fuß. Perdita hatte Mühe, ruhig zu bleiben, nicht des Fußes wegen, sondern weil er Carmela Beresfords Sohn war. »Perdita Lascelles. Sehr erfreut«, bekundete sie so beherrscht wie möglich. »In der Tat, Ihre Mutter und ich haben uns vorhin kurz bekannt gemacht. Gern hätte ich das Gespräch über Shimla mit ihr fortgesetzt. Meine Schwester wird demnächst dort heiraten, und natürlich interessiert mich der Ort, an dem sie leben wird. Ich nehme an, Sie kennen Shimla selbst?«

»Und ob. Ich bin zwar seit Jahren nicht dort gewesen, aber das Loch, das ich mein Arbeitszimmer nenne, könnte mir nicht so vertraut sein wie diese indische Bergstadt. Zudem redet meine Mutter noch immer davon, als hätte sie es gestern verlassen. Sie ist nicht die Einzige, der Shimla vorkommt wie ihr Paradies und ihre Hölle in einem.«

Von Neuem trat er ihr auf den Fuß, und ein Fluch entfuhr ihm. »Verflixt. Oh, Verzeihung. Sagen Sie, Miss Lascelles, würde es Ihnen viel ausmachen, wenn wir unsere Unterhaltung bei einem Drink fortsetzen würden? Ich fürchte, sonst habe ich Ihnen demnächst alle Zehen gebrochen.«

»Es würde mir überhaupt nichts ausmachen.« Perdita gelang sogar ein Lachen, so froh war sie, endlich über Della sprechen zu dürfen. Sie gingen miteinander in das Zelt, wo lediglich ein paar ältere Damen um kleine Tische saßen und Tee tranken. An der Bar bot ein Bediensteter *Pimm's Cup* mit Minze, Gurke, geschnetzelten Äpfeln und Orangen an. Perdita wollte sich ein Glas geben lassen. Das Getränk würde sie nicht betrunken machen, aber die geringe Menge Alkohol, die es enthielt, würde ihren aufgepeitschten Nerven wohltun.

»Ich bitte Sie. Nicht diese Plörre.« Albert Beresford nahm ihr das Henkelglas aus der Hand und stellte es weg. »Enttäuschen Sie mich nicht, haben Sie das Herz für einen richtigen Drink. *Whiskey Sour?*« Auf das entsetzte Gesicht des Dieners hin winkte er ab. »Machen Sie sich keine Sorge, mein Freund. Ich mixe ihn selbst.« Aus der Faust drückte er den Saft zweier Zitronen in Gläser, krümelte Zucker hinzu und füllte mit reichlich Whisky auf.

Perdita wusste nicht, welcher Teufel sie ritt. Sie trank mit einem Mann, der sich benahm wie ein Barkeeper, und dabei wollte sie nichts weiter als erfahren, wie sie zu Della kommen konnte. Würde sie überhaupt rechtzeitig dort sein, wo allein die Reise Wochen dauerte? Gab es eine Möglichkeit, ihr schon von hier aus zu helfen, kannte Carmela Beresford vielleicht jemanden, den man erreichen konnte?

»Auf Indien.« Er ließ sein Glas gegen ihres klirren. »Auf das Juwel in der Krone des *Empire* und zugleich auf den Sarg ohne Boden, in dem es einst begraben liegen wird.«

»Auf Indien«, wiederholte Perdita. Das Getränk war dermaßen sauer, dass sich ihr Gaumen und Zunge zusammenzogen. »Sie sagten vorhin, Sie sind selbst in Shimla gewesen.«

Er lachte auf. »Wer ist da nicht gewesen? Glauben Sie mir, wenn Sie in Britisch Indien etwas gelten wollen, müssen Sie einmal in der *Viceregal Lodge,* diesem verschandelten gotischen Palast unter dem Dach der Welt, das Tanzbein geschwungen haben. Wen heiratet Ihre Schwester da eigentlich? Gut möglich, dass ich den Kandidaten kenne. Der Moloch, den wir Indien nennen, beherbergt zwar ein Fünftel der Weltbevölkerung, ist aber zugleich ein Nest, in dem jeder jeden kennt. Zumindest wenn er bei der Armee war.«

»Er ist bei der Armee«, entfuhr es Perdita. »Der Verlobte meiner Schwester, meine ich. Fergus Fortescue, Lord Edward Fortescues Neffe. Was für ein reizender Zufall, wenn Sie ihn tatsächlich kennen würden.«

»Was für ein reizender Zufall«, äffte er sie nach. »Lassen Sie das doch bleiben. Es passt so wenig zu Ihnen wie der grässliche Fruchtsalat für Kleinkinder. Das niedliche Sonntagsschulkleidchen übrigens auch nicht.«

»Sie kennen mich doch gar nicht.« Er war ihr zuwider, bemerkte sie. Es war sein Zynismus, der ihr widerstrebte, die respektlose Haltung der Welt und den Menschen gegenüber.

»Wenn Sie mein Leben gelebt hätten, wüssten Sie, dass man sich mit dem Kennenlernen besser beeilt«, sagte er. »Sie sind kein zuckriges Elfchen, das auf dem Gartenbänkchen vor sich hin zirpt und mit gespreiztem Fingerchen Tee schlürft. Sie hätten das Zeug zu einer gestandenen Frau. Zu einer, die nicht aufkreischt, wenn ihr ein Tollpatsch auf die Zehen tritt, und die von der Schwester, deren Skandal Stadtgespräch ist, ohne Wimpernzucken redet, als ginge es um Prinzesschen Ingrid von Schweden. Lassen Sie also das Getue. Interessant macht Sie, dass mehr in Ihnen steckt.«

»Ich wüsste nicht, weshalb mir daran gelegen sein sollte, mich für Sie interessant zu machen«, versetzte Perdita.

»Verstehe. Ich hoffe, Sie genießen zumindest den Cocktail, den ich Ihnen gemixt habe, denn einen besseren werden Sie so schnell nicht bekommen. Und ansonsten wollten Sie von mir wissen, ob ich Fortescue kenne. Fergus Fortescue. Und ob. Hätten Sie meine Mutter nach diesem Namen gefragt, hätte sie wie eine indische Wölfin aufgeheult und geklagt: *Ach Gott, ach Gott, Robert, der gute ärmste Robert!*«

Perdita trank von der sauren Flüssigkeit. »Ich habe davon gehört«, sagte sie. »Der Vater von Dellas Bräutigam ist nicht auf natürliche Weise zu Tode gekommen, und wie nicht anders zu erwarten, zerreißen sich die Leute darüber die Mäuler. Mein zukünftiger Schwager ist jedoch ein Freund von Lord Hardinge, dem neuen Vizekönig, was die boshaften Gerüchte ja wohl zum Verstummen bringen sollte.«

»Oho.« Er hob sein Glas, stellte fest, dass es leer war, und füllte es zwei Finger hoch mit purem Whisky auf. »Genau das habe ich zum Ausdruck bringen wollen: Sie sind ein hoheitsvolles Geschöpf. So etwas ist selten, und das steckt man nicht in Kinderkittel. Was den guten oder unguten Robert angeht, könnten Sie selbstredend recht haben. Oder auch nicht. Das ist ja das, was uns nach Shimla süchtig macht, auch wenn es uns zerreißt: Dass man eben nichts weiß. Nicht einmal, was diese komische Stadt überhaupt sein soll und wer sie dort oben hingestellt hat.«

»Ich verstehe nicht, was Sie damit meinen«, sagte Perdita.

»Tun Sie das nicht? Dann werden Sie nach Shimla fahren und es sich ansehen müssen: britische Damenkränzchen, Laientheater und Kricketpartien mehr als siebentausend Fuß über dem Meeresspiegel. Ein Spielchen Tennis mit dem Vizekönig, ein Debütantinnenball zu Füßen des Affengottes, der sich die Brust aufreißt, um seinem Herrn sein Herz zu zeigen. *Alice in Wonderland* für die Kleinen und Picknicks mit kaltem Roastbeef und gebutterten Scones, während der Dämon Rahu die Sonne verschlingt. Eine Luft, die Blasen schlägt, weil so viel Champagner in ihr sprudelt, derweil im Gefängnis in der Unterstadt die Schreie von Häftlingen ersterben, die mit dem Knotenstrick geprügelt werden. Haben wir eigentlich jemals geglaubt, so etwas könnte auf Dauer gut gehen, ohne dass wir daran den Verstand verlieren?«

»Hören Sie auf«, rief Perdita, starrte in ihr Glas und entdeckte, dass es so leer war wie seines zuvor. Wind kam auf, ließ die weißen Wände des Zeltes schwanken. Sie riss sich zusammen. »Sind Sie nun mit Fergus Fortescue bekannt, oder reihen Sie nur ominöse Worte aneinander, weil sie glauben, Sie jagen mir damit Angst ein?«

»Das glaube ich nicht.« Er nahm ihr das Glas weg und füllte es wie seines mit Whisky. »So leicht lassen Sie sich keine Angst einjagen. Fergus Fortescue war mein Captain in Chumik Shenko. Sie wissen nicht, wo das ist? Fragen Sie nicht mich. Lesen Sie Henry Savage Landor, wenn Sie es wissen wollen. Oder fragen Sie Fergus Fortescue, denn der hat sich danach noch im Spiegel ansehen können, nicht ich. Mir wird bis heute übel, sooft ich es versuche.«

»Warum?«, fragte Perdita.

»Warum wohl?«, gab er zurück. »Weil ich mich nicht wie ein Mensch, sondern wie ein Schwein benommen habe. Falls

Schweine ihresgleichen metzeln. Und wenn man einmal damit anfängt, kein Mensch, sondern ein Schwein zu sein, hört man bezeichnenderweise nicht mehr damit auf.«

Er trank Whisky. Perdita konnte sich nicht hindern, ihn anzustarren, als stünde in seinem zerfurchten Gesicht die Antwort auf zu viele Fragen.

»Wie gesagt, wenn Sie unbedingt mehr wissen müssen, fragen Sie andere, nicht mich. Von mir erfahren Sie nur eines: Um meinen Glauben an die Menschheit war es längst geschehen, aber wenn irgendwer ihn mir hätte zurückgeben können, dann war es Fergus Fortescue in Chumik Shenko. Ob der Bursche seinen Vater kaltgemacht hat, weiß ich nicht, ich würde es nicht ausschließen und bin sicher, er würde auch mir liebend gern mit einem perfekt platzierten Hieb den Schädel spalten. Aber das, was er an diesem gottverfluchten Märzmorgen auf diesem gottverfluchten Pass getan hat, bleibt dennoch das Feinste, Ehrenhafteste, was ich von einem Mann je erlebt habe. Nichts, was später geschehen ist, kann daran rütteln.«

Vom Nippen am Whisky wurde Perdita übel. Um ein Haar hätte sie die Flüssigkeit wieder ausgespuckt. Stattdessen nahm sie ihren Mut zusammen und leerte in einem Zug das halbe Glas.

»Maxim-Maschinengewehre«, murmelte Albert Beresford. »Deshalb bin ich damals überhaupt mitgezogen, weil das für einen kleinen Hosenscheißer so ein feines Spielzeug war. Kennen Sie nicht? Damit haben Sie Ihr Kolonialreich an der Kandare – fegen Sie einfach mit ein paar Salven über ein Heer von Wilden hinweg, und anschließend erkennt keiner mehr, dass das mal Menschen waren.

»Whatever happens we have got
The Maxim-gun, and they have not.«

Aber das wollten Sie ja nicht wissen. Tut mir leid. Seit

Chumik Shenko geht mir allzu oft der Gaul durch, weil ich mir noch immer wünsche, er wäre mir damals durchgegangen. Sie sind ein prächtiges Mädchen, und wenn Sie meinetwegen Ärger bekämen, täte mir das leid. Sie sollten mit Nichtsnutzen wie mir keinen Umgang pflegen.«

»Ich will ja mit Ihnen keinen Umgang pflegen«, brach es aus Perdita heraus. »Ich will nur wissen, was eine Dame in meiner Lage tun kann, um nach Shimla zu kommen. Es ist dringend, und ich weiß niemanden, den ich fragen könnte.«

Er blickte auf. Seine Augen waren verhangen, und sein Gesicht verschwamm. »Wenn Sie Geld haben, ist das nicht weiter schwierig«, sagte er. »Ich habe leider keines, ansonsten würde ich Ihnen die Passage besorgen und jemanden engagieren, der Sie begleitet. Einen erfahrenen Mann. Um allein durch Indien zu reisen, müssten Sie schon mit dem Teufel im Bund sein – und selbst der fände dort drüben seinen Meister. Die indischen Teufel sind nur die dunkleren Seiten ihrer Götter, und belogen werden Sie von beiden. Sie brauchen einen Führer, der das Land kennt, und solche gibt es zur Genüge: Männer, die die *Indian Army* ausgespuckt hat, und die jetzt zu nichts anderem mehr zu gebrauchen sind.«

Meinte er damit sich selbst? Mit einem Mann wie ihm wochenlang unterwegs zu sein, war unvorstellbar, doch um Dellas willen würde sie noch weit Unvorstellbareres tun müssen. Ihrem Vater und Caleb eine Lüge auftischen. England verlassen und zu ihrer eigenen Hochzeit nicht rechtzeitig zurück sein. Ihr Herzschlag fühlte sich dumpf an. »Geld ist kein Problem«, hörte sie sich sagen. »Das lasse ich Ihnen zukommen. Wann könnten Sie mir die Passage buchen?«

Hinter ihr wurden Stuhlbeine über den Boden geschoben. Perdita war schwindlig. Sie drehte sich um und sah, wie am

Tisch der Teetrinkerinnen jemand aufstand. Eine Dame in mintgrüner Seide. Lady Maude.

Sie hat mich nicht gesehen, beschwor sich Perdita. *Sie war in ihr Gespräch vertieft, sie kann kein Wort gehört haben.*

»Ich mache mich lieber dünn«, raunte Albert Beresford und drückte ihr eine zerknickte Visitenkarte in die Hand. »Um Ihretwillen, ich habe ja längst nichts mehr zu verlieren. Hier die Adresse, unter der Sie mich erreichen. Falls Ihnen das mit der Indien-Reise ernst ist.«

»Es ist mir ernst. Ich habe leider keine Karte bei mir.«

»Seien Sie unbesorgt. Ich werde es schon schaffen, mich zu Ihnen durchzufragen. Passen Sie bis dahin auf sich auf, und vergessen Sie nicht, was Sie wert sind.«

Er drehte sich um und schickte sich an, das Zelt zu verlassen, als eine kleine Traube Menschen hereinstürmte. Tante Mathilda voran, dann Carmela Beresford in ihrem grotesken Trauergewand. In ihrem Windschatten folgte Caleb.

»Ach Gott, Albert«, rief Carmela Beresford. »Kann man dich keine halbe Stunde aus den Augen lassen, muss ich wieder eine Nanny für dich engagieren wie vor dreißig Jahren?«

»Eine *Ayah*, bestes Mütterchen, eine *Ayah*«, erwiderte er und entschlüpfte ihr.

Carmela Beresford wandte sich an Tante Mathilda: »Es tut mir so leid, meine Liebe. Ich hätte Sie nicht bitten dürfen, ihn einzuladen. Seit seiner Kopfverletzung damals in Tibet …«

Sie ließ den Satz in der Luft hängen, und was Tante Mathilda darauf erwiderte, bekam Perdita nicht mit. Mit zwei Schritten hatte sich Caleb an den Frauen vorbeigedrängt. »Dies hier betrifft mich«, sagte er. »Und ich werde es regeln. Im Namen meiner Braut bitte ich um Entschuldigung.« Damit packte er Perdita am Arm, zerrte sie aus dem Zelt und unter den Blicken der Gäste den Gartenweg hinunter.

Erst im Schutz der Buchsbaumhecken, die den Garten gegen das Nachbargrundstück abgrenzten, ließ er sie los und stieß sie gegen das Gebüsch. Perdita wurde von Neuem schwindlig. Sie blickte zu Caleb auf und sah in ein wutverzerrtes Gesicht, das ihr fremd war.

»Darf ich fragen, was du dir dabei gedacht hast?«, herrschte er sie an. »Mitten auf unserer Verlobungsfeier, vor den Augen meiner Mutter, betrinkst du dich mit einem Menschen, der im Ruf steht, ein Schürzenjäger, Spieler und ein Trunkenbold obendrein zu sein. Und damit nicht genug.«

»Das konnte ich doch nicht wissen!«, rief Perdita. »Für mich war er der Sohn von Tante Mathildas Freundin, er hat schlecht getanzt und mich auf einen Drink gebeten, ich habe nicht gedacht, dass daran etwas verwerflich ist.«

»Lüg mich nicht an.« Seine Stimme war nicht mehr so laut, aber die Schärfe darin gefährlicher als das Schreien zuvor. »Meine Mutter hat meinen Vater im Leben nicht angelogen, und du kleines Biest versuch es nicht mit mir. Glaubst du, ich weiß nicht, warum du dich mit diesem Menschen gemein gemacht hast? Ihr habt euch ja nicht einmal die Mühe gemacht, eure Stimmen zu dämpfen, meine Mutter hat jedes Wort gehört. Du hast dich an Beresford gehängt, weil du mir dein Versprechen brechen und gegen meinen Willen zu deiner Schlampe von Schwester nach Indien reisen willst!«

Ehe Perdita ein Wort sagen konnte, hatte er ausgeholt und ihr eine Ohrfeige versetzt, die ihr den Kopf zur Seite schleuderte. Vor ihren Augen tanzten Funken, sie verlor das Gleichgewicht und fürchtete zu stürzen. Im letzten Moment aber fing sie sich ab, drehte sich um und rannte wie gehetzt vor ihm davon.

11

EASTERN TELEGRAPH COMPANY
TELEGRAM 309KAF

KALKA – PUNJAB – INDIA. SEPTEMBER 30 1910

MR GERALD LASCELLES ESQ. FAVERSHAM KENT
LASCELLES MANOR

HABE MIT GRÖSSTEM BEDAUERN EUCH MITZUTEILEN, DASS DELLA SICH EIGENMÄCHTIG ENTFERNT HAT UND VERMISST WIRD. BISHER SUCHE VERGEBLICH. ALLES NÖTIGE VERANLASST, HALTE EUCH ÜBER ENTWICKLUNG INFORMIERT.
JOSEPH

12

Caleb hatte ihr geschrieben und sie um Verzeihung gebeten. Ihm sei die Hand ausgerutscht. So viel Zorn ihr Ungehorsam in ihm auch geweckt habe, sei es nie seine Absicht gewesen, sich so weit von ihr treiben zu lassen. Er wisse keine andere Erklärung als seine übergroße Liebe zu ihr und die Enttäuschung darüber, dass sie die gemeinsame Zukunft leichtfertig aufs Spiel setzte. Sein Vater sei außer sich, seine Mutter regelrecht abgestoßen. Drohungen, ja Worte wie *Enterbung* seien gegen ihn ausgesprochen worden. Er aber habe sich bei allem Verständnis für seine Eltern behauptet und erklärt, dass er sie unter keinen Umständen aufgeben werde.

Wenn sie den bedauerlichen Klaps, den sie für ihre Unbotmäßigkeit bekommen habe, zu dem ins Verhältnis setze, was er ihretwegen durchzustehen habe, müsse sie ihm doch wohl vergeben. In seinem eigenen Bekanntenkreis gebe es Männer genug, die der Ansicht seien, sie habe weit mehr als einen Klaps verdient, er aber bitte sie trotzdem um Verzeihung. Sei *das* nicht Beweis seiner Liebe genug?

Sie müsse verstehen, dass ihre Besessenheit von dieser Indienreise ihn mit blankem Entsetzen erfülle. Sie ruiniere ihren Ruf, der schon jetzt Schäden davongetragen habe. Aus gewissen Mündern sei zu vernehmen, die beiden Schwestern wären einander doch ähnlicher als vermutet. Der Apfel falle eben nicht weit vom Stamm. Hatten nicht bereits über die fidele Hetty Bouvier gewisse Gerüchte kursiert?

Er, Caleb, wolle über die zweifelhafte Reputation ihrer Familie hinwegsehen und den Spott seiner Freunde ertragen, wenn er nur sie wieder bei sich hätte.

»*Denn was zwischen uns war, ist mir kostbarer als alles. Ist es Dir nicht auch kostbarer, Dita? Wollen wir zwei einander nicht als die guten Kameraden, die wir uns ein Leben lang waren, wiederfinden? Du weißt, dass ich kein Mann bin, der seine Frau schlägt, auch wenn es nicht wenige Männer gibt, die dies für nützlich und sogar für nötig halten. Aber Du darfst auch keine Frau sein, die ihrem Mann den Gehorsam verweigert. Dass Du nach Indien fährst, kommt nicht infrage, so sehr Deine Schwester mit ihrer Wichtigtuerei Dich dazu verführen will. Das hat sie schon immer versucht – Dich gegen mich aufzubringen, damit wieder sie im Mittelpunkt des Interesses steht, denn eine Nebenrolle zu spielen, hat sie noch nie ertragen.*

Es tut mir weh, dass Du das nicht erkennst, sondern entschlossen bist, in mir, der einen Augenblick lang die Geduld verloren hat, nun den Schuldigen zu sehen. Es tut mir weh, dass Du vor mir davongerannt bist, ohne mir die Möglichkeit einer Erklärung zu geben, als hätte ich eine unverzeihliche Sünde begangen.

An unserem Hochzeitsdatum halte ich fest, was für schwere Geschütze mein Vater auch auffährt, um mich davon abzubringen. Ich liebe Dich.«

Perdita hatte den Brief nicht beantwortet. Nicht weil sie nicht gewollt hätte, und schon gar nicht weil sie das, was er getan hatte, tatsächlich für eine unverzeihliche Sünde hielt. In Wahrheit wusste sie selbst nicht, warum sie sich bei ihm nicht meldete. Sie nahm ihm nichts sonderlich übel – sie hatte nur das verstörende Gefühl, an einen Fremden schreiben zu müssen.

Aus dem Garten ihrer Verwandten war sie kopflos geflüchtet, hatte ein *Hansom Cab* angehalten, für das sie nicht bezahlen konnte, und Glück gehabt, dass der Fahrer ein weichherziger Mensch war, der sie dennoch mitnahm. Ohne Fahrkarte war sie in einen Zug nach Faversham gesprungen, ins erstbeste Abteil, in dessen Polster sie sich wie ein verwundetes Tier hätte zusammenrollen wollen. Als der Kontrolleur kam, behauptete ein Mitreisender mit Kneifer und Zeitung, sie sei seine Nichte, und entrichtete den Fahrpreis für sie.

Sie hatte sich kaum bei ihm bedanken können, so wie sie Calebs Brief nicht beantworten konnte. Seither lebte sie wie unter einer Glasglocke, in der sie herumging, aß und schlief. Sie erklärte ihrem Vater nicht, warum sie ihn vor seiner Schwester und der gesamten Gesellschaft blamiert und die Custances in Angst und Schrecken versetzt hatte, und ließ Calebs Boten, der am folgenden Morgen mit dem Brief eintraf, vergeblich auf Antwort warten. Als zwei Tage darauf Caleb persönlich vors Haus ritt, bat sie den Butler ihm auszurichten, sie sei nicht in der Lage, ihn zu empfangen.

»Dem kann ich leider nicht Folge leisten, *my lady*«, erwiderte er. »Ihr Vater hat Anweisungen gegeben, denen das zuwiderlaufen würde.«

»Dann tue ich es.« Von Perdita unbemerkt war Clarice mit einem Korb Feuerholz hereingekommen. »Wenn Sie es wünschen, *my lady*, gebe ich Mr Custance entsprechend Bescheid.«

Jetzt saß Perdita an ihrem Schreibpult, starrte aus dem Fenster und fragte sich, was sie täte, wenn Caleb auf ihre Antwort nicht länger warten, wenn er auch nicht wiederkommen, sondern Perdita Lascelles hinter sich lassen und eine andere Frau finden würde.

Sie hatte ihn geliebt. Wenn sie ihn nicht mehr liebte, wer war sie dann, und wenn sie nicht seine Frau wurde, wer sollte sie stattdessen werden? Ein weiterer Brief für sie war von Albert Beresford gekommen, ein paar kaum leserlich hingeworfene Zeilen, in denen er sich für die ihr entstandenen Unannehmlichkeiten entschuldigte und darauf hinwies, dass er der Reise wegen auf ihre Anweisungen warte. Sie hatte den Brief weggeworfen. Noch sicherer wäre es gewesen, ihm mitzuteilen, dass sie weder an einer Reise noch an sonstigem Verkehr mit ihm Interesse hege, aber das konnte sie zu einem späteren Zeitpunkt tun.

Die Blätter der Eiche, die ihre schweren Zweige wie zum Schutz vor ihre Zimmerfenster gehängt hatte, solange sie denken konnte, hatten statt des hellen Grüns die Palette der Rottöne angenommen, in denen die Sonne unterging. Bald würde die Eiche kahl sein. Wäre Perdita, wenn sie von Neuem Blätter trieb, noch hier?

So ging es nicht weiter. Sie musste mit Caleb reden. Was war schon geschehen? Sie hatte sich unmöglich benommen, und ihm war die Hand ausgerutscht, sie konnten unter die unrühmliche Angelegenheit einen Strich ziehen und mit ihrem Leben fortfahren. Es mochte genügen, wenn sie ihm schrieb, dass sie nicht nach Indien reisen würde und dass sie das Ganze vergessen sollten.

Schließlich war er im Recht. Auch ihr Vater hatte das betont, und Dellas Brief, den Perdita ihm gezeigt hatte, hatte er nach ein paar Zeilen beiseitegelegt. »Bei deiner Schwester musste es schon immer das ganz große Drama sein. Glaubt sie, ihr wird gnädig verziehen, wenn sie ein obskures Theater daraus macht, dass es Fortescue mit der Treue nicht genau nimmt? Sie ist in die Grube gefallen, die sie sich selbst gegraben hat, daran trägt keiner von uns Schuld.«

Den kleinen Hang hinauf kam ein Junge auf einem Fahrrad. Cuthbert öffnete ihm das Tor und nahm einen Umschlag entgegen. *Doch noch ein Brief von Caleb,* dachte Perdita. Die Erleichterung blieb aus. Sie zwang sich, aufzustehen und hinunter in die Halle zu gehen.

»Lady Perdita.« Cuthbert deutete eine Verbeugung an. »Gerade ist ein Telegramm für Ihren Vater eingetroffen. Ich würde es ihm sofort bringen, aber er hat sich zur Ruhe gelegt und gebeten, nicht gestört zu werden.«

»Zur Ruhe gelegt? Vormittags um elf?« War ihrem Vater nicht wohl? Jetzt bereute sie, dass sie sich zum Frühstück hatte entschuldigen lassen und nicht mit ihm gesprochen hatte. »Geben Sie es mir«, versetzte Perdita barscher als gewollt. »Ich kümmere mich darum.«

Cuthbert hielt es ihr hin. »Aus Indien«, bemerkte er.

Ein Telegramm aus Indien? Von Della? Perdita konnte nicht fassen, dass sie auf die Idee, zu telegrafieren, nicht selbst gekommen war – ausgerechnet sie, die Errungenschaften der Forschung, die das Leben erleichterten, so sehr bewunderte. Ein Kabel über Land hatte bereits vor gut fünfzig Jahren Nachrichten befördert, doch seit 1870 die Untersee-Leitung fertiggestellt worden war, galt der Telegrafendienst zwischen der Kolonie und dem Mutterland als verlässlich. Sie würde Cuthbert mit einer Antwort nach Faversham schicken, würde Della telegrafieren, dass ihr eigenes Leben aus den Fugen geraten war und sie ihr nicht helfen konnte.

»Warten Sie«, bat sie den Diener und riss den Umschlag auf. Das Telegramm war nicht von Della. Es stammte von Joseph Micheldever, dem unbekannten Onkel. Wieder war Perdita, als würde Eiswasser über ihrem Kopf geschüttet, aber diesmal hörte der Strom nicht auf. Er floss ihr unter die Kleider, rann ihr über die Haut, ließ ihr Herz erstarren.

Della war verschwunden! Sie hatte den letzten Brief aus

einem Haus namens *Fair Sisters* abgesandt, von dem Perdita annahm, dass es sich um das Haus ihres Verlobten handelte. Wenn aber Joseph Micheldever nach ihr hatte suchen lassen, hätte er dort wohl zuerst nachgefragt. Sie konnte somit in dem Haus nicht mehr sein. Entweder hielt sie sich anderswo versteckt, oder ihr war etwas zugestoßen. Ihre Angst war kein obskures Theater gewesen, sondern berechtigt.

»Sie können gehen, Cuthbert«, rief Perdita dem Diener zu, ehe sie durch den Gang in den Südflügel rannte, wo sich die Räume ihres Vaters befanden. Della war etwas geschehen. Perdita hatte den Schwur, den sie ihrer toten Mutter stumm geleistet hatte, gebrochen und auf die Kleine nicht aufgepasst.

Für gewöhnlich wäre es ihr nie im Leben eingefallen, das Schlafzimmer ihres Vaters ohne ausdrückliche Einladung zu betreten, schon gar nicht ohne anzuklopfen. Heute aber gab es nichts, das sie aufhalten, nichts, mit dem sie noch Zeit vergeuden durfte. »Della ist verschwunden!«, rief sie atemlos, während sie die Tür aus schwerem Massivholz aufriss.

Der Anblick grub sich ihr ein. Durch die Augen in Hirn und Herz, wo nichts ihn wieder auslöschen würde. Auf dem großen Bett mit dem Baldachin tobte ein weißes Meer aus zerwühlten Decken und Kissen. Was ihr daraus entgegenleuchtete, waren zwei kaum weniger weiße, kräftig bemuskelte Hinterbacken, die sich auf und ab bewegten.

Unter dem auf und ab schwingenden Hintern ragten die streichholzdünnen, verformten, von zerknitterter Haut umschlackerten Beine ihres Vaters hervor, die zu nichts mehr nütze waren und schlaff auf den zerwühlten Decken lagen. Abrupt brachen die Schwingbewegungen des Hinterns ab. Ein Gesicht fuhr herum, herb und lieblich zugleich, umhüllt von einem Spitzenhäubchen. Es gehörte Clarice.

Albert Beresford verfügte über einen Telefonanschluss. Mit ihm zu sprechen, fiel Perdita seltsam leicht, jetzt, wo sie sich keine Mühe mehr gab, die Klippen der Konvention zu umschiffen. Seine Hilfe sagte er ihr ohne Wenn und Aber zu. Die Passagen, so erklärte er, könne er im Handumdrehen buchen, und auf dem P & O Steamer, der am Samstag von London abginge, gäbe es noch freie Kabinen.

»Nach Bombay in zwölfeinhalb Tagen, rasanter geht es nicht. Da sich so schnell kaum ein anderer Gefährte wird auftreiben lassen, wage ich, mich selbst anzubieten«, schlug er wie erwartet vor. Perdita war es gleichgültig. Sie wollte nur nach Indien. Ihre Schwester suchen. Weg von hier.

»Ich habe jedoch leider kein Geld.« Seiner Karte zufolge war er Schriftsteller. Eine beschönigende Umschreibung für Nichtstuer. Seine Mutter zahlte ihm Unterhalt, hielt ihn dabei jedoch kurz, wie er sich ein ums andere Mal beklagte.

»Geld beschaffe ich Ihnen«, sagte Perdita.

»Ich wusste, Sie sind eine Frau nach meinem Herzen. Und wann, wenn ich fragen darf, beschaffen Sie es mir?«

Fieberhaft überlegte Perdita. Heute war Mittwoch. Sie würde sich beeilen müssen. »Könnten Sie sich die Passagen zwei Tage lang reservieren lassen?«, fragte sie. »Und könnten Sie mir vielleicht auch sagen, wie man vorgeht, wenn man Geld aus einem Fond entnehmen will?«

Er lachte auf. »Aber nicht doch, meine Liebe. Selbst wenn ich über derlei finstere Machenschaften wüsste, dürfte ich einer ehrlichen Haut wie Ihnen doch kein Wort davon verraten.« Wieder lachte er. »Es sei denn, Sie sind die Zeichnungsberechtigte. Dann spazieren Sie einfach in die Bank, die das Konto für Sie führt, lassen den Herrn, der das Glück hat, für Sie zuständig zu sein, wissen, welche Summe Sie wünschen, und nach einer raschen Unterschrift erhalten Sie den Betrag Schein um Schein ausgehändigt.«

»Natürlich bin ich die Zeichnungsberechtigte.«

»Und natürlich weiß ich nichts über Vermögensbetrug. Ich nehme an, Sie haben Ihr Konto bei einem Bankhaus in London? Wollen wir gemeinsam dorthin gehen? Ich könnte Sie morgen von St Pancras abholen, wann immer es Ihnen passt.«

»Ich weiß nicht, bei welchem Bankhaus ich mein Konto habe«, gestand Perdita kleinlaut.

»Oho. Ich verstehe. Die Welt, auf die man Ihnen einen Ausblick gestattet, ist in etwa so eng wie ein Kinderkaleidoskop, was?«

»Ich finde es heraus.« Sie würde mit ihrem Vater sprechen müssen, so gern sie nie wieder ein Wort mit ihm gewechselt hätte. Das Geld für die Bahnfahrt würde sie aus der Haushaltskasse nehmen, über die sie frei waltete, seit sie zehn Jahre alt war, Lieferanten bezahlte und Mrs. Severs aushändigte, was nötig war. »Holen Sie mich ab«, sagte sie. »Ich komme morgen mit dem ersten Zug nach London.«

»Ich werde zur Stelle sein. Ich freue mich.«

»Ich nicht«, sagte Perdita.

Ehe sie sich durchringen konnte, ihren Vater aufzusuchen, tauchte Caleb wieder auf. Diesmal kam er nicht zu Pferd, sondern im Landaulet, höchst zünftig in Tweed gewandet. Perdita entschied sich, ihn zu empfangen, und bat ihn ins Boudoir ihrer Mutter, wo das Puppenhaus stand. Mit ihm zu sprechen, machte ihr nichts mehr aus, sie empfand zu ihrer Verwunderung weder Trauer noch Zorn, nur dumpfe Gleichgültigkeit und den Wunsch, er möge nicht allzu viel von ihrer Zeit beanspruchen.

Er wollte sie in die Arme nehmen, wie er es ihr so oft verweigert hatte, weil irgendwer hätte zusehen können. Jetzt sah niemand zu. Perdita wich zurück.

»Was ist denn los? Du hast doch wohl vor mir keine Angst?«

»Nein.«

Wieder streckte er die Arme nach ihr aus. »Dita, ich liebe dich. Ich würde dir nie ein Haar krümmen.«

Du hast mir ein Haar gekrümmt, dachte Perdita und zog sich hinter den Teetisch ihrer Mutter zurück. Sie nahm es ihm noch immer nicht übel, registrierte nur, wie leicht Menschen offenbar »*nie*« sagten. Und wie sehr sie sich hüten würde, künftig jemandem, der »*nie*« sagte, zu glauben.

»Setzen wir uns und reden«, sagte sie zu Caleb. »Weshalb bist du gekommen? Ich habe nicht viel Zeit.«

»Du hast für mich nicht viel Zeit? Für deinen Verlobten? Wo ich dich seit Tagen bitte und bestürme, wo ich dich vor meiner Familie in Schutz nehme und darauf beharre, man dürfe dich nicht mit deiner Schwester in einen Topf werfen?«

»Nimm mich nicht in Schutz, Caleb«, sagte Perdita. Sie sah ihn sich an, das schöne, dichte, rotblonde Haar, das einst widerspenstig gewesen war und das er jetzt korrekt gescheitelt trug, und das Gesicht, das sie sich als kleines Mädchen vorgestellt hatte, ehe sie glücklich eingeschlafen war. Ihre Kindheit war vorbei, erkannte sie ohne ein Gefühl. »Streite dich nicht meinetwegen mit deinen Eltern, und wirf mich mit meiner Schwester in einen Topf. Ich breche am Samstag zu ihr nach Shimla auf.«

»Das ist nicht dein Ernst.«

»Doch, das ist es. Albert Beresford begleitet mich.«

Wie vollständig sein Gesicht erbleichen konnte, hatte sie bereits vor dem Haus der Fitzwaters verblüfft.

»Meine Schwester ist verschwunden«, fügte Perdita hinzu, weil sie trotz allem fand, dass sie ihm diese Erklärung schuldete.

»Deine Schwester spielt sich auf, das ist alles!«, rief er. »Sie will ihre Schande vertuschen, also gibt sie die Leidende.«

»Ja«, sagte Perdita. Sonst nichts. Sie hatte sich auf das zierliche Rokoko-Sofa ihrer Mutter gesetzt und fuhr dem verspielten Pfauenmuster, das sich in der Tapete wiederholte, mit einem Finger nach.

»Sie hat sich widerlich benommen!«

»Ja«, sagte Perdita noch einmal und sah das zerwühlte Bett ihres Vaters vor sich. Sie würde es immer sehen. Die rosa und hellgrünen Pfauen verschwammen vor ihren Augen, und sie konnte nichts dagegen tun.

»Wenn du das tust, Dita, wenn du mit diesem Menschen nach Indien fährst, ist alles zwischen uns vorbei. Ist das klar?«

»Ja«, sagte Perdita zum dritten Mal.

»Und das sagst du so kühl?«, schrie er. »Du wirfst unsere Liebe weg für diese …«

»Für meine Schwester. Was immer ich von ihr halte, sie ist in Not, und wie es aussieht, hat sie niemanden als mich. Und unsere Liebe werfe ich nicht weg. Sie ist zu Ende.«

»Zu Ende?« Er sprang auf sie zu, beherrschte sich jedoch im letzten Augenblick. »Und warum? Weil ich ein einziges Mal einen Fehler gemacht habe, wobei so mancher bestreiten würde, dass es ein Fehler war?«

»Nein«, sagte Perdita und stand auf. »Weil wir erwachsen sind. Wenn du mich jetzt bitte entschuldigen würdest – ich habe für meine Abreise morgen noch allerhand vorzubereiten.«

Als er sie hindern wollte, den Raum zu verlassen, schüttelte sie ihn ab, und ging.

Ihren Vater fand sie ordentlich angekleidet, gekämmt und in den Rollstuhl gesetzt in seinem Herrenzimmer. Was ihr beim Eintreten als Erstes auffiel, war das Fehlen des Kieferndu ftes. Offenbar hatten die anderen Dienste, die Clarice dem Hausherrn erwies, sie am Bestücken des Kamins gehindert. Vor ihm auf dem Schreibtisch stand immerhin seine Rauchgarnitur bereit, und sein Cognacglas war hoch gefüllt. Von der Pflegerin war nichts zu sehen.

»Ich bedaure, Perdita«, sagte der Vater. »Das war für deine Augen nicht bestimmt und muss dich erschreckt haben. Aber immerhin bist du kein kleines Mädchen mehr, sondern so gut wie eine verheiratete Frau, also wirst du es verkraften. Und zumindest wird es dich lehren, in Zukunft anzuklopfen.«

Es wird mich lehren, nie wieder anzuklopfen, durchfuhr es sie. *Damit keine Märchenkulisse mehr aufgebaut werden kann, die ich für die Wirklichkeit halte.*

»Ich habe nur eine Frage«, sagte sie, obwohl dies nicht in ihrer Absicht gelegen hatte. »Warum ist das, was ich bei dir verkraften werde, bei Della eine Sünde, für die sie aus der Familie verstoßen werden muss?«

Ihr Vater stieß einen Laut zwischen Hüsteln und Lachen aus und wirkte ehrlich verwundert. »Was ist denn das für ein Vergleich? Männer sind Männer, da spricht die Natur, und solche Sprache ist für Damenohren nicht geeignet. Man muss sich eben zu behelfen wissen, trifft Arrangements und macht keinen Wind. Eine junge Dame hingegen, die auch nur das Mindeste auf sich hält – pfui Teufel. Glaube nur nicht, ich hätte verwunden, dass meine Tochter so tief gesunken ist.«

»Della ist verschwunden.« Sie schob ihm das Telegramm hin.

»Du öffnest meine Post?«

»Ich dachte, es sei von Della. Ich habe dringend auf Nachricht gehofft, ich habe mir Sorgen gemacht, und dir schien es nicht sonderlich wichtig zu sein.«

Er überflog die Zeilen. »Also schön«, sagte er und begann das Ritual um seine Zigarre. Beim Versuch, sie anzuschneiden, glitt er jedoch mit der Zigarrenschere ab, beschädigte das Deckblatt und warf verdrossen alles auf den Tisch. »Ich kümmere mich darum«, sagte er. »Werde Joseph gleich morgen eine Antwort schicken und nachfragen, wie die Dinge stehen. Mit Sicherheit ist sie längst wieder da.«

»Ich fahre zu ihr«, sagte Perdita. Es gab keine moralische Instanz mehr, die sie um Erlaubnis fragen musste. »Morgen früh nehme ich den Zug nach London, um das Geld für die Reise abzuheben. Ich brauche den Namen des Bankhauses, das den Fond hält, den Mutter für mich eingerichtet hat.«

»*Coatts & Co, John Adam Street*«, kam es von ihrem Vater. In seiner Stimme lag wieder der ätzende Spott wie in der Nacht vor Dellas leerem Schlafzimmer. »Deiner Mutter gefiel das, ein Bankhaus, das von einer Frau geführt wurde, noch dazu einer, die sich nicht scheute, ihren obszönen Liebhaber auch noch zu ehelichen. *»Mein Mädchen soll ihren eigenen Kopf haben dürfen«*, hat sie gesagt. *»Und dazu braucht sie wie Angela Coatts ihr eigenes Geld.«* Nun schön. Schlecht hat das Geld dort in all den Jahren nicht gelegen, und inzwischen leitet ja Francis Burdett die Bank. Es kann also dort bleiben. Abgehoben, um es für irgendeinen Wahnwitz zu verschleudern, wird es jedenfalls nicht.«

»Ich hebe es für meine Reise ab«, sagte Perdita.

»Das wirst du nicht tun«, sagte ihr Vater.

»Willst du mich hindern?«

»Das will ich allerdings«, erwiderte er. »Ich liebe dich, und es ist meine Pflicht als dein Vater, dich davor zu bewahren, dein Leben zu zerstören. Vergiss eins nicht, mein Kind: Eine Tür, durch die deine Mutter schlüpfen konnte und sogar deine Schwester noch schlüpfen mag, würde sich dir vor der Nase zuschlagen. Della hat Hettys Schönheit geerbt, aber du kommst nach mir. Du hast als Pfund, mit dem du wuchern kannst, nicht mehr als deinen Ruf und mein Kapital.«

Es brannte wie Calebs Ohrfeige. Dabei hatte sie immer gewusst, dass sie kein hübsches Mädchen war und hatte sich deswegen nie sonderlich gegrämt. »Ich werde mich nicht hindern lassen«, bekundete sie tapfer. »Das Geld gehört mir, meine Mutter wollte, dass ich es bekomme.«

»Das ist schon richtig.« Er verzog einen Mundwinkel. »Aber du bist nicht zeichnungsberechtigt.«

»Was soll das heißen?«

»Dass dir ohne meine Unterschrift kein Jüngling am Bankschalter auch nur einen Penny auszahlen wird. Ja, deine Mutter litt auch an dieser Weiberkrankheit und gab sich gelegentlich schäumenden Leidenschaften hin. Letztendlich besann sie sich aber und ließ die Finger von Dingen, für die die Frau nun einmal nicht geschaffen ist. Die Befugnis in Geldfragen übertrug sie mir. Ich habe bereits Schritte vorbereitet, um die Zeichnungsberechtigung für den Fond deinem Mann zu übergeben. So kann dann er über die Summe verfügen, wie es ihm für euch beide förderlich erscheint.«

»Du gibst Caleb freie Hand über das Erbe meiner Mutter, aber nicht mir?« Noch vor ein paar Wochen hatte Perdita ihrem Vater selbst einen solchen Vorschlag unterbreiten wollen. Warum also kam es ihr jetzt so absurd und falsch vor?

»Er ist ein Mann«, sagte ihr Vater. »Er wird dich beschützen und für dich all die Dinge regeln, mit denen das Köpfchen seiner kleinen Frau überfordert wäre.«

Perdita wusste darauf keine Antwort und auch keine Frage mehr. Wie sie nach Shimla kommen sollte, wusste sie genauso wenig, nur dass es einen Weg geben musste. Sie würde das für die Woche verbliebene Haushaltsgeld nehmen, nach London fahren und sich mit Albert Beresford beraten. Er war gewiss keiner, der vor zweifelhaften Methoden zurückschreckte und sie würde es auch nicht länger tun. Sie musste ihre Schwester finden. Was danach aus ihr wurde, hatte keine Bedeutung mehr.

Zweiter Teil

»Was du bist, siehst du nicht. Was du siehst, ist dein Schatten.«

Rabindranath Tagore

13

Miss Dinah Sedgewick
Autumn Hall
Shimla, Punjab, Indien

Lady Hester Linfield
Linfield Castle
Kent, England

Autumn Hall, den 11. Juli 1827

Liebste Hester, meine allerliebste Freundin!

Hier in den Bergen beginnt jetzt die Zeit des großen Regens, vor dem man uns gewarnt hat. Die Straßen sind verschlammt. Wer es vermeiden kann, geht nicht aus dem Haus.

Dort aber, wo Du bist, wo Du hoffentlich gerade jetzt mit Deinem Peter Hochzeit feierst, steht alles in Blüte. Wiesen und Wälder leuchten in so vielen Varianten von Grün, dass man aus all diesen Grüntönen ein Lied machen möchte und es pfeifen, derweil man in den Morgen wandert. Nur dass man als Tochter respektabler Eltern natürlich nicht einfach loswandern darf und erst recht nicht pfeifen. Meine Großmutter Armitage, von der Mutterseite, hat immer gesagt, dass man einem Mädchen, das pfeift, genauso den Hals umdrehen müsste wie einem Hahn, der kräht.

Meine Hester, falls Du mich zu Deiner Hochzeit eingeladen hast, wie wir es einst planten, so haben wir die Einladung nie erhalten, was ja nicht weiter verwunderlich ist. Verwunderlicher ist, dass überhaupt Briefe ankommen. So erhielt Vater wiederholt Schreiben eines Regimentskameraden (sie alle eint der heldenhafte Vertreibungskampf gegen die Gurkhas unter Ochterlony, dem General ohnegleichen), der erwägt, sich hier oben ebenfalls ein Haus zu bauen, weil er davon ausgeht, dass Shimla an Bedeutung gewinnt. Vater hat ihm gerne Antwort gegeben, denn er geht davon ja ebenfalls aus und Lord Combermere, sein Befehlshaber, der sich gerade hier ein Haus baut, bestätigt ihn. Deshalb hat Vater seinerzeit das Angebot der Ostindien-Kompanie angenommen, sich für seine Verdienste in Land entlohnen zu lassen, hat das Haus in Auftrag gegeben und seine Familie hergeholt.

Seine Familie. Prudence und mich.

Lord Combermere sagt, wir sind vom Glück gesegnete Mädchen, und einen Palast wie den unseren mit seiner hübschen Arkade wird sich bald kein Mensch in Shimla mehr leisten können. Schon gar nicht einen, in dessen Garten die Safrankrokusse sprießen, die man sonst nur auf streng gehüteten Feldern sieht. Um ein Pfund des köstlichen Gewürzes zu erhalten, sind hunderttausend Blüten nötig, und ein Pflücker, der den ganzen Tag bei der Arbeit ist, schafft keine hundert Gramm.

Jener Regimentskamerad glaubt übrigens auch, dass wir glückliche Mädchen sind, er wäre gern selbst so glücklich und kommt immer wieder her. Eric heißt er. Ich weiß, dass ich ihm gefalle, ich weiß auch, dass er meinetwegen mit Vater gesprochen hat, aber ich habe auch mit Vater gesprochen. Ich habe Vater gesagt, wenn er mich zwingt, den mehl-

blonden, blutleeren Eric zu heiraten, springe ich über die Felsenkante in die Schlucht und bin tot.

Zurück zu Briefen. Ob Prudence welche erhält, weiß ich nicht, denn wir sprechen nicht miteinander, und ich selbst erhalte keinen. Sie nimmt sie mir fort. Meine Schwester Prudence. Sie ist die Ältere und besitzt das Vertrauen des Personals, weil sie Vaters Vertrauen besitzt. Solange Vater hier war, habe ich versucht, ihn umzustimmen, denn insgeheim war ich immer sein Liebling. Prudence aber hat ihn gegen mich aufgehetzt, und als er fortmusste, in den Krieg nach Burma, hat er zu mir gesagt: »Ob ich den Krieg überlebe, weiß ich nicht, Dinah. Aber dass ich es nicht überlebe, wenn du mir einen Skandal machst, das weiß ich. Wir leben hier oben nicht unter unseresgleichen, sondern umgeben von Fremden, die uns nicht wohlgesonnen sind. Unser Leben muss weißer und makelloser sein als Schnee.«

Was hätte ich ihm daraufhin erwidern sollen? Dass der Mann, den ich liebe, makelloser als Schnee und alles wert ist, dass er höhere Titel trägt, als Vater sie sich von einem Schwiegersohn erhoffen durfte, dass es an seinem Hof im Fürstentum Bilaspur gesittet und kultiviert zugeht und dass selbst General Ochterlony dort ein gern gesehener Gast war?

Im Grunde weiß er das selbst. Aber es nützt nichts, weder mir, die sich nach Kharak zuschanden sehnt, noch Vater, der, wenn es möglich wäre, mir wohl einen Weg eröffnen würde, weil er mich trotz allem glücklich sehen will.

Es ist nicht möglich. Wir sind Briten, und die Inder sind Inder. Selbst ihre Fürsten, die ihre klugen Söhne an unsere Schulen zur Ausbildung schicken. Einen von Vaters Leuten habe ich sagen hören, als die Frage einer Mischehe aufkam: »Ich frage mich doch auch nicht, ob ich meiner Tochter gestatten würde, sich mit einem Affen zu paaren.«

Nun weißt Du alles, Hester. Alles, was ich Dir anders nicht zu sagen gewagt habe. Ich liebe Kharak, den jungen Raja von Bilaspur, einem Staat, der uns Briten als seinen Schutzherren freundlich gegenübersteht. Ich liebe den Sohn einer langen Reihe von Fürsten, der unsere Feste besucht und uns zu den seinen einlädt, unseren Damen die Hand küsst, unseren Kindern über die Köpfe streicht und mit unseren Herren über die politische Lage plaudert. Der uns den Mosaikleger, den sein Herz liebt, schickt, um unser Haus in einen wahren Palast zu verwandeln. Verschlägt es Dir vor Entsetzen die Sprache? Oder bist und bleibst Du meine Freundin, weil Dein Herz sich zu weiten versteht und spürt, dass es zwischen Himmel und Erde viel mehr gibt, als wir Menschen fassen? Kharaks Familie ist älter als die jedes britischen Peers, der seine Linie bis zu den Baronen der Normannen zurückverfolgen kann, und seine Kaste – die der Kshatriyas, der Fürsten – hat sich durch Jahrhunderte reiner erhalten, als es unserem Adel gelungen ist. Kharak selbst ist hochgebildet. Er kann Homers Odyssee ebenso hersagen wie den Veda, die jahrtausendealte heilige Schrift seiner Religion. Und dennoch wird er nicht als unseresgleichen betrachtet, sondern als Tier, als einer jener Affen, die in Fenster eindringen und alles stehlen und verwüsten, was nicht niet- und nagelfest ist, die über Wanderer herfallen und mit ihrem Kreischen Tote aus Gräbern wecken.

Das, Hester, ist es, was mein Herz entsetzt und empört. Das ist es, was es zerreißt.

Kharak ist kein Tier, schon gar kein Affe, wenn ihm auch die Makaken als Gefolge Hanumans heilig sind. Er ist Chandra, der Mondgott in seinem Himmelswagen, den die Antilope zieht. Und ich bin Tara, seine Geliebte, die bereit ist, mit ihm fortzugehen und die Kinder des Mondlichts zu tragen. Aber die Liebe von Chandra und Tara sorgt für Krieg unter den Göttern, und am Ende sind beide verflucht.

In einem Königreich zwischen Himmel und Erde, zwischen Traum und Wirklichkeit hätten wir leben können. Stattdessen quälen wir uns in einem Kerker zwischen Erde und Hölle, zwischen Albdruck, Elend und Furcht.

Hätte es diesen Fluch und die Schranken zwischen uns nicht gegeben, hätte ich mich mit Kharak verloben dürfen wie mit einem Sohn der englischen Gentry, hätten wir nicht heimlich, auf verbotenen Wegen zusammentreffen müssen wie zwei Diebe in der Nacht, wäre nichts von dem geschehen, was jetzt meine Familie zerreißt. Alles »Hätte« und »Würde« aber nützt nichts mehr. Es ist zu spät, es ist alles verloren, und was aus uns werden soll, wage ich nicht, mich zu fragen.

Warum Prudence meine Briefe stiehlt, willst Du wissen? Weil Vater sie zu meiner Bewachung abgestellt hat und weil sie ihre Macht missbraucht. Sie bemächtigt sich jedweder Post, weil sie in allem ein Zeichen des Geliebten argwöhnt, die Nachricht eines Komplizen, der uns helfen will, zu fliehen. Einzig, wenn es Aditi, das Mädchen, ist, das die Post in Empfang nimmt, darf ich hoffen, einen Brief zu erhalten. Inzwischen aber weiß ich längst nicht mehr, wem ich noch trauen kann und wen Prudence mit ihrem Gewisper, ihren Lügen und Verleumdungen auf ihre Seite gezerrt hat.

Und warum tut sie das?, fragst Du weiter, Deine Schwester Prudence, die doch die zweite Hälfte Deiner selbst war? Weil Shimla nicht London ist und das Himalaya keine Hügelkette in Kent, weil hier Götter einander mit vor Rachsucht brennendem Blick zum Verglühen bringen und die Verglühten in ihrer Asche weiterleben und selbst Rache üben. So geht die Asche von Kamadeva, dem Liebesgott, auf Menschen nieder, zu denen die Liebe nicht als Segen, sondern wie eine Krankheit kommt, von der sie nicht mehr genesen. Auch auf Prudence. Die für den Mann entbrannt ist, den ihre Schwester liebt.

Nun also weißt Du, meine Hester, was uns befallen hat und woran unsere Gemüter krank geworden sind. Die gewaltigen Kräfte von Yoni und Lingam, die in unserem Garten versteinert sind, haben unsere schwachen Kräfte zerstört. Wenn Du nie wieder von mir hörst, zerbrich Dir nicht den Kopf. Nimm einfach an, meinem Liebsten und mir wäre die Flucht gelungen, ob hinunter in sein Fürstentum und von dort in ein freieres Land, oder hinauf in die Wolken, wo die Freiheit keine Grenze kennt.

Wenn ich einen Wunsch freihabe, dann möchte ich noch einmal den Safran blühen sehen wie an dem Tag, an dem wir herkamen und alles neu und voller Hoffnung war. Und dass mein Brief Dich erreicht, wünsche ich, oder dass eines Tages jemand die Abschriften der Briefe findet und erfährt, dass es mich gab.

Wisse, dass Du mir fehlst, dass mein England mir fehlt und dass ich nur zu gern neben Dir am Taufbecken von St Olave's in Fordwich gestanden hätte, um Patin Deines erstgeborenen Kindes zu werden. Erzähle ihm einmal von mir, wenn es älter ist – wirst Du das für mich tun? Von einer Freundin, die es von Herzen lieb gehabt hätte, wenn das Schicksal es anders gewollt hätte und sie dort geblieben wäre, wo der Allmächtige sie hingestellt hat, wenn sie ihr Leben nach den Gesetzen geführt hätte, die sie kannte und verstand.

Gib auf Dich acht, meine Hester, grüße alle, die mich kannten, und sei glücklich.

Deine unglückliche Freundin, die doch mit keiner glücklicheren tauschen könnte.

Dinah. Chandrakanta – vom Mond geliebt

14

In der geöffneten Tür des Zuges saß ein Junge von höchstens zehn Jahren, der in der Fahrt die Beine hinaushängen ließ. Niemand hinderte ihn.

Der Zug war winzig. Ein Spielzeug. Auf dem Bahnhof in Kalka hatte Perdita flüchtig bezweifelt, dass all die Menschen, die mit Koffern, Körben, Kisten und Säcken am Gleis warteten, hineinpassen würden, aber das hatte nicht lange gedauert. Die Menschen hatten hineingepasst und saßen schweigend in den Reihen. Im Verlauf der Reise hatte sie sich das Zweifeln so gut wie abgewöhnt. Es hatte keinen Nutzen, wenn man keine Richtlinien besaß, nach denen man abwägen konnte, was wahrscheinlich war und was nicht. In Indien war nichts wahrscheinlich und geschah dennoch. Oder es war alles wahrscheinlich und blieb trotzdem aus.

Vielleicht lag es gar nicht an Indien. Vielleicht lag es an ihr und dem zerbrochenen Gerüst ihres Lebens. In jedem Fall hatte es nicht erst hier begonnen, in einem Land, das von einem Hexenkessel, in dem Mensch und Tier herumgewirbelt und gar gekocht wurden, bis in ein schweigendes Gebirge reichte, in dem ein Wind blies, der die Welt vereisen ließ. Es hatte nicht einmal auf dem Schiff begonnen, auf der Reise ins Ungewisse, auf der sie fast zwei Wochen lang darauf vertrauen musste, dass eine von Menschen erbaute Kapsel sie durch die Unermesslichkeit des Ozeans trug. Begonnen hatte es am Morgen ihres Aufbruchs. Auf dem Bahnhof von Faversham.

Schon dass sie, Gerald Lascelles brave Tochter, tatsächlich in der Frühe auf jenen Bahnhof marschiert war, spottete jeder Wahrscheinlichkeit. Im Gepäck hatte sie nicht mehr, als sie sonst für einen Aufenthalt in London mitnahm, und in der Börse steckte das Geld, das dem Haushalt für knappe vier Tage genügte. Was hatte sie sich gedacht? *Vermutlich nichts,* musste sie sich eingestehen. Sie hatte einen Gepäckträger genommen und am Schalter eine Fahrkarte gelöst. Denken würde sie später. Erst einmal musste sie fort.

»Lady Perdita!« Sobald der Zug bereitstand, hatte sie mit den Herren in Geschäftsanzügen, die in ihre Büros und Kanzleien nach London pendelten, und den Damen, die samt ihrer Mädchen zum Einkaufen fuhren, einsteigen wollen, als hinter ihr jemand nach ihr rief. Mit einem Fuß stand sie schon auf dem Trittbrett. Als sie sich umdrehte, sah sie in die Gesichter der Menschen, die darauf warteten, ebenfalls einzusteigen, und Angst erfasste sie. Niemand gehörte zu ihr. Sie würde niemanden an ihrer Seite haben als einen beinahe fremden Mann, den sie weder mochte noch vertrauenswürdig fand. Dann entdeckte sie am Ende des Knäuels ein Gesicht, das ihr vertraut war.

Clarice. Statt des schwarzen Dienstmädchenkleides mit Schürze und Haube trug sie ein Winterkleid aus blauem Wollkrepp und auf ihren kräftigen Locken eine Kappe aus abgeschabtem Samt. Sie sah nicht aus, als hätte sie Angst oder wäre sich über etwas unsicher, sondern so, als gehöre ihr der Bahnhof. Perdita erwog kurz, vor ihr in den Zug zu entfliehen, aber das war albern und hätte lediglich eine Szene provoziert. Bis zur Abfahrt waren es noch gut zehn Minuten, in denen Clarice ihr leicht hätte folgen können. Sie wollte keine Jagd durch einen Eisenbahnwaggon. Besser also sie ging und fragte, was das Hausmädchen wollte.

Sie ist eine Bedienstete, sagte sie sich, während sie sich durch die Menschengruppe zurückschob. *Und wenn sie hundertmal im Bett meines Vaters liegt, sie hat keine Handhabe, mich aufzuhalten.*

»Ich wollte Sie sprechen«, begann Clarice sofort, als Perdita in zwei Schritten Abstand vor ihr stehen blieb. »Aber ich habe Sie heute morgen verpasst.«

»Woher weißt du, dass ich hier bin?«

»Ich höre alles«, sagte Clarice. »Ich bekomme alles mit. Auf ein Hausmädchen achtet niemand, es ist wie ein Möbelstück, vor dem man reden kann, wie man will.«

»Was willst du?« Beinahe hätte Perdita aufgelacht. Falls Clarice gekommen war, um sie zu erpressen, hatte sie auf ein Pferd gesetzt, bei dem kein Hosenknopf zu holen war.

»Ihnen Geld geben.« Vom Gürtel ihres Kleides löste Clarice eine Börse aus Stoff. »Sie haben doch keines. Ob es genügt, um zu Lady Della zu reisen, weiß ich nicht, aber ich hoffe, es hilft erst einmal weiter.« Sie hielt Perdita die Stoffbörse hin. Sie war aus demselben abgeschabten Samt unbeholfen zusammengestichelt wie ihre Kappe.

»Woher hast du das?«, platzte Perdita heraus.

Clarice lachte auf. »Nicht gestohlen, keine Sorge. Ich habe es gespart. Penny um Penny. Was meinen Sie, warum ich mit Ihrem Vater schlafe? Nein, zucken Sie nicht zusammen, Sie kennen doch den Begriff, Sie sind eine gebildete Dame und wissen, dass Kinder nicht auf Apfelbäumen wachsen.«

Ja, Perdita kannte den Begriff. Sie hatte darüber nachgedacht, wie es sein würde, in einem Hotelzimmer an der Riviera mit Caleb dieses Unaussprechliche, das Männer sich wünschten, zu teilen, und hatte sich dafür geschämt.

»Das Recht, derlei Dinge zum Vergnügen zu tun, haben Männer für sich selbst reserviert«, fuhr Clarice fort. »Frauen dürfen sich dabei benutzen lassen, aber sie dürfen keine eigenen Wünsche danach hegen. Ich schlafe mit Ihrem Vater, damit er mich bevorzugt behandelt. Damit er mir den Lohn erhöht, mir bezahlte Extraarbeit gibt, mir kleine Geschenke zusteckt, die ich in Faversham verkaufen kann.«

Unwillkürlich sah Perdita an ihr herunter. Ihr Kleid war schäbig. Geflickt. Nur von Weitem, auf den ersten Blick, haftete ihm eine gewisse Pracht an.

»Wie eine Hure. Richtig.« Clarice warf den Kopf auf. »Ich verkaufe das bisschen, was ich habe, und obendrein vermutlich noch zu billig, aber besser als nichts ist es allemal. Anders kommt eine wie ich nicht zu Geld, und ohne Geld kommt eine wie ich hier nicht weg.«

»Weg? Wo willst du denn hin?«

»Nach Mexiko«, antwortete Clarice. »Dort ist Revolution, und nicht zum ersten Mal. In so einer Kolonie, die sich befreit hat, herrscht noch ein Jahrhundert später ein Durcheinander, in dem keiner weiß, wer wer ist, und wo deshalb jeder werden kann, was er will. Da will ich hin. Mir ein Leben aufbauen. In einem Land, wo man mich lässt. Wo eine hinpasst, für die dieses durch Wände unterteilte Kabinett keine Schublade hat.«

So hatte es angefangen. Das Unwahrscheinliche, das dennoch geschah. Nie hatte Perdita erwartet, mit einem Hausmädchen über anderes als die Erfordernisse des Haushalts zu reden, und noch weniger erwartet hatte sie, dass Hausmädchen etwas von der Revolution in Mexiko wussten. Sie selbst wusste nichts davon, und wie man es anstellte, sich in Mexiko ein Leben aufzubauen, hätte sie erst recht nicht gewusst.

»Und wenn du dort bist«, begann sie, »was willst du tun?«

Mit einer Art trotzigem Stolz zuckte Clarice die Achseln. »Ich habe Spanisch gelernt. Stenografie und Maschineschreiben. Ich habe jedes Buch in der Bücherei von Faversham gelesen, und ich bin mir für wenig zu schade. Nur dafür, den Dreck von Leuten wegzuputzen, die glauben, sie wären was Besseres als ich, ohne mir je zu erklären, warum.«

Perdita setzte an, es ihr zu erklären, brach aber ab. Der Zug pfiff. »Steigen Sie ein«, sagte Clarice und drückte ihr die Börse in die Hand. »In zwei Minuten fährt er ab.«

»Warum willst du mir dein Geld geben? Du brauchst es doch, um nach Mexiko zu kommen.«

»Ich wollte es Lady Della geben, damit sie nicht nach Indien muss«, sagte Clarice. »Sie war nett. Hatte mit allen Mitleid, mit jedem schweißnass gerittenen Pferd, jedem erlegten Rebhuhn, jedem Botenjungen, der sich die Knie aufschlug. Mich hat sie behandelt wie ihresgleichen. Es hat mir leidgetan, dass aus ihrer Familie niemand ihr helfen wollte, obwohl sie keiner Seele etwas zuleide getan hatte.«

»Aber Della hat das Geld nicht genommen?«

Clarice schüttelte den Kopf. »Sie hatte Angst, sie würde Sie ganz verlieren, wenn sie sich Ihrem Willen widersetzte. Nehmen Sie es. Helfen Sie Ihrer Schwester. Wenn Sie können, schreiben Sie mir, dass Sie sie wohlbehalten gefunden haben. Das würde mich freuen.«

Sie drehte sich weg und begann, durch den Strom der Fahrgäste, die zu den Zugtüren rannten, dem Ausgang zuzustreben. Perdita stand da, hielt das Geld fest, und der Zug pfiff ein letztes Mal. »Ich schreibe dir!«, rief sie über Köpfe hinweg. Dann schwang sie herum und schaffte es im letzten Moment, sich auf das Trittbrett zu ziehen.

Die Summe, die Clarice sich erspart hatte, reichte für eine der beiden Passagen. Wie sich herausstellte, hatte Albert Beresford zumindest genug Geld im Haus, um seine eigene zu bezahlen. Etwas mehr hob er nach endlosem Palaver mit zwei Angestellten in einer Bank ab.

»Auf meinem Konto herrscht keine lineare Leere, sondern ein veritabler Hohlraum«, erklärte er. »Die Herren Direktoren würden mich liebend gern zum Teufel schicken, aber weil sie nicht riskieren wollen, meine Mutter zu brüskieren, lassen Sie mich noch ein bisschen tiefer in die Miesen gehen. Und was haben Sie aufzubieten? Den Haushaltstopf, den Sie dem Herrn Papa entwendet haben. Dass es auch nur im Mindesten vernünftig wäre, mit unserer zusammengestoppelten Barschaft nach Indien zu reisen, würde zwar niemand behaupten, aber ich nehme an, Eure Hoheit haben keine Wahl?

In der Tat. Es hatte den Anschein, als hätte sie keine Wahl. Perdita, die ihr Leben lang drei Schritte vorausgedacht hatte, beschloss, sich treiben zu lassen. Joseph Micheldever ihre Ankunft zu telegrafieren, war die einzige vernünftige Handlung, alles Übrige überließ sie einem Schicksal, an dem sie nicht länger schmiedete. Sie war bis hierher gekommen, sie würde irgendwie auch weiterkommen müssen.

Die Schiffsreise hatte etwas von Ruhe vor dem Sturm, von einer Pause, um Kräfte zu sammeln. Das Essen war schlecht, aber genießbar, ihre Kabine eng, doch ein Kokon, um sich einzuigeln, und die Seekrankheit verschonte sie. Seltsamerweise entstand ihr kaum je der Eindruck, als ließe sie ihre Heimat hinter sich, denn in der ersten Klasse reisten nur Briten. Es wurde Bridge gespielt, *Afternoon Tea* serviert, und nach dem Dinner stellte sich ein Mädchen im Matrosenkragen ans Klavier und sang *»A Bird in a Gilded Cage«*. Es war ein Miniatur-Britannien, das von Möwen begleitet davonschwamm, und überdies traf schon hier zu, was Albert Beresford für Indien angekündigt hatte: Jeder kannte jeden, oder kannte zumindest jemanden, der jeden kannte.

Das Schiff war voller Frauen. Die meisten stießen nach

Besuchen in der Heimat wieder zu ihren Männern, die in der Kolonie stationiert oder in der Verwaltung tätig waren, schwärmten mit Wehmut von den verstrichenen Tagen und waren beladen mit Dingen, die es angeblich nirgendwo als in England gab und ohne die man auf Dauer nicht überleben konnte: Tweedstoffe, Gläser mit Orangenmarmelade, Backsoda, Kricketbälle, Picknickdecken, Cheddar-Käse, *Colman's* Senf und *Beecham's Pills*. Sie waren freundlich, aufgeschlossen, erboten sich mit Begeisterung, Perdita für ihre Reise mit Ratschlägen aus ihrem Erfahrungsschatz auszustatten.

Sobald Sie allerdings hörten, wohin diese Reise führen sollte, schlugen sie die Hände über dem Kopf zusammen: »Nach Shimla wollen Sie? Jetzt im Oktober, wo dort die Zelte abgebrochen werden? Kindchen, da sind Sie falsch, da ist doch jetzt nichts mehr los. Wenn Sie Glück haben, erwischen Sie noch den Abschlussball, aber danach legt Shimla sich schlafen und wacht erst im April wieder auf. Um diese Jahreszeit bleibt Ihnen nichts übrig, als nach Kalkutta oder Delhi zu gehen, eine verdreckter und ärgerlicher als die andere, und das Klima ist eine Plage, aber zumindest treffen Sie dort ein paar angenehme Menschen.«

»Und Sie können sich einigermaßen die Zeit vertreiben. Wenn man die Saison in London gewohnt ist, glaubt man ja gar nicht, wie schnell man sich in Indien zu Tode langweilt.«

»Im April aber gibt es keinen entzückenderen Ort als unser Shimla. Mich werden Sie dort auch antreffen, meine Liebe, und dann verspreche ich Ihnen, Sie werden kaum mehr zu Atem kommen: Jeden Freitag ist Ball im Palast des Vizekönigs, am Wochenende sehen wir uns beim Gymkhana, beim Tennis oder Cricket, und anschließend bittet irgendwer zur *House Party*. Unter der Woche haben wir den Club und das *Gaiety Theatre*, wir flanieren über die Mall, und es ergeben sich all die kleinen Vergnügungen, die man gar nicht beim Namen nennen mag. Ertragen Sie die indischen Ebenen im Winter, und freuen Sie sich auf den Sommer in Shimla. Es ist intim und einzigartig, wenn Sie verstehen, was ich meine.«

»Es ist der zauberhafteste Spielplatz der Welt.«

»Nur spielen wir dort Spiele für Erwachsene.«

Die vier Damen, die Perdita umringten – eine Offizierswitwe, zwei Gattinnen von *Himmelsgeborenen* und die unverheiratete Schwester der beleibteren – lachten.

»Wir werden Sie schon zu beschäftigen wissen.« Die beleibte Gattin, die sich als Mrs. Thomas Merryweather vorstellte, zwinkerte Perdita zu. »Aber Beresford, den alten Giftzahn, hätten Sie nicht wieder herbringen müssen. Der kann einem mit seiner Miesmacherei jeden Spaß vergällen.«

Die zweite – wesentlich schlankere – Gattin und die Witwe lachten, die ledige Schwester schnaufte. Perdita und Beresford hatten sich darauf geeinigt, ihn als Bekannten ihres Vaters auszugeben, der sie zu Verwandten nach Shimla begleiten sollte. Der Umgang mit ihm fiel ihr nicht leicht, umso weniger, als sie ihm Dankbarkeit schuldete und ihr nicht klar war, weshalb er sich zu dieser Reise entschlossen hatte. Glücklicherweise hatte er bereits am ersten Abend jemanden getroffen, den er von seinem Einsatz in Tibet her kannte. Dieser beschaffte zwei weitere Männer, mit denen sie sich abends zum Kartenspiel trafen.

»Ich gebe mir Mühe, unsere Reisekasse aufzubessern«, hatte er zu Perdita gesagt. Auf ihre Frage nach Mrs. Merryweather zuckte er lediglich mit den Achseln. »Ich habe Ihnen doch erzählt, bei uns kennt jeder jeden. Wir haben Indien im Blut. In gewisser Weise macht uns das zu Verwandten, was ganz und gar nicht bedeutet, dass wir uns mögen.«

Die Damen, so stellte Perdita fest, mochten ihn eindeutig nicht.

»Halten Sie sich lieber an Ihren Vetter, den jungen Micheldever«, riet ihr die schlankere der beiden Gattinnen. »Und habe ich das richtig verstanden, Sie sind Vetter und Base zweiten Grades? Also nicht so eng verwandt, dass gewisse Entwicklungen auszuschließen wären?«

»Marcus Micheldever ist ein angenehmer Mann, und eine vorteilhafte Heirat wäre ihm zu gönnen«, ergänzte Mrs. Merryweathers unverheiratete Schwester, die deutlich jünger war als die drei Übrigen. »In Shimla gibt es allerdings auch andere. Manche taugen zum Heiraten. Andere zum Träumen.«

Perdita beschloss, sich vorzuwagen: »Wenn Sie mit der Gesellschaft in Shimla vertraut sind, kennen Sie sicher auch meinen künftigen Schwager. Fergus Fortescue, Captain der *Maxim guns* der *British Indian Army*.«

Das Schweigen der Vier erfolgte wie auf ein Zeichen. Kurz trafen sich ihre Blicke, ehe sie alle zu Boden sahen.

»Fergus heiratet?«, brachte die ledige Schwester namens Cynthia endlich hervor.

»Das sollte mich freuen.« Auch in die Offizierswitwe kam wieder Leben. »Mein verstorbener Mann hielt große Stücke auf ihn, und leicht hat er es nie gehabt.«

»Ihre Schwester heiratet ihn?« Die Stimme der jüngeren Gattin klang geradezu mitfühlend.

Perdita nickte. »Sie sind einander im Palast des Vizekönigs vorgestellt worden. Mr. Fortescue ist ein Freund von ihm.«

»Ach Gott, ja, dem armen Charles haben sie ja das Mäntelchen des Vizekönigs umgehängt.« Mrs. Merryweather stöhnte. »Damit machen sie keinen Bock zum Gärtner, sondern ein Lamm zum Hütehund. Charles Hardinge gehört fraglos zu den reizendsten Menschen im gesamten Empire, aber er ist ganz und gar ungeeignet, einen Subkontinent voller aufsässiger Wilder unter Kontrolle zu halten. Wenn Sie mich fragen, ist er bereits mit der Kontrolle seines Haushalts überfordert, sein Geld verschenkt er an traurig dreinblickende Ganoven, und bei der Auswahl seiner Freunde kann man ihm auch alles andere als Weitsicht bescheinigen.«

»Ganz recht, meine Liebe«, stimmte ihre Gefährtin ihr zu. »Der gute Charles hat einfach ein zu weiches Herz, die Vernunftbegabte in dieser Ehe ist Winifred.«

»Die erklärt hat, sie würde für Fergus nicht nur die Hand ins Feuer legen, sondern ihm bedenkenlos ihre Tochter zur Frau geben«, fiel Cynthia, die ledige Schwester, scharf ein.

»Man sagt so manches, wenn der Tag lang ist«, wies ihre Schwester sie zurecht. »Und dir kann ich nicht oft genug raten, deine sentimentale Schwäche für einen gewissen Menschenschlag nicht allzu deutlich zur Schau zu stellen. Ansonsten wirst du dir im Leben noch manch schmerzhafte Blessur einfangen, wie es anderen vor dir ergangen ist.«

»Mit Sentimentalität hat das nichts zu tun.« In Verlegenheit gebracht, senkte Cynthia den Kopf. »Weder hat sich Fergus mir gegenüber Freiheiten herausgenommen noch hätte ich sie ihm gestattet. Fergus ist ein Ehrenmann. Wir haben lediglich in einer Zeit, in der wir uns beide allein gelassen fühlten, Freundschaft geschlossen. Ist daran etwas verwerflich?«

»Ach herrje«, bemerkte ihre Schwester trocken. »Freundschaft zwischen Mann und Frau ist in etwa so wahrscheinlich wie ein Zusammentreffen von Ostern und Pfingsten. Erst recht, wenn sich das Ganze in Shimla zuträgt und es sich bei dem Mann um den schönen Fergus Fortescue auf seinem Spukschloss voller toter Schwestern handelt.«

»Wenn du mich fragst, ist die lebende Schwester furchterregender als sämtliche spukenden Toten«, fügte die schlanke Gattin hinzu.

»Ich wüsste jetzt doch recht gern, wovon Sie eigentlich

sprechen«, wagte Perdita, sich einzumischen. »Haben Sie dem Verlobten meiner Schwester etwas vorzuwerfen, gibt es Dinge, von denen meine Familie wissen sollte?«

»Oh, entschuldigen Sie, meine Liebe, wir haben Sie ja völlig vergessen!«, rief Mrs. Merryweather. »Seien Sie unbesorgt, ich bin sicher, Ihre Familie weiß alles, was Sie wissen muss. Da Sie mit den Micheldevers verwandt sind, wird Ihnen nicht neu sein, dass es da gewisse Unstimmigkeiten gegeben hat. Aber wenn Sie sich entschlossen haben, darüber hinwegzusehen, wollen wir uns nicht als Schwarzmalerinnen betätigen, sondern Ihnen aus ehrlichem Herzen gratulieren.«

»Aus ehrlichem Herzen – pah«, schnitt ihr Cynthia das Wort ab. »Heuchelei nenne ich das, und eine ehrliche Gratulation spreche einzig ich Ihnen aus. Man wird Ihrer Schwester das Leben nicht leicht machen, weil man es Fergus nicht leicht macht. Unsere Gesellschaft verzeiht recht unbeschwert einem, der Unglück verursacht, hingegen niemals einem, dem Unglück widerfährt. Aber Ihre Schwester bekommt einen wunderbaren Mann, und sofern sie ihn aufrichtig liebt und nicht nur nach einem ansehnlichen Spielzeug giert wie Genevieve Micheldever, gelingt es ihr vielleicht, sein Herz zu heilen. Er hätte es verdient, und ich würde es ihm wünschen.«

»Heiliger Himmel, Cynthia, wenn mir der Sinn nach einem Melodrama stünde, wäre ich in London ins Garrick Theatre gegangen.« Nach einem tadelnden Blick für ihre Schwester wandte Mrs. Merryweather sich mit einem Lächeln an Perdita. »In Shimla haben wir übrigens ein Theater, das dem Garrick nachgebaut ist. Das *Gaiety*. Schauspieler bekommt man natürlich kaum herüber, deshalb hat der wackere Reverend Green eine Laienspielgruppe begründet, die sich beachtlich schlägt. Sie können sich auch beteiligen, meine Liebe.«

Die Glocke zum Dinner ertönte. Perdita war darüber froh, denn sie brauchte Zeit, um das Gehörte zu verarbeiten. Was ihr aus dem Redefluss der Damen am stärksten im Gedächtnis geblieben war, war eigentümlicherweise ein Wort, das Mrs. Merryweather eher beiläufig geäußert hatte: Nach Della war sie die Zweite, die Fergus Fortescue *schön* genannt hatte, ein Attribut, das sonst auf Männer kaum je verwendet wurde.

Albert Beresford besserte nicht die Reisekasse auf, sondern verlor. »Wer nach dem Gewinn nicht aufhört, verliert zwangsläufig«, gestand er Perdita zerknirscht und protestierte nicht, als sie den kläglichen Rest der Barschaft an sich nahm. »Verstecken Sie es gut. Wenn ich es finde, werde ich nicht anders können, als weiterzuspielen.«

»Warum tun Sie das? Sie zerstören sich und andere mit.«

»Weil ich ein süchtiger Mensch bin«, erwiderte er mit jener Mischung aus Amüsement und Selbstmitleid, die Perdita inzwischen kannte. »Was ich anfange, lasse ich entweder gleich wieder bleiben, weil es mich langweilt, oder ich verfalle ihm ganz.« Seine Stimme war heiser vom Whisky.

»Und warum haben Sie diese Reise mit mir angetreten, wenn Sie wussten, dass Sie unterwegs den größeren Teil unseres Geldes verspielen und den Rest vertrinken würden?«, herrschte sie ihn an. Gleich darauf bereute sie ihren Ausbruch, weil er nicht gerecht war. Immerhin war es Beresford gewesen, der das meiste Geld beigesteuert hatte, und ohne ihn hätte sie gar nicht erst aufbrechen können.

Er schien es nicht übel zu nehmen, stützte das Kinn in eine Hand und betrachtete sie. »Wissen Sie, was Homöopathie ist?«, fragte er. »Eine Behandlungsmethode für menschliche Leiden, die irgendein Mensch in Deutschland entwickelt hat. Queen Victoria soll darauf geschworen und sie ihrer Familie prophylaktisch verordnet haben. Die Methode beruht auf der Annahme, dass eine Dosis von dem, was die Krankheit verursacht hat, geeignet sein muss, sie zu heilen. Meine Krankheit heißt Indien. Ihre Verursacherin heißt auch Indien. Vielleicht habe ich die Gelegenheit ergriffen, mit Ihnen noch einmal in das gottverfluchte Indien zu fahren, weil es das Einzige ist, von dem ich mir, wenn schon keine Heilung, so wenigstens Linderung erhoffe. Von Indien. Von Shimla. Und von Fergus Fortescue.«

»Meinen Sie das ernst?«

Gerade noch schien er in Schwermut vor sich hin zu brüten, nun aber ging durch seinen Körper ein Ruck, und er lachte auf. »Gute Frage, Eure Hoheit. Allzu sicher kann man sich nicht sein. Vielleicht schwafle ich nur geschwollen daher und bin in Wahrheit nichts als unsterblich in Sie verliebt.«

Perdita wünschte, er hätte nicht so mit ihr gesprochen. Es machte es ihr noch schwerer, mit ihm allein zu sein.

Sie erreichten Bombay an einem Morgen, an dem die sich nähernde Küste unter einer Haube aus dunstig verhangenem Sonnenlicht lag. So sehr Perdita sich gegen solche verklärende Vorstellung wehrte, hatte es etwas vom versunkenen Reich einer Sage, das nach Jahrtausenden erwachte und sich aus dem Meer erhob.

»Wenn wir in Indien ankommen, werden Sie es merken«, hatte Mrs. Merryweather erklärt und die Nase gerümpft. »Den Gestank, der Ihnen entgegenschlägt, vergessen Sie nie wieder. Ich rate Ihnen, unter Deck zu bleiben – nicht wenige, die das zum ersten Mal erleben, kippen glattweg um.«

Sie selbst war natürlich keineswegs unter Deck geblieben, sondern stand, als Perdita eintraf, wie eine Galionsfigur an der Reling. »Nennen Sie mich Florence«, hatte sie Perdita aufgefordert und sich zu ihrer persönlichen Reiseführerin ernannt. Jetzt wischte sie sich mit dem Handrücken über die Stirn und hielt in der freien Hand ein Taschentuch, mit dem sie sich vor dem Mund herumwedelte.

»Kommen Sie nicht näher«, rief sie Perdita entgegen. »Der Mief ist heute übler denn je. Selbst ich, die es unzählige Male erlebt hat, habe Mühe, nicht in Ohnmacht zu sinken.«

»Das ist unmöglich«, erwiderte Perdita. Sie hatte die Stadt, die unter der goldenen Dunstglocke verschwamm, vom Fenster des Frühstücksraums aus gesehen und gehofft, sie in Ruhe betrachten zu können. »Es herrscht ja so gut wie überhaupt kein Wind – wie soll der Gestank bis hierher dringen? Selbst das kaum spürbare Lüftchen kommt ja von Westen, würde ihn also von uns wegtreiben.«

»Wagen Sie sich nur noch drei Schritte vor, wenn Sie so schlau sind«, konterte Florence Merryweather verschnupft.

Entschlossen trat Perdita neben sie. Der Gestank war atemberaubend. Kein Dung, der im Frühjahr auf die Felder um Lascelles Manor gefahren wurde, kam dem im Entferntesten nahe. Es stank nach Verwesung, nach Fäulnis, nach Dingen, an die Perdita nicht einmal denken wollte. Im East End von London hatte sie einmal eine Unterführung durchqueren müssen, und der Geruch nach menschlichen Fäkalien hatte ihr den Atem genommen. Dies hier war ungleich heftiger, und die schweißtreibende Hitze, die keine Brise milderte, steigerte die Intensität um ein Vielfaches. Ihr Magen rebellierte, das eben verzehrte Frühstück wallte zurück in die Kehle, und es half nichts, sich die Nase zuzuhalten.

»Liebe Güte, Ihnen setzt das ja wirklich zu«, rief Florence Merryweather. »Wer weiß, ob Sie dann Indien überhaupt gewachsen sind, meine Liebe.«

Dasselbe hatte Perdita auch gedacht. Dann aber zwang sie sich, sich zu fassen. »Es bleibt trotzdem unmöglich«, krächzte sie, und ein Einfall kam ihr. »Warten Sie einen Augenblick.«

In Ihrem Rücken glaubte sie ein Lachen zu hören, und als sie sich umdrehte, entdeckte sie Albert Beresford, der aus dem Frühstücksraum ins Freie trat. Ohne ihn zu beachten, lief hinüber auf die Steuerbord-Seite des Schiffs und mit jedem Schritt ließ der beißende Gestank nach. Sie stützte sich auf die Reling und atmete die Seeluft ein, in der die Hitze zwar lastend und greifbar schien, die hier, auf der anderen Seite, jedoch nach nichts roch als nach Salz.

»Chapeau, Eure Hoheit.« Albert Beresford war ihr gefolgt. »Eine Frau, die den Schwindel durchschaut, ist mir auf den Indienreisen eines Vierteljahrhunderts nicht untergekommen.« »Was für einen Schwindel?«

»Die Schiffsjungen machen sich einen Spaß daraus, die Reling mit einem Extrakt einzureiben, den sie aus dem Inhalt der Toilettenkübel und aus der-Teufel-weiß-was-noch zusammenmischen. Neuankömmlinge sind überzeugt, sie wittern den stinkenden Moloch Indien, und geradezu glücklich, weil sie ihre Vorurteile bestätigt finden.«

Perdita sah von ihm weg auf die geheimnisvoll schillernde Silhouette von Bombay, deren Aureole aus Licht im Näherkommen zu flimmern begann. *Juwel in der Krone* hatte Queen Victoria das indische Kolonialreich genannt, und an diesem Morgen sah es aus, als hätte sie den Namen nicht nur um der Reichtümer willen gewählt, die von dem Subkontinent aus ins Mutterland verschifft wurden.

War das eine Illusion, eine optische Täuschung, lauerte hinter dem Glanz der Fassade ganz anderes?

»Was ist Indien, wenn man es ohne Vorurteil betrachtet?«, fragte sie Beresford, ohne sich nach ihm umzudrehen.

»Ein stinkender Moloch«, sagte er. »Unsere Hindus glauben ja an ihr *Samsara*, das ewige Rad der Wiedergeburt, und wer in diesem Leben ein schlechter Mensch war, wird im nächsten dafür gestraft. Ich habe mich immer gefragt, was wir alle im vorigen Leben verbrochen haben müssen, um die Strafe Indien zu verdienen. Eine Strafe, unter der man schreit, solange sie einem erteilt wird, und nach der man bis an sein Ende schreien wird, wenn man sie nicht mehr bekommt.«

Bombay war in der Tat ein Moloch, und die Glocke, die über der Stadt zu schweben schien, legte sich bleischwer auf Köpfe und Schultern, sobald man darin umherging. Die Luft war so sämig, man hätte sie kauen, nicht atmen wollen, und die Schwaden von Gerüchen hatten etwas von Hagelsteinen, wuchtig genug, um einen Menschen umzuwerfen.

Dass das Gewirr, dessen Noten sich einmal trennten und dann wieder vermischten, ausschließlich stank, konnte Perdita jedoch nicht finden. Da war der strenge Mief nach Fisch und Tang, wie sie ihn aus dem Hafen von Chatham kannte, da war Gestank nach Exkrementen, dazu der ekelerregende Odeur von Fleisch, das von Fliegen umsummt in der Hitze faulte, doch immer wieder lösten sich auch angenehme, ja regelrecht wohltuende Düfte aus dem Gemenge. Sie machte die Würze guten Tabaks aus, gefolgt von Knoblauch, der in aromatischem Öl röstete, Ingwer, den sie sich als Kind erbettelt hatte, wenn die Köchin ihn für den Weihnachtspudding kandierte, und die betörende Süße von Jasmin.

Hinzu kamen die pikanten, lieblichen, herben und fruchtigen Buketts von Gewürzen, die sie nie zuvor gerochen hatte, und holzig-rauchige Duftwolken von den dünnen Stäbchen, die überall an den Ständen verbrannt wurden. Manche erinnerten Perdita entfernt an das Harz der Kienspäne in ihres Vaters Kamin, und über allem lag der Geruch des frischen Schweißes, der an ihrem Körper hinuntertroff.

London war eine große Stadt, in deren Hauptstraßen sich nicht selten der Verkehr staute und in deren Bahnhofshallen sich Menschen wie Sardinen in der Dose drängten. Nichts, was ein Besucher in London geboten bekam, konnte ihn jedoch auf das vorbereiten, was ihn in Bombay erwartete.

Es war alles zu viel. Farben, Geräusche, Gerüche bestürmten sämtliche Sinne, und es gab keinen Raum, den nicht der Leib eines Menschen füllte. Dass eine solche Fülle von Menschen überhaupt existierte, schien unglaublich. Sie gingen, rannten, marschierten und humpelten zu Fuß, fuhren in Ochsenkarren, zogen Rikschas, schleppten Säcke, schoben Handwagen, ritten auf struppigen Eseln und prächtig aufgezäumten Pferden, trugen Fetzen von Laken, makellose Uniformen, weite Kleider in grellen Farben, Blumen in pechschwarzen Haaren, Turbane, Tropenhelme, Seidentücher, steife Melonen und Schiebermützen, hatten schneeweiße, gelbliche, milchkaffeebraune, rot verbrannte, olivfarbene und beinahe schwarze Haut. Kaum einer glich dem anderen, was sie gemeinsam hatten, ließ sich schwer erfassen, und doch waren unverkennbar alle von einer Art.

Kinder ohne Schuhe flitzten von hechelnden Hunden begleitet um Damen in europäischer Reisekleidung, und in einem Rinnstein lag ein Mann, der kein Haar mehr auf dem Kopf und um seinen Leib nur ein Tuch gewickelt hatte. Er war so dürr, die Haut wie Pergament auf den Knochen, dass Perdita ein Schreckenslaut entfuhr, weil sie sicher war, er sei tot.

»Kommen Sie weg«, sagte Albert Beresford und zerrte sie mit sich ins Menschengewühl. »Die Versuchung ist groß, ich weiß, aber wenn Sie einem von denen was geben, sitzt uns der ganze Haufen auf den Fersen. Außerdem sind wir selbst Bettler und haben leider keinen Penny überzählig.«

Jetzt, obwohl weiter entfernt, erkannte auch Perdita, dass der wie tot daliegende Mann eine gekrümmte Hand vorgestreckt hielt, um sich milde Gaben zu erbetteln. Niemand gab ihm Geld, aber eine Frau in einem leuchtend orangefarbenen Gewand kam mit einer Schüssel gelbem Reis gelaufen und schöpfte ihm eine Kelle voll in die Hand, die er augenblicklich zum Mund führte.

Zwischen den Menschen bewegten sich Tiere. Händler führten ihre turmhoch beladenen Esel, räudige Hunde schnüffelten nach Essensresten, Ratten flitzten ihnen mit der Beute davon, und auf Verkaufsständen, Karren, Dächern von Buden scharten sich Gruppen brauner Vögel mit gelb umrandeten Augen, die ohne Unterlass keckernde Laute von sich gaben.

»Haben Sie mal so einen Pulk von denen durchgezählt, meine Liebe?«, schnitt Florence Merryweathers Organ durch den Teppich aus Stimmen, der mit Scheppern, Kreischen, Poltern, Knirschen und Quietschen durchwebt war. »Sie können zählen, so oft sie wollen – es sind immer sieben. Bei uns heißen die ja Dschungelschwätzer, was auch kein unpassender Name ist, wenn man sich das ewige Geschnatter anhört. Auf indisch aber nennt man sie *Sath Bhai*, was *Sieben Schwestern* bedeutet.«

»Nicht ganz«, verbesserte Albert Beresford. »*Sath Bhai* bedeutet nicht *Sieben Schwestern*, sondern *Sieben Brüder*, aber ich bin sicher, unter unsren keckernden Freunden ist das eine wie das andere vertreten. Nebenbei bezeichnet man die Sprache, die Sie vermutlich meinen, als Hindi und die ist, wie sich dem Chaos hier unschwer anmerken lässt, beileibe nicht Indiens einzige Sprache.«

Perdita hätte ihm einen Stoß versetzen wollen. Musste er Florence die Freude an ihrer Reiseführer-Tätigkeit verderben, besonders jetzt, wo sie auf ihre Hilfe angewiesen waren? Die beiden Schwestern wurden hinter dem Hafengelände von einem Wagen ihres Hotels erwartet und hatten Perdita und Beresford zur Mitfahrt eingeladen. In Anbetracht ihrer finanziellen Verhältnisse kam ihnen jede Ersparnis gelegen. Selbst die Kofferträger, mit deren Hilfe sie sich durchs Getümmel schlugen, hatte Florence bezahlt. Obendrein hatte sie Perdita großherzig ein Bett in ihrer Suite angeboten, nachdem diese ihr eine wenig überzeugende Geschichte über einen missglückten Geld-Transfer und einen vorübergehenden Engpass aufgetischt hatte.

Der nächste Schrecken widerfuhr Perdita, als ihr durch die wogende Menschenmasse eine ausgewachsene, sahnefarbene Kuh mit kurzen Hörnern und einem Höcker auf dem Widerrist entgegenkam. Perdita reckte sich, erwartete, irgendwo den Besitzer zu entdecken, doch zu der Kuh schien niemand zu gehören. Es schien sich aber auch niemand daran zu stören, dass sie sich in ihrem schaukelnden Gang zwischen Menschenleibern hindurchschob, und weder Beresford noch Florence und Cynthia zeigten die geringste Reaktion.

»Da ist eine Kuh entlaufen!«, rief Perdita. »Wir müssen versuchen, sie aufzuhalten!«

»Das lassen wir besser bleiben.« Beresford hielt sie am Ärmel ihres schweißdurchtränkten Kleides zurück. »Das Viehzeug ist den Kameraden hier heilig, den Hindus zumindest, und die Moslems haben es zu dulden. Wenn Sie es einfangen oder gar schlachten und seine Lende mit jungen Erbschen und *Yorkshire Pudding* als Sonntagsbraten servieren, ist das für einen Inder in etwa so, als würden Sie am sonntäglichen Esstisch Ihre Mutter verspeisen. Oder schlimmer. Ihre verspeiste Mutter kann sich nicht aus dem Abfall ihrer abgenagten Knochen erheben und sich an ihren ruchlosen Kindern rächen. Wenigstens wollen wir das hoffen – wenn es gen Shimla geht, weiß man das so sicher ja nie.«

»Soll das heißen, die Tiere laufen hier frei herum und niemand kümmert sich darum, was sie anrichten?«

»Sie sagen es. Wo eine indische Straße keinem Briten gehört, gehört sie einem Rindvieh.«

»Nicht in Shimla«, verbesserte diesmal Florence Merryweather nicht ohne Häme in der Stimme. »Da gehört sie den wilden Affen, vor denen ergreift selbst das Rindvieh, das da oben wie ein Bettvorleger aussieht, die Flucht.«

Von Bombay waren sie – noch immer in Gesellschaft von Florence Merryweather und ihrer Schwester Cynthia Haddington – nach Delhi weitergereist. Mrs. Merryweather wollte dort zu ihrem Mann stoßen, der einen respektablen Posten in der Verwaltung bekleidete, und hoffte, nach einer langen Reihe vergeblicher Versuche doch noch einen Heiratskandidaten für ihre Schwester aufzutreiben. Cynthia war vierunddreißig und hatte damit das Alter überschritten, in dem ein Mädchen als begehrtes Gut galt. Ausnahmen fanden sich jedoch immer wieder, und in Indien, so erklärte Florence, weit häufiger als irgendwo sonst.

»Schließlich gibt es reichlich Witwer, die schon ihrer Kinder wegen darauf angewiesen sind, sich wieder zu verheiraten. Wenn Cynthia nur nicht so störrisch wäre. Eine, die an jedem Bewerber etwas auszusetzen hat, bleibt eben sitzen und darf sich nicht beklagen. Sie selbst sollten sich auch nicht mehr allzu lange Zeit lassen, meine Liebe. Meine selige Mutter pflegte zu sagen: »*Wer nicht kommt zur rechten Zeit, der muss essen, was übrig bleibt.*«

Ich bin verlobt, wäre es Perdita beinahe entfahren, ehe ihr einfiel, dass sie es nicht länger war, dass sie sich mit ihrer Familie überworfen hatte und dass es niemanden mehr gab, zu dem sie gehörte. Stattdessen schlief sie unter Moskitonetzen und hatte ihr Korsett lockern müssen, ehe sie in der engen Schnürung erstickt wäre. Sie teilte sich die Straße mit Kühen und legte sich morgens ihr Haar selbst, was ihr mehr schlecht als recht gelang. Was immer sie tat, war ihr fremd, und dass sie halbwegs zurechtkam, verwunderte sie. Sie imitierte einfach, was sie bei anderen sah, und versuchte, nicht nachzudenken. Sie war hier, um Della zu finden. Nach sich selbst konnte sie suchen, sobald dieses Ziel erreicht war.

In Delhi, das ihr wüst und voll und so riesenhaft wie Bombay vorkam, war die Luft noch schwerer, weil kein Wind vom Meer die schwüle Hitze linderte. Überrascht war Perdita von den hohen, schlanken Türmen, die das Stadtbild beherrschten, Minarette von Moscheen, wie ihr Beresford erklärte. Delhi war seit dem dreizehnten Jahrhundert und bis zum Eintreffen der Briten in der Hand von Moslems gewesen, was Perdita nicht gewusst hatte. Sie hätte Moslems allein im Osmanischen Reich verortet und schämte sich für ihre Ignoranz.

Die Welt war so groß, so unermesslich, und doch schien es ihr übermenschlich schwer, auch nur den winzigen Ausschnitt, in dem das eigene Leben seine Kreise zog, zu begreifen.

Von Delhi aus war es nur mehr eine knappe Tagesreise bis Kalka, wo sie den letzten Zug ihrer Reise, hinauf in die Berge nach Shimla, nehmen würde. Florence Merryweathers Mann war nach Delhi versetzt worden, weil der König plante, die Winterhauptstadt hierher zu verlegen, wofür einiges an Vorbereitung nötig war. George V. hatte vor, sich in Delhi krönen zu lassen und würde damit der erste Kaiser von Indien sein, der das Land überhaupt betreten hatte.

Das Haus am rosenfarbenen Fluss Yamuna, das man Thomas Merryweather zur Verfügung gestellt hatte, war auf Logiergäste nicht vorbereitet. Für die Nacht vor der Weiterreise ließ Florence Perdita jedoch das Zimmer ihrer Tochter herrichten, die in England ein Mädchenpensionat besuchte. Beresford musste sich mit einer Kammer im Dienstbotentrakt behelfen. Am nächsten Morgen sollte Thomas Merryweathers Kutscher die Gäste zum Bahnhof fahren.

In dem zu lange ungenutzten Raum sammelte sich die abgestandene Luft, und das Fenster war verriegelt, um die Schwärme von Moskitos draußen zu halten. Das Wasser aus ihrer Waschschüssel, mit dem Perdita einen Lappen tränkte, um sich den Schweißfilm abzuwischen, schien auf ihrer Haut zu verdunsten, und der Film bildete sich sofort neu. Am Abend, während sie sich zum Dinner zurechtmachte, kam Beresford zu ihr ins Zimmer, drang wie üblich nassforsch, ohne anzuklopfen, in ihre Privatsphäre ein.

»Wir haben kein Geld mehr«, sagte er ohne Umschweife, schob das Moskitonetz zur Seite und setzte sich auf ihr Bett.

»Was soll das heißen, wir haben kein Geld mehr? Wir hatten doch schon keines mehr, seit Sie es auf dem Schiff verspielt haben.«

»Wir haben jetzt überhaupt keines mehr«, erwiderte er. »Auch keines für die Fahrkarten nach Kalka, geschweige denn für den *Toy Train* nach Shimla oder auch nur für den nötigsten Reiseproviant. Nichts. Keinen Penny. In Jaipur habe ich die Uhr meines Großvaters versilbert, doch dummerweise hat der Fuchs von einem Händler bemerkt, dass das Original bereits bei einem Londoner Pfandleiher gelandet war. Für die Fälschung hat er mir kaum etwas gegeben.«

Perdita saß vor dem Spiegel, um ihre in der Hitze zerfallene Frisur zu richten, und beobachtete wie eine Fremde, wie das Erschrecken sich auf ihrem Gesicht ausbreitete. »Aber was soll denn nun werden? Ich muss nach Kalka. Ich muss nach Shimla. Ich kann doch nicht den ganzen Weg gekommen sein, um jetzt hier in der Falle zu sitzen?«

»Ich treibe Geld auf«, versprach er. »Ich brauche nur Zeit.«

»So wie Sie auf dem Schiff welches aufgetrieben haben?«

»Ich fürchte. Ein anderer Weg bleibt mir ja kaum.«

»Ihr Weg bringt nichts ein. Und ich habe keine Zeit. Meine Schwester braucht mich.«

»Das weiß ich«, erwiderte er ungewohnt sanft. »Deshalb werde ich jetzt zu Ihrer Freundin Merryweather gehen, die mich lieber heute als morgen der Kobra eines Schlangenbeschwörers zum Frühstück überlassen würde, und sie bitten, mir die Kosten für Ihre Weiterreise vorzustrecken. Ich bin sicher, sie wird uns auch diesen Dienst noch erweisen. Sorge macht mir nur, dass Sie von jetzt an auf sich gestellt sind. Aber damit werden Sie fertig, nicht wahr, Eure Hoheit? Sie sind ja bis hierher unerschütterlich Ihres Weges marschiert wie ein tapferer kleiner Soldat.«

»Ich soll allein nach Shimla weiterreisen?« Es hatte Momente gegeben, in denen Perdita sich genau das gewünscht hatte, doch jetzt, wo die Aussicht vor ihr lag, packte sie die Angst.

»Glauben Sie mir, ich bedaure das mehr, als ich sagen kann.« Seiner Aussprache nach war er beinahe nüchtern. »Ich werde mich dieses eine Mal bemühen, tatsächlich nach dem ersten Gewinn das Geld einzustreichen und Ihnen so schnell wie möglich hinterherreisen. Für den Fall, dass Sie einen abgewrackten Trunkenbold zur Verstärkung brauchen.«

»Ich hätte Sie auf dem Weg gebraucht.«

»Ich weiß. Und ich hatte nicht vor, Sie im Stich zu lassen. Ich glaube, seit Chumik Shenko und dem, was danach geschah, habe ich mich nicht mehr so geschämt. Mein einziger Trost ist, dass ich Sie zu den Micheldevers ohnehin nicht hätte begleiten können.«

»Und weshalb nicht?«

»Weil es dort jemanden gibt, der mich noch weit lieber an die nächstbeste Riesenschlange verfüttern würde als die formidable Florence Merryweather. Nicht ganz zu Recht, denn zu gewissen Dingen gehören immer zwei, aber das tut nichts zur Sache. Glauben Sie mir, Sie machen sich beliebter, wenn Sie ohne mich eintreffen. Ich habe Micheldever übrigens in Ihrem Namen telegrafiert. Vielleicht besitzt der Geizkragen ja zumindest so viel Anstand, Ihnen einen Mann nach Kalka entgegenzuschicken, wenn er schon sonst nichts tut.«

»Schieben Sie Ihre Versäumnisse nicht meinem Onkel in die Schuhe!« Der Zorn trieb Perdita kindische Tränen in die Augen.

»Das habe ich nicht vor. Im Vergleich zu mir ist selbst Joseph Micheldever ein Ehrenmann.« Er trat zu ihr, berührte ihren Arm und ließ die Hand wieder sinken. »Sie schaffen das, Hoheit. Glauben Sie mir. Seit Fergus Fortescue in Chumik Shenko sind Sie der erste Mensch, der mir imponiert.«

Ein Ausweg aus dem Dilemma fand sich in Gestalt der unbezahlbaren Florence Merryweather, die vor Empörung schäumte, nachdem Beresford ihr sein Geständnis gemacht hatte. Sie bestand darauf, dass ihr Mann seinen Kammerdiener zu Perditas Begleitung nach Kalka abstellte, so sehr der Haushalt auch unter Personalknappheit litt. »Dort setzt John Sie dann sicher in den *Toy Train,* und von da an kann Ihnen nichts mehr passieren. Der Zug wird so gut wie leer sein. Zwei, drei bedauernswerte Damen, deren Männer wie Ihr Verwandter Micheldever das ganze Jahr in Shimla zu verbringen haben, ein paar Händler, Lieferanten und Postsäcke, sonst haben Sie ihn für sich allein.«

»Ich weiß nicht, wie ich Ihnen danken soll«, sagte Perdita.

»Ach was.« Florence Merryweather winkte ab. »Wir Briten müssen zusammenhalten, denn bei allen Erleichterungen, die wir uns geschaffen haben, dürfen wir nie vergessen, dass wir uns in einem fremden Land befinden. Und dass uns hier weder jemand hergebeten hat noch jemand haben will.«

John, ein aufrechter, schweigsamer Schotte hatte Perdita auf dem Bahnhof in Kalka in den Zug gesetzt, wie sein Dienstherr es ihm aufgetragen hatte. Die in der Küche der Merryweathers hergerichtete Wegzehrung hatte sie in der Aufregung vergessen. Abteile gab es nicht, nur einander gegenüber angeordnete Holzbänke, die zum Spielzeug eines kleinen Jungen zu gehören schienen. Kaum hatte der Schotte Perdita geholfen, sich auf den reservierten Fensterplatz zu quetschen, und ihr Gepäck auf dem Regal über ihrem Kopf verstaut, verabschiedete er sich und verließ den Zug. Perdita war allein, und das Schweigen begann.

Das Bewusstsein, dass niemand mehr da war, mit dem sie hätte sprechen können, kam so plötzlich, dass sie erschrak. Zugleich begriff sie, dass sie in den vergangenen Wochen unentwegt unter Menschen und von Lärm umgeben gewesen war. In indischen Zügen schien es Pflicht, sich lauthals über drei Bänke hinweg zu unterhalten und zu streiten. In der Hitze von Fliegen umsummte Kinder greinten, Frauen verteilten mitgebrachtes Essen, und durch die Gänge zogen Händler mit mächtigen Blechcontainern, aus denen sie mit ihren unentwegten Rufen: »*Chai, Chai*«, Tee feilboten.

Hier hingegen stritt und schrie und lachte niemand. Es wurde kein Proviant geteilt und kein Tee verkauft, keiner stellte Perdita eine Frage oder schien auch nur zu bemerken, dass sie da war. Die Menschen, die sich mit Koffern, Körben, Kisten und Säcken in Kalka in den winzigen Zug geschoben hatten – Weiße in den vorderen Wagen, Inder in den zweiten – saßen in den Reihen und schwiegen. *Ein Geisterzug*, durchfuhr es Perdita. Das Unheimlichste war jedoch, dass auch in der Landschaft, die der Zug durchquerte, menschliches Leben zu ersterben schien, sobald sie Kalka verließen.

Auf der schmalen, stetig steiler verlaufenden Schienenspur arbeitete die Lokomotive sich in Serpentinen den Berg hinauf. Vor dem Fenster fiel der felsige Hang so scharf ab, dass Perditas Magen sich verkrampfte. Sie zwang sich, nicht in die Tiefe, sondern darüber hinweg in die Weite zu sehen, und blickte auf scharfkantige, gewaltige Felsgipfel, die sich schier endlos, über den Horizont hinaus, auffalteten.

Es musste die einsamste Landschaft der Welt sein. Auf der anderen Seite des Berges schlängelte der Zug sich durch Wälder aus himmelhohen Bäumen, durch deren schwarze Kronen kein Licht gelangte. Als er wieder heraustrat, war die Sonne in Nebeln verschwunden. Dichtes Gestrüpp wucherte entlang der Schienen, dann wieder folgte ein Streckenabschnitt unter nackter, zerklüfteter Felswand, hinter der sich Spalten und Schluchten öffneten. Nur selten tauchte eine Siedlung auf, eine Handvoll Häuser mit roten, grünen und blauen Blechdächern, die sich an den Berghang duckten, doch es zeigte sich kein lebendes Wesen, weder Mensch noch Tier.

Zweimal überquerte der Zug eine Brücke, die sich so schmal über einem gähnenden Abgrund erstreckte, dass Perdita sich fragte, weshalb sie keine Todesangst empfand. Vielleicht weil man in der Totenstille nicht sicher war, ob man überhaupt noch lebte. Die Tür des Waggons stand offen, und in der Tür saß ein blonder, europäisch gekleideter Junge von höchstens zehn Jahren, der in der Fahrt die Beine hinaushängen ließ. Niemand hinderte ihn.

Noch etwas fiel Perdita auf. Bereits in Kalka hatte sie bemerkt, dass etwas anders war, hatte es auf Übermüdung nach einer schlaflosen Nacht geschoben und darauf gewartet, dass es vorbeiging. Stattdessen wurde es stärker: Sie fror. Hielt die Hände umklammert und spürte die klamme Haut. Aus der drückenden, flirrenden, schweißtreibenden Hitze war sie in einen Teil der Welt geraten, der Meile um Meile unwiderruflicher in Eisluft zu erstarren schien.

Endlich hielt der Zug an einem Bahnhof. Er bestand aus nicht mehr als einer unbenutzt wirkenden Hütte, von der gelblicher Putz bröckelte, einem Unterstand und einem verbeulten Schild mit der Aufschrift *Dharampur*. Neben dem Unterstand war einer jener Altäre aufgebaut, die Perdita in Indien in jedem Winkel begegnet waren und vor denen sie trotzdem noch immer erschreckte: Ein in schrillen Rottönen dargestellter heidnischer Götze fletschte von brennenden Räucherstäbchen umgeben die Zähne, während zu seinen Füßen Früchte faulten, die ihm als Opfer dargebracht worden waren.

Immerhin verriet der dämonische Gott jedoch die Gegenwart von Menschen, und auf der Plattform wartete eine Gruppe darauf, einzusteigen. Eine Familie. Die Frau und die beiden halb erwachsenen Töchter waren in indische Gewänder gehüllt, um die sie sich zum Schutz vor der Kälte Tücher aus aufwendig gemustertem Wollstoff gelegt hatten, der Mann dagegen trug einen europäischen Anzug und einen Staubmantel über dem Arm. Er war ebenfalls Inder, hatte das dichte, wie lackierte schwarze Haar seines Volkes und die olivdunkle Haut. Ungewohnt war nur die Brille. Perdita war sich nicht sicher, schon einen bebrillten Inder gesehen zu haben. Zu ihrer Überraschung schickte er sich an, nicht in den zweiten, sondern in ihren Wagen einzusteigen.

»Andrew«, rief eine der Engländerinnen, die seit Kalka schweigend auf der Bank saß, nach kurzem Zögern dem Jungen in der Tür zu. »Komm da weg.«

Der Junge erhob sich träge und trollte sich zur Seite, ohne sich zu seiner Mutter zu gesellen. Der Inder mit der Brille umarmte die beiden Mädchen und reichte seiner Frau die Hand. Dann zog er sich am Türgriff hinauf in den Zug, der fast im selben Augenblick abfuhr. Die Frau und die Mädchen blieben winkend auf der Plattform zurück.

Der Mann zog die Tür des Zuges zu und sah sich im Wagen um. Er trug eine Aktenmappe unter dem Arm und wirkte im Grunde wie ein europäischer Geschäftsmann – nur mit dem verkehrten Gesicht dazu. Mehrere Reisende hoben die Köpfe, aber niemand machte ihn darauf aufmerksam, dass er sich im falschen Wagen befand. Als sein Blick den Perditas traf und er somit bemerkt haben musste, dass sie ihn anstarrte, wollte sie sich verlegen abwenden. Er aber trat mit ein paar raschen Schritten auf sie zu. »Miss Lascelles? Aus Faversham, Kent?«

Perdita war so überrumpelt, dass sie weder seine Hand ergriff noch sonst wusste, wie sie sich verhalten sollte. »Mein Name ist Tushar Vashisht«, sagte er, seine Hand ihr noch immer dargeboten. »Da ich ohnehin ins Tal unterwegs war, bat mich Ihr Onkel, Sie abzuholen. Mein eigenes Anliegen erforderte allerdings mehr Zeit als geplant, also habe ich in Dharampur auf Sie gewartet.«

Sein Englisch war fehlerfrei, geschliffen, aber nicht akzentfrei, sein Ton barsch, als wäre es ihm lästig, mit ihr zu sprechen. Es war das erste Mal, dass ein Mann, der kein Europäer war, das Wort an Perdita richtete, und es verwirrte sie. Andererseits war sie erleichtert, dass überhaupt jemand mit ihr sprach. In England hätte kein Mann angeboten, die Hand einer Dame zu schütteln. Als Perdita sich schließlich durchrang, einzuschlagen, hatte er seine Hand zurückgezogen.

Der Platz neben ihr war frei, und Angst erfasste sie, er könne sich dort niedersetzen. Auf der schmalen Bank hätten sie so dicht beieinandersitzen müssen, dass ihre Körper nicht umhinkamen, sich zu berühren. Dann schalt sie sich albern. Er war ein Bediensteter ihres Onkels, nicht viel anders, als wenn der Kutscher sie in Faversham vom Bahnhof abgeholt hätte, und irgendwo musste er schließlich sitzen. Er aber blieb stehen, ließ den ledernen Haltegriff fahren und hielt mühsam das Gleichgewicht, während er mit beiden Händen etwas aus der Aktentasche zutage förderte.

Ein in braunes Papier gewickeltes Päckchen, dem ein intensiver Duft entströmte. »Ich nehme an, es gehört sich, dass ich Ihnen von meinen *bhatura chanas* anbiete«, sagte er wiederum in dem beinahe verächtlichen Ton.

Perdita wollte ablehnen. Sie hatte noch nie indisches Essen angerührt. Florence Merryweather hatte ihr in abschreckenden Farben geschildert, wie sich ein Europäer quälte, nachdem er seinem Magen solche Speisen zugemutet hatte, und sie wollte gewiss ihr Glück nicht mit dem zerdrückten Proviantpäckchen herausfordern, das die Frau dieses Mannes ihm zugesteckt haben musste. In der Tat aber machte der aromatische Duft ihr bewusst, dass ihr Magen seit dem Frühstück leer war.

»Ich habe nicht vor, Sie zu vergiften«, sagte der Mann, dessen Namen sie ebenso rasch vergessen hatte wie die fremdartigen Namen der Orte, durch die sie gereist war. »Ein bisschen Brot mit Gemüse und Paneer wird Ihnen nicht schaden. Glauben Sie mir. Ich bin Arzt.«

»Sie sind was?«

Er gab einen Laut von sich, der ein Lachen sein mochte. »Vergessen Sie's. Ich dränge Ihnen diese Köstlichkeit nicht auf, auch wenn Sie Speisen, die mit mehr Reinlichkeit zubereitet sind als die *chanas* meiner Freundin Shridevi, schwerlich in einem englischen Haus bekommen werden. Sie gestatten, dass ich allein esse?«

Perdita nickte stumm, und er befreite ein goldgelbes Gebäckstück, aus dem eine Füllung hervorquoll. Weißer Käse, gelbliche Erbsen und ein Kraut, das wie Petersilie aussah, aber anders roch. Seine Fähigkeit, das blätternde Gebäck samt der Füllung zu verspeisen, ohne sich Finger und Lippen zu beschmieren, war derart bemerkenswert, dass Perdita nicht wegschauen konnte. Während er aß, verstärkte sich das Bukett aus Düften, als hätte man seine Nase in einen üppigen Strauß Sommerblumen getaucht. Perditas leerer Magen rebellierte.

»Ich würde das doch gern probieren«, hörte sie sich sagen.

Ohne Federlesens befreite er ein zweites Gebäckstück, umwickelte es mit einem weißen Streifen Stoff und reichte es ihr. Ehe sie es sich versah, hatte sie schon hineingebissen. In ihrem Mund explodierten Aromen von nie gekannter Vielfalt. Das Gebäck blätterte zart zwischen ihren Zähnen, die Erbsen schmeckten scharf und feurig und ließen sich mit der Zunge zerdrücken, der weiße Käse besaß eine erdig-salzige Würze, und der Geschmack des Petersilienkrauts ließ sich mit nichts vergleichen, das sie je gegessen hatte.

Vor dem Fenster verlosch die Sonne. Aus dem nebelverhangenen Blassgelb des Lichtes wurde in Windeseile ein Grau, das sich mit jeder Serpentine verdunkelte. Über den Himmel jagten Wolken wie aus schwarzem Rauch, und die Kälte ließ Perdita schaudern. Der Geschmack des Gebäcks mit dem köstlichen Kraut kam ihr vor wie ein Trost, wie eine Erinnerung daran, dass Menschen zu Erstaunlichem fähig waren, selbst wenn die Welt um sie leer und feindlich wirkte, als hätte sie sämtliche Spuren ihrer Bewohner getilgt.

»Was ist das?«, fragte sie und tippte auf ein Blatt des Krauts, das auf dem Weiß des Stofffetzens klebte.

»*Dhania*«, antwortete der Mann. »Ihre Landsleute sagen, denke ich, Koriander dazu.«

»Es war wundervoll«, entfuhr es Perdita. »Ich habe daheim nie etwas Vergleichbares gegessen.«

»Immerhin etwas«, gab er zurück. »Ihre Leute nennen zwar Shimla Klein-England und behaupten, sie hätten es erfunden, aber wenigstens ein schlichtes Gewürzkraut dürfen wir als das unsere behalten.«

»Ich habe nicht behauptet, ich hätte irgendetwas erfunden«, setzte sich Perdita, von dem Angriff überrumpelt, zur Wehr. »Ich habe mich lediglich für das Essen bedanken wollen, Mr. …« Sie musste abbrechen. Von seinem Namen war ihr nicht einmal eine Ahnung im Gedächtnis geblieben.

»Zerbrechen Sie sich nicht den Kopf«, sagte er. »Die Namen von Indern brauchen Sie sich nicht zu merken. Ihre Verwandte, Miss Micheldever, nennt uns der Einfachheit halber alle *Brownie*. Warum schließen Sie sich dieser praktischen Methode nicht an?«

15

Shimla. Königin der Berge.
Pinewood Place, Nacht von Freitag, 19. August 1910

Mein erster Eintrag seit einer Woche, und den letzten habe ich nicht beendet. Dabei wollte ich doch alles festhalten, aber vor dem Papier erschlägt mich die Stille, und für das meiste weiß ich keine Worte. Ich sehne mich nicht nach schweigenden Seiten, sondern nach einer Gefährtin, der ich von diesen verwirrenden Vorfällen erzählen und die ich um Rat fragen könnte. Genevieve ist kaum älter als Perdi, sie wäre die natürliche Wahl für die Rolle, doch es steht außer Frage, sie zu meiner Vertrauten zu machen. Eher beträgt sie sich wie meine Feindin, und ich habe doch noch nie eine Feindin gehabt. Ich war immer beliebt, habe überall rasch Anschluss gefunden, und bin es nicht gewohnt, so abgelehnt zu werden. Umso mehr hatte ich gehofft, in Fergus' Schwester eine Kameradin zu finden, um Geheimnisse des Herzens auszutauschen, wie man es nur unter Mädchen kann.

Mit Perdi habe ich das nie getan, fällt mir ein. Eher mit Clarice, denn meine arme Perdi gab sich ja immer so streng, als hätte sie einen Stock verschluckt. Dennoch war ich die Jahre über sicher, dass sie mich tief im Innersten verstand und das, was in mir vorging, teilte, dass wir nur schweigen mussten, weil man für das, was immer verboten war, ja nicht einfach Worte findet. Jetzt bin ich mir über nichts mehr sicher. Vielleicht habe ich mir allzu viel zurechtgemacht und die Dinge gesehen, wie sie nicht sind. Was nun Abigail betrifft, so mag ich sie gern. Sie ist Fergus' Zwilling, wie sollte ich sie da nicht mögen? Sie besitzt viel von seiner Schönheit, obwohl ich sicher bin, dass die meisten Leute diese Ansicht nicht teilen werden, weil das, was an einem Mann unwiderstehlich wirkt, an einem Mädchen schnell einen allzu gewaltsamen, übersteigerten Eindruck macht.

Dabei ist ja Abigail gar kein Mädchen mehr. Das vergisst sich so leicht. Mir kam es vor, als wäre sie nicht vierzehn Jahre älter, sondern jünger als ich. Scheu war sie, ballte die Hände im Schoß und presste die Knie zusammen. In Anbetracht des Hauses, das sie gezwungen ist, ihr Heim zu nennen, mag das nicht weiter verwundern, aber müsste sie nicht daran gewöhnt sein? Hatte ich eine reifere, fast schon mütterliche Frau erwartet, die um der Fürsorge für ihren Bruder willen unverheiratet geblieben war, so traf ich auf ein kindliches, nervöses Mädchen, das regelrecht an Fergus klebte und nach kurzem Beisammensein zu Bett geschickt werden musste, weil es von allem überfordert war.

Aber der Reihe nach, zumindest heute Nacht. Warum nur bin ich so undiszipliniert? Wo in meinem Tagebuch schon meine erste Begegnung mit Fergus, dem Mann, der mein Schicksal ist, fehlt, sollte wenigstens mein erster Besuch in seinem Haus hier ordentlich dokumentiert sein. Auch wenn oder gerade weil er so glücklich, wie ich ihn mir gewünscht hatte, nicht verlaufen ist.

Auch wenn oder gerade weil ich hier in meinem schäbigen Gästezimmer in Onkel Josephs Haus wach liege und vor Angst unter der Decke zittere, ohne genau zu wissen, wovor ich mich so sehr fürchte. Ich lausche auf jedes Knarren der Dielen, jedes Knacken in dem alten Gebälk und fahre zusammen, sooft sich der Schatten einer Fledermaus auf dem Vorhang ins Übergroße verzerrt? Warum? So verstörend das alles ist, es will mir doch niemand ans Leben!

Vor dem Besuch hatte ich keine Angst, obwohl Genevieve, Tante Gladys und etliche andere versucht haben, mir welche einzujagen. Das begann schon am Morgen nach dem Kostümball, der meinem Leben jene wunderbare Wendung gab, die ihm bestimmt war. Offenbar hatte die gesamte weibliche Gesellschaft von Shimla – die mich ja schon deshalb ablehnt, weil die männliche sich für mich erwärmt – mitbekommen, dass sich auf dem Ball etwas ereignet hatte, dass ein Stern vom Himmel gefallen war, wie es nur für eine Liebe geschieht, die die Erde bewegt. Beim Frühstück – einer traurigen, wenig appetitlichen Angelegenheit im Hause Micheldever – schwieg Tante Gladys mich mit einer solchen Feindseligkeit an, als hätte ich von Neuem eine Todsünde begangen.

Ich hatte eine Todsünde begangen. Es gibt vielleicht keine unverzeihlichere als die, ein Glück zu erlangen, das anderen verwehrt bleibt.

Genevieve hingegen bekundete ihr Missfallen ohne jede Zurückhaltung. Ich solle die Finger von Fergus Fortescue lassen, mir nicht einbilden, ich wäre klüger als andere und käme mit heiler Haut davon, ausgerechnet ich, die von den Gesetzen von Shimla keines begreife. All dieses Gerede. Aber ich wollte nicht davon berichten, sondern von der vergangenen Nacht, ehe mir Zeit und Kraft schwinden. Die lichtscheuen Fledermäuse sind in ihren Löchern verschwunden, und die ewigen Affen hämmern schon wieder ans Fenster. Andere Haushaltsvorstände bezahlen einen Mann, der sie mit einem Bambusstock vertreibt, aber Onkel Joseph ist zu geizig dazu, und Fergus lässt sie aus anderen Gründen gewähren. So sind Pinewood Place *und* Fair Sisters *die einzigen Häuser der Gegend, um die die Affen nach Herzenslust wüten. Inzwischen fürchte ich mich nur noch selten vor ihnen, weil Fergus recht hat, wenn er sagt, dass es von Menschen so viel mehr zu fürchten gibt als vor dem gefährlichsten Tier.*

Zurück zum heutigen Abend. Genevieve und Gladys versuchten also, mir mein Glück zu vergällen, und anfangs fand ich das sogar amüsant. Besonders nachdem Fergus seine Einladung ausgesprochen hatte und ich begann, mich auf den Besuch zu freuen. Gladys scheute nämlich vor keinem Mittel zurück, mich davon abzuhalten. In Fair Sisters *ginge der Tod um, verkündete sie mit Grabesstimme, und ich wäre nicht die Erste, die dort zu Schaden käme. Natürlich erzählte sie mir diese Gräuelmärchen nur, wenn sie mich allein erwischte, damit ihr niemand in die Parade fuhr und ihr Gerede für hanebüchenen Unsinn erklärte. Ich aber konnte förmlich hören, wie Perdi darüber in Gelächter ausbrach.*

Schließlich wusste ich ja, warum die gesamte Familie Micheldever gegen Fergus hetzte: Genevieve, so hübsch und feuerfarben, wie sie ist, gilt nämlich als das, was man hier »verschüttete Milch« oder »Leergut« nennt. Leergut schickt man seinem Weinhändler oder dem Milchmann zurück und mit dem hässlichen Schimpfwort belegt man ein Mädchen, das einem Mann versprochen war und von ihm zurückgewiesen wurde. Unverständlich ist mir jedoch, warum Genevieve diese Legende aufrechterhält. Um Fergus' Ruf zu zerstören, auch wenn sie ihren gleich mit zerstört? Von Fergus weiß ich nämlich, dass nicht er, sondern sie es war, die das Verlöbnis löste. Sie also könnte sich rühmen, dem begehrenswertesten Mann von Britisch Indien einen Korb gegeben zu haben, statt die sitzen gelassene Unschuld zu spielen.

Das Lachen verging mir jedoch in den nächsten Tagen, als ich feststellen musste, dass jedes, aber auch wirklich jedes weibliche Geschöpf in Shimla von Beth, dem Hausmädchen, über die Frau des Reverends, bis hin zu Gladys' Busenfreundin, der alten Lady Combermere, die wir auf einem Gymkhana im Annandale Club trafen, solche Schauergeschichten zu erzählen wusste. Anders als Perdi bin ich ja leider ein Wesen, das für dergleichen empfänglich ist, und so wurde mir durchaus mulmig, wenn immer wieder jemand von zwei schönen Schwestern munkelte, die die Warnungen des Hauses missachtet hatten und von ihm in ihr Verderben gerissen worden waren.

»Und weder die beiden noch der ärmste Robert werden die letzten sein, die das unersättliche Haus sich holt«, hatte Lady Combermere prophezeit. »Mein Archie war ja damals, als Robert es sich herrichten ließ, selbst Feuer und Flamme, aber ich habe ihm unverblümt erklärt, mich brächten keine zehn Pferde da hinein. Warum glaubst du wohl, steht ein Haus wie dieses so lange leer, habe ich ihn gefragt. Weil es uns hier nicht haben will. Etwas, das kein Glück bringt, bringt nun einmal kein Glück, um das zu wissen, braucht man kein abergläubisches Weib zu sein, das Betelnüsse kaut.«

Die Combermeres gehören zu den ältesten in Shimla ansässigen Familien. Der selige Archie Combermere konnte seine Linie zurückverfolgen bis zum Befehlshaber irgendwelcher Kriege mit den Bergvölkern, und jener war mit Charles Pratt Kennedy und Nathaniel Sedgewick bekannt, den beiden ersten Briten, die hier oben Land als Geschenk erhielten und sich Häuser bauen ließen. Archies Witwe unkte noch eine Weile lang weiter, ohne etwas Greifbares zu benennen. Im Grunde war ich sicher, zu wissen, was sie alle glaubten: Dass nämlich Fergus schuld am Tod seines Vaters ist. All das Gewese um diese Schwestern ist nur Staffage, dachte ich, und dass Fergus mit dem Tod seines Vaters nichts zu tun hat, steht für mich so fest, wie dass London an der Themse liegt.

Nichts, aber auch gar nichts konnte mich jedoch auf den Augenblick vorbereiten, in dem ich heute allen Unkenrufen zum Trotz Fair Sisters vor mir hatte. *In der Dämmerung brach ich in Richtung Jakhoo Hill, Shimlas höchstem Gipfel, der dem Affengott gehört, auf. Bis zum Schluss hatte ich befürchtet, die Micheldevers würden mir den Besuch verbieten, aber das gehört zu den Merkwürdigkeiten von Shimla: Man schimpft und warnt und macht mies, doch letzten Endes nimmt niemand einen anderen wichtig genug, um ihn an etwas zu hindern. In Kent wäre es undenkbar, dass eine Dame allein einen ledigen Herrn besucht, aber in Shimla kommt es mir vor, als sei alles erlaubt, damit dieses Heer von unterbeschäftigten Damen hinterher darüber tratschen kann.*

Als Nächstes fürchtete ich, ich würde keinen Weg finden, um aus der Stadt heraus und zu Fergus' Besitz zu gelangen. Dann aber erbot sich Tushar, mir eine Rikscha zu besorgen, deren Fahrer auf mich warten würde. Es ist kein sehr angenehmes Gefühl, in diesem überdachten Sesselchen zu sitzen und dem gekrümmten Rücken eines Mitmenschen zuzusehen, der sich wie ein Maulesel in die Sielen legt, doch eine andere Möglichkeit hatte ich nicht. Fergus reitet überallhin, aber ich bin schon daheim, auf meiner lammfrommen Lucy, nicht gern geritten, und die Vorstellung, auf einem fremden Pferd allein den Wald zu durchqueren, misshagte mir. Eine Kutsche aber dürfen in Shimla nur der Vizekönig, der Befehlshaber der Armee und der Gouverneur der Provinz benutzen.

Onkel Joseph sagt, es sei töricht, mit einem Rikscha-Fah-

rer Mitleid zu haben, und kein Inder käme auf solche Idee, denn der Mann, der der niedrigsten Kaste angehört, ist für diese Arbeit geboren. Selbst er ist auf seine Kaste stolz, denn es gibt immer noch welche, die unter ihm stehen, so niedrig, dass es für sie nicht einmal eine Kaste gibt und dass kein höher stehender Inder sie berühren darf. Die kleine Frau, die in Onkel Josephs Haus die Wäsche besorgt, ist so eine. Wäsche waschen gilt als unreine Arbeit, und niemand als diese Unberührbaren darf sie verrichten.

Zu Tushar noch ein paar Worte. Um mir seinen Namen zu merken, habe ich Wochen gebraucht. Er bleibt die Stoffeligkeit in Person, aber dass hinter der Fassade der ehrliche Wunsch zu helfen steckt, habe ich längst gelernt. Gestern Abend hätte ich ihn um ein Haar umarmt. Dass er ein Inder ist und ich eine Weiße, war auf einmal gleichgültig, er war einfach nur ein Mensch, der nicht unkte und miesmachte, sondern eines der unzähligen Probleme für mich aus der Welt schaffte. »Gehen Sie, wenn Sie müssen«, sagte er. »Aber kommen Sie zurück.«

Es regnete nicht. Das war gut. Wie elend es sich anfühlt, einen Mann durch tosende Ströme von Regen zu jagen, während man selbst sich in Todesangst unter ein Verdeck kauert, sollte ich auf dem Rückweg erleben.

Fair Sisters liegt auf einem Plateau, von einem mit riesenhaften Pinien und Zypressen bewaldeten Kamm vor Blicken geschützt. In dem knappen Jahrhundert, in dem das Haus hier steht, müssen die Bäume gen Himmel gesprossen sein, denn kein Mensch bei Verstand würde sich ein Haus hinter einer derart undurchdringlichen Mauer bauen. Es kann ja kein Licht hereinfallen, dachte ich, und wer möchte in solchem Dunkel denn leben?

Fair Sisters aber ist gar kein Haus. Es ist ein Palast aus schwarz nachgedunkeltem, bemoostem Stein, mit einer von zierlichen Säulen getragenen Arkade, mit hohen Erkern, Balkonen mit steinernen Brüstungen und einem von Krähen umkreisten Turm. Der Palast der Düsternis. Mein erster Impuls war, sofort umzukehren. Aber dort, in dem unheimlichen Haus wartete ja mein Fergus auf mich, und wenn er es ertrug, wollte ich es mit ihm ertragen. Vor dem Hauptportal sah ich einen Mann stehen und glaubte, er müsse es sein, ihn habe die Sehnsucht vor die Tür getrieben. (Kurz darauf erfuhr ich, dass es der Butler war, den alle außer Fergus das Menetekel nennen und der die unzähligen Riegel und Ketten nach meinem Eintritt wieder verschloss).

Als ich aus der Rikscha sprang, um durch den verwilderten Vorgarten zu ihm zu laufen, erkannte ich, dass dieses kleine Stück Tal, vor dem Schatten des Hauses, keineswegs im Dunkel lag, sondern im Gegenteil alles Licht des Abends wie ein Brennglas fing. Zudem stieg mir ein Duft in die Nase, in den ich hätte eintauchen wollen. Das hohe Gras roch frisch nach tagelangem Regen und enthüllte ein Aroma von Vanille und köstlichsten Gewürzen, so zart, dass es gleich wieder verflog. Erst Amelia erklärte mir später, dass der Duft vom Safran stammte, dessen Knollen zwischen den Gräsern im Boden überdauern und den sie mit all ihrer Liebe hegt. In ein paar Wochen, im Herbst ist seine Blütezeit, doch vereinzelte Knollen treiben schon jetzt und verbreiten jenen Wohlgeruch wie aus dem Paradies. Niemand in Shimla hat Safran in seinem Garten. Er wächst auf Feldern und wird mit äußerster Sorgfalt geerntet, weil das Gewürz so kostbar wie Gold ist. Fergus aber lässt ihn sprießen, knospen und verblühen, wie er seine Pinienmauer wuchern und die Affen vor seinen Fenstern herumtollen lässt.

Die Sonne geht auf, und ich bin müde wie der Tod. Dabei habe ich noch kaum ein Wort über Abigail geschrieben. Wohl deshalb tauge ich nicht als Chronistin: Weil ich mich immer verliere, immer abschweife, nie weiß, was wirklich wichtig ist, sondern mir beim Schreiben auf einmal alles wichtig vorkommt, sogar Gartenbepflanzung und Affen und das Menetekel, die ja nun wahrlich für das, was Fergus, Abigail, Amelia und mich betrifft, nicht von Bedeutung sind.

Über Abigail muss ich ein andermal schreiben. Und über Amelia, die mich erschreckt hat wie nie etwas in meinem Leben. Gegen die Angst, mit der ich vor Stunden zurückkam, hat das Schreiben nicht geholfen. Aber das Licht, das durch den fadenscheinigen Vorhang fällt, hilft. Die Verwirrung wird sich lösen. Ich liebe Fergus Fortescue. Was immer seine über dreißigjährige Schwester zu einem eingeschüchterten Kind macht, die bei jedem Geräusch zusammenschreckt, was immer ihn in diesem Palast der Finsternis hält, was immer seine Mutter zu einem Leben in Einsamkeit verdammt, ich werde es aufdecken, ohne ihn zu bedrängen.

Und ich werde es mit ihm tragen. Ich höre mir keine Verleumdungen mehr an, von den Micheldevers nicht und von keinem anderen. Fergus und ich werden eins sein. Wer gegen ihn ist, der ist gegen mich.

16

Perditas unfreundlicher Reisebegleiter hieß Tushar Vashisht. Er gehörte nicht zu Joseph Micheldevers Stab, der aus lediglich zwei Bediensteten – einem Koch, der zugleich nach dem Garten sah, und einem walisischen Hausmädchen – bestand, sondern hatte tatsächlich in Kalkutta Medizin studiert. Eine Praxis betrieb er jedoch nicht, sondern war für eine wohltätige Organisation namens *Sakhi Samiti* tätig, was »Gesellschaft der Freunde« bedeutete. Diese Organisation, die die Schwester irgendeines in Indien berühmten Dichters gegründet haben sollte, leistete Unterstützung für mittellose Witwen und Waisen. Der Mann namens Vashisht war ursprünglich für medizinische Belange zuständig gewesen, doch es hatte sich ergeben, dass er die meiste Zeit über in einer Schule für junge Mädchen unterrichtete.

Ihre Erkundigungen über den Mann hatte Perdita nicht eingezogen, weil es sie interessierte, sondern weil sie entschlossen war, sich nie wieder von ihm als dumme Gans hinstellen zu lassen wie auf der Fahrt im Zug.

Die Frau und die Mädchen, die sie an jenem Tag mit ihm gesehen hatte, waren nicht seine Familie, sondern zwei seiner Schülerinnen und die von ihm erwähnte Shridevi, eine Bäuerin, die bei Dharampur eine Farm und einen Straßenverkauf betrieb. Tushar Vashisht hatte die beiden dorthin begleitet, weil die Frau sie als Aushilfen in ihr Haus nehmen wollte. Als Joseph Micheldever ihn um einen Gefallen bat, hatte er diesen bereitwillig für ihn erledigt. Er tat ihm des Öfteren solche Gefallen, hatte sogar Della aus Bombay abgeholt, wo er sich mit jener Dichterschwester getroffen hatte. Nicht weil er nett war. Sondern weil Joseph Micheldever ab und an einer seiner Schülerinnen in den Schreibstuben der Verwaltung Arbeit verschaffte.

»Warum wollt ihr denn Inderinnen in euren Schreibstuben haben?«, hatte Perdita den Onkel gefragt, den sie in den drei Tagen seit ihrer Ankunft ausschließlich über Inder hatte schimpfen hören.

»Wollen wir nicht«, hatte er erwidert. »Aber hier ist eben Shimla. Wenn man sich nicht nach dem Prinzip *Eine Hand wäscht die andere* arrangiert, geht man unter.«

Perdita konnte sich nicht dazu durchringen, den Mann Onkel zu nennen. Empfangen hatte er sie mit den Worten: »Deine Depesche aus London habe ich leider zu spät erhalten. Hättest du rechtzeitig telegrafiert, hätte ich dir geantwortet, dass ich deine Anreise nicht für notwendig halte und wenig Lust verspüre, dafür die Kosten zu tragen.«

»Die Kosten für meine Reise habe ich doch selbst bestritten«, hatte Perdita verwundert erwidert. Im Grunde war ihr das ganze Palaver gleichgültig gewesen, denn einen seligen Augenblick lang, als sie erschöpft, durchgefroren, von Eindrücken überwältigt in die kahle Halle getreten war, hatte sie angenommen, Della müsse wiederaufgetaucht sein. Weshalb sonst hätte Joseph Micheldever erklären sollen, ihr Kommen sei nicht notwendig gewesen?

Sie wollte sofort loslaufen, durch dieses schäbige, verwohnte Haus stürmen, und wie ein Kind nach ihr rufen: *»Del-Del, du Ungeheuer, wo steckst du? Diesmal ziehe ich* *dir aber wirklich die Ohren lang, dass du wie ein Kaninchen aussiehst, weil du mir solchen Schrecken einjagst!«*

»Und wer kommt für deinen Unterhalt auf?«, hatte Joseph Micheldever geknurrt. »Ich habe das Unglücksgeschöpf auf Cousin Geralds Drängen hin ins Haus genommen, weil es sich um einen Notfall handelte, aber ich habe nicht damit gerechnet, dass man mir fortan sämtliche Jungfern der Verwandtschaft aufhalst. Ich habe euch zu beherbergen, zu kleiden und zu nähren, kostet das etwa nichts?«

Perdita wusste, dass ihr Vater Geld für Dellas Unterhalt auf eine Bank in Shimla transferiert hatte und ohnehin zu den Menschen gehörte, die sich von niemandem etwas schenken ließen. Für seinen Cousin galt offenbar das Gegenteil: Er war ein »Himmelsgeborener«, einer von lediglich tausend Verwaltungsbeamten, die selbst im Mutterland beneidet und hervorragend bezahlt wurden. Sein Haus aber wirkte in jeder Hinsicht heruntergekommen. Die Möbel waren wurmstichig und passten nicht zueinander, Tapeten und Vorhänge waren fadenscheinig, die Ziergegenstände billiger Ramsch, als hätte er die Wohnräume seiner Familie mit einem Sammelsurium von Stücken eingerichtet, die andere hinausgeworfen hatten.

Seine Kleidung war abgetragen, der rehbraune Gehrock bereits vor Jahrzehnten aus der Mode gekommen, und das Kleid, das seine Frau trug, hatte jemand mit wenig Geschick an den Seitennähten verengt, damit es um ihre magere Figur nicht allzu sehr schlackerte. An Geld konnte es Micheldever nicht fehlen, doch wie es aussah, traf zu, was Albert Beresford über ihn gesagt hatte: Er war ein Geizkragen.

»Ich habe nicht vor, dir auf der Tasche zu liegen«, hatte Perdita ihm hingeworfen, obwohl sie, wenn sie ehrlich war, nicht wusste, wovon sie ihren Unterhalt bestreiten sollte. Sie hatte geglaubt, sie würde gleich Della in den Armen halten, würde irgendwie Geld für die Rückfahrt nach Delhi auftreiben, und von dort würden ihnen die Merryweathers weiterhelfen.

Joseph Micheldevers Erwiderung hatte warten müssen, denn auf der Zufahrt knirschten Räder, gefolgt vom hellen Lachen einer Frau. Junge, dem Ton nach heitere Stimmen mischten sich, dann waren Schritte zu vernehmen.

»Oh je. Die Kinder«, bemerkte Gladys Micheldever. »Nun werden ihnen auch noch die letzten Tage der Saison verdorben. Vielleicht sollte jemand gehen und sie vorbereiten?«

»Wenn du das für nötig hältst, tu es selbst«, hatte ihr Mann sie verwiesen, und die dürre Frau war mit gerafften Röcken aus dem Haus gelaufen, um ihre Kinder davon in Kenntnis zu setzen, dass ein ungebetener Gast ins Haus geschneit war.

Geschneit.

Perditas erster Eindruck von Shimla war in alledem untergegangen. Aber er lebte in einer hinteren Region ihres Hirns fort, und in der Nacht träumte sie von himmelwärts strebenden, von ewigem Schnee bedeckten Gipfeln, die den steilen Hang, an den die Stadt gebaut war, noch um etliche Meilen überragten. Die Sonne war längst gesunken, der Himmel ein verhangenes Schwarz, als der Zug endlich in den Bahnhof eingerollt war, doch im Gegensatz zu den gottverlassenen Siedlungen waren in Shimla zahlreiche Straßen und Gebäude erleuchtet. Im Lampenlicht konnte Perdita ausmachen, dass die Sommerhauptstadt des Kolonialreichs aus zwei Halbstädten bestand, die wie mit einer Naht zusammengeheftet waren und doch kein Ganzes ergaben. Höchstens einen Körper und seinen an ihn gezwungenen Schatten.

Der Schatten – die Unterstadt – war ein Gewirr dicht aneinandergeduckter Hütten und Buden mit bunten Blechdächern, wie Perdita sie unterwegs mehrfach bemerkt hatte.

Die Oberstadt hingegen, in die eine von Vashisht gemietete Rikscha sie brachte, bestand aus stattlichen steinernen Bauten. Es gab eine rahmweiß verputzte Kirche, wie sie im ländlichen Kent hätte stehen können, ein mächtiges Rathaus nach gotischer Bauart, ein Theater mit Leuchtreklamen, eine breite Hauptstraße, um deren Lokale und Geschäfte sich noch Leben tummelte, und davon abgehend Wohnstraßen mit herrschaftlichen Villen hinter Gartenmauern. Alles zusammen ergab ein stilistisches Durcheinander, als hätte jemand versucht, die architektonischen Stilrichtungen Britanniens aus den vergangenen acht Jahrhunderten auf einmal zu präsentieren.

Perdita war bis auf die Knochen erschöpft gewesen, ihre Augen müde von zu vielen Bildern, für die ihr Gedächtnis keinen Vergleich besaß. Sie hatte Della finden wollen, endlich erfahren, was ihrer kleinen Schwester geschehen war. Für Shimla hatte sie an jenem ersten Abend weder Zeit noch Kraft gehabt. Stattdessen lernte sie den Rest der Familie Micheldever kennen: Marcus und Genevieve.

Die junge Frau, die ins Haus wirbelte, war in ihrem Alter. Sie trug ein nach neuester Mode schmal geschnittenes Kleid aus Seide in jenem Blassblau, das Della liebte, und wirkte in der Schäbigkeit des Hauses wie ein Fremdkörper. Hübsch war sie, vielleicht augenfälliger hübsch als Della, das Haar lockig und kupferrot glänzend, die Figur üppig, kurvig, die Lippen voll und sehr rot. Dellas Schönheit aber war apart und eigen. Wer ihr einmal begegnet war, vergaß sie nie mehr.

»Oha, schon wieder erlauchter Besuch.« Genevieve warf den Kopf mit dem kunstvoll aufgetürmten Haar zurück. Nichts an ihr wirkte billig oder abgenutzt wie ihre Umgebung, am wenigsten das Collier, das an ihrem Hals lag und mit seiner ungewöhnlichen Goldschmiedearbeit und dem schillernden Stein in der Mitte ins Auge sprang. »Was verschafft uns denn diesmal die Ehre? Auf dem Londoner Heiratskarussell trotz üppiger Mitgift nichts Passendes gefunden, weshalb man sich jetzt unter den Juwelen Shimlas umschauen muss?«

Das war unverhohlen rüde, aber Perdita hörte kaum hin. Stattdessen ertappte sie sich dabei, wie sie zur Tür sah, in der Erwartung, dass Della auftauchte. Aber es war nicht Della, die in Genevieves Gefolge das Haus betrat, sondern ein hochgewachsener Mann in einem *Dinner Jacket* mit seidenem Schalkragen, das ein wenig zu knapp auf seinen breiten Schultern saß. Sein Haar war blond. Auf den ersten Blick erinnerte er Perdita an Caleb.

Es tat überraschend weh. Sie hatte seit Wochen nicht mehr an Caleb gedacht, sich anfangs jeden Gedanken verboten und dann andere Sorgen gehabt. Jetzt spürte sie, dass der Platz in ihrem Innern, der ihrer Liebe zu Caleb gehört hatte, roh und wund und womöglich entzündet war. Dabei fand sie in sich keinen Rest der Gefühle für ihn, wohl aber Einsamkeit und Enttäuschung, die sie hinterlassen hatten. Hätte nicht Caleb zu ihr halten müssen, was immer auch geschehen war?

Und was war mit ihr selbst? Hätte sie nicht zu Della halten müssen, sich von nichts davon abbringen lassen dürfen?

Della war noch immer nicht aufgetaucht. Stattdessen breitete der Mann, der ihr Cousin Marcus sein musste, die Arme aus und lächelte ihr entgegen. »Cousine Perdita? Mutter hat uns gerade berichtet, dass du den Weg hierher auf dich genommen hast, weil die Sorge um deine Schwester dir keine Ruhe ließ. Das nenne ich wahrlich geschwisterlich. Dass meine Schwester sich auch so rührend um mich sorgen würde, bezweifle ich.«

Er lachte und stieß seiner Schwester den Ellenbogen in die Seite. Die bedachte ihn mit einem pikierten Blick.

Cousin Marcus wurde ernst. »Ich kann dich verstehen«,

sagte er. »Zwar sind sich meine Eltern sicher, dass wir uns um Della nicht zu ängstigen brauchen, aber ich gestehe, dass an mir gewisse Zweifel nagen.«

»Della ist immer noch verschwunden?«, fuhr Perdita auf. »Sie ist seit über vier Wochen von keinem Menschen gesehen worden? Und da wollen deine Eltern sicher sein, dass kein Grund besteht, sich zu ängstigen?«

»Dass sie von keinem Menschen gesehen worden ist, ist ja wohl übertrieben«, mischte Marcus' Vater sich ein. »Fortescue hat sie gesehen. Mehrmals sogar. Falls jemand glaubt, er könnte mir nach all der Mühe, die ich damit hatte, einen Strick drehen und behaupten, ich hätte mich nicht genug gekümmert, hat er sich geschnitten. Ich bin über meinen Schatten gesprungen, bin in dieses Höllenhaus gegangen und habe mit Fortescue geredet. Della hat sich mit ihm gezankt und ist aus seinem Haus genauso davongerannt wie aus unserem. Ich bin bestimmt der Letzte, der in Mitleid mit Fergus Fortescue zerfließt, aber in diesem Fall kann man dem Mann keinen Vorwurf machen.«

»Die Ansicht teile ich allerdings nicht«, unterbrach ihn sein Sohn. »Nur sollten wir nicht ausgerechnet in diesem Moment darüber debattieren. Perdita wird müde sein, sie wird sich frisch machen und vor allem etwas essen wollen.«

»Essen? Jetzt?« Gladys Micheldever stöhnte. »Was glaubt ihr, was ich hier unterhalte? Die Sommerküche des Vizekönigs?«

»Ich habe keinen Hunger«, sagte Perdita. »Mich interessiert nur eines: Wo ist meine Schwester? Sobald ich sie gefunden habe, reise ich mit ihr ab, und ihr seid uns los. Ich kann nicht fassen, dass ein achtzehnjähriges Mädchen hier in diesen Bergen, wo überall Gefahr lauert, vier Wochen lang verschwunden bleiben kann, ohne dass jemand nach ihr sucht.«

»Ich habe sehr wohl nach ihr gesucht!«, begehrte ihr

Onkel auf. »Ich habe mein Geld genommen und sogar einen Mann dafür bezahlt, um sie zu finden. Er hat mir berichtet, dass sie bei Fortescue ist, und so sehr es mir gegen den Strich ging, habe ich diesen Menschen aufgesucht. Er hat mir eine Auskunft erteilt, die dem Charakter des schlecht erzogenen Mädchens entspricht und demzufolge glaubhaft ist. Damit habe ich meiner Pflicht Genüge getan. Schließlich habe ich einen Beruf auszuüben, die Abreise des Vizekönigs steht bevor, ich bin nicht hier, um nach entlaufenen Gören zu suchen.«

»Aber Della kann doch sonst etwas zustoßen!« Die Ignoranz des Mannes machte Perdita fassungslos. »Wenn sie sich mit ihrem Verlobten gestritten hat, wenn sie kopflos und verzweifelt in den Wald gerannt ist – man braucht auf diesen Felsen doch nur einen falschen Schritt zu setzen und stürzt meilenweit in die Tiefe.«

Um Perditas Brust schloss sich ein eiserner Ring. Trotz der Kälte in der ungeheizten Halle spürte sie, wie ihr im Nacken der Schweiß ausbrach. An Tiere, die in den Wäldern hausten, an Rebellen und Wegelagerer mochte sie gar nicht erst denken. Die Nacht war kalt. Wie schnell erfror ein Mensch?

»Bitte, nimm nicht gleich das Schlimmste an.« Inmitten von Kälte und Gleichgültigkeit war Marcus' warme Stimme eine Wohltat. Sacht legte er den Arm um sie. »Wie schon gesagt, ich mache mir auch Sorgen. Deshalb habe ich auf eigene Faust ein paar Nachforschungen angestellt. Ich denke jedoch nicht, dass Della körperlich zu Schaden gekommen ist. Eher fürchte ich, dass sie irgendwo sitzt, sich verlassen fühlt und nicht den Mut findet, zu ihrer Familie zurückzukehren.«

Das klang nach Della. Der eiserne Ring um ihre Brust gab ein wenig nach. »Hast du Anhaltspunkte, die das beweisen?«

Marcus nickte. Ehe er jedoch zu Wort kam, schnitt seine Schwester es ihm ab: »Von mir aus schlagt euch mit Geschwätz über die kleine Miss Um-mich-dreht-sich-die-Welt die halbe Nacht um die Ohren. Ich für mein Teil bin müde und lege mich aufs Ohr. In einer Woche ist die Saison zu Ende, und die große Langeweile bricht an. Ich würde die Zeit bis dahin gern noch nutzen und zumindest den Abschlussball des Vizekönigs halbwegs ausgeschlafen genießen.«

Die Seide ihres Kleides rauschte, während sie aus der Halle schwebte. Perdita erhaschte einen letzten Blick auf ihren Schmuck. Das Collier glich nichts, das sie jemals gesehen hatte. Es war aus verschlungenen Formen zusammengesetzt, Quadraten die durch jeweils zwei Streben verbunden waren und einen erhabenen Stein umschlossen. Mittig trafen sie in einem weiteren Quadrat zusammen, das die Fassung für den größten, rund geschliffenen Stein darstellte. Die Art, wie er das kümmerliche Licht vielfach brach und in Glanz verwandelte, verriet den lupenreinen Diamanten. Es war ein wunderschönes Stück.

»Ihre Majestät hat gesprochen.« Marcus verzog den Mund zu einem aufmunternden Lächeln. »Du solltest dich auch schlafen legen. Damit, dass du dich verausgabst, kannst du für Della nichts erreichen. Mutter, könnte wohl unsere gute Beth rasch Dellas Zimmer für Perdita herrichten?«

»Es handelt sich keineswegs um Dellas Zimmer, sondern um das Gästezimmer unserer Familie«, versetzte seine Mutter. »Und unsere gute Beth, wie du sie zu bezeichnen beliebst, ist vor einer Stunde zu Bett gegangen. Die Dienstboten dieses Hauses haben schließlich ein Recht auf ihren Schlaf, im Gegensatz zu deiner Mutter, die sich also daranmachen wird, der Dame das Gemach zu richten.« Damit verließ sie ebenfalls den Raum, und Perdita blieb mit den beiden Männern zurück.

»Ich fürchte, Gastfreundschaft gehört nicht zu den herausragenden Tugenden derer von Micheldever«, sagte Marcus. »Lass dich davon nicht schrecken. Sieh zu, dass du ein bisschen Ruhe bekommst. Morgen ist ein neuer Tag.«

»Gibt es denn wirklich Hinweise darauf, dass Della wohlbehalten irgendwo untergekommen ist?«, fragte Perdita.

Marcus nickte. »Bei aller Liebe gehe ich nicht so weit, mit Fergus Fortescue zu sprechen. Aber zur größten Not spreche ich mit Tushar Vashisht, der zu Fergus' Dunstkreis zählt. Er hat mir bestätigt, dass Della wirklich in dem verfluchten Kasten gewesen ist und ihn aus freien Stücken verlassen hat. Ob sie sich mit Fergus gestritten hatte, wusste er nicht. Ich habe daraufhin einen Bekannten hingeschickt, der die Angestellten befragt hat.«

»Das ist nicht dein Ernst«, unterbrach ihn sein Vater.

»Doch, das ist es«, erwiderte Marcus, der Perdita mit jedem Wort sympathischer wurde. »Anders als ihr war ich nämlich nicht der Ansicht, wir dürften eine uns anvertraute junge Dame einfach ihrem Schicksal überlassen. Und obendrein mochte ich Della gern.«

Perdita atmete auf. Ihre Schwester war in diesem Sumpf zumindest nicht völlig allein gewesen.

»Du hast jemanden geschickt, damit er diese Sammlung geisteskranker Gestalten aus dem Gruselkabinett befragt?«, bohrte Joseph Micheldever sichtlich fassungslos nach.

»In der Tat«, erwiderte Marcus. »Die Unberührbare, den Einäugigen, die Stumme und das verdammte Menetekel, das noch immer nur am Freitag kommt. Sie haben alle dasselbe gesagt, das heißt, die Stumme wird gar nichts gesagt, sondern nur mit den Händen gefuchtelt haben: Della wohnt nicht mehr auf *Fair Sisters*, doch sie lässt sich gelegentlich blicken und sieht weder verhungert noch verwildert aus. Über kurz oder lang wird sie mit Sicherheit zurückkommen, aber ich kann verstehen, dass Perdita darauf nicht warten will.«

»Diese Leute, von denen du redest, haben alle gesehen, dass Della gesund ist und ihr nichts fehlt?« Der Ring um Perditas Brust brach auf, und sie bekam wieder Luft. Am Ende behielten Caleb und ihr Vater recht, und Della war eben Della, die ihr großes Drama inszenierte. »Aber wo kann sie denn sein? Sie kennt doch niemanden hier.«

»Deine Schwester scheint einer jener Menschen zu sein, die überall sofort jemanden kennen«, sagte Marcus. »Fergus' Leuten zufolge hatte sie sich mit einer Frau aus der Umgebung angefreundet. Zu der wird sie wohl gegangen sein.«

»Eine Frau aus der Umgebung? Eine Inderin?«

Marcus seufzte. »Davon ist leider auszugehen.«

»Das Mädchen hat sich ja mit jedem gemeingemacht«, fiel sein Vater wetternd ein. »Wenn jemand mich fragt, ist diese Della eine Landplage, und das würde ich ihrem Vater auch unverblümt ins Gesicht sagen.«

»Wir sollten jetzt nicht allzu viel hineinlesen und vor allem Perdita nicht weiter aufregen«, sagte Marcus. »Della hat einen sicheren Unterschlupf gebraucht, und diese Eingeborene hat ihn ihr gewährt. Wenn sie erfährt, dass ihre Schwester angekommen ist, wird sie sich zweifellos blicken lassen, und in der Zwischenzeit können wir froh sein, dass sie nicht mehr in diesem Haus des Grauens wohnt. Selbst bei einer zu Affen betenden Bäuerin ist sie sicherer aufgehoben als bei Fergus.«

»Was soll das heißen?« An Perditas Schläfen begann dumpf ein Schmerz zu klopfen, und so sehr sie sich bemühte, die Bruchstücke zusammenzufügen, ergab sich kein stimmiges Bild. »Weshalb soll sie bei einer wildfremden Eingeborenen sicherer aufgehoben sein als im Haus ihres Verlobten?«

»Ob es zu einer Verlobung gekommen ist, kann ich dir nicht sagen«, erwiderte Marcus. »Aber etwas anderes weiß ich: Shimla ist ein unsägliches Nest, provinziell, rückständig, grauenhaft organisiert, und den Winter über werden sämtliche Offiziere der *Imperial Police* abgezogen, sodass man selbst bei ernsten Verbrechen auf ein ungewaschenes, *Ganja* qualmendes Halbblut angewiesen ist. Zum Trost kommen ernste Verbrechen hier oben selten vor. Mit ein paar Ausnahmen, die leider von höchster Stelle hofiert werden, kennen unsere Inder ihren Platz. Wenn deiner Schwester von jemandem Gefahr droht, so ist es ein einziger Mann. Kein eingeborener Rohling, sondern ein Angehöriger ihrer eigenen Art.«

»Wer?«

»Fergus Fortescue.«

Der Schweiß aus dem Nacken strömte Perdita den Rücken hinunter. Sie fror jämmerlich, und das Hämmern an ihren Schläfen würde sie in den Wahnsinn treiben. »Das ist ja wohl ein schlechter Scherz«, brachte sie heraus. »Oder stehen Animositäten dahinter, die auf der Erfahrung deiner Schwester beruhen?« Das war zumindest eine Erklärung. Fergus Fortescue hatte Genevieve Micheldever sitzen lassen, somit konnte ihre Familie schwerlich gut auf ihn zu sprechen sein.

»Nein, um meine Schwester geht es nicht«, sagte Marcus. Erst jetzt wurde Perdita bewusst, dass sein Vater sich zurückgezogen hatte und sie mit ihm allein war. »Männer, die sich Mädchen gegenüber wie Schurken betragen, gibt es immer wieder. Das macht sie unangenehm, aber nicht gefährlich. Auch dass ein Mann seine eigene Schwester wie eine Gefangene hält, mag mich zwar abstoßen, doch es geht mich nichts an.«

»Und was geht dich an?«

»Dass Fergus Fortescue ein Mörder ist«, sagte Marcus. »Er hat mehr als einmal getötet, und er wird den Menschen, der eines Tages imstande sein wird, es ihm nachzuweisen, nicht am Leben lassen.«

17

Pinewood Place, Shimla, 24. August.

Noch kein Wort von Perdi. Wie lange braucht die Post?

Ich bleibe hier nicht. Ich gehe zu Fergus. Nach Fair Sisters. Das Spukschloss, in dem der Tod umgeht, wie sie es nennen, der Palast der Finsternis ist mir weit lieber als dieses Haus der Bosheit, des Neides und der Lüge.

Ohnehin nenne ich Fergus' Haus ganz anders. Palast der Safranblüten. Ich habe es Fergus gesagt, und er hat auf seine unvergleichliche Weise gelacht. Er lacht so selten. Sooft ich es aber höre, dieses tiefe, raue, kehlige Lachen, gehen Sonne und Mond zugleich für mich auf.

Fergus braucht mich. In seinen Armen will ich liegen, und gemeinsam trotzen wir dem Spuk, den bösen Mächten, die vielleicht doch nicht mehr sind als Affen und Fledermäuse an in alten Rahmen klirrenden Fenstern. Und selbst wenn es Geister wären – wer sagt denn, dass alle Geister zum Fürchten sind?

Beth, Onkel Josephs Mädchen, hat mir die Legende in den düstersten Farben erzählt: Zwei Schwestern haben in dem Haus den Verstand verloren, weil die eine den Mann wollte, den die andere liebte, und weil sie ihn beide nicht haben durften. Ich würde auch den Verstand verlieren, wenn ich Fergus nicht haben dürfte, und wenn ich tot wäre, würde ich noch immer durch sein Haus geistern, ruhelos auf der Suche nach ihm. Aber fürchten müsste mich niemand. Ich wäre ein trauriger Geist, der Trost und Mitleid nötig hätte, und wenn mir eine dieser traurigen spukenden Schwestern begegnen würde, nähme ich sie in den Arm und würde ihr ins Ohr flüstern, dass ich mit ihr traurig bin.

Noch vor einer Woche hätte ich anders gesprochen. In jener Nacht habe ich mich vor einer Gestalt, die ich für einen Geist hielt, so tief erschrocken, dass der Schrecken immer noch in mir sitzt und leise wispert, ich dürfe das alles nicht so leicht nehmen. Ich aber nehme es leicht. Weil von der Gestalt, die mich erschreckt hat, keine Gefahr, sondern nichts als Liebe ausging.

Es war mein erster Besuch auf Fair Sisters. Abigail, die den ganzen Abend über an Fergus geschmiegt auf der Lehne seines Sessels gekauert hatte, war zu Bett gegangen, und wir beide – Fergus und ich – blieben allein in dem Salon zurück. Es ist ein düsterer Raum, eingerichtet mit dunklen, wuchtigen Möbeln, die gewiss wertvoll und gediegen sind, aber ihr Jahrhundert auf dem Buckel haben. Ich bat Fergus, mir das Haus zu zeigen. Es ist so groß, es muss etliche Räume besitzen, und ich hoffte auf einen, in dem es behaglicher sein würde als in diesem. Außerdem wollte ich wissen, wie er lebt, ich will alles wissen, was ihn betrifft, aber Fergus ist kein Mann, der sich in die Karten schauen lässt.

Er erzählt mir nur, was er mir erzählen will, und er ist scheuer als die Moschustiere in den Wäldern, die davonflitzen, sobald ein Menschenblick sie entdeckt. Wenn ich ihm Fragen über Shimla, den Safran, über Gott weiß was für ein belangloses Thema stelle, gibt er mir Antwort, und es erstaunt mich immer wieder, wie klug und gebildet er ist.

Wenn ich hingegen nach etwas frage, das ihn selbst betrifft, fragt er zurück: »Was soll das Gerede über mich bezwecken? Warum reden wir nicht über dich?«

Er ist mein scheues Moschustier und zugleich mein sturer Gamsbock, der die Beine in den Boden stemmt und sich durch nichts bewegen lässt. Ich liebe ihn. Aber sein Haus wollte ich mir trotzdem anschauen, also sann ich auf eine List. Auf mein Betteln gab er mir noch ein Glas Wein. »Das Letzte«, bestimmte er, und dabei blieb es dann auch. Sobald mein Glas leer war, stand er auf. Es sei spät, ich müsse nach Hause und er wolle nach Abigail sehen, die zuweilen nicht gut schlafe. Kann sich das jemand vorstellen? Ein Mann von zweiunddreißig Jahren, der nach seiner ebenfalls zweiunddreißigjährigen Schwester sieht, weil sie schlecht schläft? Hätte ich ihn nicht längst geliebt, so hätte ich es jetzt getan, und geschickt spielte ich die Fürsorgliche: Er solle sofort hinauf zu der ärmsten Abigail gehen, drängte ich ihn, ich fände den Weg zum Küchentrakt, wo mein Rikschafahrer sich in einer Kammer ausruhte, schon allein.

Fergus ließ sich nicht lange bitten. Kaum war er auf seinem Weg, machte ich mich auf den meinen. Natürlich hatte ich nicht vor, gleich den Rikschafahrer aufzusuchen, sondern wollte noch ein wenig durch das Haus streifen, in dem mein Liebster zur Welt gekommen ist. Neulich, als ich davon schreiben wollte, ist mir kein Wort aus der Feder geflossen, aber heute geht es so leicht. Ich musste wohl über den Schrecken erst hinwegkommen, begreifen, dass uns von den Geistern verblichener Schwestern im Innern des Hauses nichts Böses droht, sondern dass alles Böse, Zerstörerische von außen kommt.

In jener Nacht schlich ich mich auf Zehenspitzen über einen Gang nach dem andern und fragte mich, ob ich mich wirklich in einer menschlichen Behausung befand oder in ein Labyrinth geraten war. Das Vertrackteste, Unheimlichste in dem Haus ist das Fehlen jeglichen Lichts. Man könnte meinen, Fergus sei geizig wie Onkel Joseph, aber das ist er nicht, sondern gibt sein Geld aus, ohne sich darum zu kümmern. Es bedeutet ihm nichts. Dass es im Haus keine Lichtschalter gibt, dass man sich mit Kerzen und Petroleumlampen behelfen muss, wenn man nicht im Dunkel tappen will, hat andere Gründe.

Ich hatte weder eine Kerze noch eine Lampe bei mir. Meine scharfen Katzenaugen, wie Perdi sie genannt hat, erkannten nichts als Konturen und rätselhafte Schemen, und ich begriff, dass nichts das Denken so sehr vernebelt wie ein Sinn, der fehlt. Ich hatte mich auf mein Sehen immer verlassen, und jetzt sah ich nichts, das mich hätte leiten und warnen können. Stattdessen drang jedes Geräusch mir überlaut ins Ohr, jedes Knarren der uralten Dielen unter dünn getretenen Teppichen, jeder Stoß an die Wand, an der ich mich entlangtastete, sogar jeder meiner schnellen Atemzüge. Wann immer ich das Ende eines Gangs erreichte und erleichtert um die Ecke bog, in der Hoffnung, der neue, sich öffnende Gang werde endlich auf eine Lichtquelle hinführen, geriet ich nur in noch tieferes Dunkel.

An einer Wand zur Linken ertastete ich die Schnörkel von Bilderrahmen, und als meine fast blinden Augen aufblickten, starrten kaum wahrnehmbare Umrisse von Gesichtern auf mich herab. Ich hätte schreien wollen, musste mir die Hand auf den Mund pressen. Endlich konnte ich den Zehengang nicht länger durchhalten, sondern fiel ins Rennen. Liebster, Liebster, *gellten meine Gedanken in meinen Ohren,* wie kannst du dieses Haus, diese Finsternis ertragen, du mit deiner Klugheit, deinem Sinn für das Schöne und deiner Sehnsucht nach dem Leben? Warum ziehst du nicht fort, was hält dich hier fest?

Inzwischen verstehe ich so vieles besser, und eines Tages werde ich alles verstehen. In jener Nacht aber rannte ich kopflos und ohne Begreifen vor mich hin. Von den Gängen gingen Türen ab, zumindest die Klinken konnte ich erkennen. Ich rüttelte wieder und wieder daran, fand aber eine wie die andere verriegelt und verrammelt wie die Haustür vor.

Warum verschließt man eine Zimmertür in seinem eigenen Haus? Ich habe es nur einmal getan, weil ich etwas zu verbergen hatte, und ich habe schon damals gedacht: In einer Familie, wie ich sie mir wünschte, sollte einer vor dem andern nichts zu verschließen und zu verbergen haben.

Wie erlöst atmete ich auf, als endlich ein Gang in eine Art Loggia voller abgedeckter Gartengeräte führte. Nach der fensterlosen Schwärze stand ich in einem verglasten Vorbau, in den das Licht des abnehmenden Mondes und weniger nicht von Regenwolken verdeckter Sterne fiel. Ich konnte nicht anders, ich musste die Türklinke packen, und als sie – anders als die übrigen – nachgab, stieß ich sie auf und stürmte hinaus, erst ein Stück durch die Arkade mit ihren im Dunkeln schimmernden Säulen und dann in die mondbeschienene Weite des hinteren Gartens.

In Wahrheit drohte mir dort draußen vermutlich mehr Gefahr als drinnen, denn die wilden Disteln und Rankenpflanzen, die Fergus wuchern lässt, bedeckten die Fallen, die darunter lagen. Das noch eben tröstliche Licht narrte mich plötzlich tückischer als das Dunkel, ließ Schatten tanzen und Silhouetten aus der Schwärze tauchen. Ich rannte weiter, floh, bis ich mit dem Fuß gegen etwas stieß und vornüber auf eine steinerne Erhebung stürzte. Ich brauchte mehrere Augenblicke, um zu begreifen, dass ich mich mit den Händen abgefangen und mir bis auf ein paar Schürfwunden nichts getan hatte. Ich lag auf einer Art Skulptur, die aber kein mir auch nur im Entferntesten bekanntes Bild ergab, eine quadratische Umschließung, aus der sich eine Art Kuppe erhob, und eine Tülle an der Seite. Etwas schien ganz und gar falsch, ja verwerflich daran, dass ich auf diesen Steinen lag. So lächerlich es sich anhört – es war, als wäre ich in Vater Matthews Kirche spaziert und hätte mich bäuchlings auf den Altar gelegt.

Ich wollte nur fort. Als ich mich aber in die Höhe stemmte und über den Stein hinwegsah, erwartete mich der nächste Schrecken: Keinen Schritt dahinter fiel der Hang steil ab.

Hätte ich mich nicht abgefangen, wäre ich dort hinuntergestürzt und meilenweit in die Schlucht gefallen. Ich will es nicht wissen. In die Tiefe darf man hier niemals blicken, denn sonst erkennt man, was für ein Abgrund unter der harmlos-hellen Freundlichkeit unseres Lebens lauert, und kann in keiner Nacht mehr in Frieden schlafen.

Zitternd rappelte ich mich auf die Füße und wollte nichts mehr als so schnell wie möglich zum Küchentrakt laufen, meinen Rikschafahrer wecken und zurück nach Shimla fahren. Kaum drehte ich mich jedoch nach der Seite, sah ich die weiße Gestalt. Sie stand unter riesigen, schwärzlich belaubten Bäumen, die wahrhaftig Rhododendren waren, durchscheinend, gehüllt in flackerndes Licht. Der Geist der älteren Schwester, von der Beth erzählt hat, sie finde keine Ruhe, weil sie die jüngere, deren Geliebten sie begehrte, über die Felskante in den Tod gestoßen hat.

Um mein Herz schloss sich ein Ring aus Eisen. Ich wollte fliehen, wollte mit aller Kraft meiner Beine laufen, doch meine Sohlen waren wie mit dem Boden verwachsen. Prudence und Dinah hießen die Schwestern. Ich hatte nur mit halbem Ohr hingehört, als Beth ihre Namen genannt hatte, weil ich die ganze Geschichte für dummes Zeug hielt. Wie können zwei Schwestern einander töten? Nicht einmal für einen Mann, nicht einmal für Fergus, hätte ich Perdi etwas angetan! Gewiss war doch das Ganze nur erdacht worden, um Fergus zu verunglimpfen, sein Heim als ein Haus für Mörder zu schmähen, in dem er selbst zum Mörder geworden war.

Jetzt vermochte ich kaum zu fassen, dass mir die unheimliche Ähnlichkeit der Namen nicht aufgefallen war: Prudence und Dinah – Perdita und Della. Und wenn ich auch sicher war, dass ich um keines Mannes willen Perdita verraten würde, so hatte doch Perdita mich verraten. Um Calebs willen. Weil sie lieber mich verlieren wollte als ihn.

Hatte sie geglaubt, ich hätte heimlich Caleb begehrt? Kam sie in Gestalt der mörderischen Schwester zu mir, um mich für eine Tat zu bestrafen, die ich nicht begangen habe? Ich wollte schreien, doch meiner Kehle ließ sich so wenig etwas abverlangen wie den Beinen. Mein Körper war wie aus Stein, nichts bewegte sich, nur der Nachtwind riss an meinem Haar.

Gebannt starrte ich auf die Gestalt, die sich unter den tief hängenden Zweigen der Rhododendren auf mich zu bewegte, und konnte wie im Wahn an nichts anderes denken als daran, dass ich niemals diese riesenhafte Pracht von tiefroten Blüten überwuchert sehen würde, dass mein Körper zerschmettert in der Schlucht liegen würde, von der Welt getilgt, ohne dass je ein Mensch erfahren würde, was mir geschehen war.

Die Affen schrien für mich. Ihre Schreie gellten durch die Nacht wie das Leben, das vergeblich gegen den Tod anbrüllte. Mir schwanden die Sinne, ich war sicher, jeden Augenblick zu Boden zu sinken und liegen zu bleiben. Dann hob die Gestalt an zu sprechen.

»Haben Sie keine Angst«, drang ihre brüchige, gewichtslose Stimme mit dem Wind zu mir herüber. »Ich weiß, ich

sehe merkwürdig aus, aber ich tue niemandem etwas. Schon gar nicht jemandem, der Fergus wohlgesonnen ist. Sie sind die junge Della Lascelles, die Verwandte der Micheldevers, nicht wahr? Ich bin Amelia Wentworth, und ich sehe hier nach meinem Safran, der kurz vor dem Austreiben steht.«

Tatsächlich hielt sie eine zierliche Kanne, wie sie eigens für Damen gefertigt wird, in den Händen und ließ einen dünnen Strahl Wasser auf das Gras niederrieseln. »Er ist mir anvertraut«, erklärte sie. »Ich habe für ihn zu sorgen. Wenn ich meinen Safran verkümmern lasse und er nicht mehr blüht, ist jede Hoffnung auf Glück für mein Haus verkümmert und kehrt nicht zurück.«

18

Drei Tage lang hatte Perdita allen Leuten, derer sie habhaft werden konnte, Fragen gestellt. Den Familienmitgliedern. Dem Hausmädchen Beth und David, dem Koch. Einer kleinwüchsigen gebeugten Inderin, die einen Korb Wäsche ablieferte und mit spitzen Rufen – »*Nix understand nix understand*« – vor ihr davonlief. Mr. und Mrs Durbridge, einem Ehepaar, das an der Hauptstraße, *Mall* genannt, eine Schneiderei nach Modellen aus der Savile Row betrieb.

Ihre Befragungen verliefen wenig ergiebig. Onkel Joseph verweigerte sich ihr, wiederholte lediglich wie ein Automat, er sei seiner Pflicht nachgekommen und habe sich nichts zuschulden kommen lassen. Dann sprang er vom Frühstückstisch auf, der außer altbackenem Brot, Butterschmalz, einer Konfitüre aus Perdita unbekannten Früchten und einer Platte mit erkalteten Rühreiern nichts zu bieten hatte, und erklärte, er werde in der *Viceregal Lodge* erwartet und habe für die Kapriolen unreifer Mädchen nicht länger Zeit.

Tante Gladys gab sich nicht viel gesprächiger. »Es ist ja nicht so, dass wir sie nicht gewarnt hätten«, bekundete sie. »Aber Tag und Nacht hüten konnten wir sie nicht. Wir haben unser Leben zu führen und alle Hände voll zu tun.«

Was allerdings Tante Gladys zu tun hatte, war nicht zu

durchschauen. Der Haushalt in *Pinewood Place* war, wie Perdita bereits am Morgen nach der Ankunft feststellte, nicht nur ärmlich, sondern völlig verschlampt. Die einzige Arbeit, die darin überhaupt erledigt wurde, leisteten die Bediensteten, die einen aussichtslosen Kampf führten. Zwei Tage später war Perdita zu dem Schluss gekommen, dass Gladys' ausschließliches Interesse darin bestand, ihre Tochter auszustaffieren. Stundenlang saß sie in ihrem zerschlissenen Morgenrock an einem Schreibpult und blätterte in aus Europa eingeführten Modejournalen. Anschließend bestellte sie die Durbridges ins Haus, um zu besprechen, was vonnöten war, um Genevieves Garderobe für den bevorstehenden Höhepunkt der Saison aufzuwerten.

Jener Höhepunkt war der Ball des Vizekönigs. Tanzabende fanden in der *Viceregal Lodge* auf einer Anhöhe namens *Observatory Hill* an jedem Freitag des langen Sommers statt, doch der letzte Ball der Saison würde mit allem erdenklichen Aufwand, einem Tanzorchester aus Europa und einem Feuerwerk gefeiert werden. Über die Einzelheiten erging sich Gladys so lautstark, dass Perdita an keiner Tür zu lauschen brauchte, um jedes Wort mitzuhören. Auf den Gedanken, dass aus ihrem Haus ein junges Mädchen verschwunden und bisher nicht wiederaufgetaucht war, wäre dabei niemand gekommen.

Ebenso laut bestürmte sie die Durbridges, ihr den Betrag, den sie schuldig war, noch länger zu stunden, und obendrein den Seidenschal und das Figarojäckchen, die sie passend zu Genevieves Ballkleid in Auftrag geben wollte, auf die Rechnung zu setzen. Als Mr. Durbridge dies zurückwies, verlegte sie sich aufs Betteln, wie Perdita es nie zuvor von einer Dame von Stand gehört hatte. Was war los in diesem Haus, wohin verschwand das Geld, das Joseph Micheldever doch zweifelsfrei verdiente? War er besessen davon, es zu horten und seine Familie kurz zu halten? Oder hatte Gladys allzu verschwenderisch gewirtschaftet und dabei Schulden angehäuft, die abgetragen werden mussten?

Durch Caleb wusste Perdita, wie schnell auch eine gute Familie in finanzielle Not geraten konnte und wie hart es war, einen gebührenden Lebensstil aufrechtzuerhalten. Hatten die Micheldevers, um den Schein zu wahren, über ihre Verhältnisse gelebt? Das Geschmeide, das Genevieve am ersten Abend getragen hatte, wäre selbst für Perditas Vater unerschwinglich gewesen, und auch die Seide des Kleides hatte teurer gewirkt als alles, was Perdita am Leib trug.

Sie würde sich ein durch die Reise strapaziertes und ohnehin für den Anlass nicht geeignetes Kleid aufbügeln müssen, und hatte keine Ahnung, wie man das anfing. Daheim hatte es die Zofe für sie erledigt, und hier hatte sie nicht erwartet, auf einen Ball zu gehen.

Genau das würde sie jedoch tun: Sie würde am Freitag die Micheldevers auf den Ball des Vizekönigs begleiten.

»Du kommst natürlich mit«, hatte Marcus bestimmt, und im ersten Impuls hatte Perdita rundheraus ablehnen wollen. Ihre Schwester war verschwunden, ihr war nach allem eher zumute als nach Lichterglanz und Tanzmusik.

»Du würdest uns in ein schlechtes Licht rücken«, gab Marcus zu bedenken. »Auf diesen Ball geht jeder, der hier Rang und Namen hat, und Shimla ist ein Dorf. Inzwischen hat sich längst herumgesprochen, dass wir wieder eine ledige Verwandte auf Besuch haben, und wenn du nicht mitkämst, würde man sich fragen, was zwischen uns nicht stimmt.«

Perdita hätte ihm entgegenhalten können, dass es Dellas Verschwinden war, das zwischen ihnen nicht stimmte. Marcus aber war der einzige Mensch, der ihr mit Freundlichkeit begegnete, und hatte dafür keine brüske Abfuhr verdient.

Noch schwerer aber wog, was ihr wie Schuppen von den

Augen fiel: Am Morgen, wenn jener Ball vorüber war, würde der Tross des Vizekönigs samt der Verwaltungsbeamten, Militärs und Offiziere der *Imperial Police* Shimla auf Monate verlassen. Von den Menschen, die den Sommer über mit Della getanzt und gefeiert, die ihre Begegnung mit Fergus Fortescue miterlebt hatten, würde sie dann niemanden mehr befragen können, und obendrein würde sie für den Fall, dass sie polizeiliche Hilfe brauchte, keine zur Verfügung haben.

Sie musste auf diesen Ball gehen. Selbst wenn Marcus die Hoffnung, Fortescue selbst könne dort erscheinen, zunichtemachte: »Dass er sich den Sommer über wieder in Shimla hat blicken lassen, hat nicht wenige Gemüter erheblich schockiert. Natürlich konnte er darauf zählen, dass Lord Hardinge ihn in Schutz nehmen würde. Jetzt aber, wo aus seinem Haushalt wieder ein Mensch verschwunden ist, wird er selbst unter den Fittichen des Vizekönigs nicht wagen, sein Gesicht dort zu zeigen.«

Also würde sie Dellas Verlobten bei dieser Gelegenheit nicht kennenlernen, wohl aber Menschen treffen, die ihn kannten. Das war umso notwendiger, als Marcus den Plan, Fortescue in seinem Haus aufzusuchen, vom Tisch gewischt hatte: »Er empfängt dich nicht einmal. Er empfängt niemanden.«

»Aber wir sind praktisch Schwager und Schwägerin.«

»Selbst wenn man es so betrachten will – die Pflege normaler verwandtschaftlicher Beziehungen mag in deiner und meiner Welt gang und gäbe sein, aber nicht in der Welt von Fergus Fortescue.«

»Wenn er ein solches Ungeheuer ist – wie habt ihr dann Della gestatten können, sich mit ihm zu verloben?«, brach es aus Perdita heraus.

»Ich wüsste nicht, dass sie einen von uns gefragt hat«, erwiderte Marcus. »Mich wenigstens nicht, denn wenn sie es getan hätte, hätte ich es zu verhindern gewusst. Vergiss es, Perdita. *Fair Sisters* ist kein Ort für eine junge Dame.«

»Ich glaube nicht an Spukgeschichten«, bekundete Perdita. »Meiner Ansicht nach sind all diese Geistererscheinungen, der Dämon am Ende des Gartens, die Untoten auf dem Dachboden, eine Folge von defekten Gasleitungen.«

»Wie bitte?« Zum ersten Mal wirkte Marcus ehrlich erstaunt.

»Wenn Leute das Gas, das aus diesen Leitungen austritt, einatmen, entsteht ein Rausch, ähnlich wie beim Alkohol, nur stärker und weniger bewusst«, erklärte Perdita. »In solchem Zustand bilden sie sich alle möglichen Dinge ein. Sie sehen ätherische Gestalten über Gänge huschen, und wenn dann noch Wind in einen Kamin pfeift oder feuchtes Gebälk sich dehnt, hören sie knarrende Dielen und Gespensterstimmen. Aus meiner Sicht krankte das halbe viktorianische Zeitalter an Gasvergiftung, ohne dass irgendwer davon wusste. Wir aber sollten darüber hinweg sein. Wir haben Elektrizität.«

»Nicht in Shimla.« Marcus' Lachen klang gequält. »Und auf *Fair Sisters* gibt es nicht einmal eine Gasbeleuchtung, weil lichtscheues Gesindel es vorzieht, sein Treiben im Dunkeln zu verbergen. Haben es junge Damen in England übrigens neuerdings nötig, sich mit Phänomenen der Physik zu befassen?«

»Die Reaktionen des menschlichen Körpers auf Stadtgas sind eher chemisch-medizinisch«, erwiderte Perdita. »Und ich habe mich damit befasst, weil mein Hauslehrer fand, ich zeige darin mehr Begabung als fürs Zeichnen und Klavierspielen. Und weil es mich interessierte.« Sie hatte mit ihrem Interesse an diesen Dingen immer hinter dem Berg gehalten, um Caleb nicht zu verärgern. Jetzt wusste sie nicht mehr, warum sie nicht hätte aussprechen sollen, was sie dachte. Sie brauchte niemandem mehr zu gefallen. Sie musste nur ihre Schwester finden.

»Mit meiner Frage wollte ich eigentlich darauf hinaus, dass es für eine Dame doch schade ist, wenn sie allzu lange unverheiratet bleibt«, sagte Marcus. »Ihrer Natur nach sehnt sie sich nach einer Stellung im Leben, ansonsten kommt sie vor Langeweile auf dumme Gedanken.«

Es reizte Perdita, ihn zu fragen, woher sein Wissen über die naturgemäßen Sehnsüchte von Damen stammte. Erneut rief sie sich jedoch in Erinnerung, dass er ihr einziger Verbündeter war. Flüchtig erwog sie, seiner Warnung zum Trotz das Haus namens *Fair Sisters* aufzusuchen, verwarf es aber, weil man es ihr unmöglich machte: Eine Kutsche zu benutzen war verboten, und Onkel Joseph hielt keine. Ein Pferd hielt er, einen schwer gebauten Braunen, bei dessen Anblick es Perdita in den Beinen kribbelte. Onkel Joseph aber würde ihr das Tier nicht leihen und ihr auch kein Geld für eine Rikscha oder einen Ochsenkarren auszahlen. Somit blieb ihr nichts übrig, als diesen Plan aufzugeben und mit ihren Befragungen fortzufahren.

Von Tante Gladys erfuhr sie immerhin, dass Onkel Joseph von Dellas bevorstehender Verlobung ebenso wenig gewusst hatte wie sein Sohn. Fortescue hatte also nicht, wie von Della angekündigt, im Haus der Micheldevers vorgesprochen und seine Absichten erklärt. Der Schluss, dass er mit Della ein Spiel getrieben hatte, wurde immer wahrscheinlicher. Genevieve sagte zu alledem nichts als: »Wie man sich bettet, so liegt man. Ich habe der Kleinen mehrfach geraten, keinen Brocken vom Kuchen abzubeißen, der ihr zu groß ist und in der Kehle stecken bleibt, aber wer nicht hören will, der muss nun einmal fühlen.«

Ob es ihr einst selbst so gegangen war, behielt sie für sich, ließ Perdita stehen und rauschte davon. Auch der sonst so zugängliche Marcus verweigerte zum zerbrochenen Verlöbnis seiner Schwester jede Auskunft. »Wunden, die nicht heilen, braucht man nicht noch aufzureißen«, belehrte er Perdita. »Ich bin froh, dass es mir damals gelungen ist, Fergus nicht den Hals umzudrehen. Ich möchte nicht von Neuem in Versuchung geraten.«

»Aber wenn doch deine Schwester selbst die Verlobung gelöst hat«, beharrte Perdita. »Wenn es einen anderen Mann gab …«

»Das sind Lügen, die Fergus verbreitet, um Genevieve zu verleumden«, fuhr er ihr scharf ins Wort. »Du tust mir leid, ich will dir zur Seite stehen, aber wenn du dir so etwas einreden lässt, kannst du auf meine Hilfe nicht länger zählen. Genevieve soll einen Liebhaber gehabt haben? Ausgerechnet Genevieve, die Fergus mit Haut und Haar verfallen war und die Hochzeit kaum erwarten konnte? Und warum ist dieser ominöse Liebhaber dann nie aufgetaucht? Warum hat sich Fergus geweigert, seinen Namen zu nennen?«

Mehr gab er nicht preis. Als er Perdita noch einen Blick schenkte, ehe er aufbrach, bemerkte diese die Müdigkeit in seinen rot geränderten Augen und die eingefallenen Wangen. Er war ein ansehnlicher Mann, aber die Breite seiner Schultern konnte aus der Nähe kaum verbergen, wie mager er war. Mehr als alles schien er ein Mann, den erdrückende Sorgen plagten, und Perdita beschloss, ihn vorerst nicht mehr zu behelligen.

Stattdessen versuchte sie es bei Beth. Dienstboten schwatzten, das war allgemein bekannt. Perdita hatte Della oft gescholten, weil diese allerlei obskure Informationen vom Gesinde bezog und sie für bare Münze nahm. Jetzt hingegen wollte sie selbst versuchen, sich jene Geschwätzigkeit zunutze zu machen.

Das Hausmädchen Beth schien jedoch die falsche Kandidatin dafür. Sie war ältlich und einsilbig, machte keinen Hehl daraus, dass sie sich in Perditas Gegenwart unwohl fühlte und an ihre Arbeit zurückkehren wollte. Spontan bot Perdita ihr eins ihrer bestickten Taschentücher und eine kunstvoll emaillierte Pastillendose zum Geschenk an. »Wenn Sie mir ein wenig helfen, will ich mich erkenntlich zeigen.«

Die Frau, die aussah, als hätte sie in ihrem Leben keinen hübschen Gegenstand ihr eigen genannt, betrachtete beides mit einer Art von traurigem Verlangen. Dann schüttelte sie den Kopf. »Ich bin meinem Dienstherrn verpflichtet. Er bezahlt mich und hat es um mich nicht verdient, dass ich mich von anderen abkaufen lasse.«

»Zum Teufel, ich will doch nur meine Schwester finden!«, rief Perdita und erschrak nur gelinde vor dem ersten Fluch ihres Lebens. »Warum verweigern mir alle ihre Hilfe, warum ist denn niemandem in diesem Haus daran gelegen, dass ein junges Mädchen heil zu ihrer Familie zurückkehrt?«

Wieder zögerte die Frau eine Zeit lang. »Dieses ist kein Land für uns«, sagte sie dann. »Christenmenschen sollen wohnen, wo sie sonntags die Glocken ihrer Kirche läuten hören, nicht unter Gipfeln, auf denen Altäre für Affen stehen. Nicht alle Inder sind schlecht. Viele von ihnen sind auf ihre Weise gute, fromme Menschen. Aber sie sind nicht wie wir, und ihr Land ist nicht für uns gemacht.«

»Was hat das mit meiner Schwester zu tun?«, fragte Perdita, und Beth hob an, ihr die Legende von den zwei Schwestern zu erzählen, die mit ihrem Vater nach Shimla gekommen waren, kurz nachdem die Briten es von einem Königreich, das hinter den schneebedeckten Gipfeln lag, erobert hatten. Es war eine jener melodramatischen Geschichten, wie Della sie in von Clarice geliehenen Romanen geliebt hatte. »Das Haus hat sie sich geholt«, beteuerte Beth. »Das Haus, das keinem Briten gehören wollte, hat sie mit der verbotenen Liebe zu einem Mann aus fremdem Volk gestraft. Und die hat beide Schwestern zugrunde gerichtet.«

»Aber ich denke, das Haus hat ein britischer Offizier gebaut«, wandte Perdita ein.

Beth nickte. »Er hat es *Autumn Hall* genannt, weil er im Herbst nach Shimla kam, am Ende des Monsuns, wenn alles grünt und leuchtet. Er bekam ein Stück Land geschenkt, sah den Safran darauf blühen und war überzeugt, dass seiner Familie hier eine neue, glänzende Zukunft bevorstand. Aber den Safran, der ihn betörte, hatten andere Hände gepflanzt. Hände von Indern, die ihn keinem britischen Eindringling, sondern ihrem Affengott geweiht hatten, denn die Farben des Safran – golden, gelb und orange – sind den Indern heilig. Sie haben den neuen Herrn verflucht, und ihre wilden, blutrünstigen Götter haben sich gerächt und seine zwei schönen Töchter geholt.«

»Ist solches Gerede nicht heidnisch?«, fragte Perdita.

Beth zuckte die haarlosen Brauen. »Wir leben in einem heidnischen Land.«

Perdita wollte schon aufgeben, da offenbar nichts als Schaurigkeiten aus der Frau herauszubekommen waren. Dann aber fiel ihr noch eine Frage ein, auf die eine Bedienstete gewiss eher Antwort geben würde als eine Dame der Herrschaft. »Meine Schwester hat mir geschrieben, dass Fergus Fortescue ein äußerst gut aussehender Mann ist«, sagte sie. »Sie war so stolz darauf, sie wollte mir von ihnen als Paar eine Fotografie schicken, aber leider kam es nicht dazu. Jetzt bin ich neugierig und wünschte, ich wüsste, ob sie wohl ein wenig übertrieben hat.«

»Nein nein«, murmelte Beth. »Das hat sie nicht. Der Herr hat etwas an sich, dem man sich nicht entziehen kann, etwas, das man immerfort anschauen möchte, selbst als Frau, die längst jenseits von Gut und Böse ist oder es immer war.«

Beth faltete die Hände, und Perdita wartete. Sie glaubte zu sehen, wie es in der Frau gärte, und war sich so gut wie sicher, dass sie fortfahren würde.

»Er war nett«, fuhr sie fort. »Er hatte etwas Schüchternes, wie ein kleiner Junge, dem man ein Glas Milch schenkt. Zu mir, einer alten Dienstmagd, war er so schüchtern und nett, als müsse ihm, einem Herrn, etwas an mir gelegen sein. Damals, als er in diesem Haus verkehrte, habe ich zu David gesagt: Ich kann nicht glauben, dass er jemandem ein Leid getan hat, geschweige denn dem eigenen Vater. Er hatte so feine, elegante Hände, und David hatte von einem Mann von der *Army*, den er im *Thirteen Maiden* zum Trinken traf, eine Geschichte gehört, die klang gar nicht danach, als könnte man ihm eine Untat zutrauen. »*Der krümmt keinem Hund ein Haar*«, hat David gesagt, »*und wenn er hundertmal aussieht wie der Teufel.*« Aber das ist ja auch richtig: Etwas stimmt nicht mit seinem Gesicht, und wenn man bedenkt, dass der Teufel, der uns in Versuchung führt, ein schöner Mann sein muss, dann wird er wohl aussehen wie Mr. Fortescue.«

Perdita stöhnte innerlich auf. Zum ersten Mal fragte sie sich: *Warum geben wir nicht allen Frauen Unterricht in Naturgesetzen, damit sie ihr Leben nicht im Glauben an solchen Unsinn verbringen?* Schulpflicht bestand in England zwar schon seit zwanzig Jahren, aber sie galt nur bis zum zehnten Lebensjahr, und ob ein Bauer in einem entlegenen Winkel seine Töchter zur Schule schickte, kontrollierte gewiss kein Mensch.

Männer wie Lord Roderick hatten sich im Oberhaus gegen die Schulpflicht zur Wehr gesetzt, und auch Caleb und ihr Vater konnten der Idee nichts abgewinnen: »Was soll das bringen, Töchtern von Tagelöhnern die Köpfe vollzustopfen? Was sollen die damit anfangen, etwa die Radioaktivität erforschen, die nicht einmal unsereiner versteht? Verschwendete Gelder sind das, die uns in der Rüstung fehlen, und herauskommt dabei nur Schaden, Aufruhr und Unzufriedenheit.«

Perdita hatte die Argumente überzeugend gefunden. Ein Küchenmädchen brauchte nicht zu wissen, warum die Erde sich drehte, um ihren Platz auszufüllen. Jetzt aber dachte sie zum ersten Mal: *Nicht die Bildung, sondern die Dummheit ist es, die Schaden anrichtet. Es ist der Mangel an Wissen, der dazu führt, dass Menschen Menschen verteufeln, verstoßen und im schlimmsten Fall verbrennen.*

Giordano Bruno, der Wissenschaftler, der erkannt hatte, dass das Weltall kein Ende hatte, war verbrannt worden. Fergus Fortescue, den Beth und David aufgrund seines Äußeren verteufelt hatten, wäre in einem dunkleren Jahrhundert womöglich dasselbe Los beschieden gewesen. Perdita bemerkte, dass sie allmählich regelrecht darauf brannte, zu erfahren, wie dieser Fergus Fortescue eigentlich aussah.

»Was für eine Geschichte hat denn David von dem Mann, der ihm beim Trinken begegnet ist, gehört?«, wandte sie sich wieder an Beth. Sie war sicher, dass es sich um dasselbe Ereignis handelte, von dem Albert Beresford gesprochen hatte, und die Frage stellte sie sich seit Langem: Was hatte der Verlobte ihrer Schwester an einem gottverfluchten Märzmorgen auf einem gottverfluchten Pass mit unaussprechlichem Namen getan?

»Nein, nein.« Beth schüttelte den Kopf. »Das kann ja ich nicht erzählen, ich versteh doch nichts von dem, was beim Militär Recht und Sitte ist. Danach müssen Sie David fragen, *Miss*, nicht mich.«

»Aber der erzählt es mir nicht«, erwiderte Perdita, die längst versucht hatte, mit David zu sprechen. Er hatte sich betragen, als sei ihm nicht klar, was sie von ihm wollte. Sie gehörten verschiedenen Welten an – wie konnte sie ihn nach

Vorfällen fragen, die sich in ihrer Welt ereignet hatten und der seinen fremd waren?

»Er wird seine Gründe haben«, sagte Beth. »Menschen, die etwas für sich behalten, haben immer ihre Gründe.«

Perdita beschloss, nicht länger in sie zu dringen. Nicht weil das, was die Frau gesagt hatte, sie überzeugte, sondern weil sie ihre Zeit verschwendete. Stattdessen würde sie sich erkundigen, wo jener Pub zu finden war, und auf eigene Faust nach dem Mann suchen, von dem die Geschichte stammte.

Der Gedanke, ihren Fuß in einen Pub zu setzen, wäre ihr noch im vergangenen Sommer nie gekommen. In London besuchte eine Dame ein solches Etablissement nur dann allein, wenn sie keine Dame war. Hier aber war Shimla. Und ihr Ruf als Dame war das Letzte, um das sie sich hätte sorgen können.

Der Pub *Thirteen Maiden* befand sich in einer abfallenden Seitenstraße, die von der *Mall* in die Unterstadt führte. Er hätte in der Tat eines der schlichten Lokale in London oder Faversham sein können, in das Kutscher und Dienstboten an ihren freien Tagen gingen. Er war trübe beleuchtet, verraucht, aber sauber, ein kleiner Schankraum mit einem Tresen und ein paar Tischen, grünen Vorhängen vor winzigen Fenstern und einer Reihe gerahmter Stiche an den Wänden. An sämtlichen Tischen saßen Männer, die rauchten, tranken oder einfache Gerichte verzehrten, sich unterhielten, schwiegen oder Karten spielten. Als Perdita eintrat, fuhren alle Köpfe herum. Unter den Gesichtern, die ihr entgegensahen, befand sich kein einziges, das nicht europäischer Abstammung war.

»Holla, holla«, rief der Mann, der hinter dem Tresen stand und somit wohl der Wirt war. »Je öder der Morgen, desto illustrer die Gäste. Womit können wir bescheidenen Erdenwürmer denn dienen, *Miss?*«

Perdita beschloss, mit der Tür ins Haus zu fallen. »Mein Name ist Perdita Lascelles«, sagte sie und straffte die Schultern. »Ich suche meine Schwester Della Lascelles, die im Juli hergekommen und seit etwa fünf Wochen verschwunden ist. Falls jemand von Ihnen ihr begegnet ist oder etwas über Ihren Verbleib weiß, würde ich mich dankbar erweisen. Dasselbe gilt, falls mir jemand eine Auskunft über Mr. Fergus Fortescue geben könnte, mit dem sich meine Schwester verlobt hat.«

An sämtlichen Tischen begannen gemurmelte Gespräche. Perdita glaubte, die Luft raunen zu hören. Frische Zigaretten wurden angesteckt. Der des Mannes, der ihr am nächsten saß, entstiegen tief aromatische Wolken, die ihr die Sicht vernebelten und ein leichtes Gefühl von Schwindel auslösten. Der Mann stemmte sich in die Höhe, überließ die dicke, handgedrehte Zigarette seinem Nachbarn.

»Wie dankbar erweist du dich denn, meine Hübsche?« Vertraulich griff er nach ihrem Ellenbogen. Er roch nach dem seltsam würzigen Tabak und nach Pferd, trug Reithosen, Stiefel, ein verschossenes Hemd ohne Kragen. Seine nicht ganz gerade Haltung erinnerte Perdita an Algernon Drury.

Perdita wollte zurückweichen, doch sie besann sich. Sie brauchte den Mann. Sie brauchte jeden, der auch nur das Geringste wusste. »Ich bezahle Ihnen ein Bier«, erklärte sie tapfer, ehe ihr einfiel, dass sie kein Geld hatte.

Die Männer lachten.

»Bist eine ganz Großzügige, was?« Der, der Algernon Drury ähnlich sah, streckte die Hand nach ihrem Gesicht aus. Perdita machte sich steif, verkroch sich tief in sich selbst. Seine Finger fuhren über ihre Wange.

»Benimm dich, Gene«, fuhr der, der jetzt die handgedrehte Zigarette rauchte, ihn an. »Die Kleine hat keine Ahnung, sie glaubt, bei dem, was sie da treibt, ist nichts dabei.«

»Das glaube ich nicht«, rief Perdita. »Mir ist klar, dass ich mich unmöglich benehme und mir alles, was mir geschehen könnte, selbst zuzuschreiben habe, aber ich weiß mir keinen anderen Rat. Meine Schwester ist erst achtzehn Jahre alt, sie ist allein in einem fremden Land, und niemand will mir helfen, sie zu finden.«

»Das hier ist Shimla, Mädchen«, brummte der Mann, der Algernon Drury ähnlich sah und Gene genannt wurde.

»Und das kann ich nicht mehr hören«, platzte Perdita heraus. »Jeder erzählt mir, das hier ist Shimla, hier ist alles anders, und ich würde nichts verstehen. Aber warum erklärt es mir dann niemand? Und wie kann Shimla so anders sein als der Rest der Welt, dass sich hier kein Mensch bemüht, ein Mädchen zu finden, das womöglich in großer Gefahr schwebt?«

»Weil wir hier oben genug damit zu tun haben, auf unsere eigenen Nasen aufzupassen«, versetzte Gene. »Weil wir in einer Kapsel sitzen, die zur tödlichen Falle werden kann, und deshalb wohl oder übel miteinander auskommen müssen. Im Zweifel kann man sich nur entscheiden, ob man für einen Mann ist oder gegen ihn, und Leute, die bohren und Dreck aufwühlen, mögen wir nicht gern.«

»Von was für Dreck sprechen Sie?«

»Das überleg' dir selbst.«

»Ich will keinen Dreck aufwühlen«, sagte Perdita. »Vielmehr versuche ich, mir von dem Verlobten meiner Schwester ein Bild zu machen. Jemand soll hier verkehren, der mit ihm im Krieg war und mir erzählen könnte, was …«

»In welchem Krieg?«, fuhr er ihr ins Wort. »Hier ist immer Krieg.«

»Lass gut sein, Gene.« Der Mann mit der Zigarette erhob sich ebenfalls. Er war größer und massiger als der andere und hatte ein von Narben zerfurchtes Gesicht. »Sie meint ja wohl mich, und das weißt du. Lass mir deine Pfeife und macht mir im Winkel den Tisch frei. Ich rede mit ihr, solange das versprochene Bier reicht, und damit ist die Sache erledigt.«

»Ich habe kein Geld«, sagte Perdita.

»Auch das noch.« Es schien ihn nicht zu schrecken. Die drei Kartenspieler, die an dem wackligen Tisch neben dem Tresen gesessen hatten, zogen an einen anderen um. Der Mann stellte den Aschenbecher mit der noch immer brennenden Zigarette ab und ließ von dem Barmann zwei Gläser eines blassen, schaumlosen Bieres zapfen. »Ich bin Larry«, sagte er und stellte eins der Gläser vor Perdita hin. Die hatte als Kind, wenn sie krank war, ein Likörglas voll Dunkelbier bekommen, in das Nanny Brighton ein Ei und Sirup gequirlt hatte, doch das war ihre einzige Erfahrung mit dem Getränk geblieben.

»Na los«, sagte der Mann namens Larry. »Wirst es schon runterkriegen. Ist aus der Brauerei von Solan und schmeckt wie aus dem Eimer, in dem Max, der Wirt, das Geschirr spült. Aber überleben tun wir's alle.«

Er trank in einem Zug ein Drittel des Glases leer, dann zog er wieder an der Zigarette, wobei er seinen Mund mit beiden Händen schirmte. Perditas Blick wanderte über die Stiche an der Wand. Sie zeigten alle Frauen, und als sie nachzählte, stellte sie fest, dass es dreizehn waren, wie der Name des Pubs hatte vermuten lassen. Verblüffend war nur, dass es sich um dreizehn Inderinnen handelte, von denen alle farbenprächtigen Schmuck trugen, mehrere verschleiert waren und eine auf einem Elefanten ritt.

»*Thirteen Maiden*«, sagte Larry, der ihrem Blick gefolgt war. »General Ochterlonys Harem. Dem haben die gefallen, diese schmachtenden Schwarzaugen, und am besten gefallen hat ihm, dass er sich so viele nehmen durfte, wie's ihm passte.«

»In Indien darf ein Mann so viele Frauen haben, wie es ihm passt?« Der Qualm der Zigarette machte es schwer, klar zu denken, aber das war nicht unangenehm.

»Nicht unbedingt«, erwiderte Larry. »Nur wenn er Muselmann ist. Inder ist ja nicht gleich Inder, wie man sich das daheim in *Old Blighty* vorstellt. Ein Hindu muss sich genau wie wir mit einer einzigen *Missus* zufriedengeben. Die kann hässlich wie die Nacht sein, solange sie seiner eigenen Kaste entstammt, und wird ihm schon zugeteilt, wenn sie praktisch noch in den Windeln liegt. Ein Sikh kriegt auch nur eine, und wenn er noch so einen feschen Turban aufhat, und ob die, die den dicken Buddha anbeten, überhaupt was mit Frauen haben dürfen, musst du mich nicht fragen.«

Perdita fragte ihn nichts. Er fuhr ohnehin schon fort: »Mit denen kenne ich mich nicht aus. Mit den anderen schon. Die haben verquere Gebräuche, schmieren sich ihren Zinnober ins Gesicht, weil's ihren komischen Götzen gefällt, und manche von denen sehen Affen ähnlicher als Leuten. Aber unsere Sepoy, wenn die neben uns in den Krieg marschieren, fangen sie nicht anders als wir an zu stinken, die Zunge hängt ihnen wie uns aus den Mäulern und der Magen in den Kniekehlen, wir können alle zusammen vor Erschöpfung nicht mehr krauchen, und zum Schluss krepieren sie genau wie wir. Vielleicht sind sie uns am Ende ähnlicher als die kleinen Blechgötter auf ihrem *Olymp*, die zwar Haut in derselben Farbe haben, aber darunter aus anderem Stoff gemacht sind.«

»Wer sind die?«

»Das Gefolge des Vizekönigs nennen wir so. Wir hier unten in unseren Niederungen. Ich bitte um Vergebung, *Lady.*«

Noch immer wusste Perdita nicht, was sie auf all das sagen sollte. Sie blieb still und war nur froh, dass jemand sich die Mühe machte, ihr etwas zu erklären.

»Jetzt trink dein Bier«, raunzte er sie nicht unfreundlich an. »Wenn's nicht schon schal aus dem Brauhaus käme, wär's das jetzt, und ich verschwende nicht gern mein Geld.«

Das Bier war bitter und lauwarm und ließ sich, nachdem der erste Ekel überwunden war, herunterbringen.

»Das hier auch mal versuchen?« Er hielt ihr die Zigarette hin, die bis auf einen Stummel heruntergebrannt war. »Schau nicht drein wie eine verschreckte Hirschkuh. Ist *Ganja.* Feines Zeug, nirgendwo so billig zu haben wie hier. Es zieht einen Vorhang vor die Bilder, die du nicht im Kopf haben willst, aber es ruiniert keinen Mann, wie's Opium tut.«

Der Gedanke, vor manche Bilder einen Vorhang zu ziehen, war verlockend. Eine Dame rauchte nicht, aber das war jetzt auch schon gleichgültig. Ehe sie sich jedoch dazu durchringen konnte, hatte der Mann selbst noch einmal an dem Stummel gezogen, den betäubenden Qualm ausgeblasen und die Zigarette ausgedrückt.

»Wer ist General Ochterlony?«, fragte Perdita. »Ihr Befehlshaber? Bei der *Indian Army*?«

Der Mann schüttelte den Kopf. »Der war vor hundert Jahren hier Befehlshaber. Hat die Gurkhas vertrieben und sich ein Haus gebaut, weil ihm die frische Luft so gut gefiel. Dem verdanken wir's also sozusagen, dass wir hier oben sitzen. Und wenn man auf solchem Berg erst mal sitzt, dann glaubt man wohl, man bräuchte vor keiner Grenze als dem Himmel haltzumachen. Vielleicht nicht mal vor dem Himmel. Hier, bei so einem Reitturnier in ihrem feschen Club in Annandale, soll's gewesen sein, dass der Vizekönig und der junge Major Younghusband übereinkamen: Jetzt, wo wir diese grandiosen neuen Gewehre haben, sollten wir hinüber nach Tibet marschieren und ein für alle Mal klarstellen, wer Herr ist auf dem Dach der Welt. Wir. Nicht die Russen. Dass da, wo wir das den Russen unter die Nase reiben wollten, noch irgendwelche Leute wohnten, spielte keine Rolle.«

Er hatte sein Bier ausgetrunken. Als Perdita ihm ihr noch halb volles Glas anbot, schüttelte er den Kopf.

»Hör zu, ich rede mit dir nicht, weil ich ein edler Mensch bin und glaube, dass ich im nächsten Leben nicht als Kakerlake ende, wenn ich gute Werke tue«, sagte er. »Solche wie wir bleiben immer Kakerlaken und kriegen kein zweites Leben, dem Teufel sei Dank. Ich rede mit dir, weil Captain Fortescue ein feiner Mann ist, und weil's mir stinkt, was über ihn geredet wird. Deine Schwester stinkt mir auch. Wer weiß, mit was für einem Pferdeknecht die durchgebrannt ist, aber weil eben einer den Sündenbock geben muss, war's wieder mal Captain Fortescue.«

»Das habe ich doch überhaupt nicht gesagt!«, protestierte Perdita.

»Hast du nicht? Aber du gehörst zu den Micheldevers. Marcus Micheldever will Captain Fortescue hängen sehen, er wartet nur auf eine Gelegenheit, und dabei hat er sich mal seinen Freund genannt. Würde mich nicht wundern, wenn der deine Schwester selbst um die Ecke gebracht hätte, um ihn endlich dranzukriegen.«

»Ich muss doch bitten.« Perditas Stimme klang schwach, und sie wusste nicht, worum sie hätte bitten müssen. Niemand hatte Della um die Ecke gebracht. Sie war gesund, hatte Marcus gesagt, sie war bei irgendeiner Bäuerin untergekommen, außer Gefahr für Leib und Leben.

»Mich kannst du lange bitten«, sagte Larry. »Ich erzähl' dir jetzt, was du wissen wolltest, und dann trollst du dich und lässt mir meinen Frieden, abgemacht?«

Perdita nickte.

»Mein Bruder Zach und ich«, begann er, »wir waren auf Younghusbands Tibet-Feldzug dabei. Zwei Glücksritter, die die Fabrik in Manchester satthatten, in der Tasche kein Geld, an der Hand ein loses Mädchen und im Kopf wenig Grütze. Ist ja bei allem nichts dabei. Kriege gibt's immer. Wir haben gekämpft, und die andern haben gekämpft, und wenn wir gewonnen hatten, haben wir gejohlt, gesoffen und sind weitergezogen. Bis wir an einem Morgen im März auf diesen Pass kamen. Chumik Shenko. Wir wollten da durch, aber die Tibeter hatten ein paar Tausend Mann aufgestellt, die die Straße blockierten. Wir hätten um den Pass herumziehen können, aber wir hatten ja die grandiosen Maschinengewehre. Also befahl Major Younghusband, das Feuer zu eröffnen. Schließlich muss man eine britische Armee durch einen Pass lassen, wenn die britische Armee durch den Pass eben will.«

»So ist Krieg, oder nicht?«, fragte Perdita leise.

»Sicher«, sagte Larry, malte mit der Fingerspitze in einer Pfütze Bier.

»Und was ist dann geschehen?«

»Was soll geschehen sein? Die Salven von unseren *Maxim Guns* haben sich in die Horde Tibeter gegraben wie eine Pflugschar in lehmigen Boden. Die Tibeter mit ihren uralten Vorderladern haben drei, viermal zurückgeballert, meinen Bruder Zach im Gesicht erwischt und einen Herrn Leutnant am Arsch. Dann hatten sie kapiert, dass da kein Auge trocken bleiben würde und dass kein Pass das wert war. Also sind sie abgezogen. Einer nach dem andern, so gemächlich wie dieses haarige Viehzeug, das bei denen die Ausrüstung schleppt. Captain Fortescue war der Kommandant unserer Kompanie. Er befahl uns, das Feuer einzustellen.«

Perdita wartete. Sie hatte angenommen, er wolle nur eine

Pause einlegen, aber er fuhr nicht fort, sondern konzentrierte sich auf die Kreise, die er in die Bierpfütze malte. »Und weiter?«, fragte sie irgendwann.

»Was weiter?«, bellte er sie an. »Die sind abgezogen und wir haben das Feuer eingestellt, was soll es da weiter noch geben? Nur dass wir das Feuer gar nicht eingestellt haben. Das heißt, wir schon. Aber Major Younghusband und der Rest der Kompanien nicht. Er befahl, draufzuhalten, bis die alle übereinanderlagen, Junge und Alte, mit ihren albernen Vorderladern und dazwischen das haarige Vieh. Niedergemäht von britischen Maschinengewehren. Ungefähr achthundert Mann haben wir in einer halben Stunde erledigt. Können wir uns was drauf einbilden, was?«

»Haben Sie sich etwas darauf eingebildet?«, fragte Perdita.

»Nein, ich nicht«, sagte er. »Ich war Soldat. Ein Soldat ist einer, der auf Männer schießt, die auf ihn schießen. Nicht auf einen Haufen alter Leute und grüner Jungen mit Vorderladern, die mit hängenden Köpfen ihres Weges ziehen. Major Younghusband hat Captain Fortescue angebrüllt, dass ich dachte, ihm platzen die Adern am Hals. Er solle Befehl zum Feuern geben. Aber Captain Fortescue hat keinen Befehl zum Feuern gegeben. Er hat auch nicht zurückgebrüllt, sondern ist nur stehen geblieben und hat »*Nein*« gesagt. Das höre ich bis heute, dieses *Nein*. Trotz des Lärms von den *Maxim Guns*.«

Perdita glaubte, es auch zu hören. Über Gespräche und Gläserklirren hinweg.

»Hinterher hat Younghusband weitergebrüllt«, fuhr Larry fort. »Er bringt ihn vors Kriegsgericht, hat er gedroht, er lässt ihn degradieren. Am liebsten hätte er ihn wohl mit dem Knotenstrick geprügelt, wie Captain Fortescue es ihm auf den Kopf zugesagt hat. Aber der Strick ist für Inder da, nicht für britische Offiziere. Tatsächlich hat Younghusband nie versucht, ihm an den Wagen zu fahren. Im Grunde hat er ja gewusst, wer von ihnen beiden der Dreckskerl ist und ein Schandfleck für die Armee. Hinter vorgehaltener Hand hat so mancher zugegeben, dass er den Captain als Helden betrachtet, aber für mich und meinen Bruder Zach braucht's dazu keine Helden. Mein Bruder, der würde auf unseren Captain nichts kommen lassen, ganz egal, was für ein Spielchen das Metcalfe-Flittchen mit den beiden trieb. Für uns war unser Captain in Chumik Shenko das, was all die anderen nicht waren: ein Mann.«

Perdita dachte dasselbe und vergaß darüber, zu fragen, was es mit dem »Metcalfe-Flittchen« auf sich hatte. Fergus Fortescue hatte seine Laufbahn riskiert, weil er nicht auf wehrlos abziehende Männer schießen wollte. Ein solcher Mann ging nicht hin und brachte hinterrücks seinen Vater um. Und noch weniger tat er dem Mädchen ein Leid an, das er liebte und zur Frau nehmen wollte.

19

Fair Sisters, 2. September 1910

Wenn ich erst hier wohnen würde, hatte ich gedacht, würde alles einfach werden. Fergus würde mich an sich heranlassen, wo er sich zuvor noch abschottete, und wir würden uns nah sein, wie zwei Menschen einander nur nah sein können. Genevieve und ihre Meute könnten uns nichts mehr anhaben, und überdies hätte ich Zeit, mich um die arme Abigail zu kümmern. Sie hat ja keine Erfahrung im Leben, fürchtet sich vor jedem Schritt vor die Tür, und was das Traurigste ist – ich bin sicher, sie hat in ihren zweiunddreißig Jahren noch nie einen Mann geliebt.

Von alledem wollte ich ihr erzählen, von der Welt da draußen und von der Liebe. Und mit der Zeit, so hatte ich es mir überlegt, würde sie sich an meiner Hand aus ihrem Schneckenhaus wagen. Sie sollte an dem Glück teilhaben, das ihr Bruder mit mir erlebt, und es sollte den Wunsch in ihr wecken, ein solches Glück selbst noch zu erleben.

Um Amelia hatte ich mich auch kümmern wollen. Ich hatte mir alles ganz wunderbar vorgestellt – wie ich sie aus dem elenden, einsamen Dasein, das sie fristet, heraushole und wie es uns gelingt, sie trotz ihrer Krankheit in unseren Alltag einzubeziehen.

In Wahrheit aber ist gar nichts einfach und erst recht nicht wunderbar. Bei jedem Versuch pralle ich vor dem Ziel ab, und seit heute habe ich das Gefühl, ich mache alles falsch. Ich erleichtere den Menschen, die ich liebe, ihr Los nicht, sondern sorge dafür, dass sie noch mehr leiden. Ja, das ist richtig, ich liebe nicht allein Fergus, sondern Abigail und Amelia dazu, weil sie doch zu ihm gehören. Bisher aber haben sie von meiner Liebe keinen Nutzen, sondern einzig Schaden. Kein Wunder, dass Perdi mir nicht schreibt, wo meine Liebe so wenig taugt. Kein Wunder, dass mein Vater mich nicht mochte und nicht einmal meine Schwester mich vermisst.

Als Erstes war es ein Irrtum, zu glauben, Fergus ließe mich näher an sich heran, wenn ich in seinem Haus lebe. Ja, er ist zärtlich und aufmerksam, er lässt es mir an nichts fehlen, und wenn er mit mir den Berg hinaufgeht und mir zeigt, warum er Shimla liebt, könnte kein Mädchen glücklicher sein. Im Dunkeln, wenn das Haus endlich schläft, legt er die Walze mit unserem Lied auf, und ich schmiege im Tanz meine Wange an seine Schulter:

»I had a sweetheart, years, years ago
Where she is now, pet, soon you will know
This is my story, I tell it all
I found her faithless, after the ball«

Mich aber wird er niemals untreu finden, denn es gibt keinen wie ihn. Fergus hört mir zu. Wann hätte sich je ein Mensch die Mühe gemacht, der dummen Della Lascelles zuzuhören? Am ersten Tag musste ich plötzlich weinen, weil ich mich aus heiterem Himmel so verlassen fühlte, von meinem Vater verstoßen, von Perdi verurteilt und mit einer Mutter, die mich gar nicht kannte. Fergus stellte mir keine Fragen und erteilte mir keine belehrenden Ratschläge. Er zog mich in die Arme und hielt mich fest, bis es mir besser ging.

Wenn es aber um ihn selbst geht, wenn ich ihm dieselbe Liebe geben und ihn über all das trösten will, was die Welt ihm antut, wird er wieder zur Muschel, die sich verschließt. Hat keine Zeit mehr, muss in Geschäften fort, rät mir, ich solle mir den Kopf nicht über Probleme zerbrechen, die einzig in meiner Fantasie existieren. Will ich ihn auf Abigail oder gar auf Amelia ansprechen, schließt er nicht nur die Tore, sondern lässt ein eisernes Gitter herunter. Was seine Familie betreffe, solle ich mich nicht einmischen, die Verantwortung liege bei ihm, und er sorge für sie nach bestem Wissen und Gewissen.

Ach, mein geliebter Eisblock. Natürlich tust du das, und kein Mensch, der dich ohne Vorurteil erlebt, würde daran zweifeln. Aber du bist doch ein Mann, und in so manchem, was Frauen betrifft, braucht es eine Frau, um sich einzufühlen. So sind beispielsweise die Kleider der beiden zwar aus bestem Stoff und mit Expertise gearbeitet, aber völlig aus der Mode gekommen! Was die arme Amelia am Leib trägt, muss schon vor zwanzig Jahren hoffnungslos veraltet gewesen sein. Kein Wunder, dass man sie auf den ersten Blick für ein Gespenst hält, wenn sie sich im Dunkeln zwischen den Säulen der Arkade herumtreibt! Weil ich Fergus nicht weiter zusetzen wollte und er dann auch wirklich zu Geschäften ins Tal fuhr, beschloss ich, mich an das Menetekel zu wenden, denn so hatte Fergus es mir aufgetragen: »Wenn du etwas brauchst, wende dich an Paul, der dafür sorgen wird, dass du es bekommst. Er kommt am Freitag.«

Wie kann man das?, frage ich mich. Vorstand eines Haushalts sein wie unser Butler daheim, und nur jeden Freitag erscheinen? Zusehen, wie zwei Frauen leiden, wie der Brotherr mit der Fülle seiner Pflichten überfordert ist, und dennoch nichts tun? Er könnte mehr Leute einstellen, als Erstes eine Zofe für Abigail und Amelia, er könnte einen Schneider ins Haus beordern, auch jemanden, der den beiden das Haar macht. Geld genug ist doch da, und Fergus lässt diesem Paul Menetrier, den sie das Menetekel nennen, in allem freie Hand. Er behandelt ihn nicht wie einen Diener, sondern lässt ihn schalten und walten wie einen Hausherrn. Einmal in der Woche. Am Freitag. Ehe das Menetekel wieder aufbricht, sucht er Fergus in seinem kleinen Salon auf, um Bericht zu erstatten und die Spielsteine auf dem Brett, das wie ein Kreuz geformt ist, vor oder zurück zu schieben. Nur daran merkt man, dass er überhaupt da war – dass sich an diesem Spiel, das Chaupar *heißt und nie ein Ende nimmt, etwas verändert, und daran, dass er all diese Schlösser an den Türen kontrolliert und sie persönlich ölt.*

Ich nahm mir also das Menetekel vor, wartete auch tapfer bis Freitag und bestürmte ihn dann mit meinem Anliegen. Und was geschah? Nichts. Diese vertrocknete Pflaume von einem Mann, der mindestens so alt sein muss wie Falguni, sprach mir rundheraus jegliche Befugnis ab. Wenn Miss Fortescue neue Kleidung benötige, werde Mr. Fortescue ihm das wie bisher mitteilen, ließ er mich wissen, und er werde das Entsprechende veranlassen. Als ich ihm klarzumachen versuchte, dass ich mich künftig darum kümmern und Mr. Fortescue eine Last abnehmen wolle, gab er zur Antwort, wenn das Mr. Fortescues Wunsch sei, solle Mr. Fortescue ihm das mitteilen. Und als ich dagegenhielt, Mr. Fortescue sei aber heute nicht im Haus, bekundete er allen Ernstes, Mr. Fortescue solle ihm das dann eben bei seinem nächsten Besuch mitteilen. Am Freitag.

Ich dachte, wenn er noch ein einziges Mal sagt, Mr. Fortescue solle ihm etwas mitteilen, oder das Wort Freitag in den Mund nimmt, greife ich mir den Briefbeschwerer, der auf dem Tisch steht, und werfe ihm den an den Kopf.

Aber über so etwas – ich meine, über Briefbeschwerer und Köpfe macht man in diesem Haus besser keinen Scherz.

Ich habe übrigens versucht, aus den drei verbleibenden Angestellten herauszubekommen, ob es irgendeinen anderen Weg gibt, einen Besuch bei einem Schneider in die Wege zu leiten. Dazu schlug ich vor, wir sollten die unter Schlafstörungen leidende Abigail aus dem Turmzimmer in ein anderes verlegen, wo sie näher bei uns anderen schläft. Zu beidem habe ich von Falguni, der Uralten, wie von Zach Einauge, dem Gärtner mit dem halben Gesicht, nichts als ein Echo der immer gleichen Antwort erhalten: Davon wüssten sie nichts. Da müsse ich das Menetekel fragen. Das Menetekel kommt am Freitag.

Das Gespenstischste tat Erin, das Hausmädchen mit den erloschenen Augen, das nicht sprechen kann. Von ihr, die etwa so alt wie Tante Mathilda und dem Namen nach Irin sein muss, aber aussieht wie eine Inderin, hatte ich mir keine Reaktion erhofft. Sie lief jedoch zu dem vom Alter vergilbten, aus einem Papiergeschäft in Exeter stammenden Kalender, der im Vorraum des Küchenhauses hängt, und wies auf die Spalte für Freitag. Irgendwer hatte dort die Buchstaben »PM« – Paul Menetekel *– eingetragen.*

Die Pläne mit der Auffrischung der Garderobe und Abigails Umzug musste ich vorerst also fallen lassen. Umso mehr bemühte ich mich, Abigail auf andere Weise etwas Gutes zu tun, und ein paar Tage lang schienen meine Bemühungen von Erfolg gekrönt. Zwar wollte sie nicht mit mir in den Garten gehen, obwohl an einem leuchtend klaren Herbsttag alles in mir sich danach sehnte, aber sie erlaubte mir, das Fenster zu öffnen und ihr von draußen zu erzählen. Von dem nach langem Regen sattgrün schimmernden Gras, dem jetzt unbändig austreibenden Safran und den herrlich blühenden, wie Lotus duftenden Wildkirschbäumen, die hier

Charu, die Schönen genannt werden, wollte sie nichts hören, sondern nur von den Bergen, dem weißen Drachenrücken aus unfassbar hohen Gipfeln, die man in solcher Klarheit kaum je zu sehen bekam. Ich beschrieb sie ihr. Wir kuschelten uns in ihrem mit moosgrünem Samt bezogenen Lieblingssessel aneinander. Wenn ich sie nach etwas fragte, zum Beispiel, warum sie partout keinen Fuß vor die Tür setzen wollte, lachte sie kehlig – beinahe wie Fergus – auf. »Nicht so viel fragen, Della. Nur lieb sein.«

Also war ich lieb. Das war schließlich alles, was ich wollte. Ich schlug vor, gemeinsam ein Buch zu lesen und holte »Dracula« aus meinem Zimmer. Abigail aber begann schon, sich zu fürchten, als der fehlende Schatten erwähnt wurde, sie krümmte sich zusammen und wollte auf keinen Fall weiterlesen. Also ließ ich sie selbst ein Buch aus der Bibliothek auswählen, und sie kam mit einer prachtvoll bebilderten Ausgabe von »Alice in Wonderland« zurück.

»Das ist ein bisschen kindisch, findest du nicht auch?«, fragte ich sie, wie Perdi mich gefragt hat, als ich es wieder und wieder mit ihr lesen wollte. Manchmal hat sie mich sogar ihr weißes Kaninchen genannt, und ich bin für sie durch unser Zimmer gehüpft.

»Es ist so schön zum Träumen«, erwiderte Abigail. »Die kleine Alice hatte Glück. Sie ist in ein Kaninchenloch gefallen und kann nun fröhlich dort leben. Wünschst du dir nicht auch manchmal, du wärst winzig klein und könntest dich in solchem Loch verkriechen?«

Mir machte es nichts aus, ich wollte nur, dass sie glücklich war, also las ich mit ihr, was immer sie freute. Ehe sie am Abend zu Bett ging, strich sie über mein Haar, mit dem sie gerne spielt, und sagte: »Das war ein schöner Tag, Della«, und deshalb war er auch schön für mich.

Es lief so gut an mit uns beiden. Mir gefiel die Vorstellung,

Seite an Seite mit Abigail auf Fergus' abendliche Heimkehr zu warten, als wären wir schon eine Familie. Auch wenn Abigail natürlich nicht mein Kind, sondern nur meine künftige Schwägerin ist, kamen wir mir wie eine Familie vor. Und dann habe ich heute alles zunichtegemacht und bin nicht einmal sicher, womit. Ich habe mich unter diesen gewaltigen Bäumen, die Fair Sisters vor Blicken schützen, mit Marcus getroffen, der mir die Post bringen sollte. Nur war keine Post gekommen. Perdi schreibt mir nicht. Es hätte mir nicht mehr wehtun dürfen, weil ich jetzt meinen Liebsten und seine Familie habe, aber es tat trotzdem weh, und auf einen Schlag war ich todtraurig.

Marcus streichelte mich. »Komm nach Hause, kleine Della.«

»Ich bin zu Hause, großer Marcus«, sagte ich und schmiegte mich kurz an seine Brust.

Wir haben des Öfteren so gealbert, als ich noch in Pinewood Place wohnte, aber heute lachte er nicht. Er sah krank aus. »Du musst besser auf dich achtgeben«, riet ich ihm. »Sag deinem Geizhals von Vater, er soll euren David ein schönes Roastbeef besorgen lassen, damit sein Sohn ihm nicht vom Fleisch fällt. Und jetzt geh heim, danke, dass du gekommen bist, und wir sehen uns nächste Woche.«

»Della, ich denke wirklich …«

»Aber nicht am Freitag«, fügte ich scherzhaft hinzu, obwohl er den Scherz nicht begreifen konnte, und schnitt ihm damit das Wort ab. Ich küsste ihn auf die Wange, dann gab ich ihm einen kleinen Schubs und lief davon.

Ich war noch nicht aus den Schatten der Bäume heraus, da sah ich die Gestalt, die ich sofort erkannte. Abigail, die sich mit Klauen und Zähnen weigert, auch nur ihre Nase vor die Tür zu stecken, stand bei einer Zypresse und lehnte das Gesicht an den Stamm. Über ihre Wangen liefen Tränen, und als sie mich kommen sah, schrie sie heiser auf und rannte davon. Ihre Röcke und ihr schwarzes Haar flogen, und so sehr ich mich auch mühte, hätte ich sie nicht einholen können.

Als ich nach Hause kam, war sie bei Falguni in der Küche, und Falguni brühte ihr einen Tee aus dem Wurzelstock Kurkuma, ihrem Allheilmittel für jedes Leiden. Sie gibt ihn an Suppen und Soßen, um Fergus' Gesundheit zu beschützen, sie fügt ihn Abigails Honigmilch zur Nacht bei, damit sie ruhig schläft und sich nicht verkühlt, und sie zerreibt ihn zu Pulver, um sich die Hände in den Farben der Götter zu färben, ehe sie den Berg hinauf zum Madir, zum Tempel steigt, den sie nicht betreten darf. Gelb, Orange, Golden. Abigail hielt sie den Becher mit dem Tee hin und strich der Weinenden wie einem Kind übers Haar. Zwischendurch schob sie ihr frisch bereitetes Modak, die köstliche, mit Kokos und Rohrzucker gefüllte Süßigkeit, die Fergus nicht anrührt, nach der Abigail aber verrückt ist, ins Mündchen. Unablässig murmelte sie diese immer gleiche Perlenkette aus Silben vor sich hin, unterbrach sie nur, um einen zärtlichen Wortschwall in Abigails Richtung zu senden und ihre zum Kirschkern geschrumpelten Lippen wie zum Küssen zu spitzen. Ich fühlte mich ausgeschlossen. Zu Unrecht bestraft.

»Da bist du ja, Abby«, rief ich, bemüht, mir nichts anmerken zu lassen. »Warum bist du denn davongelaufen? Ich habe mich so gefreut dich zu sehen, ich hätte gern Pinienzapfen mit dir gesammelt, die wie ein ganzer Wald duften müssen, wenn man sie mit dem Holz ins Feuer wirft.«

Ich redete noch eine ganze Menge belangloses Zeug vor mich hin, aber sie hörte mir nicht zu, sondern fing wieder an zu weinen und klammerte sich an Falguni. Die schloss ihre dünnen Arme um sie und wandte mir ihr Gesicht zu, das wie eine Walnuss ist, verschrumpelt, hart, braun. »Du jetzt müs-

sen gehen«, sagte sie zu mir. »Du haben gemacht Missi Abigail Angst.«

»Aber wie denn?«, rief ich. »Ich habe mich mit meinem Cousin im Wald getroffen, um meine Post abzuholen, und bestimmt hätte mein Cousin sich gefreut, Abigail auch einen guten Tag zu wünschen.«

Der Laut, den Abigail von sich gab, klang wie das Jaulen eines kleinen Hundes.

»Missi Abigail nix gern haben deine Cousin. Missi Abigail sagen, das nix gute Mann.«

Dieses Gestammel in einer hohen, fast kindlichen Tonlage, verwenden die meisten Inder, wenn sie mit Europäern sprechen. Bei Falguni aber bin ich mir so gut wie sicher, dass sie die Sprache korrekt sprechen könnte, wenn sie wollte. Sie hält Zwiesprache mit den Toten, wie sollte sie nicht schlichtes Englisch beherrschen? Hinter dem Missi-Geplapper verschanzt sie sich wie hinter einem Kostüm. Und in dem Kostüm, so durchfuhr es mich plötzlich, harrt sie aus und beobachtet mich.

»Mein Cousin ist ein netter Kerl«, verteidigte ich Marcus. »Ihn mit seinen Eltern in einen Topf zu werfen ist nicht fair. Seine Eltern sucht sich schließlich keiner aus.«

»Du jetzt müssen gehen«, wiederholte Falguni. »Ich bringen Missi Abigail zu Bett. Wenn kommen nach Hause Master, werden nicht sein erfreut, sehen seine Schwester krank.«

Krank aber war doch Abigail überhaupt nicht, und es war auch noch nicht einmal Teezeit, taghell draußen und viel zu früh, um zu Bett zu gehen. Dennoch, dabei blieb es, und als später Fergus kam, hatte er kaum ein Begrüßungswort für mich, sondern eilte sofort hinauf in den Turm zu Abigail.

Die lässt mich nicht mehr zu sich. Hält sich an Falguni, weicht mir aus, als hätte sie wahrhaftig Angst vor mir. Die enge Wendeltreppe zu ihrem Zimmer bin ich mehrmals hin-

aufgestiegen, sooft sie zu den Mahlzeiten nicht herunterkam, und jedes Mal hörte ich sie hinter der verrammelten Tür weinen.

Fergus spricht nicht darüber mit mir, hat mir nur in einer Schärfe, die mich zusammenzucken ließ, befohlen, ich solle Marcus Micheldever künftig weiter weg vom Haus, am besten sogar in Shimla treffen. Er befiehlt mir sonst nichts, und schon gar nicht spricht er in solcher Schärfe mit mir. Ich erklärte ihm, dass ich mir Sorgen mache, dass eine gesunde, junge Frau sich so nicht verhalte und wir einen Arzt hinzuziehen sollten. Darauf herrschte er mich regelrecht an, ich solle nur ja nicht wagen, in sein Haus einen Arzt zu bringen, sondern mich künftig um meine eigenen Angelegenheiten scheren und Abigail ihren Frieden lassen.

Damit ist das Thema für ihn erledigt.

Falguni zuckt nur mit den Schultern, dass all diese Tücher an ihrem dürren Körper flattern, und stammelt: »Was Master sagen, du müssen befolgen. Master sorgen für Missi Abigail, Master für sie da sein, immer tun, was ist Bestes für sie.«

Gärtner Zach hingegen gab mir einen Rat, für den ich ihn hätte erwürgen wollen: Wenn mich die Sache derart beschäftige, solle ich doch mit dem Menetekel sprechen. Das käme am Freitag.

20

Robert Fortescue sollte erschlagen worden sein. Jedenfalls war es das, was der Chor böser Zungen, das Getuschel hinter vorgehaltenen Händen zu wissen glaubte.

Offiziell lautete das Urteil auf Tod durch Unfall. Der Untersuchung zufolge, die nach endlosen Beratungen anberaumt worden war, hatte sich Fortescue bei einem Spaziergang durch seinen Garten in einer Schlingpflanze verfangen, war hintübergestürzt und mit dem Hinterkopf auf ein steinernes Bildnis geprallt. Eine besondere Ironie wohnte dem tragischen Vorfall inne, weil Fortescue seit Jahren vergeblich versucht hatte, jenes Bildnis, das Vermutungen nach älter als ein Jahrtausend sein mochte, von seinem Grund und Boden entfernen zu lassen.

Das Bildnis war tief in den Boden eingelassen, und um es dort herauszuhauen, wäre eine große Anzahl Arbeiter nötig gewesen. Genügend britische Arbeiter ließen sich in Shimla nicht auftreiben. Vielmehr schickte irgendein neu gegründetes archäologisches Konzil einen Mann, der seinen Protest gegen die Entfernung aussprach und Robert Fortescues Plan barbarisch nannte. Einheimische Arbeiter hingegen ließen sich durch keine noch so hohe Summe dazu bewegen, bei der Entfernung der Skulptur eine Hand zu rühren. Also blieb sie letzten Endes, wo sie war, und Robert Fortescue, der sie gehasst hatte, zerschlug sich den Schädel daran. Seine indische Dienerin oder Köchin sollte später behauptet haben, der Affengott Hanuman hätte seinen Freund Rama, dem das Bildnis geweiht war, gerächt und den Master für seine Gotteslästerung bestraft.

Und dann gab es jene anderen Stimmen, die nach dem Urteil des Untersuchungsrichters keineswegs verstummten, sondern unter der scheinbar beruhigten Oberfläche weiterraunten, die Hand, die Robert Fortescue bestraft hatte, sei keine göttliche, sondern eine allzu menschliche gewesen. Die seines Sohnes, den er mit solcher Härte erzogen hatte, dass der getretene Wurm am Ende zurückschlug. Angeblich hatte sich im Ankleidezimmer Fergus Fortescues, der bereits wieder auf dem Weg zu seiner Einheit gewesen war, ein in einen Damenstrumpf gewickelter Stein gefunden. Dass der junge Fortescue den Damen gefiel, war ja ein offenes Geheimnis. Hatte er einer seiner Gespielinnen einen zarten Seidenstrumpf entwendet, um ihn in eine mörderische Waffe gegen seinen Vater zu verwandeln?

Perdita spürte jede Sprungfeder der durchgelegenen Matratze und schüttelte sich. Der schlüpfrige Aspekt mit dem Strumpf schien die Geschichte umso süffiger zu machen, die Geier, die sich darauf stürzten, umso unersättlicher. Sie fand keinen Schlaf. In diesem kahlen Zimmer mit der abgeschabten Tapete, deren gelbliche Ranken sich im Mondlicht in Würmer verwandelten, hatte Della gewohnt. Sie hatte an dem wackligen Pult beim Fenster gesessen, hatte den Brief über ihre gerade erwachte Liebe zu Fergus geschrieben, und Perdita hatte gehofft, hier auf eine Spur von ihr zu stoßen, auf einen Anhaltspunkt, der ihr weiterhalf.

Sie fand jedoch nicht das Geringste. Es war, als wäre in diesem Haus, in dem kaum je ein Mensch für Sauberkeit sorgte, jeder Krumen, der von ihrer Schwester stammte, getilgt worden. Das Zimmer war staubig, düster und leblos, und sich die strahlende, vor Leben übersprudelnde Della darin vorzustellen war unmöglich. Während Perdita es versuchte, wurde ihr in aller Schärfe klar, wie sehr Della ihr fehlte, und es fühlte sich an, als hätte sie sich im Innern an einer Glasscherbe geschnitten und müsste hilflos zusehen, wie aus der klaffenden Wunde das Blut schoss.

Sie musste sie wiederfinden! Sie musste ihr sagen, dass nichts, was geschehen war, kein Urteil, das andere über sie gefällt hatten, so wichtig war wie die schnellen Schritte, mit denen sie ihr Leben lang aufeinander zugerannt waren, ihr zweimal helles Lachen, das sich zu einem vereinte, und ihre Hände, die sich umeinanderschlossen.

Also hatte sie sich von Neuem außerhalb des Hauses auf Suche begeben. Um die Informationen über Robert Fortescues Tod zusammenzubringen, hatte sie einen weiteren Tag gebraucht, und bis zum Ball des Vizekönigs blieb ihr nun nur noch der heutige.

Wie gewohnt war die Befragung der Familie nahezu ergebnislos verlaufen. »Ich möchte mich dazu nicht äußern«, hatte selbst Marcus gesagt. »Es ist zu schmerzlich, Perdita. Kannst du nicht versuchen, das zu verstehen? Ich war es, der Fergus verteidigt hat, als er begann, um Genevieve zu werben. Unsere Eltern waren außer sich, wollten Himmel und Hölle in Bewegung setzen, um die Verbindung zu verhindern, aber ich, ein junger Spund von gerade zwanzig, habe darauf beharrt, dass Fergus eine Chance bekam. »*Die Kommission hätte ihn nicht von jeder Schuld freigesprochen, wenn er mit dem Tod seines Vaters zu tun gehabt hätte*«, habe ich in meinem jugendlichen Idealismus erklärt. Ich war erfüllt von Vertrauen in unser britisches Rechtssystem, das wir in dieses Land gebracht haben. Kurz darauf habe ich auf härteste

Weise lernen müssen, dass sich Zivilisation nicht verpflanzen lässt wie ein Strauch, der wenig Ansprüche stellt.«

Geräuschvoll holte er Atem und schloss halb die Augen. »Aber das war noch nicht das Schmerzhafteste«, fuhr er fort. »Am meisten verletzt hat mich, dass ich als argloser, unerfahrener Junge, der ich war, begonnen hatte, in Fergus so etwas wie einen Freund zu sehen. Einen älteren Bruder. Wo immer ein Wort gegen ihn fiel, schwang sich der junge Ritter Marcus mit fliegenden Fahnen zu seiner Verteidigung auf. Ich hätte meine beiden Hände für ihn ins Feuer gelegt. Er aber drehte mir die kalte Schulter zu und ließ mich in meinem Feuer verglühen. Meine Schwester und ich – sobald er uns nicht länger brauchte, ließ er uns fallen, als hätten wir nie für ihn gezählt.«

Seine Verletzung war in jedem Wort spürbar. Er tat Perdita leid, doch zugleich bemerkte sie, wie sie die Gefühlsausbrüche, die bedeutungsschwangeren Andeutungen, das Gemunkel ohne Fakten, an denen man etwas festmachen konnte, satt bekam. Daheim in Kent hätte sie sich auf Ey de Nets Rücken geschwungen und sich die Frustration aus dem Kopf galoppiert. Hier fiel ihr nichts ein, als sich ratlos auf einen Streifzug durch die Oberstadt zu begeben. Dabei entdeckte sie ein Ladengeschäft, durch dessen dunkle Schaufensterscheibe sich der Umriss einer Maschine ausmachen ließ. Sie trat näher heran und fand ihre Hoffnung bestätigt: Die Maschine war eine altmodische Druckerpresse, und daneben saß ein Mann mit Schirmmütze vor einer Schreibmaschine.

»*Shimla Echo*« verkündeten verschnörkelte, teils abgeplatzte Buchstaben auf der trüben Scheibe. Kurz entschlossen packte Perdita die Klinke, drückte die Tür auf und betrat den Raum. »*Shimla Echo*« musste der Name einer Zeitung sein, und wo eine Zeitung war, da war auch ein Archiv.

Dem Anschein nach wurde das *Shimla Echo* von der Abfassung der Artikel bis zur Lieferung der fertigen Ausgabe von einem einzigen Mann betrieben. Edgar Kedleston, ein kleiner, drahtiger Mensch unbestimmten Alters, der darüber, dass Perdita Interesse an alten Ausgaben seines Blattes kundtat, in helle Freude ausbrach. »Dem *Echo* wird wenig Respekt entgegengebracht«, erklärte er betrübt. »Die Herren beziehen natürlich die indischen Ausgaben von *Times* und *Telegraph* aus Delhi, aber man sollte doch zu würdigen wissen, dass das, was unser Shimla betrifft, dort weder angemessen berücksichtigt noch wirklich verstanden werden kann.«

Voll Stolz präsentierte er Perdita, wie penibel er sein Archiv führte. Unter den an Haltern aufgehängten Jahrgängen fand sie die zwölf Jahre alten Ausgaben ohne Schwierigkeiten. Das Papier war bräunlich verfärbt und brüchig, doch die Berichte rund um den Tod von Robert Fortescue waren vollständig vorhanden. Edgar Kedleston rückte ihr einen Korbstuhl in einen hinteren Winkel und ließ sie die Blätter in Ruhe studieren. Sie las von der Auffindung des Toten durch die Tochter, die vollkommen verstört war und in die Obhut des Rippon Hospitals hatte überstellt werden müssen.

Zum ersten Mal registrierte sie, dass Fergus Fortescue von dem Vater abgesehen noch Verwandte hatte. Eine Schwester. Abigail. Sie hätte vor der Kommission eine Aussage machen sollen, doch ihr Bruder hatte mit aller Vehemenz darum gebeten, sie aufgrund ihres elenden Zustands zu verschonen. Dass ihre Aussage zu seiner Entlastung unentbehrlich sein mochte, hatte ihn davon nicht abgebracht. Letzten Endes hatte man seinem Wunsch stattgegeben, und auch ohne die Befragung des Mädchens auf Tod durch Unfall entschieden. Der junge Mann hatte daraufhin seine Schwester, die in der Klinik verstummt war und die Nahrung verweigerte, zurück in sein Haus holen dürfen.

»Eine Tragödie war das damals.« Ohne dass Perdita es bemerkt hatte, war Edgar Kedleston hinter sie getreten. »Die junge Dame hat sich wohl nie wieder richtig erholt, und der junge Herr wäre ohne die Aussage des Inders vermutlich verurteilt worden.«

Perdita fuhr herum. »Ohne die Aussage welchen Inders?«

»Dem, der die Mädchenschule leitet«, erwiderte der Zeitungsmann. »Damals kam er allerdings frisch von der Universität in Kalkutta. Er war an jenem Abend mit dem jungen Herrn zusammen gewesen, sie hatten in einem der Clubs, in den die Mitglieder mitbringen dürfen, wen sie wollen, zusammen getrunken.«

Tushar Vashisht.

»Und der Aussage eines Inders wurde vor der Kommission Bedeutung beigemessen?«, fragte Perdita verwundert.

»Oh, auch die Inder darf man nicht alle in einen Topf werfen«, erklärte Edgar Kedleston eifrig. »Der Mann, von dem ich spreche, ist ein *Kshatriya*, er gehört der Fürstenfamilie von Bilaspur an. Zwar hat er sich mit seinen Leuten überworfen, weil er diese *Gesellschaft der Freunde* und Bildung für Frauen unterstützt, aber Abstammung bleibt Abstammung, und ein Elf-Salut-Staat bleibt ein Elf-Salut-Staat. Dem kann man den Respekt nicht vollkommen versagen.«

»Was ist ein Elf-Salut-Staat?«

»Einer wie Bilaspur, der sich freiwillig unserem Schutz unterstellt hat«, erwiderte Kedleston. »Im Gegenzug erweisen wir ihm unsere Hochachtung und begrüßen seinen *Raja* mit elf Salutschüssen. Wenn ein Verwandter des Raja in einer so wichtigen Untersuchung eine Aussage zu machen wünscht, darf der Richter das nicht einfach vom Tisch wischen. Es würde zu Komplikationen führen, zu erhitzten Gemütern, wie wir sie in Shimla nicht wünschen. Schließlich sind wir hier oben einer auf das Wohlwollen des andern angewiesen.«

»Und die Aussage des Inders aus diesem Bilaspur hat Fergus Fortescue vor einer Verurteilung gerettet?«

Der Zeitungsmann nickte. »So in etwa dürfte es sich abgespielt haben. Wobei auch gemunkelt wird, es hätte vonseiten der Obrigkeiten kein Interesse daran bestanden, ein Mitglied von Shimlas Aristokratie für ein derart grauenhaftes Verbrechen aufzuhängen. Vatermord. Wer wünscht schon eine griechische Tragödie, wenn er genug damit zu tun hat, auf dem Fundament eines indischen Tempels zu sitzen. Ich weiß, es gibt nicht wenige hier, die bis heute überzeugt sind, dass der junge Herr schuldig ist, aber mir hat er immer eher leidgetan.«

»Mir auch«, hörte Perdita sich verblüfft erwidern. Etwas veränderte sich, ein Pendel schwang von Neuem um. Fergus Fortescue war ein Phantom, das wie ein Chamäleon die Farbe zu wechseln schien. Anfangs war er Ritter auf dem weißen Pferd gewesen, der ihre Schwester vor einem Dasein als Ausgestoßene bewahrte. Sodann hatte er sich mit jedem Stück Information, das an die Oberfläche getreten war, dunkler gefärbt, bis er nahezu in Schwarz dastand, und nun zeigte er sich noch einmal in neuem Licht.

Wenn man von ihm sprechen hörte, fiel es schwer zu glauben, dass all diese Facetten zu ein und demselben Menschen gehörten. Der Mann, der sich geweigert hatte, auf wehrlose tibetanische Soldaten zu schießen, der seine leidende Schwester beschützt hatte, ohne sich um das eigene Wohl zu scheren, schien mit dem kaltblütigen Egoisten, den Marcus beschrieb, nichts gemeinsam zu haben.

»Getuschel gab es sowieso ja schon vor dem Todesfall«, sprach der Zeitungsmann vor sich hin.

Perdita horchte auf. »Was für Getuschel?«

»Ach Gott, was die Leute eben so reden. Dass mit dem Haus, mit der ganzen Familie etwas nicht stimmt, dass die Geschwister nicht umsonst unter den Kindern der guten Familien keine Freundschaften schlossen, sondern mit Indern und verkrüppelten Dienstboten vorlieb nehmen mussten.«

Da war es wieder gewesen – Fergus Fortescue war nicht vom Himmel gefallen, sondern entstammte wie jeder Mensch einer Familie, nur hatte Perdita bisher nichts davon gehört. Edgar Kedleston zeigte sich auch nicht bereit, ihr nähere Auskünfte zu geben, sondern war an seine Schreibmaschine zurückgekehrt und hatte mit lautem Geklapper deutlich gemacht, dass das Gespräch für ihn beendet war.

Nein, verbesserte Perdita sich in Gedanken, jetzt, wo sie in dem sogenannten Gästezimmer der Micheldevers wach lag und sich einsamer fühlte als je zuvor. Sie hatte nicht heute beim *Shimla Echo* zum ersten Mal davon gehört, dass Fergus Fortescue Familie hatte. Della hatte ausdrücklich davon geschrieben, dass sie zu seiner Familie eingeladen worden war. Warum nur hatte sie Dellas Briefe nicht gründlicher gelesen? Jetzt lagen die beiden Briefe in ihrer Schreibtischschublade in *Lascelles Manor* und nützten ihr nichts. Perdita hätte viel dafür gegeben, sie bei sich zu haben, nicht nur, weil sie womöglich wertvolle Informationen enthielten, sondern auch, weil sie eine Verbindung zu Della darstellten.

In den Nebeln, die aus den Schluchten um Shimla aufstiegen und die dicht gedrängten Häuser der Unterstadt einhüllten, schien ihre Schwester zu verschwinden, sich aufzulösen wie ein Traumbild oder eine Erfindung. In der Zwischenwelt, an der Schwelle zwischen Tag und Nacht, schien es denkbar, dass ihre Sehnsucht sich Della nur erdacht hatte, so wie sie sich als Kind einen neuen Hund erdacht hatte, nachdem Jasper umgekommen war. Die Briefe aber wären ein Beweis gewesen, dass Della der Wirklichkeit entsprang, dass sie gelebt hatte und immer noch lebte.

Als hätte sie Della antworten können, stand sie auf, schaltete den Wandschirm ein und nahm die Briefmappe aus ihrem Koffer. Beide Schwestern hatten eine solche Mappe zu einem Geburtstag der Kinderzeit erhalten und waren unglaublich stolz darauf gewesen – auf die Briefköpfe mit ihren eigenen Namen, auf das feste Papier mit dem Wasserzeichen. Eine große Briefschreiberin war Perdita dennoch nie geworden. Ein paar Zeilen des Dankes für ein Weihnachtsgeschenk von Tante Mathilda, eine unbeholfene Antwort auf einen Liebesbrief von Caleb, mehr hatte sie nicht zustande gebracht. Und wen hatte sie nun, um ihm zu schreiben? Clarice fiel ihr ein, der sie versprochen hatte, Bescheid zu geben, sobald sie ihre Schwester gefunden hatte.

Sie hatte sie nicht gefunden.

Trotzdem oder gerade deshalb fand der Schriftzug »*Liebe Clarice*« aufs Papier. Sie musste irgendwem von den Ereignissen erzählen, konnte nicht alles in sich horten, ohne zu bersten. Ehe sie es sich versah, hatte sie eine halbe Seite mit Zeilen gefüllt, in denen sie von den Mauern berichtete, gegen die sie rannte, und von der Gleichgültigkeit, mit der kein Mensch sich um Dellas Schicksal scherte.

Dass Clarice die Frau gewesen war, deren Bild über ihrem nackten Vater sich ihr eingeprägt hatte, spielte keine Rolle mehr. Das eine betraf ihren Vater, seine Verlogenheit und ihre Welt, die sich dadurch unwiderruflich verändert hatte. Das andere betraf eine junge Frau, die ihr ohne Gegenleistung beigestanden und mit der sie für Augenblicke Gemeinschaft gespürt hatte.

Danke, dass Du Dich um Della geschert hast, schrieb sie. *So sehr, dass Du das Geld, das für Dein neues Leben gedacht war, hergeschenkt hast, weil es Dir wichtiger war, sie zu ret-*

ten. Ich hoffe, Della und ich können es Dir eines Tages danken. Und ich hoffe, dass Du es dennoch erlangst, Dein neues Leben in Mexiko.

Anschließend schrieb sie an Albert Beresford, bestellte Grüße an die Merryweathers und schilderte auch ihm, wie sie hier auf sich allein gestellt war, wie keine Menschenseele etwas dabei zu finden schien, wenn ein junges Mädchen spurlos verschwand.

Mir kommt es vor, als wären sie alle froh, dass Della fort ist. Meine Cousine Genevieve ganz sicher. Sie war eifersüchtig, das ist zu verstehen, und vermutlich sollte ich es meiner Schwester ankreiden, dass sie den Mann, der ihre Cousine so schändlich behandeln konnte, überhaupt erhört hat. Della aber war überzeugt, es sei Genevieve gewesen, die Fortescue für einen Liebhaber verlassen habe, nicht umgekehrt. Mein Cousin Marcus beharrt darauf, einen solchen Liebhaber habe es nie gegeben, ich solle Shimla nach ihm absuchen und werde niemanden finden. Ich aber wüsste nicht einmal, wo ich mit der Suche beginnen sollte, und frage mich, ob nicht auch die Identität des Liebhabers zu den zahllosen Umständen gehört, über die sie hier den Mantel des Schweigens decken. Marcus versichert mir, er habe Della gemocht. Wenn man aber einen Menschen mag und die Gefahr besteht, dass dieser Mensch zu Schaden gekommen ist – müsste man dann nicht alles daran setzen, ihn zu finden und in Sicherheit zu bringen?

Durch den dünnen Vorhang schimmerte das graue Licht der Morgendämmerung. Die Straße hinunter rumpelte der Karren des indischen Arbeiters, der mit einem Sack voll in Kerosin getauchter Lumpen die Rinnsteine reinigte. Andere Karren würden später mit Obst und Gemüse folgen, die aus dem Tal hinaufgeschafft wurden, längliche, in Rippen unterteilte Früchte mit wächsern gelber Haut, die sternförmig aufgeschnitten wurden und saftig-süß schmeckten, und andere in der Farbe von Orangen, die auf unheimliche Weise einem Bündel Finger ähnelten und die Marcus *Buddhas Hände* nannte.

Inder, die nichts zu liefern hatten und auch in keinem der Häuser eine Stellung versahen, ließen sich hier nicht blicken. Das Klappern der Räder rief die weißen Affen mit den fratzenhaften Gesichtern herbei. Sie begannen ihr Geschrei und stürzten sich auf die Karren, um Früchte zu stehlen. Tagsüber verhielten sich die Affen wie die Inder: Sie ließen sich hier oben nicht blicken, sondern beschränkten sich Beth zufolge auf die Felder der Umgegend und die Basare der Unterstadt, wo niemand gewagt hätte, sie zu vertreiben.

Perdita steckte ihre Briefe in Umschläge und adressierte sie. Das Schreiben hatte ihr ein wenig – wenn auch trügerische – Sicherheit verliehen, als wäre sie von der Welt nicht abgeschnitten, nicht mutterseelenallein. Sie fühlte sich übermüdet und überwach zugleich, aber sie wusste jetzt, wie sie den letzten Tag vor dem Ball und der Abreise nutzen würde: Sie würde Tushar Vashisht aufsuchen.

Er mochte ein unsäglicher Stoffel sein, aber er nahm immerhin kein Blatt vor den Mund, sondern sprach unverblümt aus, was er dachte. Zudem schien er in diesem Drama eine wichtigere Rolle zu spielen, als Perdita sich eingangs hatte vorstellen können.

Die Schule, in der Tushar Vashisht unterrichtete, war in einer Villa hinter der Stadtgrenze untergebracht, ein kurzes Stück den *Observatory Hill* hinauf, auf dessen Höhe der Palast des Vizekönigs thronte. Mehrere wohlhabende Einwohner, die auf ihren Anwesen im Umland lebten, hatten sich solche Villen errichten lassen, um zugleich ein Stadthaus in unmittelbarer Nähe zum Regierungssitz zu unterhalten. Offenbar hatte sich einer dieser Herren bereit erklärt, einen Teil seiner Räume an eine indische Schule zu vermieten, sei es aus christlichem Großmut oder aus missionarischem Eifer. In jedem Fall sollte die Villa von Wald umgeben liegen und nur nach einem Schlenker durch die Unterstadt zu Pferd oder Fuß zu erreichen sein.

Um all dies herauszubekommen, hatte Perdita wiederum erst zwei Familienmitglieder vergeblich befragt, ehe es ihr gelang, dem dritten die erhoffte Antwort abzuringen.

»Wenn du mit dem Menschen zu verkehren wünschst, verkehrst du besser nicht länger mit uns«, hatte Genevieve gesagt, mit der Perdita an dem traurigen Frühstückstisch gesessen hatte. Beth servierte heute Schinkenstreifen, die nicht kross, sondern ledrig waren und schmeckten, als stammten sie statt von einem gut gemästeten Schwein von einer der klapprigen, uralten Kühe, die wie stumme Spione durch die Straßen streiften. Joseph war aufgesprungen und mit der hastig gemurmelten Erklärung, er dürfe den Vizekönig nicht warten lassen, seines Weges gezogen, sobald Perdita in die Tür getreten war. Gladys erschien zum Frühstück grundsätzlich nicht, und Marcus fehlte heute ebenfalls.

»Was soll das?«, forderte Perdita ihre Cousine auf. »Dein Vater verkehrt doch selbst mit Mr. Vashisht. Er hat ihn beauftragt, meine Schwester aus Bombay und mich aus Kalka abzuholen, und er bringt sogar Schülerinnen von ihm in den Schreibstuben der Verwaltung unter.«

»Dabei geht es um Notwendigkeiten«, versetzte Genevieve. »Es wird kein privates Wort gewechselt, und wenn die teure Verwandtschaft im Mutterland davon absehen würde, uns ihre unlösbaren Probleme aufzubürden, wäre mein Vater dazu nicht gezwungen.«

Perdita betrachtete sie, während die Cousine mit ihrem spitzen Messer das altbackene, mit Krumen vom Ei belegte

Weißbrot in winzige Bissen teilte. Heute trug sie ein Tageskleid aus Tunika und schmalem Rock, das passgenau auf ihre üppige Figur geschnitten war. Sie hatte etwas von einer Kriegerin, die sich für einen Kampf gewappnet hatte und entschlossen war, ihn zu gewinnen. Der Rotton des Kleides betonte die Farbe ihres Haars und hätte Tante Mathilda in Ohnmacht sinken lassen.

Und mich vor ein paar Wochen auch noch, durchfuhr es Perdita. Heute aber kam sie nicht umhin, sich einzugestehen, dass die Farbe Genevieve zu Gesicht stand. Besser als das Blassblau ihres Abendkleides. Es brachte eine andere Frau zum Vorschein – feuerfarbenes Haar, das man geradezu knistern hörte, auf den Wangen ein Schimmer, volle, leicht geöffnete Lippen und Augen, in denen ein Hunger stand, der mit den unappetitlichen Brotbissen nichts zu tun haben konnte.

Hunger, der für eine Frau verboten war, weil Männer befunden hatten, dass die begehrten Speisen dem schwachen Geschlecht nicht bekämen.

»Ich reiße mich selbst nicht darum, mit Mr. Vashisht zu sprechen«, sagte Perdita. »Aber da es mir so gut wie unmöglich gemacht wird, über das Schicksal meiner Schwester etwas herauszufinden, werde ich wohl oder übel mein Glück bei jedem versuchen müssen, der ihr hier begegnet ist.«

Sie wollte gehen, Marcus suchen, der ihr hoffentlich den Weg zu Vashishts Schule weisen würde. Genevieve rief sie zurück. Als Perdita sich umdrehte, kam es ihr vor, als wären die Augen der anderen von Tränen verschleiert. »Ich bin das Biest, nicht wahr?«, fragte Genevieve. »Die verlassene Braut, die ihre Eifersucht an der zartfühlenden Cousine ausgelassen und die Ärmste in die Flucht geschlagen hat. Die sich mit Liebhabern herumtrieb und darum selbst schuld ist, dass ihr Bräutigam sie sitzen ließ. Aber war es wirklich so, Cousine Perdita? Wie ein Dummchen, das jedem Marktschreier solchen Humbug abkauft, siehst du nicht aus. Deine Schwester gewiss. Aber du?«

»Man ist auf Marktschreier angewiesen, wenn einem sonst kein Mensch etwas sagt«, konterte Perdita.

An Genevieves Hals verbreitete ihr Geschmeide seinen matten Glanz. Perdita hatte sich aus Schmuck nie viel gemacht, hatte den Ring, den ihr Caleb zur Verlobung geschenkt hatte, als Symbol ihrer Liebe betrachtet und stellte jetzt fest, dass sie ihn nicht einmal hätte beschreiben können. Die schlichte, rätselhafte Schönheit von Genevieves Collier hingegen zog ihren Blick auf sich wie ein Magnet.

»Ich kann dir nichts sagen«, kam es gepresst von der Trägerin des Schmucks. »Nicht, weil ich gehässig bin, sondern weil ich nichts weiß. Von jenem Abend an, als Fergus Fortescue auf einmal wie ein Wiedergeborener im Ballsaal der *Lodge* auftauchte und deine Schwester anfing, mit ihm zu tanzen und nicht wieder aufzuhören, habe ich mich von ihr ferngehalten. Ich hätte es nicht ertragen, mir ihre einfältigen Schwärmereien anzuhören. Falls du es noch nicht mitbekommen haben solltest: Wir sprechen von dem Mann, den ich geliebt habe. Seit er mich verlassen hat, bin ich im Inneren gestorben. So etwas kennst du nicht, habe ich recht? Dass dir ein Mann so sehr wehtut, dass du dich wie ein Stück Dreck fühlst und sonst nichts mehr spürst?«

Vor Perditas Augen verschwamm der schäbige Raum. Er machte einem sonnenbeschienenen Rasen in einem Londoner Stadtgarten Platz, einem weiß leuchtenden Festzelt, Gästen, die lachten und Champagner tranken, Lampions zwischen Bäumen und einem Banner, auf das der Schriftzug *Caleb and Perdita* gedruckt war. Sie sah Calebs Hand, die sich über ihren Kopf hinweg hob, und spürte die Wucht, mit der sie auf ihrer Wange landete. Das Klatschen des Schlages wurde zum Klingen, das sie noch immer im Ohr zu haben glaubte. Ja, sie hatte sich wie ein Stück Dreck gefühlt, und als sie aus ihrer Fassungslosigkeit erwachte, war ihre Liebe zu Caleb nicht mehr da gewesen.

»Nein, du neunmalschlaue Perdita«, murmelte Genevieve. »Das habe ich am ersten Abend schon erkannt, dass du eine von diesen modernen, gebildeten Frauen bist, wie sie sich in Londons Straßen mit Polizisten um irgendwelche Rechte prügeln. Die Welt stellt sich auf den Kopf. In Indien fordern die Eingeborenen, die keinen Hof mit drei Feldern verwalten könnten, ihre Freiheit und in London obendrein die Frauen. Was soll daraus werden? Aber vielleicht habt ihr ja recht, und wir hier, die wir uns noch immer um Männer prügeln, sind die Dummen, während ihr euch euer Leben selbst einrichtet und keine Männer mehr braucht.«

Sie stand auf. In ihrem roten Kleid, mit der locker aufgesteckten Fülle roten Haares war sie eine umwerfend hübsche Frau. Die Tränen, die in ihren Augen glänzten, machten sie noch hübscher. Wie eine weitere Ohrfeige traf Perdita die Erinnerung an die Worte ihres Vaters: »*Della hat Hettys Schönheit geerbt, aber du kommst nach mir. Du hast als Pfund, mit dem du wuchern kannst, nicht mehr als deinen Ruf und mein Kapital.*«

Eine Frau wie Genevieve hingegen war es zweifellos gewohnt, dass Männer um ihre Gunst wetteiferten, selbst wenn ihr Vater keinen Farthing sein eigen nannte. Umso härter musste es sie getroffen haben, dass sie mit all ihrer Attraktivität den Mann, den sie liebte, nicht hatte halten können.

Vielleicht sind wir faden, farblosen Mädchen am Ende besser dran, dachte Perdita. Sie hatte nie auch nur mit dem Gedanken gespielt, sich ihr Leben allein, ohne einen Mann einzurichten und hatte auf Berichte über die Londoner Suffragetten mit Widerwillen geblickt. Jetzt aber wurde ihr schlagartig klar, dass ihr kaum etwas anderes übrig bleiben würde. Wenn sie Della gefunden hatte, würde sie einen Weg finden müssen, für sie beide zu sorgen. Nach Hause konnten sie nicht zurück, und ruiniert, wie ihr Ruf inzwischen war, würde sich wohl kaum für eine von ihnen ein Mann finden.

»Gegen die Liebe wäre aber eine von euch Blaustrümpfen nicht weniger machtlos als eine von uns dummen Ziegen«, sagte Genevieve. »Glaubst du, ich habe nicht alles versucht, um dieser fatalen Liebe zu entgehen? Ich habe Kerzen in der *Christ Church* gestiftet und Tag und Nacht gebetet: »Herr, mein Gott, wenn du mir nur eine Gnade erweisen willst, lass mich nicht Fergus Fortescue lieben, jeden anderen, nur nicht ihn.« Aber der Gott der Christen kommt nicht nach Shimla.«

Die mit dünner Tapete bespannten Wände des Raumes schienen vor der Wucht ihres Ausbruchs zu erzittern. »Es tut mir leid«, murmelte Perdita und stellte verwundert fest, dass sie es aufrichtig meinte.

»Damit verschon' mich«, erwiderte Genevieve mit erstickter Stimme. »Ich muss zu Durbridge, zur Anprobe. Wenn du unbedingt zu Vashisht laufen und dir seine Lügen anhören willst, kann ich dich nicht hindern, aber ich werde dir nicht noch dabei helfen. Tushar ist Fergus' Sprachrohr, er beträgt sich, als wäre zwischen einem Abkömmling indischer Viehtreiber und einem englischen Herrn wahrhaftig Freundschaft möglich. Falls Fergus dem traut, ist er im Übrigen dümmer, als er glaubt. Tushar Vashisht würde morgen früh auf diese ganze Stadt Bomben werfen, um seine *Brownies* zu befreien, und ob der Herr von *Fair Sisters* dabei mit in die Luft fliegt, wäre ihm von Herzen egal.«

Perdita erhob sich ebenfalls. Sie hatte von ihrem Frühstück keinen Bissen heruntergebracht und auch den dünnen Tee nicht angerührt. »Genevieve«, begann sie, doch ihre Cousine schnitt ihr das Wort gleich wieder ab.

»Wenn Fergus jemals einen Freund gehabt hat, dann war es mein Bruder Marcus«, stieß sie heraus. »Der hat auf das Gerede so wenig gegeben wie ich, hat weder gefragt, wo die kleine Alice abgeblieben ist, noch, was es mit all den anderen Gerüchten auf sich hat. Im Gegenteil. Marcus hätte sich für Fergus die Brust aufgerissen wie der verdammte Affengott, und wie hat der es ihm gedankt? Ruiniert hat er ihn. Einen Mann, der mit sechsundzwanzig Jahren krank und wie ein Greis umherschleicht, hat er aus ihm gemacht.«

Sie hatte den Rock ihres Kleides an der Seite gerafft und war aus dem Zimmer gerauscht, ehe Perdita zu einer Erwiderung kam. Also hatte sich Perdita ihr Cape geholt und in der Hoffnung das Haus verlassen, ein Fremder auf der Straße werde ihr mit der Beschreibung des Weges aushelfen. Ihr übermüdeter Kopf war zum Platzen voll mit verwirrenden Gedanken, sie musste endlich jemanden finden, der nicht in Rätseln mit ihr sprach.

Sie war kaum auf die Straße getreten, als Onkel Joseph ihr von dem Sattelplatz beim Haus her entgegenkam. Sein Brauner wartete dort fertig aufgezäumt, und Perdita verspürte das schon bekannte Kribbeln in den Beinen. *Ein Königreich für ein Pferd.* Aller Wahrscheinlichkeit nach würde sie jedoch nie wieder eines besitzen.

»Wenn du zu Vashisht willst, erkläre ich dir den Weg«, sagte Onkel Joseph. »Gut möglich, dass er behilflich sein kann. Der Mann hat eine Menge Kontakte.«

Ohne Umschweife beschrieb er ihr, wie sie die Schule für indische Waisen fand. Perdita hatte den Anflug von Hilfsbereitschaft noch kaum begriffen, da war er schon wieder vorüber, und der Onkel ging ohne Gruß.

Um die Unterstadt nicht betreten zu müssen, hätte Perdita einen Umweg wählen können, doch es kam ihr nicht in den Sinn. Ohne nachzudenken, bog sie in die Seitenstraße ein, die den Hang hinunterführte, und trat nach wenigen Schritten in eine andere Welt. Das tosende Durcheinander von Bombay und Delhi – es war, als hätte es unter der behäbig britischen Ordnung der Oberstadt darauf gewartet, durch die hauchdünne, trennende Haut zu platzen.

Wie eine pulsierende Blutbahn schlängelte sich die enge Straße zwischen verschachtelten, aus allen erdenklichen Materialien zusammengeschusterten Hütten hindurch. Vor deren Türen waren Buden und mit Waren beladene Stände aufgebaut, sodass für den Verkehr aus Karren, Rikschas und Scharen von Menschen zu Fuß kaum noch Platz blieb. Fliegen klebten in Trauben an gehäuteten, zum Verkauf aufgehängten Tierleibern, Rufe in unverständlichen Sprachen prallten auf Perditas Gehör ein, Hühner gackerten, Esel brüllten, und aus jeder Richtung drang ein anderer überstarker Geruch. Nur die erdrückende Hitze fehlte, und das trotz des Dunstes noch blendende Licht.

In Wolken wirbelte Staub auf. Die alten Frauen, die mit verschränkten Beinen auf dem Boden kauerten und auf Schemeln Waren feilboten, schienen sich daran nicht zu stören. Auf einem dieser Schemel häuften sich Wolltücher in prachtvollen Mustern und Farben. »*Kaschmir*«, zischte die greise Verkäuferin Perdita zu. »Von Ziege aus Bergen. Weicher als Seide.«

Unwillkürlich griff Perdita nach einem Tuch, über das sich ein Muster aus verschlungenen Blüten in Schwarz und Königsblau zog. Es war das schönste von allen und so weich, dass sie hätte stehen bleiben und es weiterstreicheln wollen. Unter dem dünnen Cape fror sie selbst in der Sonne, die durch eisengraue Wolken brach, und der Gedanke, sich in das Tuch zu wickeln, war verlockend. Wie immer hatte sie jedoch kein Geld bei sich, und hätte sie welches gehabt, so hätte sie es nicht für Kleidungsstücke vergeuden dürfen.

Wer ihrer ansichtig wurde, blieb stehen und starrte sie an. Sie war ein Fremdkörper hier, eine Erscheinung aus der anderen Welt, die keine halbe Meile entfernt lag. Außer ihr war auf dem gesamten Basar kein weißes Gesicht zu entdecken. Als sie endlich dem Lärm und der Enge wie einem klammernden Griff entkam und in den sich anschließenden Wald fliehen konnte, atmete sie erleichtert auf. Lange dauerte der Frieden jedoch nicht, denn aus dem Dickicht der Wacholdersträucher schoss kreischend ein weißer Ball auf sie nieder. Perdita schrie auf. Der Affe krallte sich in ihr Haar, hing mit seinem Gewicht an ihr fest, riss ihr den Kopf nach hinten. Schmerz bohrte sich in ihre Schädeldecke. Dann ließ das Tier von ihr ab, sprang zu Boden und flitzte keckernd mit der erbeuteten Haarspange davon.

Ohne die Hilfe einer Zofe war Perdita mit dem Frisieren ihres Haars kaum zurechtgekommen und froh gewesen, es mit der Spange am Oberkopf feststecken zu können. Jetzt spürte sie, wie es ihr schwer auf die Schultern fiel, und dachte an Della. Ihre Schwester hatte es geliebt, ihr Haar offen zu tragen, während Perdita sie unentwegt ermahnt hatte, nicht so schlampig herumzulaufen.

Die Bäume lichteten sich, und auf einem Plateau kam die Villa zum Vorschein. In ihrem schlichten klassizistischen Stil hätte sie in Londons Chelsea oder Kensington stehen können. Einzig der ehemals weiße Putz hätte einer Reinigung bedurft, und kein Londoner Gärtner, der etwas auf sich hielt, hätte die Hecken um ein Herrenhaus derart hoch und formlos wuchern lassen. Das von Schlingpflanzen überwachsene Tor stand offen, und durch ein ebenfalls offenes Fenster im Untergeschoss drang der Gesang heller Mädchenstimmen. Text und Melodie des Liedes klangen fremd, doch ansonsten war es, als stünde man vor einer englischen Schule. Vor einer Dorfschule für Mädchen, die zum Ende des

Schultags ein Lied wie »*All Things Bright and Beautiful*« sangen.

Nur die Schwermut ist anders, dachte Perdita. *Die Beklommenheit, als fiele den Kindern beim Singen das Atmen schwer.* Sie wollte durch das Tor treten, da schoss wie ein Blitz ein weiterer Affe von der Mauer und stellte sich ihr wie ein Torwächter entgegen. Er war gewiss doppelt so groß wie der erste, und um seinen Kopf bauschte sich eine Mähne wie bei einem Löwen. Die Laute, die er ausstieß, glichen nicht dem Kreischen, das diese Tiere sonst von sich gaben, sondern einem zornigen Fauchen. Er sperrte das Maul auf und entblößte dolchspitze Eckzähne, die einem Menschen die Kehle hätten zerfetzen können.

Perdita wich zurück.

Der Affe folgte, verhielt, fauchte drohend von Neuem. Angst packte Perdita. Sie wünschte, sie hätte Marcus' Rat befolgt und einen Stock mitgenommen, mit dem sich die Bewohner von Shimla der Tiere erwehrten. Als der Affe noch einen Satz auf sie zumachte, entfuhr ihr ein Schrei. Schon glaubte sie, er setze zum Sprung auf ihre Brust an, da flog die Vordertür auf, und ein Mann erschien. Sein Ruf in der fremden Sprache hallte über das kurze Stück Weges. Der Affe hielt in der Bewegung inne, schwang herum und rannte davon.

»Äußerst leichtsinnig«, bemerkte der Mann auf Englisch. »Wäre es nicht klüger, Vorsicht walten zu lassen, solange man die Gegebenheiten eines fremden Landes nicht kennt? Oder sind Sie der Ansicht, es genüge selbst bei Makaken, auf Ihre britische Abstammung hinzuweisen, damit sie kuschen?«

»Ihnen auch einen guten Morgen«, versetzte Perdita, die noch immer das Gebiss mit den gewaltigen Reißzähnen vor sich sah, ihn jedoch ihre Schwäche nicht spüren lassen wollte.

»Dummerweise habe ich meinen britischen Pass im Haus meines Onkels vergessen, ansonsten hätte ich natürlich Ihrer Hilfe nicht bedurft.«

»Aber ich bitte Sie. Eine Britin lässt sich doch bereits am Geruch von einer Inderin unterscheiden.«

»Tatsächlich?« Ihre Blicke maßen einander. »Dann hatte Mr. Makake wohl ein Problem mit seiner Nase. Wären Sie so nett, mich hereinzubitten? Ich hätte Sie gern kurz gesprochen, wenn es möglich ist.«

»Es ist nicht möglich«, erwiderte Tushar Vashisht. Statt des europäischen Anzugs, in dem sie ihn kennengelernt hatte, war er heute indisch gewandet, trug über weißen pluderigen Hosen ein ebenfalls weißes kragenloses Hemd, das bis über die Knie reichte. Das leuchtende Weiß ließ seine Haut noch dunkler erscheinen und so fremd, als könnte er unmöglich derselben Art entstammen wie Marcus oder Caleb. »Das hier ist eine Schule, kein Teesalon für gelangweilte Damen.«

»Ich langweile mich nicht. Ich suche meine Schwester«, bellte sie ihn an und hatte auf einmal dieses ganze sinnlose Streiten bis dorthinaus satt. Ohne auf seine Antwort zu warten, ging sie an ihm vorbei. Statt des Singens drang ihr ein Schweigen entgegen, dessen Spannung sie zu spüren glaubte. »Da Sie es nicht tun, erlaube ich mir, mich selbst einzuladen«, sprach sie tapfer gegen Beklommenheit an. »Ihnen wird kein Zacken aus der Krone fallen, wenn Sie mir ein paar Fragen beantworten, und Ihre Schülerinnen können Sie gewiss diesen Augenblick lang entbehren.«

Sie betrat das Haus, in dem es nach Kreide und Kernseife roch, und durchquerte eine kleine Eingangshalle, an deren Wänden gerahmte Fotografien und Urkunden hingen. Ohne anzuhalten, schob sie sich in die nur angelehnte Tür eines Raumes, bei dem es sich um das Klassenzimmer handeln musste. Sie hatte richtig geraten. Vor einem Pult mit Tafel reihten sich Tische und Bänke, in denen Schülerinnen in ordentlichen, blau-weißen Kitteln standen. Sie waren unterschiedlichen Alters, manche noch kleine Kinder, andere bereits an der Schwelle zur Frau. Bei Perditas Eintritt fuhren sie wie ein Mann herum. Unter ausnahmslos schwarzen Haaren starrten ihr zwanzig stumme Gesichter entgegen. Eines, das zu einem Mädchen in der ersten Reihe gehörte, verzerrte sich zu einer Grimasse, die dunklen, wie erloschenen Augen weiteten sich, und das Kind, das Perdita für dreizehn oder vierzehn Jahre alt hielt, begann zu schreien.

Das Geräusch ging durch Mark und Bein. Ein solches Entsetzen lag darin, dass Perdita glaubte, die Qual des Mädchens am eigenen Körper zu spüren. Im Nu war sie bei ihr und schloss instinktiv die Arme um sie, wie sie es bei Della getan hatte, wenn sie nachts aus Albträumen aufgeschreckt war. »Es ist ja gut. Was ist dir denn geschehen, armes Kleines?«

Das Mädchen schrie weiter wie ein gepeinigtes Tier. Sie schlug um sich, trat nach Perditas Beinen und floh schließlich in die hinterste Ecke des Raumes. Dort kauerte sie sich unter eine Schautafel mit einer Weltkarte und vergrub den Kopf in den Armen.

»Um Gottes willen, was hat sie denn?«, entfuhr es Perdita.

Die übrigen Mädchen starrten sie an, als verstünden sie ihre Sprache nicht, was vermutlich der Fall war.

»Lassen Sie sie in Ruhe!« Das war Tushar Vashisht in einem Ton, der durch Eis hätte schneiden können. »Ehe Sie hier unangemeldet aufgekreuzt sind, hatte sie sich so gut wie völlig beruhigt. Aber Sie gehören offenbar zu den Menschen, die in alles ihre Finger stecken müssen, einerlei, was anderen dabei für ein Schaden entsteht.«

»Ich habe ihr nichts getan!«, rief Perdita jetzt ebenfalls erzürnt. »Sind Sie hier nicht als Lehrer tätig? Wenn Sie wie ein solcher auftreten und Fragen beantworten würden, statt sich selbst wie ein trotziges Schulkind zu benehmen, müssten Ihre Schülerinnen vielleicht nicht den Verstand verlieren, sobald in freundlicher Absicht ein Besucher erscheint.«

»Was wir hier tun, geht Sie nichts an«, erwiderte Vashisht. »Die Kolonialregierung hat uns gnädigst gestattet, auf unsere eigenen Kosten Unterricht für junge Mädchen abzuhalten, und wir haben uns untertänigst bedankt. Es ist Ihr Recht, uns zu verletzen, aber nicht, uns vorzuschreiben, wie wir damit fertigwerden. Und jetzt gehen Sie. Sie haben hier nichts zu schaffen.«

»Ich habe doch niemanden verletzen wollen«, rief Perdita. »Ich habe eine Frage gestellt, warum wird das an diesem Ort als Verbrechen betrachtet?«

»Weil Sie die Antwort nicht hören wollen«, sagte Tushar Vashisht.

»Aber ich will sie doch hören. Andernfalls hätte ich nicht gefragt.«

Wieder trafen sich ihre Blicke wie zu einem Duell. Seine Augen hinter den Brillengläsern funkelten. »Aishwarya ist Gewalt angetan worden«, sagte er tonlos. »Als ihre Mutter in britischem Dienst gestorben war, befand der Herrenmensch, der sie als seinen Besitz betrachtet hatte, er dürfe sich ersatzweise an der Tochter schadlos halten.«

Gewalt angetan. Was der Ausdruck bedeutete, wusste Perdita und wusste es nicht. Wollte es nicht wissen, wie Tushar Vashisht vorausgesagt hatte. »Aber sie ist doch noch ein Kind«, brachte sie heraus.

Er zuckte mit den Schultern. »Eine Frage des Standpunkts nehme ich an. Ein Kind wie Aishwarya kommt besser schon erwachsen auf die Welt.«

Das Mädchen in der Zimmerecke begann leise zu wimmern.

»Was geschieht jetzt mit ihr?«, fragte Perdita und hätte am liebsten die Kleine irgendwohin schaffen wollen, wo sie es warm und behaglich hatte und in Sicherheit war.

»Vorläufig kümmern wir uns um sie«, sagte Tushar Vashisht. »Zumindest so gut, wie es geht. Falls sie später stabil genug ist, um zu arbeiten, versuchen wir, eine Stellung für sie zu finden. Bei Leuten, vor denen sie sich nicht fürchtet. Finden wir hier niemanden, der sie aufnehmen kann, wird hoffentlich Swarnakumari Devi uns helfen.«

»Wer ist Swarnaka … Swarnaku …«

»Swarnakumari Devi«, wiederholte er. »Die Gründerin der *Sakhi Samati*, der *Gesellschaft der Freunde*, deren Ziel es ist, Witwen und Waisen dabei zu helfen, sich ein Leben aufzubauen. Swarnakumari ist Rabindranath Tagores Schwester. Gewiss haben Sie nie von ihm gehört, aber für uns ist er in etwa das, was Rudyard Kipling für Sie ist. Wenn auch ohne Nobelpreis, versteht sich.«

Perdita hatte in der Tat noch nie von ihm gehört, und wenn sie ehrlich war, hätte sie wohl keinen mit Kipling vergleichbaren Dichter unter Indern erwartet. War ihr das anzukreiden? Dass sie in ihrem englischen Idyll gelebt hatte wie hinter dem Mond, dass sie über die Größe der Welt nie nachgedacht hatte – machte sie das zu einem schlechten Menschen?

»All diese Mädchen hier sind Waisen?«, fragte sie.

»Zumindest haben sie keine Väter mehr, sondern nur noch Mütter, die sie nicht ernähren können«, erwiderte Tushar Vashisht. »Ihr Briten habt uns zwar verboten, unsere Witwen zu verbrennen, aber ihr habt vergessen, uns vorzuschreiben, was wir stattdessen mit ihnen anfangen sollen.«

Sie wollte ihm sagen, dass sie seinen Zynismus nicht länger ertrug, wollte dieses quälende Gespräch, das zu nichts führte, beenden, doch im nächsten Atemzug glaubte sie, hinter sich eine Bewegung zu spüren, einen weichen, kaum hörbaren Schritt. Sie drehte sich um. In der Tür, keine drei Schritte von ihr entfernt, stand ein Mann im schwarzen Gehrock, der auffallend schlank war und sich auffallend gerade hielt.

Der Rest von ihm war nicht minder auffallend: Er hatte ein Gesicht, wie Perdita es einmal bei einem Besuch im *British Museum* auf einer Münze gesehen hatte: in Bronze geprägte Züge eines jungen römischen Helden, scharf und klar, ohne weiche Linie. Bestürzend schön. Perdita musste eine Hand auf ihr Herz legen, als täte es ihr ein wenig weh. Seine Haut war weiß, sein Haar schwer und schwarz.

Am auffallendsten aber war das, was er sagte. »Warum schreit Aishwarya? Warum kümmert sich keiner um sie?«

Damit ging er quer durch den Raum zu dem wimmernden Mädchen, kniete sich in seinen eleganten, scharf gebügelten Hosen auf den Boden und hielt ihr seine Hände hin, um ihr auf die Füße zu helfen.

Dritter Teil

»Wir lesen die Welt verkehrt und behaupten, sie täuscht uns.«

Rabindranath Tagore

21

Mrs Peter Skipton
Willfield Meadow
Fordwich, Kent, England

Lieutnant Colonel Nathaniel Sedgewick
Autumn Hall
Shimla, Punjab, Indien

8. November 1827

Sehr verehrter Colonel Sedgewick!

Vorab bitte ich um Verzeihung für den Fall, dass ich Ihnen mit meinem Schreiben lästig fallen sollte. Mein Name wird Ihnen nichts sagen, doch dürfte ich Ihnen unter meinem Mädchennamen Lady Hester Linfield noch bekannt sein. Ihre Töchter und ich besuchten gemeinsam Mrs. Quentins Pensionat in Rochester, und zwischen Ihrer jüngeren Tochter Dinah und mir, die wir demselben Jahrgang angehörten, entwickelte sich ein enges Band der Freundschaft, welches die Jahre der gemeinsamen Schulzeit überdauerte.

Lange habe ich überlegt und mich auch mit meinem Gatten, vormals Verlobten, Mr. Peter Skipton, beraten, ob mir aus dem Bestand jener Freundschaft eine Berechtigung er-

wächst, mich mit meiner Sorge an Sie zu wenden. Mehrere Monate lang erschien es vor allem meinem damaligen Verlobten richtig, den Dingen ihren Lauf zu lassen und Sie nicht zu behelligen. Da inzwischen jedoch ein triftiger Grund zur Verstärkung meiner Sorge vorliegt, sah ich mich gezwungen, diese Entscheidung zu revidieren. Dies zum Hintergrund meines Schreibens an Sie.

Im Frühling und Sommer dieses Jahres erhielt ich von Ihrer Tochter Dinah zwei Briefe, die zu erwähnter Sorge Anlass gaben. Ihre Tochter schien mir in ihrem Wesen verändert, und zwar stärker, als es sich selbst durch den Wechsel ihres Wohnorts und ihrer Lebensumstände erklären ließ. Mir entstand der Eindruck, Dinah befinde sich in einem Zustand starker Bedrängnis, und es müsse Menschen oder aber Vorfälle in ihrer Umgebung geben, die sie in heftige, geradezu krankhafte Furcht versetzten. Im Gespräch mit meinem Mann, mit dem ich zu jener Zeit noch verlobt war, gelangte ich schweren Herzens zu dem Schluss, dies sei Angelegenheit der Familie, und ein Schritt von mir könne als Einmischung empfunden werden. Im Verlauf des Sommers blieben jedoch meine sämtlichen Briefe an Ihre Tochter unbeantwortet. Zuletzt beauftragte ich einen Bekannten meines Mannes, der nach Indien unterwegs war, mit der Besorgung eines Schreibens, das die Einladung zu meiner Hochzeit beinhaltete. Ich bat darin Ihre Tochter, mir als Brautjungfer zur Seite zu stehen, wie wir es bereits während unserer Zeit im Pensionat vereinbart hatten.

In den Jahren, die Ihre Tochter und ich miteinander bekannt sind, habe ich nie Unhöflichkeit oder verletzendes Betragen von ihr erfahren, weshalb es mich mit erheblicher Besorgnis erfüllt, dass ich auch auf dieses Schreiben von ihr keine Antwort erhielt. Inzwischen ist meine Hochzeit verstrichen, ohne dass von Ihrer Tochter ein Glückwunsch ein-

traf, was mir mit ihrem Charakter, wie ich ihn in der langen Zeit unserer Freundschaft kennenlernen durfte, unvereinbar scheint.

Ich wäre Ihnen, verehrter Colonel Sedgewick, daher dankbar und verbunden, wenn Sie mir über das Befinden meiner lieben Freundin Auskunft geben könnten. Aufgrund bestimmter Äußerungen Dinahs in Bezug auf ihre Schwester Prudence erschien es mir nicht ratsam, dieser zu schreiben, weshalb mir kein anderer Weg blieb, als Sie zu behelligen. Ich hoffe, meine Sorge erweist sich als unbegründet. Sollte es sich jedoch gezeigt haben, dass das Klima in Indien Dinahs Gesundheit nicht zuträglich ist, so wissen Sie bitte, dass sie meinem Mann und mir in unserem Haushalt willkommen wäre und wir auch für ihren Unterhalt ganz aufkämen.

Ich bitte Sie, jegliche Postsendung an mich persönlich zu adressieren, da meinem Mann mein Entschluss, Ihnen letztendlich doch zu schreiben, nicht bekannt ist. Für Ihr Verständnis und Ihre Unterstützung in dieser Angelegenheit spreche ich Ihnen meinen Dank aus und übersende Ihnen und Ihrer Familie meine aufrichtigsten Wünsche und Grüße.

Hochachtungsvoll,
Ihre Hester Skipton.

22

Der in die Schranktür eingelassene Spiegel war trübe wie alles in diesem Haus und in der linken oberen Ecke angeschlagen. Zudem war er zu schmal, um sich im Ganzen zu betrachten, aber Perdita drehte sich von einer Seite zur andern, um ein halbwegs brauchbares Bild zu erhalten.

Sie musste lachen. Nicht weil etwas komisch, sondern weil sie verlegen, sogar ein wenig vor sich selbst erschrocken war. Wann hätte sie sich je um ihr Äußeres so viele Gedanken gemacht? Daheim in Kent hatte sie es Annie überlassen, sie für jeden Anlass angemessen herzurichten, und nur gelegentlich Della zur Beratung hinzugezogen, weil die Jüngere solche Freude daran hatte.

»Du hast so schönes, volles Haar, du müsstest dir nur eine modernere Frisur legen lassen«, hatte sie ausgerufen. »Dieser strenge Dutt, der aussieht, als hättest du einen *Hot Cross Bun* drin eingewickelt, passt zu einer alten Frau. Und was Farben und Schnitte deiner Kleider angeht, könntest du auch ein wenig gewagter wählen. Mach etwas aus dir, zieh an, was dir steht.«

Ein wenig hilflos hatte Perdita gelacht. »Das weiß ich doch nicht. Mit so etwas kennst du dich aus, nicht ich.«

»Ach was«, hatte Della erwidert, war um sie herumgetanzt und hatte hier eine Falte, dort einen Jackenschoß zurechtgezupft. »Was gibt es da sich auszukennen, es ist doch keine von deinen Wissenschaften. Such dir aus, was du an dir gern magst, denn du musst es schließlich tragen. Und je besser du dir selbst gefällst, desto besser gefällst du auch deinem Caleb und dem Rest der Welt.«

Perdita aber wusste nicht, was sie an sich gern mochte, und von Caleb hatte sie geglaubt, sie gefiele ihm, ganz egal, was sie am Leib trüge. Über das blassblaue Tanzkleid, in dem sie nun vor dem trüben Spiegel im Gästezimmer der Micheldevers stand, hatte er gesagt, sie sehe darin hübsch aus, doch es hatte ihr kein Glück gebracht. Am liebsten hätte Perdita es sich heruntergerissen und mit einem neuen Kleid noch einmal von vorn angefangen. Woher aber eines nehmen? Für die Einladung des Vizekönigs hätte sie ein Ballkleid gebraucht, das sich in ihrem Gepäck nicht befand, also war die Überlegung müßig. Das Blassblaue musste genügen, und die Frisur, die Della als Dutt bezeichnet hatte, war die einzige, die sie ohne Hilfe zustande brachte.

Selbst auf die Spange mit den Schmucksteinen, die Della ihr aus ihren eigenen Beständen übereignet hatte, musste sie verzichten, denn die hatte ihr ja der Affe gestohlen. Sie sah nicht nur altbacken und langweilig aus, stellte sie fest, sondern obendrein ärmlich und schäbig.

Und was ist so tragisch daran?, schalt sie sich. Anders als die Mehrzahl der übrigen Mädchen ging sie auf diesen Ball schließlich nicht, um sich einen Mann zum Heiraten zu suchen, sondern weil sie noch immer auf jemanden hoffte, der ihr half, ihre Schwester zu finden. Ihr Äußeres würde dabei wohl kaum Ausschlag geben. Das Blassblaue und der Dutt hatten bisher genügt, sie würden auch heute Abend genügen. Den vernünftigen Überlegungen zum Trotz griffen ihre Finger in ihr Haar und zerrten sämtliche Nadeln heraus.

Glatt und mausbraun fielen ihr die Strähnen auf die Schultern wie gestern nach dem Diebstahl des Affen. Sie packte die Bürste und begann, sich geradezu gewaltsam die Haare zu striegeln, bis sie knisterten und ihr die Kopfhaut brannte. Ein verändertes Gesicht starrte ihr aus dem Spiegel entgegen, umrahmt von ungelegtem Haar und beherrscht von einem Ausdruck, den sie von sich nicht kannte.

So wie gestern, hämmerte es in ihrem Kopf. Was war geschehen, dass sie sich auf einmal um ihre Balltoilette sorgte, als hätte sie keine bedeutsameren Probleme?

Sie war dem Mann begegnet, dem sie diese verrückte Reise nach Indien zu verdanken hatte. In Tushar Vashishts Schule, dem letzten Ort, an dem sie damit gerechnet hatte, war ihr Fergus Fortescue über den Weg gelaufen.

Fasziniert hatte Perdita beobachtet, wie er am Boden gekniet und dem verängstigten Mädchen seine Hand angeboten hatte. Eine kleine Ewigkeit lang hatte er sich nicht gerührt, sondern schweigend, in einer Armlänge Abstand abgewartet, bis sie ein winziges Stück auf sie zugekrochen war. Dann noch ein Stück, und bei der dritten Bewegung schloss ihre zitternde Hand sich um seine. Erst jetzt berührte er sie, jedoch nur, so weit es nötig war, um ihr in die Höhe zu helfen. Er sprach zu ihr in der Sprache, von der Tushar später Perdita erklärte, dass sie Hindi hieß und von den meisten der Mädchen gesprochen wurde. Einzelne sprachen das eng verwandte Urdu und wieder andere Punjabi oder Bengali.

»Untereinander sprechen wir Englisch«, hatte Tushar ebenfalls später erläutert. »Es ist wichtig, dass die Mädchen es gut lernen, denn anders kommen sie zu nichts. Aber es ist auch wichtig, dass ihre eigenen Sprachen ihnen erhalten bleiben, ihre Kultur und ihre Identität.«

Tushar war ihr vorgekommen wie ausgewechselt. Er hatte

ihr sogar auf ihre geflüsterte Frage »Was hat er zu ihr gesagt?« eine Antwort gegeben. Über das verweinte Gesicht des Mädchens war auf Fortescues Worte hin so etwas wie ein Lächeln gezogen, wenn es auch sofort wieder verschwand.

»Er hat sie gefragt, ob sie auf seinem Pferd Ratri reiten möchte. Sie liebt es, zu reiten.«

»Ich auch.«

»Tatsächlich? Auf Pferden? Ich finde es lebensgefährlich.«

Es war das erste Mal, dass sie zusammen gelacht hatten, wenn auch nur mit den Augen. »Reiten ist wunderbar. Ich wünschte, mir würde auch jemand sein Pferd anbieten.«

Fortescue hatte über die Länge des Klassenraumes hinweg von ihnen entfernt am Boden gekniet, doch er hatte den Kopf nach ihnen gedreht. Wiederum war Perdita der Anblick seines Gesichts durch und durch gegangen. »Das lässt sich einrichten«, hatte er mit ruhiger Stimme gesagt. »Nicht gerade heute, weil ich nur Ratri hier habe, und die reitet jetzt Aishwarya. Aber wenn Ihnen ein andermal der Sinn nach Reiten steht, helfe ich Ihnen gern aus.«

Perdita glaubte, ihren Ohren nicht zu trauen. Er sprach mit ihr, war entgegenkommend, bot ihr Hilfe an. Freiwillig, ohne endloses Betteln, Drängen und Drohen. Es war ihre Chance, und sie musste sie nutzen. »Es freut mich, Ihre Bekanntschaft zu machen, Mr. Fortescue«, sagte sie. Woher sie wusste, wer er war, fragte sie sich höchstens einen Herzschlag lang. Sie hatte ihn erkannt. An der Beschreibung in Dellas Brief, die sie als schwülstig abgetan hatte:

Wie die Berge um Shimla, so ist auch er. Der geliebte Mann. Ruhig, nicht durch einen flüchtigen Eindruck zu ergründen, umgeben von einer Mauer, die sein zu oft verletztes Herz schützt, doch voller Kraft. Er ist schön, Perdi. In seinen Augen ruhen das Dunkel und die Traurigkeit dieser Landschaft und ihre uralte Geschichte, die keiner von uns erzählen kann. Hast du je über einen Mann gedacht, dass er schön ist, und hat es dir im Herzen wehgetan?

»Mich würde es womöglich auch freuen«, sagte er. »Sofern ich wüsste, wessen Bekanntschaft ich mache.«

»Ich bin Perdita Lascelles. Ihre künftige Schwägerin.«

»Meine was?«

»Della Lascelles Schwester. Ich hätte herkommen wollen, als meine Schwester mir mitteilte, sie werde sich mit Ihnen verloben, aber leider war ich verhindert. So musste ich stattdessen kommen, weil Della verschwunden ist.«

Er tat etwas, das Menschen selten taten, ja, das in der Gesellschaft, die sie gewohnt war, als ungehörig galt. Er sah ihr geradewegs in die Augen. »Ist sie bei Ihnen nicht eingetroffen?«, fragte er.

»Was meinen Sie damit, ist sie bei mir nicht eingetroffen?«

»Sie wollte zurück nach Hause. Nach England. Ihr Aufenthalt in Shimla hatte sich offenbar nicht so entwickelt, wie sie es sich erhofft hatte.«

»Nach England«, stammelte Perdita. »Wie hätte sie das denn fertigbringen sollen, sie hatte doch gar kein Geld.«

»Sie hat mich gebeten, ihr welches zu geben«, erwiderte er ruhig, ohne den Blick abzuwenden.

»Und Sie haben das getan?«, platzte Perdita los. »Sie haben einem achtzehnjährigen Mädchen Geld in die Hand gedrückt und sie allein durch dieses verrückte Land reisen lassen?«

»Hätte ich sie ohne Geld allein durch dieses Land reisen lassen sollen, das mir nicht verrückter erscheint als der Rest der Welt?«, fragte er noch immer ohne die geringste Erregung in der Stimme zurück.

»Sie hätten sie bei sich behalten sollen!«, herrschte sie ihn an. »Sie liebt Sie doch, sie war wie besessen von Ihnen, wie konnten Sie sie einfach fortschicken?«

Unter seinem Auge glaubte sie einen Muskel zucken zu sehen, doch er hatte sich gleich wieder in der Gewalt. »Ich habe sie nicht fortgeschickt«, erwiderte er. »Aber es entspricht auch nicht meiner Gewohnheit, Menschen gegen ihren Willen bei mir zu behalten. Sie muss ich bitten, nicht noch einmal zu schreien. Sie machen Aishwarya Angst.«

Tatsächlich hatte das Mädchen von Neuem zu wimmern begonnen. Fergus Fortescue wandte sich ihr zu, bot ihr seinen Arm und schickte sich an, sie durch den Raum nach draußen zu führen.

»Sagen Sie mir wenigstens, warum Sie meine Familie haben glauben lassen, Sie wäre bei irgendeiner Bäuerin!«, rief Perdita verzweifelt, weil er ihr jetzt, wo sie ihn endlich gefunden hatte, gleich wieder zu entgleiten drohte.

»Das habe ich nicht getan«, gab er zurück und schritt mit dem Mädchen an der Seite durch die Reihen. »Was die Familie Micheldever glauben will, überlasse ich ihr selbst. Wenn mich jemand gefragt hat, habe ich lediglich gesagt, worum Della mich bat: Dass ihr nichts zugestoßen ist, dass die Micheldevers sich nicht zu sorgen brauchen, dass ich nicht weiß, wo sie ist. Hätte ich auch das Ihrem Dafürhalten nach anders machen sollen? Das tut mir leid. Bedauerlicherweise habe ich Sie zu der Zeit nicht befragen können, sondern war gezwungen, meine eigene Entscheidung zu treffen.«

Er hatte die Tür, die ins Freie führte, so gut wie erreicht. Gleich würde er die Klinke packen und sich ihr entziehen. Sie würde ihn nicht mehr sehen, und auf einmal erschien ihr das unerträglich.

»Gehen Sie nicht!«, rief sie. »Warum läuft eigentlich jeder vor mir davon, warum wehren Sie sich so sehr dagegen, mit mir zu sprechen?«

Er drückte die Tür auf und schob das Mädchen Aishwarya sanft hinaus. Dann wandte er sich wieder Perdita zu. Seine

Augen waren braun, aber heller, als sie es aus der Entfernung vermutet hatte. Sie hatten etwas von Dellas Augen, trotz der ganz anderen Farbe und Form – eine seltsame tiefe Klarheit, die dennoch unergründlich blieb. Seine Lider hingen tief, das linke tiefer als das rechte, die langen Wimpern warfen Schatten und verstärkten den rätselhaften Ausdruck. »Ich wehre mich nicht dagegen, mit Ihnen zu sprechen«, sagte er. »Ich laufe auch nicht vor Ihnen davon. Ein Mann, der das täte, wäre ein Idiot.«

»Du bist ein Idiot, Fortescue«, fuhr Tushar Vashisht so scharf dazwischen, dass Perdita erschrak.

Fergus Fortescue drehte sich um und sah ihm unter halb gesenkten Lidern entgegen. »Ich dich auch, *Chota Bhai*«, sagte er. Das Wort klang wie eine Beleidigung, doch seine Stimme war geradezu zärtlich. »Ich dich auch.«

Für kurze Zeit war es, als stünden die beiden Männer allein im Raum. Dann sprach Fortescue wieder Perdita an: »Ich habe nur jetzt keine Zeit, mit Ihnen zu sprechen«, sagte er. »Nicht heute.«

»Dann eben morgen!«, rief sie hastig. »Auf dem Ball des Vizekönigs!«

»Muss ich?« Mit leisem Stöhnen verdrehte er die Augen. »Wenn ich die Wahl habe, wäre eine Nacht in der Hölle mir lieber.«

Völlig unverhofft musste Perdita lachen. »Ja, Sie müssen«, sagte sie. »Gar so grauenhaft kann dieser Ball ja nicht sein, dass Sie einen kurzen Besuch nicht überleben werden.«

»Ihr Wort in Hanumans Ohr«, sagte er in leidendem Ton, doch um seinen Mundwinkel grub sich die Spur eines Lächelns, und in den Augenwinkeln zeichneten sich feine Fältchen. Perdita hätte die Hände ausstrecken und sein Gesicht samt dem Ausdruck darauf festhalten wollen.

War sie verrückt? Sie hatte in ihrem Leben noch mit keinem Mann geflirtet, nicht einmal mit dem eigenen Verlobten. »Wer ist Hanuman?«, fragte sie.

»Der Herr der Affenarmee, der auf dem Jakhoo Hill thront und uns einen Wirbelsturm hinunterschickt, wenn wir nicht spuren. Aber nicht einmal der wagt sich in die *Viceregal Lodge.*«

»Sie übertreiben. Seien Sie ein Mann.«

Er furchte die wie mit schwarzer Tinte gezogenen Brauen, dass sie sich über der Wurzel seiner eleganten Nase ballten:

»*Yours is the Earth and everything that's in it*
And – what is more – you'll be a man, my son?«

Das war Rudyard Kipling, der für seine Romane über Indien den Nobelpreis für Literatur erhalten hatte. Jäh wünschte sich Perdita, sie hätte einen davon gelesen, und noch heftiger wünschte sie sich, Fergus Fortescue würde nicht aufhören, mit seiner Stimme, die wie mit Seide bespanntes Metall war, Gedichte zu zitieren.

Wie mit Seide bespanntes Metall. Was brachte sie auf derart exaltierte Vergleiche, und seit wann machte sie sich etwas aus Gedichten?

»Ich fürchte, mit meiner Mannhaftigkeit ist es nicht weit her«, sagte Fergus Fortescue, statt weiter Gedichte zu zitieren. »Bestehen Sie wirklich darauf, dass ich dort aufkreuze?«

»Ich denke, Vizekönig Hardinge ist Ihr Freund.«

»Wenn Sie mich kennen würden, wüssten Sie, dass meine Freunde ihrem Karma für jeden Tag danken, an dem sie von meiner Gegenwart verschont bleiben.«

»Was ist Karma?«

»Gütiger Himmel. Dafür habe ich heute keine Zeit, ich lasse Aishwarya und Ratri schon viel zu lange warten.«

»Erklären Sie es mir morgen. Auf dem Ball des Vizekönigs.«

Warum sie wie ein Kind, das mit stampfendem Fuß seinen

Willen einforderte, darauf beharrt hatte, fragte sie sich jetzt selbst. Schließlich hatte er angeboten, sich zu einem anderen Zeitpunkt mit ihr zu treffen, und für den Ball besaß sie nicht einmal ein Kleid.

Er neigte den Kopf zu einer winzigen Verbeugung. »Sie sind unerbittlich. Ich beuge mich der Gewalt.«

Ehe sie den Mund noch einmal aufbekam, war er schon samt dem Mädchen fort, und sie starrte aus der Tür in die Leere, in die er verschwunden war. »Was hat er zu Ihnen gesagt?«, fragte sie Tushar Vashisht. »Ein Schimpfwort?«

»*Kleiner Bruder*«, antwortete Tushar.

»Sind Sie sein Freund?«

Sie hatte eine seiner üblichen rüden Erwiderungen erwartet, doch stattdessen wirkte der Inder verunsichert. »Fergus? Nein, er ist nicht mein Freund, solche wie ich und solche wie er sind ja zur Freundschaft nicht gedacht. Er ist mein … nein, das ist auch falsch, vergessen Sie's. Man kann nicht alles in Worte fassen.«

»Müssen wir eigentlich so denken?«, überlegte Perdita laut. »Solche wie er und solche wie ich?« Noch am Morgen wäre sie nicht auf den Gedanken gekommen, ein Mitglied der britischen Oberschicht könne der Freund des mit einem Nachthemd bekleideten Inders sein. Die Blicke und Worte, die zwischen den beiden gefallen waren, hatten jedoch von einer innigen, traurigen Vertrautheit gezeugt, die sie noch immer zu spüren glaubte.

»Wir tun besser daran«, sagte Tushar. »Aber es ist nicht immer leicht, und manchmal glauben wir, es bringt uns um.«

»Was meinen Sie damit?«

»Das frage ich mich selbst. Vermutlich nur, dass es die, die in jedem Angehörigen anderer Rasse per se den Teufel sehen, womöglich einfacher haben. Ich habe es versucht. Ich würde sie alle gern hassen.«

»Das habe ich gemerkt.«

Er senkte den Kopf und wirkte auf einmal müde. »Hören Sie, darf ich Sie um einen Gefallen bitten? Ich muss mit Fergus sprechen, und ich muss zur Stelle sein, falls etwas mit Aishwarya ist. Ich hätte die beiden nicht so einfach ziehen lassen dürfen. Würden Sie mir einen Augenblick lang auf die Klasse achten? Ich bin so schnell wie möglich zurück.«

»Natürlich«, erwiderte Perdita. »Was für ein Fach wäre jetzt an der Reihe?«

»Mathematik«, antwortete Tushar. »Vielleicht erscheint es Ihnen verlorene Liebesmüh, dass wir ihnen so etwas beibringen. *Zenana*. Frauenbildung. Auch unter uns gibt es viele, die sagen, wir sollen sie Weben, Nähen und Flicken lehren, damit sie sich über Wasser halten können, und es genug sein lassen. Ich aber halte es mit Swarnakumari Devi, die sagt, dass wir ihnen keine andere Macht zu bieten haben als Wissen. Und dass wir ihnen davon mitgeben müssen, was wir aufbringen können, damit sie nicht länger mit sich machen lassen, was nicht ihnen, sondern denen mit mehr Macht gefällt.«

»Mir hat mein Unterricht in Mathematik sehr gefallen«, murmelte Perdita. »Algebra. Lineare und quadratische Gleichungen …« Sie verlor sich in Erinnerungen, und ehe sie es sich versah, stand sie an der Tafel, griff nach Kreide und begann, ein Gleichungssystem aufzustellen. Tushar ging, und bis zu seiner Rückkehr genoss Perdita jeden Augenblick. Von den Mädchen wusste keine, wovon sie redete, und es zu erklären, war schwieriger, als sie gedacht hätte. Bei ihren Versuchen kamen sie jedoch vom Hundertsten ins Tausendste, warfen sich Fragen und Antworten zu wie Tennisbälle, landeten bei den Tücken der englischen Sprache und der Perdita unbekannten Tatsache, dass Zahlen aus Indien stammten, und brachen am Ende sogar in Gelächter aus.

»Wenn Sie wieder einmal jemanden zur Aushilfe brauchen, lassen Sie es mich wissen«, sagte sie zu Tushar, ehe sie aufbrach. »Ihre Mädchen sind reizend.«

»Das sind sie. Man könnte glatt vergessen, dass sie stinkende *Brownies* sind, nicht wahr?«

»Dafür kann man unmöglich vergessen, dass Sie ein undankbarer Stoffel sind.«

Er sah jünger aus, wenn er lachte. Nicht mehr so bitter und nicht mehr so hart. Ehe sie ging, fragte sie ihn noch, was Fergus Fortescue mit der Schule für Mädchen zu tun hatte, und er erwiderte, das Haus gehöre den Fortescues und Fergus habe es der *Gesellschaft der Freunde* zur Verfügung gestellt.

»Warum?«, fragte sie.

»Das habe ich Fergus auch gefragt. Weil es in Shimla kalt ist und im Winter schneit, hat er gesagt. Weil ich das Haus nicht brauche und ihr im Freien kaum das ganze Jahr hindurch Unterricht abhalten könnt.«

An diesem Abend fühlte sich Perdita nicht länger völlig verloren in Shimla und schlief ohne quälende Träume. Della war auf dem Weg nach Hause. Dass sie die gefährliche Reise allein machte, war nicht eben eine beruhigende Vorstellung, doch unterwegs würde sie anderen britischen Reisenden begegnen, die sich ihrer annahmen, wie Mrs. Merryweather sich Perditas angenommen hatte. Mit genügend Geld ließen sich sichere Reisemittel bezahlen, und daran, dass Fergus Fortescue ihre Schwester entsprechend ausgestattet hatte, zweifelte sie nicht. Gewiss würde Della heil in England eintreffen, vielleicht war sie ja sogar schon dort.

Für Perdita bedeutete das, dass sie das ungastliche Haus der Micheldevers verlassen und sich selbst auf den Heimweg machen konnte. Sie brauchte Geld, um bis nach Delhi zu kommen, doch mit einiger Wahrscheinlichkeit würde Fergus Fortescue bereit sein, ihr auszuhelfen.

Warum also drängte nicht alles in ihr zum Aufbruch? Warum drehte sie sich jetzt – einen Abend später – vor einem trüben Spiegel, als läge noch etwas daran, vor Shimlas Gesellschaft Eindruck zu schinden? *Nur noch ein paar Fragen will ich klären,* sagte sie sich. *Herausfinden, wovor Della solche Angst hatte, jetzt, wo endlich jemand mit mir spricht, warum ihr Verlöbnis so schnell, wie es geschlossen wurde, wieder in die Brüche ging, wann sie aufgebrochen ist, auf welcher Route sie reisen wollte. Sobald das geklärt ist, fahre ich zu ihr nach Hause. Vielleicht kann ich das erste Stück mit dem Tross, der nach Kalkutta aufbricht, reisen.*

Was daheim aus ihnen beiden werden sollte, wusste sie nicht. Gänzlich undenkbar schien es ihr, sich mit ihrem Vater zu versöhnen und ihr altes Leben wiederaufzunehmen, doch es war müßig, jetzt darüber nachzudenken. Das alles würde sich finden, wenn sie erst Della wieder bei sich hatte. Bis dahin zählte nichts anderes. Schon gar nicht das blassblaue Kleid, das von der Reise zerdrückt war, oder ihr Haar, das ihr vom Kopf herunterhing wie bei einer Zigeunerin.

An der Zimmertür klopfte es. »Perdita, bist du so weit? Wir müssten jetzt aufbrechen, die Rikschas warten.«

Ohne ihre Antwort abzuwarten, öffnete Marcus die Tür und trat ein. Statt des Smokings vom Abend ihrer Ankunft zeigte er sich heute im großen Gesellschaftsanzug mit weißem Binder und gestärkter Weste. Nur wenn man genau hinschaute, bemerkte man, dass der Glanz seines Fracks daher stammte, dass er zu oft getragen worden war. Auf einen weniger kritischen Blick war er jedoch ein gut aussehender, korrekt gekleideter Mann, der gewiss zu den beliebtesten Tänzern des Abends gehören würde.

Wie Caleb, versetzte Perditas Gedächtnis ihr einen Stich.

»Lieber Himmel, Perdita!« Marcus schlug eine Hand vor den Mund. »Dass ich eine schöne Cousine habe, war mir ja bewusst, aber dass eine Ballkönigin vor mir stehen würde, habe ich nicht erwartet.«

»Willst du mich verschaukeln?«

»Das würde ich mir nie im Leben erlauben. Glaubst du mir nicht? Du würdest mich damit kränken. Ich bin ein Mann, der auf die Wahrheit wert legt und meint, was er sagt.«

Und als du gesagt hast, Della ist bei einer indischen Bäuerin?, hätte sie ihn um ein Haar gefragt. Gerade noch rechtzeitig zügelte sie sich. Natürlich nahm sie nicht an, dass Marcus sie belogen hatte. Er musste seine Informanten falsch verstanden haben oder er hatte, wie Fergus Fortescue vermutete, aus Auskünften die falschen Schlüsse gezogen.

»Ich trage ein ungebügeltes Kleid, das für den Anlass nicht angemessen ist«, sagte sie. »Ich bin nicht imstande, mir das Haar zu frisieren, und ich war bereits daheim in Kent nicht gerade als strahlende Schönheit bekannt. Wie soll ich dir dann glauben, wenn du mich derart übertrieben preist?«

Vielleicht ist es nicht seine Schuld, dachte sie, *vielleicht werde ich nie wieder einem Mann glauben können, der mir ein Kompliment macht.*

»Für mich zählt nicht, was Männer in Kent oder wo auch immer von dir denken«, sagte Marcus, trat zu ihr und bot ihr seinen Arm. Sein Atem roch süßlich und traf warm auf ihre Wange. »Sie sehen eine von vielen in dir und mögen sich an ein paar Falten in deiner Kleidung stören. Ich aber sehe die Frau, in die ich verliebt bin. Die Frau, die mich von dem Moment unserer ersten Begegnung an verzaubert hat.«

23

Fair Sisters, 8. September 1910

Ich will nicht schreiben, sondern um Hilfe schreien. Mein Herz rast zum Zerspringen, und ich habe so furchtbare Angst.

Fergus ist wieder über Nacht nicht im Haus. Er fährt ins Tal, trifft dort irgendwelche Leute von der Heeresleitung zu Besprechungen, von denen ich nichts verstehe. Ich habe es mir so hübsch vorgestellt, wie ich sein Haus für ihn hüte, doch ich habe begonnen, diese Nächte zu hassen.

Die letzte war die schlimmste. Zum ersten Mal denke ich: Es geht nicht mehr weiter. Wenn ich noch eine Nacht wie diese durchleben muss, werde ich sterben. Nicht, weil ich nicht leben wollte, denn leben will ich so sehr. Sondern weil mein Herz zu dieser verschlingenden Angst keine Kraft mehr hat.

Die Mädchen, die in diesem Haus gestorben sind, wollten alle leben. Aber das Haus – oder besser jemand darinnen – wollte, dass sie sterben. Ich weiß jetzt ihre Namen. Und ich weiß, dass ich die Nächste auf der Liste bin.

»Arme kleine Alice«, pflegt Falguni vor sich hin zu murmeln. Vor zwei Tagen hat sie zu mir gesagt: »Du gehen weg, du haben Verwandte, nicht allein. Junge Herr kommen Tag für Tag, streichen herum bei den Bäumen, wollen dich mit-

nehmen. Du mit ihm gehen, machen Hochzeit, haben hübsche englische Kinder. Hier du müssen sterben wie arme kleine Alice.«

Und ich habe sie noch verspottet, habe gelacht und ihr hingeworfen, dass ich nicht an Häuser, die sich an Menschen rächen, glaube. »Außerdem sind wir doch viel zu nette Menschen, Falguni, wer hätte sich denn an uns zu rächen? Wir lieben das Haus, wir lieben Shimla, wir wollen nichts als friedlich unser Glück genießen.«

Falguni aber lachte nicht. Sie lacht nie, vielleicht kann sie mit ihrem eingefallenen Mund gar nicht lachen, oder sie hatte in ihrem Leben zum Lachen keinen Grund. »Böse sein nicht das Haus«, hat sie gewispert. »Nur er.«

»Was für ein Er, Falguni, du Bangemacherin?«

»Der alte Master.«

»Der ist tot, dummes Angsthäschen.«

Mit ihren Augen wie kleine Kastanien sah sie mich an, und auf einmal kam es mir vor, als flackerten diese Kastanien im Feuer. »Wenn von Toten bleiben zu viel Klagen und Leiden, dann Tote nicht gehen fort«, sagte sie. »Dann immer hier. Ohne Frieden.«

Damit raffte sie all die Tücher, die sie um ihr Gerippe von Leib geknotet trägt, und lief davon. Ich wollte mit Fergus darüber reden, dass wir für Falguni Ersatz finden müssen, dass sie die Aufgaben in dem großen Haushalt nicht länger bewältigt und darüber den Verstand verliert. Fergus aber will davon nichts hören, er sagt, Falguni wacht über den Tod, sie darf im Leben bleiben oder gehen, wohin sie will. Zudem wäre es ihm, wenn er sie aus dem Haus schickte, als schicke er seine Mutter fort. Ich hätte gern mit seiner Mutter darüber geredet, wie stur und unvernünftig ihr Sohn sein kann. Stattdessen versuchte ich es bei Zach und Erin, und natürlich hatte es wie üblich keinen Sinn.

»Damit haben wir nichts zu tun. Sprechen Sie mit dem Menetekel. Das kommt am Freitag.«

»Zum Donnerwetter, und warum kommt es nur am Freitag?«, schrie ich los. *»Was ist, wenn im Haus ein Feuer ausbricht? Muss man dann bis Freitag warten, damit das Menetekel aus Shimla die Feuerwehr holt?«*

»Das weiß ich nicht«, antwortete Zach allen Ernstes. »Fragen Sie das Menetekel.«

Erin sagte nichts, denn sie kann ja nichts sagen. Schlimm ist, dass von den anderen, die es könnten, eben auch niemand wirklich etwas sagt, nichts als Freitag-Freitag-Freitag oder »die arme kleine Alice«, und als ich Falguni angeraunzt habe, dass das eine Figur aus einem Kinderbuch ist, hat sie sich, wie so oft, umgedreht und ist davongelaufen.

Abigail verschanzt sich in ihrem Turm, und wenn Fergus nicht da ist, verriegelt sie hinter sich sämtliche Türen. Als könnte ausgerechnet ich ihr etwas antun! Dass ich auch wach liege und auf all die Geräusche lausche, das Knarren der Dielen, das Pfeifen des Windes und das Rasseln der Fensterscheiben, dass wir uns aneinanderkuscheln und die Angst teilen könnten, will sie nicht wissen.

Heute habe ich es nicht länger ausgehalten. Aus dem Knarren wurden Schritte, aus dem Pfeifen Geflüster und aus dem Rasseln Hände, die versuchten, die Gitter vor den Fenstern aufzubrechen. Wenn es mit der Angst so heftig wird, steht man am besten auf und sieht nach, hat Perdi mir beigebracht, also beschloss ich, ihren Rat zu befolgen. Das Wetter war wild, der Regen des Tages war bei Nacht zu Sturm geworden, aber ich schirmte mit der Hand meine Kerze und machte mich auf den Weg nach draußen. Ich würde mich vergewissern, dass alles in Ordnung war, und nebenbei hoffte ich, beim Safran Amelia zu treffen. Sie kann mir nicht helfen, dachte ich, sie braucht selbst Hilfe, aber Leid teilen hilft auch, und Perdi und ich haben es immer so gemacht. Ich verließ das Haus durch die Loggia, trat in die Arkade und musste auf einen Schlag stehen bleiben.

Diese Arkade muss einmal überwältigend schön gewesen sein. Wie hell und glanzvoll sie zu ihren besten Zeiten gewesen ist, verraten noch immer die zierlichen Säulen, deren Marmor sich im Dunkeln seinen einstigen Schimmer zurückholt. Das gesamte Kreuzgewölbe der Decke ist wie der Boden mit einem Mosaik in hellen, Mond und Sonne nachempfundenen Farben ausgekleidet. Vernachlässigung hat dazu geführt, dass all die Pracht mit einem schmierigen Film überzogen und kaum noch erkennbar ist, doch wenn man da und dort ein wenig reibt, erkennt man das Motiv, das in verschlungenen Formen das Mosaik beherrscht: Es ist die Blüte des Safrans. Die Blume, auf dem die Götter sich schlafen legen.

Ich hatte bereits Pläne geschmiedet, wie ich, wenn ich erst als Hausfrau die Zügel auf Fair Sisters *in die Hand nehmen würde, den Säulengang reinigen lassen und ihm seine einstige Pracht zurückgeben wollte, und wie Fergus es mir danken würde, weil er das Haus doch so sehr liebt und der Verfall ihn schmerzen muss.*

Außer mir und Amelia schien sich in dem Gang nie jemand aufzuhalten, und solange er derart verdreckt war, gab es dafür ja auch keinen Grund. Jetzt aber erstarrte ich mit der flackernden Kerze in den Händen, weil sich vor mir ein Beweis auftat, dass doch jemand hier gewesen sein muss.

An der Wand, in Augenhöhe, hatte ein barbarischer Mensch mit einem Meißel auf das Mosaik eingehackt und es zerstört. Auf dem Boden lagen zu Pulver zerhauene Scherben, und in den zerstückelten Ranken aus Safranblüten klafften ungelenke Reihen von Buchstaben. Ich führte die

Kerze näher heran, um zu sehen, was der Zerstörer dort eingemeißelt hatte, und mein Herz schlug vor Empörung höher. Was ich aber las, war entsetzlich und machte mir das Blut eiskalt. Es war eine Aufzählung, eine kurze Liste von Namen:

Dinah
Prudence
Alice
Genevieve
Della

Die Namen Dinah, Prudence, Alice und Genevieve waren mit dem Kreuz des Todes markiert. Genevieve musste gestorben sein, seit ich Pinewood Place *verlassen hatte. Im nächsten Augenblick war ich sicher, hinter mir jemanden lachen zu hören und rufen, dass ich als Nächste an die Reihe käme.*

Gehetzt von Furcht, rannte ich aus der Arkade in den nächtlichen Garten, jagte durch regennasses Gras und rief Amelias Namen. Ich glitt aus, als eine Hand mir in den Nacken langte, schrie in Todesangst auf und stürzte. Im Fall erkannte ich den Mann im hellen Leinenanzug, der mich gepackt hatte, sah sein von Hohn verzerrtes Gesicht und konnte mich nicht fangen, sondern rollte den Hang hinunter. Mein Körper überschlug sich mehrere Male, bis es mir endlich gelang, mich an den Halmen festzukrallen.

Die Nacht war wieder still bis auf die fernen Liebes- und Todesschreie von Tieren. Über den Himmel jagten sich geballte Wolken. Wie ich es fertigbrachte, mich aufzurappeln, ins Haus zurück zu flüchten und mich in meinem Zimmer zu verrammeln, weiß ich nicht. Nur dass ich daran dachte, wie gern ich leben wollte, wie mein Leben doch gerade erst anfing und wie mir die Vorstellung das Herz zerriss, die Menschen, die ich liebe, zurückzulassen. Fergus und Perdi. Abigail und Amelia. Die Kinder, die ich hatte haben wollen und die ich in meinen Gedanken schon kannte.

Ich lebe noch, aber mein Herz schlägt zum Zerspringen und hält keine solche Nacht der Angst mehr aus.

Ich weiß nun, dass mein Name auf einer Liste von Toten steht und dass ich die Nächste bin, die stirbt. Ich weiß, dass es nicht das Haus ist, das darauf lauert, mich zu holen, sondern der Mann, den ich mit seinem höhnischen Lachen über mir erkannte. Sein schwarzes Haar hat er sich hell gefärbt oder der Tod hat es gebleicht, doch davon ließ ich mich nicht täuschen. Sein Bild, auf dem er denselben hellen Anzug trägt, hängt auf dem Gang mit den Familienporträts neben dem von Amelia. Zudem tut die Ähnlichkeit, die mir an dem Bild nie auffiel, ein Übriges.

Ich weiß nun, dass ich unrecht hatte, Falguni, die Totenwächterin, zu verspotten.

Ich will nicht schreiben, sondern um Hilfe schreien.

Der Mann, der sich die Mädchen holt, die in diesem Haus leben, der seinen Kindern kein Glück gönnt und sich auch mich und am Ende die arme, verwirrte Abby holen wird, ist Robert Fortescue.

24

Die Erhebung, auf der die *Vizeregal Lodge* thronte, war die zweithöchste um Shimla und hieß *Observation Hill*, wurde jedoch von jenen, denen der Zugang verwehrt blieb, Olymp genannt. Heim der kleinen Blechgötter. Aus dem Dunkel des Waldes, durch den in Serpentinen die Straße führte, ragte hell erleuchtet das Gebäude mit dem abfallenden Park, der ebenfalls in Licht getaucht lag. Rikschas, Ochsenkarren, Reiter und Fußgänger strebten der Helligkeit entgegen wie Pilger einem Wallfahrtsort.

Der Mann, der die Rikscha zog, in der Marcus und Perdita saßen, keuchte vor Anstrengung. Genevieve und ihre Mutter fuhren ein Stück voraus, und Onkel Joseph war gleich nach der Arbeit in den Gesellschaftsräumen des Palastes erwartet worden. Junge Leute, die einander kannten, riefen einander in der Fahrt Grüße und Komplimente zu. Hinter dem Waldrand erstreckte sich ein Tennisplatz, der im Dunkel lag, doch gleich darauf war jeder Strauch, jede Baumkrone, jeder Pavillon mit dem Gefunkel von Lichterketten geschmückt.

Hierher war die Elektrizität also doch vorgedrungen. Wie um es zu beweisen, mussten die Gastgeber sämtliche Lampen in den drei Stockwerken des Bauwerks eingeschaltet haben. Von Licht übergossen, standen Gäste in Gruppen auf dem Vorplatz, lachten und ließen ihre Gläser klirren. Aus den geöffneten Toren drangen wie hingetupft Klänge eines Walzers.

»Gefällt es dir?«, fragte Marcus. »Ich weiß, du bist aus London anderes gewohnt, aber wie man es sich gut gehen lässt, wissen auch wir hier in Shimla.«

Perdita war nichts anderes aus London gewohnt, auch wenn sie mehrere Jahre lang die Saison dort verbracht hatte und bei Hof vorgestellt worden war. Das hier war anders. Vergnügung im Überfluss, regelrecht nackte, gierige Lust am Leben, die sich nicht scheute, sich zur Schau zu stellen, und keinen Farthing um ein Morgen gab.

»Ja, es gefällt mir«, sagte sie, ohne sicher zu sein, ob das der Wahrheit entsprach. Seine Hand, die in der Enge der Rikscha wie absichtslos auf ihren Arm gewandert war, schob sie beiseite. Hätte er ihr nicht soeben seine Gefühle gestanden, wäre sie für das bisschen Vertrautheit zwischen ihnen wohl dankbar gewesen. So aber kauerte sie steif auf der Kante ihres Sitzes und hielt die räudige Pelzstola, die Gladys ihr geliehen hatte, um ihre Schultern fest.

Warum reagierte sie so? Sie mochte Marcus gern und er hätte einen weit passableren Ehemann abgegeben, als sie es sich als durchgebranntes Mädchen erhoffen durfte. Dass sein Vater Geldprobleme hatte, konnte der Grund nicht sein. Marcus war jung, er hatte ein angenehmes Auftreten und konnte sich eine eigene Stellung im Leben schaffen. Zudem erlebte Perdita gerade, dass ihr Mangel an Geld nicht viel ausmachte.

Es ist, weil ich in Shimla nicht bleiben werde, sagte sie sich. *Wenn ich in den nächsten Tagen zu meiner Schwester nach Hause fahre, beginnt ein neues Leben, und ich sehe Marcus nie wieder. Wozu also etwas anfangen, das zu nichts führen kann?*

Vielleicht lag es zusätzlich daran, dass sie sich nicht vorstellen konnte, sich noch einmal mit allem Vertrauen in die Hände eines Mannes zu geben, wie sie sich Caleb in die Hände gegeben hatte. Obendrein war da jenes Ungesunde, das Marcus anhaftete und das ihr Angst machte.

In *Pinewood Place* hatte seine Mutter ungeduldig nach ihnen gerufen und Perdita damit eine Antwort auf sein Geständnis erspart. Früher oder später aber würde sie ihm eine geben müssen. Sein Blick, der kein Ziel als ihr Gesicht zu kennen schien, verriet ihr, wie dringlich er darauf wartete.

Ihre Rikschas hielten auf einem runden, gepflasterten Platz, wo bereits ein Pulk von ähnlichen Gefährten stand. Einem erschöpften Pferd, das eine harte Berganfahrt hinter sich hatte, hätte man den Hals geklopft und nach etwas Abkühlung einen Trunk Wasser bringen lassen, was aber tat man mit einem erschöpften Mann? Der Inder keuchte und hing kraftlos zwischen den Stangen. Sein dunkles Gesicht war trotz der kühlen Nachtluft schweißüberströmt.

»Der Bursche macht es nicht mehr lange«, sagte Marcus und zog Perdita von ihm weg, führte sie dem Strom der Gäste hinterher in Richtung Palast. Als sie über ihre Schulter zurückblickte, um zu sehen, ob für den Mann gesorgt war, bog er ihr sanft das Gesicht nach vorn. »Das nächste Mal muss ich darauf bestehen, dass man uns Fahrer in besserem Zustand schickt. Aber das nächste Mal werden wir wohl erst im April wieder herkommen. Die Saison ist zu Ende. Für gewöhnlich löst das in mir Wehmut aus: wieder ein Sommer ohne besonderes Ereignis, ohne Hoffnung auf Veränderung.«

Perdita hatte nicht gewusst, dass ihm an Veränderung so viel gelegen war, doch jetzt schien es ihr nur allzu verständlich. Das Leben, das er führte, besaß keinerlei Reiz, bot für einen jungen Mann keine Herausforderung. Er schien im

Haus nichts zu sagen zu haben, und es gab keine Aufgabe, die er erfüllte.

Er hielt sie am Arm zurück, um ein wenig Abstand zwischen sie und seine Familie zu bringen. Perdita bemühte sich, nicht zur Seite, sondern strikt geradeaus zu blicken. Auf der Freitreppe neben dem Vorbau stand ein Paar in festlicher Abendgarderobe, flankiert von vier Wachsoldaten, die farbenprächtige Uniformen und passende Turbane trugen: Charles Hardinge und Lady Winifred, seine Vizekönigin. Am Fuß der Treppe präsentierten sich weitere Wachsoldaten hinter einer Reihe von fünf kleinen Kanonen.

»Heute aber ergeht es mir nicht so«, fuhr Marcus fort. »Im Gegenteil. Ich bin sogar froh, dass die Saison vorbei ist, dass wir bald diesen ganzen faulen Zauber hinter uns haben. Den Grund dafür kennst du, nicht wahr? Der Grund bist du.«

»Marcus«, begann sie, ohne sich ihm zuzuwenden, sah den Soldaten zu, die die Kanonen luden. »Für mich ist dies kein guter Zeitpunkt, um über solche Fragen nachzudenken. Ich muss nach England zurück und meine Schwester wiederfinden, unsere gesamte Zukunft liegt im Ungewissen und …«

»Ich habe das alles hier satt«, fiel ihr Marcus ins Wort und wies mit einem Armschwenk über den Platz mit den Kanonen, die Freitreppe, die Gäste, deren Gelächter der Abendwind mit ihren Atemwolken davontrieb. »Das verdammte Shimla. Die verdammten Berge, die wie eine von diesen Schatullen sind, in denen alter Plunder aufgehoben wird. Indien, das einen Mann in die Knie zwingt, selbst wenn er kämpft und kämpft. Dessen Gesetze kein weißer Mann begreifen kann, selbst wenn er in diesem verfluchten Land geboren ist. Lass uns nach England gehen, Perdita. Ehe du kamst, war ich nicht sicher, ob ich bis zur nächsten Saison überhaupt noch lebe, aber durch dich schöpfe ich wieder Hoffnung. Mit dir fange ich neu an, wir gehen nach England, lassen all das hinter uns.«

Aber du bist doch noch keine dreißig, hatte Perdita dazwischenrufen wollen, *wie kannst du schon derart apathisch sein, derart lebensmüde?* Ein Blick auf sein Gesicht ließ sie jedoch verstummen. Im Licht der Laternen wirkte er geisterbleich, die Wangen ausgezehrt, die Augen schwarz umschattet und von einer Verzweiflung gezeichnet, die an Todesangst zu grenzen schien. Sie wollte ihm Mut zusprechen, zugleich aber ganz und gar ausschließen, dass er mit ihr nach England kam. Allein bei der Vorstellung verspürte sie eine solche Enge um die Kehle, dass sie sich an den Hals greifen und den Kragen ihres Kleides lockern musste.

Im nächsten Moment wurde sie abgelenkt: Auf die Freitreppe traten drei Bläser, die eine Fanfare spielten, und aus dem Wald tauchte der kurioseste Zug auf, den Perdita je zu Gesicht bekommen hatte. Allem voran ritten zwei dunkelgesichtige Inder in schneeweißen, knöchellangen Röcken und roten Turbanen, ihre Pferde mit Schabracken aufgeputzt wie zu Paraden am britischen Königshof. Am Ende des Zuges folgten zwei weitere Reiter und vor ihnen her wurden mehrere Sänften in schillernden Farben getragen. In der Mitte aber wankte mit majestätischen Schritten ein Elefant.

Er schien etwas von den Bergen zu haben – die Erhabenheit und die Gleichgültigkeit. Um den überdachten, glitzernd geschmückten Thron, der auf seinem Rücken befestigt war, scherte er sich so wenig wie um den Mann, der darin saß. Jener war nach derselben Art gekleidet wie die Reiter, jedoch um Etliches prächtiger. Vor ihm, im Nacken des mächtigen Tieres, kauerte ein kleinerer Mann mit gekreuzten Beinen, der es mit einem kurzen Stock dirigierte.

Die Fanfare endete, als der Zug mit dem Elefanten vor der

Treppe zum Stehen kam. Das Vizekönigspaar schritt die Stufen hinunter, und die Gäste hasteten nach hierhin und dorthin, um sich zur Gasse aufzustellen. Geschwätz und Gelächter verstummten. Der Lenker klopfte dem Elefanten mit dem Stock auf den Kopf, und in hoheitsvoller Langsamkeit ging das Tier in die Knie. Bedienstete sprangen herbei, um dem Mann vom Thron zu helfen, doch dieser schwang sich überraschend elegant allein vom Rücken des Riesen. Kaum berührte sein Fuß den Boden, krachte der erste Salut-Schuss.

»Wer ist der Mann?«, fragte Perdita, die fasziniert dem Schauspiel zusah und dabei fast vergessen hatte, über was für heikle Klippen ihr Gespräch sich zuvor bewegt hatte.

»Bijai Chand«, knurrte Marcus. »Der Raja von Bilaspur. In Wahrheit nicht mehr als eine Marionette, die mit ihrem Fantasiegebilde von Staat von unseren Gnaden abhängig ist. Weil sich Amtsinhaber wie Charles Hardinge aber nicht gern streiten, werden solche Popanze weiterhin hofiert, und wir müssen diese Zirkusvorstellung über uns ergehen lassen.«

Elf Salutschüsse wurden abgefeuert, dann traten Hardinge und seine Frau auf den fürstlichen Gast zu und bereiteten ihm und seinem Gefolge einen geradezu herzlichen Empfang. Weitere Würdenträger schlossen zu ihnen auf, schüttelten Hände, verneigten sich, tauschten die Ehrerbietungen zweier Kulturen. Perditas Hirn fügte Bruchstücke zusammen: Von einem Elf-Salut-Staat namens Bilaspur hatte Edgar Kedleston vom *Shimla Echo* erzählt. Wenn sie richtig schloss, dann war Tushar Vashisht mit dem Mann, der hier mit so viel Würdigung begrüßt wurde, verwandt. Im Geiste sah sie ihn vor sich, wie er im Hemd, mit zerrauftem Haar und kreidebefleckten Händen seinen Mädchen Unterricht erteilte. In das formelle Zeremoniell vor ihren Augen passte er in etwa so gut wie der Elefant in einen britischen Salon. Kein Wunder, dass er sich mit seiner Familie überworfen hatte.

Ein bisschen wie ich, durchfuhr es sie. *Und seine Familie scheint zumindest hier in Indien der meinen im Rang nicht nachzustehen.*

Charles Hardinge und Lady Winifred nahmen ihren illustren Gast in die Mitte, stiegen mit ihm die Stufen hinauf und verschwanden im Palast. Damit schien der Ball offiziell eröffnet. Augenblicklich hoben die Gäste wieder an zu lachen und zu schwatzen, schlossen sich zu Gruppen zusammen und folgten ihren Gastgebern in den Lichterglanz des Gebäudes.

»Und genau deshalb werden wir hier auf ewig wie im finstersten Mittelalter unser Dasein fristen und mit dem Fortschritt im Mutterland nicht mithalten können.« Marcus sah aus, als wolle er ausspucken. »Rückständige Provinzler bleiben wir, machen uns zum Gespött, weil wir in den Fängen dieser abartigen Gebräuche festhängen, die unserem britisch-christlichen Wesen bis ins Mark widerstreben.«

Sein Ausbruch erschreckte sie. »Ich finde euch nicht rückständig«, sagte sie. »Für mich seid ihr wie euer Wetter. Entweder so heiß, dass man erstickt, oder so kalt, dass einem der Atem gefriert. Bei euch gibt es kein Mittelmaß. Eure Berge reichen bis an den Himmel, eure Gewürze berauschen stärker als Whisky, und bei euren Leidenschaften geht es nie um Polo oder Bridge oder Scones mit Erdbeerkonfitüre, sondern grundsätzlich um Leben und Tod.«

Er starrte sie an. »Um Leben und Tod geht es mir auch«, stieß er heraus. »Geh mit mir nach England, Perdita.«

Sie fror, wollte in das Gebäude entfliehen, wo Licht sie umfing und andere Menschen waren. Der Platz, der noch eben vor Leben gesummt hatte, erstreckte sich jetzt leer bis zum Waldrand, und all die Lichterketten, die ihn mit ihrem Glanz umrundet hatten, hatte jemand gelöscht. Der Elefant und all die Pferde waren davongeführt worden.

»Ich liebe dich«, sagte Marcus.

»Du kennst mich doch gar nicht«, rief Perdita.

»Ich denke, ich kenne dich gut genug. Schließlich sind wir Cousin und Cousine, und wir haben rasch gespürt, dass unsere Naturen sich ergänzen. Wir lieben beide das Mittelmaß, das du beschreibst, wir sind durch und durch britisch, im Blut wie im Geist: Besonnen, nicht maßlos und taub gegen die Stimme der Vernunft, wie die arme Della es gewesen ist.«

Wie Eiswasser fuhren ihr seine Worte ins Mark.

»Du sprichst von Della, als wäre sie nicht mehr am Leben. Dabei ist sie gesund, du hast es selbst gesagt. Nur ist sie nicht bei irgendeiner Bäuerin untergekrochen, sondern auf dem Weg nach Hause, vielleicht sogar schon angekommen.«

»Nach England, meinst du? Das ist Unsinn. Wer behauptet das?«

»Fergus Fortescue.«

»Wer auch sonst?«, höhnte er so laut, als sollten noch die Paare, die sich hinter den erleuchteten Fensterscheiben im ersten Stockwerk zu Musik drehten, ihn hören. »Der Mensch kennt keine Skrupel, er lügt, ohne mit der Wimper zu zucken. Wäre es mir nicht zutiefst zuwider, mit ihm ein Wort zu wechseln, würde ich ihn fragen, wie eine junge Frau ohne ihren Pass denn bitte schön nach England kommen soll.«

»Ohne ihren Pass?«

»Sie hat ihn mir gegeben«, erwiderte er. »Sie hatte Angst, dass Fortescue ihn ihr wegnehmen würde, also hat sie ihn mir zur Aufbewahrung anvertraut.«

»Du hast dich mit Della getroffen, während sie bei Fortescue wohnte?«, rief Perdita. »Aber warum hast du mir denn davon nichts erzählt?«

»Weil ...« Sein Gesicht, auf das noch immer das Licht der Torlaternen fiel, wirkte nicht länger bleich, sondern fahl. »Weil ich dich nicht noch mehr beunruhigen wollte, Perdita.

Du hast mir so leidgetan, wie du an jenem Abend in unserem Salon gestanden hast, die endlose Reise in den Knochen, die Angst um deine Schwester im Gesicht und trotz allem so schön wie eine Blume, eine von diesen kleinen, durch und durch englischen Blumen auf Bildern – wie heißen sie noch? Himmelsschlüsselchen.«

So hatte Caleb sie genannt. An ihrem letzten, entsetzlichen Tag, an dem sie dasselbe Kleid getragen hatte, dessen Rock jetzt der Nachtwind bauschte. Der Strom aus Worten, mit dem Marcus fortfuhr, war jedoch so viel entsetzlicher, dass sie darüber Caleb, irgendwelche Kleider und Gerede über Blumen vergaß. »Verzeih mir«, sagte er. »Ich habe es nicht übers Herz gebracht, dir an jenem Abend ins Gesicht zu werfen, was mich seit Wochen quälte: Della hatte Angst um ihr Leben. Ich habe mich regelmäßig mit ihr getroffen, vorgeblich, weil ich ihr Post bringen sollte, obwohl niemals welche für sie eintraf. In Wahrheit habe ich mich auf diese Treffen eingelassen, weil ich sie zur Familie zurückholen wollte. Und sie selbst hatte ebenfalls andere Gründe.«

Er wiegte den Kopf, bis Perdita ihn anherrschte: »Sprich weiter, hör endlich auf mit dieser Geheimniskrämerei. Was für Gründe hatte Della, um sich mit dir zu treffen?«

»Um genau zu sein, gab es nur einen Grund.« Er räusperte sich, legte ihr seine Hand, die nicht ganz sicher war, auf die Schulter. »Sie hatte sich innerlich von Fortescue abgewandt, wie es übrigens nicht selten geschieht. Frauen, gerade junge Mädchen, wie auch meine Schwester eines war, sind geblendet von ihm und damit blind für die Untiefen seines Charakters. Mit jeder Facette seines Wesens, die sich enthüllte, wurde Della jedoch klarer, an was für einen Menschen sie geraten war. Die Faszination schwand, und darunter erwachten andere Gefühle. So leid es mir tut, muss ich dir sagen, dass Della ihr Herz für mich entdeckt hatte.«

»Und warum tut dir das leid?«

»Weil ich ihre Liebe nicht erwidern konnte. Weil ich mir seither wünsche, ich hätte es getan, denn dann …«

»Dann was?«

Er sah sie an, die Augen aufgerissen und umschattet. »Weil sie sich dann durchgerungen hätte, ihn zu verlassen und mit mir nach Hause zu kommen. Weil sie dann noch leben würde. Ja, Perdita, das ist die Wahrheit, die ich dir an jenem ersten Abend nicht zumuten konnte: Ich bin überzeugt davon, dass deine Schwester nicht mehr lebt. Ich habe Himmel und Hölle in Bewegung gesetzt, um die *Imperial Police* in dieses Mörderhaus zu bringen, ehe sie gemächlich Pfeife rauchend ins Tal zockelt und den Winter so desinteressiert verschläft wie den Sommer. Aber ich bin an der verfluchten Ignoranz dieser Stadt gescheitert. Shimla will tanzen. Shimla will seine saftigen kleinen Skandale genießen und sonst nichts sehen, nichts hören und nichts sagen. Bis der Frühling kommt, wird Fergus also Zeit haben, sämtliche Beweise zu vernichten. Wie die anderen Male.«

»Welche anderen Male?«

»Der erste Mord, den er begangen hat, war der an seinem Vater. Mit der Familie hat schon immer etwas nicht gestimmt, aber mit dieser Tat hat er die letzte Beherrschung über sich verloren.«

»Die Kommission hat auf Unfall entschieden«, protestierte Perdita.

»Weil sie es wollte. Weil britische Aristokraten nicht ihre Väter umbringen. Und weil sein indischer Vasall für ihn gelogen hat. Gegen einen ordentlichen Preis, versteht sich. Fortescue hat ihm anschließend ein ansehnliches Stadthaus übereignet, und wie viel er monatlich dieser verkappten Organisation von Bombenlegern, *Gesellschaft der Freunde*, in den Rachen stopft, möchte ich nicht wissen.«

Nicht auch noch Tushar, begehrte es in Perdita auf. Es konnte nicht wahr sein, und doch passte alles zusammen, löste ein Gleichungssystem mit zwei Unbekannten.

»Meine Schwester und ich, wir wollten es selbst nicht glauben«, fuhr Marcus fort. »Wir haben ihn mit Klauen und Zähnen verteidigt, bis wir auf die Spur eines Dienstmädchens stießen, das in seinem Haus verschwunden war. Die Wahrheit ist hässlich, Perdita. So hässlich, dass es uns oft unmöglich scheint, ihr ins Gesicht zu blicken. Meiner armen Schwester erging es so. Fergus aber hatte längst erkannt, dass sie im Begriff stand, ihn zu durchschauen. Deshalb hat er den Liebhaber erfunden und die Verlobung gelöst. Damit sie ihm nicht auf die Schliche kommt. Hätte sie nicht die Kraft aufgebracht, die Trennung hinzunehmen, hätte sie das Schicksal der anderen armen Seelen geteilt: Er hätte ihr den Schädel eingeschlagen und sie vergraben.«

»Das kannst du nicht ernst meinen«, rang sich Perdita ab. »All diese melodramatischen Spukgeschichten von dem Haus, das Leute verschlingt, wirst doch du wohl nicht glauben.«

Marcus schüttelte den Kopf. »Ich glaube kein Wort davon. Das Haus, das seit General Ochterlonys Zeiten an Europäern Rache nimmt, weil sie das Heiligtum des Affengottes geschändet haben, hat Fergus erfunden, genau wie die Toten, die angeblich darin spuken und morden. Um dem Ganzen mehr Würze zu geben, hat er das Haus in *Fair Sisters* umbenannt. In Wirklichkeit ist der einzige Spuk, der einzige Dämon, der darin umgeht und den Tod bringt, er selbst.«

Perditas Herz hämmerte so heftig, dass sie den Hufschlag, der über den Vorplatz hallte, im ersten Augenblick für dessen Echo hielt. Erst als Marcus murmelte: »Wenn man vom Teufel spricht«, wandte sie den Kopf. Durch die Dunkelheit ritt ein Mann auf einem Rappen, einem Vollblut, das in der

Bewegung Grazie und Kraft vereinte wie Ey de Net. In fließendem Trab überquerten sie den Vorplatz, als wären das Pferd und sein Reiter, der ein schwarzes Cape trug, aus einem Guss. Dort wo die Front des Gebäudes endete und ein Seitenweg vermutlich zu den Stallungen führte, wendete er den Rappen, ohne ihn zu zügeln, sprang im Trab ab und lief neben ihm her, bis das Tier von allein seine Gangart verlangsamte. Als es schließlich zum Stehen kam, beugte es den Hals und ließ sich von seinem Reiter liebkosen.

»Dass der sich noch herwagt, schlägt jedem Fass den Boden aus.« Marcus umklammerte Perditas Handgelenk. »Damit zeigt er uns, in welcher Sicherheit er sich wiegt, und dass er für unsere Versuche, ihn zu überführen, nur Spott übrig hat. Und weshalb sollte er nicht? Ich renne ja überall gegen Wände, dass mir längst die Stirn blutet. Mein eigener Vater kehrt alles unter den Teppich und gebietet mir zu schweigen, weil Fergus unter Hardinges Schutz steht, und Vater es sich mit dem nicht verderben will. Mit seinem reichen Cousin will er es sich natürlich auch nicht verderben, aber er nahm an, die Geschehnisse ließen sich vertuschen, weil dein Vater nicht reisen kann. Damit, dass stattdessen du hier auftauchen würdest, hatte er nicht gerechnet.«

Mit einem Ruck machte Perdita sich frei. »Ich habe ihn herbestellt«, sagte sie.

»Wie bitte? Wen?«

»Fergus Fortescue. Ich habe ihn herbestellt.«

Ihr Herz raste noch immer. Der Mann, der dort unten in den Nachtschatten den Kopf seines schwarzen Pferdes umarmte, hatte womöglich ihrer Schwester ein Leid angetan. Das schlimmste, das nicht wiedergutzumachende Leid. Dem zum Trotz zog alles sie zu ihm, wollte sie die Stufen hinunterspringen und ihm entgegenlaufen. Den Stallknecht, der kam, um ihm das Pferd abzunehmen, schickte er fort und führte den Rappen selbst um das Gebäude. Wie gestern in Tushars Schule sah Perdita ihm nach, während er aus ihrem Blickfeld verschwand.

»Perdita!« Marcus war ihr gefolgt, packte ihren Arm und rüttelte ihn. »Warum stehst du da wie eine Statue, was ist denn in dich gefahren?«

Unnötig heftig riss sie sich los. »Fass mich nicht ständig an.« Sie wollte ihm sagen, dass es sich nicht schickte, doch stattdessen sagte sie: »Es gefällt mir nicht.«

Ungläubig suchte sein Blick ihr Gesicht ab. »Aber ich habe dir doch gesagt, wie ich für dich empfinde. Dass meine Absichten ernst sind. Dass ich mit dir nach England will.«

»Aber du hast mich nicht gefragt, was ich will«, versetzte sie. »Wie auch immer, ich habe Mr. Fortescue gebeten, herzukommen, also werde ich ihn jetzt auch begrüßen. Du solltest nach drinnen gehen, Marcus. Du versäumst den Ball.«

Er kam ohne sein Pferd zurück. Perdita drehte sich nach Marcus nicht mehr um, sondern rannte die Stufen hinunter. Fergus Fortescue hörte ihre Schritte, blieb stehen und hob den Kopf. Durch das Dunkel und das Wispern der Nacht blickten sie einander an.

25

Autumn Hall, Shimla, irgendwann.

In Verzweiflung.

Er schickt mich weg, mein Fergus. Mein ein und alles. Er sagt, er will, dass ich gehe.

Ja, es ist wahr, ich habe mich seiner Anordnung widersetzt und Marcus wieder bei den Bäumen getroffen, aber doch nicht aus böser Absicht, nie und nimmer um Fergus zu verletzen. Meine Gründe waren völlig ehrenwert: Zum einen wollte ich Marcus nicht vor den Kopf stoßen, wo ihm so viel daran gelegen ist, sich zu überzeugen, dass mir nichts fehlt. Zum andern wehrt sich alles in mir dagegen, mich weit von hier fortzubegeben, als hätte ich Angst, ich käme dann nicht mehr zurück. Schon gar nicht will ich fort, wenn Fergus daheim ist. Ich warte dann wie ein kleines Hündchen darauf, dass mein Herr mit seiner Arbeit fertig ist, laufe im Haus umher und versuche, mich selbst und alles um mich herum für ihn so hübsch wie möglich herzurichten. Wenn er dann abends doch keine Zeit hat, sondern in seinem kleinen Salon, am Schreibtisch eingeschlossen bleibt, bin ich enttäuscht und dennoch froh, weil ich ihn in der Nähe weiß.

Ja, es ist wahr, ich hatte noch einen dritten Grund, Marcus den Wunsch nach jenem Treffen nicht abzuschlagen, aber auch der war weit von jeder Bosheit entfernt. Ich dachte bei mir, es könnte Fergus nicht schaden, wenn er ein klein wenig Eifersucht zu spüren bekäme. Nicht so, dass er an meiner Liebe zweifeln würde, sondern höchstens so, dass er sich auf das kleine Mädchen in seinem Haus einmal wieder besinnt, ein Mädchen, das so manchen Mann für sich gewinnen könnte, aber keinen anderen will als ihn.

Ich bin so allein ohne ihn. Ich habe Angst vor dem Tag, an dem er wieder fortgeht und sein Vater mich bedroht. Ich weiß, ich kann darüber nicht mit ihm sprechen, und ich würde auch niemals Verrat an ihm begehen und darüber mit Marcus sprechen. Aber es tat mir gut, dass noch jemand sich um mich scherte, dass es jemandem auffallen würde, wenn ich fort wäre, und ich dachte mir: Vielleicht sucht Fergus heute nach mir, derweil ich mit Marcus bei den Bäumen bin, und vielleicht ist er anschließend froh, dass er mich wieder bei sich hat. Vielleicht lässt er mich heute Abend in seinen Salon, und wir sitzen zusammen am Fenster, gegen das der Wind stürzt, und trinken ein Glas Wein.

Oder wir tanzen noch einmal wie in den ersten Tagen, nur wir beide durch den großen, dunklen, leeren Saal, zu unserem Lied aus dem Phonographen:

»Long years have passed now, I never wed
True to my lost love, though she is dead.
She tried to tell me, tried to explain.
I would not listen, pleadings were vain«

Ich habe auch versucht, es ihm zu erklären, ich habe gebettelt, doch er wollte nichts hören. Ich soll gehen, sagt er. Ob er selbst mich gesehen oder ob Abigail mir wieder hinterherspioniert hat, weiß ich nicht, sondern nur, dass er mich nicht mehr will. »Bei Marcus Micheldever bist du besser aufgehoben«, sagt er. »Auf der Hut sein musst du auch bei ihm. Die Chinesen kämpfen nicht zum Vergnügen darum, uns die Einfuhr unserer einschläfernden Blumen endlich zu verbieten, sondern weil sie ihr Volk nicht zugrunde gehen sehen wollen. Aber wenn du das im Kopf behältst, triffst du mit Marcus keine schlechte Wahl. Wer weiß, vielleicht rettest ja du ihm das Leben.«

Ich habe geweint, gebettelt und mich ihm zu Füßen geworfen, ich habe ihn angeschrien, dass ich ein dummes Mädchen bin, das ihn liebt und keine Ahnung von Chinesen und einschläfernden Blumen und sonst etwas hat. Dass mir Marcus bis dorthinaus gleichgültig ist und ich nur bei ihm bleiben will, selbst wenn sein Vater mich tötet. Selbst dann.

Er hat gesagt, ich soll gehen. Weil ich nicht aufgehört habe, zu weinen und weil die Nacht aufzog, hat er sich erweichen lassen und erlaubt, dass ich bis morgen bleibe. Er müsse in der Frühe wieder ins Tal, bliebe ein paar Tage lang fort, und wenn er zurückkäme, wolle er mich hier nicht mehr sehen. Gern könnte er mir Tushar schicken, der mir behilflich sein würde.

Ich wusste und weiß mich vor Verzweiflung nicht zu fassen. All meine Beteuerungen, meine Liebesschwüre halfen nichts. In meiner Not versuchte ich mich wenigstens vor dem Schlimmsten zu retten und zu erreichen, dass ich bis zu seiner Rückkehr bleiben durfte. Wenn ich ihn dann erst wieder hätte, dachte ich, wenn er mich vermisst hätte, würde am Ende noch alles gut. Also erbot ich mich, auf Abigail und Amelia zu achten, während er auf seiner Reise wäre.

»Du weißt, den beiden, vor allem Abigail geht es nicht gut.«

»Warum sollte es ihnen nicht gut gehen?«, fragte er. »Soweit ich weiß, geht es ihnen so gut, wie es ihnen seit Jahren gegangen ist.«

»Ich weiß, du tust alles, damit es ihnen gut geht, Fergus, niemand könnte das abstreiten. Aber Abigails Zustand hat sich verschlechtert. Sie verkriecht sich, hockt in ihrem Turm,

und wenn sie überhaupt zu den Mahlzeiten kommt, starrt sie stumm in dieses Buch.«

»Wenn sie bei den Mahlzeiten ein Buch lesen will, soll sie das tun. Das hier ist mein Haus. Darin soll jeder tun, was er will.«

»Aber das Buch ist für Kinder, mein Schwarzmilan. Und Abigail läuft damit herum wie ein Kind und greint, sie will so klein wie Alice sein und in ein Kaninchenloch passen.«

»Nenn mich so nicht!«

»Warum denn nicht? Es ist ein Name der Liebe.«

»Ich habe gesagt, du sollst mich nicht so nennen.«

Es tat mir weh. Amelia nennt ihn oft so, wenn sie von ihm spricht, und ich habe ihn bei mir so genannt, seit ich den wunderschönen nachtdunklen Vogel gesehen habe, der mit seinen weiten Schwingen immer allein fliegt, der über Indien kreist und es liebt und schützt. Fergus liebt Indien auch und wünschte, er könnte es schützen. Ich hätte ihn so gern weiter meinen Schwarzmilan genannt, aber das andere – bis zu seiner Rückkehr bleiben zu dürfen – war wichtiger. »Also schön, Fergus«, sagte ich deshalb. »Bei allem Zorn, den du auf mich hast, ist das, was Abigail treibt, doch nicht gesund, und ich denke, wenn du keinen Arzt für sie willst, sollte wenigstens ich ein Auge auf sie haben.«

Kerzengerade saß er vor mir. Ich glaubte zu spüren, wie ihn sein wundgeschlagener Rücken schmerzte, und hätte ihn in die Arme nehmen und seine müden Schultern streicheln wollen. »Ich wüsste nicht, warum es nicht genügen sollte, dass Falguni, Zach und Erin ein Auge auf sie haben, wie es jahrelang genügt hat«, sagte er und stand auf, um in seinen Salon zu gehen und die Tür hinter sich zu verriegeln.

Ich schrie auf, ich griff nach ihm, doch er streifte mich ab und ging zur Tür. »Und wenn es tatsächlich Probleme gibt, kann sich Paul darum kümmern«, sagte er beiläufig, als sprächen wir über eine Einladung zum Tee. »Er kommt am Freitag.«

26

Die Welt war mit sich selbst beschäftigt, aß, trank, tanzte und flirtete, wirbelte um ihre Achse und sonnte sich in ihrem Glanz. Als Perdita am Arm von Fergus Fortescue in den Raum trat, erstarrte sie dennoch in ihrer Bewegung, als hätte Dornröschen sich an einer Spindel gestochen.

Eine breite, von livrierten Dienern gesäumte Treppe führte in den ersten Stock mit den Gesellschaftsräumen. Drei Säle mit weit geöffneten Flügeltüren gingen ineinander über. Auf die Empfangshalle, die eine Garderobe beherbergte, folgte ein großer Salon, der in den Ballsaal mündete. Kronleuchter tauchten ihn in gleißendes Licht, und auf den Simsen der hohen Erkerfenster waren zusätzlich Kerzen aufgestellt. An der hinteren Wand war das Podium für das Orchester platziert, das den Saal in schmelzenden Geigenklängen badete. Seide rauschte, Geschmeide blitzten. Paare drehten sich wie auf einer Spieluhr umeinander. Der Walzer schien nicht nur einer anderen Welt, sondern einer anderen Zeit zu entstammen, einer Märchenzeit, die es nie wirklich gegeben hatte und nie zu geben brauchte.

»Ich bin Cinderella«, hatte Della ausgerufen, als sie in ihrer Saison als Debütantin auf ihren ersten Ball geführt worden war. »Wenn die Musik verklingt, lasse ich auf der

Treppe meinen gläsernen Tanzschuh fallen, damit mein Prinz mich wiederfindet und der Ball nie zu Ende geht.«

Perdita hatte sie gescholten. Das Leben sei kein unendlicher Ball, sie solle endlich beginnen, es ernst zu nehmen.

»Ach Perdi.« Silbrig wie die Glanzpunkte, die der Lampenschein ihrem Haar aufsetzte, hatte Della gelacht. »Und wann beginnst du und nimmst es einmal leicht? Zu unserem nächsten Geburtstag schenke ich dir einen gläsernen Schuh.«

Dazu war es nicht mehr gekommen. Dellas erste Saison in London war zugleich ihre letzte gewesen. Perdita spürte, wie alles in ihr sich wehrte: Della war am Leben, sie war gewiss schon zu Hause und würde noch auf etlichen Bällen tanzen und Geburtstage mit ihr teilen.

Zu deinem nächsten Geburtstag schenke ich dir einen gläsernen Schuh.

Es war ein Versprechen. Sie würde es halten. Für diese Nacht aber wünschte sie sich, sie hätte selbst einen.

Auf der Schwelle blieb Fergus Fortescue mit ihr stehen. Die Damen im Tanz verdrehten die Hälse, die Herren an der Champagner-Bar hielten mit dem Glas vorm Mund inne. Auf einen Herzschlag betroffenen Schweigens folgten Geflüster und Getuschel, von dem die Luft zu zischen schien.

Perdita glaubte zu wissen, was sie einander zuraunten, glaubte, Bruchstücke zu erhaschen:

»Dass dieser Mensch sich noch einmal herwagt – hat er überhaupt keine Scham?«

»Aus seinem Haus soll doch ein Mädchen verschwunden sein, die kleine Nichte von der ärmsten Gladys …«

»Als hätte er der ärmsten Gladys nicht Kummer genug bereitet, als er die süße Genevieve hemmungslos kurz vorm Altar sitzen ließ.«

»Und die Polizei unternimmt wie immer nichts.«

»In was für Zeiten leben wir, wenn wir nicht einmal unsere Töchter vor solchem Unhold schützen können?«

Sie glaubte aber auch zu wissen, was all die Damen – alte wie junge – dachten, während sie Fergus Fortescue so ungeniert beglotzten, wie es in keinem englischen Salon vorstellbar gewesen wäre:

»Er mag ja ein Dämon sein – aber wäre er nicht hinreißend, wenn man's nicht wüsste?«

»Weshalb ist die Natur eigentlich so unfair und macht einen Dämon so schön?«

»Ob es wohl sehr gefährlich ist, nur ein einziges Mal mit einem Dämon zu tanzen?«

»Hätte mein Theodore so schlanke Hüften, könnte er auch solche Binde statt der albernen Weste tragen.«

»Vielleicht ist er ja gar kein Dämon. Vielleicht haben das die Männer nur in die Welt gesetzt, weil er gar zu aufregend ist und ihnen bei uns den Rang abläuft.«

»Das farblose Ding, das er da bei sich hat, ist ihm nicht gewachsen. Und sie trägt ein grauenhaftes Kleid.«

Sie spürte die Konturen seines Körpers an ihrem, dicht, wie sich Pferde zusammendrängten, wenn etwas sie erschreckte. Auch die Spannung, die sehnige Festigkeit seiner Muskeln erinnerte sie an ihr Pferd, an den schwarzen, schönen, geheimnisvollen Ey de Net. Über seinen schlanken Bau, seine Eleganz, die mit seidigem Fell bespannten kraftvollen Glieder hatte sie oft nachgedacht und hätte ihm stundenlang zusehen können, während er über die Koppel galoppierte, ohne sich seiner Schönheit bewusst zu sein. Über den Körper, die Glieder, die Vollkommenheit eines Mannes nachzudenken oder sich gar zu wünschen, ihm zuzusehen, stand außer Frage. Es gehörte sich nicht, und die Perdita von früher wäre nicht auf die Idee gekommen.

Im besten Fall hatte sie davon geträumt, eines Tages Calebs

Frau zu sein und ein Ehebett mit ihm zu teilen, und selbst dafür hatte sie sich geschämt und die vagen Traumbilder rasch unterdrückt.

Sie schämte sich auch jetzt. Aber sie unterdrückte nichts. Auf Fergus Fortescues Schultern saß der Frack wie das Fell eines Tieres, und er trug ihn mit einer selbstverständlichen Grazie, als sei er darin geboren. Statt der steifen Weste trug er um die Hüften eine dunkelrote Schärpe. Perdita hatte ein solches Kleidungsstück, das *Cummerbund* hieß, schon gesehen, wenn es auch selten getragen wurde. Jetzt fiel ihr ein, dass die Inder, die mit dem Raja von Bilaspur gekommen waren, solche Schärpen getragen hatten. Den meisten englischen Herren war davon abzuraten, dachte sie mit einer ironischen Bosheit, die ihr an sich fremd war. Anders als die Weste kaschierte das Kleidungsstück keine Folgen zu üppigen Lebens, sondern stellte jeden Makel heraus.

Jeden Vorzug auch – es war für Fergus Fortescue gemacht.

Er neigte den Kopf, sein Gesicht nah an ihrem, sein Duft in einer Wolke um sie. Wie schon in der Schule verdrehte er die Augen, und sie hätte lachen, sein Gesicht bei den Wangen nehmen und ihm versichern wollen, dass es so schlimm schon nicht werden und ihm niemand den Kopf abreißen würde.

»Und Sie meinen, wir sollten wirklich?«, fragte er.

»Aber ja doch. Unbedingt.«

Er war ein Mann voller Rätsel, sein Ruf war finster, und die Traurigkeit, die ihn umgab, war mit den Händen greifbar. Aber er war auch ein Flirt, und das war das Unglaublichste: Sie brauchten sich einander nur zuzuwenden, damit ihre Blicke sich verzahnten und zu flirten begannen.

Wie konnte sie mit einem Mann flirten, von dem vor keiner halben Stunde ihr Cousin behauptet hatte, er habe ihre Schwester umgebracht? Wie aber hätte sie es nicht tun sollen? Draußen in der Nacht, zur Begrüßung, hatte er ihr auf der flachen Hand einen Gegenstand hingehalten. Ein Geschenk, hatte sie überrascht gedacht, doch es war ihre schmale, mit Schmucksteinen besetzte Haarspange gewesen.

»Woher haben Sie die?«

»Das war nicht schwierig. Mit den Affen kann man Geschäfte machen, wenn man ihnen keine allzu unverschämten Angebote unterbreitet. Dem Kameraden, der Sie bestohlen hat, habe ich sein Diebesgut gegen eine Orange eingetauscht.«

»Sie binden mir einen Bären auf!«

»Bären haben wir hier kaum noch, seit wir Briten haben.«

»Sie sind doch selbst Brite.«

»Erklären Sie das mal den Briten.« In seinen Augen funkelte sein Lachen. »Die Affen haben sich jedenfalls nicht vertreiben lassen, sondern stattdessen gelernt, dass man den Briten eine ganze Reihe von Dingen stehlen kann, die für einen Affen völlig ohne Wert sind, die aber der bestohlene Brite um jeden Preis wiederhaben will. So kommt man auch zu etwas. In schlechten Zeiten für Affen.«

»Und woher wussten Sie, dass die Spange mir gestohlen worden ist?«

»Ihre Schwester hat die gleiche. Die wir auch schon einmal gegen Obst getauscht haben.«

Er ist zauberhaft, hatte sie gedacht und fast bildlich vor sich gesehen, wie Della sie einander vorgestellt und hinterher gefragt hätte: *»Und? Wie findest du ihn?«*

Sie mussten zauberhaft miteinander ausgesehen haben, ein Paar, dem stumme Blicke und neidische, nicht ganz salonfähige Gedanken folgten. Ein netter Junge von nebenan hätte zu Della nie gepasst. Sie brauchte einen Walzer in gläsernen Schuhen, eine Liebe aus dem Märchenbuch.

Noch immer hatte die Spange in seiner Handfläche gelegen, doch als Perdita danach greifen wollte, hatte er sie ihr wegzogen und in die Tasche seiner viel zu gut geschnittenen Hose gesteckt.

»Was machen Sie denn jetzt?«

»Ich habe es mir anders überlegt.«

»Und warum?«

»Weil Sie das Ding, wenn ich es Ihnen gebe, in Ihr Haar stecken, und das wäre schade. Was ist? Begeben wir uns in die Höhle des Löwen, in die Sie so gern wollten?«

Beide Hände noch immer in den Hosentaschen vergraben, war er die Stufen hinauf vorausgegangen, war oben stehen geblieben und hatte zu ihr hinuntergesehen, als hätte er tatsächlich Angst. So sah er auch jetzt aus. An der Schwelle zum Ballsaal. Allem Flirten und Clown spielen mit verdrehten Augen zum Trotz.

»Na, kommen Sie«, sagte Perdita. »Ich bin sicher, Sie werden es überleben.«

»Wie Sie wollen«, erwiderte er. »Aber behaupten Sie später nicht, man hätte Sie nicht gewarnt.«

»Wie könnte ich? Wohin ich in dieser Stadt auch trete, begegnet mir jemand, der mich vor Ihnen warnt.«

»Und all diese wohlmeinenden Warnungen schlagen Sie in den Wind?«

»Das ist nicht komisch«, sagte sie.

»Nein.«

»Für Sie muss es traurig sein.«

»Es gibt sicher Schlimmeres. Darmbeschwerden zum Beispiel, die Ihre Leute sich zuziehen, weil ihnen unser Essen nicht bekommt.«

»Finden Sie, dass man über Darmbeschwerden zu einer Dame spricht?«

»Sie sind gewarnt worden.« Seine Brauen zuckten. »Beschuldigen Sie jetzt nicht mich.«

»Ich könnte Ihre Mutter beschuldigen«, rutschte es Perdita heraus. Das von der süßen Musik untermalte Geplänkel, bei dem sie sich in die Augen sahen, war betörend, sodass sie nicht mehr klar dachte. »Sie hätte Ihnen beibringen sollen, was Damen mögen und was nicht.«

»Ich werde es ihr ausrichten«, sagte er. »Sie hat mir beigebracht, dass Damen Safran mögen. Mögen Sie Safran?«

Perdita schreckte aus ihrem Taumel. Von seiner Schwester war flüchtig, von seiner Mutter hingegen noch nie die Rede gewesen. Also hatte sie angenommen, sie müsse tot sein. Als er seinen Blick von ihrem trennte und hinüber in den Saal schaute, kam es ihr vor, als bestrafe er sie.

Das Orchester spielte immer weiter, aber die Paare drehten sich nicht mehr. »Wenn es sonst niemand tut, sollten wir vielleicht tanzen«, sagte Fergus Fortescue.

Vermutlich hatte sie angenommen, er könne es gar nicht. Tanzten Dämonen Walzer, gab es in Shimla Tanzlehrer, kam man nicht aus der Übung, wenn man es jahrelang nicht tat? Er ging mit ihr geradewegs auf die Tanzfläche, nahm Haltung an und bot ihr die Hand, die die ihre kaum berührte. Sein Arm um ihre Taille lag ebenfalls federleicht auf, und doch war ihr nicht einmal beim Tanzen mit Caleb so sehr bewusst gewesen, dass er ein Mann war und sie eine Frau, dass sie einander in den Armen hielten, wie es ihnen einzig im Walzer erlaubt war.

Mit dem nächsten Taktschlag führte er sie in die Vierteldrehung, und zwei Drehungen später waren sie schon Teil der Musik. Anfangs hatte sie sich unwohl gefühlt, weil außer ihnen niemand tanzte, weil sie Blicken ausgesetzt waren, beinahe als tanzten sie nackt. Gleich darauf war es ihr egal. Sie wollte mit ihm tanzen, sie wollte Platz haben und von keinem anderen Menschen behelligt werden.

Sie tanzten einen ganzen Walzer lang allein, in sich selbst

versunken, und als der zweite begann, tanzten sie noch immer so weiter, wenngleich die Tanzfläche um sie sich füllte. Vor dem dritten trat auf einmal Marcus dazu und baute sich vor ihnen auf. Er war größer als Fergus und breiter gebaut. Perdita wollte den Kopf einziehen, nicht gesehen werden, wollte mit dem Mann, der sie noch immer hielt, entfliehen.

»Du wirst gestatten, Fergus«, sagte Marcus ohne eine Spur von Höflichkeit und langte nach Perditas Arm. »Mit meiner Cousine tanze jetzt ich.«

Sie musste an Albert Beresford auf Tante Mathildas Tanztee denken, und auf einmal hatte sie das alles satt. »Ich bin kein Gegenstand«, fuhr sie auf. »Wenn du mit mir tanzen willst, musst du nicht Mr. Fortescue fragen, sondern mich.«

Marcus starrte sie an und war mehrere Augenblicke lang um Worte verlegen. Die Musik setzte wieder ein. »Tanzen wir weiter«, sagte Perdita zu Fergus Fortescue.

»Das gilt in Ihren Kreisen als schwerer Fauxpas«, sagte er. »Ich habe keinen Ruf mehr zu verlieren, aber Sie.«

»In Gottes Namen tanzen Sie. Mir ist mein Ruf egal.«

Er zögerte keinen Wimpernschlag lang, sondern übergab sich mit ihr von Neuem der Musik. In Walzerdrehungen umrundeten sie Paare, die jetzt schamlos dicht herantanzten, um ein paar Brocken süffigen Klatsches zu ergattern. Fergus hielt den Kopf hoch erhoben und sah über sie hinweg. Seine Miene schien unbewegt, nur die Muskeln der Kieferpartie gespannt. Perdita genoss es noch immer, in seinen Armen zu tanzen, doch die Feindseligkeit, die sich um sie ballte, war spürbar, und der Zauber, die Leichtigkeit waren verflogen.

Als auch dieser Tanz vorüber war, entstand eine kurze Stille, in der Marcus auf das Podium trat und mit dem Kapellmeister eine Handvoll gedämpfter Worte wechselte. Anschließend wandte er sich den wartenden Tänzern zu. »Im

Namen der ständigen Einwohner von British Shimla bedanke ich mich bei Seiner Exzellenz, dem Vizekönig, für eine durchaus bemerkenswerte Saison und ihren krönenden Abschluss«, sagte er. »Wir werden Sie alle schmerzlich vermissen, wenn Sie morgen Ihrer Wege ziehen und uns wieder unserer gepflegten Langeweile überlassen. Bis wir uns im neuen Jahr wiedersehen, mag sich einiges bei uns hier oben verändert haben. Auch wenn es unter Ihnen ja als feststehende Tatsache gilt, dass sich in Shimla nie etwas verändert.«

Das bisschen Lachen, das ertönte, war höflich und blass.

Marcus ließ kurz die Mundwinkel zucken, dann fuhr er fort. »Weil es also der letzte Ball sein wird, den wir in diesem Jahr in diesem gastlichen Haus feiern, habe ich die Herren von der Musik um einen besonderen Tanz gebeten. Ich bin sicher, Sie alle werden angetan sein, auch wenn ich speziell einen einzelnen Herrn dabei im Sinn hatte. Vergnügen Sie sich, liebe Freunde. Lassen Sie kein Auge trocken. So jung wie heute kommen wir nicht mehr zusammen.«

Auch der Applaus fiel verhalten aus. Marcus trat vom Podium, und gleich darauf begann die Musik. Ein weiterer Walzer. Perdita kannte das Stück, auch wenn sie es nicht oft gehört hatte und es Jahre vor ihrer Zeit modern gewesen war. Vielleicht hätte sie es nicht einmal erkannt, hätte nicht Della ihr davon geschrieben:

»Bright lights are flashing in the grand ballroom,
Softly the music playing sweet tunes«

Es hieß *»After the Ball is Over«*. Aus Fergus Fortescues Gesicht wich alle Farbe und Bewegung.

»Ich hasse dich«, schrie eine Frauenstimme auf. Genevieve. Sie hatte sich sämtliche Spangen aus dem Haar gerissen, das sie wie ein Vorhang aus Feuer umgab. Hoch aufgerichtet, mit von Erregung und Alkohol verschleierten Augen, stand sie da wie eine Amazone und wollte auf ihren Bruder losgehen. Im letzten Moment sprang jedoch ihre Mutter mit einer Abordnung erregter Damen hinzu und hielt sie zurück. »Was immer du erreichen willst, du hättest mir nicht zumuten dürfen, dass ich dieses gottverdammte Lied noch einmal hören muss!«

In den Armen der Mutter, die kämpfte, um sie festzuhalten, reckte sie sich und fuhr herum. Ihr Blick traf Fergus. Das Schreien ging in Weinen über, und der eben noch zornig aufgebäumte Körper sackte in sich zusammen. Willenlos und lediglich leise schluchzend, ließ sie sich von ihrer Mutter, die aussah, als wollte sie selbst weinen, aus dem Saal führen. Wo Marcus abgeblieben war und wo sich Joseph Micheldever befand, vermochte Perdita nicht auszumachen.

Fergus war bleich, hielt sich gerade, stand wie erstarrt. »Ich möchte nicht mehr tanzen«, sagte er zu Perdita.

»Ich auch nicht«, sagte sie. »Ich will reden.«

Was hatte sie sich eingebildet? Dass sie sich mit dem Mann, in dessen Haus ihre Schwester verschwunden war, in einem gedankenlosen Flirt verlieren durfte, als sei nichts geschehen? Einer von beiden log, Marcus oder Fergus, und nur einer – Fergus – hatte dafür einen Grund. »Ich will wissen, wo meine Schwester ist«, sagte sie. »Ich will wissen, was mit diesem Dienstmädchen ist, das verschwunden sein soll, all diese obskuren Geschichten um Ihr Haus.«

»Wollen Sie auch wissen, was mit meinem Vater ist?«

Das Gesicht, das sie so schön gefunden hatte, wirkte auf einmal arrogant. Er würde sich ihr entziehen, verweigern, würde sich umdrehen und auf Nimmerwiedersehen verschwinden.

»Ihr Vater geht mich nichts an«, sagte sie.

Er reckte sich, blickte wie ein agiles Tier über Köpfe hinweg. »In Ordnung«, sagte er. »Lassen Sie mich Ihre Stola holen. Wir gehen auf die Terrasse.«

Die Stola und sein Cape hatten sie in der Empfangshalle einem Bediensteten übergeben. Er ging. Perdita starrte seinem schwarzen Rücken nach und erwartete nicht, dass er zurückkommen würde. Als jemand – ein hochgewachsener, leicht gebeugter Mann mit grauem Haar – zu ihr trat und sie ansprach, schreckte sie auf wie aus einer Trance.

»Guten Abend, Miss Lascelles. Ich bin sicher, wir sind einander nicht vorgestellt worden. Erlauben Sie ausnahmsweise, dass ich es selbst tue und Sie in meinem Haus willkommen heiße.«

Der Mann war Charles Hardinge. Der Vizekönig von Indien.

Perdita riss sich zusammen, überließ ihm die Hand, über die er sich beugte, und stammelte ein paar Dankesworte.

»Leider erleben Sie unser Shimla nun nicht in seiner Glanzzeit«, sagte er, und sein Ton klang aufrichtig bedauernd. »Im Winter kann es hier oben ein wenig – nun, schwierig sein.«

»Ich habe nicht vor, zu bleiben«, sagte Perdita. »Meine Schwester hat sich hier verlobt und ist anschließend spurlos verschwunden. Sobald ich Klarheit über ihren Verbleib habe, reise ich nach England zurück.«

»Ich verstehe«, sagte Charles Hardinge. »Mrs. Micheldever hat sich meiner Frau gegenüber bereits dementsprechend geäußert. Ich wünsche Ihnen alles Gute. Und ich bedaure zutiefst, dass wir auf Ihre Schwester nicht besser achtgegeben haben. Darf ich Sie dennoch um etwas bitten? Glauben Sie nicht alles, was Ihnen erzählt wird. Eine Gemeinschaft von Menschen, die fern der Heimat mit dem Leben zurechtkommen muss, schließt sich naturgemäß enger zusammen und nimmt es übel, wenn jemand ausbricht, anders ist, sich nicht den Regeln fügt. Selbst dann, wenn er sich dieses Anderssein nicht ausgesucht hat.«

»Das ist auch in England so«, sagte Perdita, dachte an Della und dann an sich selbst.

»Da haben Sie zweifellos recht«, stimmte Charles Hardinge ihr zu. »Nur fällt unser Urteil womöglich unbarmherziger aus, weil wir zu wenig Ablenkung haben. Bei uns wächst über Leichen im Keller kein Gras, und der Verurteilte kann uns nicht entkommen. Aber ich wollte Ihnen mit meinen trübsinnigen Grübeleien nicht den Abend verderben. Nur Ihnen versichern, dass ich es bedaure, mich den Sommer über um Menschen, die Besseres von mir verdient hätten, so wenig gekümmert zu haben. Ich würde Sie meinem Freund, Mr. Fortescue, jedoch nicht anvertrauen, wenn ich die leiseste Sorge um Ihre Sicherheit hätte. Genießen Sie den Ball. Lassen Sie sich von niemandem Dinge einreden, die Ihrem Gespür zuwiderlaufen. Man hat mir berichtet, Sie wären eine junge Dame mit klarem Verstand. Es hat mich gefreut, Ihre Bekanntschaft zu machen, wenn sie auch kurz war.«

Fergus Fortescue kam durch die sich teilende Menge zurück. Das Nicken, mit dem er die Gegenwart des Vizekönigs würdigte, war so knapp, dass es rüde wirkte.

»Charles«, war alles, was er sagte.

»Fergus. Ich freue mich, dass du heute gekommen bist. Ich freue mich wirklich.« Er klopfte dem Jüngeren die Schulter. Fergus Fortescue bog sich unter seiner Hand weg, als hätte er einen Schlag bekommen. Mit ein paar gemurmelten Abschiedsworten kehrte der Vizekönig zu seinem Kreis, dem der Raja von Bilaspur angehörte, zurück.

»Er ist sehr nett«, entfuhr es Perdita.

»Ja, ich nehme an, das ist er.« Er hatte ihre Stola mitgebracht, deren Zustand im grellen Licht noch jämmerlicher wirkte. Während er sie um ihre Schultern legte, gab er sich Mühe, sie nicht zu berühren. »Gehen wir?«

Nebeneinander gingen sie auf die gläsernen Türen an der

Frontseite zu. Die in der Mitte waren geschlossen, doch unter denen auf der Linken fand Fergus Fortescue eine, die sich auf einen breiten Balkon hin öffnen ließ. Die plötzliche Kälte nach der überheizten Wärme des Saales traf Perdita so hart, dass sie schauderte. Der Blick war atemberaubend. Zu ihren Füßen lag Shimla in die weißen Nebel der Nacht gehüllt wie eine Luftspiegelung, deren Verankerung mit der Welt die Finsternis verschluckte. In der Ferne zeichneten sich die vom ewigen Schnee bedeckten Gipfel des Himalaya scharf vor der sternenübersäten Schwärze ab. Der Mond war eine silberne Sichel. Nur ein Nachtvogel schrie.

Perdita hatte Fortescue fragen wollen, warum er die Freundlichkeit des Vizekönigs so brüsk zurückgewiesen hatte, doch die beklemmende Schönheit der Szene verschlug ihr eine Zeit lang die Sprache. »Meine Schwester hat ihren Pass nicht mitgenommen«, sagte sie endlich, ohne sich nach ihm umzudrehen. »Sie kann nicht nach England gefahren sein.«

»Sie wird ihn vergessen haben«, sagte er leichthin. »Das ist kein großes Problem. Die Behörden in Delhi oder Bombay stellen ihr ein neues Papier aus.«

»Glauben Sie wirklich, dass sie nach Hause gefahren ist?«

»In der Regel versuche ich zu glauben, was Leute mir sagen«, erwiderte er. »Wenn es nicht die Wahrheit ist, wollen sie ja doch offenbar, dass ich es dafür halte.«

»Warum?«, fragte Perdita nach kurzem Überlegen. »Sie war in Sie verliebt, sie hat mir geschrieben, wie glücklich sie über Ihre Verlobung ist, wie sie sich auf ihr Leben in Shimla freut. Kurz darauf gab es dann etwas, das ihr furchtbare Angst machte, aber von Ihnen wollte sie dennoch nicht weg. Was ist geschehen, dass sie so plötzlich ihre Meinung änderte? Wer von Ihnen hat die Verlobung gelöst?«

»Von dieser Verlobung habe ich jetzt bereits mehrere

Male gehört«, erwiderte er. »Leider muss ich Ihnen sagen, dass ich davon nichts weiß. Ihre Schwester wollte bei den Micheldevers nicht bleiben, sie hat sich dort nicht willkommen gefühlt, und als sie mich drängte, sie wolle in mein Haus umziehen, habe ich sie nicht daran gehindert. Das war ein Fehler, dessen ich mich schuldig bekenne. Mein Haus ist noch weit weniger gastlich als das des himmelsgeborenen Joseph Micheldever, und meine Schwester und Ihre kamen nicht gut miteinander aus. Den Fehler, ihr eine Verlobung anzutragen, habe ich aber nicht begangen. Ich habe das einmal gemacht. Dabei bleibt es.«

Perdita fuhr herum. Er stand im Halblicht, das durch die Glastür fiel, sein Gesicht in eine helle und eine verschattete Seite geteilt. Sein Gebaren wirkte ruhig, und er wich ihrem Blick nicht aus. »Ich verstehe nicht, was Sie mir sagen wollen. Sie waren nicht mit Della verlobt? Aber Della hat uns doch geschrieben, mein Vater hat Erkundigungen eingezogen, er war mit der Heirat einverstanden.«

»Das ist höchst großmütig von Ihrem Vater. Aber wer immer hier Heiratspläne hatte, ich war es nicht.«

»Ich kann das nicht glauben.«

»Das täte ich an Ihrer Stelle auch nicht, weshalb ich nicht länger versuchen werde, Sie davon zu überzeugen. Ihre Schwester ist Ihre Schwester. Ich bin ein hergelaufener Fremder mit einem üblen Ruf.«

»Mein Cousin sagt …«, begann Perdita und brach ab.

»Ich kann es mir denken«, erwiderte er. »Und natürlich würde ich an Ihrer Stelle Ihrem Cousin glauben und nicht mir. Sie sollten die Polizei verständigen, Miss Lascelles. Bevor die gesamte Dienststelle morgen hier ihre Zelte abbricht. Der Dienstleiter heißt Ernest Maxwell, er sollte hier irgendwo zu finden sein. Fragen Sie, wen Sie wollen, nach ihm, nur nicht Charles, der versuchen wird, es Ihnen auszureden. Zeigen Sie ihm die Briefe, erzählen Sie, ich hätte mich in Lügen verstrickt und Ihre Schwester unter Vorspiegelungen falscher Tatsachen in mein Haus gelockt.«

»Habe Sie das getan?«

Er wandte sich ab, blickte an der kurzen Seite des Balkons über Shimla. »Das spielt doch keine Rolle.«

»Warum sollte es keine Rolle spielen?«

»Wenn ich es getan habe, werde ich es Ihnen nicht sagen. Wenn ich es nicht getan habe, werden Sie es mir nicht glauben. Was also haben wir davon?«

Er hatte recht. Sie konnte ihm kein Wort glauben, er war der letzte Mensch, dem sie vertrauen durfte, und doch war er es, an dem sie sich festhalten, mit dem sie sprechen wollte, von dem sie sich die Wahrheit erhoffte. »Helfen Sie mir!«, rief sie verzweifelt. »Ist meine Schwester nicht mehr am Leben?«

»Ich weiß es nicht«, sagte er. »Ich dachte, sie wäre nach England gefahren, wo sie am besten aufgehoben ist. Aber wenn sie das nicht getan hat, weiß ich nicht, wo sie sein könnte. Es tut mir leid, Miss Lascelles. Ich an Ihrer Stelle würde mir kein Wort glauben, doch es tut mir aufrichtig leid.«

»Ich bin so machtlos«, rief sie. »Della ist fort, und niemand unternimmt etwas, um sie zu finden. Marcus sagt, selbst die Polizei zu verständigen, hat keinen Sinn.«

»Er muss es ja wissen«, gab er zurück. »Er hat es schließlich dreimal versucht, hat darauf bestanden, dass eine Abordnung in meinem Haus das Unterste zuoberst kehrt und nach mindestens einer Leiche sucht. Da sich nie eine finden lässt, wird er seine Hoffnung irgendwann auf die einzige Leiche verlegen, die *Fair Sisters* zu bieten hat. Er wird meinen Vater exhumieren lassen wollen, um zu beweisen, dass die Schädelverletzung nicht von einem Sturz auf das *Yoni-Lingam* verursacht worden ist. Leider wird ihm in Indien kein Mensch den Gefallen tun. Nicht einmal ein Weißer.«

»Warum nicht?« Was ein Yoni-Lingam war, würde sie ihn später fragen.

»Den Varianten der Religion, die wir Hinduismus nennen und die keine fest gefügte, Ihrer Landeskirche vergleichbare Ordnung kennen, ist der Kult, den wir um tote Körper treiben, fremd«, antwortete er. »Kein Hindu würde seinem Angehörigen so etwas antun. Wer nicht im Feuerritual des *Homa* verbrannt und als Asche über den heiligen Wassern des Ganges verstreut wird, dessen Seele klebt an seinem Leichnam und kann nicht wiedergeboren werden. Wessen Tod zu allzu langem Leiden führt, der wird im Diesseits festgehalten. Meine Haushälterin ist deshalb ohnehin schon überzeugt, mein Vater, um den das Leiden nicht aufhört, könne aus unserem Haus nicht fort, sondern streiche auf ewig darin herum.«

»Ihre Haushälterin ist eine Hindu-Frau?«

»Sie entstammt einer Familie von Totenwächtern«, erwiderte er. »Ihre Brüder und Neffen gehören zu jenen, die seit Jahrhunderten die Asche der Verstorbenen, die Angehörige in die heilige Stadt Varanasi schicken, über dem Ganges ausstreuen. Nur Unberührbare dürfen das tun, weil ein Toter alles verunreinigt. Dass wir unsere Toten in Erde legen, auf der wir hinterher womöglich Gemüse anbauen oder Kinder spazieren führen, belastet sie genug. Sie auszugraben, ginge einen Schritt zu weit.«

»Aber diesen heidnischen Unsinn werden doch die Offiziere der *Imperial Police* nicht glauben.«

»Warum nicht? Sie glauben schließlich auch, dass ein Kerl einen Toten durch Handauflegen zum Leben erwecken, sich selbst in ein Stück Brot verwandeln sowie verblutet vom Kreuz heruntersteigen und durch Gärten wandeln kann.

Außerdem müssen sie mit den Indern arbeiten. Ich fürchte also, wenn Marcus ihn nicht selbst ausbuddeln will, bleibt mein Vater, wo er ist. Vielleicht möchten Sie ihm ja helfen. Oder selbst im Haus des Dämons auf Leichensuche gehen.«

»Ich habe Ihnen doch gesagt, Ihr Vater ist mir egal. Ich will wissen, wo meine Schwester ist!«

»Wer weiß. Vielleicht öffne ich das Grab meines Vaters ja allnächtlich und lege ihm junge Mädchen in den Sarg.«

Sie sprang auf ihn zu und schlug ihm ins Gesicht. So wie Caleb ihr ins Gesicht geschlagen hatte. In dem Augenblick, in dem ihre Hand seine Wange traf, begriff sie, dass sie es hatte tun müssen, um ihre Würde wieder herzustellen, dass dieser Schlag in ihr gewartet hatte. Auch wenn sie den Falschen getroffen hatte und nun kein Wort mehr von ihm erfahren würde.

Etwas anderes begriff sie ebenfalls, wenn auch vage: Seit Caleb ihre Liebe zerschlagen und sie ihren Vater unter dem schwingenden Hintern des Hausmädchens gefunden hatte, war es ihr zuwider gewesen, einen Mann zu berühren. Jeden Mann. Nur nicht Fergus Fortescue. Sie hatte ihn schlagen müssen, weil sie ihn hatte berühren wollen. Und sie wollte es noch.

Der Griff seiner schlanken, eleganten Hand schloss sich hart um ihr Gelenk. »Das tun Sie nicht noch einmal«, sagte er ruhig und kalt. »Haben Sie verstanden?« Er stieß ihre Hand von sich, wischte sich einen Tropfen Blut von der Lippe und drehte sich weg. Es musste spät sein. Der Ball fast vorüber. Der Vorplatz erwachte wieder zum Leben, ausnahmslos dunkelhäutige Männer in Livree schleppten Gerät und Gestänge herbei, um ein Gerüst für das Feuerwerk aufzubauen.

»Bitte sprechen Sie mit mir«, sagte Perdita kläglich. »Wenn Sie wollen, entschuldige ich mich.«

Er sah sie nicht an, hielt ihr den straffen, abweisenden Rücken zugewandt. »Ich bin doch ein Mörder. Wahrscheinlich sogar der Ihrer Schwester. Warum wollen Sie mit mir sprechen? Überlassen Sie das doch den Leuten, die mich eines Tages überführen und an den Galgen bringen werden, an den ich gehöre.«

Ein Schauder überlief sie. Die scheußliche Stola war zu Boden gefallen, und ihre Schultern unter dünner Seide zitterten. »Das will ich nicht.« Sie ging zu ihm, versuchte, ihn am Arm herumzudrehen und stieß auf eisernen Widerstand. »Ich will, dass Sie mir sagen, dass Sie kein Mörder sind.«

Halb wandte er sich ihr zu. »Und das glauben Sie mir dann?«

Die Hand sackte ihr herunter. »Ich will es glauben.«

Von irgendwoher, aus dem Himmel voller blasser Sterne, aus den nebelverhangenen Schluchten dieses unergründlichen Landes kehrte für eine Handvoll Herzschläge der Zauber zurück. »Wissen Sie, warum die Polizei noch immer mir glaubt und nicht dem ehrenwerten Marcus Micheldever?« Um seinen Mundwinkel spielte etwas, eine Spur Amüsement.

»Weil Tushar Vashisht ausgesagt hat, er hätte sich mit Ihnen gemeinsam betrunken.«

»Tushar Vashisht betrinkt sich nicht, und jeder in Shimla weiß es«, erwiderte er.

»Aber er hat doch Ihr Haus und das Geld für seine Schule genommen, nachdem er für Sie ausgesagt hatte.«

»Mir verpassen Sie eine Ohrfeige für einen unangemessenen Witz«, sagte er. »Aber Sie selbst verleumden mit einer solchen Behauptung einen Mann, den Sie erst seit ein paar Tagen kennen? Dies hier ist ein bestechliches Land, ohne Frage. Ich wage aber zu bezweifeln, dass das heilige Britannien so viel weniger bestechlich ist, und selbst in bestechlichen Ländern wird es Kreaturen geben, die niemand kaufen kann. Bei uns gibt es derer zwei. Hanuman, den Herrn der Affen, und Tushar Vashisht.«

»Also hat er sich wirklich mit Ihnen betrunken?«

Sag: »Ja, das hat er«, beschwor sie ihn stumm.

»Nein, das hat er nicht«, sagte er. »Aber ein junger Mann, der vor einem Gericht, das ihm nicht heilig ist, zugunsten eines Bekannten aussagt, der andernfalls mit dem Hals in einer Schlinge endet, ist kein Schwerverbrecher, oder? Das Haus am *Observatory Hill* kann ich nicht brauchen, weshalb soll nicht Tushars Organisation es nutzen? Geld habe ich auch mehr, als ich brauchen kann, und es macht mir Spaß damit herumzuschmeißen. Ich habe Ihrer Schwester welches hingeschmissen, und ich beschmeiße auch Sie, wenn Sie wollen – warum also nicht Tushar?«

Sein linkes Augenlid hing tiefer als das rechte, sie wusste, dass er ein Lügner war und wollte doch, dass er bei ihr blieb. »Bitte sprechen Sie weiter«, sagte sie. »Sie wollten mir erklären, warum die Polizei Ihnen glaubt, wenn es nicht an Tushars Aussage liegt.«

»Weil ich einen Webfehler habe«, sagte er ohne jeden Ausdruck. »Charles Hardinge, der ein Freund meines Vaters war, ist als Leumundszeuge für mich aufgetreten und hat irgendeine Kindheitsgeschichte von einem vor dem Schlachter geretteten Kaninchen erzählt. Die gab gewiss nicht mehr Ausschlag als die Legende von Tushars Alkoholexzess, aber dem Gericht schien die Idee, mich zu hängen, wenig appetitlich, also ließen sie es bleiben. Später allerdings, als Marcus Micheldever die Sache neu aufrollte, war der Webfehler nicht nur beim Kaninchen, sondern am menschlichen Objekt zutage getreten. Und damit fehlte mir trotz meiner sonstigen Eignung zum Mörder ein entscheidender Zug.«

»Was für ein entscheidender Zug?«

»Ich kann nicht töten«, sagte er. »Eher ungünstig für einen Soldaten. Ich bin zufällig als militärisches Genie geboren, mein Gehirn denkt in Waffengattungen und Frontlinien. Also behält mich die Heeresleitung in der Abteilung für Strategie, aber im aktiven Dienst will mich kein Mensch mehr haben. Natürlich wäre es denkbar, dass ich nur nicht mit meiner Ordonnanzwaffe schießen, wohl aber in Damenstrümpfe gewickelte Steine gegen Menschenschädel schleudern kann. Was Sie glauben, müssen Sie selbst entscheiden.«

Ihr Blick glitt an ihm hinauf und hinunter, über schmale, fast zierliche Hände, lange Wimpern und Augen, die nichts preisgaben, nahm etwas Stählernes in seiner Haltung und in der Anspannung der Kiefer wahr. Was glaubte sie? Sie wusste es nicht. Er gab ihr scheinbar bereitwillig Antwort, wies keine Frage zurück, und sagte ihr doch nichts, das sie der Wahrheit näher brachte.

»Ich hole jetzt Ratri und reite nach Hause«, sagte er.

»Bitte bleiben Sie noch.«

Er schüttelte den Kopf. »Bevor die Meute hechelnd aus dem Zwinger stürzt, um ihr Feuerwerk zu veranstalten, will ich in meinem Bau sein.«

Das verstand Perdita. Sie wäre selbst gern niemandem mehr begegnet, am wenigsten den Micheldevers. »Dann lassen Sie mich ein Stück mitkommen. Ihr Pferd anschauen. Ich habe daheim in England auch einen Rappen. Ein italienisches Vollblut. Ey de Net.« Sehnsucht nach ihrem Pferd überfiel sie. Nach ihrer unkomplizierten Gemeinschaft und dem Stück Freiheit, das ihr allein gehört hatte.

»Nachtauge«, sagte er.

»Sie sprechen diese Sprache?«

»Ladinisch? Nein. Aber die Legende vom Land der Fanes kenne ich.«

»Ich nicht. Bitte erzählen Sie sie mir.«

Durch eine schmale Tür am Ende der Terrasse trat er zurück ins Gebäude, und Perdita folgte ihm. Sie landeten in einem Nebenraum des Saales und gingen über eine Hintertreppe nach unten. Die Musik war verklungen. Ein Diener brachte Fergus sein Cape, und sie traten hinaus in Kälte und Stille, in der nur die Bediensteten mit den Metallstangen klapperten. Noch ein weiteres Geräusch glaubte Perdita wahrzunehmen, ein seltsames, fernes, nicht recht kreatürliches Stöhnen, als litte die Nacht unter Schmerzen. Auch Fergus schien es zu hören, denn er reckte sich und lauschte ins Schweigen, entschied dann aber, dass er sich getäuscht haben musste, und ging weiter.

»Sie wollten mir die Geschichte von Ey de Net erzählen.« Fast hatte sie Mühe, mit ihm Schritt zu halten.

»Es ist das Nationalepos jener Alpentäler«, sagte er. »Eine dieser Geschichten von Liebe, Verrat und Tod, mit denen Bewohner von Hochgebirgen versuchen, sich die Unermesslichkeit ihrer Welt erklärlich zu machen. Ey de Net ist der stärkste Krieger im Land, und er liebt Dolasilla, die schöne Tochter des Königs. Solange sie Seite an Seite reiten, hält er ihren Schild, sie feuert ihre Zauberpfeile ab, und niemand kann sie besiegen. Als aber der König erfährt, dass ein Unwürdiger seine Tochter liebt, verweist er Ey de Net des Landes. In seinem Zorn verbündet sich Ey de Net mit einem Zauberer, der wie das Gerippe eines Maultiers daherkommt. Er verspricht, ihm im Kampf gegen den König zu helfen, wenn er Dolasilla verschont. Ey de Net erfüllt seinen Teil des Vertrags, doch das Maultiergerippe betrügt ihn, und Dolasilla hat keinen Schildträger mehr, der sie beschützt. Vor Ey de Nets Augen feuert der Zauberer einen Pfeil auf sie ab und tötet sie.«

Ein paar Schritte gingen sie schweigend.

»Jetzt wünschten Sie, Sie hätten mich nicht gebeten, Ihnen das zu erzählen.«

»Nein, gar nicht. Ich fand es schön.« *Und ich finde es schön, neben dir zu gehen und zu reden.* »Woher kennen Sie das? Haben Sie in den Alpen gelebt?«

»Nein. Ich habe nur zu viel Zeit und eine Schwester, die gern Märchen hört. Und ich bin in den Bergen geboren und bilde mir ein, diese verdrehten Leute, die aus Bergen stammen, zumindest besser zu verstehen als andere.«

»Haben Ihre Berge auch ein Nationalepos?«

»Das *Ramayana*«, antwortete er. »Die Abenteuer Ramas, des Königssohnes, der von seinem Vater verbannt wird und die schöne Sita erst zur Frau bekommt, nachdem er eine Prüfung bestanden hat. Aber sein Glück währt nicht lange, denn eine Dämonin raubt sie ihm und pflanzt den Stachel der Eifersucht in sein Herz.«

»Bekommt er sie wieder?«

»Das schon, denn er hat ja Hanuman, den Herrn der Affen und treusten aller Freunde. Hanuman täte alles für seinen Herrn. Als dessen Bruder tödlich verwundet ist, reißt er einen Berg voller Heilkräuter aus, um ihn zu kurieren. Und natürlich holt er mit seiner Armee von Affen Ramas Braut aus den Fängen der Dämonin zurück. Ob aber Sita darüber glücklich ist, erscheint mir zumindest fraglich.«

»Warum nicht?«

»Weil Rama überzeugt ist, dass sie ihn betrogen hat. Statt ihren Beteuerungen zu glauben, bindet er sie auf einen Scheiterhaufen, den er in Flammen setzt. Nur wenn sie daraus hervorgeht, ohne sich auch nur ein Haar zu versengen, will er ihre Unschuld als bewiesen betrachten.«

»Das ist abscheulich. Dieser Rama ist grausam.«

»Tatsächlich? Sind wir so nicht alle?«

»Ihrer Schwester gefällt die andere Geschichte besser?«

»Weit gefehlt. Sie ist wild auf diese. Sie denkt sich das Ende nur anders aus.«

»Erzählen Sie mir das Ende. Kommt die arme Sita in den Flammen um, und denkt Ihre Schwester sich aus, dass sie es doch überlebt? Aber sie kann doch danach diesen Menschen nicht mehr lieben!«

»Nein«, sagte er. »Ich erzähle Ihnen nichts mehr. Wir gehen jetzt zu Ratri, und dann reite ich nach Hause, und Sie sehen sich mit Marcus Micheldever das Feuerwerk an.«

In ihr Schweigen fiel wieder das Stöhnen. Lauter diesmal, obgleich weiter entfernt. Was immer es war, die Nacht war es nicht. Fergus schwang herum und rannte den Weg, den sie gekommen waren, zurück. Perdita zögerte nicht, sondern jagte hinter ihm her.

Viel schneller, als sie ihm folgen konnte, lief er zu dem gepflasterten Platz, an dem die Rikschas auf die Ballgäste warteten. Zwei oder drei der Fahrer saßen in wollene Decken gehüllt in ihren Gefährten und schliefen. Aus der Mitte des Platzes drang ihnen das Stöhnen entgegen, das viel eher einem Rasseln und Pfeifen glich. Dass ein Mensch ein derart qualvolles Geräusch von sich gab, schien schwer vorstellbar.

Fergus aber hatte den Mann längst entdeckt. Er war auf die Knie gefallen und hatte den halb entblößten, völlig ausgemergelten Körper in seinen Schoß gezogen, riss sich das Cape von den Schultern und hüllte ihn darin ein.

»Holen Sie Hilfe«, fuhr er Perdita an. »Einen Arzt.«

Seine Stimme weckte die schlafenden Fahrer. Im Nu waren sie aus ihren Rikschas gesprungen und hockten sich neben Fergus und den schwer atmenden Kollegen auf den Boden. Wortsalven in der fremden Sprache ergossen sich über den Kranken. Fergus rollte seinen Frack zu einem Kissen, das er dem Mann unter den Nacken schob. Wieder und wieder streichelte er ihm Schläfe und Wange, wischte ihm mit der bloßen Hand Mund und Nase sauber, damit er leichter atmen konnte. Der Mann keuchte vor Schmerz, als sein knochiger Brustkorb sich blähte. *Maultiergerippe,* durchfuhr es Perdita, die voll Entsetzen auf den Kranken starrte. Es war der Mann, der sie vorhin den Berg hinaufgezogen hatte.

»Warum stehen Sie noch da herum! Holen Sie Hilfe, irgendeinen von diesen sogenannten Christenmenschen!« Wieder hatte Fergus sie angefahren, doch es fiel ihr nicht schwer, zu erkennen, dass er nicht vor Zorn, sondern vor Verzweiflung außer sich war. Sie riss sich aus der Starre und rannte in Richtung Palast davon. Vor dem Gebäude hatten die Ballgäste inzwischen einen Ring gebildet, und gerade als Perdita loslief, schoss der erste Feuerwerkskörper mit einem Schweif aus goldenen und silbernen Funken in den Himmel.

»Hilfe!«, brüllte Perdita gegen das begeisterte »Oh« und »Ah« der Zuschauer an.

Als sie den Pulk erreichte, war sie vom Rennen und Rufen außer Atem und brachte kein Wort mehr heraus. Niemand schien sie zu bemerken, aller Blicke waren in den Himmel gerichtet, aus dem es künstliche Sterne regnete. Einer aber schenkte ihr dennoch Beachtung: Charles Hardinge. Der Vizekönig. Er sah Perdita kommen und eilte die Stufen hinunter. »Miss Lascelles! Was ist geschehen?«

Erschrocken wurde Perdita bewusst, dass sie nicht wusste, was sie ihm sagen sollte. Dass sich ein alter Rikschafahrer nicht wohlfühlte, war wohl kaum eine Angelegenheit, mit der man den Vizekönig von Indien behelligen durfte. Fieberhaft überlegte sie, während sie nach Atem rang.

»Ist es Fergus?«

Perdita nickte.

»Kommen Sie.«

Nebeneinander rannten sie durch die Nacht. Der Feuerwerkskörper, der hinter ihnen krachend in die Höhe jagte, ergoss seinen Lichterhagel über ihren Köpfen.

Fergus' Anblick grub sich Perdita ein. Durch die Augen in Hirn und Herz, wo er sich nicht mehr auslöschen lassen würde, wie das Bild ihres Vaters sich nicht mehr auslöschen ließ. So, dass sie wusste, es würde sie auf alle Zeit verändern. Er kniete noch immer am Boden, hatte den Kopf des Mannes an seine Brust gezogen und die Arme um seinen ausgemergelten Leib geschlungen. Nachtwind bauschte sein weißes Hemd, blies ihm das wilde, schwarze Haar ins Gesicht. Seine Fürsorge schien allem zu gelten, was in der Welt nicht menschlich, nicht erträglich war.

»Um Gottes willen, Fergus.« Der Vizekönig blieb stehen.

Fergus wandte sich ihm zu. Über seine Wangen rannen Tränen. »Er ist tot, Charles. Er ist hier in der verdammten Kälte gestorben, ohne dass jemand ihm beigestanden hat.«

Du hast ihm beigestanden, dachte Perdita. *Wenigstens das wird er gespürt haben, dass sein Tod nicht uns allen vollkommen gleichgültig war.*

Ein Feuerwerkskörper krachte in den Himmel.

»Es tut mir leid«, sagte Charles Hardinge. »Wir sind zu spät gekommen.« Er trat zu Fergus und wollte ihn an der Schulter berühren wie zuvor, aber der wich ihm aus, ohne den alten Mann loszulassen.

»Warum, Charles?«, fragte er und hob sein nasses Gesicht zu ihm auf. »Mit welchem Recht tun wir ihnen das an?«

Wieder streckte Charles Hardinge die Hand nach ihm aus, beherrschte sich aber und zog sie zurück. »Sie haben auch schon im Elend gelebt, bevor wir in dieses Land gekommen sind. Ihre eigenen Leute tun es ihnen an, und sie nehmen es hin, es ist nicht mehr als der Lauf der Welt für sie.«

»Der Lauf der Welt?« Als erkenne er ihn nicht wieder, starrte Fergus ihn an. »O nein. Das Elend, das wir ihnen aufzwingen, ist ein anderes als das, was sie in ihrer heiligen Furcht vor ihren gewaltigen Göttern stoisch ertragen. Es ist das industrielle Elend unserer Städte, das Elend von Suff, Hurerei, verseuchten Lungen und Opium, verlassenen Kindern, geschändeten Weibern, das Elend der Bodenlosigkeit!«

»Fergus, du vergisst dich.«

»Ich wünschte, das könnte ich.«

»Ich werde verfügen, dass der Mann gebührlich aufgebahrt und seine Familie verständigt wird«, sagte Hardinge. »Du bist erschöpft, Fergus. Willst du nicht über Nacht in der *Lodge* bleiben? Dafür, dass der Tote mit Respekt behandelt wird, sorge ich, das verspreche ich dir. Wir reisen nicht ab, ehe alles Nötige veranlasst ist.«

Fergus schüttelte den Kopf, rückte noch ein Stück weiter von ihm ab und stand schwankend, den toten Mann noch immer festhaltend, auf. »Ich bringe ihn zu mir nach Hause«, sagte er. »Zu Falguni. Wer seine Leute sind, kann Tushar in der Unterstadt in Erfahrung bringen und ihnen Bescheid geben.«

Resigniert senkte der Vizekönig den Kopf. »Wie du es für richtig hältst. Gibt es etwas, das ich für dich tun kann?«

»Kümmere dich um Miss Lascelles«, sagte Fergus. Dann drehte er sich um und ging mit dem Toten auf den Armen durch die Reihen der Rikschas davon.

27

Herbst auf Autumn Hall.

Einmal, als ich noch nicht sechzehn war und man auf das, was ich tat, noch nicht allzu streng achtete, ging ich durch einen dieser Londoner Bezirke, deren Namen man nur hinter vorgehaltener Hand nennt, Whitechapel oder Bethnal Green, spazieren. Es war ein nebliger Morgen, und ich hatte Tante Mathildas Kutscher, der mich zu einem Kinderempfang hätte fahren sollen, mit einer goldenen Blusennadel bestochen. Statt mir mit den Söhnchen und Töchterchen von Tante Mathildas Freunden Törtchen einzustopfen, wollte ich mir anschauen, wo vor ein paar Jahren diese armen Frauen, von denen ein Kindlein wie ich nichts wissen durfte, mit Messerhieben zerstückelt worden sind. Eine halbe Stunde Freiheit verkaufte mir der Kutscher für die Nadel, dann sollte ich mich wieder einfinden. Also streifte ich durch die Straßen, entschlossen, die gestohlene Zeit zu nutzen und doch ahnungslos und nicht in der Lage dazu.

Von den zerstückelten Frauen hatte mir Clarice erzählt. Der Mörder hatte ihnen das, was sie zu Frauen machte, aus den Leibern herausgehackt. »So bestrafen Männer Frauen dafür, dass sie uns begehren«, hatte sie gesagt, und ich hatte das schrecklich erregend gefunden. Jetzt aber wusste ich nicht, wo ich etwas davon finden sollte, und wollte schon umkehren, als ich doch noch etwas entdeckte: Einen Mann und eine Frau, die an einem dieser schmalen, verdreckten Fenster standen, sich umschlungen hielten und küssten. Ich weiß nicht mehr, ob der Mann schwarzes und die Frau blondes Haar hatte, ob sie groß waren oder eher klein, ob ich sie schlank oder dicklich fand, ich könnte nicht einmal beschwören, dass sie jung waren, obwohl ich das glaubte. Nur, dass sie nackt waren, weiß ich. Vollkommen nackt. Und dass sie sich küssten, als sei das, was die Welt von ihnen hielt, egal.

Ich trug mein Korsett und spürte auf einmal, wie es mich zusammendrückte, wie mein Leib sich wünschte, sich auszudehnen und diese Stangen, die ihn in ihrer Umklammerung hielten, zu sprengen. Ich blieb stehen, drückte mich an einer erloschenen Laterne herum, und ein Teil von mir hoffte, die beiden mögen mich bemerken. Der andere, der sich mit gierigem Blick an den Gesäßmuskeln des Mannes festsaugte, hoffte nur, sie würden immer so weitermachen und mich dabei zusehen lassen. Erst als sie von dem Fenster verschwanden, kehrte ich zu meiner Kutsche zurück.

Warum ich das jetzt schreibe, wo es so viel zu schreiben gäbe, das dringlicher wäre? Vielleicht weil ich verrückt werde, den Verstand an das Haus verliere, wie es mir Tante Gladys und die verführerische, rotgelockte Genevieve prophezeit haben. Vielleicht aber auch, weil ich an das, was Clarice gesagt hat, denken musste, weil ich so oft gedacht habe: dass die Frauen im Osten von London ermordet und zerstückelt worden sind, weil Männer sie begehrten. Weil sie ihnen gefährlich waren. Noch weit gefährlicher sind sie ihnen jedoch, und noch unbarmherziger müssen sie bestraft werden, wenn sie es wagen, selbst zu begehren, wenn sie Wünsche haben, die sie niemals haben dürften.

Ich hatte solche Wünsche oft, seit ich die beiden am Fens-

ter sah, und keine Mühe, das Wünschen zu bezähmen, half. Jetzt denke ich viel an den Tod und frage mich: Ist mir der Tod so nah, weil ich so viel an die Liebe gedacht habe? Gehören die beiden immer zusammen, geht das eine nicht ohne das andere? Oder zöge die Liebe, wenn man sie freiließe, sie in kein zu enges Korsett zwingen würde, nicht so viel Tod nach sich?

Ich werde wohl doch verrückt. Verrückt, weil ich mich nach Fergus kranksehne, weil ich mich nackt mit ihm an einem Fenster stehen sehe und weil ich dafür sterben würde.

Ich wollte Amelia bitten, mein Tagebuch für mich besser zu verstecken. Ich will nicht, dass es aus dem Haus verschwindet, dass alles von mir verschwindet. Etwas soll bleiben. So wie von ihnen allen, selbst von der kleinen Alice, die kaum des Schreibens mächtig war, etwas geblieben ist. Dann aber kamen mir Zweifel, denn Amelia ist ja hilfloser als ich, Robert Fortescues Hass auf sie ist größer, und das Tagebuch wäre bei ihr nicht sicher. Also werde ich tun, was schließlich jeder im Haus mir geraten hat: Bei sämtlichen Problemen, ob man im Garten gern Brunnenkresse pflanzen würde oder ob der Dachstuhl brennt, wird einem hier dieselbe Lösung vorgeschlagen.

Bis Freitag kann ich nicht warten. Aber dem Menetekel das Tagebuch in die Schreibtischschublade legen. Na bestens, Della, möchte ich mir sagen, wenigstens deinen Humor hast du noch nicht verloren.

Wenn je jemand herkäme, der mich geliebt hat, wenn meine Perdi käme und das Menetekel würde ihr das Tagebuch aushändigen, so wüsste sie wenigstens, dass ich zuletzt recht gefasst war und dass ich Fergus noch immer geliebt habe. Gewiss würde sie sich fragen, warum ich nicht versucht habe, mich zu retten, aber ich habe keine Kraft mehr, und ein Leben ohne Fergus ist kein Leben.

28

In den Tagen nach dem Ball ging Perdita den Micheldevers aus dem Weg. Es war nicht allzu schwierig, da Joseph während der Abreise des vizeköniglichen Trosses Tag und Nacht im Palast verbrachte und Genevieve in ihrem Zimmer krank lag. Gladys kümmerte sich nicht um Perdita, versorgte mit Hingabe ihre leidende Tochter und war froh, wenn der unerwünschte Gast dem Frühstück fernblieb und ihr von den knappen Vorräten nicht noch etwas wegaß. Als Problem blieb einzig Marcus, von dem sich Perdita regelrecht verfolgt fühlte. Um ihm zu entkommen, floh sie bereits am Morgen aus dem Haus.

Mit seltsamer Macht zog es sie in die Unterstadt, in die Straßen des Basars, in denen sie dem Ansturm der Geräusche und Gerüche standhalten und sich durch Menschenmassen schieben musste, die sie anstarrten wie ein exotisches Tier. Sie lernte, dass ihr Englisch jeder verstand, selbst wenn er ihr in ihrer Sprache keine Antwort geben konnte, und dass sie sich für die letzten Paise, die von Mrs. Merryweathers Geld übrig waren, an den Ständen genug zu essen kaufen konnte, um den ganzen Tag satt zu sein.

Neben den *bhatura chanas*, nach denen es sie immer wieder verlangte, gab es eine Vielzahl anderer Gerichte: eine Art zur Suppe verflüssigtes Joghurt, das mit dem köstlichen Kraut *Dhania* und Kümmel gewürzt war und *Khoru* hieß, wurde ihr in einer Tonschale mit flachen, in Mohn gebackenen Brotscheiben namens *Khus Sidus* gereicht Es schmeckte frisch und bekömmlich, lag nicht im Magen wie die Kost, die sie gewohnt war, und an die intensivere Würze hatte sie sich rasch gewöhnt.

Zwischen den Ständen, vor den offenen Haustüren, hier und da sogar neben den ausgelegten Waren befanden sich kleine Altäre, Darstellungen eines der furchterregenden Götter aus Ton oder Holz, in schreienden Farben bemalt. Orange- und Gelbtöne überwogen, doch es gab auch Gottheiten, deren Gesichter in Eisblau oder Giftgrün schillerten, und viele waren zusätzlich mit reich gemusterten Gewändern behängt. Zu den Füßen jeder Gottheit brannten Räucherstäbchen, die mit ihren betäubenden Duftschwaden die Luft schwer machten. Passanten, die scheinbar mit ihren Gesprächen und Geschäften beschäftigt waren, blieben abrupt vor den Altären stehen, murmelten Gebete, die wie Beschwörungsformeln klangen, und legten der zähnefletschenden oder mit acht erhobenen Armen drohenden Gottheit ein Stück Obst, Gebäck oder eine Handvoll Blütenblätter hin, ehe sie weitergingen und aufnahmen, was immer sie zuvor unterbrochen hatten.

Anfangs hatten Perdita die Bildnisse der Gottheiten, die den Albträumen von Europäern entstiegen schienen, abgeschreckt. Mit der Zeit aber gewöhnte sie sich an ihre Präsenz, und es gab Augenblicke, da wünschte sie sich, auch für sie selbst stünde ein Gott derart greifbar zur Verfügung und kümmere sich für eine Scheibe goldgelber Mango oder einen Finger von einer Hand Buddhas um ihr Dilemma, das ihr bei Tag und bei Nacht keine Ruhe ließ.

Ihr bisschen Geld würde nicht ewig reichen, doch fürs

Erste sollte das ihre Sorge nicht sein. Sie hatte andere, die sie ohne Unterlass quälten.

Als eine Woche vergangen war, hielt sie es nicht länger aus und machte sich durch das Waldstück auf den Weg zu Tushar Vashishts Schule. Es war schneidend kalt geworden, und unablässig beutelte der Wind die Baumkronen. Perdita wünschte, sie hätte genug Geld für eines der samtweichen Wolltücher gehabt, um sich gegen Kälte, Verstörung und Einsamkeit darin einzuwickeln.

Tushar Vashisht kam ihr den Gartenweg hinunter entgegen. Über seinem langen Hemd trug er eine gerade geschnittene Wolljacke ohne Kragen und in der Hand einen leinenen Beutel. Wie meist wirkte er gehetzt, als müsse er etliche Dinge gleichzeitig im Kopf behalten. »Sagen Sie bloß, Sie sind gekommen, um mir wieder bei meinen Mädchen auszuhelfen?«, platzte er ohne Begrüßung heraus.

Verblüfft stellte Perdita fest, dass sie ihn mochte. Er besaß keinerlei Manieren und machte keine Anstalten, sich welche anzueignen, aber seine Unverfälschtheit hatte etwas Befreiendes. Nahm er kein Blatt vor den Mund, brauchte sie es auch nicht zu tun, und konnte sprechen und handeln, wie es ihr in den Sinn kam. »Geplant hatte ich es nicht«, sagte sie. »Aber wenn Sie mich so reizend bitten …«

Er zog eine Grimasse. »Rishima wollte kommen, um mich abzulösen, damit ich es endlich auf den Markt schaffe. Es gibt so ungefähr nichts mehr, an dem es uns nicht fehlt – das *Ghee*-Fass ist genauso leer wie die Seifenschalen und sämtliche Kreideschachteln. Aber wie es aussieht, ist Rishima etwas dazwischengekommen. Wenn ihre Mutter niemanden für ihre Geschwister hat, lässt sie sie nicht weg.«

»Wer ist Rishima?«

»Eine unserer Lehrerinnen, die sich bemüht, weiterzugeben, was sie durch die *Zenana* erhalten hat.«

»Ich verstehe. Arbeiten Sie hier nur mit Frauen?«

Er nickte. »Frauen und Mädchen. Manchmal sehe ich drei Tage lang kein männliches Gesicht, und wenn ich ehrlich bin – ich vermisse nichts. Wären Sie wirklich bereit, für eine halbe Stunde einzuspringen? Reizend bitten kann ich nicht, aber ich wäre Ihnen dankbar. Viele der Mädchen sind aufgrund ihrer Erfahrungen furchtsam, ich lasse sie nicht gern allein, und Ojasavi, die für uns kocht, kommt erst später.«

»Ich tue es gern. Darf ich Fach und Thema selbst wählen?«

»Wenn Sie möchten. Wofür entscheiden Sie sich?«

»Physik«, antwortete Perdita. »Ich erzähle Ihren Mädchen etwas über Michael Faradays elektromagnetische Rotation.«

In seinen Augen glaubte sie, Erstaunen aufblitzen zu sehen. »Warum nicht? Wir vermitteln, was immer wir selbst an Wissen mitbringen und wofür wir Material auftreiben. Wenn etwas dazukommt, soll es uns willkommen sein. Und wie können wir uns erkenntlich zeigen?«

»Sie schulden mir *Lunch*«, erwiderte Perdita.

»Damit können wir dienen. Sofern Sie sich mit einem einfachen Gericht aus rotem Reis begnügen.«

»Ich begnüge mich mit Reis in jeder Farbe, wenn er mit ein paar Antworten auf meine Fragen serviert wird«, versetzte sie und begab sich ins Gebäude.

Anfangs verlief der Unterricht schwierig und schleppend. Die Mädchen schwiegen, und Perdita war es nicht gewohnt, über so lange Zeit zu sprechen und die eigene Stimme zu hören. Es machte sie verlegen, und sie hatte keine Ahnung, ob das, was sie über Elektrizität und Magnetismus erklärte, auf das Interesse ihrer Zuhörerinnen stieß. Irgendwann aber entschied sie sich, einfach weiterzusprechen, das zu erzählen, was sie selbst einst fasziniert hatte, und zuzugeben, wo ihr

Wissen Lücken hatte, wo sie sich Fragen stellte und darüber nachdachte, wozu die Wissenschaft wohl noch imstande sein würde. Mit den Gegenständen, die ihr in die Hand fielen – ein paar Bleistiften und Linealen –, baute sie ein wackliges Modell, um darzustellen, wie ein magnetisches Feld funktionierte.

Das Modell brachte Leben und Bewegung in die Klasse. Zwei der jüngeren Kinder ließen sich nach vorn bitten, um beim Aufbau zu helfen, und ein schmales, großes Mädchen, das nicht viel jünger sein konnte als Della, begann, in geradezu perfektem Englisch Fragen zu stellen. Sie lachten, als das improvisierte Magnetfeld in sich zusammenstürzte, und die Neugier der jungen Inderin erinnerte Perdita an sich selbst – an eine Version ihrer selbst, die sie längst überlebt und begraben geglaubt hatte.

Perdita vergaß die Zeit. Als sie sich einmal umdrehte, sah sie Tushar mit verschränkten Armen im Türrahmen lehnen.

»Zeit für den Lunch. Sie haben ihn sich verdient«, sagte er.

»Wie lange stehen Sie schon hier?«

»Eine Viertelstunde oder länger. Der Gelegenheit, eine der vielen Lücken in meinem Kopf zu füllen, konnte ich nicht widerstehen. Sie sind gut, wissen Sie das? Ich frage mich, ob an Ihnen eine Physikerin verloren gegangen ist.«

»Physikerinnen gibt es nicht.«

»Uns gibt es auch nicht. Wenn man zu denen gehört, die es von Rechts wegen nicht geben dürfte, ist zumindest nichts mehr völlig ausgeschlossen. Gehen wir essen?«

Die Mädchen hatten sich bereits bei der Tür in Zweierreihen aufgestellt. Tushar ging mit Perdita voran und führte sie die Treppe hinauf in einen Saal mit hoher Decke und in dunklem Holz getäfelten Wänden. Dass dieser Raum einst von einem britischen Haushalt genutzt worden war, ließ sich nicht übersehen. Die Wandarme wie die beiden Deckenleuchter hätten auch auf *Lascelles Manor* hängen können, und auf dem Sims des Kamins fehlten lediglich die Nippesfiguren. Jetzt aber war der Teppich beiseitegerollt worden und über die nackten Dielen verteilt lagen Sitzkissen, auf denen die Mädchen sich niederließen. Eine Inderin in einem der leichten, grell gefärbten Gewänder, die *Sari* hießen, eilte bloßfüßig durch eine Seitentür hin und her und trug Schüsseln und Körbe mit Fladenbrot herbei. Ihre Haut war heller als die von Tushar und den Mädchen, und auch im Schnitt des Gesichts gab es etwas, das irritierte.

»Das ist Ojasavi«, stellte Tushar sie vor. »Die selbstlose Person, die uns davor bewahrt, zu verhungern, in unserem eigenen Dreck zu ersticken oder gelegentlich an der Welt zu verzweifeln. Ojasavi, das ist Miss Lascelles. Sie hat heute in der Klasse ausgeholfen und ist ein Genie in Physik.«

»Kochen sie also kann nicht, nein?«, fragte Ojasavi.

»Ich fürchte, nicht einmal ein Ei oder Tee«, sagte Perdita.

Sie lachten alle. Tushar und Perdita setzten sich nieder und erhielten eine Schüssel, in die Ojasavi aus einem Kupferkessel dunklen, fast blutroten Reis in einer Brühe aus grünen Linsen und Bohnen schöpfte. Wie Perdita es nun schon gewohnt war, duftete in Indien selbst das einfachste Gericht aromatisch und war mit Kräutern gewürzt. Sie aßen beide aus derselben Schüssel, bekamen Joghurt und Brot dazu und zum Dessert noch einmal roten Reis, der dieses Mal jedoch gesüßt und mit Trockenfrüchten durchmischt war.

»Was ist darin? Vanille?«

»Safran«, erwiderte Tushar. »Nur eine Prise, die wir uns leisten können, wenn Fergus uns welchen schenkt.«

»Es ist sehr gut.«

»Sagen Sie das Ojasavi. Es wird sie freuen.«

»Über Fergus wollte ich mit Ihnen sprechen.«

»Warum wundert mich das nicht?«

»Wie geht es dem Mädchen, dem er neulich geholfen hat?«, fragte Perdita. »Ich habe sie heute hier nicht gesehen.«

»Aishwarya?« Tushar legte seinen Löffel nieder. »Er behält sie eine Weile lang bei sich, nur bis zum Ende der Woche, wenn sie sich hoffentlich ein wenig kräftiger fühlt. Falguni, seine Haushälterin, kümmert sich um sie.«

»Die Totengräberin?«

»Dafür gäbe es unter Hindus wenig Verwendung«, erwiderte er. »Nicht Falguni selbst, die in die Reihen der Ausreißerinnen gehört, aber die Männer ihrer Familie verbrennen Tote. Sie sind Unberührbare. Menschen, die außerhalb des Kastensystems stehen und unreine Tätigkeiten ausüben, weshalb die, die innerhalb des Systems stehen, mit ihnen keinen Kontakt haben dürfen. Ein bisschen wie wir beide, nur dass wir uns unseren Hinauswurf selbst zuzuschreiben haben, während solche wie Falguni schon hinausgeworfen auf die Welt gekommen sind.«

»Warum?«

»Warum kommt jemand als König von England auf die Welt?«

Perdita überlegte. »Ein Punkt für Sie«, gestand sie dann zu. »Und Aishwarya ist auch eine Unberührbare? Andernfalls dürfte sie doch keinen Kontakt mit Falguni haben, oder?«

»Aishwarya gehört zu jener neu entstandenen Gruppe von Unberührbaren, mit denen niemand Kontakt haben darf. Nicht einmal die Unberührbaren«, antwortete er mit jener Bitterkeit, die sie nicht mochte, aber zunehmend verstand.

»Warum denn das?«

»Aishwarya ist ein Mischling«, antwortete er. »Eins dieser unzähligen Kinder, die britische Herren ihren indischen

Mägden machen. Die Geschöpfe, die dadurch in die Welt gestoßen werden, will weder die eine noch die andere Seite als ihnen zugehörig akzeptieren. Sie sind Niemandskinder. Ojasavi ist auch eines von ihnen.«

»Britische Männer und indische Frauen?« Perdita hatte Mühe, das Gehörte einzuordnen. »Aber das ist doch nicht möglich.«

»Und weshalb nicht? Kommt es Ihnen vor, als würde ein menschlicher Mann sein kostbares Erbgut mit dem eines Makakenweibchens mischen?«

»Das ist widerlich!«, rief Perdita.

»Was? Das Makakenweibchen, die Inderin oder beides?«

Sie ließ ihren Löffel in die Schüssel gleiten und wollte den süßen Reis, der ihr so gut geschmeckt hatte, nicht mehr essen. »Es gibt eine Menge Dinge, die ich nicht weiß«, sagte sie. »Ich bin ohne Vorbereitung in dieses Land gekommen, und womöglich lerne ich nicht besonders schnell. Aber ich habe Ihr Volk nicht mit Makaken verglichen, sondern mich nur darüber gewundert, dass die britische Gesellschaft, die Indern nicht einmal gestattet, ihre *Mall* zu benutzen, es toleriert, wenn Männer solche Frauen … nun, zu sich nehmen.«

»Solche Frauen?«

»Zum Teufel, Sie wissen doch, was ich meine.«

»Sicher«, sagte er. »Und ob solche Frauen oder andere – Gesellschaften tolerieren es ohne viel Federlesens, wenn ein Mann sich nimmt, was er zu seinem Vergnügen braucht.«

Perdita sah ihren Vater vor sich, das zerwühlte Ehebett und den schwingenden Hintern von Clarice. Gleich darauf hörte sie ihn schimpfen, was Della getan habe, sei unverzeihlich, und sie könne seine Tochter nicht mehr sein. »Und wie steht es umgekehrt?«, hörte sie sich fragen und wusste sofort, dass der Gedanke – ein Mädchen wie sie mit einem indischen Mann – absurd war.

Tushar Vashisht wiegte den Kopf. »Vergessen Sie's. Der Platz zwischen Ihrer Kirche und der Straße, die an Polizeiwache, Rathaus und Theater vorbeiführt, wird *Scandal Point* genannt, weil von dort der Sohn eines Rajas die Tochter eines Briten entführt haben soll. Ein Skandal, der zu einer diplomatischen Krise, der Herausgabe des Mädchens und ihrer anschließenden Verstoßung führte. Um Fergus' Haus rankt sich ja eine ähnliche Legende, wie Sie vermutlich wissen.«

»Vermutlich weiß ich wie üblich nichts. Erzählen Sie es.«

Er zuckte mit den Achseln. »Viel zu erzählen gibt es nicht. Solche Geschichten sind immer gleich: Eine weiße Frau wird von einem farbigen Mann verführt und erleidet dafür ein grausames Schicksal, das andere Frauen abschreckt. Nur waren es in diesem Fall gleich zwei Frauen. Zwei Töchter eines britischen Colonels, die für ihre Liebe zu einem indischen Fürsten in den Tod stürzten. Aber auch ohne solches Schauerdrama dürfte keine Frau sich so etwas erlauben. Sie könnte weder hier noch dort je wieder friedlich leben.«

»So wie meine Schwester«, murmelte Della. »Sie hat gewagt, was nur Männer wagen dürfen, und ist dafür bestraft worden. Ich war so froh, dass Sie in Mr. Fortescue jemanden gefunden zu haben schien, der sich daran nicht störte.«

»Er stört sich an nichts dergleichen.«

»Ich habe das auf dem Ball in der *Lodge* bemerkt«, sagte Perdita, und als Tushar ihr zunickte, begann sie, ihm zu erzählen, was sich in jener Nacht ereignet hatte. Er unterbrach sie nur kurz, um zwei der Mädchen dazu einzuteilen, Ojasavi in der Küche zu helfen, und die Übrigen zu freier Beschäftigung in den Hof zu schicken. Anschließend hörte er ihr zu bis zum Schluss.

»Ich glaube nicht länger, dass er jemandem etwas angetan hat«, schloss Perdita ihren Bericht. »Seinem Vater nicht und meiner Schwester schon gar nicht. Er hat die Wahrheit gesagt, als er mir erklärt hat, er könne nicht töten.«

»Man kann so manches, wenn man annehmen muss, man habe keine Wahl«, bemerkte Tushar.

»Was wollen Sie damit sagen? Dass Sie ihn für einen Mörder halten?«

»Für was ich Fergus Fortescue halte, möchte ich für mich behalten«, erwiderte Tushar. »Auch wenn ich wirklich versuchen will, Ihnen zu helfen – und Sie gern überreden würde, regelmäßig an unserer Schule zu unterrichten.«

»Ich bleibe ja nicht mehr lange hier«, sagte Perdita. »Aber solange ich da bin, komme ich gern.«

»Das ist sehr freundlich von Ihnen. Wir brauchen jede Hand.«

»Und ich brauche Ihre Hilfe«, sagte sie. »Ich muss noch einmal mit Fergus Fortescue sprechen, ich muss ihn bitten, mich in sein Haus zu lassen, damit ich nach Spuren meiner Schwester suchen kann. Zu ihrem letzten Geburtstag habe ich ihr ein Tagebuch geschenkt und einem Brief zufolge hat sie es benutzt. Es könnte mir Anhaltspunkte liefern. Sie müssen mir den Weg ebnen, müssen zwischen uns vermitteln. Ich habe alles falsch angefangen, weil mich das Gerede so verwirrt hat. Am meisten das von meinem Cousin Marcus, der behauptet, er und seine Schwester seien auf ein Dienstmädchen gestoßen, das in dem Haus verschwunden sein soll. Und Mr. Fortescue habe den ganzen Spuk erfunden und eigens das Haus umbenannt, um von seinen Bluttaten abzulenken. Ich will ihn noch einmal fragen, was hinter diesen Beschuldigungen steckt, ihn diesmal jedoch vorab wissen lassen, dass ich ihn nicht mehr verdächtige. Es war großartig, mit welchem Respekt er den alten Mann behandelt hat. Er hat uns alle beschämt.«

Tushars kluge Augen hinter den Brillengläsern suchten

etwas in ihrem Gesicht. »Wenn er Sie mit seinem Handeln so beeindruckt hat«, sagte er endlich, »sollten Sie es ihm dann nicht lohnen, indem Sie seinen Rückzug akzeptieren und ihm seinen Frieden lassen?«

Perdita öffnete den Mund und wollte wiederum Della ins Feld führen, aber Tushar schüttelte den Kopf. »Sie haben mir eben erklärt, dass Sie Fergus nicht mehr verdächtigen«, sagte er. »Dann verfolgen Sie ihn auch nicht länger. Er hat Ihnen gesagt, was er von Ihrer Schwester weiß, und wenn Sie ihm trauen, muss Ihnen klar sein, dass Sie in seinem Haus nicht fündig werden.«

»Es gibt so viele Ungereimtheiten«, rief Perdita. »Warum behauptet er, er habe nie vorgehabt, sich mit Della zu verloben, während sie uns zu der Verlobung eingeladen hat?«

»Weil junge Frauen, wenn es um Fergus geht, sehr rasch nur noch sehen, was sie sehen wollen«, erwiderte Tushar. »Begehen Sie nicht denselben Fehler. Betrügen Sie sich nicht selbst, bleiben Sie aufrichtig zu sich.«

»Wie meinen Sie das?«

Er sah sie wieder an und schwieg eine Weile, ergründete ihr Schweigen mit dem seinen. »Es geht Ihnen nicht um Ihre Schwester, wenn Sie in das Haus an Hanumans Berg wollen«, sagte er. »Es geht Ihnen um Fergus.«

Perdita schrak zusammen. Sie versuchte, die Schultern zu straffen und Haltung anzunehmen, was so, wie sie mit steif verschränkten Beinen am Boden saß, von wenig Erfolg gekrönt war. »Finden Sie nicht, dass Sie einen Schritt zu weit gehen?«, fragte sie ihn kühl. »Ich wüsste nicht, was Ihnen das Recht gibt, sich in meine Angelegenheiten zu mischen.« Er hatte ins Schwarze getroffen, das war es, was sie gegen ihn aufbrachte. Natürlich wollte sie noch immer um jeden Preis Della finden, doch die Person, um die Tag und Nacht ihre Gedanken kreisten, war Fergus Fortescue.

Sie wollte sein Geheimnis lüften, seine Flut von Geheimnissen, denn sobald sich für eines eine Erklärung fand, tat sich ein neues auf. Sie wollte sich für die rücksichtslose Art entschuldigen, in der sie mit ihm umgegangen war, wollte ihn bitten, ihr aus freien Stücken die Geschehnisse zu schildern, und war entschlossen, ihm zu glauben, was immer er ihr erklärte.

Della war schon als kleines Kind eine Märchenerzählern gewesen, und zwar eine, die nie unterscheiden konnte, wo ihre Märchenwelt endete und die Wirklichkeit begann. Vermutlich hatte sie sich sogar um den schmierigen Algernon Drury ein Zaubernetz gesponnen, das alles Hässliche, Grobe ausfilterte und den Pferdeknecht mit einer beschönigenden Aureole umhüllte. Wenn es aber jemals einen Mann gegeben hatte, der zu derart romantischer Verklärung geschaffen war, dann war es Fergus Fortescue.

Zumal Dellas Märchenwelt sich ja nicht auf das Helle, Strahlende beschränkte, die Ritter in weißen Rüstungen, die von Rosen überwucherten Schlösser, die gläsernen Schuhe und goldenen Flechten, an denen der Held seine geliebte Prinzessin erkannte. Weit mehr Sorge hatte es Perdita bereitet, dass die Märchen ihrer Schwester von Geschöpfen der Finsternis bevölkert waren, von Dämonen, die im Verborgenen auf arglose Jungfern lauerten, von Mordopfern, die Gräbern entstiegen, um für uraltes Unrecht Rache zu nehmen, von Spiegeln, die einen Lebenden in seinem Sarg zeigten, von gestohlenen Schatten und Vampiren, die blühender Jugend ihr Lebensblut aussaugten.

Keine der Mahnungen, Tadel und Verbote, die Perdita unermüdlich ausgesprochen hatte, hatten diesen unheilvollen Drang in Della zum Schweigen gebracht. Während ihrer Saison in London hatte sie einen Verehrer dazu bewegt, sie in eine Kunstausstellung zu führen, vor ein Bild, auf dem ein skelettierter Tod ein Mädchen in obszöner Umklammerung an sich drückte. Die Ausstellung war nach einer knappen Woche wegen sittlicher Bedenken geschlossen worden, aber für Della war die Maßnahme zu spät gekommen. Sie hatte ein Bild gesehen, dessen Beschreibung Perdita genügt hatte, damit ihr vor der Kraft ihrer eigenen Vorstellung graute.

In Fergus Fortescue kamen all die Träume eines mutterlosen Mädchens, das sich in der realen Welt nicht zurechtfand, zusammen: Er war der einsame, zu Unrecht geächtete Ritter, der in einem Schloss auf dem Gipfel eines entlegenen Märchenreichs hauste. Sein Schloss aber war von einer eifersüchtigen Fee verflucht worden, Dämonen und Todesengel suchten es heim, und einzig die bedingungslose Liebe einer Jungfer konnte diesen ruhelos Getriebenen erlösen.

Della hatte sich etwas zurechtgemacht, hatte sich selbst in ihr Märchenbild hineingezeichnet und das Ganze mit der Wirklichkeit verwechselt. Fergus Fortescue hatte ihr Obdach gewährt, weil sie wie Perdita die Atmosphäre im Haus der Micheldevers nicht hatte ertragen können. Er hatte sie in seinen dunklen Charme gehüllt, seine Art, zu flirten, sobald er einen anblickte, und Della hatte mehr hineingelesen, als darin gewesen war. *Unter anderen Umständen hätte ich womöglich dasselbe getan*, durchfuhr es sie.

Während sie schweigend ihren Gedanken nachgehangen hatte, war Tushar aufgestanden und hatte Ojasavi und den Mädchen geholfen, die Überreste der Mahlzeit wegzuräumen. Perdita hatte nie einen Mann dergleichen tun sehen und beobachtete ihn fasziniert, bis er sich wieder zu ihr setzte.

»Ich will mich nicht in Ihre Angelegenheiten mischen«, sagte er. »Aber in die der Familie Fortescue. Meine Gründe dafür tun nichts zur Sache. Ich möchte, dass Sie sich von den Fortescues fernhalten. Im Interesse beider Seiten. Für Fergus ist es auch ohne Störungen schwierig genug, ein Gleichgewicht zu halten, in dem er das Leben ertragen kann, und um Abigail steht es noch deutlich schlimmer.«

»Abigail ist die jüngere Schwester?«

»Drei Stunden jünger. Die beiden sind Zwillinge.«

Aus unerfindlichem Grund hatte Perdita angenommen, die Schwester sei jung, noch ein halbes Kind.

»Warum?«, fragte sie. »Was ist diesen Geschwistern geschehen, das ihnen das Leben zu einer solchen Qual macht?« Die Qual hatte sie in Fergus' Gesicht gesehen. Nicht nur, als er den sterbenden Mann in den Armen gehalten hatte, sondern selbst als sie gelacht, geredet, getanzt und geflirtet hatten. Flüchtig hatte sie geglaubt, sie am eigenen Leib zu spüren. Aber nicht einmal das überzeugte sie, dass Tushar recht hatte und sie von ihm hätte ablassen sollen. Wenn überhaupt, so schien es ihren Wunsch, ihn zu sehen, sogar noch anzustacheln.

»Lassen Sie es mich so sagen«, erwiderte Tushar. »Robert Fortescue war kein Mann, den man jemandem zum Vater wünscht. Der meine hat mich vor der versammelten Großfamilie für nichtswürdig erklärt und seines Hauses verwiesen, was nicht gerade eine aufbauende Erfahrung war. Dennoch kann ich noch dankbar sein, dass die Götter mir lediglich einen gewöhnlichen Vater der *Kshatriyas* zugemutet und einen wie Robert Fortescue erspart haben.«

»Mein Vater hat Della auch verstoßen«, sagte Perdita. »Und mich zweifellos genauso.«

»Ich weiß. Wir scheinen eine ganze Generation von missratenen Kindern zu sein.«

»Warum ist das so?«

Er ging zum großen Fenster und nahm einen der Blumentöpfe vom Sims, in denen Ojasavi wohl Würzkräuter für die Schulspeisung züchtete. Der Topf, den er Perdita hinhielt, war aus gebranntem Ton, doch die starke Wurzel der Pflanze hatte der Länge nach einen Riss hineingesprengt. »Irgendwohin muss das wachsen«, sagte er. »Wenn man uns keinen Raum lässt, hilft nur, sich welchen zu schaffen. Das Gefängnis platzen zu lassen. Ihr in Europa macht das doch an allen Ecken und Enden: Arbeiter, Frauen, unterdrückte Nationen – alles steht auf, wirft seine Fesseln ab und fordert Rechte. Das Nachsehen haben wir hier drüben, die gern dasselbe tun würden. Unseren Herren rinnen ihre Pfründe wie Sand durch die Finger, und das macht ihnen solche Angst, dass sie bei uns ihre Daumen noch fester draufpressen.«

»Aber was wollen Sie denn?«, begann Perdita und erkannte, dass wie in der Wissenschaft der Mut, eine Frage zu stellen, immer bedeutete, die Antwort für möglich zu halten. »Was wollen Sie erreichen, indem Sie den Daumen der Briten abschütteln?«

»Ja was denn wohl?«, fragte er zurück. »Dasselbe wie Sie. Unsere Freiheit.«

Perdita dachte nach und sah Jasper, den Jagdhund vor sich, der berauscht von Freiheit losgestürmt und von der Falle zerrissen zurück ins Haus getragen worden war. »Ich wollte das nicht erreichen«, sagte sie endlich. »Ich hatte ein angenehmes Leben, in dessen Regelwerk ich mich sicher fühlte. Jetzt fühle ich mich keiner Regel mehr sicher, ich weiß nicht, was richtig und was falsch ist, was ich mit meinem Leben anfangen will und im Grunde nicht einmal, wo ich morgen schlafen und was ich essen soll. Mir kommt diese Freiheit vor, als hätte ich meinen schönen Rapphengst von seiner Koppel mit dem dichten Gras hinaus ins Sumpfland gelassen, wo jeder Schritt ihn das Leben kosten kann.«

»Ja, Freiheit kann tödlich enden, doch das macht sie nicht weniger begehrenswert«, entgegnete er. »Leben endet immer tödlich, aber Freiheit ist die Möglichkeit, nicht schon tot zu sein, wenn es anfängt. Da wir von Pferden sprechen – was glauben Sie, wie lange der Mensch sich schon mit Pferden beschäftigt? Dreitausend Jahre? Fünftausend Jahre? Und in all diesen Jahren, in denen er seine Pferde beobachtet, beschrieben, gezeichnet und fotografiert hat, ist ihm eines entgangen: Dass sich nämlich das Pferd auf der Höhe seines Galoppsprungs mit allen vier Hufen in der Luft befindet. Dieses Phänomen kann er erst sehen, seit er in der Lage ist, von einem galoppierenden Pferd nicht nur eine Standaufnahme zu machen, sondern es in der Bewegung zu filmen.«

»Das ist fantastisch«, platzte Perdita heraus.

»Das finde ich auch.« Tushars Augen glänzten. »Und eben das ist der Grund, warum unsere Eltern mit uns nicht mehr fertigwerden: Wir wachsen ihnen über den Kopf. Wir können alles, was wir wollen, wenn wir uns nicht länger hinter Koppelzäunen mit Gras mästen und an Zügeln gängeln lassen, sondern die Angst überwinden und ins Sumpfland davonsprengen. Mit allen vier Hufen in der Luft.«

Etwas von der Anspannung, die Perdita seit der Ballnacht umklammert hielt, löste sich. Tushar lächelt. »Sie könnten Physik studieren, wenn Sie frei wären. Oder eine Schule für Dienstmädchen gründen. Sie könnten herausfinden, was Sie wollen, weil es endlich jemanden gäbe, der danach fragen würde.«

»Wen?« Daran, dass ihr eine solche Frage jemals gestellt worden war, konnte sie sich nicht erinnern.

»Sie selbst.«

Perdita war still.

»Was den fehlenden Schlafplatz und die Sorge ums Essen betrifft, könnten wir Ihnen ein Bett in diesem Haus anbieten, sofern wir Sie damit nicht beleidigen. Mit Luxus können wir nicht aufwarten, aber für die meisten unserer Schülerinnen kommt das hier dem gleich, was Sie Paradies nennen und wir *Moksha,* die Erlösung aus dem Rad der Wiedergeburten. Bei uns bekämen Sie saubere Laken, warme Decken und jede Menge Ruhe. Und noch mehr roten Reis.«

Sie musste lachen, weil er, der anfangs nicht den Mund aufbekommen hatte, jetzt nicht mehr aufhören wollte zu reden, weil sie außer ihm keinen Mann kannte, der so viel redete, und weil es wohltuend war, auf einmal eine Zuflucht zu haben. Warme Decken, Ruhe, duftende Reisgerichte, ein wenig Freundlichkeit und die scheue Wissbegier der Mädchen – Perdita hatte über die Beschaffenheit des Paradieses nie nachgedacht, aber die Version, die Tushar Vashisht ihr anbot, schien ihr für den Augenblick verlockend genug.

»Warum sind Sie denn auf einmal so nett zu mir?«

»Finden Sie mich nett? Ich hatte befürchtet, Sie wären außer sich, weil ich versuche, Sie mit meinem schäbigen Angebot zu bestechen.«

»Ich finde Ihr Angebot nicht schäbig. Und warum sollten Sie mich bestechen wollen? Dass ich mich gern noch ein wenig als Lehrerin versuche, habe ich Ihnen doch schon versprochen.«

»Ja, das haben Sie, und ich bin Ihnen dankbar dafür. Aber Sie haben mir nicht versprochen, dass Sie sich von Fergus Fortescue fernhalten.«

»Das kann ich nicht«, gab sie zurück. »Wenn Ihr Angebot an dieser Bedingung hängt, muss ich es ausschlagen.«

»Nehmen Sie es an«, sagte er. »Wenn es Ihnen hilft, spreche ich mit Fergus, dringe in ihn, alles preiszugeben, was Ihnen helfen könnte, Ihre Schwester zu finden. Dass er sich Ihnen eher öffnet als mir, werden Sie nicht ernsthaft glauben. Das Angebot, das ich Ihnen mache, dürfte das beste sein, das Sie bekommen werden.«

»Vielleicht ist es das«, erwiderte Perdita. »Aber um mich

zu überzeugen, müssten Sie mir erklären, was so schlimm daran ist, wenn ich selbst noch einmal versuche, mit Ihrem Freund zu reden.«

»Fergus ist nicht mein Freund.«

»Ach nein? Und warum schwingen Sie sich dann wie eine Löwenmutter auf, ihn zu vereidigen, zumal gegen jemanden, der gar nicht vorhat, ihn anzugreifen?«

»Weil Sie keine Ahnung haben«, zischte er sie an. Von der Vertrautheit zwischen ihnen, die ihr noch eben so wohlgetan hatte, war nichts mehr übrig. »Sie kommen hierher, weil es Ihnen in den Kram passt, weil Ihr Rummelplatz daheim Ihnen nicht bunt genug ist – so nennen Sie Shimla doch sogar: das Heiratskarussell. Und je aufregender und exotischer das Pferdchen ist, das Sie erwischen, desto besser. Da darf es ruhig ein bisschen gruselig zugehen – Hauptsache man hat etwas, um es den Freundinnen nach Hause zu schreiben, damit sie gelb vor Neid werden und das Kribbeln im Bauch kaum aushalten.«

»Warum sind Sie so?«, rief sie dazwischen. »Sie kennen mich nicht, Sie haben keinen Grund, mir etwas so Ekelhaftes zu unterstellen.«

»Und Sie kennen uns nicht«, versetzte er. »Ich habe an Ihr Mitgefühl appelliert, daran, dass Sie als Christin doch wohl das Prinzip der Gnade anwenden müssten, statt zwei Menschen, die ihr Leben lang gequält worden sind, noch weiter zu quälen. Ich habe Fergus etliche Male geraten, alles zu verkaufen und irgendwo anders neu anzufangen, aber dieser Ort hält die, die er entzweibricht, fest. Warum kann man ihm und der armen Abigail, die womöglich noch weniger Chancen auf ein erträgliches Leben hat als unsere Aishwarya, nicht wenigstens ihre Ruhe lassen? Die Leute von British Shimla mögen der Ansicht sein, Fergus hätte gegen etliche ihrer heiligen Gesetze verstoßen, aber was hat er Ihnen getan? Er hat Ihre Schwester nicht umgebracht, er hat dieses Mädchen aus Manchester nicht umgebracht, und Genevieve Micheldever sitzt kerngesund zu Hause und freut sich des Lebens. Oder auch nicht. Aber daran wäre nicht Fergus schuld.«

Erst als er verstummte, um Atem zu holen, hörte Perdita die Schritte. Sie kamen so leicht und federnd die Treppe herauf, dass sie noch glaubte, sich zu täuschen, als sich quietschend die Tür aufschob. Sie drehte sich um. Im Rahmen stand Fergus Fortescue. Er trug ein weißes Hemd ohne Kragen zu Reithosen und einer Jacke, die gerade geschnitten war wie die von Tushar. Sein Haar war vom Ritt durch den Wind zerzaust.

»Sprichst du über mich?«, fragte er.

»Pack dich, Fortescue, ich spreche doch immer über dich«, blaffte Tushar zurück. »Was hätte ich sonst auf der Welt wohl zu sprechen?«

»Nichts, nehme ich an.«

Perditas Herz schlug in hohen, hellen Sätzen.

»Was ist mit Aishwarya? Wann kommt sie zurück? Du weißt, wenn du sie uns bis Sonntag nicht bringst, komme ich und hole sie.«

»Ja, das weiß ich«, antwortete Fergus. »Du hast mir schließlich oft genug um die Ohren gehauen, dass du in einem Haus, aus dem Mädchen verschwinden, keine deiner dir anvertrauten Schülerinnen lassen kannst. Ich bin gekommen, um Aishwarya zurückzubringen. Sie ist mit den anderen im Garten bei den Ziegen. Es geht ihr gut. Zumindest so gut, wie es ihr gehen kann.«

Etwas schien aus Tushars Zügen zu gleiten. Tief und hörbar holte er Luft. »Danke, Fergus. Von dem, was du gesagt hast, habe ich kein Wort gemeint.«

»Natürlich nicht. Du weißt ja, ich halluziniere. Guten Tag,

Miss Lascelles. Ich hoffe, Sie haben sich nach der Festlichkeit neulich gut erholt.«

Wie an Schnüren gezogen erhob sich Perdita von ihrem Platz. »Ich habe Sie sprechen wollen, Mr. Fortescue. Deshalb bin ich zu Mr. Vashisht gekommen.«

»Interessant. Ich hätte angenommen, wenn jemand mich sprechen wollte, käme er zu mir. Aber vermutlich liege ich damit wie mit so vielem falsch.«

Ihre Blicke verzahnten sich. Statt sich zu wehren, gab Perdita nach und trat einen Schritt auf ihn zu. »Nicht Sie, sondern ich lag falsch. Dürfte ich meinen Fehler korrigieren und jetzt noch zu Ihnen kommen?«

Seine Brauen hoben sich, bildeten über der Nasenwurzel ein Dach. Sein Blick blieb unbewegt. »Warum nicht?«

29

Alice Metcalfe
Fair Sisters
Shimla, Indien

Mr. und Mrs. Gus Metcalfe
Cheetham Hill Road
Manchester, England

20. Oktober 1902.
Liebe Eltern!

Ich hoffe, dass Ihr meinen Brief bekommt und dass jemand in der Familie ihn wird lesen können. Ich habe hier einen sehr zuvorkommenden Herrn gefunden, der den Brief für mich schreibt, denn selbst würde ich allzu lange brauchen und zu viele Fehler machen bei allem, was ich Euch wissen lassen will. Der Grund meines Schreibens ist, dass Ihr doch erfahren sollt, wie es mir ergangen ist, auch wenn es Euch wohl lieber wäre, Ihr würdet von mir nie wieder hören.

Weggelaufen bin ich, weil ich aus dem ganzen Elend, dem ewigen Grau in Grau rauskommen wollte. Es sind nämlich nicht nur Männer, die das wollen, sondern manchmal auch Mädchen, und wenn's ihnen noch so oft verboten wird. Mit meinem Bräutigam, Mr. Zachary Fagon, der Euch nicht recht war, und mit seinem Bruder bin ich nach Indien gegangen und bin hier als Hausmädchen im Haushalt von Captain Fergus Fortescue untergekommen. Captain Fortescue ist ein sehr feiner Herr. Nicht wie Herren in Manchester, sondern ganz anders.

Mit meinem Dienstherrn, der bei der Indian Army *eine Kompanie befehligte, sind mein Bräutigam und sein Bruder dann in den Krieg gezogen.*

Was passiert ist, als die drei aus dem Krieg zurückgekommen sind, ist schwer zu erklären, und ich bin noch immer nur Eure dumme Tochter, die in der Schule nichts gelernt hat, schlecht schreiben kann und von all den Dingen, die sich zwischen Himmel und Erde abspielen, wenig begreift. Wissen lassen will ich Euch und meine Geschwister aber, dass nicht wahr ist, was über mich geredet werden wird, wenn mein Bräutigam, der nicht mehr mein Bräutigam ist, und sein Bruder zurück nach England gehen:

Ich bin kein leichtes Mädchen. Mit meinem Bräutigam ging ich in der ehrlichen Absicht, ihn zu heiraten, sobald wir das Geld dafür zusammenhätten, und dass er nach dem Krieg nicht mehr derselbe war, ist ja wohl mir nicht anzukreiden, sondern denen, die Kriege machen. Auch kann wohl kaum einer einem Mädchen, das im Leben nie zu etwas gekommen ist, einen Strick draus drehen, dass sie es lieber mit einem schönen, sauberen Herrn hält, der mit ihr spricht und umgeht wie mit einer Dame. Für meinen Dienstherrn bin ich keine wertlose Dutzendware, die auf die Luft, die sie atmet, kein Anrecht hat, sondern dafür schuften muss. Für ihn bin ich ein richtiger Mensch. Deshalb bleibe ich bei ihm. Egal, was die Leute reden.

Wenn mich dafür die Kräfte des Bösen bestrafen, dann ist nicht nur das Leben ungerecht, sondern auch das, was hin-

terher kommt. Ich aber lasse mich von keinem boshaften Geist in die Flucht schlagen, nicht jetzt, wo ich einmal im Leben Glück habe, wo einmal jemand gut zu mir ist. Die, die sagen, mein Herr gehört selbst der dunklen Seite an und übt auf mich seine finstere Macht aus, sind Lügner und Heuchler, denn Macht über ein Mädchen auszuüben, das wünscht sich jeder Mann, dazu braucht er kein Teufel zu sein.

Ich bin bei meinem Herrn, weil ich es will, und dass ein Mädchen etwas will, das passt ihnen nicht. Deshalb fangen sie Gerede über unheimliche Mächte und Besessenheit vom Teufel an. Nur weil sie nicht ertragen, dass ein Mädchen sich nimmt, was es will.

Der Herr, der den Brief für mich geschrieben hat, wird ihn schnellstmöglich auf die Post bringen, und wenn er nächsten Freitag wiederkommt, wird er mir sagen, dass der Brief auf dem Weg ist. So werdet Ihr hoffentlich erfahren, dass Eure missratene Tochter doch noch zu etwas gekommen ist. Wisst, dass sie keinem Lebenden und schon gar keinem Toten erlauben wird, es ihr wieder wegzunehmen.

Grüßt meine Geschwister und Tante Gertrude.

Eure Euch liebende Tochter Alice.

30

Das Haus lag in einer Senke, hinter einer Wand aus den fast schwarz bekrönten, in den Himmel aufstrebenden Bäumen der Gegend. Es war kein Haus. Es war das dunkle Schloss aus verbotenen Büchern. Selbst der Eiswind hielt inne, die Waldvögel schwiegen, und die Rappstute Ratri, benannt nach der Göttin der Nacht, verlangsamte ihre Gangart. Fergus ritt sie ohne Sattel. Er hatte Perdita im Damensitz vor sich gesetzt und hielt sie in der Taille umfasst.

»Sie können so nicht lenken.«

»Ich brauche Ratri nicht zu lenken. Sie ist ja kein Automobil.«

Mehr hatten sie nicht gesprochen.

Über die langen Schatten, die das Haus und die Bäume warfen, breitete sich das Tuch der Dämmerung aus. Durch die Fensterscheiben fiel ihnen kein einladendes Licht entgegen, und kein Laut verriet, dass hier Menschen wohnten. Das Haus war nicht hässlich, wie Perdita nach all den unheilschwangeren Beschreibungen erwartet hatte. Eher schien es wie eine schöne Frau, die in unkleidsame Trauer gehüllt war, älter, als es den Jahren nach sein konnte, und zu groß, um sich ohne ein Heer von Dienern instand halten zu lassen. Die gesamte Front entlang zog sich eine Arkade aus zierlichen

Säulen, die vermutlich weiter um das Haus herumführte. Der nicht mehr ganz weiße, verschwimmende Schimmer des Marmors verlieh den Säulen etwas von Tänzerinnen, die stumm die Nacht begrüßten.

Es gab keinen Zaun. Am Fuß des Kamms mit den Bäumen wuchs das Gras hoch wie Schilf. Aus seiner Tiefe stieg mit den spinnwebfeinen Nebelschleiern des Abends ein Duft auf, dessen Süße überwältigend war.

Fergus sprang vom Pferd und half Perdita aus dem Sattel. Er nahm der Stute das Zaumzeug ab, warf es sich über die Schulter und ließ das Tier laufen, wohin es wollte. Nebeneinander gingen sie über die duftende Wiese zum Haus.

Sie sah ihn von der Seite an. »Safran?«, fragte sie.

Er nickte. »Er tut das nur einmal im Jahr. Nur jetzt.«

Ihr Weg hatte etwas von Unausweichlichkeit, eine einzige Richtung und ein einziges Ziel. Perdita wollte, dass er ewig andauerte, und zugleich wollte sie das Haus erreichen, die Tür aufreißen, um sie hinter sich wieder zu schließen und mit ihm in die Dunkelheit einzutauchen. Mit jedem Schritt wuchs eine Erregung, die ihren Körper erfasste, die ihren Gang schwerelos und dabei doch ihr Fleisch so schwer und lebendig machte. Dies hier war das Abenteuer, das sie nie gewollt hatte. Dies hier war alles, was sie wollte.

Die Tür wurde leise aufgeschoben. Ein blass flackernder Kegel aus Licht fiel ins Freie, kurz darauf erschien ein Mann, der einen Messingleuchter mit einer Kerze trug. Perdita erkannte in ihm den Europäer, sah, dass er von mittlerer Größe war und einen gedeckten Anzug mit schwarzem Binder trug. Sein Alter ließ sich nicht schätzen. Zwar war das streng zurückgekämmte Haar eisgrau und sein starres Gesicht so zerfurcht, dass es einem Greis hätte gehören können, doch die Haltung war die eines Mannes in den besten Jahren und die Stimme fest, wenngleich ausdruckslos.

»Guten Abend, *Sir*. Wie ich sehe, werden wir heute nicht spielen.«

»Nein, Paul«, sagte Fergus. Die beiden Männer reichten einander die Hände und hielten sie mehrere Augenblicke lang fest. »Ich bringe einen Gast mit. Miss Lascelles ist Della Lascelles' Schwester. Miss Lascelles, das ist Paul Menetrier, der Butler auf *Fair Sisters*.«

»Sehr erfreut«, sagte Perdita und wollte, dass der Mann verschwand.

Was er ihr widmete, war kaum ein Nicken zu nennen. Sein Wort richtete er ausschließlich an Fergus: »Ich werde dann gehen, *Sir*. Die Abrechnungen für den Oktober liegen auf dem Schreibtisch. Wir sehen uns nächsten Freitag.«

»Gute Nacht, Paul. Wir sehen uns Freitag.«

Er gab Fergus den Leuchter, tauchte ins Dunkel und kam gleich darauf im Mantel wieder heraus. Seinen Schal band er sich, während er mit ausholenden Schritten den Weg hinaufstrebte und sich von den letzten Schatten verschlingen ließ.

»Wohin geht er?«

»Nach Hause.«

»Warum wohnt der Butler nicht hier im Haus?«

»Weil er am anderen Ende von Shimla wohnt. Weil er dort seit zwanzig Jahren wohnt.«

Wie immer wenn sie mit Fergus umging, war eine Frage eine Kapsel, aus der hundert weitere platzten. Heute aber wollte sie keine mehr stellen. Ihr war nicht nach Reden. Neben Fergus schob sie sich in den Windfang des Hauses, der tatsächlich von nichts als der Kerze erhellt war. Aus der Halle, die dahinterlag, drang ebenfalls kein Licht, und auch ein schmaler Korridor, der sich zur Linken auftat, lag in völliger Schwärze. Fergus stellte den Messingleuchter zu Boden und hängte das Zaumzeug an einen Haken. Dann zog er die Tür hinter sich ins Schloss, legte Ketten vor und schob schwere Riegel zu, die in ihren Beschlägen knirschten. Während er damit beschäftigt war, hallten den Korridor entlang leichte, schnelle Schritte.

»Fergus!«

Aus der Finsternis rannte ein Mädchen in den Lichtkegel der Kerze, blieb abrupt stehen und warf ihrem Bruder die Arme um den Hals. Perdita entfuhr ein Laut. Das Mädchen, das auf den zweiten Blick kein Mädchen mehr war, sondern älter als sie, war Fergus wie aus dem Gesicht geschnitten: Die Züge scharf, wie in eine Münze geprägt, die Brauen und Wimpern tintenschwarz geschwungen, die Augen goldbraun, schillernd bis in eine Tiefe, die an eine endlose Reihe von Spiegeln hinter Spiegeln denken ließ.

»Es ist so schön, dass du wieder da bist.« Ihre Stimme war unerwartet hell, wie künstlich in die Höhe geschraubt. »Falguni macht uns *Dal Makhani,* wir könnten es uns auf Tabletts mit ins Eckzimmer nehmen, und ich dachte, wir öffnen heute einen schwereren, dunkleren Wein. Vielleicht den *Pomerol,* den uns Colonel Harper empfahl? Es soll ja noch Sturm kommen, sagt Falguni, und es ist so behaglich im Esszimmer, wenn man vor den Fenstern, gegen die der Sturm tobt, einen Wein trinkt, der wie flüssiges Feuer wärmt.«

»*Pomerol* im Eckzimmer gerne«, sagte Fergus. Flüchtig spiegelte sich das Lächeln seiner Schwester auf seinem Gesicht, und seine Stimme war samtig wie der Schimmer der Kerze. »Aber das *Dal Makhani* wirst du heute mit Erin und Zach essen müssen. Wir haben einen Gast, und Perdita und ich brauchen ein wenig Zeit für uns allein.«

In seinen Armen drehte sie den Kopf zu Perdita. Das schwarz schimmernde Haar, das sie in einem schweren Knoten trug, war genau wie das von Fergus, doch er hätte niemals so offen lächeln können. »Oh ja, wir haben einen Gast – bitte entschuldigen Sie meine Unhöflichkeit.« Sie ließ ihren

Bruder los und trat vor Perdita hin. »Willkommen auf *Fair Sisters*. Ich bin Abigail. Fergus' Schwester.«

Wie apart sie war. Ihr Kleid aus Samt in einem nahezu schwarzen Dunkelrot gab ihrer zarten Erscheinung etwas Gediegenes, Würdevolles, und die schlichte Perlenschnur war als Schmuck dafür perfekt. Perdita hatte ein verhuschtes, unbeholfenes Wesen erwartet, das Menschen mied und Konversation nicht gewohnt war, doch stattdessen empfing sie eine herzliche Gastgeberin.

»Perdita Lascelles«, stellte Perdita sich vor. »Ich freue mich, Sie kennenzulernen.«

»Die Freude ist ganz auf meiner Seite. Fergus hat von Ihnen erzählt.«

»Das ist gelogen«, sagte Fergus.

»Und du bist ein Grobian.« Abigail lachte. »Außerdem haben Männer sich nicht einzumischen, wenn Frauen ein Schwätzchen halten. Hören Sie, Perdita«, sie legte Perdita eine Hand auf den Arm, »ich verstehe zwar nicht, warum Sie sich den Abend mit meinem grantigen Bruder verderben wollen, aber ich stehe Ihnen nicht im Weg. Was halten Sie davon, wenn wir dennoch zusammen essen würden? Ich hätte es so gern, mir macht Besuch solche Freude. Warum setze ich mich nicht einfach mit meinem Buch in die Bibliothek, wir schicken Erin und Zach nach ihrem Dinner zu Bett, und Sie beide sind ganz ungestört? Wenn Sie dann essen möchten, lassen Sie es mich wissen, und ich serviere unser Dinner selbst.«

»Wird das nicht zu spät?«, fragte Perdita und meinte ihren Heimweg durch die Nacht. Sie würde die Micheldevers aus dem Bett holen müssen, denn nach dem Streit durfte sie auf Tushars Angebot nicht länger zurückgreifen. Daran wollte sie jedoch nicht denken, sie wollte an gar nichts denken, nur hier sein und sich dem Leben überlassen.

»Aber nicht doch.« Wieder lachte Abigail auf. »Mir eilt es nie sehr mit dem Essen, und wenn Fergus nicht da ist, mache ich es mir oft stundenlang mit meinem Buch bequem. Lassen Sie uns die Zeit vergessen und unseren ersten gemeinsamen Abend genießen. Wir haben uns doch viel zu erzählen, nicht wahr? Und wenn nicht, haben wir Bücher. Und den Sturm.«

Es ist nicht die Wirklichkeit, sagte sich Perdita. *In der Wirklichkeit wären diese Räume erleuchtet, ein Diener nähme uns die Garderobe ab, und ein Gast käme nicht unangemeldet ins Haus geschneit. Es ist nicht die Wirklichkeit, und die braucht es auch nicht zu sein. Es ist das, was ich will.*

»Sie meinen, ich könnte über Nacht in Ihrem Haus bleiben?«

»Aber natürlich. Nicht nur über Nacht. Unser Haus ist auch das Haus unserer Freunde, und wen wir nicht haben wollen, der kommt nicht herein.«

Perdita musste an die Vielzahl der Riegel und Kettenschlösser denken.

»Gehen Sie mit Fergus. Wir sehen uns später, und in der Zwischenzeit macht Ihnen unsere Erin ein Zimmer zurecht.« Sie reckte sich auf die Zehen, legte Perdita die Hände auf die Schultern und küsste die Luft neben ihrer Wange. Dann schwang sie herum und lief durch den Korridor, durch den sie gekommen war, zurück, nicht länger wie die elegante Dame des Hauses, sondern wie ein fröhliches Kind.

Perdita drehte sich um, und ihr Blick traf den von Fergus. Er stellte eine Frage, die für sie keine war. Auf ihr Nicken hob er den Leuchter vom Boden und trat mit ihr in die Halle. Perdita sah die Konturen einer nach unten verbreiterten Treppe und erwartete, sie würden dort hinaufsteigen, aber Fergus ging daran vorbei in einen weiteren Korridor, von dem mehrere Türen abgingen. Die dritte öffnete er und gab den Blick in einen quadratischen Raum mit einem großen Erkerfenster frei. Der Sturm, von dem Abigail gesprochen hatte, war offenbar im Begriff zu beginnen. Es fiel kein Regen, doch der Wind ließ die Scheiben klirren.

Es mochte eines der dunklen Rauchzimmer sein, die in sämtlichen Häusern, in denen Perdita verkehrte, das Pendant zu den hellen Boudoirs der Damen bildeten. Es gab einen schweren Schreibtisch, eine Anrichte, ein paar Sessel und Sofas um einen Tisch, auf dem ein Spielbrett stand. Möbel, Tapeten und Vorhänge waren in dunklen Farben gehalten, sodass ihre Konturen im Kerzenschein verwischten. Sie waren Perdita gleichgültig. Alle Möbel und Tapeten der Welt.

Fergus zog hinter sich die Tür zu und stellte den Leuchter auf den Schreibtisch. Dann trat er vor das Fenster, und Perdita folgte ihm. Im nächsten Augenblick hielten sie sich in den Armen, pressten sich aneinander, ertasteten die Formen des anderen. Er senkte den Kopf, und vor dem Fenster, gegen das Wind und Sternenlicht prallten, küssten sie sich, wie sie es seit Tagen ohne Ende hatten tun wollen.

Vierter Teil

»Die Traurigkeit ist der Brautschleier meiner Seele. Er wartet auf die Stille der Nacht, dass sie ihn lüfte.«

Rabindranath Tagore

31

Lieutnant Colonel Nathaniel Sedgewick
Autumn Hall
Shimla, Punjab, Indien

Mrs Peter Skipton
Willfield Meadow
Kent, England

Autumn Hall, den 4. Januar 1828
Sehr verehrte Mrs. Skipton!

Bezüglich Ihres Briefes und Anfrage vom 8. November vergangenen Jahres muss ich Ihnen leider die schmerzliche Mitteilung machen, dass meine Tochter Dinah ebenso wie ihre Schwester Prudence im Herbst nämlichen Jahres unter den unglücklichsten Umständen verstorben ist.

Aufgrund der Natur dieser Nachricht werden Sie gewiss Verständnis dafür haben, dass ich mich nicht in der Lage sehe, auf die Geschehnisse, die zum Tode meiner Töchter führten, im Einzelnen einzugehen. Es dürfte ausreichen, Sie wissen zu lassen, dass meine mit den Gegebenheiten dieses Landes nicht vertrauten Töchter diese missachteten, wodurch es zu einem tragischen Unfall kam. Sofern über-

haupt von Schuld gesprochen werden muss, trifft sie mich, der seine Kinder in einen Teil der Welt verpflanzte, in der sie ihrem Wesen nach nicht gedeihen konnten, sondern dem Wildwuchs verfallen und letztendlich absterben mussten, wie es einer Pflanze geschieht, die fremder Erde übergeben wird.

Was mich selbst betrifft, so werde ich in die Heimat nicht zurückkehren, sondern wünsche, mein Leben zu beenden, wo meine Kinder das ihre zur Unzeit beenden mussten. Ihre Überführung nach Kent, in die Grabstätte unserer Familie war nicht möglich, weshalb auch ich, wenn der Tag gekommen ist, keine solche wünsche, sondern mich hier begraben lassen werde. Ich bedaure somit, es Ihnen nicht ermöglichen zu können, Ihrer Freundin die letzte Ehre zu erweisen. Gern hätte ich selbst meine Töchter geehrt, indem ich mein Anwesen, auf dem sie sterben mussten, nach ihnen benenne, doch wurde mir davon abgeraten. Zum einen könnte es zu Problemen mit der ohnehin unzuverlässigen Post kommen, zum andern würden die stark geistergläubigen Eingeborenen es als böses Omen empfinden und das Haus meiden. Da meine britischen Dienstboten mich im Stich gelassen haben, bin ich auf diese angewiesen, solange Autumn Hall *nicht verkauft wird. Das aber soll vor meinem Tod nicht geschehen, auch wenn mein Interessent mich drängt.*

Es bleibt uns also allen nichts, als die zwei Schwestern in Gedanken zu ehren. Für Ihre freundschaftliche Treue sei Ihnen im Namen meiner Tochter Dinah gedankt.

Gestatten Sie mir zuletzt noch, Ihnen zu Ihrer kürzlich erfolgten Vermählung zu gratulieren und auch Mr. Skipton meine aufrichtigen Glückwünsche auszusprechen. So sehr es mich schmerzt, dass der Segen, der auf einer standesgemäßen Verbindung ruht, meinen Töchtern nie zuteil wurde, so sehr wünsche ich jenen Segen der Ihren und mit ihm Dauer, Gesundheit und Gedeihen.

Immer Ihr ergebener Lt. Colonel Nathaniel Sedgewick

Vermerk in anderer Tinte und Handschrift: Brief vermutlich Original, nicht abgesendet.

32

»Warum lebt ihr im Dunkeln, Fergus?«

»Warum sollten wir nicht? Weil uns das Dunkel gefällt.«

»Gibst du auf Fragen nie Antworten, mit denen der Fragesteller etwas anfangen kann?«

»Ich gebe auf Fragen Antworten, mit denen der Fragesteller anfangen kann, was er will.«

Sie musste lachen. Ihre Nächte waren ein Rausch. Ein Galopp mit allen vier Hufen in der Luft. In diesen berauschten ersten Tagen und Nächten musste sie immerfort lachen und weinen. Sie weinte und lachte bei der Liebe, brach auf dem Höhepunkt in ein Schluchzen aus, das sie beide schüttelte, und weinte hinterher in seinen Armen weiter, bis die Tränen von selbst versiegten und in Lachen übergingen.

»Ich nehme an, wenn ich nicht alles Üble, das du je über mich gehört hast, bestätigen wollte, dürfte ich das hier nicht tun«, hatte er in der ersten Nacht dicht an ihrem Ohr geflüstert. »Ein junges Mädchen aus guter Familie schänden. Ihr die Chance auf ein Leben nehmen, das ihr gebührt.«

Da hatte er schon nackt in ihren Armen gelegen, auf dem Teppich des Zimmers, das er seinen kleinen Salon nannte, und sie war auch nackt gewesen, so nackt, wie sie ihren Körper nie erlebt, nie empfunden hatte. Er hatte mit erstaunlichem Geschick im Kamin ein Feuer angezündet, das fast sofort zu flackern begann und züngelnde Schatten auf die Tapete warf. Zudem hatte er von einem der Sofas einen Überwurf im dunklen Blaugrün der Pinien geholt und den seidigen Stoff um sie beide gehüllt. Es war nicht mehr kalt. Es war so warm wie niemals zuvor.

»Die Chance habe ich mir selbst genommen«, flüsterte sie rau zurück. »Ich will das Leben, das mir gebührt, nicht mehr haben, ich will die Zeit nicht zurückdrehen, auch wenn ich nicht weiß, was aus mir wird. Ich will nur dich. Dass du mich schändest, will ich. Dass du bestätigst, was immer ich über dich gehört habe. Und noch mehr.«

Er lachte dunkel. Sie legte zwei Finger an seinen Kehlkopf, um sein Lachen zu spüren. Seine Haut war so seidig wie die grüne Decke. Sie sprachen kein weiteres Wort, und sie wollte tatsächlich nichts mehr als das: Von ihm geliebt, geschändet, verdorben werden, niemanden mehr um Erlaubnis fragen. Es war ihr erstes Mal. Auf dem verschlungenen Muster des Teppichs war ihr Blut. Fasziniert blickte sie auf den Fleck. *Das bin ich*, dachte sie. Dann liebte er sie noch einmal, und dieses Mal empfand sie schon Glück.

Nass und zittrig und erhitzt von der Liebe zogen sie hinüber in den hinteren Flügel, um mit Abigail zu essen. Perdita ging o-beinig wie nach einem zu langen Ritt. Fergus hatte ihr mit bloßen Händen das Haar geordnet, ohne eine Klammer oder Nadel hineinzustecken. Abigail sagte kein Wort dazu, dass sie sie all die Zeit hatten warten lassen, sondern äußerte nichts als Freude: über das gute Essen, ein Gericht aus Linsen und Reis, dessen Schärfe von der rahmigen Konsistenz gemildert wurde, über den süffigen Wein, der Perdita sofort zu Kopf stieg, und über die wunderbare Gesellschaft, in der man die ganze Nacht hindurch hätte beisammensitzen wollen.

»So haben wir es uns immer ausgemalt, nicht wahr, Fergus? Als wir Kinder waren. Dass wir eines Tages ein gastliches Haus haben würden, in dem die wunderbarsten Leute zusammenkämen, Leute aus allen Teilen der Welt, die ständig auf Reisen wären und viel zu erzählen hätten.«

Das Zimmer, in dem sie saßen, war in der Tat schön. Es war recht klein, besaß einen beinahe dreieckigen Grundriss und die beiden kurzen Schenkel wurden fast vollständig von mit weißen Rahmen unterteilten Fenstern eingenommen. Es gab einen Esstisch für nur vier Personen, der wie Stühle und Anrichte aus einem Holz in einem schimmernden, fast goldenen Rot gefertigt war. Aus demselben Holz war die Standuhr, die jede Stunde dumpf-melodisch schlug, ohne dass ihre Zeiger sich bewegten. »Das ist unser Lieblingsholz«, erklärte Abigail. »Sheesham, die Rose Indiens. Die Blüten des schlanken Baumes sind rosa und weiß, und von ihrem Duft bleibt immer etwas in den Möbelstücken, die aus seinem Kernholz gefertigt wurden.«

Die Dunkelheit, das Fehlen jeglicher Lampen, verwirrte die Sinne, machte Kleines groß und Großes winzig, ließ Dinge auftauchen, die unmöglich wirklich sein konnten, und verschluckten andere, doch das störte Perdita nicht länger. Im Kamin loderte ein mächtiges Feuer, und auf den Fenstersimsen standen hohe doppelarmige Leuchter mit Kerzen. Der Sturm draußen tobte so wild, dass sich die Bäume wie Grashalme bogen. Mehr konnte Perdita vom hinteren Teil des Gartens nicht erkennen, nur eine grasbewachsene Fläche und die vom Wind geschüttelten Bäume weit vom Haus entfernt. Dahinter ging es steil ins Tal, das ahnte sie jetzt, auch wenn sie es nicht sah.

»So haben wir es uns als Kinder ausgemalt, nicht wahr, Fergus?« Abigail räumte die Teller ab und tanzte dabei um den Tisch. Dann verschwand sie in Richtung Küchentrakt und kam mit einer Schale voll Reismehlgebäck, gefüllt mit Kokos und Zucker, zurück. »Dass sich unsere Gäste in unserem Haus immer wohlfühlen würden, dass sie beim Abschied zueinander sagen würden: »*Nirgendwo isst und trinkt man so gut wie bei den Fortescues, und nirgendwo trifft man auf so wunderbare Gesellschaft.*« Und nun ist es so. Heute Nacht ist es so. Wir haben es gut wie die Leute in Cockaigne, wo die Häuser aus Gerstenzucker und die Straßen mit süßen *Modaks* gepflastert sind. Nirgendwo in Shimla gibt es eine Köchin, die einen so sehr verwöhnt wie Falguni, finden Sie nicht auch, Perdita?«

Sie stopfte sich diese *Modaks* wie ein Kind in den Mund und schenkte ständig Wein nach, sodass Perdita sich bald völlig betrunken glaubte. Aber in der Trunkenheit fühlte sie sich nicht hilflos und verstört wie auf jenem Fest bei Tante Mathilda, sondern eingehüllt in die Zärtlichkeit der Nacht und beschützt vor dem tosenden Sturm. Fergus rührte die Süßigkeit nicht an und trank von seinem Wein nur wenig. Sooft sich ihre Blicke begegneten, sah Perdita mit Entzücken, dass er mit ihr dem Moment entgegenfieberte, in dem der Strom von Abigails Geplapper verebben, die Schwester sich zu Bett begeben und sie allein lassen würde. Als es endlich so weit war, hatte Perdita Mühe, nicht vor Freude aufzujauchzen.

In ihrer Erinnerung hatte sie sich höchstens als Kind so gefühlt, am Weihnachtsmorgen, wenn sie mit der kleinen Della an der Hand zum Kamin im vorderen Salon laufen durfte, um nachzuschauen, was *Old Father Christmas* ihnen in ihre Strümpfe gesteckt hatte. Damals hatte sie jedoch schon gewusst, dass eine junge Dame nicht jauchzte, und hatte sich beherrscht. Ein Jahr darauf hatte sie außerdem gewusst, dass sich in den Strümpfen nichts von dem befand, was sie sich gewünscht hatte, sondern Haarnadeln, Pulswärmer, Stickwolle und ein Gesangbuch. In ihr war ein Unwille gewesen, der sich nicht erklären ließ, und sie hatte Della ausgeschimpft, als die trotzdem jauchzte.

Das Schimpfen hatte sie später bereut, weil Della nicht *Old Father Christmas* war. Noch ein Jahr darauf hatte sie gewusst, dass es keinen *Old Father Christmas* gab, dass Haarnadeln nützlich waren und Jauchzer kindisch. Stattdessen hatte sie nicht mehr gewusst, was sie sich in den Jahren zuvor so unbedingt gewünscht hatte.

Jetzt wusste sie es wieder. Und bekam es. Dass sie das Jauchzen unterdrückte, war nur der Rücksicht auf Abigail geschuldet, und sobald sie mit Fergus allein war, ließ sie es ohne jede Hemmung heraus.

Abigail hatte ihre Räume in dem nach gotischem Vorbild gestalteten Turm, weit von Fergus entfernt. Er führte Perdita in ein Schlafzimmer im ersten Stock des turmlosen Westflügels. Der Raum war in tadellosem Zustand, Decken und Kissen auf dem Bett dick aufgeschüttelt und mit weiß gestärkter Wäsche bezogen, die wenigen Möbel liebevoll poliert. Es fanden sich jedoch keinerlei persönliche Gegenstände darin, keine aufgestellte Fotografie von Verwandten, kein Bild an der Wand und auch keine Gegenstände zur persönlichen Pflege, weder Kämme noch Spiegel.

»Es ist gar nichts von dir hier«, hatte Perdita ausgerufen. »Hinterlässt du keine Spuren?«

Er lachte. »Wer weiß. Vielleicht gibt es mich gar nicht.«

Es gab ihn. In ihr. Wann immer er bei ihr war, gab es ihn so sehr wie keinen anderen Menschen, doch sobald er am Morgen aufbrach, um seinen schwer vorstellbaren Geschäften nachzugehen, nahm er alles von sich mit.

Perdita blieb in einer Leere zurück, als hätte sie das Glück der Nacht nur geträumt. Dabei konnte ja kein Mensch, der solches Glück nicht erlebt hatte, dazu fähig sein, davon zu träumen. Sie zählte die Minuten, bis er am frühen Abend wiederkam, und die Zeit kam ihr vor wie auf der Standuhr im Eckzimmer: Sie spielte ihre dumpfe, immer gleiche Melodie, doch sie schritt nicht fort.

Wenn er dann endlich doch kam, verschmolzen sie, liebten sich stundenlang, und sie vergaß alles, was am Tag schwierig, verstörend, ärgerlich oder beklemmend gewesen war. Dennoch nahm sie sich schließlich vor, ihm Fragen zu stellen, sobald sie sich erschöpft und für eine Weile sattgeliebt hatten. Wenn sie ihn besser kannte, so dachte sie sich, wenn er für sie greifbarer wurde, würde sie die Tage besser überstehen und mehr mit sich anzufangen wissen.

Sie hatte sich nie gefragt, was Caleb tat, wenn er nicht bei ihr war, aber von Fergus wollte sie alles erfahren. Sie wünschte sich ein Gespräch mit ihm, wie sie es mit Tushar Vashisht geführt hatte, eines, in dem er ihr offen Einblick in sein Leben gewährte und ihr seine Gründe und Entscheidungen erklärte.

»Wozu arbeitest du an Strategien für den Krieg, wenn wir gar nicht im Krieg sind?«, fragte sie ihn.

»Das ist eine optische Täuschung«, sagte er. »Wenn man in einem Land sitzt, in dem zu sitzen man kein Recht hat, ist man immer im Krieg. Und wenn man in dem fremden Land lebt, als wäre man noch in seinem eigenen, Polo spielt und in der Messe *All Things Bright and Beautiful* schmettert, lernt man seine Untiefen nicht kennen und macht fatale Fehler.«

»Haben wir kein Recht, hier zu sitzen, Fergus?«

»Ich wüsste nicht, welches.«

»Warum gehst du dann nicht zurück nach Hause?«

Bitter lachte er auf. »Weil ich zu Hause bin.«

Seine Bitterkeit, den unterdrückten Schmerz, der ohne Vorwarnung hervorbrach, ertrug sie nur schwer. Dennoch fragte sie ihn nach den Fehlern, die die britische Kolonialmacht seiner Ansicht nach machte.

»Wenn du auf der Seite der Inder stehst, Fergus, warum hilfst du dann – uns?«

»Glaubst du wirklich, es wäre an uns, zu entscheiden, auf welcher Seite wir stehen?«, fragte er zurück. »Und dass ich irgendwem helfe, ließe sich auch bezweifeln. Ich kann höchstens versuchen, ein paar Informationen in den Ring zu werfen, um so blinde, verheerende Fehler wie den vor dem Sepoy-Aufstand zu vermeiden.«

Perdita hatte von dem Aufstand der Sepoy, der indischen Soldaten in der britischen Armee, inzwischen mehrfach gehört. Sie glaubte auch, begriffen zu haben, dass jene Rebellion die Ostindien-Kompanie dazu bewegt hatte, ihre Herrschaft über Indien aufzugeben und in die Hände der Krone zu legen. Von dem Fehler, den Fergus erwähnt hatte, war ihr jedoch nichts bekannt.

»Die Armee hat ein neues Gewehr eingeführt«, erklärte er ihr auf ihre Frage. »Das *Lee-Enfield*, einen Vorderlader mit Papierpatronen, die vor dem Laden aufgerissen werden. Nichts dagegen zu sagen. Nur wird in solchen Patronen das Pulver leicht feucht, weshalb man sie mit Fett davor schützt. Dagegen ist auch nichts zu sagen. Die Ignoranz, die zum Strick um den eigenen Hals werden kann, beginnt erst, wenn man sich weigert, zum Fetten das landeseigene *Ghee* zu verwenden, und stattdessen eine Mischung aus Rindstalg und Schweineschmalz benutzt und obendrein seinen Soldaten befiehlt, die Patronen mit den Zähnen aufzubeißen.«

»Warum?«, fragte sie. »Was war daran falsch?«

»In einem Land voller Muslime und Hindus ist das nicht nur falsch, sondern selbstmörderisch«, erwiderte er. »Für Muslime ist das Schwein ein unreines Tier, das nicht gegessen werden darf, für Hindus ist das Rind heilig und darf schon gar nicht gegessen werden. Beide beleidigen ihren Himmel und riskieren, was immer sie sich nach dem Elend auf der Erde erhoffen, wenn sie ein Produkt dieser Tiere in den Mund nehmen. Lass dich nicht täuschen, indem du glaubst, es habe für diesen Aufstand nicht genug andere Gründe gegeben. Gut möglich, dass es auch ohne die Sache mit den Enfield-Patronen dazu gekommen wäre, aber genauso ist möglich, dass sich die Leute beruhigt und die Schikanen weiterhin geschluckt hätten. Sie haben schließlich nichts anderes gelernt. Wenn man seine völlige Verachtung für die Menschen, die man befehligt, aber derart offen zur Schau trägt – was für eine Wahl lässt man ihnen dann?«

Perdita überlegte eine Zeit lang und stellte verwundert fest, dass sie sich darin wiederfand. Sie hatte geschluckt, dass ihr Vater und Caleb ihr verboten, ihre Schwester zu schützen, sie war an ihrer Schwester zur Verräterin geworden, weil sie ihr Leben lang nichts anderes gelernt hatte, als zu schlucken und an ihresgleichen zur Verräterin zu werden. Aufbegehrt hatte sie erst, als man ihr keine andere Wahl gelassen hatte.

»Sind Hindus alle Tiere heilig?«, fragte sie.

»Es gibt durchaus Hindus, die Hühner oder auch Ziegen und Hammel essen, wenn sie es sich leisten können. Aber sie tun es vermutlich nie mit ganz reinem Gewissen, weil ja eine Seele in den Tieren steckt, die zuvor in einem Menschen gesteckt haben könnte. Wenn man sich also anschickt, einen Hühnerschenkel zu verschlingen, beißt man womöglich seiner Großmutter ins Bein.«

Perdita erinnerte sich: Albert Beresford hatte ihr etwas Ähnliches erzählt. Sie lachte, und um Fergus' Mundwinkel spielte ein Schmunzeln. Dennoch spürte sie, dass er im Grunde nichts komisch fand, sondern den respektvollen Umgang mit dem Leben gern mochte.

»Und du und deine Schwester?«, fragte sie behutsam und strich ihm über die hohe Stirn. »Seid ihr zum Hinduismus übergetreten? Du kannst es mir ruhig sagen, Fergus. Ich werde nicht vor Entsetzen aufkreischen wie eine Matrone in einem Londoner Salon. Ich habe in diesen paar Tagen mehr gelernt als in dreiundzwanzig Jahren Leben.«

»Wie kommst du darauf?«, fragte er.

»Ihr esst nie Fleisch.«

Flüchtig schmunzelte er wirklich. »Mir würde es wenig ausmachen, meine Großmutter zu verspeisen. Eher hätte ich Mitleid mit einem Huhn. Ich mag nur nichts Totes.«

Und du kannst nicht töten, dachte sie.

»Zum Hinduismus tritt man nicht über«, sagte er. »Es gibt ja keine allmächtige Kirche, die einem die Tür aufmachen oder vor der Nase zuschlagen könnte. Von der Welt, die ihr Hinduismus nennt, mag sich allerdings etwas in dein Leben schleichen, wenn du es in diesem Land verbringst und kein Moskitonetz darüberspannst.«

Sie liebte es, so mit ihm zu sprechen, und war jedes Mal tief enttäuscht, wenn er das Gespräch mit einem schnellen Haken von sich weglenkte oder ganz verstummte. Nicht weniger liebte sie es, seinen Körper zu betrachten, das Spiel der schlanken, sehnigen Muskeln unter samtiger, blassgoldener Haut, das sie so schön fand, dass es ihr im Herzen wehtat. Zu ihrem Bedauern zog er das Betttuch über sich, sobald er sich ihres Blickes bewusst wurde, oder streifte sich sein Hemd über. Sehnlichst hoffte sie darauf, er möge einmal in ihren Armen einschlafen, wie es ihr in den seinen ständig geschah. Das aber tat er niemals. Er war ihr Geliebter, er gab ihr in der Liebe, was immer sie sich wünschte, aber er vertraute ihr nicht genug, um die Kontrolle aufzugeben und sich ihr ganz zu überantworten.

Das Geflecht weißer Narben, das seinen Rücken, seinen

Hintern und die Rückseite seiner Schenkel bedeckte, entging ihr trotzdem nicht. Hätte sie nicht gespürt, dass sie seinen Stolz damit noch tiefer verletzt hätte, hätte sie ihm sagen wollen, dass die Narben seiner Schönheit keinen Abbruch taten, dass ihr Herz sich vor Mitgefühl verkrampfte und dass sie seinen Vater für das, was er ihm angetan hatte, hasste.

Einen Augenblick lang blitzte die Frage auf: Und wenn irgendwann Schmerz und Demütigung überhandgenommen, er die Beherrschung verloren und zurückgeschlagen hätte, wenn der Vater unglücklich getroffen worden und dabei umgekommen wäre? Hätte sie es verstanden, hätte sie ihn noch immer so sehr geliebt, so voller Vertrauen in seinen Armen gelegen, ohne das Mindeste zu fürchten?

Er war zwanzig gewesen, als sein Vater gestorben war, noch nicht volljährig, den Peinigungen weiterhin ausgesetzt. In seinen Armen erstarrte ihr Körper, unter dem Schweißfilm, den von der Liebe aufgewärmten Decken wurde ihr kalt. Die Hände, die sie streichelten, die sich in ihr Haar gruben – hatten sie einen Stein ergriffen und dem eigenen Vater auf den Kopf geschlagen, mit so viel Kraft, dass der Schädel darunter zersplitterte und der Vater starb?

Gleich darauf löste sich die Spannung und sie fiel erlöst in seine Arme zurück. Er tötete niemanden. Keinen gegnerischen Soldaten auf einem tibetanischen Pass und kein Huhn in seinem Hof. Er schlug nicht einmal nach den Makaken, die ihm die Früchte von seinen Bäumen stahlen und in seine Küche eindrangen, wenn jemand vergaß, das Fenster zu schließen. Sie schämte sich. Um ihn für die Verdächtigungen, von denen er gar nichts ahnte, zu entschädigen, rollte sie sich auf den Rücken, zog ihn über sich und liebte ihn mit all der Leidenschaft und Zärtlichkeit, von denen sie noch immer nicht fassen konnte, dass sie in ihr steckten.

Wenn er am Morgen fortging, hätte sie sich mit dem Problem befassen sollen, dessentwegen sie hergekommen war – mit ihrer Suche nach Della. Bisher hatte sie lediglich Fergus nach dem Tagebuch gefragt, die Sache jedoch gleich fallen lassen, nachdem er erklärt hatte, dass er davon nichts wusste und das Hausmädchen Erin in Dellas Zimmer nichts gefunden hatte. Erschrocken über sich selbst musste Perdita feststellen, dass sie kaum in der Lage war, sich auf die Suche zu konzentrieren, weil all ihre Gedanken um Fergus kreisten. Immerhin zwang sie sich am dritten Tag, Abigail zu bitten, ihr das Zimmer zu zeigen, in dem ihre Schwester während ihrer Zeit auf *Fair Sisters* gewohnt hatte.

»Muss das sein?«, fragte Abigail. »Mir wäre es lieber, wenn wir an diese Schwester von dir nicht mehr zu denken bräuchten. Haben wir es nicht schön? Könnten wir beide nicht wie Schwestern werden? Was hättest du gern zum Abendessen? Ich spreche mit Falguni, du kannst bekommen, was du gern magst. Du magst doch das Essen in unserem Haus, oder nicht?«

»Aber Abigail«, unterbrach Perdita den Strom dieses Geplappers, der an ein Kind denken ließ, obwohl Abigail wie immer als Dame des Hauses, ja sogar ein wenig zu matronenhaft für ihre Jahre und ihren ledigen Stand gekleidet war. »Ich kann doch meine Schwester nicht vergessen, weil ich gern mit euch zusammen bin und mir in eurem Haus das Essen schmeckt. Warum willst du nicht über sie sprechen? Hat sie dir etwas getan?«

Abrupt machte Abigail sich los und sah ihr mit blitzenden Augen entgegen. »Wenn du es unbedingt wissen willst – ja, das hat sie. Sie ist als Gast in unserem Haus empfangen worden, aber deine Schwester hat unsere Gastfreundschaft missbraucht. Sie ist hergekommen wie eine Spionin, die beweisen wollte, dass an den ekelhaften Verdächtigungen, die in der Stadt über uns verbreitet werden, etwas Wahres ist. Und wenn sie den Beweis erst hatte, wollte sie ihn an Marcus Micheldever weiterreichen, der von dem Wunsch besessen ist, meinen Bruder an den Galgen zu bringen.«

»Wie kommst du denn darauf?«, rief Perdita. »Meine Schwester hatte alles andere eher im Sinn, als deinem Bruder zu schaden. Sie ist in euer Haus gekommen, weil sie in ihn verliebt war, weil sie glaubte, er wolle sie heiraten.«

Ein Schmerz wie ein Messerstich durchfuhr sie. Ja, Della war in dieses Haus gekommen, weil sie Fergus geliebt hatte, und jetzt, wo niemand wusste, was ihr zugestoßen war, lag ihre Schwester in seinem Bett und nahm ihn ihr fort. Suchte sie deshalb nach Della nur mit halbem Herzen, weil dieser Zwiespalt sie abhielt? Perdita beschloss, das Problem zu vertagen und demnächst mit der absonderlichen Schar der Dienstboten zu sprechen, da sie Abigail ohnehin nur gegen sich aufzubringen schien.

»Sie hat vorgegeben, in ihn verliebt zu sein«, fuhr Abigail auf. »Aber in Wahrheit liebte sie Marcus Micheldever.«

War etwas daran? Marcus selbst hatte etwas Ähnliches behauptet. In den nächsten Tagen würde sie die Micheldevers ohnehin aufsuchen und ihr Gepäck holen müssen, nachdem bisher nur der Bedienstete Zach mit einer Nachricht zu deren Haus geschickt worden war. Bei der Gelegenheit konnte sie Marcus noch einmal auf den Zahn fühlen – und ihm zugleich sagen, dass aus ihnen beiden kein Paar werden würde und er sich nicht länger vergebliche Hoffnung machen sollte.

»Also schön«, sagte sie zu Abigail und hakte sich bei ihr unter, um den geradezu gespenstischen Ausdruck aus ihrem Gesicht zu vertreiben, »unternehmen wir etwas, um uns die Zeit zu verkürzen. Zeigst du mir den Garten? Er muss ja riesig sein, und ich hätte wirklich Lust, ihn zu sehen.«

»Nein, das lieber nicht.« Abigail bedeckte Perditas Hand

mit der ihren. »Ich dachte, wir könnten vielleicht gemeinsam ein Buch lesen. In den Garten gehe ich nie.«

»Aber warum denn nicht? Es scheint so gut wie windstill, der Nebel hat sich gelichtet und man hat Sicht auf die schneebedeckten Berge. Es muss da draußen heute herrlich sein.«

Sie erwartete eine von Abigails leicht absurden Antworten, doch stattdessen kam eine völlig einleuchtende: »Weil mein Vater dort gestorben ist und ich daran nicht denken möchte.«

Perdita erinnerte sich. Robert Fortescue sollte im Garten auf jenes steinerne Heiligtum gestürzt sein, dessen Name ihr entfallen war. Neugier packte sie. Wenn sie mit der Suche nach ihrer Schwester schon nicht weiterkam, würde sie sich zumindest nach diesem Gebilde umsehen, sobald sich die Gelegenheit ergab.

Die Gelegenheit ergab sich am folgenden Abend. Zwei Tage hatte Perdita mehr oder minder vollständig damit verbracht, mit Abigail in der düsteren Bibliothek zu sitzen und eine Prachtausgabe von *»Alice in Wonderland«* durchzublättern. Die Erinnerung daran, dass sie dasselbe Buch mit Della gelesen hatte, als diese ein Kind gewesen und wie ein Kaninchen gehüpft war, drängte mit Macht an die Oberfläche und erschwerte ihr das Sprechen. Zudem begann das beständig wiederholte Gemurmel über die *»kleine Alice«*, die Glück hatte, weil sie in ein Kaninchenloch passte und darin nun friedlich ihr Leben führen durfte, an ihren Nerven zu zerren. Zum Ausgleich war die Nacht in Fergus' Armen umso himmlischer gewesen. Vor Sonnenaufgang, als er bereits aufgestanden war und im Morgenrock aus seinem Badezimmer kam, war sie erwacht und hatte ihm zugesehen, wie er sich ohne Spiegel, Licht und Leibdiener ankleidete.

Er hatte ihren Blick gespürt, ohne sich umzudrehen. »Ich werde heute über Nacht in Kalka bleiben«, sagte er. »Die

Züge fahren bald seltener, und es könnte schneien, Falguni sagt uns einen so harten Winter wie den von 1877 voraus. Also sehe ich besser zu, dass ich zuvor noch Arbeit erledigt bekomme.«

»Du wirst mir fehlen.«

Er war dabei gewesen, seine Krawatte zu binden, hielt jedoch inne und drehte sich nach ihr um. »Ich wollte so etwas nicht mehr sagen.« Seine Stimme war belegt. »Nie wieder, Perdita.«

»Was wolltest du nicht mehr sagen?«

»Dass du mir auch fehlen wirst.«

Sie versuchte zu lachen, erschrocken vor der plötzlichen Schwere. »Du machst mich glücklich, wenn du es mir sagst. Und ich werde umso ungeduldiger auf deine Rückkehr warten. Wenn ich dich heute sowieso nicht zu sehen bekomme, nutze ich wohl die Zeit und gehe zu den Micheldevers, um meine Sachen zu holen. Dürfte ich eins der Pferde nehmen?«

Neben Ratri standen in den jederzeit offenen Stallungen ein weißer Esel für den Karren und zwei weitere Pferde, ein schlanker Gelbschimmel und ein schwererer Dunkelbrauner. Beim Gedanken, wieder auf einem Pferd zu sitzen, kam ihr Herz ihr vor, als scharre es mit den Hufen.

»Du kannst ein Pferd nehmen, wann immer du willst«, sagte Fergus. »Wir haben zwei Damensättel, die lange nicht benutzt worden sind, aber noch in Ordnung sein müssten. Ich sage Zach, er soll einen für dich herrichten.«

»Oh Fergus, das ist wundervoll. Ich weiß nicht, wie ich dir danken soll.«

»Gar nicht. Allerdings würde ich dir danken, wenn du nicht selbst zu den Micheldevers reiten würdest. Haben wir nicht genug Kleidung im Haus, die du tragen kannst? Ich rede am Freitag mit Paul, er wird sich um dein Gepäck kümmern.«

»Warum am Freitag?«

»Weil er am Freitag kommt.«

»Hat er kranke Verwandte besucht?«

»Nein, weshalb sollte er? Er hat keine Verwandten.«

»Weil er die ganze Woche über weggeblieben ist.«

Fergus wandte sich dem Fenster zu, vor dem sich durch Nebelschwaden glanzloses Tageslicht schlich. »Er bleibt nicht weg. Er kommt immer am Freitag.«

»Du hast einen Butler, der nur am Freitag kommt? Aber so kann man doch keinen Haushalt führen.« Der Butler des wesentlich kleineren *Lascelles Manor* hatte im Haus gewohnt, hatte sich von früh bis spät um die Belange der Familie gekümmert und Cuthbert zur Unterstützung gehabt.

»Wir sind bisher zurechtgekommen, wir werden wohl auch in Zukunft nicht im Chaos ersticken«, sagte Fergus und zog seinen Binder straff.

»Willst du damit sagen, es war schon immer so? Euer Butler ist schon immer nur am Freitag gekommen?«

»Nicht immer«, erwiderte Fergus. »Aber seit zwanzig Jahren.«

Er nahm seine Mappe vom Tisch und wandte sich zum Gehen. Vor dem Bett blieb er stehen, beugte sich nieder und küsste Perdita innig, als wäre es das letzte Mal. »Es ist schön, dass du hier bist«, sagte er, als sie sich voneinander gelöst hatten. »Ich hätte es gern, dass du bleibst. Wenn du aber versuchst, uns zu ändern, weil du uns so, wie wir sind, nicht erträgst, dann hat es keinen Sinn. Dann ist es besser, du gehst.«

Es war ein Schlag, und zwar einer, der traf, wo es wehtat. Wie konnte er so einfach in den Raum stellen, sie sollten sich trennen, und das in einem albernen Gezänk um Hauspersonal? Als sie sich weit genug erholt hatte, um ihm hinterherzurufen, dass sie sich nur hatte nützlich machen wollen und sich um seinen Umgang mit dem Haushalt nicht scherte, war er schon fort.

Auch dieser Tag wurde ihr lang.

Sie aß mit Abigail zu Abend, war jedoch heilfroh, als diese verkündete, sie fühle sich nicht wohl und wolle früh zu Bett gehen. »Ich hoffe, bis morgen geht es dir besser.«

»Wenn nicht, muss ich am Freitag das Menetekel bitten, mir den Arzt zu schicken.«

»Das Menetekel?«

»Unseren Butler. Ich mag den Spottnamen nicht, aber da jemand ihn einmal so getauft hat und selbst die Lieferanten es übernommen haben, habe ich es mir auch angewöhnt.«

»Er ist schon lange bei euch?«

»Er ist schon immer bei uns. Er und Falguni sind mit meiner Mutter gekommen.«

Falguni war die Unberührbare, die offenbar alles erledigte, was das stumme Hausmädchen Erin mit den eigentümlich glanzlosen Augen und der immer wieder erwähnte, aber noch nie aufgetauchte Zach nicht schafften. Sie musste die älteste Frau sein, der Perdita je begegnet war, klein und dürr wie zusammengeschrumpelt, das Gesicht ein Meer von Runzeln, in dem zwei Rosinen von Augen und ein winziges Mündchen steckten. Sie sah aus, als würde sie jeden Augenblick zusammenbrechen und sterben wie der Rikschafahrer. Stattdessen huschte sie durchs Haus wie ein Mädchen, das Getrappel ihrer bloßen Füße auf den Dielen wie Mäuseschritte. Hinter ihr her wehten ihre gewichtslosen Kleider, ein Sari in Gold und Orange und gelbe Tücher, die sie sich um den Hals und das schwarzgraue Haar wickelte.

»Sei mir nicht böse, liebe Perdita.« Abigail war aufgestanden. »Wir sehen uns morgen beim Frühstück.«

»Gute Besserung. Ich denke, ich werde einen Brief schreiben und ein wenig spazieren gehen. Du hast nichts dagegen, dass ich mir den Garten auf eigene Faust anschaue, oder?«

Dass es draußen dunkel war, erwähnte Abigail nicht, sondern sagte nur: »Ich würde das nicht tun. Es wird heute Nacht sehr kalt.«

»Das macht mir nichts aus. Ich habe ja mein Tuch.« Sie hatte Fergus erzählt, wie schön sie die Stoffe aus der Wolle der Kaschmirziegen fand. Anderntags hatte er ihr ein Schultertuch mitgebracht, dessen Blütenmuster in Königsblau sich von schwarzem Untergrund abhob – jenes Tuch, das ihr auf dem Basar am besten gefallen hatte.

»Ich dachte, das müsste eine Farbe sein, die zu dir passt«, hatte er geradezu schüchtern gesagt und zu Boden geblickt.

»Sie ist so schön«, hatte Perdita ausgerufen. »Warum passt sie gerade zu mir?«

»Weil sie Kraft hat und leuchtet«, hatte er erwidert, hatte sich umgedreht und war rasch gegangen. Perdita liebte das Tuch für seine Schönheit und Wärme und noch mehr für diesen kostbaren Augenblick.

Sie ging in das Zimmer, das für sie hergerichtet worden war und das sie bisher kaum genutzt hatte, setzte sich an das zierliche Schreibpult aus dem rötlichen Holz und begann im Kerzenschein ihren Brief. Das Schreiben ohne ausreichendes Licht wurde ihren Augen jedoch rasch zu anstrengend, also ließ sie ihn halb geschrieben liegen und legte sich das Tuch um die Schultern, um sich auf den Weg zu machen.

Das Haus war ein Labyrinth, noch dazu eines, das in Finsternis getaucht lag. Perdita war nie eins jener Mädchen gewesen, die sich im Dunkeln fürchteten, an Monster unter ihrem Bett glaubten oder von todbringenden Dämonen träumten. Sie las keine von Dellas Gespenstergeschichten und wäre gewiss nie in die Schaubude auf Faversham's Jahrmarkt gegangen, wo Dienstmädchen sich Gruselfilme anschauten. Daheim hatte sie nie gezögert, hinunter in den Keller zu steigen, um für einen Anlass Wein auszuwählen, und nach Einbruch der Dunkelheit einen Zaun zu inspizieren, hatte ihr nicht die Spur einer Gänsehaut beschert.

Als sie jedoch den schmalen Korridor durchquerte, von dem sie annahm, dass er zur hinteren Gartentür führte, wünschte sie sich, sie hätte eine Kerze mitgenommen. Es war nicht das Knarren ihrer Schritte, das sie ängstigte, sondern das Gefühl, der Gang verenge sich in der Dunkelheit und von der Wand her starre jemand sie an. Als sie zitternd die Hand danach streckte, ertastete sie Schnörkel von Bilderrahmen, und als sie fast blind in der Schwärze aufblickte, starrten die kaum wahrnehmbaren Umrisse eines Gesichtes auf sie herab. Im ersten Augenblick wollte sie schreien, dann rief sie sich zur Vernunft. Auf diesem Gang waren Familienporträts aufgehängt, wie sie auch auf der Galerie von Lascelles Manor hingen. Daran war nichts zum Fürchten. Wenn sie ihre Neugier befriedigen und sie sich ansehen wollte, musste sie umkehren und eine Kerze holen.

Im Licht war der Korridor nur noch halb so furchterregend. Ja, er war eng, zum Betrachten von Bildern völlig ungeeignet und zudem sehr hoch, doch ansonsten nicht mehr als ein Gang, wie er sich in alten, verwinkelten Häusern nun einmal fand. Die Porträts zeigten die üblichen nicht sonderlich gut gemalten Gesichter, zweifellos die Ahnen der Familie. Am Rahmen des ersten, dem Abbild eines blonden, ein wenig feisten Mannes in Uniform, befand sich eine Metallplakette mit einem eingravierten Namen:

Major Eric Fortescue. 1790–1836

Jene, die folgten, wiesen keine Plaketten mehr auf, aber die blässliche, ebenfalls feiste Dame daneben war vermutlich des Majors Ehefrau. Es gab ein Familienbild mit etlichen Kindern und einem Jagdhund, eines von einer hoheitsvollen

Dame, die an einem Kamin stand, und ein paar weitere Gesichter, an denen Perdita nichts Besonderes fand. Stehen blieb sie erst wieder vor dem Brustbild einer jungen Frau, die ein weißes Spitzenkleid mit einem angesteckten Bündel schlaffer Blumen trug. Krokusse. Safranblüten. Von den Übrigen hob sie sich ab, weil sie bestürzend schön war. Zart, beinahe durchscheinend, das Haar, das in weichen Wellen aus ihrer Frisur quoll, von einem silbrigen Blond. Die Qualität des Bildes war kaum besser als die der anderen, doch zumindest hatte der Maler eine Traurigkeit eingefangen, die den Betrachter aus den hellen Augen der Frau regelrecht ansprang.

Perdita wandte sich ab. Das Bild daneben war das, vor dem sie im Dunkeln so erschrocken war. Im Kerzenlicht war vor allem das mangelnde Können des Malers erschreckend. Perdita war keine Kunstkennerin, doch dass das Porträt des rotgesichtigen Mannes im hellen Anzug misslungen war, erkannte selbst sie. Die schwarze Masse des Haars über schwammigen Zügen sah aus wie von ihr selbst gemalt – über ihre Talentlosigkeit war ihr Kunstlehrer verzweifelt.

Sie ließ die Bilder hinter sich, ging bis zum Ende des Korridors und fand sich in einer mit Gartengerät gefüllten Loggia wieder. Die Normalität des Anblicks wirkte beruhigend. Seltsamerweise war die Tür, die ins Freie führte, nicht verschlossen, wo doch sonst alles im Haus mit Ketten und Riegeln gesichert war. Beim ersten Schritt nach draußen blies der Wind ihre Kerze aus, doch die Sterne und der fast volle Mond übergossen die Wiese mit milchweißem Licht. Perdita ging ein Stück durch die Arkade mit ihren weißen, wie tanzenden Säulen und trat dann in die unbegrenzte Weite des hinteren Gartens. Aus den aufsteigenden Nebeln glaubte sie, den Duft des Safrans wahrzunehmen. Die Luft war eisig und feucht. Bei jedem Schritt strich ihr langes Gras um die Knie.

Ohne zu wissen, wo sie hinwollte, ging sie geradeaus, auf die Bäume zu, die in jener ersten Nacht im Sturm geschwankt hatten. Auch jetzt wiegte der Wind ihre schwärzlich belaubten Kronen, die Perdita im Näherkommen als Rhododendren erkannte. Wie schön musste diese Baumreihe im Frühling aussehen, das von roten Blüten überwucherte Grün!

Noch mit dem Blick im Geäst der Blütenbäume stieß ihr Fuß so hart gegen einen Stein, dass sie stolperte und ihr ein Schmerzlaut entfuhr. Um ein Haar wäre sie vornübergestürzt, fing sich jedoch ab und sah unter sich das steinerne Bildwerk, nach dem sie gesucht hatte: eine quadratische Umschließung, aus der sich eine Art Kuppe erhob, und eine Tülle an der Seite. Sie erkannte die Form sofort wieder: Es war dieselbe, die vielfach verschlungen Genevieves Collier bildete, wobei sich die Kuppe in Gestalt des Diamanten in der Mitte wiederholte. Als sie über den Stein hinwegsah, erwartete sie der nächste Schrecken: Keinen Schritt dahinter fiel der Hang steil ab. Wäre sie dort gestolpert, wäre sie meilenweit in die Schlucht gestürzt.

Ihr Herz hämmerte, und in ihrem Nacken, den das weiche Tuch umhüllte, bildete sich kalter Schweiß. Sie hatte es bereits auf der Reise im Zug gemerkt: In die Tiefe durfte man hier niemals blicken, denn sonst erkannte man, was für ein Abgrund unter der hellen Harmlosigkeit des Lebens lauerte, und konnte in keiner Nacht mehr schlafen. Jäh sehnte sie sich nach den beständig hinterfragten Gesetzen der Physik, dem Kampfgeist der Forscher, die darum rangen, die Rätsel der Welt zu ergründen, und die ihr damit einen Halt boten, mit dem sie nie gerechnet hatte.

Ich lasse mir nicht bange machen, beschwor sie sich. *Ich wäre bis hierher gar nicht gekommen, wenn ich ein Mädchen wäre, das sich bange machen, sich einschüchtern, kleinhalten, ohrfeigen, für dumm verkaufen ließe.* Sie hatte das

Heiligtum, auf dem Robert Fortescue gestorben war, gefunden, sie hatte den Abgrund entdeckt und sich erschrocken, aber sie hatte sich auch wieder beruhigt und darauf besonnen, dass niemand in einen Abgrund stürzte, der ihm nicht zu nahe kam. Sie würde in ihr Zimmer zurückkehren, eine zweite Kerze anzünden, um den Brief zu beenden, und sich dann schlafen legen, voller Freude auf den Tag, an dem sie Fergus wiedersah.

Seine Reaktion auf ihre Absicht, ihr Gepäck von den Micheldevers abzuholen, fiel ihr ein. War es möglich, dass er ein wenig eifersüchtig war? Der Gedanke gefiel ihr. Caleb war nie eifersüchtig gewesen, aber Caleb hatte auch sicher sein können, dass seine sittsam-farblose Verlobte niemals einen Blick zur Seite warf, und dass auch ihr nie ein Blick von der Seite galt. Das Pfund, mit dem sie hatte wuchern können, war leblos und blutleer gewesen – nichts als ihr Ruf und ihres Vaters Kapital.

Caleb hatte sicher sein können, dass seine brave Verlobte nichts von Begehren wusste und nie begehrt worden war.

Fergus hingegen kannte eine andere Perdita. Kein züchtiges Mädchen in Korsett und Kinderkleidchen, sondern eine Frau in leuchtendem Königsblau, deren entfesseltes, zügelloses Wollen sie noch manchmal selbst erschreckte. Eine Frau, die etwas an sich haben musste, das mehr als einem Mann gefiel.

Sie würde mit ihm darüber reden. Ihm erklären, dass sie sich für ihn entschieden hatte, nicht als das hilflose Weibchen, als das sie vor Caleb getreten war, sondern als Frau, die sich ihrer Wahlfreiheit bewusst war. Sie würde der Eifersucht Einhalt gebieten wie dem Abgrund: indem sie beidem mit Vernunft begegnete. Mit Vernunft und mit all der Liebe, die Fergus über seinen Abgrund half.

Perdita drehte sich zur Seite, um ins Haus zurückzukehren. In der Bewegung sah sie eine weiße Gestalt. In flackerndes Licht gehüllt stand sie unter den Bäumen und schien der Geist der älteren Schwester zu sein, von dem Perdita nichts hatte hören wollen, jener Schwester, die keine Ruhe fand, weil sie die jüngere über die Felskante gestoßen hatte.

Ein Ring aus Eisen schloss sich um ihre Brust. Sie wollte fliehen, wollte mit aller Kraft ihrer Beine laufen, doch ihre Sohlen waren wie mit dem Boden verwachsen. Prudence und Dinah hatten die Schwestern geheißen. Perdita hatte nur mit halbem Ohr hingehört, weil sie die Mär noch dümmer fand als übliche Geistergeschichten. Wie konnten zwei Schwestern einander töten, wie hätte sie Della etwas antun können?

Und dennoch hatte sie Della verraten, hatte es vorgezogen, ihre Schwester zu verlieren als Caleb. Und dennoch schlief sie in dem Bett des Mannes, den Della geliebt hatte, vergaß die Suche nach ihr, sobald sie in seinen Armen lag.

War die weiße Gestalt die Rache ihres Gewissens, verlor sie an ihrem Verrat den Verstand? Sie wollte schreien, doch ihrer Kehle ließ sich so wenig etwas abverlangen wie den Beinen. Ihr Körper war wie aus Stein, nichts bewegte sich, nur der Nachtwind riss an ihrem Haar.

Gebannt starrte sie auf die Figur, die sich unter den tief hängenden Zweigen des Rhododendrons auf sie zu bewegte. »Haben Sie keine Angst«, drang eine brüchige, gewichtslose Stimme mit dem Wind zu ihr herüber. »Ich weiß, ich sehe ein wenig merkwürdig aus, aber ich tue niemandem etwas. Schon gar nicht jemandem, der Fergus wohlgesonnen ist. Sie sind die junge Perdita Lascelles, die Verwandte der Micheldevers, nicht wahr? Ich bin Amelia Wentworth, und ich sehe hier nach meinem Safran, der in seiner allzu kurzen Blüte steht.«

33

Sunhani, Bilaspur, 2. Dezember 1877

Meine Liebste!

Seit der Nacht schneit es, und ich kann nur hoffen, meinem Boten gelingt es noch, sich durchzuschlagen und mir eine Nachricht von Dir zurückzubringen. Wisse, dass mich nichts, kein Schnee, kein Eis, kein brutaler Rohling, dem ich den Schädel in meinen Händen zerquetschen möchte, wenn er Dich noch einmal anrührt, davon abhalten würde, zu Dir zu kommen, hättest nicht Du – der einzige Mensch, der dazu die Macht hat – es mir verboten.

Ich bitte Dich, hebe das Verbot auf, Liebste. Lass mich kommen und Dich holen, sag meinem Boten, wo und wann ich Dich treffen kann, und ich bin auf dem Weg.

Ich weiß, ich habe anders gesprochen und Dir damit noch größeres Unrecht zugefügt. Ich war ein Feigling, war überzeugt, ich könne nichts für Dich tun, aber ich bin in mich gegangen und werde diesem Menschen nicht gestatten, Dich zugrunde zu richten.

Wir werden uns in die Gegebenheiten fügen und die Strafe gemeinsam ertragen, statt dass Du sie allein auf Dich nimmst.

Verzeih mir, meine Safranblüte. Lass mich zu Dir kommen.

Ich liebe Dich.

A.

In anderer Tinte und Handschrift vermerkt: Eingetroffen 4. April 1878

34

Der Schrecken wich auf der Stelle. Von jener Frau ging keine Gefahr aus, sie war hilflos, verwirrt und in den Schleiern, die sie umhüllten, viel zu dünn angezogen. Perdita musste sie überreden, mit ihr ins Haus zu kommen, oder sie würde sich den Tod holen.

»Der Safran ist mir anvertraut«, erklärte sie in ihrem hohen, singenden Ton. Tatsächlich hielt sie eine zierliche Kanne, wie sie eigens für Damen gefertigt wurde, in beiden Händen und ließ einen dünnen Strahl Wasser auf das Gras niederrieseln. »Er ist mir anvertraut«, erklärte sie. »Ich habe für ihn zu sorgen. Wenn ich meinen Safran verkümmern lasse und er nicht mehr blüht, verkümmert jede Hoffnung auf Glück für mein Haus und kehrt nicht zurück.«

»Sie können ihn morgen gießen«, sagte Perdita und wollte ihr die Kanne abnehmen, doch die Frau wich zurück. Ihr Gesicht, vor dem ebenfalls ein Schleier lag, konnte sie nicht klar erkennen, doch etwas daran schien ihr vertraut. »Bei Nacht tränkt ihn der Tau. Da braucht er von Menschen kein Wasser.«

Die Frau blickte auf. »Sie lieben das Gärtnern?«

Perdita nickte, so absurd das Gespräch ihr vorkam. Den großen Garten in Kent, der wie ein Kalender den Lauf des Jahres anzeigte, hatte sie von Herzen geliebt.

»Dann sind Sie gut für Fergus«, sagte die Frau, die nicht aufhörte, die Wiese zu gießen. »Er hatte es nie leicht, nie so, wie eine Mutter es sich für ihren kleinen Jungen wünscht, aber wenn er hier draußen war, auf seinem Stück Land unter den Augen Hanumans, war er glücklich. Ich konnte ihm dieses Land nicht nehmen. Das verstehen Sie doch?«

»Hören Sie, wir sollten ins Haus gehen und dort weiterreden. Es wird sehr kalt, und Sie haben keinen Mantel.« Der feine Niederschlag, der in diesem Augenblick einsetzte, war kein Regen mehr. Es war der erste Schnee.

»Gehen Sie nach drinnen, wenn Sie frieren, ich bitte Sie. Ich muss mich erst um meinen Safran kümmern, das habe ich immer getan und ich werde es weiter tun. Für das Glück meines Hauses, Sie verstehen? Mir hat das Haus nie Glück gebracht, weil ich in jenem Jahr, als der Winter so früh kam wie jetzt, zugelassen habe, dass der Safran zertrampelt worden ist. Das nimmt Hanuman übel. Er duldet, dass wir auf seinen Berg ein Haus gestellt haben, solange wir dafür sorgen, dass diesen Hang hinauf immer Safran blüht. Kharak Chand, der Nathaniel Sedgewick das Safranmosaik der Arkade schenkte, hat das einst Dinah Sedgewick erklärt, aber sie, seine schöne Tara, seine Chandrakanta, hat den Safran vergessen, und mit ihrem Glück war es vorbei. Für mich ist es zu spät, aber ich will, dass meine Kinder glücklich sind. Dass sie in Frieden leben können und niemand sie behelligt.«

»Ihre Kinder?«

»Fergus und Abigail. Ich bin ihre Mutter.«

Vor Verblüffung vergaß Perdita, Luft zu holen. Dabei lag es glasklar auf der Hand: Sie hatte gewusst, dass es eine Mutter gab, sie hätte längst nach ihr fragen sollen und konnte kaum fassen, dass sie es nicht getan hatte. Sie musste die weiß gekleidete Frau auf dem Porträt sein und erschien Perdita deshalb vertraut. Der schwarzhaarige Mann auf dem misslungenen Bild daneben war somit Fergus' Vater.

Die Mutter litt offensichtlich an einer Gemütskrankheit, weshalb sie am Leben der Familie nicht teilnahm, doch wie er es mit seinen Pferden, Hühnern und sämtlichen Geschöpfen tat, ließ Fergus auch sie nach ihrem freien Willen herumstreifen. Mitleid wallte in Perdita auf. Was Fergus' Schultern tragen mussten, schien entschieden zu viel, und er gab zweifellos sein Bestes, um allen gerecht zu werden. Dies hier war jedoch gefährlich, die verwirrte Frau brauchte nur über die Steine des Heiligtums zu stolpern und würde über die Felskante in den Tod stürzen. *Sie braucht einen Arzt,* dachte Perdita. So wie die Stadt ihn behandelte, konnte sie es Fergus nicht verdenken, dass er seine Mutter niemandem von dort anvertrauen mochte, doch vielleicht würde sie in der Lage sein, einen guten Arzt für ihn zu finden.

Tushar, durchfuhr es sie. Tushar war Arzt, wenn er auch nicht praktizierte. Gewiss könnte er einen Kollegen empfehlen, der auf Krankheiten der Seele spezialisiert war und Fergus etwas von seiner Last abnahm. Urplötzlich sehnte sich Perdita nach ihm. Nach seiner Direktheit, seiner Art, mit beiden Beinen fest auf schwankendem Boden zu stehen. Sie würde zu ihm gehen, würde den albernen Streit zwischen ihnen beilegen, wusste kaum noch, worum es dabei gegangen war.

Zuerst aber musste sie dafür sorgen, dass Fergus' Mutter ins Warme kam. »Ich freue mich, Sie endlich kennenzulernen«, sagte sie um einen heiteren Ton bemüht. »Und damit unsere Bekanntschaft nicht gleich mit einer Erkältung beginnt, nehme ich Sie jetzt mit ins Haus, ehe wir beide zu Eisblöcken frieren.«

Sie streckte die Hand nach Amelia Wentworths Arm aus, doch wie ein scheues Fluchttier wich die Frau zurück. »Nein,

nein«, rief sie mit dieser seltsam körperlosen Stimme, »nur keine Sorge um mich. Ich bin gern hier draußen, ich bin es gewohnt, mir macht Kälte nichts aus. Wenn Sie mir eine Wohltat erweisen wollen, dann seien Sie gut zu meinem Fergus. Meinem Schwarzmilan. Er hat es so sehr verdient. Und er hat so lange darauf warten müssen. In meinem Haus ist nie jemand glücklich geworden, aber ich will, dass mein Fergus glücklich wird. Sie lieben doch Fergus, oder nicht? Lieben keinen anderen als ihn?«

In den letzten Worten schwang beinahe die Spur einer Warnung. Also hatte Perdita mit ihrer Vermutung richtig gelegen: Fergus war tatsächlich eifersüchtig, sogar so sehr, dass er sich seiner Mutter anvertraut haben musste. Die ganze Szene hier draußen war zu grotesk, zu gespenstisch für ihren Geschmack, doch von seiner Eifersucht fühlte sie sich geschmeichelt. Sie spürte ihr Haar auf den Schultern, das Fergus ihr nie mehr erlaubte, hochzustecken, und genoss es einen Herzschlag lang, niemand als sie selbst zu sein. »Aber ja«, sagte sie und nickte Fergus' Mutter mit einem Lächeln zu. »Nur ihn. Einen anderen gibt es nicht.«

»So ist es gut«, sagte die Mutter. »Für mich hat es auch nie einen anderen gegeben. Nur einen. Meinen Chandra, meinen Herren des Mondes, der mich von meinem Unglückshaus hätte fortholen sollen und nicht kam. Aber das ist lange her, und Fergus ist anders. In ihm ist nichts Feiges. Wenn Sie ihm treu sind, werden Sie beide glücklich werden.«

»Und Abigail?«, entfuhr es Perdita.

»Abigail ist glücklich, wenn ihr Bruder es ist.«

Dass offenbar kein Mitglied der Familie es für erforderlich hielt, der noch jungen Frau einen Weg in ein eigenes Leben zu ebnen, stieß Perdita auf, doch noch im vergangenen Sommer hätte sie es gedankenlos hingenommen. In den meisten Familien gab es Töchter, die stehen gelassen wurden wie Einmachgut im Regal der Speisekammer und die eines Tages als alte Jungfern die Pflege der Eltern übernahmen. Mit einem jungen Mann wäre niemand so umgegangen.

Für all das war aber jetzt keine Zeit. »Ich bin sicher, wir werden alle noch viel Glück erleben«, sagte sie. »Fergus kommt morgen nach Hause, dann sollten wir gemeinsam zu Abend essen. Für heute lassen Sie uns schlafen gehen – Ihren Safran versorgen Sie dann in der Frühe.«

»Er ist nicht mein Safran, er gehört Hanuman«, sagte Amelia Wentworth und schüttelte so heftig den Kopf, dass der Schleier vor ihrem Gesicht verrutschte. Sofort zog sie ihn wieder zurecht, als hätte sie etwas zu verbergen wie Fergus die Narben auf seiner Haut. »Ich gebe nur auf ihn Acht – und in der Frühe kann ich es nicht tun.«

»Warum denn nicht?«

»Ich vertrage kein Licht«, antwortete Fergus' Mutter. »Als ich jung war, ließ es sich aushalten, meine Haut und meine Augen waren nur empfindlich. Mit den Jahren aber wurde es schlimmer, und jetzt schwillt mir im Licht das ganze Gesicht und meine Kehle schwillt, als müsste ich ersticken.«

Das also erklärte das Leben im Dunkel! Vor ein paar Jahren hatte Perdita in der Zeitung einen Bericht über einen Wiener Kinderarzt gelesen, der solche Krankheitsformen untersuchte und sie *Allergien – Reaktion auf andere Kräfte* – nannte. Er hatte festgestellt, dass die Körper mancher Menschen in übersteigerter, krankhafter Weise auf bestimmte Substanzen reagierten, beispielsweise auf das Haar von Tieren oder die Pollen frisch getriebener Pflanzen, die im Frühling die Luft erfüllten. Für gewöhnlich war es nicht allzu schwierig, die entsprechenden Substanzen zu meiden und ansonsten ein normales Leben zu führen, aber bei einer Allergie gegen Licht war Normalität so gut wie ausgeschlossen.

Mitgefühl mit der Frau, die zu einem Leben im Finstern verdammt war, erfüllte sie. Und Fergus, der Geheimniskrämer, hatte ihr auch davon kein Wort erzählt! Offenbar war er entschlossen, ihr von den Problemen seiner Familie nicht das Geringste aufzubürden. Perdita aber wollte ihm helfen, seine allzu schwere Last zu tragen. Sie würde ihm liebevoll die Leviten lesen, wenn er heimkam – und sie würde mit Tushar über einen Arzt für seine Mutter sprechen.

»Nun machen Sie sich doch Sorgen um mich«, sagte Amelia. »Ich versichere Ihnen, dafür gibt es keinen Grund. Ich bin zufrieden so, wie es ist. Ich liebe meinen Safran und den nächtlichen Blick ins Tal, ich liebe das Yoni-Lingam, das für das ewige Spiel zwischen Mann und Weib steht, für die Gaben der Männlichkeit, die sich ergießen, und den Schoß der Weiblichkeit, der sie auffängt. Mein Mann hat das Yoni-Lingam gehasst, weil er es hasste, dass Mann und Frau einander lieben. Jetzt aber, wo mein Mann nicht hier ist, kann ich das Yoni-Lingam verehren, wie es mir gefällt. Wenn es meinen Kindern gut geht, wenn für meine Falguni und meinen Paul, mein Hochzeitsgeschenk, gesorgt ist, ist mein Leben so gut, wie es seit meiner Kinderzeit nie war.«

Perdita gab es auf. Sie besaß keinerlei Erfahrung im Umgang mit gemütskranken Menschen und wusste nicht, wie sie die Frau noch hätte überreden sollen. Sie hielt sich offenbar oft hier draußen auf und würde nicht ausgerechnet heute Nacht zu Schaden kommen. »Nehmen Sie wenigstens das«, sagte Perdita und hielt ihr das königsblaue Tuch hin. »Es ist ein Geschenk von Fergus. Es wird Sie wärmen.«

»Danke.« Amelia hüllte sich darin ein. »Es ist wundervoll, mein Fergus macht wundervolle Geschenke. Genevieve Micheldever hat er mit so vielen Geschenken überhäuft, dass sie noch auf Jahre wie eine Fürstin gekleidet gehen konnte.«

»Er hat ihr das Collier mit dem Yoni-Lingam geschenkt?«

Amelia nickte. »Gewiss hat ihr Bruder es inzwischen versetzt.«

»Ihr Bruder? Marcus? Wollen Sie damit sagen, er ist es, der in der Familie all das Geld verbraucht?«

»Ich will gar nichts sagen.« Amelia hob die Hände. »Auch wenn Genevieve meinem Schwarzmilan seine Liebe schlecht gedankt hat und die übrigen Micheldevers vor nichts zurückschrecken, um meine Familie zu verleumden, werde ich mich nicht dazu herablassen, dasselbe zu tun. Halten Sie sich von Marcus fern, versprechen Sie mir das. Verletzen Sie Fergus nicht noch mehr, als er bereits verletzt worden ist.«

»Ich verspreche es Ihnen«, sagte Perdita und war entschlossen, sich daran zu halten. Was immer sich zwischen den beiden Familien abgespielt hatte, es würde sich nicht mehr bereinigen lassen, und Marcus war ihr gegenüber alles andere als ehrlich gewesen. Sie wünschte Amelia eine gute Nacht und ging wirr von all dem Gehörten zurück zum Haus. Als sie die Arkade erreichte, trat der Mond hinter den sich jagenden Wolken hervor und warf sein Licht auf das Mosaik, mit dem das Kreuzgewölbe des Säulengangs bedeckt war. Es musste einmal überwältigend schön gewesen sein. In den unter der Schmutzschicht kaum noch sichtbaren Ranken glaubte sie jetzt, die Blütenform des Safrankrokus' zu erkennen.

Man müsste es reinigen lassen, dachte sie und fuhr flüchtig über die Wand, um festzustellen, wie fest der Schmutz darauf saß. Ihre Finger stockten, ertasteten Vertiefungen, die nicht zur Struktur des Mosaiks gehörten. Im einfallenden Mondlicht erkannte sie die Beschädigung, die jemand dem Kunstwerk allem Anschein nach mit einem Meißel zugefügt hatte. In den zerstückelten Ranken aus Safranblüten klafften ungelenke Reihen von Buchstaben. Perditas Augen hatten sich an die Lichtknappheit bereits gewöhnt und vermochten die Schrift zu entziffern. Es war eine Liste von Namen. Ihr Körper versteifte sich, als werde ihr Blut zu Eis:

Dinah
Prudence
Alice
Genevieve
Della

Alle fünf Namen waren mit dem Kreuz des Todes markiert.

35

Francis Wentworth
Mountain Ash Lodge

Paul Menetrier
Autumn Hall

Shimla, den 8. November 1890
Mein lieber Paul!
Nach allem, was wir gemeinsam haben durchleben und vor allem durchleiden müssen, werden Sie gestatten, dass ich Sie so nenne. Ich habe Ihren Brief erhalten und möchte Sie vorab zweier Dinge aufs Festeste versichern: meines Dankes und meines Verständnisses. Die Treue, die Sie meiner Familie erwiesen haben, hat unter Männern nicht ihresgleichen. Ich sage nicht zu viel, wenn ich zu der Ansicht gelange, dass das Martyrium meiner Tochter in Teilen auch das Ihre war, dass Sie für eine Untat mitbestraft wurden, die Sie nicht begangen haben. Umso mehr ist mir begreiflich, dass Sie sich nun des Verbleibens in Ihrer Stellung nicht länger gewachsen fühlen und die Kündigung wünschen. Glauben Sie mir, mein lieber Paul, ich wäre der Letzte, der abstreiten würde, dass Sie nach alledem Frieden verdienen.

Ich bitte Sie dennoch mit aller mir zu Gebot stehenden Dringlichkeit: Lassen Sie diese armen Unglückskinder nicht im Stich. Dass es mir mit Rücksicht auf meine Familie, insbesondere auf die Stellung meines Sohnes, unmöglich ist, Ihrem Vorschlag zu entsprechen und die beiden in mein Haus aufzunehmen, bitte ich Sie, als gegeben hinzunehmen. Den bedauernswerten Geschöpfen bleibt also niemand zu Schutz und Stütze als Sie, denn die Ayah, *die Sie anführen, wollen wir wohl nicht ernsthaft zählen. Paul, ich kenne Sie als einen Mann von Charakter, ich bin überzeugt, dass ich auch dieses – das letzte – Mal noch auf Sie zählen kann. Sie werden einen Weg finden, den Kindern beizustehen, soweit es Ihre Kräfte erlauben. Selbst wenn Sie entschlossen wären, mir die Bitte abzuschlagen, so wissen wir doch beide, dass Sie sie meiner Tochter niemals abschlagen könnten. Sie haben ihr einst ein Versprechen gegeben, und Sie wissen wie ich, was sie um dieses Versprechens willen von Ihnen verlangt: Stehen Sie meinen Kindern bei.*

Bitte seien Sie gewiss, dass ich bei gegebenenfalls nötigen Arrangements gern behilflich sein und mich für Ihre Treue und Ihren Einsatz in jedweder Form erkenntlich zeigen werde.

Ihr Ihnen zugetaner und dankbarer
Francis Fitzgerald Wentworth.

36

Zach hatte nur ein Auge. Und nur noch ein halbes Gesicht. In die andere Hälfte, die einer Pilzwucherung ähnlich sah, war eine von einem halben Dutzend Kugeln eingeschlagen, die tibetanische Soldaten in Chumik Shenko auf britische Truppen gefeuert hatten, ehe sie mit ihren Vorderladern abgezogen waren.

Vor seinem Gesicht war sie im ersten Moment erschrocken und hatte sich im zweiten dafür geschämt. Zach jedoch hatte abgewinkt: »Keine Sorge, *Lady.* Vor meiner Visage erschrecken selbst gestandene Kerle. Nur der Captain nicht. Den schreckt so schnell nichts. Jeder andere hätte mich liegen lassen«, sagte er, während er dem Gelbschimmel, um den Perdita ihn gebeten hatte, die Satteldecke überwarf. »Und wir alle wissen, dass der Hundesohn Younghusband mich liegen lassen wollte. *»Tut mir leid, Alter«*, hab ich meinen Bruder Larry murmeln hören, und das werd' ich auch bis an mein Lebensende hören. *»Tut mir leid, aber ich kann da nichts machen.«* Der hätte mich auch liegen lassen. Mein eigener Bruder! Allein der Captain hat darauf bestanden, dass ich aufgehoben und mitgeschleppt werde. Den ganzen Weg über die Grenze zurück bis nach Shimla. Hat mir unterwegs Brandy eingeflößt, bis die Schmerzen sich aushalten ließen. Brandy. Kein Opium. »*Wenn du von den einschläfernden Blumen nachher nicht mehr wegkommst, ist dir auch nicht geholfen*«, hat er gesagt.«

Wie sein Bruder Larry gehörte Zach offenbar zu der in Shimla seltenen Art von Menschen, die auf Fragen bereitwillig Antwort gaben. Seine Lautbildung mit dem halben Mund war anfangs zwar schwierig, nach ein wenig Gewöhnung jedoch gut zu verstehen. Perdita hatte ihn gebeten, ihr ein Pferd zu satteln, weil sie auf schnellstem Weg zu Tushar reiten wollte. Nach einer schlaflosen Nacht sehnte sie sich nach Tushars Klarheit. Zuvor wollte sie jede Chance nutzen, um etwas über die Namensliste in der Mauer herauszubekommen.

Abigail war zwar zum Frühstück erschienen, hatte sich jedoch zurückgezogen, sobald Perdita die erste Frage gestellt hatte. Nein, über einen Schriftzug im Mosaik wisse sie nichts, aber zweifellos weise es jede Menge Schäden auf und sie habe sich längst um eine Instandsetzung kümmern wollen. Jetzt aber müsse Perdita sie entschuldigen. Ihr sei noch immer nicht wohl, der Geruch der Speisen habe ihren armen Magen von Neuem aufgewühlt. Perdita hätte schwören können, dass sie gestern Abend nicht über Magenbeschwerden, sondern über Verkühlung geklagt hatte, aber sie sagte nichts.

Stattdessen suchte sie Falguni und Erin im Küchentrakt auf, wo die zwei Frauen Bohnen schälten. Erin konnte nichts sagen, eilte zu einem Wandkalender aus dem Jahr 1891 und zeigte auf eines der mit *Freitag* überschriebenen Felder, in dem die Buchstaben *PM* eingetragen waren.

»Du meinst, ich soll bis Freitag warten und den Butler fragen?«

Erin nickte heftig. Hätte Perdita nicht gewusst, dass die Frau mit den erloschenen Augen Erin hieß und perfekt Englisch verstand, hätte sie sie für eine Inderin gehalten. Falgunis Vogelkralle schloss sich um ihren Arm und zerrte sie hinüber in die Speisekammer, in der es nach dem Gewürz Kurkuma duftete, nach dem Falguni selbst roch, und dazu nach Kümmel und Zimt. »Missi hier nicht bleiben«, zischte Falguni, riss ihre Rosinenaugen auf und rüttelte an Perditas Arm. »Hier nix sein gut für Missi. Gehen zurück nach Shimla, bevor heimkommen Master. Bevor sein zu spät.«

»Und warum, wenn ich fragen darf? Mr. Fortescue hat mich eingeladen, hierzubleiben, und ich nehme seine Einladung an. Ich kenne mich in deiner Kultur nicht aus, kann dir aber versichern, dass es auch in der meinen nicht toleriert wird, wenn Mann und Frau unverheiratet zusammenleben. Mr. Fortescue und ich haben uns jedoch entschieden, es trotzdem zu tun, und du wirst diese Entscheidung akzeptieren müssen oder selbst gehen.«

Sie war ohnehin zu alt, um zu arbeiten, dachte Perdita. Falguni aber fuhr unbeirrt fort, an ihrem Arm zu rütteln. »Du gehen zu deine Cousin. Deine Cousin nicht gute Mann, aber von da du kommen nach England. Von hier nicht. Von hier nicht kommen wieder weg.«

Perdita hatte es nicht länger ausgehalten, hatte sich losgerissen und war um den Westflügel herum zu den Stallungen gelaufen, wo sie Zach beim Ausmisten antraf.

Über die Beschädigung im Mosaik der Arkade wusste er auch nichts. Aber er wusste, wer die Alice in der Liste war und erzählte Perdita die Geschichte von Chumik Shenko noch einmal. Nach der Schlacht, die ein Massaker gewesen war, hatte ihn Fergus aus Tibet zurück und in sein Haus bringen lassen, wo auch das Mädchen Alice untergekommen war.

»Die kleine Metcalfe, das durchtriebene Stück. Die hatt' ich doch aus Manchester mit rübergebracht, weil ich geglaubt hab, der ist es ernst mit mir. Hier sind dann Larry und ich zur Armee, und als ich nicht wusste, wohin mit ihr, hat der Captain gesagt, er nimmt sie als Mädchen in sein Haus. Ich weiß nicht, was ich mir gedacht hab. Jedenfalls nicht, dass sie aufkreischt, mit einem Krüppel kann sie nicht leben, und sie hat auch ein bisschen Glück verdient. Haben wir das nicht alle? Sie wollte dann, dass ich gehe und sie in dem großen Haus bleibt, wo sie auf der faulen Haut liegen kann. Aber ich bin nicht gegangen. Wo hätt' ich auch hinsollen? Der Captain hat gesagt, ich kann bleiben, also bin ich geblieben, und sie hat versucht, mit ihm rumzupoussieren, damit er mich rausschmeißt und sie behält. Ob er was mit ihr hatte, kann ich Ihnen nicht sagen. Ihm hab ich gesagt, mir ist's Jacke wie Hose, wenn er was an ihr findet, soll er sie sich nehmen, aber gedacht hab ich bei mir: Ein Herr wie der Captain – was will der denn mit einer wie der?«

Was Herren mit Dienstmädchen wollten, wusste Perdita, seit sie ihren Vater mit Clarice entdeckt hatte. Aber Fergus war anders. Fergus trug tote Rikschafahrer und verletzte Soldaten auf seinen Armen nach Hause und benutzte keine Menschen, als wären sie Gegenstände aus seinem Besitz. »Was ist dann geschehen?«, fragte sie.

»Tja. Wer will das wissen bei einer wie der Metcalfe?« Zach streifte dem Schimmel das Zaumzeug über den Kopf und lehnte kurz die zerstörte Gesichtshälfte an dessen Wange. »Mein Bruder Larry kam auf Besuch, und sie hat sich ihm an den Hals geschmissen. Hatte wohl doch kapiert, dass sie bei dem Captain nicht landen konnte. Ein paar Tage später war sie dann weg. Ich dachte erst, sie hat sich mit Larry davongemacht, aber der hatte so wenig Ahnung wie ich. Ansonsten hat sich kein Mensch drum geschert, wo sie ist. Seit wann schert sich denn einer darum, wohin Dienstmädchen gehen? Zumal ein Flittchen wie die. Den Staub hat erst der verdammte Micheldever aufgewirbelt. Da stimmt was nicht, hat der rumgeschrien, da muss die Polizei das

Haus durchsuchen, der Mann hat seinen Vater, sein Dienstmädchen und womöglich noch Jesus Christus und die Huren aus Whitechapel umgebracht.«

Er holte Luft. Klopfte dem Schimmel, den er mit seiner Erregung angesteckt hatte, beruhigend den Hals. »Und warum das alles?«, fragte er, bemüht, die Stimme zu dämpfen. »Weil der Captain seine Schwester, die schöne Rotgelockte, nicht mehr hat haben wollen, nachdem die gezeigt hatte, dass sie auch ein Flittchen war.«

»Hatte sie das denn gezeigt?«, fragte Perdita. »Hatte Genevieve einen Liebhaber, und weißt du, wer es war?«

»Gott, woher soll ich das denn wissen, mir wird die's ja wohl nicht erzählt haben. Aber dass sie einen drangelassen hat, steht für mich so felsenfest wie die Berge da drüben, die sie das Dach der Welt nennen.«

»Und weshalb steht das für dich fest? Muss eine Frau, nur weil sie schön ist, ein Flittchen sein?«

Der Blick seines Auges traf sie, als spreche sie eine ihm fremde Sprache. »Weil der Captain sie geliebt hat, verdammt. Weil er verrückt nach ihr war. Er war ein anderer Mensch, als er sie bei sich hatte – nicht mehr die verschlossene Auster, nicht mehr mit allem Regen von England in den Augen. So wie ein Kranker, den sie schon totgesagt haben und der auf einmal da steht und vor Leben und Gesundheit strotzt. Morgens früh, wenn er in den Stall kam, hat er schon mit mir Witze gerissen, und wenn er sich auf den Weg gemacht hat, hab ich gedacht: Jesus Maria, der Captain, der rennt jetzt los und umarmt vor lauter Seligkeit die Berge. So ein Glück war das. So eine kopflose Liebe. Wenn mein Captain was macht, macht er's ganz, und hätte das Mädel ihn nicht nach Strich und Faden betrogen, hätt' er sie nicht zum Teufel geschickt, darauf schwör' ich Stein und Bein.«

Aber warum ist dieser Liebhaber dann nie aufgetaucht?,

fragte sich Perdita wie schon etliche Male zuvor. *Warum hat niemand ihn ausfindig machen können, warum hat er sich um die verlassene Genevieve nicht gekümmert?* An Zach gerichtet fragte sie: »Und nachdem Mr. Fortescue sich von Miss Micheldever getrennt hat, haben die Micheldever-Geschwister die Polizei hergeschickt? Warum das? Um sich zu rächen, wenn doch Miss Micheldever klar gewesen sein muss, dass sie die an der Trennung Schuldige war?«

»Ihr muss das klar gewesen sein, ja«, brummte Zach. »Und sie hat ja dann auch recht schnell aufgehört und hätte ihren Bruder wohl ganz gern zurückgepfiffen. Aber der war doch von Sinnen, hat nicht hinnehmen wollen, dass ihm der Fisch vom Haken geht und seine sprudelnde Quelle versiegt.«

»Was für eine Quelle?«

Wieder sandte ihr das verbliebene Auge den verständnislosen Blick. »Das wissen Sie nicht? Wissen Sie überhaupt was, Lady? Der Micheldever hatte doch das alles hier in Gedanken schon versilbert und ins *Ligeia* getragen. Bestimmt jeden zweiten Tag hat er den Captain angepumpt. Er wusste ja, solange der sternenäugig der Rotgelockten am Busen liegt, verlangt er das im Leben nicht zurück.«

»Was ist das *Ligeia*?«, fragte Perdita.

Zach räusperte sich und warf dem Schimmel die Zügel über. »Hör'n Sie mal, Lady«, sagte er dann, »das Pferd, das Sie haben wollten, das wär' jetzt so weit. Und Sie machen besser, dass Sie auf Ihren Ausritt kommen, denn danach, dass das Wetter hält, sieht's ja nicht aus.«

Er hatte recht. Der Himmel war beinahe gelb, wie geballter Schwefel. »Was ist das *Ligeia?*«, fragte sie dennoch erneut.

»Ich glaub' nicht, dass ich einer netten Lady darauf Antwort geben sollte. Ich hab schon zu viel gesagt. Warum kommt ihr jungen Dinger eigentlich her und stellt Fragen? Warum lasst ihr uns nicht unsere Ruhe? Wir tun keinem was. Wir sind bloß ein Haufen Weggeworfener, die sonst keiner brauchen kann und die nichts wollen, als friedlich vor sich hinzuleben.«

»Nun sag es endlich – was ist das *Ligeia*?«

»Eine Opiumhöhle«, bellte er zurück. »Die kleine Straße hinter dem *Thirteen Maiden* runter, keine hundert Yards. Und jetzt wollen Sie mir erzählen, Sie haben das nicht gewusst, dass der Micheldever alles, was nicht niet- und nagelfest ist, in eine Opiumhöhle trägt? Seinen Vater hat er längst ruiniert, und wer sich auf den einlässt, den zieht er mit sich in den Sumpf. Solange der Captain mit seiner Schwester verbandelt war, hat er gehofft, der gibt ihm das Geld, um nach England zu gehen. Indien, sagt er, Indien macht ihn krank, und in England bringt er's zu was. Vielleicht stimmt's ja. Wer weiß. Wenn man zu denen gehört, die's da wie dort zu nichts bringen, ist einem das Jacke wie Hose.«

Perdita sah Marcus' Gesicht vor sich. Die eingefallenen Wangen, die tief umschatteten Augen. War es das, was Opium aus einem Menschen machte? Zum ersten Mal fielen Teile des Puzzles an ihre Plätze. Marcus wollte um jeden Preis nach England. Er war nicht glühend in die fade, ungelenke Perdita Lascelles verliebt, wie diese es in ihrer Einfalt geglaubt hatte. Stattdessen hatte er gehofft, der betuchte Gerald Lascelles werde sich gnädig zeigen, wenn die entlaufene Tochter mit einem standesgemäßen Schwiegersohn vor der Tür stünde, und die Mitgift freigeben. Damit hätte er das Kapital für einen Neuanfang gehabt, und Gerald Lascelles, der sich ja nichts mehr als einen Sohn wünschte, hätte sich gewiss nicht lumpen lassen. Wie er sich bei Caleb nicht hätte lumpen lassen, sondern sich freigiebig angeschickt hatte, ihm den Fond seiner Tochter auszuhändigen.

Caleb hätte mit ihrem Geld die maroden Finanzen seiner Familie sanieren können. Er hatte genau wie Marcus nicht Perdita als Person gewollt, sondern das, was ihr Vater ihr auf den Kopf zugesagt hatte – ihren Ruf und sein Kapital. Sie waren alle gleich. Die romantische Liebe, die Caleb in seinen Gedichten besungen hatte, war nichts als eine Prise Opium, die törichten Mädchen die Köpfe vernebelte und ohne schädliche Folgen blieb – sofern man von einer lebenslangen Unterwerfung unter einen lieblosen Ehemann absah.

Fergus nicht, schrie es in Perdita auf. *Fergus ist anders.* Er hatte Geld genug, um damit um sich zu werfen, und er war anziehender als Caleb und Marcus zusammen. Frauen wie Cynthia Haddington schmolzen dahin, wenn sie von ihm sprachen, Genevieve hatte ihn bis heute nicht vergessen, und Della, die unwiderstehliche Della, war ihm auf den ersten Blick verfallen. Er aber hatte sich für sie entschieden. Für Perdita, der er Nacht für Nacht mit seinem stummen Blick Komplimente machte, und die er allmorgendlich voll Wehmut ansah, weil er von ihr fortmusste.

»*Vielleicht erginge es mir besser, wenn du ein Sternbild wärst*«, hatte er an einem solchen Morgen zu ihr gesagt, hatte das Betttuch zur Seite gezogen und ihren nackten weißen Körper betrachtet. »*Berenike, die Pharaonin, mit den Sternen, die weiß wie der Mond sind. Dann wüsste ich wenigstens, dass du in jedem Frühling wiederkommst und ich dich die ganze Nacht hindurch ansehen kann.*«

Statt ihm die Arme um den Nacken zu schlingen, war sie vor ihm liegen geblieben, hatte seinen Blick ihr schmeicheln lassen und sich schön und wertvoll gefühlt. Sie würde sich das nicht nehmen lassen. Fergus würde zu ihr zurückkommen, er hatte nur im Tal übernachtet, weil er dort Arbeit zu erledigen hatte. Er würde zu ihr zurückkommen und sie von Neuem in seinen Armen, seinen Blicken, seinem Flüstern halten. Ihre Liebe fing doch erst an – weshalb war ihr auf einmal so zum Weinen, als würde sie ihn nicht wiedersehen?

Sie hatte sich darauf gefreut, endlich wieder zu reiten, hatte sich darauf gefreut, mit Tushar zu sprechen und den albernen Streit beizulegen, vielleicht Termine auszumachen, zu denen sie die Mädchen unterrichten könnte. Jetzt aber fühlte sie sich dafür zu müde und zu schwach. Sie wollte nur Fergus bei sich haben. Mit ihm in sein verborgenes Zimmer flüchten, seinen schweren Wein trinken, ihn lieben und ihm sagen, dass sie endlich Antworten brauchte, schließlich erlöst in seinen Armen liegen bleiben und den verlorenen Schlaf der Nacht aufholen.

Er würde bald hier sein, erkennen, wie sie litt, und ihr helfen, all die Fragen, die sie quälten, auszuräumen: Warum standen die Namen in das Mosaik gemeißelt, warum war ein Kreuz bei Genevieve vermerkt, die noch lebte, und bei Della, die doch auch noch leben musste?

Della.

Ihr Name schnitt durch die Verwirrung in ihrem Kopf wie ein Blitz. Hatte Marcus auch um Della geworben, weil er auf die Gelegenheit, nach England zu gelangen, hoffte? Sie musste an ihr letztes Gespräch mit Tushar denken, an die missratene Generation. *Unsere Eltern verscherbeln uns, einen Titel für ein Vermögen, ein hübsches Gesicht für einen hübschen Besitz, und dass wir Menschen sind und leben wollen, zählt nicht. Was für eine Wahl lässt man uns, als aufzubegehren?*

Die Erschöpfung machte es schwer, sich zusammenzureißen. »Meine Schwester Della wirst du ja auch kennen«, sagte sie zu Zach. »Kannst du mir etwas darüber sagen, mit wem und wohin sie gegangen sein könnte? Du hast doch auch einen Bruder und weißt, dass unsere Geschwister wie

Teile von uns selbst sind. Also wirst du auch wissen, wie hart es ist, damit fertig zu werden, dass sich ein Teil von einem selbst in Luft aufgelöst hat. Mir kommt es vor, als hätte ich diese ganze Stadt befragt, aber niemand will von meiner kleinen Schwester auch nur das Geringste bemerkt haben.«

»Weil Sie die falschen Leute befragen«, kam es bar jeder Höflichkeit von ihm zurück. »Was sollen wir davon wissen? Wir haben sie unter keiner Diele versteckt und auch in keinem Loch vergraben. Von uns war sie doch weg. Zum Micheldever ist sie gegangen, und wenn einer sie umgebracht hat, dann war's der.«

»Niemand hat sie umgebracht!«, beschwor Perdita mehr sich selbst als ihn. »Ich bin sicher, dass sie noch lebt.«

»Ich auch«, brummte Zack. »Die leben alle, die Flittchen. Denen gefällt's nur, Staub aufzuwirbeln, sich dann zu verdrücken und die andern die Trümmer aufsammeln zu lassen.«

»Meine Schwester auch?«

Er zuckte die Schultern. »Reiten wollen Sie heut' nicht mehr, was? Da kommt ja schon Ihr Getreuer, um Sie abzuholen, und in ein paar Wochen taucht dann hier die Nächste auf und stellt Fragen über Sie, weil Sie angeblich spurlos verschwunden sein sollen. Diese Spurlosigkeit kenn' ich. Die findet sich unter Mr. Micheldevers Bettdecke.«

Perdita blickte auf. Durch die offene Stalltür konnte sie über den verwilderten Garten hinweg bis an den Saum der Waldung sehen, aus der soeben ein Reiter brach. Er ritt einen schweren Braunen, den er sichtlich nicht gewohnt war und nur mit Mühe beherrschte, vor allem, als er ihn antrieb, den Hang hinunterzutraben. Um ein Haar wäre das Tier gestolpert, hätte womöglich sich ein Bein und seinem Reiter den Hals gebrochen, doch es fing sich und erreichte unversehrt die Senke. Der Reiter war Marcus Micheldever.

»Perdita«, rief er aus Leibeskräften über die Entfernung hinweg. Sein Pferd scheute. Sobald er es wieder unter Kontrolle hatte, schrie er von Neuem: »Perdita! Bitte komm zu mir zurück, komm mit mir nach Hause.«

Perdita schüttelte stumm den Kopf.

»In diesem Vipernnest, dieser Mörderhöhle bricht demnächst die Hölle los«, schrie Marcus. »Da kannst du nicht bleiben, ich bin gekommen, um dich in Sicherheit zu bringen.«

Wieder schüttelte Perdita den Kopf.

»Sei nicht dumm, Perdita, lass dich da nicht mit hineinziehen. Mitgefangen, mitgehangen, heißt es nicht umsonst, und davor will ich dich bewahren.«

Diesmal tat sie nichts, schüttelte nicht einmal den Kopf.

Marcus' Pferd tänzelte, wehrte sich gegen den Befehl des Zügels. »Du hörst besser auf mich!« Sein Geschrei klang jetzt höhnisch. »Deinen Ruf hast du zwar schon ruiniert, aber wenn die Polizei dich im Bett eines Mörders erwischt, sieht es für dich noch weit übler aus. Und die Polizei rückt ein, darauf kannst du Gift nehmen. Die verschlafenen Idioten bei uns sind endlich aufgewacht und haben telegrafisch eine Einheit zurückbeordert. Sie kommen herauf, ehe der Schnee alles dichtmacht, sie sind spätestens am Freitag hier.«

Perdita hätte ihm gern das übelste Schimpfwort entgegengeworfen, das sie kannte, aber ihr fiel keines ein. Zudem begannen auch Fergus' Pferde von dem Geschrei nervös zu tänzeln.

»Auf euer ewiges Menetekel braucht ihr am Freitag übrigens nicht zu warten«, höhnte Marcus auf dem sich bäumenden Braunen über die Wiese hinweg. »Den verdammten schweigenden Hanuman-Verschnitt haben wir nämlich endlich dingfest gemacht. Der ist jetzt kein Menetekel mehr, sondern Komplize in mindestens drei Mordfällen.«

»Sie gehen da besser rüber«, sagte Zach, der dem Schimmel den Hals klopfte. »Anders hört der nicht auf zu schreien, sondern macht uns das ganze Haus verrückt.«

Er hatte recht. So sehr sich Perdita dagegen sträubte, begab sie sich durch das wie gläsern überfrorene Gras auf den Weg.

»So ist es vernünftig, Perdita. Trotz allem wirst du doch wohl wissen, dass ich nicht dir schaden will. Ich könnte es gar nicht. Du hast viel zerschlagen, aber wer weiß, vielleicht lässt sich doch noch etwas flicken, wenn von deiner Seite ein bisschen guter Wille kommt.«

Er klang jetzt endgültig wie Caleb. *Gleich wird er mir erklären, ich müsse für meine Unbotmäßigkeit einen Klaps bekommen,* dachte sie bitter. Sie wollte mit diesem Mann nichts mehr zu tun haben, wollte nur, dass er aus ihrem Leben verschwand und aufhörte, Fergus zu quälen.

»Ich verhehle nicht, dass ich von dir enttäuscht bin«, setzte er seine Tirade fort. »Ich hätte dich für klüger gehalten als Dienstmädchen und schwärmerische Kinder, wie deine Schwester eines war. Meine Gefühle für dich sind dennoch nicht völlig erloschen. Wenn es dir wirklich leidtäte, wenn du dir ernsthaft Mühe geben würdest ...«

»Mir tut nichts wirklich leid!«, fuhr sie ihm ins Wort. Sie war ihm bis auf gut zwanzig Yard nahe gekommen und glaubte, das Flackern in seinen Augen zu sehen. »Ich gebe mir keine Mühe, und deine Gefühle für mich können gar nicht erloschen sein, weil es sie nie gegeben hat. Gefühle hattest du nur für mein Geld, das du für dein Opium und deine Illusion vom Neuanfang in England brauchtest. Ich bedaure, Marcus, du hast aufs falsche Pferd gesetzt. Mit meinem Geld hat mein Vater bereits meinen ersten Bräutigam ersteigert, ich bin keinen halben Farthing mehr wert. Suchst du dir jetzt bitte eine andere, die dir deine Schäfchen ins Trockene bringt, und lässt Fergus und mich in Frieden?«

Der Braune scheute, und Perdita bereute ihre Lautstärke. Marcus klammerte sich in seine Mähne, gab es schließlich aber auf und sprang ab. Zornig packte er die Zügel unterhalb der Gebissstange und riss dem Pferd im Maul. »Kein Wort davon ist wahr«, rief er. »Das hat er dir eingeredet, der Mann, der deine Schwester getötet hat. Und du glaubst es ihm? Weil er so bernsteingoldene Augen hat, wie meine Schwester, die er auch um den Verstand gebracht hat, mir über Monate vorsäuselte? Soll ich dir erzählen, woher er die hat? Von seiner Mutter vielleicht, die sie in Shimla die schöne Berenike nannten, weil sie so bleich war und so blond? Oder von seinem Vater, einem typischen Spross der Yorkshire-Gentry mit blauen Augen und rotblondem Haar?«

»Ich höre mir kein Wort davon mehr an«, schrie Perdita zurück und vergaß das Pferd. »Du hast von Anfang an versucht, Fergus zu verleumden, aber inzwischen kenne ich ihn, ich kenne seine Mutter und ich habe ein Bild seines Vaters gesehen. Bei mir verfängt das nicht mehr. Versuch es in deiner Opiumhöhle, vielleicht kaufen sie es dir da ab!«

Einen Herzschlag lang glaubte sie, er werde mit der Reitgerte auf sie losgehen, und hob instinktiv die Hände. Im nächsten Augenblick spürte sie hinter sich eine Bewegung, schnell und leise, als husche ein Tier durchs Gras. Arme schlossen sich um sie und zogen sie in ihren Schutz.

»Verlass unseren Grund und Boden, Marcus Micheldever. Oder ich schicke nach der Polizei.«

»Nach der Polizei!« Marcus warf den Kopf zurück und stieß ein Lachen aus. »Keine Sorge, kleine Abigail, die Polizei ist schon auf dem Weg zu euch, um euren verdammten Safranfriedhof nach der Leiche von Alice Metcalfe umzugraben. Und weißt du was? Ich bin sicher, dieses Mal nehmen sie dich mit und bringen dich in einem netten Irrenhaus im Tal unter. Da kannst du dann in einem Schaukelstuhl sitzen, deine Kinderbücher durchblättern und mit Holzfiguren spielen, bis du grau wirst und krepierst.«

Abigail schrie auf wie ein Tier. Perdita fühlte sich blind vor Wut, hätte auf Marcus losstürmen und ihm ihre Fäuste in sein höhnisches Grinsen schlagen wollen. Dennoch nahm sie den dunklen Schatten wahr, der zwischen den Bäumen auftauchte, glaubte, sich geirrt zu haben, und sah dann Fergus auf Ratri aus dem Dickicht preschen. Mit einer Hand zügelte er die Stute, mit der anderen zog er eine Pistole, schneller als ihr Blick seiner Bewegung folgen konnte.

»Die Damen haben dich gebeten, zu gehen, Marcus. Ich bitte dich nicht. Ich zähle im Kopf bis zehn. Bei drei bist du auf deinem Pferd, bei fünf hast du es ordentlich gewendet und bei zehn bist du durch meinen Pinienwald verschwunden. Haben wir uns verstanden?«

»Willst du mich auch noch umbringen?« Marcus' Stimme bebte.

»Sicher.« Die von Fergus war kalt. »Auf einen mehr kommt es jetzt nicht mehr an.«

Wie auf ein Zeichen brach der geballte Himmel auf und es begann zu schneien, nicht hauchfein wie in der Nacht zuvor, sondern in dichten, flaumigen Flocken, die die Senke in Stille hüllten. Noch war der Boden zu warm, und die weiße Decke würde nicht liegen bleiben, doch es mochte nur noch eine Frage von Tagen sein, bis die Stadt in den Bergen vom Rest der Welt abgeschnitten war.

Marcus murmelte noch ein paar Verwünschungen, stieg jedoch auf und trieb das widerstrebende Pferd den Hang hinauf. Unterwegs ließ er noch rasch etwas fallen, das sich im Flug als weißer Umschlag entpuppte. »Hier, das ist für dich gekommen«, warf er Perdita über die Schulter zurück. »Ich unterschlage nämlich Briefe nicht, wie es in diesem Haus üblich ist. Della hat immer wieder davon gesprochen, und ich

Idiot hätte es gleich der Polizei erzählen sollen. Jetzt sind sie sofort darauf angesprungen – auch auf das Tagebuch, das Della geführt hat und das dir ja wohl kaum übergeben worden ist. Ich habe ihnen gesagt, wenn sie bei dem verfluchten Menetekel das Buch und die Briefe finden, finden sie auch die Leichen.« Damit verschwand er endlich im Dickicht, und die Stille kehrte zurück.

Fergus stieg ab, ließ Ratri selbst ihren Weg finden und kam zu Perdita und Abigail herüber. Den Brief, den er unterwegs aufgehoben hatte, gab er Perdita, dann legte er um jede von ihnen einen Arm, zog sie fest an seinen Körper und ging mit ihnen den Weg zurück.

Aus Haus und Stall eilten ihnen die Übrigen entgegen – Falguni, Erin, die eine Schüssel in den Händen hielt, und Zach. Niemals hätte Perdita auf Lascelles Manor von den Dienstboten als *den Übrigen* gedacht, aber hier gehörten sie zur Familie. *Zu ihrer Familie.* Falguni schloss Abigail wie eine Mutter in die Arme, Zach wechselte ein paar gedämpfte Worte mit Fergus, und Erin hielt ihr mit einem kleinen Lächeln die Schüssel hin, in der getrocknete, kandierte Früchte lagen. Jetzt sah Perdita es ihr an: Die Frau war Inderin und war es nicht, genau wie sie Europäerin zugleich war und nicht war. Sie war ein Mischling wie Aishwarya. Dieses Haus, das Marcus ein Vipernnest und eine Mörderhöhle genannt hatte, war in Wahrheit das, was Zach darüber gesagt hatte: Ein Zufluchtsort für Menschen, die die Gesellschaft weggeworfen hatte, weil sie in ihre Schemata nicht passten und nirgendwo unterzubringen waren.

Deshalb hatte Fergus Aishwarya hierher gebracht, und deshalb hatte es ihn verletzt, als Tushar gesagt hatte, er könne sie nicht länger bei ihm lassen.

Miteinander gingen sie ins Haus, ließen sich von dem Dunkel umfangen, das heute geradezu wohltuend war. Im

Windfang hielt Abigail Perdita zurück. »Du hast es gut gemacht. Du bist nicht wie die andern. Du lässt dir nicht von Marcus Micheldever den Kopf verdrehen.«

»Natürlich nicht.«

Abigail umarmte sie. »Ich hab dich lieb, Perdita. So sehr, sehr lieb.«

»Ich dich auch«, sagte Perdita, weil sie spürte, dass es Abigail guttat und weil es vielleicht oder zumindest für diesen Augenblick ja auch so war.

Es dauerte viele Stunden, bis alles sich halbwegs beruhigt hatte. Sie spielten ein Brettspiel mit Abigail, aßen eine Suppe aus Kokosmilch und Abigails geliebte *Modaks*, die Falguni zubereitet hatte, und kurbelten auf Abigails Wunsch hin den Phonographen an. »Wir müssen tanzen! Erst müsst ihr beide miteinander tanzen und dann wir alle drei zusammen.«

Die Musik, die erklang, war dieselbe, die auf dem Ball Genevieves Zusammenbruch ausgelöst hatte:

»*After the ball is over*
After the break of morn'
After the dancers' leaving
After the stars are gone«

»Ich dachte, du würdest dieses Lied nicht hören wollen«, sagte Perdita leise, während sie mit Fergus tanzte.

Sein Lächeln war zärtlich und traurig. »Ich habe keine Wahl. Wir haben nur diese eine Platte.«

Sie tanzten zu dritt, bis Abigail müde wurde und sie endlich allein ließ. Ohne ein Wort gingen sie nach oben in ihr verschwiegenes Zimmer, ohne ein Wort schlossen sie hinter sich die Tür ab, und ohne ein Wort stürzten sie einander in die Arme. Die haltlose Gier ihrer ersten Tage war dem Wunsch nach Nähe gewichen. Nie hatten sie sich so innig und zugleich so verzweifelt geliebt.

Als sie nicht mehr konnten, erschöpft und doch überwach in den zerwühlten Decken lagen, hielten sie sich weiter fest, als fürchteten sie, dass einer dem anderen verloren ginge, wenn er ihn nur einen Augenblick lang aus den Armen ließe.

»Ich will dich nicht mit Fragen quälen«, sagte Perdita. »Nicht jetzt, wo du ganz andere Sorgen haben musst. Aber das alles verwirrt mich so sehr. Ich bin gestern Nacht im Garten deiner Mutter begegnet.«

Er lag auf dem Rücken, sah zu ihr auf, und ihr fiel ein, was Marcus gesagt hatte. Seine Augen waren tatsächlich bernsteinfarben. Die Wimpern glänzten, als hätte er geweint.

»Ich liebe dich«, sagte er.

Perdita erschrak bis ins Mark. So, als bebe die Erde, wie es in diesen Bergen vorkam.

»Ich wollte das keiner Frau mehr sagen.«

»Warum nicht?«

»Weil es keiner Frau guttut, es von mir zu hören.«

»Hast du es vielen Frauen gesagt?«

»Nein. Nur einer.«

»Genevieve? Entschuldige. Ich habe kein Recht, danach zu fragen.«

»Genevieve«, sagte er. »Frag mich, was du willst. Nur über meine Mutter würde ich nicht gern sprechen.«

»Fergus, deine Mutter ist krank.«

»Sie braucht einen Arzt, ich weiß. Was meinst du, wie oft ich das schon gehört habe? Und wenn sie keinen will? Wenn sie es vorzieht, einfach hierzubleiben und in der Stille abzuwarten, bis diese Qual, die ihr Leben war, vorbei ist?«

Perdita las in seinem Gesicht, welche Qual sein eigenes Leben war, und wusste keine Erwiderung. Sie strich ihm über die Stirn, wünschte, sie hätte ihm Erleichterung verschaffen können. Er glühte wie im Fieber. »Ich muss von hier weg«, sagte er. »Ich muss morgen früh auf die Polizeiwache und Paul Menetrier herausholen. Wenn ich ihnen versichere, dass er von nichts, was ich getan habe, gewusst hat, und dass ich bereit bin, vor der *Imperial Police* auszusagen, lässt man ihn hoffentlich gehen und gibt mir noch zwei Tage Zeit. Abigail nehme ich mit, weil es das ist, was sie will. Die anderen müssen selbst entscheiden.«

»Wer ist der Mann?«, fragte Perdita. »Dieser Paul Menetrier? Deine Mutter nennt ihn ihr Hochzeitsgeschenk.«

»Er war Butler im Haus ihres Vaters, er kannte sie seit dem Tag ihrer Geburt. Als sie geweint hat, weil sie mit acht Jahren nach England aufs Pensionat geschickt wurde, hat er sie getröstet. Er hat ihr versprochen, sie niemals zu vergessen, sie niemals im Stich zu lassen, und er hat ihr jede Woche einen Brief geschrieben. Weil Wortemachen nicht seine Sache war, zeichnete er ein *Chaupar-Brett*, auf dem sie allwöchentlich Züge tauschten. Als sie mit achtzehn zurückbeordert wurde, obwohl sie es inzwischen nicht mehr wollte, hat er sie wieder getröstet, hat mit ihr *Chaupar* gespielt und ihr geholfen, sich einzufinden. Dieses junge Mädchen, das ihm traute, war alle Familie, die er hatte. Nur als sie verheiratet wurde, wusste er keinen Trost.«

»Sie hat deinen Vater nicht heiraten wollen?«

»Nein. Das wollte sie nicht. Er hat *Autumn Hall* für seinen Ehestand herrichten lassen, das Haus, das sein Großvater, ein Major aus dem *Ghorka*-Krieg, gekauft hatte, weil er Dinah Sedgewick, nach der er verrückt war und die darin gestorben war, nicht mehr bekommen konnte. Die Frau, die er stattdessen heiratete, stürzte mit dreißig Jahren über das Treppengeländer und starb. Seither stand das Haus leer, es galt als verflucht, und meine Mutter wollte darin nicht leben.«

»Warum hat dein Vater kein anderes gekauft?«

»Weil es ihn beleidigte, dass sie ihn nicht heiraten wollte.

Weil es ihm gefiel, sie dafür zu bestrafen. Am Ende hat sie *Autumn Hall* mehr geliebt als er. Er hat es gehasst. Ihr aber hatte Amar Chand erklärt, dass es gar nicht das Haus des Herbstes war, sondern der Palast der Safranblüten.«

»Wer ist Amar Chand?«

»Er war ein Bruder des Rajas von Bilaspur.«

»Ein Verwandter von Tushar?«

Reglos sah er sie an. »Ja. Ein Verwandter von Tushar. Er hatte meine Mutter schon als Kind gekannt, und als sie erwachsen waren, begegneten sie einander wieder.«

Sie stockten beide. In seinen Zügen konnte sie etwas von der Zartheit der weiß gekleideten Frau auf dem Porträt erkennen, doch weder die Schärfe der Wangenknochen noch die Dunkelheit um die Augen, weder die sinnlichen Lippen noch die hohe Stirn stammten von ihr.

Perditas Herz schlug in dumpfen Stößen. »Paul Menetrier«, kehrte sie zum ursprünglichen Thema zurück, weil sie für das andere noch nicht bereit war. »Er und Falguni sind mit deiner Mutter in dieses Haus gezogen?«

Fergus nickte. »Falguni war ihre *Ayah,* ihre Kinderfrau, die ins Haus gekommen war, nachdem sie ihre eigenen Kinder bei einem Brand verloren hatte. Für sie war fortan meine Mutter ihr einziges Kind, sie hat sie aufgezogen, und sie hätte sie niemals ohne die Stärkung ihrer Mantras in ein verfluchtes Haus ziehen lassen, zumal ein solcher Fluch sich nicht brechen lässt. Auf die Idee mit Paul kam mein Großvater. Um seiner Tochter die bittere Pille zu versüßen oder um sein Gewissen reinzuwaschen. *»Paul ist dein Hochzeitsgeschenk«*, hat er gesagt. *»Daran siehst du, wie sehr dein Vater dich liebt, mein Augenstern – welcher andere Mann würde ein solches Juwel von einem Butler verschenken?«* Paul ist bei ihr geblieben. All die Jahre.«

»Und warum kommt er nur am Freitag?«

»Weil er es irgendwann nicht mehr ausgehalten hat.«

»Was?«

»Die Quälerei, die ihr angetan wurde. Er wollte sein Versprechen halten, aber er fühlte auch, dass er dazu nicht mehr länger die Kraft haben würde. Also hielt er es wie einst, als sie im Pensionat gewesen war und er ihr jeden Freitag seinen Brief mit dem *Chaupar*-Brett geschrieben hatte. Er ist treu wie Hanuman, der Rama sein Herz zeigte, damit er darin sein eigenes Bild finden konnte. In diesem elenden Polizeigefängnis kann ich ihn nicht hängen lassen.«

»Was werfen die ihm denn vor?«

»Dass er mich deckt. Marcus muss sie endlich überzeugt haben, dass er das Nadelöhr ist, durch das der Weg zu mir führt. Und dass sie sich kein weiteres verschwundenes weißes Mädchen leisten können. Ich kann ihn da raushalten. Aber bevor ich morgen früh dorthin gehe, muss ich seine Schreibtischschublade aufbrechen.«

»Warum denn das?«

»Weil ich annehme, dass er dort seit Jahren Papiere hortet, die er besser weggeworfen hätte. Er bringt es nicht über sich. Diese sogenannte Familie ist alles, was er hat, und die Sammlung von Papieren ist so etwas wie Ramas Bild in Hanumans Herzen. Sie sollte der Polizei nicht in die Hände fallen.« Er ließ sie los, schwang sich aus dem Bett und holte etwas aus seiner Mappe. Es war ein schmales, in Leder gebundenes Buch, das Perdita jäh an etwas erinnerte.

»Fergus …«

Er drehte sich nach ihr um. »Ja«, sagte er, »ein Tagebuch deiner Schwester könnte auch dabei sein. Das war es doch, was du mich fragen wolltest, oder?«

Perdita nickte. Sie würde das Tagebuch lesen müssen und war nicht sicher, ob sie den Mut dazu besaß. Das Buch, das er ihr aufs Bett warf, war jedoch etwas ganz anderes.

»Das hat Tushar mir für dich gegeben«, sagte er. Er blieb stehen, lehnte sich gegen den Schreibtisch, verschränkte die Arme vor der Brust. Er war nackt, erlaubte ihr zum ersten Mal, seinen Körper schutzlos zu sehen, und doch erhob sich zwischen ihnen auf einmal eine unsichtbare Grenze.

Sie wusste warum. Er nahm an, dass sie darüber nachdachte, ob er die Morde, die man ihm zur Last legte, begangen haben könnte. Sie musste einen Weg finden, ihm glaubhaft zu machen, dass sie ihm voll und ganz vertraute. Darüber, dass Tushar ihr ein Buch geschickt hatte, empfand sie eine Freude, die völlig unangebracht war. Sie warf nur einen Blick darauf, konnte im schwachen Licht des Kaminfeuers ohnehin kaum lesen und würde es sich morgen genauer ansehen wie den Brief, den Marcus mitgebracht hatte und der von Albert Beresford stammte. »*Hertha Ayrton: Der elektrische Lichtbogen*«, entzifferte sie auf dem Einband des Buches.

»Wer ist das?«, fragte sie.

»Das habe ich Tushar auch gefragt«, antwortete Fergus. »Er hat gesagt, sie sei eine Physikerin, die als erste Frau vor dem Institut der Elektroingenieure ihre These vorstellen durfte und als Mitglied zugelassen wurde. Ich soll dich fragen, ob es dir nicht gefiele, die zweite zu sein. Und dir ausrichten, dass die Mädchen in der Schule nach dir fragen.«

»Ich würde gern wieder dort unterrichten«, entfuhr es ihr spontan. »Würde es dir etwas ausmachen?«

»Und wenn es mir etwas ausmachte – würdest du dich abhalten lassen?«

Perdita überlegte. Sie hatte sich von ihrem Vater und Caleb von so vielem abhalten lassen, dass es am Ende nichts mehr gegeben hatte, von dem man sie hätte abhalten müssen. Gegen den Gedanken, so fortzufahren, sträubte sich alles in ihr, doch es war schließlich nicht dasselbe: Fergus liebte sie. Fergus brauchte ihren Beistand dringender als jeder andere. Und Fergus verbot ihr nichts, sondern stellte eine Frage.

»Ich weiß es nicht«, sagte sie endlich.

»Es macht mir nichts aus«, sagte er. Seine Schultern bebten. »Mir bleiben ohnehin im Höchstfall zwei Tage hier. Mit dir. Die werden sie mir wohl lassen, weil es noch immer eine heikle Angelegenheit ist, einen Weißen zu hängen. Und in der gegenwärtigen Lage erst recht.«

»In was für einer gegenwärtigen Lage?«

Fergus wandte den Blick zum Fenster. »Die Welt brodelt, sagt Tushar. So wie man es unter seinen Sohlen kurz vor dem Erdbeben spürt. In London hat sich ein Mann namens Gandhi mit indischen Revolutionären getroffen, um ein Manifest zur Freiheit Indiens herauszugeben. Die Texte Rabindranath Tagores, auch seine Lieder des Protests, werden weltweit übersetzt. Indien bekommt auf einmal eine Stimme, und umso froher sind die für den Winter verbliebenen Beamten, wenn sie hier oben noch schweigt. Aufruhr ist das Letzte, was sie wollen, und die Hinrichtung eines weißen Offiziers würde die gesamte Stadt bis in ihren Bodensatz aufwühlen. Also ist es ihnen lieber, den Mörder entwischen zu lassen und die Sache unter ihre Teppiche zu kehren.«

Perdita breitete die Arme aus. »Aber du bist doch kein Mörder. Komm zurück ins Bett, Fergus. Du frierst.«

Er wandte sich ihr wieder zu. »Bist du dir sicher?«

»Natürlich bin ich mir sicher, du Dummkopf. Du hast niemanden umgebracht, und bis zum Morgen werde ich dich dazu überredet haben, hier zu bleiben, mit der Polizei zu sprechen und diese Verdächtigungen ein für alle Mal auszuräumen. Ein unschuldiger Mann wird nicht belangt, und Marcus Micheldever in seiner Besessenheit wird kaum als glaubwürdiger Zeuge gelten. Schon gar nicht, wenn seine Opiumsucht stadtbekannt ist.«

»Armer Marcus«, murmelte Fergus, ohne Anstalten zu machen, ihrer Aufforderung zu folgen. »Wenn ich wollte, könnte ich versuchen, ihm meine Taten in die Schuhe zu schieben, oder? Angeblich ist man unter Einfluss von Opium fähig, so gut wie jede Tat zu begehen, solange man genug davon nimmt und sich einzig auf ein Detail konzentriert. Man könnte beispielsweise ins Schlafzimmer einer treulosen Geliebten stürzen und ein Blutbad anrichten, indem man sich zuvor einredet, man wolle der Ungetreuen lediglich die Gurgel entfernen, den Kehlkopf, aus dem ihr frivoles Lachen drang.«

»Hör auf!«, schrie sie ihn an. »Das ist abscheulich, und du hast überhaupt keine Taten begangen, die du Marcus in die Schuhe schieben könntest.«

Er hob die Brauen, gab sich verwundert. »Aber das ist es doch, weshalb er mich vor Gericht sehen will, oder nicht? Weil ich in wilder Eifersucht Mädchen abschlachte, weil ich es nicht ertrage, dass sie sich anderen Männern zuwenden.«

»Warum solltest du das auch ertragen? In seinen Gefühlen betrogen zu werden tut weh, ich habe es selbst erlebt. Aber deshalb bringe ich niemanden um – und du auch nicht.«

»Bist du dir sicher? Gefragt hast du mich nicht.«

Perdita überlegte. Sie musste ihn aus der Ecke, in die er sich gedrängt fühlte, herausbekommen, musste sich wieder einen Zugang zu ihm verschaffen. »Also schön«, sagte sie. »Ich selbst hätte gern darauf verzichtet, aber wenn es für dich wichtig ist, fange ich mit der zuerst Verschwundenen an und frage dich: Hast du Alice Metcalfe umgebracht?«

Er senkte den Kopf, die Arme noch immer verschränkt. »Und wenn ich Nein sage – glaubst du mir dann?«

»Wenn ich dir nicht glauben würde, was du mir antwortest, wäre es töricht zu fragen.«

Er blickte wieder auf, sah sie mit seinen klaren Augen an. »Nein«, sagte er. »Ich habe Alice nicht umgebracht.«

»Weißt du, wohin sie gegangen ist?«

Er schüttelte den Kopf. »Wer weiß das schon?«

»Und Della? Hast du meine Schwester Della umgebracht?«

Er fuhr zusammen, als hätte er Schmerzen, und sie wünschte sich nichts, als ihn in den Armen zu halten. Davor, dass er »*Ja*« sagen könnte, hatte sie keinen Moment lang Angst.

»Nein«, sagte er. »Ich habe Della nicht umgebracht.«

»Und du weißt nicht, wohin sie gegangen ist?«

Er schüttelte erneut den Kopf. »Es tut mir leid, Perdita.«

»Das weiß ich, Liebling. Mir tut es auch leid, und ich hoffe noch immer, sie eines Tages gesund wiederzusehen. Vor allem aber tut es mir leid, dass jemand dir ein solches Verbrechen anhängen will und dass du glaubst, du müsstest deine Heimat verlassen. Wenn du mich fragst, hast du dazu keinen Grund. Du hast nichts getan, also werden die Beamten auch nichts finden. Dass du deinem Butler beistehen musst, verstehe ich, aber was für eine Gefahr droht ihm denn?« Sie versuchte, zu lächeln. »Es wird ja nicht ausgerechnet dein Butler die Mädchen umgebracht haben.«

»Nein«, sagte Fergus tonlos. »Paul täte niemals etwas Verbotenes, das über die Einbehaltung von ein bisschen Beweismaterial hinausgeht.«

»Na also. Und da es nichts zu beweisen gibt, können wir dieses Beweismaterial, bei dem es sich ja wohl um die Sachen im Schreibtisch handelt, getrost der Polizei übergeben. Sprich mit ihnen, Fergus, lass diese Untersuchung über dich ergehen. Wenn du fliehst, wird ganz Shimla das als Eingeständnis deiner Schuld betrachten, aber wenn du die Ruhe bewahrst, weißt du, dass sie dir nichts anhaben können.«

Er presste die Lippen aufeinander und schüttelte wieder den Kopf, dass sein schwarzes Haar flog. Perdita ertrug es nicht länger. Sie sprang aus dem Bett, lief zu ihm und schloss die Arme um ihn, spürte an ihrer warmen seine erkaltete Haut.

»Sie suchen nicht umsonst, Perdita«, flüsterte er wie erstickt. »Sie suchen nur die falschen Toten.«

»Was soll das heißen, die falschen Toten? Wer ist denn der Richtige?«

»Mein Vater«, erwiderte er dumpf. »Ich habe nicht Alice oder deine Schwester, sondern meinen Vater umgebracht.«

37

Albert Beresford
Merryweather Residence, Delhi

Miss Perdita Lascelles
Pinewood Place, Shimla

Am Yamuna Embankment, im November 1910

Verehrteste (und das meine ich wörtlich) Miss Lascelles!
Da ich sicher war, Sie hätten mich spätestens im Zug nach Kalka bereits vergessen, war mir Ihr Brief eine unerwartete Freude. Ich habe in meinem Leben nicht viele Briefe von derart aufrechten, ehrenwerten Menschen erhalten und ich gestatte mir, mich dadurch aufgewertet zu fühlen.
Umso entschlossener war ich, Ihnen nicht zu schreiben, Sie auf Ihre bemerkenswerte Weise Ihr Leben meistern zu lassen und Ihnen nicht meine wertlose Existenz als Klotz ans Bein zu binden. Ich bin ein Mensch, dem es gelungen ist, alles, was in seiner Nähe Schönheit und Würde besaß, zu zerschlagen. Ob sich darin die Rache von 3500 indischen Gottheiten zeigt, oder ob Schwächlinge schlicht überall Schwächlinge bleiben, sei dahingestellt. In jedem Fall wollte

ich es mir verbieten, eine so seltene Blüte wie Sie der traurigen Bilanz meines Scheiterns einzuverleiben.

Dass ich Ihnen nun aber doch schreibe, hat folgenden Grund: Sie schlagen sich wie eine Löwin mit der Suche nach Ihrer Schwester, erhalten keine Hilfe und werden obendrein noch getäuscht. Dabei länger mitzuspielen, kann ich nicht einmal mit einem so duldsamen Gewissen wie dem meinen vereinbaren, weshalb ich zumindest Ihrer Jagd nach Genevieve Micheldevers geheimnisvollem Liebhaber ein Ende bereite. Liebe Miss Lascelles, zu meiner Schande gestehe ich: Der gesuchte Liebhaber war ich.

Fragen Sie mich nicht warum. Ich tauge nicht zum Freund, aber wenn ich mich je einem Mann als solcher hätte andienen wollen, dann Fergus Fortescue. Doch siehe oben. Sooft mir etwas nahe kam, das nach Anstand und Würde roch, kribbelte es mir in den Fingern. Womöglich war ich obendrein in die rote Genevieve verliebt. Ja, ich denke, das war ich. Wenn man noch jung ist, gerade getötet hat und an sich selbst verrückt wird, liegt das nahe. An irgendeinem Strohhalm muss man sich im Leben halten. (Ausrede. Ich weiß.)

Das arme Mädchen hat Fergus aufrichtig geliebt. Sie war verstört, weil es – um mit Shakespeare zu sprechen – mehr Dinge zwischen Himmel und Erde (und namentlich im Haus der Fair Sisters*) gab, als unsere Schulweisheit sich träumen ließ, und weil der Herr ihres Herzens sich in Schweigen hüllte. So ein entwurzeltes Pflänzchen, bei dem weder Vater noch Mutter zu Gärtnern taugen, ist ja im Ansturm des Windes hilflos, und ich bot ihr heuchlerisch meine Schulter zum Ausweinen an. Alkohol tat ein Übriges, und dass wir uns bei diesem Fehltritt auch noch erwischen ließen, fällt unter ein interessantes Gesetz: Wer kein Glück hat, beste Miss Lascelles, der hat meistens obendrein Pech.*

Für Fergus Fortescues Stolz stand es offenbar außer Frage, dem armen Geschöpf zu verzeihen. Dass ich meine Untat bedauert habe, werden Sie mir nicht glauben, und wem wäre damit auch geholfen? Zumindest Sie brauchen nun nicht länger des ominösen Liebhabers wegen im Dunkeln zu tappen, und sollten in Shimla noch immer Gerüchte kreisen, Fergus Fortescue würde seinen treulosen Geliebten den Garaus machen, so besitzen Sie den Gegenbeweis. Genevieve bekam zwar den Laufpass, doch sie verließ das berüchtigte Haus mit intakter Gurgel und ohne Spalt in ihrem hübschen Schädel.

Die Gelegenheit, mit Ihnen nach Indien zu reisen, führte mich in Versuchung, zu Zwecken der Katharsis noch einmal nach Shimla zu fahren und darum zu ringen, Vergebung zu erlangen. Letzten Endes habe ich mich aber entschieden, hier zu bleiben. Das mag Feigheit sein. Es mag auch Bequemlichkeit sein, denn Thomas Merryweather – Gott Shiva, der den Milchozean vom Gift befreite, zerstöre jeden seiner Feinde – entpuppte sich als Liebhaber hoher Literatur. Er betrachtet es als eine Ehre, mir während der Entstehung meines bahnbrechenden Romans Kost und Logis zu gewähren, und so sitze ich nun an meinem Fenster vor dem rosenfarbenen Yamuna und habe beschlossen, die Tage von Shimla, meine Tage zwischen Liebe und Tod, Vergangenheit sein zu lassen und mich darauf zu konzentrieren, alt zu werden (sechsunddreißig ist, finde ich, ein diskutables Alter dafür).

Sie bitte ich, auf sich zu achten und uns erhalten zu bleiben. Nicht mir persönlich. Aber der Welt. Die muss, wenn Sie mich fragen, erst noch einmal auf unvorstellbare Weise schlechter werden, ehe die Chance besteht, dass sie sich bessert. Und ob sie es dann tut? Wer weiß. Wir brauchen Sie.

Herzlichst

Ihr alter Reisegefährte Albert Beresford

P. S.: Eine Kopfverletzung, wie meine Mutter beharrlich behauptet, habe ich übrigens in Tibet nie gehabt. Eine Herzverletzung halte ich dagegen für denkbar. Das schon.

38

Vielleicht war es die härteste Nacht ihres Lebens gewesen. Härter als jene, in denen sie zuerst ihre Mutter, dann ihre Schwester, ihren künftigen Mann und zuletzt ihren Vater verlor. Sie hatte Fergus in den Armen gehalten, hatte sich geschämt, weil sie sich anfangs dazu hatte zwingen müssen, und weil hinter ihren todmüden Augen beständig grell ein Gedanke aufblitzte: *Ich könnte sein Kind im Bauch haben. Das Kind von einem Mann, der einem anderen den Schädel eingeschlagen hat.*

Wie anmaßend war sie? Hatte sie nicht begriffen, was ihm angetan worden war? Um es sich einzuhämmern, hatte sie ihm unentwegt über den Rücken gestrichen, über die Furchen, die sich durch die Haut ins Fleisch gruben. Sein Vater hatte ihm die mit einem Knotenstrick beigebracht, mit dem britische Vollzugsbeamte Inder bestraften, wann immer sie in ihre überfüllten Gefängnisse niemanden mehr stopfen konnten.

Fergus war kein Mann, der sein Schicksal bejammerte, wie sie es von Männern – von ihrem Vater bis zu Marcus – gewohnt war. Sie musste ihn drängen, bestürmen, und als nichts davon ausreichte, warf sie sich über ihn und presste seine Schultern auf die Matratze. »Ich mag sonst nichts wissen, aber eines weiß ich: Du kannst nicht töten. Wenn du es getan hast, hattest du dafür einen mehr als guten Grund.«

»Kann es das geben, Perdita? Einen guten Grund zum Töten? Vor Chumik Shenko haben sie uns das auch erklärt – dass wir Tibet einnehmen müssen, ehe die feudalistischen, Sklaven haltenden Russen es tun, dass wir dieser entlegenen Welt die Zivilisation und das älteste Völkerrecht der Welt bringen müssen, dass wir töten, um Leben zu retten. Aber ist das möglich? Ich will nicht, dass es möglich ist. Wenn wir auf immer für möglich erklären, dass man durch Töten das Töten beendet – wie sollen wir dann je mit dem Töten aufhören?«

Sie streichelte ihn. Sah über seine zuckende Schulter hinweg an die dunkle Wand. Das Feuer im Kamin war erloschen, die Kerze auf dem Sims heruntergebrannt. »Du hast damit aufgehört«, sagte sie und bemerkte zu ihrem Schrecken, dass sie nicht mehr sicher war, ob sie das bis ins Innerste glaubte. »Dein Vater hat dich gequält. Er hat dich bis aufs Blut gereizt. Warum, Fergus? Wie kann ein Vater seinen eigenen Sohn so sehr hassen?« Sie schloss kurz die Augen und fasste sich ein Herz: »Du bist nicht sein Sohn, nicht wahr?«

In ihren Armen schüttelte er den Kopf. *»Bei dir braucht's den Knotenstrick, anders kommt man einem dreckigen Inder nicht bei«*, hat er gesagt. »Jedes Mal, wenn er mich schlug.«

Sie spürte, wie sein Rücken sich versteifte, und wusste, dies würde das Einzige bleiben, was er über das Martyrium seiner Kindheit aussprach. Was sie noch von ihm erfahren konnte, waren höchstens Fakten: »Dein Vater ist dieser Verwandte von Tushar, nicht wahr? Der, den deine Mutter als Kind gekannt hat? Du und Tushar, ihr seid auch verwandt?«

»Entfernt«, sagte er ohne Ausdruck. »Diese indischen Fürstenfamilien sind riesig.«

»Aber warum hat euch denn von dieser riesigen Familie

niemand geholfen? Warum hat euer leiblicher Vater deine Mutter und euch nicht aus dieser Hölle herausgeholt?«

»Weil seine Familie ihn genauso verstoßen hätte, wie die Familie meiner Mutter es getan hat. Ihr Vater wusste davon, weil Robert Fortescue sich rasend vor Wut über die mangelhafte Ware beklagte, die ihm untergeschoben worden war. Ihr Vater beschwor ihn, die Sache zu decken, ihnen allen die Schande zu ersparen, und Robert Fortescue fügte sich, weil er selbst nicht als Hahnrei dastehen wollte, dem ein Inder Hörner aufgesetzt hatte. Ihr Elternhaus durfte meine Mutter nie wieder betreten. Von uns ganz zu schweigen. Mein Großvater war Privatsekretär des Vizekönigs. Ich habe ihn einmal auf der Mall in dessen Kutsche vorbeifahren sehen. Meiner Mutter hat er nicht einmal zugenickt.«

So wie ihr eigener Vater Della nicht mehr beachtet hatte, dachte Perdita. Wie er von seiner Tochter nichts hatte hören wollen, nicht einmal, als sie in höchster Gefahr schwebte. »Und die Familie deines … deines Vaters wäre genauso erbarmungslos gewesen?«, fragte sie.

Fergus nickte. »Der Mann, den ich wohl meinen Vater nennen müsste, wäre verstoßen worden wie Tushar, der eine für ihn arrangierte Ehe abgelehnt hat. Mein sogenannter Vater wollte das nicht auf sich nehmen. Er hat ihr erklärt, er müsse sein *Dharma* erfüllen, den Platz einnehmen, der ihm vorbestimmt war, hat das von seinen Eltern gewählte Mädchen geheiratet und sein Leben weitergeführt. Ihn habe ich auch nur einmal gesehen. Auf einem Ball des Vizekönigs mit seinen Söhnen und der bildhübschen Tochter, deretwegen er vor Stolz fast platzte. Um meine bildhübsche Schwester hat er sich nie geschert. An diesem Abend hätte ich einen Stein nehmen und ihn erschlagen wollen. Wie meinen anderen Vater.«

»Nein, das hättest du nicht.« Sie streichelte ihn. »Du bist

kein Mörder, Fergus. Bei dem, was du getan hast, müsste jeder faire Richter auf Notwehr entscheiden.«

Er lachte. »Glaubst du wirklich, dass ein Richter das tut?«

»Nein.«

»Ich muss von hier weg«, sagte er. »Marcus wird keine Ruhe geben. Wenn sie auf meinem Land keine Mädchenleichen finden, wird er so lange weiter wüten, bis sie meinen Vater aus der Erde holen und feststellen, dass nicht das Yoni-Lingam sich an ihm gerächt hat, sondern ich. Ich sollte es hinnehmen. Mich endlich ergeben. Aber ich habe für Abigail zu sorgen.«

»Und für deine Mutter.«

»Ich denke, meine Mutter wird hierbleiben«, sagte er. »Am Ende ist alles Zerstörung, sagt Falguni, und ohne Zerstörung gibt es keinen Neuanfang. Die beiden werden bei ihrem Safran bleiben und darauf warten wollen, dass Yama, der Sohn der Sonne, ihnen den Weg zu den Göttern weist. Ich bin so müde, ich habe mir oft gewünscht, dasselbe zu tun.«

Sie spürte, dass die Lockerung der Muskeln unter ihren Fingern nicht von Entspannung herrührte, sondern von Resignation, dass er kurz davor stand, aufzugeben. »Fergus, meinst du nicht doch, dass das Gericht ein Einsehen haben würde? Wenn es erfährt, durch welche Hölle du gegangen bist?« Sie hatte die Frage noch nicht ausgesprochen, als sie begriff, dass sie vollkommen absurd war.

»Was für eine Hölle meinst du?«, fragte er ätzend vor Hohn. »Inder brauchen Prügel, anders kommt man ihnen nicht bei, und *Bhosadike* sind schlimmer als Inder selbst.«

»Was sind *Bhosadike*?«

»Aus verdorbener Erde Geborene. Aus verdorbenen Mutterschößen. Hurensöhne sagt man wohl drüben bei euch.«

»Fergus …«

»Wenn ich das alles vor Gericht zerre, werde ich nicht nur gehängt«, sagte er. »Dann verliert Abigail ihren Status und ihren Schutz. Sie hat sich doch so sehr gewünscht, hier eine Art von Leben zu führen, Besuch einzuladen, so zu tun, als wären wir normale Leute. Sie hat sogar unserem Vater auf seinem Porträt das Haar übermalt, damit niemand Fragen stellt. Wenn die Wahrheit ans Licht kommt, ist es selbst damit vorbei. Sie verliert zu allem noch *Autumn Hall* und kann als Vogelfreie sehen, wo sie bleibt.«

»Hast du es nicht *Fair Sisters* genannt?«, fragte Perdita.

Er schüttelte den Kopf. »Das hat Paul getan. Er hat einen alten Brief gefunden, in dem der Erbauer des Hauses den Wunsch äußerte, es nach seinen toten Töchtern zu benennen. Nun ist es genau genommen auch nach dir und Della benannt. Und ein wenig auch nach Abigail und Genevieve.«

Sie sah die gemeißelte Namensliste in dem Mosaik vor sich. Als er auflachen wollte, presste sie ihm die Hand auf den Mund. Zugleich begriff sie, dass er recht hatte. Kein Gericht der Gesellschaft, in der sie lebten, würde Erbarmen mit ihm zeigen oder ihm auch nur erlauben, seine hilflose Mutter und Schwester vor einem Leben in Not zu bewahren.

»Es tut mir so leid, Fergus.« Sie krallte die Hände in seine Schultern. »Ich wünschte, ich könnte irgendetwas tun.«

Vor dem Fenster verblich das Schwarz der Nacht, das wie das Schwarz der Unendlichkeit war, zu einem verschwommenen Grau. »Wünschst du dir das wirklich?«

Sie nickte.

»Ich habe kein Recht, dich danach zu fragen.«

»Frag mich.«

Er stand auf und sammelte seine Kleider vom Boden. »Würdest du mit mir kommen?«, fragte er.

Perdita zögerte nicht. Es gab nur eine Antwort. »Ja.«

Er drehte sich um. In seinem Blick tobte ein Sturm von

Gefühlen – Verzweiflung, Hoffnung, Unglaube –, der sich schließlich legte und nur Dankbarkeit übrig ließ. Ein weiteres Wort gab es nicht. Mit dem Blick war alles gesagt.

»Ich kümmere mich um Pauls Schreibtisch und spreche mit den anderen«, sagte er erneut zum Fenster gewandt. »Dann reite ich in die Stadt. Es wird wieder schneien, und die Temperatur ist gefallen. Wenn wir sichergehen wollen, dass wir es mit den Pferden und dem Eselskarren noch nach unten schaffen, müssen wir heute Nacht aufbrechen.«

Die Erschöpfung, die Perdita überrollte, war eine Lawine, die sie auf das Bett niederdrückte. Sie konnte nur nicken. Ehe er aufbrach, sagte er ihr, dass er sie liebte.

Perdita schlief drei Stunden lang wie betäubt. Dann stand sie auf und kleidete sich an. Unten in der Halle fand sie Abigail und Erin beim Packen. »Ich wollte dich nicht wecken«, sagte Abigail liebevoll. »Du hast das bisschen Schlaf dringend gebraucht. Falguni hat dir dein Frühstück im Eckzimmer warm gestellt.«

»Vielen Dank, aber ich bin nicht hungrig«, sagte Perdita. »Ich habe noch etwas zu erledigen.«

»Was denn?«, fragte Abigail. »Kann es nicht Zach für dich übernehmen? Wir hätten dich jetzt gern bei uns.«

»Nein, das muss ich selbst tun«, erwiderte Perdita, die das Buch der Physikerin bei sich trug und zu Tushars Schule reiten wollte, um sich zu bedanken. »Es ist mir wichtig.« Sie wollte sich von Tushar verabschieden, wollte ihn wissen lassen, dass sie seine Mädchen nun doch nicht unterrichten konnte und dass ihr das von Herzen leidtat.

»Was hast du denn da?« Abigail streckte die Hand nach ihrem Buch. »Ich habe die Bücher schon eingepackt. Viele sind es leider nicht, wir müssen uns auf die liebsten beschränken, aber ich lege deines dazu, wenn du willst.«

»Nein, danke.« Perdita zog das Buch zu sich. »Ich trage es selbst, es ist ja nicht schwer.«

»Woher hast du es denn? Aus unserer Bibliothek?«

»Tushar Vashisht hat es mir geschenkt«, sagte Perdita. »Ich muss jetzt gehen. Wir sehen uns heute Abend.«

»Komm aber nicht zu spät«, rief ihr Abigail nach. »Wir können jede Hand zur Hilfe brauchen, und ich verstehe wirklich nicht, wohin du jetzt so dringend noch musst.«

»Ich beeile mich«, versprach Perdita. »Was ist mit deiner Mutter? Kommt sie mit uns?«

»Meine Mutter schläft noch«, erwiderte Abigail. »Wir sprechen später mit ihr, darum brauchst du dich nicht zu sorgen. Wenn du helfen willst, vergisst du besser diese Erledigung, die ja so wichtig nicht sein kann.«

»Sie ist wichtig«, erwiderte Perdita knapp und ging.

Da sie Zach nirgends entdeckte, sattelte sie sich selbst den Schimmel. Als sie losritt, begann es wieder zu schneien. Der Wald mit den Affen hatte jetzt, wo sich das dichte Weiß auf die schwärzlichen Kronen der Bäume legte, nichts Bedrohliches mehr, sondern zeigte sich ihr in einer glitzernden Schönheit, die darauf Lust machte, den Tag im Freien zu verbringen und womöglich auf Skier zu steigen. Perdita hatte die Vorstellung bereits als Kind verlockend gefunden, hatte aber nie Gelegenheit dazu gehabt.

Als sie das Tor der Schule erreichte, drangen ihr – gedämpft durch die geschlossenen Fenster – die hellen Stimmen der Mädchen entgegen, die ein Lied sangen. Nicht *All Things Bright and Beautiful*, in dem es hieß, Gott habe den Reichen ins Schloss und den Armen an sein Tor gestellt und so habe die Welt seinen Segen, sondern ein Lied, das Perdita nicht kannte. Sie stieg ab und führte den Schimmel in den Unterstand, wo die Schule einen Esel hielt. Dann betrat sie das Haus und ging geradewegs ins Klassenzimmer.

Das Lied war verklungen, und Tushar war dabei, Zeichenpapier an die Mädchen auszuteilen. Er trug seine abgewetzte Wolljacke über dem langen Hemd, von dem Perdita nicht mehr wusste, warum es sie an ein Nachthemd erinnert hatte. Das große Mädchen, das begeistert von ihrem Magnetfeld gewesen war, entdeckte sie und winkte ihr zu. Tushar drehte sich um.

Er stellte keine Frage und brauchte keine Minute, um die Schülerinnen mit irgendetwas zu beschäftigen, Perdita am Arm zu nehmen und sie in eine Art Büro zu führen, in dem es außer Schreibtisch und Stuhl keine Möbel, aber jede Menge Kisten mit Materialien gab. Er rückte zwei der Kisten zusammen und bot ihr eine davon zum Sitzen an. »Du weißt nicht, wie froh ich bin, dass du gekommen bist.«

»Es tut mir leid. Ich hätte eher kommen wollen. Worüber wir gestritten haben, weiß ich nicht mehr, aber ich entschuldige mich. Vielen Dank für das Buch.«

»Wir haben uns gestritten, weil ich nicht wollte, dass du zu Fergus gehst«, sagte er. »Dafür brauchst du dich nicht zu entschuldigen. Du bist hier. Das genügt mir vollauf.«

»Ich weiß jetzt alles«, sagte sie. »Und ich hoffe, es besser zu verstehen. Du bist der Einzige aus eurer Familie, der mit Fergus verkehrt, nicht wahr? Deshalb hilft er dir mit der Schule und allem. Ihr habt euch von euren Familien und ihren unmenschlichen Gesetzen nicht trennen lassen.«

»Die Spinnweben menschlicher Beziehungen gestalten sich meist so komplex wie deine physikalischen Zusammenhänge«, sagte er. »Aber ja, so ungefähr ist es wohl. Das bedeutet übrigens nicht, dass wir keine Vorbehalte gegeneinander hätten. Und schon gar nicht, dass ich gut geschlafen habe, solange ich dich in seinem Haus wusste.«

»Warum nicht? Fergus würde mir nie etwas antun.«

»Das habe ich auch nicht gemeint.«

»Was dann?«

»Vergiss es.«

»Du weißt, was er getan hat?«

»Ja, das weiß ich.«

»Er ist kein Mörder. Es war eine Art von Notwehr.«

»Das weiß ich auch«, sagte Tushar. »Und du kannst mir glauben, dass ich mir Perücke und Anwaltsrobe anlegen und ihn vor jedem Gericht der Welt verteidigen würde, wenn man mich zuließe. Aber das heißt nicht, dass ich sein Haus und seine Gesellschaft für gesund halte. Dass ich dort einen Menschen wissen möchte, den ich …«

Er brach ab, und sie wollte ihn auffordern, seinen Satz zu Ende zu sprechen. Dann aber schwieg sie, weil sie das Ende kannte. Sie hatte es selbst bemerkt, sobald sie das Klassenzimmer betreten hatte. Die Leichtigkeit und Geborgenheit, die sie empfand, mündeten in ein Gefühl, das sie nicht mehr gespürt hatte, seit in einer Nacht in Kent ihre Welt zerbrochen war: in dem Gefühl, dazuzugehören. Vielleicht hatte sie es sogar niemals so heftig gespürt wie hier, denn in *Lascelles Manor* war sie geboren worden. Diesen Ort hingegen hatte sie sich selbst gewählt.

Tushar hatte ihr sagen wollen, dass er sie mochte. Er brauchte es nicht zu sagen, denn sie wusste es. Sie mochte ihn auch. Sie hatte das bereits gespürt, als sie gemeinsam mit den Mädchen gegessen und hinterher im Gespräch die Zeit vergessen hatten. Was wäre geschehen, wenn an diesem Tag Fergus nicht gekommen wäre, um Aishwarya zurückzubringen, fragte sie sich und unterdrückte die Frage sofort.

»Fergus muss aus Shimla weg«, sagte sie. »Ins Tal, in eine der großen Städte, vielleicht sogar weg aus Indien. Ich gehe mit ihm und bin gekommen, um mich zu verabschieden.«

Er sprang auf. »Nein, Perdita. Nein, tu das nicht.«

»Ich treffe meine Entscheidungen selbst«, sagte sie. »Ich

habe es nie gedurft, und als ich dazu gezwungen war, konnte ich es nicht. Jetzt aber habe ich es gelernt und werde es mir nicht noch einmal verbieten lassen. Auch nicht von dir«, fügte sie hinzu, was zugleich falsch und richtig klang.

»Ich verbiete dir nichts.« Tushars Stimme klang gehetzt. »Im Gegenteil, ich will, dass du endlich dein eigenes Leben führen kannst, nicht beständig das von anderen. Auch wenn wir alle auf ewig in einem Netz zusammenhängen und durch die Maschen, durch die wir einen von uns fallen lassen, womöglich selbst fallen. Du hast doch gar keine Entscheidung treffen können – in der Lage, in der Fergus steckt, fühlt sich ein gutherziger Mensch wie du ja wohl verpflichtet, ihm zu helfen. Aber das kannst du nicht, Perdita. Wenn es überhaupt einen Menschen gibt, der ihm helfen kann, dann weder du noch ich, sondern einzig er selbst.«

»Um Hilfe geht es nicht«, behauptete Perdita. »Fergus und ich gehen miteinander fort, weil wir zusammenleben werden.«

»Das dachte ich mir«, bemerkte er trocken. »Du bist also überzeugt, dass du Fergus Fortescue liebst.«

Ich weiß es nicht mehr, durchfuhr es Perdita. Eine Woche lang hatte sie nur an Fergus gedacht, hatte Tage und Nächte in einem Rausch des Begehrens verbracht, das Verlangen ihres Körpers gespürt und es mit allen Sinnen genossen, ihm nachzugeben. Sie hatte sich selbst geliebt. Und die Liebe. Zum ersten Mal.

Aber der Rausch war verflogen, und was übrig blieb, waren unendliches Mitgefühl und der Drang, zu helfen, die Ungerechtigkeit, die ihr Volk verursacht hatte, auszugleichen. Sie hasste sich selbst für jeden ihrer Gedanken. Wie konnte da, wo gerade noch ein solcher Wirbelsturm aus Gefühlen getobt hatte, auf einmal nichts mehr sein? In der vergangenen Nacht hatte ihr Fergus das Furchtbarste gestanden, das ein

Mensch durchleben konnte. Maßte sie, die in sanfter Beschaulichkeit aufgewachsen war und niemals Gewalt erfahren hatte, sich etwa an, ihn zu verurteilen, entzog sie ihm ihre Liebe, weil er kein makelloser Ritter in schimmernder Rüstung war?

Aber einen solchen Ritter habe ich doch gar nicht gewollt, begehrte es in ihr auf. *Es war Della, die derlei Träume hatte. Ich wollte mir mit einem Mann ein Leben aufbauen, die Last und den Schmerz und die Freuden des Menschseins teilen.* Sie sah Tushar an und stellte fest, wie schön es sein konnte, mit einem Mann zu sprechen. Er interessierte sich für sie, schenkte ihr ein Buch, weil Physik sie faszinierte. Sie hätte ihn fragen wollen, ob er nicht Lust hatte, sich mit ihr auf Skiern zu probieren.

In Wahrheit aber waren dies Gedanken an Flucht, die sie sich nicht erlauben durfte. Sie wallten in ihr auf, weil sie sich vor dem, was an Fergus' Seite vor ihr lag, fürchtete, weil sie sich all den Anforderungen, der Verantwortung für Abigail und Amelia nicht gewachsen fühlte. Was aber war das für eine Liebe, die sich nächtelang der Lust hingab, um in dem Augenblick, in dem ihre Kraft gebraucht wurde, einzuknicken und schlappzumachen?

Sie stand auf. »Ich bin gekommen, um unseren Streit beizulegen, und ich habe nicht vor, einen neuen anzufangen«, sagte sie. »Trotzdem denke ich nicht, dass ich dir über meine Gefühle Rechenschaft schulde. Ja, Fergus und ich sind ineinander verliebt, und ich wüsste nicht, was dagegen zu sagen ist. Wären die Umstände andere, stünde unserer Heirat nichts im Weg, und sobald unsere Lage einigermaßen geklärt ist, werden wir wohl auch einen Weg dafür finden.«

»Natürlich.« Sein Gesicht verschloss sich. »Was hat der Inder zu vermelden, was bildet der sich ein, etwa dass er selbst seinen Namen ins Spiel bringen dürfte? Fergus ist ja nur zur Hälfte indisch, man sieht es ihm viel weniger an als der armen Erin oder Aishwarya, deren Gesichter wie Schilder sind, die sie zum Missbrauch freigeben. Solange ihr dorthin geht, wo niemand zu genau hinschaut, ist alles gut.«

»Was soll das, Tushar?«

»Nichts. Entschuldige. Ich will nicht, dass du mit Fergus gehst, weil ich Angst um dich habe, das ist alles.«

Perdita legte sich ihr Wolltuch um, das an ihrem Frühstücksplatz gelegen hatte, nachdem sie es Amelia geborgt hatte. »Das ist nett von dir, aber nicht nötig. Ich muss jetzt gehen.« Ihre Füße verharrten, denn ihr Kopf wollte nicht akzeptieren, dass sie ihn nicht wiedersehen würde. Sie würde sich zwingen müssen. Was er noch sagen wollte, würde sie sich nicht mehr anhören.

An der Bürotür klopfte es. Auf Tushars Zuruf schwang die Tür auf, und eine junge indische Frau trat ein. Sie war in einen Wollmantel mit Kapuze gehüllt, in dem Schneeflocken hingen.

»Ah, Rishima. Gut, dass du kommst. Kannst du die Klasse übernehmen? Ich begleite rasch Perdita. Wir haben etwas zu besprechen, das sich nicht aufschieben lässt.«

Die junge Inderin schälte sich aus ihrem nassen Mantel, trug darunter einen orangeroten Sari und war auffallend hübsch. Mit funkelnden Augen lachte sie Tushar an. »Ich nehme an, Perdita ist deine Begleiterin?« Ihr Englisch war perfekt. »Ich freue mich, Sie kennenzulernen. Den Gepflogenheiten gesellschaftlichen Umgangs verweigert Tushar sich leider, obwohl er sie mehr als gründlich gelernt hat.«

»Ich freue mich auch«, erwiderte Perdita hastig, obwohl sie sich nicht freute und auch die Frau nie wiedersehen würde. »Du kannst nicht mit mir kommen«, wandte sie sich an Tushar. »Ich bin zu Pferd da und reite auf dem schnellsten Weg.«

»Das ist mir egal«, blaffte er und war schon an der Tür. »Dann laufe ich neben deinem Gaul eben her oder ich setze mich hinter dich auf die Kruppe. Ich schrecke vor nichts zurück, solange ich dich nicht aus den Augen verliere.«

Die Inderin lachte. Perdita lief los, um Tushar abzuschütteln, aber der klebte ihr an den Fersen. Vor der Tür herrschte Schneetreiben, wie sie aus Kent keines kannte, und verwirrte ihr für kurze Zeit die Sinne. Als sie klarere Sicht zurückgewonnen und sich, so gut es ging, gegen den eisigen Wind gewappnet hatte, war Tushar immer noch da. Ihn neben dem Pferd herlaufen lassen konnte sie nicht, also mussten sie den Schimmel wohl oder übel zwischen sich führen und zu Fuß gehen. Es würde ewig dauern, das Wetter wurde von Minute zu Minute übler, und der Gedanke an das, was sie in *Fair Sisters* erwartete, machte sie nervös. Umso mehr erstaunte es sie, dass sie kaum Ärger verspürte, sondern die Schneewanderung mit fast so etwas wie Erleichterung begann.

Tushar war Tushar und redete ohne Unterlass auf sie ein. In einem Augenblick beschwor er sie, mit ihm umzukehren und sich für ihre Entscheidung Zeit zu lassen, im nächsten beschrieb er ihr die Universitäten, die Frauen als Gasthörerinnen akzeptierten, und dachte über abenteuerliche Umwege nach, die auch ohne gültigen Abschluss in ein Berufsleben führen konnten.

Perdita war das Herz so schwer, dass sie glaubte, es ziehe sie zu Boden, und dennoch musste sie lachen. »Machst du eigentlich manchmal Pause? Dir gefrieren ja Speicheltropfen im Schnurrbart, so schnell, wie dein Mundwerk geht.«

Hastig wischte er sich über den Mund, obwohl die Schatten einer schlechten Rasur über seiner Oberlippe kaum als Schnurrbart zu bezeichnen waren. »Wenn du mit mir zurückkommst, verspreche ich dir, dass ich den Rest des Tages schweige.«

»Ich würde dich liebend gern beim Wort nehmen. Schon um zu erleben, ob du das überhaupt kannst. Aber Fergus wird schon zurück sein. Und seine Familie wartet auf mich.«

»Seine Familie? Nimmt er Falguni auch mit? Bei diesem Wetter den Berg hinunter? Sie muss mindestens neunzig sein.«

»Er hat gesagt, seine Mutter wird hierbleiben wollen, und wenn sie bleibt, bleibt auch Falguni. Ich will aber nicht, dass wir seine Mutter zurücklassen. Sie ist krank, wir können in den Ebenen, in einer der großen Städte einen Arzt für sie finden.«

Tushar blieb stehen. Da seine Hand wie die ihre die Zügel des Pferdes hielt, war sie gezwungen, ebenfalls stehen zu bleiben. »Seine Mutter?«, fragte er. »Jemand hat dir gesagt, seine Mutter lebt mit ihm dort oben am *Jakhoo Hill*?«

Der Wind wurde schärfer und hieb ihr den Schnee wie mit Nadelstichen ins Gesicht. Wenn sie nicht ärgerlich war, so wurde sie zumindest ungehalten. »Entweder du lässt mich endlich allein gehen, oder du kommst jetzt weiter. Weshalb hätte jemand mir sagen müssen, dass seine Mutter mit ihm lebt? Sie ist schließlich dort zu Hause.«

»Willst du damit sagen, du bist ihr begegnet?«

»Natürlich bin ich ihr begegnet. Durch die Krankheit, an der sie leidet, nimmt sie am Leben der Familie natürlich kaum teil. Aber gerade in diesem Bereich der Medizin hat die Forschung in letzter Zeit einen großen Sprung vorwärts gemacht. Wenn wir ins Tal kommen, in eine der Metropolen, hoffe ich, dass ein guter Arzt ihr helfen kann.«

»Du bist Amelia Wentworth begegnet, die dir erzählt hat, sie leide an einer Krankheit?«

»An einer Allergie«, erwiderte Perdita. »Diese Form der Störung nennt man seit Neuestem Allergie. Du bist doch selbst Arzt, hast du davon nichts gehört?«

»Ich bin Inder, ich lebe hinter dem Mond«, murmelte Tushar, klang jedoch weder sarkastisch noch amüsiert, sondern viel mehr, als sei ihm die Stimme erstarrt. »Und wogegen bitte ist Amelia Wentworth-Fortescue allergisch?«

»Gegen Licht«, sagte Perdita.

Etwas geschah, das zu erleben sie nicht mehr erwartet hatte: Tushar schwieg. Er griff dem Pferd wieder in die Zügel, stapfte gegen den Schnee treibenden Wind bergan und sagte mehrere Minuten lang kein Wort. Unter dem Pfeifen des Sturmes zu hören waren nur das Stampfen der Pferdehufe, ihre Schritte und keuchende Atemzüge.

Erst als der Kamm mit den Bäumen, der *Fair Sisters* vor Blicken schützte, schon in Sicht kam und die Dämmerung wie eine Armee, die hinter dem Berg gelauert hatte, begann, sich talwärts zu wälzen, blieb er noch einmal stehen. Mit einem Zug an den Zügeln zwang er das Pferd und Perdita zum Halt: »Sag mir bitte noch eines: Hast du dort nur seine Mutter gesehen? Oder auch seinen Vater?«

»Seinen Vater?«

»Robert Fortescue meine ich.«

»Aber der ist doch tot.«

Tushars langer Atemzug klang in der klirrenden Luft wie ein Stöhnen. »Seine Mutter ist auch tot, Perdita. Sie ist vor zwanzig Jahren gestorben.«

39

His Majesty's Indian Imperial Police
Provinz Punjab, Departement Shimla
Zeugenaussage Mr. Paul Menetrier, aufgenommen von Sergeant Theodore Roebuch Stark, 28. November 1910

»Mein Name ist Paul Menetrier, geboren 6. Februar 1835 in Havant, Hampshire, Familienstand ledig, Alter 75 Jahre.

Mit meinem damaligen Dienstherrn Mr. Francis Wentworth bin ich im August des Jahres 1856 nach Shimla gekommen, wo ich mich zur Stellung eines Butlers hocharbeitete und wo im Mai des Jahres 1857 als Tochter des Hauses Amelia Wentworth zur Welt gekommen ist. Als jugendlicher Abenteurer hatte ich mich mit meiner Familie überworfen und habe mich, wohl auch, da ich mich in der Fremde recht einsam fühlte, an die Familie meines Dienstherrn, vor allem an die Tochter Amelia angeschlossen. Als Miss Amelia im April des Jahres 1877 mit Mr. Robert Fortescue verheiratet wurde, habe ich auf Wunsch meines Dienstherrn seinen Haushalt verlassen und im Haushalt seines Schwiegersohns die Stellung des Butlers angetreten. In dieser Stellung habe ich bis zum November 1890 im Haushalt der Familie gelebt.

In meiner Rolle als Butler konnte es mir nicht entgehen, dass Mr. Fortescue seine Frau und seinen Sohn weit über das gemeinhin übliche Maß hinaus durch Züchtigung bestrafte und durch vulgäre Schimpfworte kränkte. Auch war es die Gewohnheit Mr. Fortescues, seine Frau in einer Kammer im Turm seines Hauses einzusperren und ihr tagelang Nahrung zu entziehen. Ich bin Zeuge geworden, wie auf diese Weise die Gesundheit und Lebenskraft von Mrs. Amelia Wentworth-Fortescue Schaden nahmen und begannen, zu schwinden. Aufgrund meiner Stellung sah ich mich nicht berechtigt, dagegen einzuschreiten. Im November des Jahres 1890 wurde ich Zeuge, wie Mr. Fortescue seine bereits stark entkräftete und kranke Frau wiederum mit Schlägen bestrafte. Anlass dieser Bestrafungen war stets, dass Mr. Fortescue seiner Frau vorwarf, ihm mit einem Mann indischer Herkunft die Ehe gebrochen zu haben. Zum Wahrheitsgehalt dieser Vorwürfe habe ich nichts auszusagen. Die Bestrafungen fanden grundsätzlich im Garten des Anwesens statt, da Mr. Fortescue der Ansicht war, seine Frau und sein Sohn müssten wie indische Bedienstete ohne den Schutz des Privaten bestraft werden. Bei der erwähnten Bestrafung im November 1890 kam es dazu, dass Mrs. Amelia das Bewusstsein verlor und binnen einer Stunde verstarb. Zugleich anwesend war ihr Sohn, Master Fergus, zwölf Jahre alt.

Da ich mich durch die Ereignisse, die ich während meiner Tätigkeit im Haushalt von Mr. Fortescue miterleben musste, in meinem Gleichgewicht angegriffen fühlte, war ich entschlossen, meine Stellung zu kündigen. Mein früherer Dienstherr, Mr. Wentworth, bat mich jedoch, tageweise im Dienst der Fortescues zu verbleiben. Als Entschädigung bot er mir ein Cottage am Barnes Court, das ich bis heute bewohne. Mit Mr. Robert Fortescues Einverständnis wurde das Arrangement getroffen, dass ich jeweils freitags nach den

Kindern sehen und Belange des Haushalts regeln sollte. Dieses Arrangement ist auch nach dem Tod Mr. Robert Fortescues im November 1898 beibehalten worden.

Zu Ihrer Frage bezüglich des angeblichen Beweismaterials habe ich auszusagen, dass ich dieses Material – ein paar Briefe und ein Tagebuch – aus freien Stücken unterdrückt habe, da es mir zum Schutz der Familie angeraten schien. Ich bin in keiner Weise von meinem jetzigen Dienstherrn, Mr. Fergus Fortescue, dazu aufgefordert worden.

Bezüglich des Todes von Mr. Robert Fortescue habe ich auszusagen, dass, wer immer für dessen Tod verantwortlich ist, dazu getrieben wurde, da Mr. Robert Fortescue ein verderbter und boshafter Mensch gewesen ist, dem es Befriedigung bereitete, die Mitglieder seiner Familie Schikanen auszusetzen.

Bezüglich des Verschwindens des Hausmädchens Alice Metcalfe und des Logiergastes Miss Della Lascelles habe ich nichts auszusagen, da mir über den Verbleib dieser Personen nichts bekannt ist. Bekannt ist mir allerdings, dass beide dem Alkohol zusprachen und sich des Öfteren bei Nacht im ungesicherten Gartengelände aufhielten. Es scheint mir daher naheliegend, dass eine von ihnen oder beide bei einem Sturz über die als Dinah Ridge *bekannte Felskante zu Tode kamen. Des Weiteren wünsche ich auszusagen, dass die Vermutung, mein Dienstherr, Mr. Fergus Fortescue, habe diese Personen aus Eifersucht getötet, haltlos ist, da mein Dienstherr mit keiner in entsprechender Verbindung stand. Zudem hat zwar der Vater meines Dienstherrn aus Eifersucht gehandelt, Mr. Fergus Fortescue ist jedoch von diesem Übel nicht befallen und hat auch die Auflösung seines Verlöbnisses mit Miss Genevieve Micheldever nicht aus Eifersucht betrieben, sondern weil er um die Sicherheit der Dame besorgt war.*

Dass das Vorstehende meinem besten Wissen und Gewissen nach der Wahrheit entspricht und nichts als der Wahrheit, gelobe ich, so wahr mir Gott helfe.«

40

Es war dunkel, und der Schnee reichte ihr über die Knöchel, als Perdita endlich durch den Garten zum Haus lief.

Sie hatten sich wieder gestritten, so laut, dass es im Gebäude zu hören sein musste und Perdita fürchtete, Abigail würde auftauchen, um sie wie neulich gegen Marcus auch gegen Tushar zu verteidigen. Das wollte sie nicht. Ihre Beziehung zu Tushar, selbst wenn sie im Streit endete und im Grunde gar keine Beziehung gewesen war, ging niemanden etwas an.

Er müsse sich irren, hatte sie ihm bestimmt zwanzig Mal erklärt, sie habe mit Amelia bei dem Yoni-Lingam im Garten gestanden, sie habe mit Fergus besprochen, was aus ihr werden sollte. Umso vehementer redete sie gegen die Behauptung, Fergus' Mutter sei gestorben, an, je stärker in ihr selbst Zweifel aufwallten. Irgendwann hatten sie das Thema fallen lassen und sich über anderes gestritten. Weil er sie nicht gehen ließ, weil sie längst nass bis auf die Haut waren und kaum mehr ihre Hände vor Augen sehen konnten, hatte sie ihm schließlich an den Kopf geworfen, er sei auf Fergus eifersüchtig, deshalb betrage er sich wie ein Idiot.

»Aber nicht doch«, versetzte er mit beißendem Unterton. »Wie kann der indische Kuli sich anmaßen, sein lüsternes

Auge auf die weiße Lady zu lenken? Man sollte ihn grün und blau prügeln. Schon für seine verderbten Gedanken.«

»Um Himmels willen, Tushar, hör auf mit dem Unsinn.« Perdita hatte zu spüren geglaubt, wie die Nerven in ihrem Körper flatterten. »Dafür ist jetzt wirklich der falsche Moment.«

»Da gebe ich dir recht«, hatte er plötzlich losgeschrien. »Ob ich eifersüchtig bin oder nicht, spielt keine Rolle, hier geht es um deine Sicherheit, du uneinsichtiges Kind!«

»Ich lasse mich von dir nicht beleidigen«, schrie sie zurück. »Und auch nicht herumkommandieren. Nimm deine Finger von meinem Pferd und mach, dass du wegkommst. Dies hier ist immer noch Fergus' Land. Unser Land. Und du hast recht: Dein Benehmen ist anmaßend, wir haben nichts miteinander zu tun.«

Es war inzwischen dunkel, der Mond verborgen oder noch nicht aufgezogen, und doch sah sie das Zucken in seinem Gesicht und wusste, dass sie ihn getroffen hatte. »Also bitte«, sagte er, ließ die Zügel des Schimmels los und vollführte eine übertriebene Verneigung. »Man soll ja niemanden hindern, sein *Dharma* zu erfüllen, nicht einmal, wenn er es sich selbst auferlegt hat.«

»*Dharma* – was ist das denn schon wieder?«, rutschte es Perdita unnötigerweise heraus.

»Der Platz, an den wir gestellt sind«, antwortete er wegwerfend. »Das kommt selbst euch englischen Ladys bekannt vor, oder? Das Instrument, mit dem wir alle dort gehalten werden, wo wir stehen oder liegen, die Armen in der Gosse, die Farbigen in den Sielen und die Frauen, ob arm und farbig oder reich und weiß, in blinder Unterwerfung zu einem Mann.«

Damit hatte er sich umgedreht und war in der Schwärze verschwunden, und etwa drei Atemzüge lang hatte Perdita

Erleichterung verspürt. Dann aber, während sie mit dem Pferd über die schneebedeckte Wiese stapfte, fühlte sie sich plötzlich, als gäbe es auf der Welt keinen zweiten so einsamen Menschen wie sie. Sie hoffte, Zach im Stall anzutreffen und ihm den Schimmel übergeben zu können, doch er war nirgends zu sehen. Also sattelte sie das Tier selbst ab, fand im Dunkeln Stroh, um es trocken zu reiben, und sprach beruhigend auf es ein, bis das Weiße in seinen Augen nicht länger zu sehen war und es sich über seine Raufe hermachte. Für gewöhnlich half ihr das, auch sich selbst zu beruhigen. Heute aber hörte ihr Herz nicht auf, bis in ihre Kehle zu rasen, und die Schauder, die ihr über den Rücken jagten, stammten nicht nur daher, dass sie erbärmlich fror.

Sie ließ die Stalltüren offen, wie die Pferde es gewohnt waren, und rannte endlich hinüber zum Haus. Halb hoffte sie, Stimmen zu hören, die ein Stück Normalität vermittelten, ein Gespräch über die Dinge, die gepackt werden mussten, eine Frage, ein ermutigendes Wort. Zudem erwartete sie wenigstens das ewige Kerzenlicht, doch das Haus lag in Schwärze und völligem Schweigen. Nur die alten Balken knackten, der Wind pfiff durch Schächte und der Schnee klopfte kaum hörbar an die Scheiben, die in ihren Rahmen klirrten.

»Fergus!«, rief Perdita und erschrak vor der Verzweiflung in ihrem Schrei. Im selben Herzschlag fiel ihr ein, dass Ratri nicht im Stall gewesen war. Bei dem Wetter würde sie kaum ihre Kreise über die Wiese ziehen, also war Fergus noch nicht nach Hause gekommen. Hatte er sich in seiner Einschätzung der Polizeibeamten getäuscht, hatten sie ihn doch dort behalten, womöglich auf der Stelle verhaftet?

»Abigail!«, schrie sie in wachsender Panik, »Falguni, Erin!«

Von drinnen kam keine Antwort, nur ein schwacher Widerhall. Perdita musste sich zwingen, tiefer in das Haus einzudringen. Es schien auf einmal ein eigenes Leben zu besitzen, einen Schlund, der darauf lauerte, sie einzusaugen, und sie nicht wieder freigeben würde. *Sei keine alberne Gans*, beschwor sie sich, lief rasch in die Halle und erschrak bei jedem ihrer Schritte. Von Abigail und Erin, die vorhin hier gepackt hatten, fand sich keine Spur. Perdita rief noch einmal ihre Namen, eilte von einem Ende der Halle zur anderen, doch von nirgendwo kam Antwort. Waren sie womöglich ohne sie abgereist? Aber die Pferde und der Karren waren doch noch da, und gleich darauf entdeckte sie auch das Gepäck, das halb gepackt bei der Treppe stand.

Das Haus war riesig. Wenn Abigail in ihrem Turmzimmer war, würde sie das Rufen nicht hören. Die Courage, dort hinaufzusteigen, konnte Perdita jedoch nicht aufbringen, so sehr sie sich bemühte. Stattdessen kam ihr eine andere Idee: Sie würde im Garten nach Amelia suchen, die vermutlich bemüht war, ihren Safran vor dem Schnee zu schützen.

Sie holte aus einem der Erker eine Kerze, tastete nach Zündhölzern, um sie anzuzünden, und rannte los, durchquerte den Gang mit dem Porträt, dem Abigail das Haar schwarz gemalt hatte, und stürmte durch die Loggia, heilfroh, der Finsternis des Hauses zu entkommen. Draußen, wo der Schnee fiel und und die weißen Gipfel auf dem Dach der Welt zu erahnen waren, würden ihre Nerven und ihr Herz sich beruhigen, würde ihr einfallen, was zu tun war.

Eine Hand um die Kerzenflamme gekrümmt, eilte sie bereits durch die Arkade, als ihr einfiel, was Tushar gesagt hatte. Amelia war tot. Die Frau, die sie suchte, war seit zwanzig Jahren nicht mehr am Leben. Es war nicht möglich. Erst am Morgen hatte sie mit Abigail über Amelia gesprochen, und alle konnten schließlich nicht verrückt sein. An der Stelle, wo das Mosaik mit dem Meißel beschädigt worden war, wollte sie vorbeilaufen, doch wie unter Zwang stockte ihr der Schritt. Zögerlich drehte sie den Kopf und sah im flackernden Kerzenlicht die Schrift. Unter den nassen Kleidern brach ihr der Schweiß aus. Einen Schlag lang stand ihr Herz still und begann dann, wie zum Zerspringen zu trommeln:

Dinah
Prudence
Alice
Genevieve
Della
Perdita

Ihr eigener Name war der Einzige, hinter dem kein Kreuz des Todes vermerkt war. Wie gebannt starrte sie auf die frisch eingemeißelten Buchstaben, dann auf das Häuflein zerschlagener Mosaiksteine am Boden. Ein Windstoß blies ihre Kerze aus. Von Entsetzen gejagt ließ Perdita sie fallen und rannte aus dem Säulengang hinaus in den Garten.

Noch immer fiel Schnee, doch das Gestöber war nicht mehr so dicht. Am Ende des Gartens, beim Yoni-Lingam, wo die Rhododendron-Bäume vom Wind gebeutelt wurden, glaubte sie, eine weiß gekleidete Gestalt auszumachen. Amelia. Also waren sie doch nicht alle verrückt, sondern Tushar hatte ihr aus irgendeinem Grund die Unwahrheit gesagt. Sie rannte durch den Schnee, versuchte Amelias Namen zu rufen, doch aus ihrer Kehle kam nur ein Krächzen, das der Sturm verschluckte. Sie lief noch schneller, drohte mehrmals auszugleiten, und fiel erst in Schritt, als sie keine Luft mehr bekam.

Von Amelia war sie nur noch wenige Schritte entfernt. Sie stand heute weiter vorn, hinter dem Yoni-Lingam, wo kein Safran mehr wuchs. Etwas an ihrer Haltung war seltsam, der Rücken und die Schultern, und als Perdita noch näher kam, erkannte sie, dass sie statt des durchscheinenden Kleides einen weißen Herrenanzug aus Leinen trug.

Perdita fiel wieder ins Rennen. »Amelia«, krächzte sie und streckte die Hand aus. Im selben Augenblick sah sie, wo die weiß glitzernde Decke des Schnees endete und die gähnende Schwärze des Abgrunds begann. Fergus' Mutter stand keine zwei Schritte von der Kante des Felsens entfernt. Sie drehte sich um – und war keine Frau, sondern ein Mann.

Er hatte helles Haar zu schwammigen Zügen, die Augen zusammengekniffen, das Gesicht verzerrt von maßlosem Zorn. In der Rechten hielt er einen Gehstock mit einem metallenen Knauf, wie Calebs Vater einen besaß, schwang ihn in die Höhe und holte über seinen Kopf hinweg aus.

Robert Fortescue.

Die Dunkelheit half der Täuschung ebenso wie der Schrecken, doch der Schnee erhellte die Nacht. Mit dem nächsten Atemzug erkannte Perdita, wie klein und zierlich der Mann war und dass das verzerrte Gesicht zu einer Maske, das helle Haar zu einer Perücke gehörte.

»Abigail!«, schrie sie.

Abigail schwang den Stock und sprang auf sie zu. »Ich habe gedacht, dir ist es ernst mit uns«, zischte sie, »du wolltest Fergus' Frau und meine Freundin sein. Aber du betrügst uns. Wie die anderen. Und dafür stirbst du wie sie.«

Ehe der Metallknauf niedersauste, gelang es Perdita, zur Seite zu springen. Jetzt stand sie noch näher an der Kante, von der mehr Gefahr ausging als von jedem Schlag. »Abigail, komm doch zu dir!«, rief sie. »Mir ist es ernst mit euch, ich betrüge euch nicht. Ich bin hier, weil ich mit euch von hier weggehen will.«

»Jetzt bettelst du. Wie die anderen.« Abigail hob den Stock von Neuem. »Die haben auch versucht, mich einzulullen, aber ich traue keiner von euch. Mein Bruder hat nicht erlaubt, dass mein Vater mir wehtut, und ich erlaube nicht, dass ihr ihm wehtut. Er hat für mich getötet. Ich töte für ihn.«

Perdita zitterte zum Gotterbarmen, an ihrem Körper hingen die durchnässten Kleider wie Klumpen und ihre Beine ließen sich nicht mehr bewegen. Als wäre das nicht genug, begriff sie in eben diesem Augenblick, was sie nicht hatte glauben wollen: Della war tot. Sie hatte vermutlich mit Marcus Micheldever herumgetändelt, wie es ihre Art war, wie sie es mit allen Menschen getan hatte, weil sie Menschen gemocht hatte. Abigail hatte sie beobachtet, wie sie zweifellos heute Perdita mit Tushar beobachtet hatte, sie hatte geglaubt, Della würde ihren Bruder betrügen, hatte sich als ihr Vater verkleidet und sie umgebracht.

Dabei war Della in ihren Bruder verliebt gewesen, und der hatte sie nicht einmal gewollt.

Jäh glaubte Perdita zwischen den Schneewehen, die der Wind über die Schlucht trieb, Della sich drehen zu sehen, wie sie sich an ihrem letzten Geburtstag gedreht hatte, dass die Trompetenlilie ihres Rockes um sie flog. In ihrer kleinen Faust, mit der sie winkte, hielt sie den bunten Harlekin, der so viele Abenteuer mit ihr bestanden hatte. Titipo.

Guten Morgen, Geburtstagskind.

Guten Morgen, Geburtstagskind, mein verrücktes weißes Kaninchen.

Dann verschwand Della. Sie schrie nicht, wie sie wochenlang durch Perditas Träume geschrien hatte: *Hilf mir doch, Perdi, hilf mir, hilf mir,* sondern löste sich mit einem kleinen Lächeln und einem Winken mit dem Harlekin auf.

Die Traurigkeit war ein Sumpf, der den Rest von Perditas Kraft verschlang, und doch musste sie auf etwas sinnen, um ihr Leben zu retten. »Was hat dein Vater mit dir gemacht, Abigail?«, versuchte sie, die andere in ein Gespräch zu verwickeln, doch die Antwort kannte sie längst selbst: In Abigails Augen sah sie denselben erloschenen Ausdruck, den sie bei Aishwarya und Erin wahrgenommen hatte. Robert Fortescue hatte seine Frau und seinen Stiefsohn geprügelt, wie britische Herren ihre indischen Dienstboten prügelten. An seiner Stieftochter hatte er sich vergangen, wie es jene Herren mit Mischlingsfrauen taten, die sie als wertloses Freiwild betrachteten. Teile fielen an ihre Plätze, und das Puzzle ergab ein Bild: Fergus, der nicht töten konnte, hatte den Mann, der als sein Vater galt, über seiner Schwester gesehen, und hatte geglaubt, keine Wahl zu haben.

Abigail hatte darüber den Verstand verloren und hielt ihre beiden Eltern am Leben: Zur Mutter wurde sie, sooft sie glaubte, für die Familie eine Freundin zu gewinnen, zum Vater, sooft es ans Töten ging.

Abigail schwang den Stock. »Er hat mir wehgetan«, sagte sie. »So wie du Fergus wehtust, wie ihr alle uns wehtut, weil wir für euch keine Menschen sind. Weil ihr glaubt, dass wir keinen Wert haben, kein Herz und kein Gefühl.«

»Nein, Abigail! So ist es nicht!«

Ihr Ruf kam zu spät. Mit einem schaurigen Jammerlaut und erhobenem Stock sprang Abigail auf sie los. Perdita wollte noch einmal zur Seite weichen, glitt jedoch aus und stürzte in den Schnee. Für Augenblicke sah sie nichts als Schwarz und Weiß und war sicher, in die Schlucht zu stürzen, in der Della begraben lag. Dann aber gelang es ihr, die Augen aufzureißen und den Schatten auszumachen, der über sie hinwegschoss. Nicht sie, sondern Abigail, die beim Schlag ins Leere den Halt verloren hatte, stürzte in den Tod. Ein Schrei, der das Mark der Erde erschüttern musste, zerriss die Nacht.

Etwas in Perditas Hirn wusste noch, dass sie im Schnee nicht liegen bleiben durfte, dass sie sich aufrappeln und ins Haus schleppen musste, wenn sie nicht erfrieren wollte, doch ihr Körper war ein leerer Sack, eine Hülle ohne Kraft. Aus ihren Augen strömten Tränen, wie um nie mehr aufzuhören.

Der Teil ihres Hirns, der den kraftlosen Körper in die Höhe zwingen wollte, der es immer dringlicher wollte und in neue Panik geriet, wusste noch etwas: Es war keine Frau, die geschrien hatte, und aus der Schlucht kam kein Echo. Es war ein Mann, und er stand hinter ihr.

»Abigail. Mein Milanmädchen.«

Sie zwang sich, den Kopf zu drehen, was schmerzte, als hätte sie sich verletzt, und sah in Fergus' Gesicht. Es war totenbleich und gegen die schneeerfüllte Nacht so schön, dass es im Herzen wehtat.

»Ich kam aus dem Krieg, vom Tirah-Feldzug, ich hatte gehofft, er hätte damit aufgehört«, murmelte er.

»Dein Vater, Fergus? Er hat das mit Abigail nicht nur einmal getan?«

»Ihr Leben lang«, sprach Fergus weiter. »Ich habe ihm gesagt, wenn er sie wieder anrührt, bringe ich ihn um. Ich habe ihn umbringen müssen. Und dich auch, Perdita.«

Er ging in die Hocke, legte ihr das königsblaue Tuch aus der Wolle der Kaschmirziege um, das sie irgendwo verloren haben musste, und zog es fest, als wolle er sie vor der Kälte schützen. »Ich liebe dich«, sagte er. »So wie ich Genevieve geliebt habe. Ich habe Genevieve aus dem Haus gejagt, um sie zu schützen, und Abigail erzählt, sie sei umgekommen. Ich hätte auch dich gern geschützt. Aber du hast Abigail wehgetan. Wer Abigail wehtut, den muss ich töten.«

Nein, nein, nein, wollte sie rufen, wollte ihm erklären, dass Abigails Tod ein Unfall gewesen war, aber ihre Kehle war gefroren und gab kein Wort frei. Sie wollte sich an seinen Schultern festkrallen, wie sie es im Rausch ihrer Liebe getan hatte, doch er ergriff ihre Hände und streifte sie geradezu sanft von sich ab. Perdita kämpfte, um den Kopf zu heben, und sah durch den Schneefall, über die Schlucht hinweg die weißen Gipfel der Berge. Das Dach der Welt.

»Fergus!«

Er schoss herum, und auch Perdita gelang es, trotz der schmerzenden Schulter den Kopf zu drehen. Niemals zuvor hatte sie ein menschliches Geschöpf in solcher Geschwindigkeit über ein Stück Land rasen sehen. »Fergus, das willst du nicht tun. Du bist nur toll vor Schmerz.« Das letzte Stück warf er sich, erwischte Fergus an der Schulter und riss ihn zurück. Perdita sah die kleine Gestalt, die ihm hinterdreintrippelte.

»Falguni hat mich geholt«, sagte Tushar. »Ich Idiot hätte bleiben sollen. Komm, Fergus. Bringen wir Perdita ins Haus. Dein Menetekel hast du befreit, und die *Imperial Police* wird sich hüten, in den nächsten Wochen hier heraufzukommen.«

»Und bis zum Frühling wächst Gras«, sagte Fergus traurig. »Das tut es ja immer. Lass mich los, Tushar.«

Einen Herzschlag lang zögerte Tushar, dann ließ er Fergus' Schulter los und bemühte sich stattdessen, Perdita auf die Füße zu helfen. Jede Berührung tat höllisch weh. Sie musste sich tatsächlich bei dem Sturz verletzt haben.

Fergus stand auf. »Prudence und Dinah Sedgewick sind da unten zusammen«, sagte er. »Der Legende zufolge hat mein Urgroßvater, der Major, Prudence verraten, dass sich Dinah hier mit dem Raja treffen wollte. Prudence fand nur Dinah, sie sind ins Raufen geraten und gemeinsam in die Tiefe gestürzt. Della liegt dort unten ohne ihre Schwester. Aber meine Schwester hatte Angst davor, allein zu sein.«

Er drehte sich nicht nach ihnen um, sondern richtete den Blick auf die Berge, die *Hima laya,* Wohnort des Schnees, hießen. Zwei Schritte weit hinterließ er im Schnee seine Spuren. Der dritte führte ihn über den Rand.

41

Clarice Elston
Liverpool

Miss Perdita Lascelles
Shimla

Liebe Miss Lascelles!

Da meine Einschiffung nach Veracruz unmittelbar bevorsteht und ein Brief aus Mexiko bis ins indische Bergland sicher Monate braucht, mache ich mich in aller Eile endlich daran, Ihnen zu schreiben. Die letzten Wochen sind für mich in großer Aufregung verstrichen, da es mir gelungen ist, bei einem Exporthandel in Mexiko City einen Posten als Stenotypistin zu ergattern. Um die Gelegenheit nicht zu verpassen, habe ich ohne Verzug meine Abreise organisieren müssen und kam nicht mehr dazu, Ihren Brief zu beantworten.

Nun aber will ich es tun, vor allem, um Ihr Gewissen bezüglich des Geldes, das ich Ihnen auf dem Bahnhof von Faversham gab, zu beruhigen. Es war gern gegeben. Ihre Schwester Della war eine äußerst liebenswerte junge Dame, die jeden Menschen für einen solchen ansah, und es tut mir in der Seele weh, dass Sie sie nicht gefunden haben und womöglich auch nicht finden werden. Ihr offenes Herz, mit dem sie in mir nicht das Hausmädchen, die Kreatur aus niederen Kreisen, sondern eine Frau mit Neigungen und Talenten sah, hat mich ermutigt, an mich zu glauben, und ohne das wäre ich heute nicht auf dem Weg nach Mexiko. So schien es mir nur recht und billig, Della zu helfen, zu ihrer Familie, ihrer Schwester zurückzukehren, wie sie es sich so sehr wünschte. Noch immer hoffe ich, dass Sie beide sich eines Tages wiederfinden und sich dann nicht noch einmal trennen lassen.

Da meine Abreise nach Mexiko aber unverhofft dringlich wurde, habe ich mir gestattet, das Geld für meine Passage und die Weiterreise nach Veracruz von Ihrem Vater zu entwenden. Sie könnten dies als gemeinen Diebstahl werten und mich anzeigen, nur kämen Sie damit zu spät. Sie könnten aber auch zu der Ansicht gelangen, dass ich mir nahm, was mir rechtmäßig zustand, da ich ja Ihnen Geld für Ihre Reise vorstreckte, und Ihr Vater Geld in Verwahrung hatte, das Ihnen gehörte. Wenn Sie es so betrachten, haben Sie mein Geld nun zurückgezahlt und von dem, was Ihre Mutter Ihnen zugedacht hat, zumindest einen kleinen Teil erhalten.

Zum Zweiten übersende ich Ihnen meine Adresse in Mexiko City für den Fall, dass Della oder Sie selbst davon Gebrauch machen wollen. Mexiko City ist eine große Stadt, die beständig wächst, in der alles im Aufbruch ist. Was in der alten Welt unmöglich ist, mag dort kaum jemand bemerken. Wo dringend Menschen nötig sind, die etwas aufbauen, kann wohl kaum lange gefragt werden, in welche Klasse sie hineingeboren sind, welche Farbe ihre Haut hat, ja sogar welches Geschlecht sie haben und wen sie lieben. Sollte Ihnen das einen Versuch wert sein, so wären Sie mir willkommen.

Ich wünsche Ihnen und Della das Beste.

Ihre Clarice Elston

42

Sie würde hierbleiben müssen, bis der Schnee schmolz.

Tushar hatte zwei der Mädchen eingeteilt, die ihm am Morgen halfen, Perditas Gepäck aus *Fair Sisters* ins Schulhaus zu bringen. Perdita selbst konnte kaum etwas tragen. Sie hatte sich beim Sturz die Schulter verrenkt. Tushar zufolge würde sie mindestens eine Woche lang höllische Schmerzen haben. Durch Schneegestöber zogen sie durch den Wald und erreichten durchgefroren das Gebäude, das sich bei diesen Temperaturen nicht ausreichend heizen ließ.

»Wir haben aber Decken«, versprach Tushar. »Jede Menge. Du wirst nicht frieren und auch keinen Hunger leiden.«

Er hatte ihr eine karge Zelle mit gefliestem Boden und einem metallenen Bettrahmen aufgeschlossen und schleppte noch eine Matratze, Betttücher, eine Waschschüssel und eine Lampe herbei. Perdita fühlte sich krank. Er half ihr, sich hinzulegen, arrangierte Kissen um ihre verletzte Schulter und breitete Wolldecken über ihren zitternden Körper. »Das *Clarke's* ist es nicht. Aber du bist hier ungestört, kannst für dich sein, wenn du keinen von uns sehen willst.«

»Danke, Tushar.« Sie hob die Hand, um seinen Eifer zu bremsen. »Ich komme zurecht. Das Zimmer ist genau richtig.«

Er legte seine Hand auf ihren Arm und zog sie wieder weg.

Sie blickten beide in dieselbe Richtung, aus dem kleinen, vergitterten Fenster ins tosende Treiben des Schnees. »Es wird eine Weile dauern, bis du daran denken kannst, ins Tal zu gehen. Vielleicht Monate. Macht es dir viel aus?«

Perdita schüttelte den Kopf. »Wenn ich euch hier noch auf der Tasche liegen darf, bin ich dem Schnee dankbar, dass ich noch nicht entscheiden muss, was aus mir wird. Ich muss nicht einmal meinem Vater schreiben, dass Della gestorben ist, solange die Post nicht durchkommt. Allzu eilig, von ihr zu hören, hat er es ja nie gehabt.«

»Lieg uns auf der Tasche, solange du willst. Wir haben dich gern hier, Perdita.«

In der Nacht zuvor hatte sie mit Falguni im Haus *Fair Sisters* warten müssen, während Tushar die Polizei holte. Falguni, der sie ihr Leben verdankte, hatte nicht mit ihr gesprochen, aber ihr Handtücher gebracht und eine Art Tee aus Kurkuma gebraut. Und sie hatte noch etwas getan, das sie in Perditas Augen geradezu zu einer Zauberin machte: Sie war in einen Winkel des Eckzimmers getreten, hatte einen Schalter betätigt – und Gaslicht eingeschaltet.

Lange nach Mitternacht war Tushar mit drei Polizisten gekommen, die ihn behandelten wie einen Lakaien, zu Perdita jedoch mitfühlend und rücksichtsvoll waren. Nachdem sie ihre Sicht der Ereignisse geschildert hatte, entließen sie sie und zogen ab. Tushar hatte darauf bestanden, dass sie sich hinlegte, und zu ihrem Erstaunen hatte sie schlafen können. Als sie mit dröhnenden Kopfschmerzen, einer pochenden Schulter und einer Kehle wie ein Reibeisen erwachte, war er mit den Mädchen bereits im Haus gewesen, um sie abzuholen.

Jetzt stand er unschlüssig bei ihrem Bett, offenbar im Begriff zu gehen und doch noch nicht dazu bereit.

»Ich muss dir etwas sagen«, sagte Perdita. »Ich bin keine

Physikerin. Ich bin gar nichts und weiß auch nichts, ich hatte nicht mehr als ein wenig Unterricht bei Hauslehrern.«

Zu ihrer Erleichterung schien ihn das nicht aus der Fassung zu bringen. »Dem Weltbild meiner Kultur entsprechend könnte ich dir sagen: Was immer du deiner Bestimmung, deinem *Dharma* nach, sein sollst, bist du schon jetzt und hast es zu bleiben, wenn du dein *Karma* nicht verschlechtern willst«, erklärte er. »Dem Weltbild entsprechend, dem ich selbst zu folgen versuche, sage ich dir: Nur, was du noch nicht bist, kannst du werden.«

»Glaubst du das wirklich? Dass aus mir irgendetwas werden kann? Ich fühle mich so leer. So dumm. So, als hätte ich bisher nichts als Fehler gemacht.«

»So lernen Elefanten laufen.«

Jedem ihrer Gefühle zum Trotz musste Perdita lachen. »Tushar, wenn du jemals einer Frau ein Kompliment machen willst, musst du noch lange üben.«

»Ich mache dir ein Kompliment. Ich übe nicht.«

Unter dem Stoß der Decken wurde Perdita warm.

Er zog einen Brief unter der Jacke hervor und warf ihn ihr aufs Bett. »Hier. Das ist bei den Micheldevers für dich angekommen. Ich habe deinen Onkel heute Morgen getroffen.«

Der Umschlag war nass geworden, die Stempel verschmiert, doch das Wort *Liverpool* als Ort der Aufgabe ließ sich noch entziffern. Unschlüssig starrte sie auf die zerlaufene Tinte.

»Warum machst du ihn nicht auf?«, fragte Tushar. »Wenn du an das Zusammenspiel von *Dharma, Karma* und *Samsara* glauben würdest, hieltest du es zumindest für möglich, dass in dem Brief die Lösung steckt, die dir bestimmt ist.«

Sie blickte vom Brief zu ihm auf. »Glaubst du nicht daran?«

Er zuckte mit den Schultern. »Ich weiß es nicht. Sicher ist

ja dieser Glaube in mich eingegraben, und vielleicht werde ich am Ende meines Lebens erkennen, dass es falsch war, gegen meine Bestimmung zu kämpfen. Aber am Anfang? Ich will mich von solchem Glauben nicht zurückhalten lassen, und ich bin Falguni unendlich dankbar dafür, dass sie gestern Nacht allen Glauben an die Unveränderlichkeit von Schicksal hinter sich gelassen und Hilfe geholt hat.«

»Ich auch. Und ich wünschte …« Sie brach ab, brachte das, was sie quälte, nicht über die Lippen: Sie wünschte, es hätte auch für Fergus Hilfe gegeben, er hätte den Kampf um sein Leben, den er mit bald übermenschlicher Kraft geführt hatte, nicht verloren.

»Ich weiß«, gab Tushar auf etwas Antwort, das sie nicht gesagt hatte. »Ich wünsche mir ja dasselbe, und ich werde nicht aufhören, mir derlei zu wünschen, statt mich in ein Schicksal zu fügen. Ich will nicht glauben, dass Missstände da sind, weil eine Macht, der Anbetung gebührt, es so will. Ich will dagegen kämpfen.«

Sein Rücken straffte sich, und flüchtig sah er aus, als könnte er in eine Zukunft sehen, von der Perdita noch nicht einmal sicher war, dass es sie gab. »Ich verstehe, was du meinst, Tushar«, sagte sie. »Und ich denke, ich will es auch.«

Er wandte sich ihr zu, in seinem Gesicht auf einmal Zweifel und Scheu. »Wenn ich mir wünschen würde, dass du hierbleibst, müsste ich akzeptieren, dass du Nein sagst, aber nicht, dass jemand mir einredet, dein *Dharma* habe es dir anders bestimmt.«

»Wünschst du dir, dass ich hierbleibe?«

Er nahm die Brille ab, rieb sich die Augen, sah sie wieder an. »Ein Teil von mir wünscht sich das«, sagte er. »Aber der andere fragt sich, was du auf Dauer hier für Möglichkeiten hättest. Was ich auf Dauer hier für Möglichkeiten habe. Und was wir beide für Möglichkeiten hätten, wenn wir …«

»Wenn wir?«

»Wenn wir uns entscheiden würden, das, was uns noch bevorsteht, zusammen anzugehen. Nicht weil es uns bestimmt ist. Sondern weil wir es wollen. Ich würde mir dann nicht einreden lassen, dass uns unser *Dharma* verbietet, anderswo hinzugehen, wo unsere Chancen, das Leben zu führen, das wir uns wünschen, größer sind.«

Sie schwiegen lange, sahen einander nur an und hörten dem Wind zu, der am Fenster rüttelte. »Ich gehe jetzt Ojasavi mit dem Lunch helfen und lasse dich deinen Brief lesen«, sagte er schließlich und wandte sich zur Tür.

»Tushar«, rief sie ihn zurück, als er die Hand nach der Messingklinke, die auch die Türen auf *Lascelles Manor* besessen hatten, streckte.

Er drehte sich um.

»Es ist warm hier«, sagte sie. »Lebendig. Es tut mir gut und ich bin sicher, dass es den Mädchen gut tut. Dass sie hier stark werden und eine Chance haben.«

Über sein Gesicht strich ein Lächeln. »Nicht alle. Aber die meisten, hoffe ich. Danke.«

»Ich glaube, ich würde gern eine Zeit lang bleiben. In Shimla. In der Schule. Und auch bei dir. Selbst wenn der Schnee schmilzt und auch wenn ich über die Zukunft nichts entscheiden kann.«

»Warst du einmal oben, bei Hanumans Tempel?«, fragte er.

Perdita schüttelte den Kopf.

»Dann warst du eigentlich noch gar nicht in Shimla.« Wieder strich das Lächeln über seine Züge, und dieses Mal blieb es liegen. »Sobald der Schnee weg ist, gehe ich mit dir hin. Wer weiß – wenn wir selbst keine Ahnung haben, was wir wollen, vielleicht reißt ja der alte Hanuman sich die Brust auf und zeigt es uns.«

Glossar

Beecham's Pills. 1842 erstmals angebotenes Präparat, das angeblich gegen jegliche Art von Übelkeit, Leberkrankheiten, Frauenleiden und vieles mehr wirkte.

Bhatura chana. Kleines, häufig im Straßenverkauf angebotenes oder zum Frühstück verzehrtes Gericht der Region um Shimla, bestehend aus flachem, frittiertem Weizenbrot und scharf gewürzten weißen Kichererbsen.

Burenkrieg. Obwohl es zwei Konflikte dieses Namens gab, wird mit dem Begriff meist der zweite Burenkrieg oder südafrikanische Krieg bezeichnet, der von 1899–1902 zwischen dem britischen Empire und den beiden Burenrepubliken ausgetragen wurde. Großbritannien ging es um die an Bodenschätzen reichen Kolonien. Der mit äußerster Grausamkeit – auch gegen die Zivilbevölkerung der Buren und die nicht-europäischen Einwohner – geführte Krieg endete mit einem Sieg Großbritanniens und der Eingliederung der Burenrepubliken in das britische Weltreich.

Chandra. Sanskrit und Hindu für Mond. Der Mondgott, der sich in Tara, die Frau des Gottes Brihaspati verliebt und damit einen Krieg unter den Sternen auslöst. Als die übrigen Götter einschreiten und fordern, dass er Tara ihrem Gatten zurückgibt, verfolgt er in seiner unerfüllten Lust 27 Schwestern, heiratet sie alle, liebt aber nur Rohini, was deren Schwester Revathi in Eifersucht entbrennen lässt.

Chaupar. Vermutlich seit dem 4. Jahrhundert verbreitetes indisches Brettspiel, das als höfisch galt und auf einem kreuzförmigen Spielplan bis heute gespielt wird. Eine vereinfachte Variante ist das Volksspiel *Parchesi.*

Childermas. Auch *Day of the Innocent.* In der Anglikanischen Kirche begangener Feiertag, an dem des Kindermordes des Herodes gedacht wird. Seit dem Mittelalter mit zahlreichen abergläubischen Bräuchen verbunden, so der Überzeugung, dass etwas an diesem Tag begonnenes ein böses Ende nehmen müsse und eine geschlossene Ehe nicht glücklich werden könnte.

Clarke's. 1989 etabliertes und bis heute bestehendes Hotel in Shimla, das für seinen einzigartigen Blick berühmt ist.

Coatts & Co. Englisches Bankhaus, begründet 1692, siebentälteste noch bestehende Bank. 1881 sorgte Angela Burdett-Coatts, die Eigentümerin und reichste Frau des Königreichs, für einen Skandal, indem sie ihren 37-jährigen amerikanischen Sekretär heiratete. Ihre Schwester und ihr Mann versuchten daraufhin, ihr die Bank zu entziehen, was jedoch nicht gelang. Zwar musste Angela Coatts die Schwester als Erbin einsetzen, das Einkommen verblieb jedoch bei ihr.

Cockaigne. Englischsprachige – aus dem Lateinischen stammende – Variante des Schlaraffenlandes.

Dal Makhani. Currygericht aus schwarzen Linsen.

Dhania. Koriander.

Dharma. Im Hinduismus das individuelle – zum Teil kosmisch, zum Teil durch soziale Umstände begründete – Gesetz, das jeder Mensch zu erfüllen hat. Als *Sanatana-Dharma* auch das ewige Gesetz, das für jeden Menschen gilt.

Drei-Horn-Sattel. Ein Seitsitz-Sattel, der sich Mitte des neunzehnten Jahrhunderts in Europa verbreitete und gerade das Jagdreiten für Damen deutlich sicherer machte. Dabei wurde ein drittes Horn – der *leaping head* – über den Oberschenkel der reitenden Dame gelegt.

Entente cordiale. 1904 geschlossene Reihe von Abkommen zwischen Großbritannien und Frankreich, die die vor allem in den Kolonien begründeten Konflikte beider Länder beilegen und in eine Unterstützung münden sollten, ohne jedoch von bindendem Charakter zu sein.

Epsom. Epsom Downs Racecourse ist eine traditionelle Galopprennbahn in Surrey, wo seit 1661 Rennen ausgetragen werden. Es ist der Austragungsort des berühmten Derbys für Dreijährige.

Erster Sikh-Krieg. Im Winter der Jahre 1845/46 ausgetragener Krieg zwischen der Britischen Ostindien-Kompanie und dem Reich der Sikh auf dem Gebiet des Punjab. Durch den Sieg der Briten, der maßgeblich einem Verrat des Sikh-Heerführers zu verdanken war, kam der bis dahin souveräne Punjab unter britische Herrschaft.

Ganja. Blüten und kleine Blätter der Cannabispflanze. Als Rauschmittel in Tabak oder in der Wasserpfeife *Huka* konsumiert.

Gentry. Landadel (häufig titellos) und gehobenes Bürgertum, die auf traditionelle Weise auf dem englischen Land lebten und immer noch leben. Der Begriff geht auf das 13. Jahrhundert zurück.

Ghee. In der indischen Küche wichtigstes Speisefett, das aus Butter gewonnen wird und kaum noch Wasser, sowie überhaupt kein Milcheiweiß mehr enthält.

Gorkha. Einst ein unabhängiges Teilkönigreich auf dem Gebiet des heutigen Nepal und in Teilen von Indien war bis ins Zwanzigste Jahrhundert der gültige Name Nepals.

Gurkha-Krieg. Kriegerischer Konflikt zwischen dem Königreich Gorkha (Teil des heutigen Nepal) und der britischen Ostindien-Kompanie, der 1814–16 ausgetragen wurde. Der unter David Ochterlony errungene Sieg ließ das Königreich Gorkha zwar unabhängig, stellte aber zahlreiche Fürstentümer im Himalaya – namentlich die Shimla-States unter britisches Protektorat, offiziell unter »Schutz« vor den Gurkhas.

Hanuman. Gottheit des Hinduismus, Sohn des Windgottes, der in Gestalt eines Affen auftritt. Hanuman gilt als der treueste Freund des Gottes Rama/Vishnu und deshalb auch als Verkörperung von Freundschaft und Treue, die er beweist, indem er seine Brust aufreißt und Rama sein Herz zeigt. Da er mit einer Armee von Affensoldaten auftritt, ist der Affe sein heiliges Tier, das aus seinen Tempeln ebenso wenig vertrieben werden darf wie von den Gütern von Menschen. Rund um Shimla haben sich deshalb die großen Rudel von Makaken für die Bauern zu einer regelrechten Plage entwickelt.

Hari Mirch. Grüne Chilis.

ICS. Indian Civil Service. Verwaltung der britischen Kolonialregierung. Die Angehörigen dieses Apparates – auch *heaven born* oder *steel frame* genannt – genossen höchstes Ansehen. Lange waren die Posten, für die ein schwieriges Examen zu bestehen war, allein Briten vorbehalten. Noch 1905 machten Inder knapp 5% aller Beamten des ICS aus und gelangten so gut wie nie in höhere Positionen.

Kalka-Shimla-Railway. Eisenbahnstrecke im Norden Indiens, die im November 1903 eröffnet wurde und die Stadt Kalka mit der mehr als 2000 m höher gelegenen Sommerhauptstadt Shimla im Himalaya verband.

Kamadeva. Hindu-Gott der menschlichen Liebe, reitet auf einem Papagei und ist ausgestattet mit Pfeil und Bogen aus Zuckerrohr. Aus Zorn darüber, dass Kamadeva in ihm Liebe zur schönen Parvati erweckt, verbrennt Shiva den Liebesgott mit seinem dritten Auge. Seither besitzt Kamadeva keinen Körper mehr, stattdessen schwirrt seine Asche durch die Welt und lässt die Menschen in quälender Lust entbrennen.

Landaulet. Vierrädrige, zweispännige Kutsche für nicht mehr als zwei Passagiere und einen Kutscher.

Madir. Hindi für Ort der Anbetung. Tempel.

Maxim-Maschinengewehr. 1885 von dem Briten Hiram Maxim entwickeltes erstes selbstladendes Maschinengewehr.

Menetekel. Von hebräisch *mene mene tekel u-parsin.* Der Legende um König Belsazar aus dem Buch Daniel entnommener Begriff für ein böses Omen, ein »Zeichen an der Wand«, die Prophezeiung eines Unheils, das durch nichts abzuwenden ist.

Modak. Mit Kokos und Rohrzucker gefüllte Süßigkeit aus Reismehl.

Old Father Christmas. Viktorianische (und ältere, von den Puritanern verbotene), zumeist übrigens grün gekleidete Variante des Weihnachtsmannes.

Paneer. Frischer, junger indischer Weißkäse aus Kuhmilch.

P&O. Peninsular and Oriental Steam Navigation Company. 1837 gegründete Londoner Reederei, die zur größten Reederei der Welt aufstieg. Anfang des Zwanzigsten Jahrhunderts kaufte die P&O eine Reihe von Reedereien auf und wurde praktisch zum Synonym-Begriff für Reisen nach Indien, wohin wöchentlich eines ihrer Dampfschiffe unterwegs war.

Pimm's Cup. Punch, Mixgetränk auf Gin-Basis, das traditionell Minze, Orange, Gurke und Erdbeeren – aber auch andere Früchte – enthält und mit Limonade aufgefüllt wird.

Puja. Gebet des Hinduismus.

Punjab. Provinz Britisch-Indiens, die im Norden vom Himalaya begrenzt wurde. Shimla und die Ausläufer des Himalaya gehörten dieser Provinz an, die von einem Gouverneur mit Sitz in Lahore verwaltet wurde. Der Punjab – als seit 1799 bestehendes Reich der Sikh – war der letzte souveräne indische Staat, der erst mit der Niederlage im ersten Sikh-Krieg 1846 diese Souveränität verlor.

Punjab Hill States. Bis 1901 *Shimla Hill States*. Gruppe von in den Ausläufern des Himalaya gelegenen Fürstenstaaten, deren Herrscher überwiegend dem Kriegerstamm der Rajputen entstammen. Trotz gewisser Autonomien unterstanden sie dem zuständigen Kolonialbeamten – dem Deputy Commissioner von Shimla – sowie dem Gouverneur des Punjab in Lahore.

Raj. Das Hindi-Wort *Raj*, das auch als männlicher Vorname verwendet wird, bedeutet Anhören. Es bezeichnet Indien unter der britischen Kolonialherrschaft (zu dem weit mehr als das Gebiet des heutigen Indiens gehörte), die – im engeren Sinne – von 1858 bis 1947 andauerte.

Rajputen. Kriegerischer indischer Stamm, der seit dem frühen Mittelalter zahlreiche Fürstentümer gründete, die sich als Protektorate unter die Vorherrschaft Britisch-Indiens fügen mussten.

Raja. Sanskrit für Herrscher. Indischer Herrschertitel, der zu *Maharaja* = großer Herrscher erweitert werden kann. Die weibliche Form lautet *Rani. Gelegentlich findet sich die Schreibweise Radscha/Maharadscha.*

Ratri. Hindu-Göttin der Nacht.

Sakhi Samiti. Hindi für »Gesellschaft der Freunde«. Organisation, die 1896 von Swarnakumari Devi, der Schwester Rabindranath Tagores, gegründet wurde. Die Organisation sollte mittellose Witwen und Waisen in jeder benötigten Hinsicht helfen, konzentrierte sich jedoch besonders auf die Ausbildung und Arbeitsmöglichkeiten von Frauen.

Samsara. Sanskrit für »ewiges Wandern«. Im hinduistischen Glauben ewiger Zyklus des Lebens, Kreislauf der Wiedergeburten, oft im Lebensrad dargestellt.

Sati. Witwenverbrennung. Auch die zu verbrennende Witwe selbst wurde als *Sati* bezeichnet, was im Sanskrit so etwas wie »gute Frau« bedeutet. Besonders unter den Rajputen war die Verbrennung von Witwen verbreitet, kam jedoch weit weniger häufig vor als gemeinhin angenommen. 1829 wurde die *Sati* in der britischen Kolonie verboten, was jedoch nicht verhinderte, dass sie vor allem in entlegenen Fürstentümern weiter gelegentlich praktiziert wurde.

Sari. Indisches Frauengewand, bei dem ein ca. fünf Meter langes Tuch um den Körper der Trägerin gewickelt wird.

Savile Row. Londoner Einkaufsstraße, in der renommierte Schneidereien angesiedelt waren und noch immer sind.

Scandal Point. Platz in der britischen Oberstadt von Shimla, von wo der Raja eines Staates unter britischer Protektion die Verwandte eines Vizekönigs entführt haben soll. Sehr wahrscheinlich ist ein Hergang, der sich 1897 abgespielt haben könnte, doch laufen in dieser einen Geschichte viele ältere zusammen. Ich habe mich aus dramaturgischen Gründen für einen älteren Ursprung entschieden.

Sepoy. Indische Soldaten der britischen Ostindien-Kompanie und ab 1858 der Britisch-Indischen Armee. Sepoy konnten sich durch Mannschaftsränge hochdienen, die Offiziersränge blieben jedoch ausschließlich Briten vorbehalten. Der sogenannte Sepoy-Aufstand von 1857 setzte der Herrschaft der Ostindien-Kompanie ein Ende, die diese an die Krone übergab.

Sheesham. Staatsbaum des Punjab, der in bis zu 1300 m Höhe vorkommt und bis zu 25 m hoch werden kann. Das im Kern oft goldfarbene Holz des Baumes ist ein beliebtes Edelholz zur Möbelherstellung, das zur Palisanderfamilie gehört und auch indisches Rosenholz genannt wird.

Shimla. Mir ist bewusst, dass die Stadt im Vorgebirge des Himalaya, die die Briten zu ihrer Sommerhauptstadt machten, zu der Zeit, in der mein Roman spielt, unter dem Namen »Simla« bekannt war. Da der moderne Name Shimla jedoch vertrauter ist und zudem stärker den Ursprung – *Shyamala Devi* – erkennen lässt, habe ich mich dafür entschieden, sie so zu nennen. Nicht zuletzt hieß sie so, als ich selbst nach Shimla kam, und wird somit für mich immer so heißen.

Shyamala Devi. Hindu-Gottheit, gehört zu den Reinkarnationen der Göttin Kali. Nach jener Göttin, die unter anderem für Unheil und Zerstörung steht, erhielt die ursprünglich zum nepalesischen Königreich gehörige Stadt Shimla ihren Namen.

Tonga. Ungefederter Pferdekarren.

Varanasi. Heiliger Ort am Ganges. Viele Hindus gehen dorthin, um zu sterben.

Varna. Sanskrit für Farbe. Varna ist ein System zur Klassifizierung der indischen Gesellschaft, das in der Einteilung in vier Kasten (die unter der Kolonialregierung vereinfacht und verschärft wurde) bis heute fortlebt:

Bramahnen – Priester und Gelehrte
Kshatriyas – Fürsten und Krieger
Vaishyas – Händler und Geschäftsleute
Shudras – Handwerker und Tagelöhner

Darunter stehen die Kastenlosen oder »Unberührbaren«, die der Einfachheit halber von der britischen Kolonialverwaltung alle »Parias« genannt wurden, auch wenn sie unterschiedlichen Gruppen angehörten.

Veda. Sanskrit für heiliges Wissen, heilige Lehre. Der Veda ist eine Sammlung religiöser Texte des Hinduismus, die mit größter Präzision immer wieder rezitiert und auf diese Weise mündlich überliefert wurden, ehe man sie schriftlich festhielt. Jüngere Schriften nehmen auf den Veda Bezug, dessen Entstehung um 1500 v. Chr. begonnen haben dürfte.

Yama. Hindu-Gott des Todes und der Zeit.

Yoni – Lingam. Yoni und Lingam als Verkörperung des weiblichen und des männlichen Elements (eine runde oder quadratische Umschließung mit einer Tülle, die eine stark stilisierte Phallus-Darstellung enthält) werden bereits seit den Anfängen der Indus-Kultur (ca. 2800 vor Christi Geburt) in meist steinernen Skulpturen dargestellt. Die weibliche Yoni fängt dabei flüssige Opfergaben auf, die über dem männlichen Lingam ausgeschüttet werden.

Zamindar. Großgrundbesitzer, Angehöriger der aristokratischen Klasse auf dem indischen Subkontinent. Das feudalistische System, das unter der britischen Kolonialherrschaft fortdauerte, wurde auch als *Zamindar*-System bezeichnet.

Zenana. Hindu-Begriff für die Bildung von Frauen, wie sie besonders durch Swarnakumari Devi gefördert und verbreitet wurde.

Quellenangaben

Charles Harris, *After the Ball,* New York 1892 (Text und Musik)

Edgar Allen Poe, *Complete Tales and Poems.* London 2015

Rabindranath Tagore: *Gesammelte Werke: Lyrik, Prosa, Dramen.* Hrsg. v. Martin Kämpchen. Düsseldorf 2005

Übersetzung des Musikstücks »After the ball«

Nach dem Ball,
Nach dem Anbruch des Tages,
Nach dem Aufbruch der Tänzer,
Nach dem Erlöschen der Sterne,
Schmerzt so manches Herz,
wenn man sie alle lesen könnte
die vielen Hoffnungen, die sich aufgelöst haben,
Nach dem Ball.